Japan

Australia

Indian Ocean

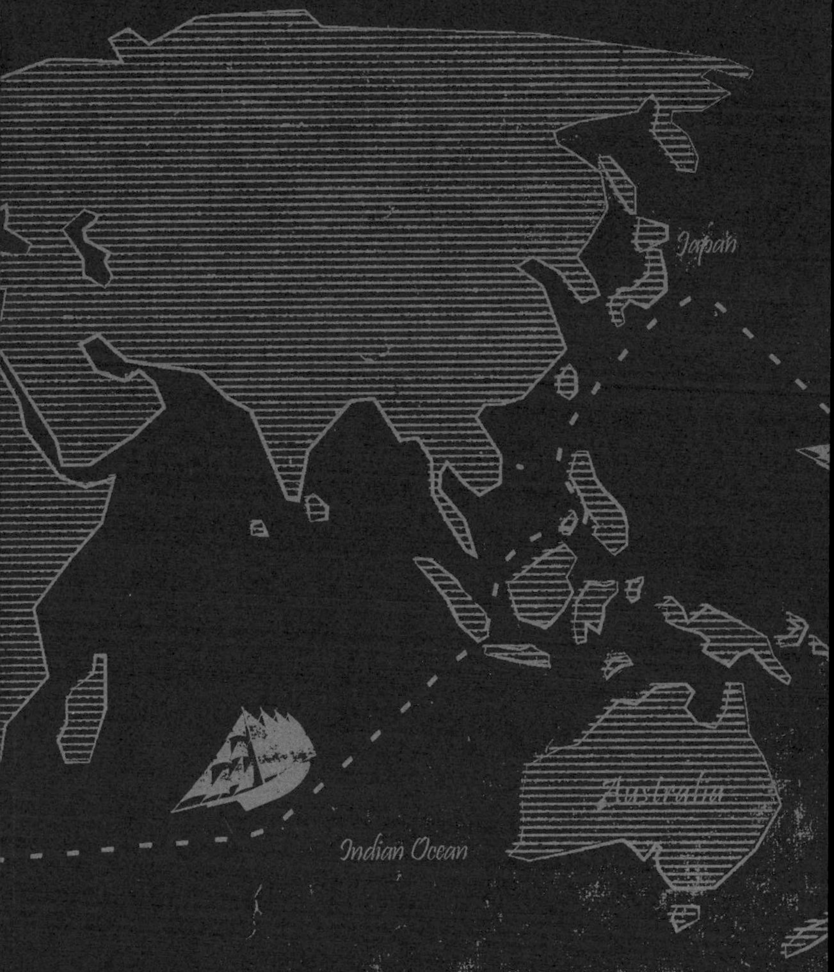

모비 딕

모비 딕 상

Moby-Dick; or, The Whale

허먼 멜빌 장편소설   강수정 옮김

MOBY-DICK; OR, THE WHALE
by HERMAN MELVILLE (1851)

이 책은 실로 꿰매어 제본하는 정통적인 사철 방식으로 만들어졌습니다.
사철 방식으로 제본된 책은 오랫동안 보관해도 손상되지 않습니다.

저 바다 괴물,
살아 있는 피조물 가운데 가장 큰 것이
깊은 바다에서 몸을 곶처럼 늘인 채
자거나 헤엄치니
흡사 움직이는 땅처럼 보이며,
그 아가미로 바다를 삼켰다가 숨구멍으로 내뿜는다.

존 밀턴, 『실낙원』

그의 천재성을 존경하는 마음의 징표로
이 책을 너대니얼 호손에게 헌정한다.

모비 딕

어원

(폐병으로 세상을 떠난 중등학교 조교사에게 얻음)

창백한 조교사, 코트와 가슴과 몸, 그리고 뇌까지도 닳아 해진 그의 모습이 눈에 선하다. 그는 늘 낡은 사전과 문법책의 먼지를 떨고 있었으며, 세상에 알려진 모든 나라의 화려한 국기를 그럴듯하게 수놓은, 희한한 손수건을 사용했다. 그는 낡은 문법책의 먼지를 떠는 걸 좋아했는데, 그건 그렇게 스러질 그의 운명을 가만히 일깨워 주었다.

어원

누군가를 교육하는 일에 종사하면서, 고래라는 물고기를 우리 말로 뭐라고 하는지 가르치다가 무지의 소치로 그 낱말의 의미가 거의 오롯이 담긴 〈H〉 자를 빠뜨린다면, 참되지 않은 것을 전하는 것이다.

해클루트

WHALE. 스웨덴어와 덴마크어 hval. 이 동물의 명칭은 둥그스름한 모양새나 이리저리 구르는 행동에서 유래되었는데, 덴마크어로 hvalt는 〈아치 모양〉 또는 〈둥근 천장 모양〉을 뜻한다.

웹스터 사전

WHALE. 네덜란드어와 독일어의 Wallen에서 좀 더 직접적으로 유래되었다. 앵글로색슨어의 Walw-ian은 〈구르다, 뒹굴다〉라는 뜻이다.

리처드슨 사전

חז	헤브라이어
κητος	그리스어
CETUS	라틴어
WHÆL	앵글로색슨어
HVAL	덴마크어
WAL	네덜란드어
HWAL	스웨덴어
HVALUR	아이슬란드어
WHALE	영어
BALEINE	프랑스어
BALLENA	스페인어
PEKEE-NUEE-NUEE	피지어
PEHEE-NUEE-NUEE	에로망고어

발췌

(어느 사서 보조의 조수에게서 얻음)

이제 보면 알겠지만, 보조의 조수라는 이 애처로운 작자는 마냥 성실한 두더지나 굼벵이처럼 바티칸의 긴 서고와 지상의 노점을 뒤지고 다니며 성·속을 가리지 않고 어떤 책에서든 고래에 대한 언급이라면 닥치는 대로 수집한 모양이다. 그러므로 본 발췌 문헌에 뒤죽박죽 쌓인 언급들이 (최소한 나름대로는) 제아무리 타당해 보이더라도, 정통 고래학으로 받아들여서는 안 된다. 당찮다. 여기 거론된 시인들도 그렇거니와 일반적으로 옛날 저자들을 감안했을 때, 본 발췌 문헌은 오로지 누대에 걸쳐 우리를 비롯한 수많은 민족이 엄청나게 커다란 이 바다 괴물에 대해 그때그때 어떻게 말하고 생각하고 상상하고 노래해 왔는가를 얼핏 조감하게 해준다는 차원에서만 가치를 지니거나 흥미를 제공할 뿐이다.

그러므로 애처로운 보조의 조수여, 그대 편히 쉬게나. 해설은 내가 붙일 터이니. 그대는 이 세상 어떤 포도주에도 몸이 달아오르지 않는 구제 불능의 허약한 종족이며 순한 셰리마저 그대에게는 너무 독할진대, 때로 더불어 앉으면 마주 앉는 사람까지 애처로운 심정으로 눈물지으며 정을 나누다가, 눈물은 차고 잔이 비면 느닷없으되 불쾌하지만은 않은 슬픔에 잠긴 채 이렇게 말하게 된다. 집어치우게, 보조의 조수여! 세상을 기껍게 해주자고 얼마나 더 애를 쓸 작정인가. 공치사도 못 듣는 일을 대체 얼마나 더 계속할 거냐! 나라면 그대를 위해 햄프턴 궁과 튀일리 궁이라도 비워 줄 텐데! 그러나 눈물을 삼키고 용기를 내어 큰 돛대 위로 오르게. 앞서 간 그대의 친구들이 그대를 맞기 위해 일곱 층 천국을 청소하고 오랫동안 응석받이로 지내 온 가브리엘과 미카엘과 라파엘을 몰아냈으니. 여기서 그대는 산산이 깨어진 가슴들만을 두드렸으나, 그곳에서는 깨지지 않는 술잔으로 축배를 들지어다!

발췌

이리하여 하느님께서는 큰 물고기를 지어 내셨다.

「창세기」

번쩍 길을 내며 지나가는 저 모습, 흰 머리를 휘날리며 물귀신같이 지나간다.

「욥기」

야훼께서 큰 물고기를 시켜 요나를 삼키게 하셨다.

「요나」

배들이 이리 오고 저리 가고 손수 빚으신 레비아단이 있지만 그것은 당신의 장난감입니다.

「시편」

그날, 야훼께서는 날 서고 모진 큰 칼을 빼어 들어 도망가는 레비아단, 꿈틀거리는 레비아단을 쫓아가 그 바다 괴물을 찔러 죽이시리라.　　　　　　　　　　　　　　　　　「이사야」

그리고 이 괴물의 혼돈스러운 입으로 들어오는 것은 무엇이든, 짐승이거나 보트, 바위마저도 즉시 더럽고 엄청나게 큰 식도를 지나 끝 모를 심연 같은 배 속으로 사라지고 만다.　　　　　　　　　　　　　　　　　「플루타르코스 윤리론집」

인도양에는 세상에서 가장 크고 엄청난 물고기들이 사는데, 그중에서 발레네라고 불리는 고래와 소용돌이는 길이가 무려 4에이커 또는 4아르팡에 달한다.

「플리니우스 박물학」

출항한 지 이틀이 채 되지 않아 동이 틀 무렵, 무수히 많은 고래와 바다 괴물들이 나타났다. 고래 중에서도 한 마리는 크기가 어마어마했다……. 이 고래는 입을 벌린 채 사방으로 파도를 일으키고 앞의 바다를 내리쳐 물거품을 만들며 우리를 향해 다가왔다.　　　터키 사람 루키아노스, 「진실한 역사」

그가 이 나라에 온 것은 또한 말고래를 잡기 위해서였다. 말고래 이빨은 가치가 대단했으며, 그중 일부를 왕에게 바쳤다……. 고래들 중에 가장 좋은 것은 그의 나라에서 잡혔는데, 그중에는 길이가 44, 심지어 46미터에 달하는 것도 있었다. 그는 자신이 이틀 동안 예순 마리를 잡아 죽인 여섯 명 가운데 하나라고 말했다.

오테르, 또는 옥테르가 구술한 것을 서기 890년에 알프레드 대왕이 듣고 기록

그리고 짐승이든 선박이든 이 괴물의(고래의) 입이라는 끔찍한 심연으로 들어가기만 하면 뭐가 됐든 즉시 꿀꺽 삼켜져 사라지지만, 검은망둑어만은 그곳을 무척 안전하게 여겨 그곳에서 잠을 청한다.　　　　몽테뉴, 「레이몽 스봉을 위한 변명」

도망치자, 도망치자! 저것이 위대한 예언자 모세가 참을성 강한 욥의 일생을 논하며 말한 바다 괴물이 아니라면 악마가 나를 잡아가리라.　　프랑수아 라블레, 「가르강튀아와 팡타그뤼엘」

이 고래의 간은 두 수레 분량이었다.　　　　스토, 「연대기」

엄청나게 큰 바다 괴물은 들끓는 냄비처럼 바다에 소용돌이를 일으킨다.　　　　베이컨 경, 「시편 주해」

괴물 같은 고래의 덩치에 대해서는 확신할 만한 바를 전혀 얻을 수 없었다. 고래는 자랄수록 대단히 기름져, 고래 한 마리에서는 믿기 어려울 만큼 많은 기름이 나온다.

같은 저자, 「삶과 죽음의 역사」

내면의 상처에는 경뇌유가 지상 최고의 약이다.

셰익스피어, 「헨리 4세」

흡사 고래와 같다.　　　　셰익스피어, 「햄릿」

어떤 의술도 그를 살리기에는 소용없으니,
오직 그 상처를 일으킨 자, 야비한 창끝으로

그의 가슴을 찔러 끝없는 고통을 안겨 준 자에게 복수
하는 길뿐.
상처 입은 고래가 해안으로 질주하듯이.

에드먼드 스펜서, 『페어리퀸』

그 커다란 몸뚱이를 움직이는 것만으로도 잔잔하던 바
다를 어지럽혀 들끓게 만들 수 있는, 고래처럼 어마어마한.

윌리엄 대버넌트 경, 『곤디버트』 서문

경뇌유가 무엇인지 사람들이 의문을 품는 것도 당연할 텐
데, 학문에 밝은 호프만누스도 30년에 걸친 노작에서 *Nescio
quid sit*(나도 모른다)라고 명확하게 말했기 때문이다.

토머스 브라운 경, 『경뇌유와 향유고래에 대하여』

신식 도리깨로 무장한 스펜서의 철인 탤러스[1]처럼
그것은 육중한 꼬리로 파멸을 위협한다.

. . . .

옆구리에는 사람들이 던진 창들이 꽂혀 있고
등에는 작살이 숲을 이룬 듯하다.   월러, 『서머 제도의 전투』

공화국, 또는 국가(라틴어로는 키비타스)라 일컫는, 인
위적으로 창조된 엄청나게 큰 괴물 리바이어던은 인공적
인 인간에 다름 아니다.   홉스, 『리바이어던』 첫 문장

---

1 스펜서의 『페어리퀸』에 등장하여 무자비한 정의를 추구하는 주인공의
조력자.

어리석은 맨소울은 그것이 마치 고래 아가리 속 청어 한
마리인 양 씹지도 않은 채 꿀꺽 삼켰다. 『거룩한 전쟁』

만물의 신이 지으신 중에
가장 커다란 저 바다의 금수 바다 괴물이
대양의 해류를 헤엄친다. 『실낙원』

—— 저 바다 괴물,
살아 있는 피조물 가운데 가장 큰 것이
깊은 바다에서 몸을 곶처럼 늘인 채 자거나 헤엄치니
흡사 움직이는 땅처럼 보이며,
그 아가미로 바다를 삼켰다가 숨구멍으로 내뿜는다.
『실낙원』

커다란 고래들은 바다에서 헤엄치고 그 몸속에서는 기
름의 바다가 출렁인다. 풀러, 『세속 국가와 신성 국가』

몇몇 곳에서는 커다란 바다 괴물들이
바짝 붙어 먹이를 기다리다가
활짝 벌린 그 아가리를 물길로 착각한
치어들을 뒤쫓을 일도 없이 그대로 삼킨다
드라이든, 『경이로운 해』

고래를 배의 고물로 들어 올려 머리를 잘라 낸 후 보트로
끌고 가까운 해안으로 가지만, 수심이 3~4미터만 되어도
좌초하고 말 것이다. 토머스 에지, 『스피츠베르겐[2]을 향한 열 번의 항해』

도중에 그들은 바다를 헤엄치는 수많은 고래를 보았는데, 흥이 나면 자연이 어깨에 뚫어 놓은 관과 구멍으로 물을 뿜어 물보라를 일으켰다.

T. 허버트 경, 「아시아와 아프리카 기행」, 『해리스 항해기』에 수록

여기서 그들은 엄청난 규모의 고래 떼를 만났고, 행여 배가 고래 등에 올라탈까 두려워 신중에 신중을 기하며 나아가야 했다.

스하우텐, 「여섯 번째 세계 일주」

우리는 엘베 강에서 북동풍이 부는 가운데 〈고래 배 속 요나〉라는 이름을 가진 배의 돛을 펼쳤다…….

고래가 입을 벌릴 수 없다고 말하는 사람들이 있지만, 그건 꾸며 낸 이야기다…….

그들은 고래가 보이는지 확인하기 위해 뻔질나게 돛대에 오르는데, 최초로 발견한 자에게 공로를 치하하는 의미로 금화 한 닢을 주기 때문이다…….

셰틀랜드 인근에서 고래 한 마리가 잡혔는데 그 배 속에 한 통이 넘는 청어가 있었다는 얘기를 들었다…….

어느 작살잡이가 말하길, 언젠가 스피츠베르겐에서 온몸이 하얀 고래를 잡은 적이 있다고 했다.

「그린란드 항해기」, 서기 1671년, 『해리스 항해기』에 수록

1652년에 고래 몇 마리가 이 (파이프) 해안에 올라왔는데, 몸길이가 24미터에 달하는 한 마리에서는 (내가 듣자니) 기름을 엄청나게 얻은 데다 고래수염 5백 관[3]까지 얻

2 노르웨이령 스발바르 제도에서 가장 큰 섬.

었다. 그 고래의 턱뼈는 피트페렌 정원 출입문으로 쓰고
있다.   시볼드, 『파이프와 킨로스』

내가 과연 향유고래를 제압하여 죽일 수 있는지 도전해
보는 데 동의했는데, 워낙 사납고 민첩해서 아직까지 어
떤 사람도 그것을 죽였다는 얘기를 들어 본 바 없기 때문
이다.   서기 1668년에 리처드 스트래퍼드가 버뮤다에서 보낸 편지, 『철학 회보』

바다의 고래들도
신의 말씀을 따른다.   뉴잉글랜드, 초등 독본

우리는 또한 커다란 고래를 무수히 보았는데, 남쪽 바
다에는 우리 북쪽에 비해 약 1백 배는 더 많은 고래가 있
다고 말할 수 있다.   카울리 선장, 『세계 일주』, 서기 1729년

……그리고 고래가 내뿜는 숨에서는 머리가 어지러울
정도로 참기 힘든 냄새가 날 때가 많다.   우요아, 『남아메리카』

특별히 선택된 정령들 쉰 명에게
중요한 짐을 맡기나니, 그건 바로 페티코트.
일곱 겹 울타리를 둘러도 소용없다는 걸 잘 알기에.
단단한 둥근 테와 고래의 갈비뼈로 무장한 그것이라도.
                                    『머리카락을 훔친 자』

규모 면에서 땅의 동물들을 심해에 거하는 것들과 비교
3 5백 관은 1.8톤에 해당한다.

한다면 비교가 한심할 지경이라는 사실을 알게 될 터다. 고래가 가장 큰 피조물이라는 데에는 의심의 여지가 없다.

골드스미스, 『박물지』

작은 물고기들을 위한 우화를 쓴다면 그것들이 커다란 고래처럼 말하게 하면 됩니다.

골드스미스가 존슨[4]에게

오후에 뭔가 보여 암초라고 생각한 것은 알고 보니 죽은 고래였는데, 아시아 사람들이 죽여 해안으로 끌고 가는 중이었다. 그들은 우리 눈에 띄지 않기 위해 고래 뒤에 몸을 숨기려고 애를 쓰는 듯했다.

쿡, 『항해기』

더 큰 고래는 공격할 엄두를 내지 못한다. 그들은 그 고래들이 너무 두려워 바다에 나가면 이름조차 언급하길 꺼리며, 놈들에게 겁을 주어 지나치게 가까이 다가오지 못하도록 하려고 분뇨나 석회석, 노간주나무, 그밖에 그와 비슷한 성질을 지닌 물건들을 배에 싣고 다닌다.

우노 본 트로일이 뱅크스와 솔랜더의 1772년 아이슬란드 항해에 대해 쓴 글

낸터킷 주민들이 발견한 향유고래는 활동적이고 사나운 짐승이므로 어부들의 비상한 대처와 담대함이 요구됩니다.

토머스 제퍼슨이 1778년에 프랑스 공사에게 보낸 「고래 외교 각서」

그러니 도대체, 이 세상에서 그것에 견줄 것이 무엇이란 말입니까.

드먼드 버크의 낸터킷 포경 관련 의회 발언

4 영국의 문인 새뮤얼 존슨을 말한다.

스페인 — 유럽 해안에 좌초한, 엄청나게 커다란 고래.

에드먼드 버크(출처 불명)

　　국왕의 통상 세입 열 번째 항목은 해적의 노략질로부터 바다를 지키고 보호한다는 명목하에 왕실 물고기, 즉 고래 와 철갑상어에 대한 권리를 규정하고 있다. 그리고 이 물 고기들은 해안에 밀려온 것이나 근해에서 잡힌 것 모두 국 왕의 재산이다.

블랙스톤

　　이윽고 선원들은 죽음의 놀이를 하러 가고,
작살을 머리 위로 똑바로 들어 올린 로드몬드,
사방을 주시한다.

팰코너, 「난파」

　　지붕과 돔, 첨탑이 밝게 빛나니
불꽃들 저절로 날아올라
잠시 후면 사라질 불덩이
하늘의 궁륭에 매다는데.

　　그 불덩이를 물에 견주니,
바닷물 높이 굽이쳐,
허공에 뿜어 올린 고래의 물기둥
벅찬 기쁨의 발로라네.

쿠퍼, 「여왕의 런던 행차에 부쳐」

　　심장을 일격하면 10~15갤런의 피가 맹렬한 속도로 솟 구친다.

존 헌터의 고래(작은 크기) 해부

고래의 대동맥은 지름이 런던 브리지의 수로관보다 크고, 그 수로관을 돌진하는 물의 세기와 속도도 고래의 심장에서 솟구치는 피에 못 미친다.

페일리, 『신학』

고래는 뒷발이 없는 포유동물이다.

퀴비에 남작

남위 40도에서 향유고래들을 봤지만, 바다가 고래로 뒤덮인 5월 첫날까지는 한 마리도 잡지 못했다.

콜네트, 『향유고래 포경 확대를 위한 항해』

발아래 광활한 바다에서 헤엄치며,
버둥거리고 곤두박질치고 놀고 쫓고 싸우는
형형색색 다양한 물고기들,
말로 그려 낼 수 없고, 지금껏
뱃사람들도 본 적 없지만, 무시무시한 바다 괴물부터
물결마다 모여 든 무수한 벌레들에 이르기까지,
부유하는 섬처럼 커다란 무리 짓고
알 수 없는 본능에 이끌려
길도 없는 황무지를 헤치고 다니지만,
칼과 톱, 뾰족한 뿔이나 구부러진 엄니로
앞이나 아가리를 무장하고 게걸스러운 적들,
고래와 상어와 괴물들이, 사방에서 공격해 오네.

몽고메리, 『대홍수 이전의 세계』

오! 찬양하라! 오오! 노래하라,
지느러미 족속의 왕을 위하여.

드넓은 대서양에
이보다 더 강력한 고래는 없으며,
북극해 인근에도
이보다 더 기름진 물고기는 없도다.   찰스 램, 『고래의 개가』

1690년에 몇몇 사람이 높은 언덕에 올라 물을 뿜으며 장난치는 고래를 관찰할 때, 누군가 바다를 가리키며 말했다 ─ 저곳이 우리 자식들의 손자들이 빵을 얻기 위해 나아갈 푸른 들판이라고.   오비드 메이시, 『낸터컷의 역사』

나는 수전과 함께 지낼 오두막을 짓고 고래의 턱뼈를 세워 고딕 아치형으로 입구를 만들었다.

호손, 『두 번 한 이야기들』

그녀는 무려 40년 전에 태평양에서 고래에게 목숨을 잃은 첫사랑을 위한 비석을 주문하러 왔다.   『두 번 한 이야기들』

「아닙니다. 이건 참고래예요.」 톰이 대답했다. 「놈이 물을 뿜는 걸 봤는데, 놈이 뿜어 올린 물 두 줄기는 기독교도라면 누구나 보고 싶어 할 만큼 예쁜 무지개를 그렸어요. 녀석은 진짜 기름 덩어리입니다!」   쿠퍼, 『수로 안내자』

신문이 도착했을 때, 우리는 「베를린 가제트」에서 그곳 무대에 고래가 등장했다는 기사를 봤다.

에커만, 『괴테와의 대화』

「맙소사, 체이스 씨, 무슨 일이에요?」내가 대답했다. 「고래가 우리 배에 구멍을 뚫었어요.」

낸터컷의 포경선 에식스호가 태평양에서 커다란 향유고래의 공격을 받아
끝내 부서진 『난파기』(일등 항해사였던 낸터컷의 오언 체이스 집필로
뉴욕에서 1821년에 발행)

어느 밤 뱃사람 하나 돛대 줄에 앉아,
바람이 피리 소리를 내며 휘몰아칠 때,
밝은가 하면 흐려지는 달빛은 창백한데,
바다를 가르며 고래 한 마리 지나니
그 뒤로 인광이 반짝였다.   엘리자베스 오크스 스미스

이 고래 한 마리를 잡기 위해 보트 여러 척에서 풀어 낸 밧줄의 양을 합치면 무려 9천5백 미터, 거의 10킬로미터에 달한다…….

이따금 고래가 커다란 꼬리로 허공을 휘저으면, 마치 채찍을 철썩이는 듯한 소리가 5~6킬로미터 밖까지 울려 퍼졌다.   윌리엄 스코스비

새로운 공격에 따른 고통으로 광분한 향유고래가 정신없이 몸부림쳤다. 커다란 머리를 쳐들고 쩍 벌린 입으로 주변에 있는 것들을 닥치는 대로 물어뜯었다. 머리로는 보트를 들이받았다. 보트들은 엄청난 속도로 밀려나거나 완전히 박살 나기도 했다.

……대단히 흥미로우며 상업적인 관점에서 대단히 중요한 (향유고래 같은) 짐승의 습성을 철저히 무시해 왔다는

것, 다시 말해서 유능한 관찰자도 많고 최근 몇 년 사이에 이들의 습성을 목격할 좋은 기회가 더없이 많았음에도 다수의 호기심을 거의 자아내지 못했다는 것은 대단히 놀라운 일이다.

토머스 빌, 『향유고래의 역사』(1839)

카샬로(향유고래)는 몸의 앞뒤로 막강한 무기를 보유해서 참고래(그린란드고래 또는 큰고래)보다 무장이 잘되었을 뿐 아니라 이런 무기들을 공격적으로 구사하는 경우도 더 빈번한데, 그 모습이 어찌나 교활하고 과감하고 지독한지 지금까지 알려진 모든 종류의 고래 중에서 가장 위험하다고 여겨지기에 이르렀다.

프레데릭 데벨 베네트, 『세계 일주 포경기』(1840)

10월 13일. 「저기 물을 뿜는다.」 돛대 머리에서 소리가 들렸다.

「어느 쪽이냐?」 선장이 물었다.

「뱃머리에서 바람 불어 가는 쪽으로 3포인트 떨어진 곳입니다.」

「키를 위로 올리고 항로를 고수하라!」

「항로를 고수하라!」

「거기 망꾼! 지금도 고래가 보이나?」

「네. 향유고래 떼입니다. 저기 물을 뿜고 있습니다! 물 위로 뛰어오릅니다!」

「계속 외쳐라! 보이는 것마다 모두 외쳐!」

「네. 물을 뿜습니다! 저기 저기 저거, 물을 뿜고 뿜고 뿌우우!」

「거리는?」

「4킬로미터입니다.」

「이런 세상에! 그렇게 가깝다니! 전원 집합!」

J. 로스 브라운, 『포경 항해 소묘』(1846)

지금부터 이야기하려는 참극이 벌어진 포경선 글로브 호는 낸터컷 선적의 배였다.

생존자 레이와 허시의 글로브호 선상 반란에 대한 진술, 서기 1828년

자신이 상처를 입힌 고래에게 쫓기게 된 그는 얼마 동안 은 창으로 그럭저럭 공격을 막아 냈다. 그러나 성난 괴물 이 마침내 보트를 들이받았고, 공격을 피할 수 없다는 걸 깨달은 그와 동료들은 물로 뛰어들어 간신히 목숨을 부지 했다.

타이어먼과 베네트, 『전도 일지』

「낸터컷만 보더라도 국가의 이익에서 매우 중요하고 독 특한 부분을 담당하고 있습니다. 주민 8천, 9천 명이 바다 로 나가 대단히 담대하고 고달픈 일에 종사하며, 매년 국 부에 큰 기여를 합니다.」 웹스터 씨는 말했다.

대니얼 웹스터의 미국 의회 보고, 낸터컷 방파제 건설 청원에 대해(1828)

고래는 그의 몸 위로 떨어졌고, 아마도 그는 즉시 숨이 끊어졌을 것이다.

헨리 T. 치버 목사, 「고래와 고래잡이들, 또는 포경꾼의 모험과 고래의 이력」,

『프레블 제독의 귀향 항해집』에 수록

「입만 뻥끗해 봐, 지옥으로 보내 줄 테니.」 새뮤얼이 응수했다.

『반란자 새뮤얼 콤스톡의 생애』, 동생인 윌리엄 콤스톡 집필.

포경선 글로브호 반란에 대한 또 다른 진술

네덜란드인들과 영국인들은 인도 항로 발견 가능성을 염두에 두고 북양 항해길에 올랐는데, 소기의 목적은 달성하지 못했으나 고래가 출몰하는 지역을 세상에 드러내는 결과를 낳았다.

맥컬록, 『상업 사전』

이런 일은 상호 작용을 일으킨다. 볼이 튀어 오르면서 앞으로 나아갈 수밖에 없는 것과 같은 이치다. 이제 고래 서식지가 만천하에 공개된 상황에서 포경꾼들은 간접적으로나마 신비로운 북서 항로에 대한 새로운 실마리를 얻게 된 것처럼 보였다.

발표되지 않은 〈모종〉의 글에서

바다에서 포경선과 마주치면 외관만으로도 충격을 받지 않을 수 없다. 돛을 접고, 돛대마다 망꾼이 올라가 망망대해를 열심히 살피는 모습이 일반적인 항해를 하는 배와는 분위기가 사뭇 다르다.

미국에서 발행된 『해류와 포경』

런던이나 그 밖의 근교를 거닐어 본 사람이라면 땅에 박아 세운 출입문이나 정자의 통로에 아치처럼 선 커다란 굽은 뼈를 본 기억이 있을지도 모르겠다. 그리고 어쩌면 그것이 고래의 늑골이라는 얘기를 들어 봤을 것이다.

『북극해 포경 항해 이야기』

백인들은 고래들을 추격하던 보트가 복귀한 후에야, 배가 선원으로 잠입한 야만인들의 피비린내 나는 손아귀에 들어갔음을 깨달았다.

포경선 호보맥호의 탈취와 재탈환에 대한 신문 기사

포경선 선원들(미국인) 중에 타고 떠난 배를 그대로 타고 돌아오는 사람이 거의 없다는 것은 널리 알려진 사실이다.

『포경 보트 항해기』

갑자기 물에서 커다란 덩어리가 모습을 드러내더니 허공으로 곧게 솟구쳤다. 고래였다.

미리엄 코핀, 고래잡이 어부

물론 고래에게 작살을 꽂을 수는 있죠. 하지만 생각해 봐요. 꼬리 끄트머리에 묶은 밧줄만으로 힘센 망나니 망아지를 다룰 수 있겠소.

『늑재와 돛대 목관』 중에서 〈고래잡이〉에 관한 장

한번은 이 괴물(고래) 두 마리를 봤는데, 아마도 암수 한 쌍이었을 두 마리는 해안(테라 델 푸에고)에서 너도밤나무 가지가 늘어져 넘어지면 코가 닿을 만한 거리쯤에서 앞서거니 뒤서거니 천천히 헤엄을 치고 있었다.

다윈, 『어느 박물학자의 항해』

「후진!」 고개를 돌리다가 아가리를 벌린 커다란 향유고래가 금방이라도 배를 박살 낼 듯이 뱃머리에 바짝 다가온 걸 본 일등 항해사가 외쳤다. 「죽기 살기로 후진!」

『고래 사냥꾼 워튼』

그러니 기운을 내게, 친구들이여. 낙담은 아니 될 말,
용감한 작살잡이가 고래를 겨누고 있는 동안엔!

낸터컷 민요

오, 보기 드문 늙은 고래여,
폭풍과 돌풍 몰아치는 바다의 집에서 그대는
힘센 거인일지니, 그곳에서 힘은 곧 정의요,
그대, 무량한 바다의 왕일지어다.

고래의 노래

모비 딕

1
어렴풋이 드러나는 것들

내 이름은 이슈마엘.[1] 몇 해 전, 정확히 언제였는지는 따질 것 없이, 수중에 돈도 거의 떨어지고 뭍에서는 이렇다 할 흥미로운 일도 없어서, 당분간 배를 타고 나가 바다 쪽 세상이나 구경하자고 생각했다. 그건 울화를 떨치고 피를 제대로 돌게 만드는 나만의 방법이다. 입꼬리가 처지며 11월 가랑비에 젖은 것처럼 영혼이 축 늘어질 때, 얼결에 장의사 앞에서 걸음을 멈추고 지나는 장례 행렬의 꽁무니마다 따라붙을 때, 무엇보다 우울한 기운에 사로잡혀 작심하고 거리로 나가 사람들의 모자를 보는 족족 쳐내지 않으려면 엄청난 자제심이 필요할 때, 그럴 때면 서둘러 바다에 나갈 시기가 됐다고 생각하는 것이다. 내게는 이것이 권총과 탄환 대신이다. 카토[2]는 철학적인 미사여구를 들먹이며 제 칼에 몸을 던졌지만, 나는 조용히 배에 오른다. 조금도 놀랄 일이 아니다. 몰

1 성서에 등장하는 이스마엘에 해당되는 이름으로, 아브라함과 이집트인 하녀 하갈 사이에서 태어난 아들이다. 이삭이 태어난 후 의절당하고 쫓겨났기 때문에 망명자나 추방자를 의미하는 이름으로 흔히 사용된다.
2 로마의 정치가. 스토아 철학을 신봉하였으며, 공화정을 옹호하여 카이사르와 싸우다 패하자 자살했다.

라서 그렇지 알기만 하면 사람들 대부분이, 정도의 차이는 있겠지만 어느 순간에는 바다에 대해 나와 거의 똑같은 감정을 느낄 것이다.

저기, 산호초를 두른 인도의 섬들마냥 부두에 둘러싸이고 교역의 파도에 에워싸인 당신들의 도시 맨해튼이 있다. 오른쪽으로 가도 왼쪽으로 가도 길은 물가로 이어진다. 도심 끝자락엔 포대가 있고,[3] 파도치는 그곳의 웅장한 방파제에는 몇 시간 전까지만 해도 땅이라곤 구경하지 못한 바람이 차갑다. 거기서 바다를 응시하는 인파를 보라.

꿈결 같은 안식일 오후에 도시를 거닐어 보라. 콜리어스 곶에서 코엔티스 선창가로, 거기서 다시 화이트홀을 지나 북쪽으로. 뭐가 보이나? 시내 곳곳에 보초처럼 묵묵히 서서 대양의 몽상에 잠긴 많고 많은 사람들. 말뚝에 기대선 사람, 잔교 끝에 걸터앉은 사람, 중국에서 온 배의 뱃전 너머를 굽어보는 사람, 바다를 조금이라도 잘 보려는 일념으로 삭구에 올라선 사람. 그런데 전부 뭍사람이다. 평일에는 지붕과 벽에 갇힌 채, 계산대에 묶이고 의자에 못 박히고 책상에 붙들려 지내는 사람들. 그렇다면 이게 다 무슨 영문일까? 푸른 들판이 사라지기라도 한 걸까? 이 사람들이 여기에 무슨 볼일이 있는 걸까?

하지만 보라! 더 많은 무리가 바다를 향해 다가온다. 뛰어들기라도 할 것처럼 곧장 걸어온다. 희한하기도 하지! 저들은 땅의 끄트머리에 서지 않고는 만족하지 못할 것이다. 저기 창고 그늘에서 어슬렁거려서는 성에 차지 않을 터다. 아

---

3 맨해튼 남쪽에는 영국군 포대가 있던 요새와 맨해튼 사이의 바다를 매립해서 만든 배터리 공원이 있다.

무렵. 저들은 빠지지 않는 범위에서 물에 가장 가까이 다가가야만 한다. 그리고 그런 사람들이 한도 끝도 없이 늘어서 있다. 전부 뭍사람인 저들은 오솔길과 골목길에서, 거리와 대로에서, 동서남북 할 것 없이 몰려나온다. 그러다 이곳에서 모두 하나가 된다. 대관절 배마다 있는 나침반 바늘의 자력이 저들을 여기로 끌어당기기라도 하는 걸까?

또 한 가지. 당신이 시골 어디, 호수가 펼쳐진 고원에 있다고 해보자. 내키는 대로 걸음을 옮기더라도 십중팔구는 골짜기를 따라 내려가 개울의 웅덩이에 이를 것이다. 거기에는 마력이 있다. 평소에도 딴생각을 잘하는 사람을 깊은 명상에 잠기도록 하여 걸어가게 했을 때, 인근에 물이 있다면 그의 발걸음은 예외 없이 물가로 향할 것이다. 미국의 광활한 사막을 지나다 갈증을 느꼈을 때, 마침 일행 중에 형이상학 교수가 있거든 이 실험을 한번 해보라. 영락없다. 모두가 알다시피 명상과 물은 영원히 하나로 맺어져 있다.

그런데 여기 화가가 있다. 그는 세이코 계곡의 낭만적인 풍경을 더없이 몽환적이고 그늘지고 조용하고 매혹적으로 그리려 한다. 그가 동원할 중요한 소재가 뭘까? 은둔자와 십자가라도 든 것처럼 하나같이 속이 빈 나무들이 서 있고, 여기서는 초원이 졸고 저기서는 소들이 졸며 저만치 오두막에선 나른한 연기가 피어오른다. 먼 숲 속으로 미로처럼 뻗어나간 길은 겹겹이 포개진 산마루에 이르고 산비탈엔 서늘한 푸른 기운이 드리웠다. 그런데 이렇게 황홀한 풍경이 펼쳐져도, 소나무가 양치기의 머리 위로 탄식 같은 이파리를 흩날리더라도, 양치기의 시선이 눈앞의 마법 같은 개울을 향하지 않는다면 모두 허사일 뿐이다. 유월의 대초원에서 무릎까지 자란 참나리를 헤치며 한없이 거닐 때 단 한 가지 아쉬운 매력이 뭘까? 물, 그곳에 물이 단 한 방울도 없다는 것! 나이아가라에서 물 대신 모래가 쏟아진다면 과연 그걸 보자고 불원천리 달려갈까? 어쩌다 은화 두 줌을 얻은 테네시의 가난한 시인이 절실하게 필요한 코트를 살지, 아니면 그 돈으로 로커웨이 해변까지 도보 여행을 할지 고민한 이유가 뭘까? 굳세고 건강한 신체에 굳세고 건강한 정신을 가진 청년이라면 거의 예외 없이 한번쯤은 바다에 가고 싶어 안달하는 이유는 뭘까? 난생처음 승객이 되어 떠난 항해에서 이제 뭍이 보이지 않는 망망대해로 접어든다는 얘기를 듣는 순간 묘한 전율이 이는 이유는 뭘까? 옛날 페르시아 사람들은 왜 바다를 신성시했을까? 그리스 사람들은 왜 바다를 다스리는 신을 따로 두고 제우스의 형제로 설정했을까? 이 모든 것에 아무 의미도 없을 리 만무하다. 게다가 샘에 비친 영상을 잡을 수 없어 괴로워하다 물에 빠져 죽은 나르키소스의 이야기는 더 의미심장하다. 그런데 바로 그 영상을 우리는 모든 강과 바다에서 본다. 그건 결코 움켜잡을 수 없는 인생의 환영이며, 모든 것의 열쇠다.

하지만 눈가가 몽롱해지고 허파가 자꾸 의식되기 시작할 때마다 바다에 나가는 버릇이 있다고 말한 건, 승객의 자격으로 바다에 간다는 뜻이 아니다. 승객이 되려면 지갑이 필요하고, 아무것도 들지 않은 지갑이란 넝마 조각에 불과하다. 게다가 승객은 뱃멀미를 하고 갈수록 사소한 일로도 서로 시비가 붙거나 밤잠을 설쳐, 대개는 별로 즐거운 시간을 보내지 못한다. 아니, 나는 결코 승객으로 바다에 나가지 않는다. 그리고 내가 제법 노련한 뱃사람이긴 하지만, 제독이나 선장이나 주방장으로 바다에 나가는 일도 없다. 그런 자리의 영광과 특권은 그게 좋다는 사람들에게 양보한다. 나로 말할 것 같으면, 명예와 존경에 따른 노고와 시련과 고생은 어떤 종류건 딱 질색이다. 돛배와 쌍돛배와 범선, 아무튼 배에 신경을 쓰지 않더라도 나는 내 한 몸 건사하는 것만으로 힘에 부친다. 그리고 주방장이 배에서는 고급 선원 대우를 받으니까 상당히 영광스러운 자리라는 건 인정하지만, 웬일인지 나는 닭고기 굽는 걸 좋아해 본 적이 없다. 물론 일단 구워서 버터를 적당히 바르고 소금과 후추도 알맞게 치면, 닭고기 구이에 대해 경건함까지는 아니라도 나만큼 정중하게 말할 사람도 없긴 하다. 피라미드라는 엄청나게 큰 화덕에서 따오기와 하마의 미라가 나오는 건 옛날 이집트 사람들이 그 구운 요리를 우상 숭배 수준으로 좋아했기 때문이다.

아니, 내가 바다에 나갈 땐 일개 선원이 되어 돛대 바로 앞과 앞 갑판 아래와 제일 높은 돛대 꼭대기를 지킨다. 이 일 저 일 부려 먹으니 오뉴월 들판의 메뚜기마냥 이 활대에서 저 활대로 뛰어다녀야 하는 건 사실이다. 그리고 처음에는 이런 일들이 상당히 힘겹기도 하다. 그건 자존심을 건드리며, 특히 뭍의 유서 깊은 집안, 예를 들어 반 레슬러, 랜돌프, 하르디카누트 가문 출신이라면 더 말할 나위가 없다. 무엇보다 심한 건 타르 단지에 손을 담그기 전에 시골 선생으로서, 제일 큰 사내아이도 그 앞에서 쩔쩔 맬 정도로 위세를 떨치던 경우다. 단언컨대 학교 선생에서 뱃사람으로 전업하는 과정은 통렬한 것이어서, 웃으며 견뎌 내기 위해선 세네카와 스토아학파를 진하게 달여 마셔야 한다. 하지만 이런 괴로움마저도 시간이 흐르면 점차 무뎌진다.

고약한 늙다리 선장이 내게 갑판 청소를 시킨들 그게 어떻단 말인가? 신약 성서의 저울에 달았을 때 모욕의 무게가 얼마나 되겠느냐, 이 말이다. 그런 상황에서 늙다리 선장의 말을 순순히 고분고분 따른다고 대천사 가브리엘이 나를 하찮게 여길까? 우리 중에 노예 아닌 자 누구인가? 말해 보라. 그러니 늙은 선장이 아무리 나를 부려 먹어도, 아무리 몰아붙이고 다그쳐도 아무렇지 않다는 걸 알기에 나는 만족한다. 누구나 어떤 면에서는, 그러니까 육체적이거나 형이상학적인 관점에서는, 비슷한 처우를 받는다. 그러니 혹사는 보편적이고, 우리는 서로의 어깨를 주물러 주며 자족해야 한다.

　다시 말하건대, 나는 늘 선원으로 바다에 나간다. 그러면 노동의 대가를 받지만, 승객한테 한 푼이라도 돈을 줬다는 얘기는 들어 본 적이 없기 때문이다. 그러기는커녕 승객은 돈을 지불해야 한다. 돈을 내는 것과 받는 것은 하늘과 땅 차이다. 돈을 지불하는 행위는 아마도 과수원의 두 도둑[4]으로 인해 우리가 받는 가장 불편한 형벌일 것이다. 그러나 돈을 받는 것, 그에 견줄 것이 무엇이랴? 돈이 세속에서 벌어지는 모든 악의 근원이며 부자는 어떤 경우에도 천국에 들어갈 수 없다고 우리가 굳게 믿는다는 걸 감안하면 사람들이 교묘한 벌로 돈을 받는 건 정말 경탄할 노릇이다. 아! 우리는 얼마나 기꺼이 파멸에 몸을 내던지는가!

　마지막으로 내가 늘 선원으로 바다에 나가는 이유는 앞 갑판의 맑은 공기와 건강한 노동 때문이다. 뭍에서와 마찬가지로 고물에서 불어오는 바람보다는 맞바람이 훨씬 일반적이기 때문에 (피타고라스의 금언을 거스르지 않는다면)[5]

4 에덴 동산에서 금지된 선악과를 몰래 따 먹은 아담과 이브를 말한다.

뒤쪽 갑판에 있는 선장은 앞 갑판의 선원이 뱉은 공기를 들이마시게 된다. 본인이야 자신이 새 공기를 마신다고 생각하겠지만 그렇지 않다. 마찬가지로, 지도자들이 낌새도 못 차리는 와중에 대중이 지도자를 이끄는 경우도 많다. 하지만 상선의 선원으로 여러 번 바다 냄새를 맡아 본 내가 이번에는 포경선에 머리를 들이미는 이유는 뭘까? 이 질문에는 운명의 여신들이라는 보이지 않는 경찰관, 나를 끊임없이 감시하고 남몰래 미행하며 뭐라 설명할 수 없는 방식으로 영향을 미치는 그 경찰관이 누구보다 잘 대답할 수 있으리라. 그리고 내가 포경선에 오르는 것은 오래전에 정해진 원대한 섭리의 한 부분이었던 게 틀림없다. 그건 훨씬 긴 공연들 사이의 짧은 막간극이자 일인극 같았다. 공연 포스터에는 이런 식으로 표현되지 않을까.

미합중국 대선 대경합
이슈마엘이라는 작자의 고래잡이 항해
아프가니스탄의 유혈전

다른 이들은 처절한 비극에서 근사한 역할을 맡거나 세련된 코미디의 짧고 가벼운 역할 아니면 풍자극의 유쾌한 역할을 맡는데, 대체 무슨 연유로 운명이라는 무대 감독이 내게는 포경선 항해의 허접스러운 배역을 안겨 주었는지는 알 길이 없다. 구체적인 이유는 나도 모르지만, 이제 와서 모든 정황을 돌이켜보면 다양하게 변장하고 교활하게 내 앞에 나타

5 피타고라스는 콩이 방귀를 유발하므로 먹지 말라고 했는데, 포경선의 변소가 이물에 있고 선장실은 고물에 있는 것을 빗댄 멜빌의 농담이다.

나 내가 맡은 배역을 수행하도록 유도했을 뿐만 아니라 그 모든 게 편견에 치우치지 않은 자유 의지와 명석한 판단에 따른 선택이라는 망상으로 나를 유혹한 동기와 원인을 조금은 알 수 있을 것 같다.

그 동기들 중에 으뜸은 엄청나게 커다란 고래라는 압도적인 존재 자체였다. 경이롭고 신비한 그 괴물에 호기심이 동했다. 그런가 하면 고래가 섬만 한 덩치로 파도를 헤치며 나아가는 사납고 먼 바다, 형용할 수 없는 고래의 위협, 거기에 파타고니아 인근에서 들려오는 무수한 목격담의 경이로움이 더해지면서 소망을 부추겼다. 아마 다른 사람이라면 이런 것들이 유혹이 아니었을지 모르지만, 나는 머나먼 것들을 향한 끝없는 갈망에 시달린다. 금단의 바다를 항해하고 야만의 해안에 오르고 싶다. 나는 좋은 걸 외면하지 않으면서 공포에 민감하고, 그러면서도 상대가 허락만 해준다면 그들과 정겹게 어우러질 수 있는데, 자신이 사는 세상의 모든 거주민과 우호적으로 지내는 건 좋은 일이기 때문이다.

이런 연유로 고래잡이 항해는 환영할 일이었다. 경이로운 세상으로 가는 커다란 갑문이 활짝 열리자 내 멋대로 만들어 낸 맹렬한 공상 속에서 둘씩 짝지어 영혼 깊숙한 곳으로 헤엄쳐 들어오는 고래들의 행렬이 끝없이 이어졌고, 그 한복판으로는 눈 덮인 높은 봉우리처럼 두건을 뒤집어쓴 커다란 유령이 하나 떠다녔다.

2
여행 가방

셔츠 한두 장을 쑤셔 넣은 낡은 여행 가방을 옆구리에 끼고 혼 곳과 태평양을 향해 출발했다. 정든 맨해튼을 떠나 무탈하게 뉴베드퍼드에 도착했다. 12월의 어느 토요일 밤이었다. 낸터컷으로 가는 소형 우편선은 이미 떠났고, 월요일에야 다음 배편이 있다는 걸 안 나는 크게 낙담했다.

고래잡이의 고통과 형벌에 동참하려는 청년들 대부분이 이곳 뉴베드퍼드에 와서 항해에 나서지만, 여기서 밝히건대 나는 그럴 생각이 없었다. 나는 낸터컷 배가 아니면 타지 않겠다고 마음먹었으니, 이 유명하고 유서 깊은 섬과 관련된 것들은 전부 하나같이 어딘가 호탕하고 활기찬 분위기였으며 그게 기가 막히도록 마음에 들었기 때문이다. 그뿐 아니라 최근 들어 뉴베드퍼드가 야금야금 포경업을 독점하면서 이제 한참 낙후된 안쓰러운 처지가 되긴 했어도 낸터컷은 카르타고의 티루스처럼[6] 포경업의 위대한 발상지이며, 미국에

---

6 티레는 기원전 2천 년경부터 로마 시대까지 페니키아의 주요 항구 도시였으며, 티레의 페니키아인들이 기원전 8백 년경 아프리카 북쪽 해안에 카르타고라는 도시를 건설했다고 한다.

서 처음으로 죽은 고래가 해안에 떠밀려 온 곳이다. 원주민 고래잡이 부족인 레드맨이 바다 괴물을 잡기 위해 카누를 타고 처음 출격한 곳이 낸터컷이 아니면 어디겠는가? 전하는 이야기에 따르면 최초의 용감한 범선이 뱃머리에 튀어나온 기움 돛대[7]에서 작살을 던질 만큼 가까운지 확인할 양으로 수입한 조약돌을 던졌다는데, 그 범선이 출범한 곳 또한 낸터컷이 아니면 어디였겠는가?

뉴베드퍼드에서 하룻밤과 하룻낮, 그리고 다시 하룻밤을 보내야 목적한 항구를 향해 떠날 수 있게 된 터라, 그때까지 어디서 먹고 자며 지낼지가 걱정이었다. 대단히 미덥잖아 보이는, 아니 무척이나 어둡고 황량한 밤이었으며, 살이 에이게 춥고 음산했다. 아는 사람이라곤 없었다. 걱정스러운 마음에 손을 갈고리 삼아 주머니를 뒤져 봤지만 잡히는 건 은화 몇 닢뿐. 가방을 어깨에 메고 황량한 거리 한복판에 선 채 북쪽의 음침함과 남쪽의 어둠을 비교하며 중얼거렸다. 그렇다면 이슈마엘, 어디로 가든, 네가 가진 지혜를 발휘해서 밤을 보낼 잠자리를 어디로 정하든, 부디 이슈마엘, 값부터 물어보고, 너무 까다롭게 굴지는 마.

주저하는 발걸음으로 거리를 거닐다 〈열십자 작살〉이라는 간판을 지나쳤지만 지나치게 비싸고 거나한 분위기였다. 더 가다 보니 〈황새치 여인숙〉의 붉은 창문에서 쏟아지는 불빛이 어찌나 환한지 그 열기에 집 앞에 쌓인 눈과 얼음이 다 녹아 버린 것 같았는데, 그곳 말고는 전부 단단한 아스팔트 포장도로에 얼음이 한 뼘 높이로 굳어 있었기 때문이다. 무정하고 무자비하게 혹사당한 부츠 밑창은 말할 수 없이 초

7 이물에서 앞으로 튀어나온 돛대 모양의 둥근 나무.

라하고 비참한 상태여서, 단단하고 울퉁불퉁한 그 길은 걷기 힘들었다. 너무 비싸고 거나해. 잠시 길가에 서서 환한 불빛을 바라보고 안에서 흘러나오는 술잔 부딪는 소리를 듣다가 결국 또 중얼거렸다. 계속 가, 이슈마엘. 못 들었어? 문 앞에서 얼쩡거리지 말라고. 네 누더기 부츠가 길을 막고 있잖아. 그래서 계속 걸었다. 이번에는 육감을 좇아 바다 쪽 길로 접어들었는데, 그리 유쾌하지는 않더라도 가장 저렴한 숙소는 아무래도 그곳에 모여 있기 때문이었다.

그토록 황량한 거리라니! 길 양쪽으로 놓인 것은 집이라기보다 암흑 덩어리였고, 어쩌다 보이는 촛불은 무덤 속을 떠도는 불빛 같았다. 이런 밤 시간에, 그것도 한 주의 마지막 날이건만, 도시의 그 일대에서는 인적이라곤 찾아볼 수 없었다. 하지만 머잖아 나지막하니 널찍한 건물에서 연기처럼 새어 나오는 불빛을 마주하게 됐는데, 때마침 손짓이라도 하는 것처럼 문이 열려 있었다. 아무나 쓰라고 개방해 놓은 듯 무심한 분위기였다. 그래서 들어가려다가 그만 현관에 놓인 석탄재 통에 걸려 넘어지기부터 했다. 하! 날리는 잿가루에 숨이 막힌 채 생각했다. 이건 파괴된 도시 고모라[8]에서 날아온 잿가루일까? 〈열십자 작살〉과 〈황새치〉였지? 그렇다면 여기에는 〈함정〉이라는 간판을 달아야겠군. 아무튼 나는 몸을 일으켰고, 안에서 들리는 우렁찬 목소리를 들으며 안쪽의 두 번째 문을 밀어 열었다.

도벳[9]에서 열린 악마들의 대연회가 그럴까. 줄지어 앉은 시커먼 얼굴 1백 개가 나를 돌아봤고, 그 너머에서는 시커먼

---

8 구약 성서에 나오는 악명 높은 죄악의 도시로, 소돔과 함께 유황과 불로 멸망당했다.

죽음의 사자가 연단에 서서 책을 두드렸다. 그곳은 흑인 교회였다. 목사는 어둠의 암흑에 대해, 그 속에서 벌어지는 울음과 통곡과 절치부심에 대해 설교하는 중이었다. 하, 이슈마엘. 나는 뒷걸음치며 중얼거렸다. 〈함정〉이라는 간판에 어울리게 우울한 광경이로구나!

계속 걷노라니 마침내 부두와 그리 멀지 않은 곳에서 밖에 내걸린 희미한 불빛이 보이고, 허공에서 구슬피 삐걱거리는 소리가 들렸다. 고개를 들어 보니 흰색으로 어렴풋하게 그려 놓은, 물을 높고 곧게 뿜어 올리는 그림 밑에 〈물기둥 여인숙 — 피터 코핀〉이라고 적은 간판이 문 위에서 흔들렸다.

코핀[10]이라고? 그리고 물기둥? 어쩐지 불길한 조합이라는 생각이 들었다. 하지만 낸터컷에서는 흔한 이름이라니까, 피터라는 작자도 거기 출신인 모양이었다. 불빛은 대단히 침침하고 안의 분위기도 그때는 상당히 조용하게 느껴졌다. 추레하고 작은 나무집은 화재가 난 동네에서 실어 온 것처럼 보였고 간판이 흔들리며 삐걱거리는 소리도 어쩐지 가난에 찌든 것 같아서, 여기라면 값싼 잠자리와 그나마 최고의 완두콩 커피[11]를 마실 수 있겠다는 생각이 들었다.

묘한 곳이었다. 박공지붕을 두른 낡은 집은 풍이라도 맞은 것처럼 한쪽이 애처롭게 기울었다. 서 있는 곳도 황량한 모서리 끝이라 유로클리돈[12]이 가여운 사도 바울의 배를 뒤

9 「예레미야」에 나오는 도륙의 골짜기. 일반적으로 지옥과 같은 의미로 쓰인다.

10 관이라는 뜻.

11 켄터키커피나무의 열매를 볶아 커피처럼 추출해서 마시던 음료.

12 지중해에서 겨울에 부는 차고 강한 북동풍으로, 신약 성경에서 바울이 타고 가던 배를 난파시킨 바람이다.

흔들 때보다 더 사납게 휘몰아쳤다. 그러나 아무리 유로클리돈이라도 벽난로 불에 발을 쪼이며 잠자리에 들 준비를 하는 사람에겐 더없이 기분 좋은 산들바람일 터. 단 한 권 남은 저서를 내가 소유하게 된 어떤 노작가가 이런 말을 했다. 〈유로클리돈이라는 광포한 바람을 생각할 때, 바깥에만 서릿발이 뒤덮인 유리창 안쪽에서 바라보느냐, 아니면 창이 없어서 양쪽으로 모두 서리가 내리고 죽음의 사자가 버티고 선 창문으로 바라보느냐에 따라 엄청난 차이가 있다.〉 이를 말이던가. 이 구절이 떠올랐을 때 나는 생각했다. 낡은 활자여, 지당하도다. 그래, 이 눈은 창문이며 내 몸뚱이는 집이다. 여기저기 벌어지고 갈라진 틈을 솜으로라도 틀어막지 않은 것은 애석한 노릇이지만, 이제 와서 손보기엔 너무 늦었다. 우주는 완성되었으니, 마지막 갓돌은 이미 놓였고 나뭇조각들을 수레에 담아 내버린 지도 1백만 년. 댓돌을 베고 누워 이를 부딪치고 몸을 덜덜 떠느라 누더기가 벗겨질 지경인 불쌍한 나사로[13]는 넝마로 귀를 막고 옥수수 속대를 입에 쑤셔 넣은들 사나운 유로클리돈을 피하지 못할 것이다. 그러나 붉은 비단으로 몸을 감싼 (나중에는 더 붉은 천에 싸인) 돈 많은 영감은 말하겠지. 유로클리돈! 헤헤! 서리가 내려 상쾌한 밤이로구나. 오리온자리의 별들은 반짝이고, 저 오로라 좀 보라지! 동방의 여름 날씨는 영원한 온실이라던데, 나야 석탄으로 언제든 여름을 만들 수 있거든.

하지만 나사로는 어떻게 생각할까? 웅장한 오로라 빛을 향해 손을 뻗는다고 시퍼렇게 언 손에 온기가 돌까? 나사로

---

13 신약 성경에서 언급하는 비유에 나오는 거지로, 가난에 시달리며 고통을 겪다가 죽어서 천사의 품에 안겼다.

는 여기보다는 차라리 수마트라 섬에 있고 싶어 하지 않을까? 적도를 따라 늘어져 누워 있고 싶은 마음이 굴뚝같지 않을까? 오, 신들이여! 이 추위를 피할 수 있다면 불구덩이엔들 내려가지 않겠나이까?

그러니 나사로가 부잣집 앞 댓돌에 좌초된다면, 빙산이 인도네시아 몰루카 제도에 정박한 것보다 더 놀라운 일이다. 그러나 돈 많은 영감도 얼어붙은 한숨으로 만든 얼음 궁전의 러시아 황제처럼 살고, 금주 협회 회장을 맡은 터라 고아들의 미지근한 눈물만 마신다지.

하지만 칭얼거리는 건 이쯤 해서 그만두자. 고래를 잡으러 가면 앞으로 그럴 일은 얼마든지 있다. 그러니 꽁꽁 언 발에서 얼음을 털어 내고 이 〈물기둥〉이 어떤 곳인지나 알아보자.

3
물기둥 여인숙

박공지붕이 있는 물기둥 여인숙에 들어서면 구식 징두리 널을 두른 널찍하고 낮고 어수선한 입구가 나오는데, 그 모습을 보니 못 쓰게 된 낡은 배의 뱃전이 떠올랐다. 한쪽에 걸린 아주 커다란 유화는 구석구석 남김없이 그을리고 더러워진 데다 고르지 않게 교차하는 불빛에 비추어 봐야 하는 형편이라, 여러 번에 걸쳐 체계적으로 연구하고 이웃에게 용의주도하게 물어봐야 그림의 의도를 어떤 식으로든 이해할 수 있을 것 같았다. 좀처럼 알아차릴 수 없는 그늘과 그림자의 덩어리를 보면, 처음에는 뉴잉글랜드 마녀 시대에 어느 야심 찬 젊은 화가가 저주받은 혼돈을 묘사한 것 같다는 생각이 든다. 그런데 한참을 진지하게 들여다보면서 고민을 거듭하고, 특히 뒤쪽으로 난 작은 창문을 열어 놓고 본다면, 마침내 그게 조금 엉뚱하기는 해도 완전히 근거 없는 생각은 아니겠다는 결론에 도달하게 된다.

하지만 보는 사람을 가장 곤혹스럽고 어리둥절하게 만드는 건 그림 한가운데에 있는 물체였다. 뭐라 형용하기 힘든 거품 속에 파랗고 흐릿한 수직선 세 개가 떠 있고 그 위로 길고 유연하며 불길해 보이는 검은 덩어리가 맴돌았다. 예민한 사람이라면 마음이 산란해질 정도로 눅눅하고 찌무룩하고 우중충한 그림이었다. 그러면서도 뭔가 어렴풋한 미완의 숭고함이 어려서, 눈을 떼지 못한 채 무심결에 이 불가사의한 그림의 의미를 찾아내겠다고 결심하게 만들었다. 문득 기발한, 하지만 이걸 어째, 생뚱맞은 생각이 뇌리를 스치기도 한다. 저건 돌풍이 휘몰아치는 한밤중의 흑해야. 4원소가 자연의 법칙에 반해 전투를 벌이는 거야. 말라붙은 히스 벌판이야. 북극의 겨울 풍경이야. 얼어붙은 시간의 개울이 녹아 흐르는 거야. 하지만 이런 공상들은 끝끝내 그림 한가운데 버티고 있는 강력한 덩어리에 굴복하고 만다. 저것만 알아내면 나머지는 자명해질 텐데. 그런데 잠깐, 얼핏 커다란 물고기를 닮지 않았어? 그러고 보니, 커다란 바다 괴물 같잖아?

실제로 화가의 의도는 이런 것 같았다. 이 주제를 놓고 대화를 나눈 여러 노인의 의견을 종합해서 내가 세운 최종 가설은 이렇다. 이 그림은 강력한 허리케인을 만난 혼 곶의 배를 표현한 것으로, 배는 넘실대는 파도에 반쯤 잠겨 수면 위로 기우뚱한 돛대 세 개만 보이고 성난 고래가 그 배를 뛰어넘으려다 세 돛대 머리에 찔린 무시무시한 장면이다.

입구 맞은편에는 이교도들이 사용할 법한 기괴한 몽둥이와 창이 잔뜩 걸렸다. 어떤 건 상아를 자르는 톱처럼 번뜩이는 톱니가 빼곡하고, 사람의 머리카락 매듭을 장식 술처럼 달아 놓은 것도 있었다. 그런가 하면 또 어떤 건 낫처럼 생겼는데, 손잡이마저 자루가 긴 낫으로 풀밭을 갓 베어 낸 자국처럼 크고 둥글게 휘어졌다. 보고 있으면 진저리를 치며 도대체 얼마나 괴물 같은 식인종과 야만인이기에 이렇게 끔찍한 도구로 죽음을 거두러 나갈 수 있는 건지 궁금해진다. 그 틈바구니에는 녹슬고 낡은 고래잡이용 창과 작살이 온통 부러지고 뒤틀린 채 섞여 있었다. 일부는 유명한 이력을 지닌 무기들이었다. 지금이야 팔꿈치처럼 구부러졌어도 50년 전에 네이선 스웨인이 해가 떠서 질 때까지 고래 열다섯 마리를 잡았다는 길쭉한 창. 그리고 흡사 타래송곳처럼 둘둘 말렸지만 자바 해에서 고래 몸뚱이에 꽂힌 채 사라졌다가 몇 년이 지나 블랑코 곶 앞바다에서 그 고래가 잡혔을 때 되찾았다는 작살. 처음에는 꼬리 근처에 박혔는데, 사람 몸속에 들어간 바늘이 계속 돌아다니듯 무려 12미터나 이동해서 마지막에 발견됐을 땐 혹등에 박혀 있었다고 한다.

음침한 입구를 통과하면 낮은 아치 모양 복도를 지나게 되는데, 형태를 보아하니 예전엔 사방 난로에 모두 연결된 커다란 굴뚝이 있었을 것 같은 그 복도를 지나면 넓은 휴게실이 나온다. 그곳은 더 음침했는데, 위로는 육중한 들보가 낮게 내려앉았고 밑에는 낡고 쭈글쭈글한 널빤지가 깔려서 어쩐지 낡은 배의 뒤쪽 갑판을 거니는 것 같은 착각이 들 정도였다. 특히 모퉁이에 정박한 이 낡은 방주가 맹렬하게 출렁일 땐, 바람이 휘몰아치는 밤바다에 떠 있는 것 같았다. 한쪽에는 선반처럼 길고 낮은 탁자가 놓였고, 그 위를 뒤덮은 금 간 유리 상자들 속에는 드넓은 세상의 머나먼 구석에서 가져온 희귀한 물건들이 먼지를 뒤집어쓴 채 담겨 있었다. 건너편 모퉁이에는 어둠침침한 굴이 툭 튀어나왔는데, 참고래 머리를 조잡하게 흉내 낸 카운터였다. 아무튼 커다란 아치 모양 고래 턱뼈는 어찌나 널찍한지 그 아래로 마차도 지나갈 수 있을 것 같았다. 안쪽에는 꾀죄죄한 선반에 낡은 유리병과 술병, 휴대용 술병 같은 것들이 즐비했고, 순식간에 파멸을 불러오는 턱뼈 안에서는 또 한 명의 저주받은 요나 같은(실제로도 그렇게 불렸다) 쪼그랑 할아범이 부산하게 몸을 움직이며 선원들의 돈을 노리고 그들에게 광란과 죽음을 비싼 값에 팔았다.

그가 독주를 따라 주는 술잔은 가증스러웠다. 바깥은 영락없는 원통 모양인데, 이 비열한 초록색 술잔은 아래로 내려갈수록 안쪽 폭이 은근슬쩍 좁아지고 바닥도 솟아 있었다. 이 술잔에 자오선처럼 나란한 선을 쭉쭉 그어 놓고 여기까지 채우면 단돈 1페니, 여기까지는 또 1페니 하는 식으로 돈을 받았다. 잔을 가득 채우는 건 혼 곳이라고 불렸는데, 그러면 1실링을 단숨에 들이켜는 셈이었다.

안으로 들어갔더니 젊은 선원들이 탁자 주변에 잔뜩 모여서 고래 뼈로 조각한 다양한 장식 공예품을 침침한 불빛에 살펴보고 있었다. 주인을 찾아가 방을 쓰고 싶다고 했더니 방이 다 찼고 침대조차 남은 게 하나 없다는 대답이 돌아왔다. 「그런데 잠깐만.」 그는 제 이마를 톡톡 치며 말을 이었다. 「작살잡이랑 한 담요를 덮고 자는 건 어떠쇼? 보아하니 고래잡이 배를 타려는 것 같은데, 그런 일에 익숙해지는 게 좋잖아.」

나는 한 침대에서 둘이 자는 걸 좋아하지 않으며, 꼭 그래야 한다면 작살잡이가 어떤 사람이냐에 달렸는데, 당신(주인)이 내줄 잠자리가 그것밖에 없고 작살잡이가 도저히 상종 못할 사람만 아니라면, 살이 에이도록 추운 밤에 낯선 거리를 헤매느니 점잖은 남자와 담요를 나눠 덮는 편을 택하겠다고 말했다.

「그럴 줄 알았다니까. 자, 여기 앉으쇼. 저녁은? 저녁 먹겠소? 바로 저녁을 대령하지.」

나는 배터리 공원의 벤치처럼 칼자국으로 뒤덮인 낡은 나무 의자에 앉았다. 한쪽 끝에서는 골똘한 생각에 잠긴 선원 한 명이 몸을 웅숭그린 채 다리 사이로 주머니칼을 부지런히 움직여 장식을 보탰다. 돛을 활짝 펼친 배를 새기려는데 좀처럼 잘 되지 않는 모양이었다.

마침내 식사를 하라며 나를 포함한 네댓 명을 옆방으로 불렀다. 불을 전혀 피우지 않아 춥기가 아이슬란드 같았다. 주인은 그럴 형편이 안 된다고 말했다. 촛농을 수의처럼 늘어뜨린 우울한 수지(獸脂) 양초 두 개가 전부였다. 우리는 짤막한 선원용 재킷의 단추를 여미고, 반쯤 언 손가락으로 펄펄 끓는 찻잔을 들어 입에 댔다. 그래도 음식만큼은 푸짐했다. 고기와 감자는 물론이고 덤플링[14]까지 있었다. 저녁 식사로 덤플링을 먹다니, 이런 세상에! 두툼한 녹색 코트를 입은 젊은 친구가 허겁지겁 덤플링을 먹기 시작했다.

「이봐, 자넨 오늘 밤에 필경 꿈자리가 사나울 거야.」주인이 말했다.

「주인장, 저치가 작살잡이는 아니겠죠?」내가 조용히 물었다.

「그럴 리가.」그는 어딘가 사악하게 우스꽝스러운 표정을 지었다. 「작살잡이는 얼굴빛이 검은 친구라네. 덤플링 같은 건 입에 대지 않지. 절대로. 오로지 스테이크만 먹는다니까. 그것도 설익혀서.」

「굉장하군요. 작살잡이는 어디 있습니까? 여기 있나요?」

14 밀가루를 반죽하여 향료 등을 섞어 만든 요리. 안에 고기나 치즈 혼합물을 채우기도 한다.

「곧 올 거야.」

어쩔 도리가 없었다. 나는 〈얼굴빛이 검은〉 이 작살잡이가 마음에 걸리기 시작했다. 어쨌거나 함께 자야 한다면 그치부터 옷을 벗고 침대에 들어가게 해야겠다고 마음먹었다.

식사를 마치자 다들 술청으로 돌아갔고, 달리 할 일도 없던 나는 남은 저녁 시간을 구경꾼 노릇이나 하면서 보내기로 했다.

머지않아 밖에서 시끌벅적한 소리가 들렸다. 주인이 벌떡 일어나며 외쳤다. 「돌고래호 선원들이로군. 오늘 아침에 앞바다에 있는 걸 봤더랬지. 3년간의 항해 끝에 만선이 되어 돌아왔다더군. 거 잘됐지 않나. 피지의 최근 소식을 들을 수 있게 됐으니 말이야.」

입구에서 선원용 장화 소리가 들리더니, 문이 벌컥 열리며 거친 뱃사람들 한 무리가 우르르 밀려들었다. 야간 낭직을 설 때 입는 털 코트로 몸을 감싸고 머리에도 낡고 헤진 것이 마 털목도리를 두른 데다 수염이 얼어 뻣뻣해진 모습은 흡사 래브라도에서 탈출한 곰 행색이었다. 이제 막 배에서 내려 처음으로 찾아 들어온 집이 여기였다. 그러니 고래의 입, 그러니까 카운터로 직행한 것도 무리가 아니었고, 그곳에 있던 쪼그랑 요나 영감은 얼른 넘치게 채운 잔을 하나씩 돌렸다. 누군가 지독한 감기 때문에 머리가 지끈거린다고 투덜댔더니, 요나 영감은 진과 당밀을 섞은 송진 같은 술을 내주며 얼마나 오래 앓았건, 래브라도 해변에서 걸렸건 빙산의 바람받이에서 걸렸건, 이거 한 잔이면 두통 감기, 코감기가 뚝 떨어진다고 장담했다.

금세 술기운이 돌았다. 제아무리 소문난 술고래라도 바다에서 방금 돌아왔을 땐 으레 그러기 마련이었고, 다들 어느새 거칠게 날뛰기 시작했다.

그런데 보아하니 한 사람만은 조금 동떨어져 있었다. 말짱한 얼굴로 동료들의 흥을 깨고 싶지 않은 눈치면서도 대체로 다른 사람들처럼 소란 피우기를 꺼렸다. 이 사내는 단번에 내 관심을 끌었다. 바다의 신들이 그를 나의 동료 선원으로 정해 놓았기 때문에(비록 이 이야기에서는 한 배에서 잤다는 것뿐이지만), 여기서 그를 간단히 묘사해 보겠다. 그는 6척 장신에 어깨가 떡 벌어지고 가슴은 물막이 댐 같았다. 그런 근육질은 좀처럼 본 적이 없었다. 짙은 갈색으로 그을린 얼굴 때문에 이가 더 하얗게 빛났지만, 눈동자에 드리운 깊은 그늘에는 그다지 달가운 것 같지 않은 기억이 어렸다. 목소리에서 단번에 남부 출신이라는 사실이 드러났고, 건장한 체격으로 보아 버지니아 주 앨러게니 산맥의 기골이 장대한 산사람이 분명했다. 동료들의 흥청거림이 극에 달하자 이 사내는 슬그머니 자리를 떴고, 나는 나중에 바다에서 동료 선원으로 만날 때까지 두 번 다시 그를 보지 못했다. 그런데 얼마 지나지 않아 그의 동료들이 사내가 사라진 걸 알아차렸고, 이유는 알 수 없지만 그네들 사이에서 인기가 대단한 모양인지 다들 큰 소리로 〈벌킹턴! 벌킹턴! 벌킹턴은 어디 있는 거야?〉 하고 외치더니 그를 찾아 밖으로 뛰어나갔다.

얼추 9시였고, 술고래들이 빠져나간 방 안은 으스스할 정도로 조용했다. 나는 선원들이 들어오기 직전에 떠올린 작은 묘안에 스스로 기특해하기 시작했다.

한 침대에서 둘이 자는 걸 좋아할 남자는 없다. 정말이지, 피를 나눈 형제와도 웬만하면 같이 자고 싶어 하지 않는다.

어째서 그런지는 알 수 없지만 잘 때는 은밀함을 원한다. 더욱이 낯선 도시의 낯선 여인숙에서 낯모르는 사람과 자야 하는데 그 낯선 사람이 작살잡이라면 거부감은 무한히 증폭된다. 뱃사람이라고 해서 여느 사람들과 달리 한 침대에 둘이 자야 한다는 하등의 이유가 있는 것도 아니다. 바다에 나간 뱃사람들도 둘이 한 침대를 쓰지 않는 건 육지의 독신 왕들과 다를 게 없다. 물론 다들 한 방에서 자기는 하지만 각자 그물 침대를 따로 쓰며 자기 담요를 덮고 맨몸으로 잔다.

이 작살잡이라는 사내를 곰곰이 생각할수록 함께 잔다는 걸 참을 수 없었다. 아무래도 작살잡이니만큼, 무명 속옷이든 모직 겉옷이든 깔끔할 리 만무하고 최고급이 아닐 것도 틀림없었다. 온몸이 씰룩이기 시작했다. 그런 데다가 밤도 깊어 가니 점잖으신 작살잡이께서 귀가하시어 잠자리에 드실 시간이었다. 한밤중에 그가 자리에 눕다가 내 몸 위로 엎어지면 어쩌지. 어떤 불결한 곳에서 뒹굴다 왔는지도 모르는 판에.

「주인장! 아무래도 이 작살잡이는 안 되겠소. 그와 함께 자지 않겠어요. 여기 이 벤치에서 잘 테요.」

「좋을 대로 하쇼. 매트리스 삼아 쓰라고 식탁보 한 장 내줄 수 없어 미안하군. 게다가 이 나무는 울퉁불퉁해서 성가실 텐데.」 주인은 옹이 지고 파인 데를 어루만졌다. 「가만있어 보자. 아차차, 저기 카운터에 대패가 있었지. 기다려 보게. 내가 편안하게 만들어 드리지.」 그러면서 대패를 집어 들고 낡은 명주 손수건으로 의자의 먼지부터 털더니 원숭이처럼 히죽거리며 내 침대를 힘차게 밀어 댔다. 대팻밥이 좌우로 날렸다. 그러다 완강한 옹이에 대팻날이 걸렸다. 손목을 접

56

질릴 뻔한 주인에게 나는 제발 그만두라고 말했다. 이 정도면 침대는 충분히 부드럽고, 아무리 대패질을 한들 송판이 오리털이 될 수는 없지 않느냐고. 그러자 주인은 또다시 씩 웃으며 대팻밥을 그러모아 방 한가운데 있는 커다란 난로에 던져 넣고는 볼일을 보러 가버렸다. 나는 혼자 남아 골똘히 생각에 잠겼다.

그제야 벤치의 길이를 재보니 한 자가량 짧았다. 그거야 의자를 가져다 잇대면 해결될 일이었다. 그런데 폭도 한 자쯤 좁았고, 방에 있는 다른 벤치는 대패질한 벤치보다 10센티미터쯤 높아서 나란히 잇대어 놓아 봐야 소용없었다. 유일하게 아무것도 없이 드러난 벽을 따라 처음의 벤치를 길게 대고 등을 눕힐 수 있을 만큼 사이를 벌렸다. 그랬더니 이번에는 창틀 밑으로 차가운 외풍이 들어온다는 걸 알게 되어이 계획도 수포로 돌아갔다. 더구나 삐걱거리는 문 틈새로 들어온 또 다른 바람이 창문으로 들어온 바람과 만나 내가밤을 보내려고 생각하던 바로 그 자리 옆에서 작은 소용돌이를 일으켰다.

빌어먹을 작살잡이 같으니. 그런데 잠깐, 내가 선수를 칠 방법은 없을까? 문을 안에서 걸어 잠그고 그의 침대에 냉큼들어가서 아무리 사납게 문을 두드려도 일어나지 않으면 어떨까? 그럴싸한 계획 같았지만 다시 생각해 보곤 포기했다. 다음 날 문을 나서는 순간 작살잡이가 문간에 지키고 섰다가 나를 때려눕힐지 모르잖아!

그래도 주변을 다시 한 번 살펴보다가 누군가의 침대가 아니고서는 어지간한 밤을 보낼 가능성이 없다는 걸 깨닫고는, 어쩌면 생면부지인 작살잡이를 상대로 근거 없는 편견을 품은 건지도 모른다는 생각이 들기 시작했다. 조금 기다려 보자. 조만간 들어올 테지. 그때 잘 살펴보는 거야. 어쩌면 유쾌한 잠자리 친구가 될 수도 있어. 그건 알 수 없는 일이라고.

하지만 다른 투숙객들이 하나씩, 둘씩, 그리고 셋씩 들어와 자러 올라가는데도 나의 작살잡이는 올 기미가 보이지 않았다.

「주인장! 이 사람은 대체 어떻게 된 거요. 만날 이렇게 늦게 다닙니까?」 어느새 자정 무렵이었다.

주인은 이번에도 예의 힘 빠진 웃음을 킬킬거렸는데, 나로서는 알 길이 없는 뭔가가 무척 재미있는 눈치였다. 「웬걸, 보통은 일찍 다니지. 일찍 자고 일찍 일어나고. 왜, 벌레를 잡아먹는다는 그 새처럼 말일세. 하지만 오늘은 행상을 나갔거든. 뭣 때문에 이렇게 늦는 건지 모르겠지만 아마도 머리가 잘 팔리지 않는 모양이야.」

「머리가 안 팔린다고요? 그게 대체 무슨 시답잖은 소리요?」 나는 화가 치밀었다. 「주인장, 당신 얘기는 작살잡이라는 남자가 정말로 신성한 토요일 밤에, 아니 이제는 엄밀히 따져서 일요일 아침에 이 도시를 돌아다니며 머리 행상을 한다는 그 말씀이오?」

「바로 그렇다니까. 시장에 물건이 넘쳐서 여기서는 팔지 못할 거라고 말해 줬건만.」

「뭐가 넘쳐요?」 나는 소리를 버럭 질렀다.

「그야 물론 머리지. 세상에 머리가 너무 많잖아.」

「분명히 말해 두지만, 주인장.」 나는 상당히 침착하게 말했다. 「그런 헛소리는 지어내지 않는 게 좋을 거요. 나도 풋내기는 아니거든.」

「그럴지도 모르지.」 그는 나뭇조각을 가져다 깎아서 이쑤시개를 만들었다. 「하지만 자네가 자기 머리에 대해 험담하는 걸 작살잡이가 듣는다면 자넨 끝장나는 거야.」

「그럼 내가 그 작자 머리통을 부숴 버리지.」 밑도 끝도 없는 주인장의 얘기에 또 화가 치밀었다.

「벌써 부서졌어.」 그가 말했다.

「부서졌다고? 부서졌단 말이오?」

「그래. 그러니 팔릴 리가 있나.」

「주인장.」 나는 눈보라 치는 헤클라 산[15]만큼이나 냉철하게 말했다. 「주인장, 이쑤시개 좀 그만 깎고 우리 허심탄회하게 얘기 좀 합시다. 지금 당장 하자고요. 내가 이 여인숙에 와서 침대를 청했소. 그랬더니 당신은 절반밖에 줄 수 없다면서 나머지 절반은 작살잡이라는 사내가 쓴다고 했죠. 그리고 나로서는 일면식도 없는 작살잡이에 대해 당신은 도무지 얼떨떨하고 분통 터지는 얘기만 늘어놓는데, 한 침대를 쓰게 해놓고는 어째서 자꾸 불편한 마음이 들게 하는 거요. 아닌 말로 살을 맞대고 자는 건데, 그런 관계란 대단히 친밀하고 허물없는 사이란 말이오, 주인장. 그러니 지금 이 자리에서 작살잡이라는 사내의 정체가 뭔지, 모든 걸 따져 봤을 때 그와 밤을 보내도 안전한지 분명하게 밝히시오. 그리고 그보다 먼저, 머리를 팔러 다닌다는 얘기는 취소하는 게 좋겠소. 그게 사실이라면 이 작살잡이는 미치광이인 게 틀림없고, 나는 미친놈하고는 잘 생각이 없으니까. 그리고 당신, 주인장 당신 말인데, 뭔가 알면서도 나를 곤경에 빠뜨리려 들었다간 처벌을 면치 못할 거요.」

15 아이슬란드에 있는 활화산.

「허어.」 주인은 숨을 길게 내쉬며 말했다. 「젊은 친구가 설교가 길군. 가끔씩 말도 살짝 거칠고. 하지만 진정하게, 진정하라고. 내가 말한 작살잡이는 남양(南洋)에서 왔는데, 거기서 향유로 처리한 뉴질랜드 원주민 머리를 잔뜩 사 왔거든. 자네도 알겠지만 이게 대단한 장식품이지 않나. 그런데 다 팔고 하나 남은 걸 오늘 밤 팔러 나간 거야. 내일은 일요일이라 다들 교회에 갈 텐데 사람 머리를 거리에서 팔지는 못할 거 아닌가. 지난 일요일에도 나가고 싶어 했지만, 무슨 양파처럼 두개골 네 개를 주렁주렁 매달고 나가려는 걸 간신히 막았지.」

설명을 듣고 보니 지금까지 이해되지 않던 수수께끼가 풀렸고, 주인도 나를 놀리려는 마음이 있던 건 아니라는 게 밝혀졌다. 그렇기는 해도 토요일 밤이 신성한 안식일로 넘어가도록 돌아오지 않고 죽은 이교도의 머리를 파는 식인종 짓거리를 하고 다니는 이 작살잡이를 대체 어떻게 봐야 할까?

「듣자 하니, 주인장. 이 작살잡이는 위험한 사람이군요.」

그러자 〈돈은 꼬박꼬박 낸다〉는 대답이 돌아왔다. 「하지만 너무 늦었으니 자네는 가서 몸을 눕히는 게 좋겠네. 좋은 침대야. 마누라랑 결혼한 날 그 침대에서 잤지. 둘이 실컷 뒹굴어도 될 만큼 넉넉하네. 무진장 큰 침대라고. 왜 아니게, 그걸 손님용으로 내놓기 전까지 마누라는 샘이랑 어린 조니를 발치에서 재우곤 했다네. 그런데 하루는 내가 꿈을 꾸다 버둥거렸는지 샘이 바닥으로 굴러 떨어져 팔이 부러질 뻔했어. 그때부터 마누라는 저 침대가 싫다는 거야. 따라오게. 초를 줄 테니.」 그러면서 초에 불을 붙여 내게 건네주고는 앞장서 걸어갔다. 하지만 나는 마음을 정하지 못한 채 그대로 서 있었다. 주인은 구석에 걸린 시계를 보며 큰 소리로 말했다. 「벌써 일요일이군. 오늘 밤에는 작살잡이를 보지 못할 거야. 어디 다른 곳에 닻을 내린 모양이니. 자, 따라오게. 어서. 안 올 텐가?」

나는 잠시 생각하다가 계단을 올라갔고, 주인장이 이끄는 대로 작은 방에 들어갔더니 조개처럼 싸늘한 그곳에는 아니나 다를까, 작살잡이 넷이 나란히 누워도 될 만큼 어마어마하게 커다란 침대가 있었다.

「자.」 주인은 세면대와 탁자를 겸하는 대단히 낡은 궤짝 위에 초를 내려놓았다. 「그럼 편히 쉬고 잘 주무시게.」 침대를 바라보던 눈길을 돌렸을 때 그는 이미 사라진 뒤였다.

이불을 젖히고 침대 위로 몸을 숙였다. 아주 우아하다고는 할 수 없었지만, 꼼꼼히 살펴본 바로는 그럭저럭 나쁘지 않았다. 그런 다음에야 방을 훑어봤는데, 침대와 탁자 외에 다른 가구는 하나도 없이 조잡한 선반과 사방의 벽, 종이를 발라서 고래를 공격하는 남자를 그려 넣은 난로 가림판뿐이었다. 원래 이 방에 속하지 않았던 것으로는 돌돌 묶어서 한쪽 바닥에 던져 놓은 그물 침대가 있었고, 작살잡이의 옷가지가 담긴, 커다란 선원용 자루는 그가 뭍에서 트렁크 대용으로 쓰는 것임에 틀림없었다. 그 밖에 벽난로 선반에 뼈로 만든 특이한 낚싯바늘 꾸러미가 있고, 침대 머리맡에는 긴 작살이 서 있었다.

하지만 궤짝 위에 놓인 이건 뭐지? 집어서 불에 가까이 비춰 보고 만져 보고 냄새도 맡아 보면서 납득할 만한 결론을 도출하기 위해 온갖 궁리를 거듭했다. 비유하자면 그건 원주민들이 모카신에 얼룩덜룩한 호저 가시를 두르는 것처럼, 딸랑거리는 작은 쇠붙이로 가장자리를 장식한 커다란 현관 매트 같았다. 매트 한복판에는 남아메리카 판초처럼 구멍 같기도 하고 절개선 같기도 한 것이 뚫렸다. 정신이 멀쩡한 작살잡이가 현관 매트를 뒤집어쓴 차림으로 기독교도의 도시를 활보하는 게 가능한 일일까? 어디 한번 입어 보자고 뒤집어썼더니 어쩌나 거칠고 두꺼운지 바구니처럼 몸을 짓눌렀고, 수수께끼의 작살잡이가 비 오는 날 입고 다녔는지 조금 축축한 것 같았다. 그걸 입고 작은 벽 거울 앞에 서보았는데, 내 평생 그런 몰골을 보기는 처음이었다. 얼른 벗으려는 마음에 급히 서두르다가 목에 경련이 일어났다.

침대에 걸터앉아, 머리 행상을 한다는 작살잡이와 그의 현관 매트에 대해 생각하기 시작했다. 잠시 그렇게 생각을 하다가 일어나서 짧은 재킷을 벗고는 방 한가운데 선 채로 다시 생각에 골몰했다. 그러다 상의를 벗고 속옷 차림으로 좀 더 생각했다. 하지만 옷을 반쯤 벗은 차림이다 보니 한기가 너무 심했고, 작살잡이가 오늘 밤에는 아예 오지 않을 거라는 주인의 말을 떠올리고는, 시간도 이렇게 늦었으니 더는 마음 끓일 것 없이 바지와 부츠를 벗고 촛불을 불어서 끈 다음 침대로 들어가서 하늘의 뜻에 나를 맡겼다.

매트리스 속을 옥수숫대로 채웠는지 아니면 사기 조각으로 채웠는지는 알 길은 없지만, 나는 한참을 뒤척이며 오래도록 잠을 이루지 못했다. 마침내 깜빡 잠이 들어 꿈나라를 향해 나아가려는 찰나에, 복도에서 묵직한 발소리가 들리더니 문 밑으로 희미하게 불빛이 스며드는 것이 보였다.

주여, 살려 주소서. 작살잡이, 악마 같은 머리 행상이 틀림없었다. 하지만 나는 꼼짝도 하지 않고 가만히 누워 말을 걸어 오기 전까지는 한마디도 하지 않겠다고 마음먹었다. 한 손에 초를 들고 다른 손에는 정체를 말해 주는 그 뉴질랜드 머리를 든 낯선 사내가 방으로 들어오더니, 침대 쪽으로는 눈길도 주지 않은 채 멀리 떨어진 바닥에 초를 내려놓고는 내가 말한 커다란 자루의 끈을 풀기 시작했다. 나는 얼굴을 보고 싶어 안달이 났지만 그는 자루를 푸느라 얼굴을 돌린 채였다. 그리고 그 일이 끝나자 돌아섰는데, 맙소사! 그 모습이라니! 그 얼굴이라니! 검고 자줏빛이 도는 누리끼리한 색에, 크고 거무스름하고 네모난 것이 덕지덕지 붙어 있었다. 내 생각이 맞았다. 침대를 같이 쓰기엔 끔찍한 사람이었다. 주먹다짐을 벌이다 심한 상처를 입고 의사에게 갔다 온 게 틀림없었다. 그런데 그때 마침 그가 불빛을 향해 얼굴을 돌렸고, 뺨에 붙은 네모진 검은 물건이 고약이 아니라는 걸 분명히 알 수 있었다. 그건 얼룩 같은 거였다. 처음에는 얼른 갈피가 잡히지 않았지만, 이윽고 어렴풋한 진실이 감지되었다. 어느 백인, 그 사람도 고래잡이였는데, 그 백인이 식인종에게 붙들렸다가 문신을 당했다는 얘기를 들은 적이 있었다. 이 작살잡이도 먼 바다를 항해하다 비슷한 꼴을 당한 게 틀림없다고 결론을 내렸다. 그리고 그게 뭔들 무슨 상관이랴 싶었다. 그건 사내의 겉모습일 뿐이다. 어떤 껍질을 뒤집어썼더라도 정직할 수는 있으니까. 그렇지만 네모난 문신과 별개로 저 섬뜩한 얼굴빛은 뭐란 말인가. 아무래도 열대의 햇볕에 심하게 그을린 게 틀림없을 테지만, 이글거리는 태양을 �쐰다고 백인이 불그죽죽한 노란색이 된다는 얘기는 금시초문이었다. 하기야 나는 남양에 가 본 적이 없으니, 어쩌면 그곳의 태양은 살갗에 이런 특별한 효과를 발휘하는지도 모르지. 아무튼 이런 생각들이 번개처럼 뇌리를 스치는 동안에도 작살잡이는 내 존재를 전혀 알아차리지 못했다. 하지만 어렵 사리 자루를 끄르고는 안에 있는 것들을 뒤적이기 시작하더니, 일종의 손도끼와 털이 그대로 달린 물개 가죽 지갑을 끄집어냈다. 이런 것들을 방 한복판의 낡은 궤짝에 올려놓고는 소름이 오싹 끼치는 뉴질랜드 머리를 자루에 쑤셔 넣었다. 그런 다음 모자를, 그것도 비버 가죽으로 만든 새 모자를 벗었는데, 나는 새삼스레 놀란 나머지 하마터면 소리를 내지를 뻔했다. 머리카락이 한 올도, 아무튼 머리카락이라고 할 만한 것은 전혀 없이, 이마에만 짧게 꼰 머리털이 작은 사마귀처럼 매달려 있었다. 불그죽죽한 그의 대머리는 아무리 봐도 곰팡이가 핀 두개골 같았다. 이 낯선 사내가 문을 막고 서지 않았다면 나는 음식을 허겁지겁 삼켰을 때보다 더 빨리 그 방에서 뛰쳐나갔을 터다.

상황이 그렇다 보니 창문으로 빠져나갈까도 생각했지만, 거기는 2층 복도 끝 방이었다. 나도 겁쟁이는 아닌데, 머리를 팔러 다니는 이 불그죽죽한 악당만큼은 어떻게 해야 할지 도무지 갈피가 잡히지 않았다. 무지는 두려움의 아버지라서 낯선 사내 때문에 완전히 당황하고 어리둥절한 나는, 고백하건대 급기야 한밤중에 악마가 방에 침입하기라도 한 것만큼이나 겁이 났다. 실제로 어찌나 두려웠는지, 그에게 말을 걸고 납득할 수 없어 보이는 것들에 대해 속 시원한 답을 요구할 배짱도 없었다.

그러는 동안에도 그는 계속 옷을 벗었고 마침내 가슴과 팔뚝까지 드러났다. 맙소사, 옷에 가렸던 부분에도 얼굴과 똑같은 네모꼴 문신이 새겨졌고 등 역시 똑같은 검정색 네모

천지였다. 30년 전쟁[16]에 나갔다가 반창고를 속옷 대신 붙이고 막 도망쳐 나오기라도 한 것 같았다. 심지어 다리마저 어린 야자수 줄기를 타고 오르는 암녹색 개구리 떼처럼 얼룩덜룩했다. 이제 그가 남양에서 포경선을 타고 이 기독교 국가에 내린 역겨운 야만인이라는 사실이 분명해졌다. 이런 생각만으로도 몸이 덜덜 떨렸다. 게다가 머리 행상이라니. 아마 제 동포의 머리겠지. 내 머리도 노릴지 몰라. 오, 하느님! 저 손도끼 좀 봐!

하지만 몸서리치고 있을 때가 아니었다. 야만인이 하기 시작한 행동이 내 관심을 완전히 사로잡았고, 이교도인 게 틀림없다는 확신을 심어 주었기 때문이다. 묵직한 넝마인지 망토인지 외투인지, 아무튼 조금 전에 의자에 걸쳐 놓은 옷 주머니를 뒤지던 그는 별나게 생긴 작고 볼품없는 우상을 꺼냈는데, 모양은 곱사등이에, 태어난 지 사흘쯤 지난 콩고의 갓난아기 색깔이었다. 향유에 적신 머리를 떠올리자, 처음에는 이 검은 인형도 그렇게 처리한 진짜 아기일 거라는 생각이 들었다. 하지만 전혀 유연하지 않고 광을 낸 흑단처럼 반짝이는 걸 보고서야 나무를 깎아 만든 우상일 거라는 결론을 내렸고, 실제로도 그렇게 입증되었다. 야만인은 불도 피우지 않은 벽난로로 가더니, 종이 가림막을 치우고 조그만 곱사등이 우상을 장작 받침쇠 사이에 볼링 핀처럼 세웠다. 안쪽 굴뚝 기둥과 벽돌은 숯검정투성이였고, 그가 만든 콩고 우상의 사당 또는 예배당으로는 벽난로가 과연 안성맞춤이라는 생각이 들었다.

바야흐로 일어날 일을 보려고 눈을 찡그려 가며 반쯤 가

16 1618~1648년, 독일을 무대로 신교와 구교 간에 벌어진 종교 전쟁.

려진 우상을 쳐다보는 내 심정은 조마조마했다. 그는 우선 외투 주머니에서 대팻밥을 두어 줌 꺼내 우상 앞에 얌전히 놓고, 약간의 건빵을 그 위에 얹은 다음 촛불을 가져다 대팻밥에 제의의 불을 붙였다. 그러고는 불 속으로 몇 번이나 후다닥 손을 넣었다가 서둘러 빼기를 반복한 끝에(그러는 와중에 손가락을 심하게 덴 것 같았지만) 마침내 건빵을 끄집어내는 데 성공했고, 후후 불어 열을 식히고 재를 털어 낸 그것을 작은 흑인에게 공손히 바쳤다. 하지만 작은 악마는 그렇게 마른 음식을 좋아하지 않는지 입도 달싹하지 않았다. 이상야릇한 짓을 하는 내내 신자의 목구멍에서는 더 기괴한 소리가 곁들여졌는데, 기도에 가락을 붙였거나 이교도 찬송가 같은 걸 부르는 듯했고, 그러는 동안 얼굴은 더없이 부자연스럽게 씰룩였다. 마침내 불을 끄고 우상을 대단히 불경스레 집어, 사냥꾼이 죽은 도요새를 다루는 품새로 외투 주머니에 아무렇게나 집어넣었다.

이런 해괴한 일들은 내 마음을 더 불편하게 만들었고, 그가 일을 마무리하고 내가 누운 침대로 뛰어들 강력한 조짐이 보이는 터라, 불이 꺼지기 전에 내내 묶였던 이 주술을 풀어야지 지금이 아니면 영영 기회를 놓칠 거라고 생각했다.

하지만 할 말을 궁리하는 그 시간은 끔찍했다. 탁자에서 손도끼를 집어 든 그는 잠시 대가리 부분을 살펴보고는 불에 가져갔다가 손잡이를 입에 물더니, 담배 연기를 구름처럼 내뿜었다. 그다음 순간 불이 꺼지고 야만스러운 식인종이 입에 손도끼를 문 채 내가 누운 침대로 뛰어들었다. 나는 비명을 질렀다. 도저히 참을 수가 없었다. 그도 깜짝 놀라 으르렁거리며 나를 더듬기 시작했다.

나는 알 수 없는 소리를 떠듬대며 몸을 빼서 벽에 붙였고, 그런 다음에 당신이 누군지 뭐 하는 사람인지 모르지만 제발 조용히 하라고, 내가 일어나서 불을 다시 켜게 해달라고 애원했다. 하지만 가르랑거리는 것 같은 그의 반응을 보니 내 말뜻을 오해한 게 틀림없었다.

「대체 너 누구냐?」 그가 마침내 입을 열었다. 「말 안 하면 나 너 죽인다.」 그러고는 어둠 속에서 나를 향해 불이 붙은 손도끼를 휘두르기 시작했다.

「주인장, 이런 세상에, 피터 코핀!」 나는 소리를 질렀다. 「주인장! 이봐요! 코핀! 천사님들! 살려 주세요!」

「말해! 너 누구냐. 말 안 하면 나 너 죽인다!」 식인종은 또다시 으르렁거렸고, 손도끼를 무섭게 휘두르는 통에 뜨거운 담뱃재가 날려서 이러다 내 속옷에 불이 붙지 않을까 걱정이 될 지경이었다. 하지만 다행히 바로 그때 주인이 초를 들고 방으로 들어왔고, 나는 냉큼 침대에서 내려가 그에게 달려갔다.

「이제 무서워할 것 없네.」 그는 여전히 히죽거리며 말했다. 「여기 퀴퀘그는 자네 머리카락 한 오라기도 건드리지 않을 테니.」

「히죽거리지 좀 말아요.」 나는 버럭 소리를 질렀다. 「그리고 어째서 저 악마 같은 작살잡이가 식인종이라는 얘기를 안 한 거요?」

「자네가 알 거라고 생각했지. 거리에서 머리를 팔고 다닌다는 얘기 안 했던가? 어쨌거나 몸뚱이 눕히고 잠이나 자게. 퀴퀘그, 이봐. 너 나 안다, 나 너 안다, 이 남자 너랑 같이 잔다. 알았지?」

「나 잘 안다.」 퀴퀘그는 침대에 일어나 앉아 파이프를 뻐

끔대며 툴툴거렸다.

「너 들어온다.」 그는 손도끼로 나를 가리키며 말하고는 이불 한쪽을 젖혔다. 그 행동은 정중할 뿐 아니라 대단히 다정하고 자상하기까지 했다. 나는 선 채로 잠시 그를 쳐다봤다. 문신으로 몸을 뒤덮긴 했어도 전체적으로 깨끗하고 말쑥해 보이는 식인종이었다. 대체 뭣 때문에 이 난리를 피운 걸까, 나는 속으로 생각했다. 이 남자도 나랑 똑같은 인간이야. 내가 그를 두려워하는 것처럼 그에게도 나를 겁낼 이유가 있어. 술에 취한 기독교인보다는 정신 말짱한 식인종하고 자는 게 낫지.

「주인장, 저 손도끼인지 파이프인지, 뭔지 모를 저것 좀 치우라고 하쇼. 그러니까 담배 좀 끄라고 해요. 그러면 같이 자리다. 하지만 침대에서 담배를 피우는 사람 옆에서 자고 싶진 않아요. 위험하니까. 게다가 난 보험도 안 들었단 말이오.」

그 말을 퀴퀘그에게 전하자 그는 순순히 응했고, 다시 한번 나를 향해 침대에 들어오라는 정중한 몸짓을 해 보였다. 그러면서 다리 한쪽 건드리지 않겠다는 듯 몸을 최대한 한쪽으로 비켰다.

「주무쇼, 주인장. 이제 가보셔도 됩니다.」 내가 말했다.

나는 침대로 들어갔고, 내 평생 그렇게 달게 잔 건 처음이었다.

4
이불

다음 날 아침 동틀 무렵에 깨어 보니 퀴퀘그의 팔이 내 몸에 얹혔는데, 그 모습이 다정하고 사랑스럽기 이를 데 없었다. 누가 봤더라면 내가 그의 마누라인 줄 알았을 것이다. 이불도 네모지고 세모진 작은 헝겊을 알록달록하게 잔뜩 이어 붙였는데, 그의 팔도 크레타 미궁처럼 끝없는 형상의 문신으로 뒤덮였고 색깔까지 제각각이었다. 아마 바다에서 생활하는 동안 햇볕과 그늘을 들락거리며 아무 때나 내키는 대로 소매를 걷었기 때문인 듯했다. 그의 팔은 암만 봐도 조각 이불의 한 부분처럼 보였다. 실제로 처음 잠에서 깨어 이불 위에 반쯤 올려놓은 팔을 봤을 땐 구분이 어려울 만큼 색깔이 서로 어우러졌고, 퀴퀘그가 나를 끌어안고 있는 걸 안 건 순전히 무게와 누르는 힘 때문이었다.

기분이 야릇했다. 그 기분을 애써 설명해 보자면 이렇다. 어렸을 때 이와 비슷한 상황에 처했던 또렷한 기억이 있는데, 그게 꿈이었는지 생시였는지는 확실히 분간이 서지 않는다. 이런 상황이었다. 나는 천방지축 장난을 치고 있었다. 며칠 전에 청소하는 걸 보고는 굴뚝에 올라가려고 한 것 같다.

계모는 이런저런 이유로 툭하면 내게 회초리를 들거나 저녁을 굶긴 채 방으로 올려 보내곤 했는데, 그때도 내 다리를 잡고 굴뚝에서 끌어내리더니 2시밖에 안 됐는데 자라며 올려 보냈다. 북반구에서 해가 제일 길다는 6월 21일이었다. 끔찍했지만 어쩔 도리 없이 3층의 작은 방으로 올라가 어떻게든 시간을 보내려고 최대한 천천히 옷을 벗고는 쓰라린 한숨과 함께 이불 속으로 들어갔다.

침대에 누워 우울한 마음으로 따져 보니 열여섯 시간이 지나야 다시 깨어날 수 있었다. 열여섯 시간을 침대에 누워 있어야 한다니! 생각만으로도 허리가 욱신거렸다. 게다가 날은 어찌나 환한지. 창가에 반짝이는 햇살, 달그락거리며 거리를 지나는 마차 소리, 집 안 곳곳에서 들려오는 활기찬 목소리들. 나는 결국 일어나 앉아 옷을 입고는 양말 바람으로 조용히 내려가 계모의 발치에 냅다 엎드리곤 차라리 슬리퍼로 잘못을 벌해 달라고, 뭐든 좋으니 그렇게 견딜 수 없이 긴 시간 동안 침대에 누워 있게 하는 것만은 말아 달라고 간청했다. 하지만 계모는 세상에서 가장 훌륭하고 양심적인 계모였기 때문에 나는 다시 방으로 올라가야 했다. 몇 시간을 뜬 눈으로 누워 보냈는데, 그 후로 많은 일을 겪었건만 더없이 심한 역경을 당했을 때보다도 그때가 훨씬 괴로웠다. 그러다 마침내 사나운 악몽에 깜빡 빠져든 모양이었다. 천천히 잠에서 깨어난 나는 아무튼 비몽사몽인 채로 눈을 떴는데, 조금 전까지 햇살이 눈부시던 방은 어느새 밤의 어둠에 휩싸여 있었다. 순간적으로 한 줄기 충격이 온몸을 관통하는 느낌이었다. 아무것도 보이지 않고 아무것도 들리지 않는데, 어떤 초자연적인 손 하나가 내 손아귀에 들어온 것만 같았다.

내 팔은 이불 위에 놓았고, 뭔지 알 수 없고 형언할 수도 없는 조용한 형체인지 유령인지, 아무튼 이 손의 주인이 내 침대 옆에 바짝 붙어 앉은 느낌이었다. 영원에 영원을 더한 것 같은 시간 동안 이루 말할 수 없이 끔찍한 두려움에 차마 손을 움직일 엄두조차 내지 못한 채 누워 있었지만, 속으로는 손을 움찔거릴 수만 있어도 이 마법이 풀릴 거라고 생각했다. 그 의식이 어떻게 슬그머니 사라졌는지는 알 수 없으나, 아침에 잠에서 깬 나는 기억을 떠올리며 몸서리를 쳤고, 몇 날 몇 주 몇 달이 지나도록 이 미스터리를 풀기 위해 어지러운 생각에 골몰했다. 하지만 웬걸, 지금 이 시간까지도 종종 그 수수께끼를 가지고 씨름할 때가 많다.

그런데 끔찍한 두려움만 제외한다면 초현실적인 손을 쥐었을 때의 야릇한 기분은 눈을 떠서 퀴퀘그라는 이교도의 팔이 나를 끌어안은 걸 봤을 때의 느낌과 매우 흡사했다. 이윽고 간밤의 일들이 생생하게 고정불변의 현실로 하나씩 기억났고, 나는 그렇게 우스꽝스러운 곤경에 처한 채 살아서 누워 있었다. 신부를 끌어안은 신랑 같은 그의 팔을 치워 보려 했지만, 잠을 자면서도 어쩌나 나를 꽉 껴안았는지 죽음이 아니고서는 아무것도 우리를 갈라놓을 수 없을 듯했다. 그를 깨워 보려 했다. 「퀴퀘그!」 하지만 돌아온 대답은 코 고는 소리뿐이었다. 그래서 돌아누웠더니 목에 말굴레를 채운 것 같고, 갑자기 몸이 살짝 긁히는 느낌이 들었다. 이불을 젖혀 보니 야만인 옆에 손도끼가 도끼 얼굴을 한 아기처럼 누워 있었다. 이 무슨 해괴망측한 노릇인가. 백주에 낯선 집에서 식인종도 모자라 손도끼와 한 침대에 누워 있다니! 「퀴퀘그! 제발 좀, 퀴퀘그, 일어나!」 마침내 한참 몸부림을 치며 같은 남자끼리 부부처럼 끌어안고 있는 게 얼마나 볼썽사나운 일인지 큰 소리로 타이른 끝에 그에게서 툴툴거리는 소리를 끌어낼 수 있었다. 이윽고 그는 팔을 거둬들이고는 방금 물에서 나온 뉴펀들랜드 개처럼 몸을 부르르 떨더니 창 자루만큼이나 뻣뻣하게 침대에 일어나 앉아 나를 쳐다보는데, 내가 왜 거기 있는지 통 기억이 나지 않는 것처럼 눈을 비볐지만 희미하게나마 나에 대해 뭔가를 안다는 의식이 서서히 떠오르는 듯했다. 그러는 동안 나는 누운 채로 말없이 그를 쳐다봤고, 이제는 불안감도 가신 터라 이 신기한 생명체를 면밀히 관찰하는 일에 몰두했다. 마침내 그는 잠자리 친구에 대해 마음을 정한 것 같았다. 말하자면 현실을 있는 그대로 받아들이기로 한 것이었다. 바닥으로 훌쩍 내려선 그는 괜찮다면 자신이 먼저 옷을 입고 방을 비워 줄 테니 그다음에 옷을 입으라는 뜻을 몸짓과 소리로 분명히 전달했다. 퀴퀘그, 이런 상황에서 제법 교양 있는 제안인걸. 우리가 어떻게 생각하건 야만인들은 실제로 섬세한 내면을 지녔다. 그들은 본래 놀랄 정도로 정중하다. 내가 이런 찬사를 퀴퀘그에게 바치는 까닭은, 침대에서 그를 뚫어져라 쳐다보며 몸단장을 하는 내내 눈을 떼지 않았으니 무례도 그런 무례가 없었건만 그는 나를 너무나 정중하게 대했기 때문이다. 하지만 그때는 호기심이 예의를 물리쳤다. 아무튼 퀴퀘그 같은 남자를 날마다 볼 수 있는 것도 아니고, 그와 그의 행동거지는 유심히 관찰할 가치가 충분했다.

그는 비버 가죽 모자를 쓰는 것으로 위에서부터 치장을 시작했다. 아무튼지 대단히 높은 모자 다음에는 여전히 바지를 입지 않은 상태에서 부츠를 찾아 들었다. 대체 왜 그러는

지는 알 수 없었지만, 그의 다음 동작은 모자를 쓰고 부츠를 손에 든 채 침대 밑으로 몸을 구겨 넣는 것이었다. 한참이나 가쁜 숨을 몰아쉬고 버둥거리며 부산을 떠는 것으로 보아 부츠를 신느라 안간힘을 쓰는 것 같았다. 부츠 신는 모습을 남에게 보이면 안 된다는 예법은 들어 본 바 없지만, 퀴퀘그는 보다시피 애벌레도 아니고 나비도 아닌, 변이 단계의 생명체였다. 개화했다고 해봐야 이렇게 괴상하기 짝이 없는 방식으로 자신의 특이함을 과시하는 수준이었다. 교육은 아직 끝나지 않았으며 졸업은 아직 멀었다. 아마 이만큼이나마 개화하지 않았더라면 부츠 따위를 신을 생각도 하지 않았겠지만, 또 한편으로는 야만인의 기질을 그대로 간직하지 않았다면 그걸 신겠다고 침대 밑으로 들어간다는 건 꿈에도 생각하지 못했을 것이다. 아무튼 그는 온통 찌그러진 모자를 눈 위까지 눌러쓴 채 밖으로 나오더니 쿵쾅거리며 방 안을 돌아다니기 시작했는데, 눅눅하고 주름 잡힌 쇠가죽 부츠, 아마도 맞춤 제작은 아닐 그 부츠가 아직 길이 들지 않아서 살이 에이게 추운 아침에 처음 신었을 때는 발을 옥죄기 때문이었을 것이다.

이제 보니 창문에 커튼이 없는 데다 길도 몹시 좁아 건너편 집에서 방이 훤히 들여다보였고, 모자와 부츠 말고는 아무것도 걸치지 않은 퀴퀘그의 꼴사나운 모습을 한참 지켜보던 나는 최대한 정중하게, 제발 몸치장을 서두르고 무엇보다 바지 좀 빨리 입으라고 애원했다. 그는 순순히 내 말을 따르고는 씻기 시작했다. 기독교도라면 누구나 얼굴을 씻었을 아침 시간이었다. 그런데 퀴퀘그는 놀랍게도 가슴과 팔, 손을 씻는 것으로 끝이었다. 그런 다음 조끼를 입고 세면대 겸 탁자에서 단단한 비누를 가져다가 물에 담근 후 얼굴에 거품을 바르기 시작했다. 면도칼은 어디 두었을지 둘러보는데, 아니 이럴 수가. 그는 침대 모서리에 세워 둔 작살을 가져다 기다란 나무 자루를 뽑아내고 칼집을 벗기더니 부츠에 쓱쓱 문질러 날을 간 후 벽의 작은 거울 앞으로 성큼성큼 걸어가 힘차게 수염을 밀기 시작했다. 뺨에 작살질을 했다고 해야 더 정확하려나. 퀴퀘그 이 친구, 로저스 상회의 최고급 칼붙이를 거칠게 사용하는군. 나는 나중에야 작살의 날이 얼마나 좋은 강철로 만들어졌는지, 길고 곧은 날을 늘 얼마나 아주 예리하게 간수하는지 알고는 이런 행동에 별로 놀라지 않게 되었다.

나머지 몸단장은 금세 끝났고, 그는 커다란 선원용 재킷으로 몸을 감싸고 장군의 지휘봉처럼 작살을 휘두르며 당당하게 밖으로 나갔다.

5
아침 식사

나도 얼른 채비를 마치고 술청으로 내려가 히죽거리는 주인에게 매우 기분 좋게 말을 건넸다. 잠자리 친구와 관련하여 적잖이 장난을 치긴 했어도 그에게 악감정은 없었다.

그렇지만 실컷 웃는 건 무척 좋은 일이고, 좋은 일치고는 대단히 드문 일이다. 그래서 더 애석하다. 그러니 좋은 웃음거리가 될 만한 누가 나타난다면, 행여 꽁무니를 빼는 일 없이 스스로를 유쾌하게 웃음의 소재로 삼으며 웃음거리가 될 수 있게 해주자. 웃음거리를 넘치게 지닌 사람이라면 당신이 생각하는 것보다 더 많은 장점이 있을 게 틀림없다.

술청엔 내가 제대로 볼 기회가 없던 간밤의 투숙객들이 가득했다. 거의 대부분 고래잡이였다. 일등 항해사, 이등 항해사, 삼등 항해사, 배 목수, 배 통장이, 배 대장장이, 작살잡이에 배지기까지, 다들 까무잡잡하고 근육질에 수염이 무성했다. 머리는 헝클어지고 덥수룩했으며, 하나같이 실내복 대신 짧은 선원용 재킷을 입었다.

제각각 뭍에 올라온 지 얼마쯤 됐는지 훤히 보였다. 여기 젊은 친구의 생기 넘치는 뺨은 햇볕에 잘 익은 배 색깔인데다 사향 냄새가 풍길 것 같으니, 인도양을 항해하고 돌아온 지 사흘이 지나지 않았을 것이다. 옆 남자는 얼굴빛이 훨씬 옅고 마호가니 색이 살짝 감도는 것 같기도 하다. 세 번째 남자의 얼굴 빛깔엔 여전히 열대의 황갈색이 남아 있지만 그러면서도 살짝 탈색된 느낌이다. 그렇다면 뭍에서 이미 꼬박 몇 주는 어슬렁거린 게 틀림없다. 하지만 누가 퀴퀘그 같은 뺨을 보여 줄 수 있을까? 다채로운 색감이 어우러진 그의 뺨은 안데스의 서쪽 기슭처럼 지대별로 대조적인 기후를 한 두름에 엮어 보여 준다.

「어이, 식사들 하쇼!」 주인이 문을 활짝 열고 외치자 다들 아침을 먹으러 갔다.

세상을 두루 돌아다니며 많은 걸 본 사람은 태도가 느긋하고 남들 앞에서도 평정심을 잃지 않는다고들 한다. 하지만 꼭 그런 건 아니다. 그중에서도 뉴잉글랜드의 위대한 여행가 레디어드와 스코틀랜드의 먼고 파크,[17] 이 두 사람은 응접실에만 들어서면 자신감을 잃었다. 하지만 레디어드는 개 썰매를 타고 시베리아를 횡단했고 불쌍한 먼고는 흑인의 땅인 아프리카에서 주린 배를 부여안고 홀로 오래 걸었던 게 고작이니, 이런 종류의 여행은 세련된 사교술을 익히기에 가장 좋은 방법은 아닐지도 모른다. 그래도 대부분의 경우 그런 기술들을 어디서든 터득하게 된다.

이런 생각을 한 건 다들 식탁에 앉은 후였고, 나는 재미있는 고래잡이 이야기를 들을 기대에 부풀었다. 그런데 이거 참 놀랍게도 거의 모두가 깊은 침묵에 잠겼다. 그것도 모자라 다들 난감해하는 눈치였다. 아니, 폭풍우가 몰아치는 가

17 존 레디어드와 먼고 파크는 모두 18세기 말에 활동한 탐험가들이다.

운데 엄청나게 큰 고래, 그것도 생전 처음 보는 고래를 수줍은 기색 없이 잡아 올리고 눈도 깜빡하지 않은 채 사투를 벌여서 죽이는 용맹한 바닷사람들이 직업도 똑같고 취향까지 비슷한 사람들이 모여 앉은 아침 식탁에서는 그린 산맥[18]의 목장을 한 번도 떠나 본 적 없는 양 떼마냥 부끄러워하며 서로를 힐끔거릴 뿐이었다. 이 얼마나 희한한 광경인가! 숫기 없는 곰, 소심한 전사 같은 고래잡이들이라니!

그런데 마침 상석에 앉은 퀴퀘그(당연히 퀴퀘그도 그 가운데에 있었으니까)도 고드름처럼 냉랭했다. 예의범절을 칭송할 수준이 아니었던 것은 확실했다. 그를 아무리 좋아하더라도 아침을 먹는 자리에 작살을 가져와 아무렇지 않게 사용하는 걸 진심으로 정당화할 수는 없었을 것이다. 남의 머리를 찌를 위험이 있는데도 그걸 테이블 위에서 휘두르며 비프스테이크를 끌어당겼으니 말이다. 하지만 정작 본인은 아주 태연했고, 누구나 알다시피 대부분의 사람들은 태연한 행동을 신사답다고 여긴다.

퀴퀘그가 커피와 따뜻한 롤빵을 멀리한 채 설익은 비프스테이크에만 온 관심을 집중한 것 따위의 별난 행동을 여기에 전부 옮기지는 않겠다. 그가 아침 식사를 마치고 다른 사람들과 함께 휴게실로 물러가서 손도끼 파이프에 불을 붙이고 조용히 앉아 담배를 피우며 소화를 시키는 것까지 보고, 내가 산책을 하러 나갔다는 얘기 정도면 충분할 터다.

18 미국 북동부 뉴잉글랜드 일대에 있는 산맥.

6
거리

퀴퀘그처럼 별난 사람이 개명 천지의 점잖은 사람들 사이에 섞여 든 모습을 처음 봤을 땐 경악할 노릇이었지만, 아침 햇살을 받은 뉴베드퍼드 거리를 처음으로 걷자니 놀라움은 금세 자취를 감췄다.

웬만한 항구에서는 부두 인근 대로에 가면 외국에서 흘러온 괴상하고 정체 모를 사람들을 심심찮게 보게 된다. 심지어 브로드웨이와 체스트넛 거리에서도 지중해에서 온 선원들이 겁에 질린 숙녀들을 밀치며 걸어 다닌다. 런던의 리젠트 거리에는 인도 사람이나 말레이 사람이 드물지 않고, 봄베이의 아폴로 그린에서는 원기 왕성한 양키가 현지인들을 놀라게 하는 일이 빈번하다. 하지만 뉴베드퍼드는 리버풀의 워터나 런던의 웨핑 같은 항구의 거리들을 능가한다. 그런 곳에서는 선원만 볼 수 있는 데 반해, 뉴베드퍼드에서는 진짜 식인종들이 길모퉁이에서 수다를 떤다. 누가 보기에도 분명한 야만인들이 고약스러운 살점이 그대로 붙은 뼈를 들고 다니는 경우도 많다. 이곳이 처음인 사람이라면 눈이 휘둥그레져서 쳐다보지 않을 수 없다.

하지만 피지와 통가타푸, 에로망고, 판나기, 브리기 사람 외에, 그리고 거칠게 돌아다녀도 별로 눈길을 끌지 못하는 고래잡이들 말고도, 훨씬 별나고 훨씬 우스꽝스러운 광경을 보게 될 것이다. 바다에 나가 돈을 벌고 명예도 얻겠다는 기대에 부푼 풋내기들이 버몬트와 뉴햄프셔에서 매주 몇십 명씩 이곳으로 몰려온다. 대부분 젊고 체격도 건장하다. 숲에서 나무를 베어 넘기던 친구들이 도끼를 내려놓고 고래 작살을 잡으려는 것이다. 대개는 그들이 떠나온 푸른 숲만큼이나 풋내 나는 풋내기들이다. 어떤 면에서는 태어난 지 이제 겨우 몇 시간밖에 안 됐다고 볼 수도 있다. 저기! 거들먹거리며 길모퉁이를 돌아가는 저 친구. 비버 모자를 쓰고 연미복에 선원용 허리띠를 매고 칼집을 찼네. 저기 또 다른 친구는 방수모에 두꺼운 외투를 입었군.

　도시에서 자란 멋쟁이는 삼복더위에 행여 손을 그을릴까 사슴 가죽 장갑을 끼고 2에이커 넓이 땅의 꼴을 베는 시골 멋쟁이, 다시 말해 영락없는 시골뜨기와 비교가 되지 않는다. 이런 시골 멋쟁이가 이름을 날려 보겠다는 생각으로 위대한 포경업에 합류할 경우, 그가 항구에 도착하는 순간 우스꽝스러운 광경이 펼쳐진다. 바다에 어울리는 복장을 갖춘다면서 조끼에 방울 단추를 달고 범포 바지에는 가죽끈을 묶었다. 안쓰러운 시골뜨기! 강풍이 휘몰아치면 그런 끈은 사정없이 끊어지고 폭풍우가 그대를 집어삼키는 순간 끈과 단추는 말할 것도 없이 그대 자체가 쓸려 가버릴 것을.

　하지만 이렇게 유명한 도시가 방문객에게 보여 줄 게 작살잡이와 식인종과 시골뜨기뿐일 거라고 생각하면 오산이다. 천만의 말씀. 뉴베드퍼드는 정말이지 이상한 곳이다. 우리 같은 고래잡이가 아니었다면 이 땅은 오늘날 래브라도 해변만큼 황량했을지도 모른다. 실제로도 내륙의 오지로 가면 척박한 풍경에 흠칫 놀랄 정도다. 하지만 도시만큼은, 모르면 몰라도 뉴잉글랜드 전체에서 가장 살기 좋은 곳이다. 그야말로 기름의 땅이니 가나안과는 다르다. 이곳은 또한 옥수수와 포도주의 땅이다. 거리에 젖과 꿀이 흐르지 않고 봄에도 신선한 달걀로 뒤덮이진 않지만, 그래도 미국에서 뉴베드퍼드보다 더 귀족적인 집, 더 풍요로운 공원과 정원을 지닌 곳은 없다. 이런 것들은 어디서 나타나 한때 화산암 찌꺼기로 뒤덮였던 이곳에 뿌리를 내린 걸까?

저기 가문의 상징을 매단 채 고고한 저택을 둘러싼 철제 작살을 들여다본다면 의문이 풀릴 것이다. 이 훌륭한 집들과 백화가 만발한 정원은 모두 대서양과 태평양과 인도양에서 나왔다. 하나도 빠짐없이 작살에 찍혀 바다 밑바닥에서 끌어 올려진 것들이다. 마법사 알렉산더[19]인들 그런 묘기를 부렸을 것인가?

뉴베드퍼드에서는 아버지들이 딸의 지참금으로 고래를 주고 조카딸에게는 돌고래를 한 명당 몇 마리씩 나눠 준다고 한다. 화려한 결혼식을 보고 싶다면 뉴베드퍼드에 갈 일이다. 집집마다 기름을 보관하는 저유조가 있어서 밤새도록 아낌없이 향유고래 기름으로 만든 양초를 밝힌다니 말이다.

멋들어진 단풍나무가 무성한 잎을 달고 길게 뻗은 대로를 초록과 황금빛으로 물들이는 여름도 볼만하다. 그리고 8월이면 촛대 같은 가지를 하늘 높이 뻗어 올린 아름답고 풍성한 침엽수들이 뾰족한 솔방울마냥 곧추 선 꽃차례를 자랑한

19 1840년대에 뉴욕에서 이름을 떨친 독일 출신 마술사.

다. 예술의 힘은 그토록 전능하다. 뉴베드퍼드의 많은 지역에서 예술은 천지 창조의 마지막 날 내버린 불모의 자갈투성이 땅을 깎아 층층이 눈부신 꽃밭을 만들어 냈다.

그리고 뉴베드퍼드의 여자들도 그들이 가꾸는 붉은 장미처럼 활짝 피어난다. 장미는 여름에만 피지만, 고운 카네이션 같은 여자들의 볼은 일곱 번째 천국[20]의 햇살처럼 영원하다. 다른 어느 곳도 여기에 견줄 수 없지만, 세일럼[21]만은 젊은 아가씨들의 숨결이 사향처럼 향기로워서 애인의 냄새를 멀리서부터 맡은 선원들이 청교도의 땅이 아닌 향기로운 몰루카 군도에 들어서는 줄 착각할 정도라고 한다.

20 신과 천사들이 거주하는 신성한 장소로 여겨진다.
21 한때 번창했던 매사추세츠 북부의 항구 도시.

7
예배당

　바로 이 뉴베드퍼드에 고래잡이들의 예배당이 있고, 인도 양이나 태평양으로 떠날 때가 얼마 남지 않아 착잡한 뱃사람들은 일요일이면 거의 빠짐없이 이곳을 찾는다. 나도 물론 마찬가지였다.

　첫날 아침 산책에서 돌아오자마자 이 특별한 볼일을 보기 위해 다시 밖으로 나갔다. 시리게 맑고 화창하던 하늘에 진 눈깨비가 휘몰아치고 안개가 자욱했다. 천이 거칠어서 곰 가죽이라고 부르는 울 재킷으로 몸을 감싼 채 맹렬한 눈보라를 뚫고 걸어갔다. 예배당에 들어가니 선원과 선원의 아내, 그리고 과부 몇몇이 드문드문 흩어져 앉아 있었다. 예배당엔 먹먹한 침묵이 감돌았고, 어쩌다 바람의 비명만이 그 침묵을 깨뜨렸다. 조용한 슬픔은 외떨어진 섬처럼 서로 소통할 수 없는 건지, 조용한 신도들은 일부러 서로 떨어져 앉은 것 같았다. 목사는 아직 오지 않았고, 조용한 섬 같은 남자와 여자들은 연단 양쪽 벽에 검은 테를 둘러 박아 놓은 대리석 판에 시선을 고정한 채 앉아 있었다. 그중 세 개는 다음과 같았는데, 정확히 옮겼다고는 자신할 수 없다.

존 텔봇

추도비

열여덟 나이에 파타고니아 앞바다

데설레이션 섬 인근에서 파도에 휩쓸려 실종

1836년 11월 1일

고인을 추모하며 누이가 세우다

◆◆◆◆◆◆◆◆◆◆◆◆◆◆◆◆◆◆◆◆◆◆◆◆◆◆◆◆◆

로버트 롱, 윌리스 엘러리, 네이선 콜맨,

월터 캐니, 세스 메이시, 새뮤얼 글리그

추도비

엘리자호의 승무원으로

태평양 근해 어장에서 고래에게 끌려가 실종

1839년 12월 31일

살아남은 동료들이 비석을 새기다

◆◆◆◆◆◆◆◆◆◆◆◆◆◆◆◆◆◆◆◆◆◆◆◆◆◆◆◆◆

고 이지키엘 하디 선장

추도비

일본 연안에서 뱃머리에 있다가

향유고래의 습격으로 사망

1833년 8월 3일

미망인이 남편을 추모하며 명판을 세우다

　얼어붙은 모자와 재킷에서 진눈깨비를 털어 내고 문가에 앉아 옆으로 고개를 돌리다가, 가까운 자리에 퀴퀘그가 있는 걸 보고 깜짝 놀랐다. 엄숙한 분위기 탓인지 그의 표정에는 불신자의 호기심 같은 경탄의 빛이 어렸다. 내가 들어오는 걸 알아차린 사람은 이 야만인뿐인 것 같았는데, 글을 몰라서 벽에 새긴 딱딱한 비문을 읽지 못하는 사람도 그뿐이었기 때문이다. 그곳에 이름을 새긴 뱃사람의 친지들이 지금 이 예배당에 몇 명이나 와 있는지는 나도 알 수 없었다. 하지만 포경업계에는 기록조차 남지 않는 사건 사고가 워낙 많고, 비록 상복을 갖춰 입지는 않았어도 표정에 슬픔이 역력한 여자들을 보니, 내 앞에 앉은 사람들이 가슴 에이는 저 비문을 보는 것만으로도 동병상련의 아픔에 채 아물지 않은 가슴속 묵은 상처에서 새삼 피눈물을 흘린다는 걸 느낄 수 있었다.

오! 망자를 푸른 풀밭에 묻은 이들이여, 꽃들 사이에 서서 〈여기에 나의 사랑하는 사람이 잠들었노라〉고 말할 수 있는 이들이여. 그대들은 이 사람들의 가슴에 서린 황량한 심정을 알지 못한다. 한 줌 재도 없이 검은 테를 두른 대리석의 공허는 얼마나 가혹한가! 돌에 새긴 글자로만 남은 이들은 얼마나 처참한가! 모든 신앙심을 갉아먹으며 무덤도 없이 구천을 떠도는 자들의 부활을 거부하는 것처럼 보이는 저 구절에는 얼마나 참혹한 허무와 의도하지 않은 불신앙이 담겼는가! 저 추도비들은 엘레판타 동굴[22]에 세워도 손색이 없을 것이다.

살아 있는 사람을 대상으로 하는 어떤 인구 조사에 죽은 사람이 포함되던가. 굿윈 사주[23]의 모래알보다 더 많은 비밀을 간직했건만, 죽은 자는 말이 없다는 속담이 어디에나 존

22 인도 뭄바이 근해의 엘레판타 섬에 있는 힌두교 석굴 사원.
23 잉글랜드 켄트 해안의 모래톱.

재하는 건 무슨 까닭인가? 어제 다른 세상으로 떠난 자의 이름에 그토록 의미심장하고 이교도적인 꼬리표를 붙이면서, 그가 지구 반대편인 인도양으로 떠나는 배에 오를 때는 그 딱지를 붙이지 않는 건 무슨 연유인가? 생명 보험 회사들은 어째서 불멸의 존재들에게 사망 보험금을 지불하는가? 6천 년 전에 죽은 아담은 어떤 꼼짝 못할 영원한 마비와 죽음처럼 가망 없는 혼수상태 속에 골동품으로 누워 있는가? 망자들이 형언할 수 없는 축복 속에 머무른다고 주장하면서도 그들을 생각하면 여전히 마음이 편하지 않은 건 어째서인가? 살아 있는 사람들은 왜 망자의 입을 막으려고 그토록 안간힘을 쓰는가? 무엇 때문에 무덤 안에서 문 두드리는 소리가 들린다는 소문만으로 온 도시가 공포에 휩싸이는가? 이런 것들은 결코 무의미하지 않다.

그러나 신앙은 한 마리 자칼처럼 무덤 속에서 먹이를 찾고, 이런 죽음의 의구심에서조차 더없이 생기 넘치는 희망을 그러모은다.

낸터컷으로 떠나기 전날 대리석 추도비를 보는 내 심정이 어떠했으며, 어둡고 우울한 날의 음산한 빛 속에서 앞서 간 고래잡이들의 운명을 읽는 마음이 어땠는지는 굳이 말할 필요가 없으리라. 맞아, 이슈마엘. 저게 바로 네 운명이 될 수도 있어. 하지만 웬일인지 나는 다시 명랑해졌다. 배에 오르라는 기꺼운 권유이자 출세를 위한 좋은 기회처럼 보였다. 구멍 뚫린 보트는 나를 불멸의 존재로 단번에 진급시켜 줄 것 아닌가. 그래, 고래잡이는 죽음을 불사하는 일이야. 입술 한 번 달싹할 틈 없는 순간적인 혼란 속에서 사람들을 영원에 던져 넣지. 하지만 그다음엔? 내가 보기에 우리가 생사의 문제를 대단히 잘못 생각해 온 듯하다. 내가 생각하기엔 이 승에서 그림자라고 부르는 게 실은 나의 실체인 듯하다. 또 영적인 것을 보는 우리는 물속에서 태양을 보며 탁한 물을 더없이 맑은 공기라고 생각하는 굴조개와 흡사하다. 내 생각엔 몸뚱이는 더 나은 실체의 찌꺼기에 불과하다. 몸뚱이 따윈 누구라도 가져가라지. 가져가라니까. 이건 내가 아니라고. 그러니 낸터컷을 위해 만세 삼창을 부르자. 그리고 배나 몸뚱이에는 언제 구멍이 뚫리더라도 상관없어. 내 영혼은 제우스가 온다 해도 뚫을 수 없을 테니까.

8
설교단

자리에 앉고 얼마 지나지 않았을 때, 덕망 있고 늠름해 보이는 남자가 들어왔다. 그가 들어오자마자 바람에 떠밀린 문이 쾅 닫혔고, 순간적으로 그를 알아보는 듯한 신도들의 시선은 이 점잖은 노인이 목사라는 사실을 분명히 말해 주었다. 그래, 고래잡이들 사이에서 이른바 매플 목사로 통하며 매우 인기가 높은 그 사람이었다. 젊었을 때 배를 타고 작살잡이 생활을 했지만 그 후로는 오랫동안 목회 활동에 전념해왔다. 지금 이야기하는 이 시절의 매플 목사는 인생의 겨울에 접어들었어도 건강한 노년을 즐기고 있었는데, 마치 제2의 청춘을 꽃 피우기라도 하는 것처럼 자글자글한 주름 사이로 전에 없던 홍조가 돌며 은근한 광채를 발했다. 흡사 2월의 눈 속에서 고개를 내미는 봄의 신록 같았다. 그의 이력을 전해 들은 사람이라면 매플 목사를 처음 봤을 때 강렬한 흥미를 느끼지 않을 수 없는데, 바다에서 겪은 모험이 접목되어 목회자로서 독특한 면모를 풍겼기 때문이다. 나는 그가 들어왔을 때 우산을 들고 있지 않다는 걸 알았는데, 방수모에 쌓인 진눈깨비가 녹아 흐르고 헐렁한 선원용 외투가 머금은 물의 무게 때문에 마룻바닥에 질질 끌릴 지경인 것으로 보아 마차도 타지 않고 온 게 분명했다. 아무튼 그는 모자와 외투, 그리고 장화를 하나씩 벗어 바로 옆 모서리의 좁은 공간에 걸고는, 버젓한 양복 차림으로 조용히 설교단을 향했다.

구식 설교단이 대부분 그렇듯이 이 예배당의 설교단도 매우 높았고, 그렇게 높은 곳에 일반적인 층계를 놓을 경우 바닥과 경사각을 이루는 부분이 길어서 그렇잖아도 좁은 예배당을 심각하게 축소시킬 것이기 때문에, 건축가는 설교단에 층계를 대지 않고 보트에서 배에 오를 때 사용하는 줄사다리를 옆에 매달아 놨는데, 아무래도 매플 목사의 제안인 것 같았다. 어느 포경선 선장의 아내가 이 사다리를 위해 빨간 소모사로 짠 멋들어진 난간 줄 한 쌍을 예배당에 기증했고, 끝을 근사하게 마무리하고 마호가니 색으로 물들인 사다리 자체도 예배당의 성격을 감안하면 전체적으로 나쁜 취향이라고는 여겨지지 않았다. 사다리 밑에서 잠깐 멈췄다가 두 손으로 밧줄의 장식 매듭을 움켜쥔 매플 목사는 위를 한 번 쳐다보더니, 뱃사람 같으면서도 어딘가 목회자다운 능숙한 동작으로 손을 번갈아 옮기며 배의 망대에 오르듯 사다리를 탔다.

여느 줄사다리처럼 이것도 수직 부분은 밧줄을 천으로 감쌌고 발판만 나무로 만들어 한 단씩 매듭을 지어 놓았다. 처음 설교단을 봤을 때는, 저 매듭이 배에서는 편리하겠지만 이런 환경에서는 불필요하다는 생각이 머릿속에서 떠나지 않았다. 다 올라간 매플 목사가 천천히 몸을 돌려 설교단 위로 몸을 숙이고는 사다리가 전부 올라올 때까지 한 단씩 조심스레 끌어당겨 자신의 작은 퀘벡을, 그러니까 그 요새를 난공불락으로 만드는 걸 보게 될 줄은 몰랐기 때문이었다.

한동안 곰곰이 생각해 봤지만 이유를 완전히 납득할 수 없었다. 매플 목사는 진실하고 덕망이 높기로 평판이 자자했기 때문에, 연단에서 보여 주는 알량한 눈요기로 허명을 떨치려 한다고 의심하는 건 무리였다. 아니, 여기엔 뭔가 진지한 이유가 있을 거라고 나는 생각했다. 그뿐 아니라 보이지 않는 뭔가를 상징하는 게 틀림없었다. 그렇다면 물리적으로 스스로를 고립시키는 행위를 통해 영혼을 세속의 인연과 관계에서 잠시 단절한다는 의미는 아닐까? 그래, 말씀의 고기와 포도주로 가득한 이 설교단이 신의 충실한 종에게는 세상에 부족함이 없는 요새, 성벽 안에 영원히 마르지 않는 샘이 있는 숭고한 에렌브라이트슈타인[24]인 거야.

하지만 뱃일을 하던 목사의 과거에서 착안한 예배당의 기이한 특징은 줄사다리에 그치지 않았다. 설교대 양쪽 대리석 기념비 사이에 있는 설교단 뒷벽에는 커다란 그림이 걸렸는데, 커다란 파도가 검은 바위에 부딪혀 하얗게 부서지는 해안에서 사나운 폭풍을 만난 용감한 배의 모습이었다. 하지만 맹렬한 돌풍과 까맣게 밀려드는 구름 위의 저 높은 하늘에는 작은 섬 같은 햇살이 떴고, 천사의 얼굴 하나가 환하게 빛났다. 그리고 환한 이 얼굴이 아래쪽에서 흔들리는 배의 갑판으로 광채를 드리워, 넬슨 제독이 쓰러진 갑판에 박아 넣었다는 빅토리호의 은판처럼 그 부분이 빛났다. 「오, 고귀한 배여.」 천사는 이렇게 말하는 것 같았다. 「전진하고 전진하라, 고귀한 배여, 키를 단단히 잡아라. 보아라! 해가 나오고 구름이 물러간다. 화창한 푸른 하늘이 곧 펼쳐지리라.」

24 독일 라인 강변 고지대에 있는 요새.

설교단에도 줄사다리와 그림이 자아내는 것과 같은 바다 취향의 흔적이 없지 않았다. 널을 댄 앞쪽은 깎아지른 뱃머리를 닮았고, 성경을 얹어 놓은 소용돌이 돌출부는 부리처럼 뾰족한 뱃머리 장식을 본떠 만들었다.

이보다 더 의미로 충만할 수 있을까? 설교단은 이 지상에서 가장 선두에 선 부분이며 나머지는 그 뒤를 따르므로, 설교단은 세상을 이끌어 가므로, 신의 노여움이 일으키는 폭풍우를 그곳에서 제일 먼저 발견하고 뱃머리는 최초의 예봉을 견뎌 내야 한다. 순풍과 역풍을 주재하는 신에게 부디 순조로운 바람을 보내 달라고 제일 먼저 기도하는 곳도 그곳이다. 그렇다. 세계는 항해에 나선 한 척 배이며 항해는 아직 끝나지 않았다. 그리고 설교단은 그 배의 뱃머리인 것이다.

9
설교

매플 목사는 몸을 일으키고는 온화한 권위가 담긴 부드러운 목소리로 여기저기 흩어진 사람들에게 모여 앉으라고 주문했다. 「저기, 우현 통로에 있는 사람! 좌현 쪽으로. 좌현 통로에 있는 사람은 우현으로! 갑판 중앙! 갑판 중앙으로!」

묵직한 선원용 부츠가 벤치들 사이에서 나직하게 쿵쾅거리고, 그에 비하면 한결 가볍게 걸어가는 여자들의 신발 소리가 들리더니, 다시 사방이 잠잠해지며 모두의 눈이 목사에게 집중됐다.

잠시 가만히 서 있던 그는 설교단의 뱃머리에 무릎을 꿇고 커다란 갈색 손을 가슴 앞에 모으고는 눈을 감은 채 하늘을 우러러 기도를 올렸는데, 그 모습이 어찌나 경건한지 바다 밑바닥에서 무릎을 꿇고 기도하는 것처럼 보였다.

기도가 끝나자 안개 짙은 바다에 가라앉는 배에서 반복적으로 울리는 종소리처럼 느릿하고 엄숙한 목소리로 이런 찬송가를 부르기 시작했다. 하지만 마지막 절을 부를 때쯤에는 분위기를 바꿔 낭랑한 환희와 기쁨을 분출했다.

고래의 갈빗대와 공포
내 몸 위로 불길한 그림자 드리워,
신의 햇살 빛나던 파도 모두 흘러가니
점점 깊은 나락으로 나 빠져드네.

지옥의 목구멍이 열리고
그곳에 도사린 끝없는 고통과 슬픔 나는 보았지
느끼는 자가 아니고서는 알 수 없는 —
오, 절망으로 나 곤두박질쳤네.

캄캄한 절망 속에서 주를 불렀네
그분이 나의 주라는 걸 믿기 힘들었던 그때,
주는 나의 고충에 귀 기울이시어 —
고래의 감옥에서 나 탈출했다네.

어느새 나를 구원하러 달려오신 주
빛나는 돌고래를 타고 오신 주.
번쩍이는 번개처럼 두렵고도 찬란한
나를 구원하신 주님의 얼굴.

이 노래로 영원히 찬양할지니
그 끔찍한 공포와 환희의 시간.
모든 영광을 주께 바치리,
자비롭고 전능하신 우리 주님께.

거의 모두가 찬송가를 합창했고 드높은 노랫소리가 휘몰

아치는 폭풍우를 눌렀다. 노래가 끝나자 잠시 침묵이 흘렀다. 목사는 천천히 성경을 넘기더니 마침내 적당한 대목이 나오자 손을 올려놓고 말했다. 「사랑하는 선원 동료 여러분, 「요나서」 1장 마지막 절을 펴십시오. 〈야훼께서 큰 물고기를 시켜 요나를 삼키게 하셨으니.〉

　선원 여러분, 단 네 장, 즉 이야기 네 개로 이루어진 「요나서」는 성경이라는 굵직한 밧줄을 이루는 제일 가느다란 가닥에 불과합니다. 그러나 요나의 바닷속 이야기가 우리 영혼의 얼마나 깊은 곳을 울리는지는 측량할 길이 없습니다! 이 예언자가 우리에게 얼마나 의미심장한 교훈을 주는지도 가늠할 수 없습니다! 고래 배 속에서 부른 저 찬송가는 얼마나 고귀합니까! 성난 파도처럼 얼마나 거칠고 또 웅장합니까! 마치 몸 위로 격랑이 밀려오는 것 같고, 그와 함께 해초 무성한 바다 밑바닥에 떨어진 것만 같습니다. 주변은 온통 해초와 진흙입니다! 그러나 「요나서」가 우리에게 주는 교훈은 무엇일까요? 선원 여러분, 이건 두 가닥으로 이루어진 교훈입니다. 죄 많은 우리 모두에게 주는 교훈이 하나, 살아 계신 신의 키잡이인 나에 대한 교훈이 하나. 이것이 죄 많은 우리 모두에게 주는 교훈인 까닭은 죄와 무자비, 갑작스레 일깨워진 공포, 즉각적인 처벌, 후회, 기도, 그리고 마지막으로 요나의 구원과 기쁨에 대한 이야기이기 때문입니다. 인간들 가운데 모든 죄인이 그렇듯이 아미때의 아들 요나의 죄는 하느님의 명령이 가혹하다며 의도적으로 따르지 않은 것인데, 그것이 어떤 명령이었으며 어떻게 전달되었는지에 대해서는 여기서 논할 필요가 없겠습니다. 하지만 하느님이 우리에게 시키시는 일은 모두 따르기 어려운 일이라는 걸 명심해야 하며, 그렇기 때문에 하느님께서는 우리를 설득하려 애쓰기보다 명령을 내릴 때가 더 많은 것입니다. 그리고 하느님의 말씀에 복종하려면 우리 자신을 거역해야 하는데, 이렇듯 우리 자신을 거역하는 데에 하느님에게 복종하기 어려운 이유가 있는 것입니다.

불복종 죄를 짓고도 요나는 하느님에게서 도망치려 함으로써 하느님을 더욱 우롱하였습니다. 그는 인간이 만든 배를 타고 하느님이 아닌 지상의 우두머리들이 다스리는 땅으로 갈 수 있다고 생각했습니다. 요나는 요빠 부두를 기웃거리며 다르싯으로 갈 배를 찾았습니다. 어쩌면 여기에 지금껏 주목받지 못한 의미가 숨겨져 있는지도 모릅니다. 모든 걸 감안했을 때, 다르싯은 지금의 카디스 외에 다른 도시였을 수가 없거든요. 이건 정통한 학자들의 의견입니다. 그런데 이 카디스가 어디 있습니까, 여러분. 카디스는 스페인에 있습니다. 대서양이라는 바다가 거의 알려지지 않았던 그 옛날에는 요나가 요빠에서 배를 타고 가야 하는 가장 먼 곳이었을지도 모릅니다. 오늘날의 야파Jaffa인 요빠는 지중해 동쪽 끝자락인 시리아 해안에 있고, 다르싯 또는 카디스는 거기서 서쪽으로 3천6백 킬로미터도 넘게 떨어진 지브롤터 해협 바로 바깥에 있습니다. 그렇다면 여러분, 요나가 하느님에게서 달아나 세상 끝까지 가려 했다는 걸 아시겠죠? 가련한 인간 같으니! 아아! 더없이 비열하고 경멸받아 마땅한 인간. 모자를 눌러쓰고 간악한 눈빛으로 하느님에게서 도망치기 위해, 바다를 건너려고 서두르는 야비한 도둑처럼 선박들 사이를 어슬렁거리던 인간. 그의 얼굴엔 너무나 혼란스럽고 양심의 가책에 시달리는 표정이 어려서, 당시에도 경찰이 있었다면 요나는 수상쩍다는 의심만으로 갑판에 오르기도 전에 체포됐을 겁니다. 도망자라는 게 한눈에 보였으니까! 모자 상자나 손가방, 하다못해 무슨 보따리라도 하나 들지 않았고, 부두에서 작별을 고하는 친구 하나 없었죠. 한참을 교묘히 뒤지고 다닌 끝에 그는 마침내 마지막 화물을 싣던 다르싯행 배를 찾아냅니다. 그리고 그가 선실에 있는 선장을 만나겠다며 배에 오르자 짐을 끌어 올리던 선원들이 일제히 일손을 멈추고 이 낯선 사내의 사악한 눈동자를 주목합니다. 그걸 느낀 요나가 느긋하고 당당한 표정을 지으려 하지만 헛수고였죠. 어설픈 미소를 지어 보려는 시도도 부질없었습니다. 선원들은 그가 무슨 죄를 지은 게 틀림없다고 강하게 직감한 겁니다. 그들은 눙치는 것 같으면서도 뼈가 있는 특유의 말투로 이렇게 속삭입니다. 〈잭, 저치는 과부를 보쌈했을 거야.〉 아니면 〈조, 잘 봐둬. 이중혼을 한 놈이야.〉 아니면 〈이봐 해리, 아무래도 저놈은 간통을 하고 고모라의 감옥에 갇혔다가 탈출했거나 보아하니 소돔에서 도망친 살인자인 것 같아.〉 누군가는 정박해 있던 부두의 말뚝에 붙은 수배 전단을 보겠다며 달려갑니다. 반역자를 잡아 올 경우 금화 5백 개를 준다는 현상금 전단에서 인상착의를 확인하려는 것이죠. 그는 내용을 확인하다가 요나와 전단을 번갈아 봅니다. 어느새 그와 한마음이 된 동료들이 금방이라도 붙잡을 태세로 요나 주변을 에워쌉니다. 겁에 질린 요나는 덜덜 떨면서도 애써 담대한 표정을 꾸며 보지만, 그래 봐야 더 겁쟁이처럼 보일 뿐입니다. 자신의 혐의를 인정하진 않더라도 그런 태도가 더 의심을 살 뿐이죠. 그래서 요나는 있는 힘을 다해 버티고, 그가 전단 속 수배자가 아니라는 걸 확인한 선원들이 길을 터주자 선실로 내려갑니다.

〈거기 누구냐?〉 세관에 제출할 서류를 급히 작성하느라 바쁜 선장이 책상에서 외칩니다. 〈거기 누구냐?〉 아! 아무 뜻도 없는 선장의 질문이 요나의 마음을 어찌나 난도질했는지! 하마터면 순간적으로 몸을 돌려 다시 한 번 도망칠 뻔했습니다. 하지만 기운을 내어 버팁니다. 〈다르싯으로 가는 이 배에 타고 싶습니다. 언제 떠나실 건가요, 선장님?〉 선장은 그때까지도 고개를 숙이고 일에 몰두한 나머지 자기 앞에 버티고 선 요나를 보지 못했습니다. 그런데 그의 공허한 목소리를 듣는 순간 예리한 눈초리로 그를 쏘아봤지요. 〈다음 만조 때 떠날 거요.〉 선장은 마침내 느릿한 목소리로 대답했지만 강렬한 눈초리는 여전히 거두지 않았습니다. 〈더 빨리는 안 됩니까?〉 〈정직한 승객이라면 그것도 충분히 빠를 텐데요.〉 허허! 요나, 또 정곡을 찔렸습니다. 하지만 그는 재빨리 선장의 관심을 다른 곳으로 돌립니다. 〈이 배에 타겠습니다. 뱃삯이 얼마죠? 지금 내겠습니다.〉 여러분, 성서에는 마치 이 얘기에서 간과하면 안 될 대목인 것처럼 배가 출항하기 전에 〈그가 뱃삯을 치렀다〉는 문장이 명확히 적혀 있습니다. 문맥을 고려할 때 중대한 의미가 담긴 대목이죠.

여러분, 요나를 태운 선장은 모든 종류의 범죄를 간파하는 안목을 지녔지만, 상대가 빈털터리일 때만 폭로하는 탐욕스러운 사람이었습니다. 여러분, 돈만 치르면 여권이 없어도 자유롭게 돌아다닐 수 있는 반면, 선량하더라도 가난하면 모든 국경에서 제지를 당하는 세상입니다. 그렇기 때문에 요나의 선장은 그의 죄를 드러내 놓고 심판하기 전에 요나의 돈주머니가 얼마나 두둑한지 알아보려 했습니다. 그래서 일반 운임의 세 배를 불렀는데 순순히 내놓더라죠. 그걸 보고 선장은 요나가 도망자라는 걸 알았는데도 황금을 뿌리고 다니는 그의 도주를 돕기로 결심합니다. 하지만 요나가 돈주머니를 꺼내 놨을 때, 선장은 여전히 신중한 의심을 떨치지 못하고 행여 위조한 건 아닐까 금화마다 두드려 봅니다. 아무튼 위조범은 아니로군. 선장은 중얼거립니다. 그리고 요나의 이름을 승객 명부에 적습니다. 〈제 선실을 알려 주세요.〉 요나는 말합니다. 〈여독이 심해서 잠을 좀 자야겠습니다.〉 〈그래 보이는군요. 저기가 당신 방이오.〉 요나는 방으로 들어가 문을 잠그려 하지만 자물쇠에 열쇠가 꽂혀 있지 않습니다. 어리석게 문을 더듬거리는 소리가 들리자, 선장은 혼자 나직이 낄낄거리며 죄수의 감방 문을 안에서 잠글 수 있도록 만드는 곳은 없다는 식의 얘기를 중얼거립니다. 요나는 먼지투성이 옷을 벗지도 않은 채 침상에 몸을 던지는데, 좁은 선실의 천장이 이마에 닿을 지경입니다. 통풍도 잘 되지 않아 요나는 가쁜 숨을 내쉽니다. 배의 흘수선 밑에 있는 비좁은 방에서 요나는 고래의 배 속에서도 가장 작은 공간에 갇히게 될 질식할 것 같은 시간을 예감합니다.

요나의 선실 벽에 나사로 고정한 등불이 가볍게 흔들립니다. 마지막으로 실은 짐의 무게 때문에 배가 부두 쪽으로 기울었고, 등불과 불꽃이며 모든 것은 조금씩 흔들리면서 방과 삐딱한 각도를 계속 유지하고 있습니다. 사실 등불 자체는 한 치의 오차도 없이 수직으로 늘어져 있지만 기울어진 주변 것들과의 관계 때문에 명백한 것을 착각하게 만들었습니다. 등불을 본 요나는 불안하고 무섭습니다. 침상에 누운 그는 고통스러운 눈으로 주변을 훑어보는데, 지금껏 요행히 붙잡히지 않은 도망자의 불안한 눈에는 쉴 곳이 보이지 않습니다. 그런 데다가 등불의 모순이 그를 점점 더 기겁하게 만듭니다. 바닥과 천장, 벽까지 전부 뒤틀립니다. 〈아, 내 마음속의 양심도 저렇게 매달려 있구나.〉 그는 신음을 토해 냅니다. 〈곧게 수직으로 타오르지만, 내 영혼의 방이 전부 뒤틀렸구나.〉

술에 취해 밤새 흥청거리다 갈지자걸음으로 서둘러 침대로 향하면서도 로마의 경주마가 내달릴수록 강철 쇠붙이가 살을 파고들듯이 양심의 가책을 느끼고, 그 비참한 곤궁 속에서 머리가 빙빙 도는 괴로움으로 인해 잠 못 이루며 발작이 지나갈 때까지 신께 절멸을 갈구하는 사람처럼, 마침내 요나는 과다 출혈로 죽는 사람이 서서히 혼수상태에 빠지듯 고통의 소용돌이 속에서 깊은 혼미함이 슬금슬금 자신을 감싸는 걸 느낍니다. 양심에 상처가 나면 피를 멈추게 할 방법이란 없기 때문이죠. 그래서 침상에 누운 채 괴로움에 몸부림치던 요나는 답답한 고통에 짓눌려 깊은 수렁 같은 잠에 빠져듭니다.

이윽고 물때가 되고 배는 밧줄을 풉니다. 그리고 텅 빈 부두에서 손 흔들어 주는 사람 하나 없이 다르싯행 배는 한쪽이 기울어진 채 바다를 미끄러져 나아갑니다. 친구들이여, 그 배는 기록에 남은 최초의 밀수선이었습니다! 요나가 밀수품이었죠. 그런데 바다가 저항합니다. 부정한 짐을 나르려 하지 않습니다. 지독한 폭풍이 밀려와 배를 부숴 버릴 기세입니다. 배의 무게를 줄이라는 갑판장의 지시에 선원들은 상자와 꾸러미, 유리병을 전부 바다로 내던집니다. 바람이 휘몰아치고 사람들이 비명을 지르며 우왕좌왕 뛰어다니는 발걸음에 요나 머리 위의 널빤지가 천둥처럼 울립니다. 이렇게 소란한 와중에도 요나는 어지러운 잠에 빠져 있습니다. 그는 검은 하늘과 사나운 바다를 보지 못하고 휘청거리는 선체를 느끼지 못합니다. 입을 벌린 채 돌진하며 바다를 가르는 커다란 고래의 소리는 그의 귀에 들리지 않았거나 그가 주의를 기울이지 않은 겁니다. 그렇습니다, 여러분. 요나는 배의 구석진 깊은 곳으로 내려가, 앞에서 말한 선실의 침상에 누워 곯아떨어졌습니다. 그런데 겁먹은 선장이 들어와 죽은 듯이 자는 그의 귀에 대고 냅다 소리를 쳤겠죠. 〈천하에 쓸모없는 자식, 이 잠꾸러기 녀석아! 어서 일어나!〉 날카로운 외침에 흠칫 놀라 잠에서 깬 요나는 비틀비틀 갑판으로 나갔고, 거기서 돛대 줄을 움켜잡고 바다를 내다봅니다. 하지만 바로 그 순간 사나운 파도가 표범처럼 뱃전을 훌쩍 뛰어넘어 그를 덮칩니다. 파도는 그렇게 쉬지 않고 배에 뛰어올랐다가 재빨리 빠져나갈 곳을 찾지 못한 채 선원들이 거의 빠져 죽을 지경으로 간신히 떠 있는 상태가 될 때까지 으르렁거리며 이물에서 고물까지 내달립니다. 그러다 머리 위를 검게 덮치는 가파른 파도의 골짜기 사이로 하얀 달이 창백한 얼굴을 드러냈을 때 요나는 제1기움 돛대가 높이 솟구쳤다가 순식간에 요동치는 바다를 향해 곤두박질치는 걸 보고 하얗게 질리고 맙니다.

연이은 공포가 괴성을 지르며 그의 영혼을 관통합니다. 잔뜩 겁에 질린 모습에서 이제 그가 하느님의 명령을 어기고 도망치는 자라는 사실이 여실히 드러납니다. 선원들이 그를 지켜봅니다. 그들의 의심은 점점 확고해집니다. 급기야 진실을 분명히 밝히기 위해, 모든 걸 하늘의 뜻으로 돌린 선원들이 이렇게 사나운 폭풍을 불러온 원인이 누군지 밝히자며 제비뽑기를 합니다. 요나가 제비를 뽑자 다들 사나운 기세로 그에게 질문을 퍼붓습니다. 〈하는 일이 뭐냐? 어디서 왔느냐? 고향이 어디냐? 어느 민족이냐?〉 하지만 여기서 눈여겨봐야 할 것은 가련한 요나의 태도입니다, 여러분. 흥분한 선원들은 누구이며 어디서 왔는지 물었을 뿐인데, 요나는 그에 대한 대답뿐 아니라 다른 것들까지 술술 털어놓습니다. 요나가 묻지도 않은 질문에 답을 할 수밖에 없었던 건 그를 무겁게 짓누르는 하느님의 손 때문이었죠.

〈나는 히브리 사람입니다.〉 요나가 울부짖습니다. 〈나는 바다와 마른 땅을 지으신 우리 주 하느님을 경외합니다!〉 아니 요나, 하느님을 경외한다고? 그래, 그대는 하느님을 두려워해야 마땅하도다! 그는 이제 모든 걸 곧이곧대로 털어놓습니다. 그러자 선원들은 점점 더 경악을 금치 못하지만 그러면서도 그를 가여워합니다. 불쌍한 요나는 하느님의 명령을 저버린 자신의 행동이 얼마나 사악한지 너무나 잘 알기에, 차마 신의 자비를 애원하지 못한 채 자신을 바다에 던져 버리라고 말한 겁니다. 요나는 이렇게 사나운 폭풍이 닥친 것이 자신 때문이라는 걸 잘 알았습니다. 선원들은 자비롭게도 그를 내버려 둔 채 달리 배를 구할 방도를 강구합니다. 하지만 부질없는 짓이었죠. 분노한 바람은 더 요란하게 으르렁거립니다. 그러자 선원들은 한 손을 들어 신의 자비를 호소하고 다른 손으로는 마지못해 요나를 붙들었습니다.

그렇게 요나는 닻처럼 들렸다가 바다에 내던져집니다. 그러자 순식간에 동쪽에서부터 기름이라도 바른 듯 매끈한 수면이 퍼지며 바다가 잔잔해집니다. 요나가 돌풍을 이끌고 사라지자 매끄러운 수면만이 뒤에 남습니다. 그는 소용돌이의 심연으로 가라앉지만, 정신을 차릴 수 없는 소동 때문에 한껏 벌린 채 기다리던 입속으로 떨어지는 것도 알아차리지 못합니다. 그리고 고래는 상아 같은 이빨이 하얀 빗장이라도 되는 것처럼 꽉 닫아 그를 감옥에 가둡니다. 그러자 요나는 고래 배 속에서 신께 기도합니다. 하지만 그의 기도를 주의 깊게 살펴보면 크나큰 교훈을 얻을 수 있습니다. 죄 많은 그였기에 요나는 눈물을 흘리며 당장 구원해 달라고 간청하지 않았습니다. 그는 자신이 이렇게 끔찍한 형벌을 받아 마땅하다고 느꼈습니다. 모든 구원을 신께 맡긴 채 고통과 가책에도 불구하고 자신이 처한 상황을 받아들이며 여전히 하느님의 성전을 바라본 것입니다. 그리고 바로 이것이 진실하고 거짓 없는 참회입니다, 여러분. 요란스럽게 용서를 구하지 않고 다만 처벌을 달게 받는 태도. 그리고 하느님께서 요나의 처신에 얼마나 기뻐하셨는지는 결국 그를 바다와 고래에게서 구해 주신 사실로 잘 알 수 있습니다. 여러분, 제가 여러분 앞에서 요나를 언급한 것은 그의 죄를 따라 하라는 게 아니라 참회의 본보기로 삼으라는 것입니다. 죄를 지어선 안 되지만, 만약 그럴 경우 부디 요나처럼 회개하십시오.」

목사가 이런 설교를 하는 동안 밖에서는 눈보라가 비명을 지르며 사선으로 휘몰아쳤고, 그 소리는 그에게 한층 힘을 더해 주는 것 같았다. 요나가 겪은 바다의 폭풍우를 묘사할 때는 목사 자신도 폭풍에 내던져진 듯 보였다. 그의 두둑한 가슴이 큰 파도처럼 들썩이고 내젓는 팔은 사납게 날뛰는 비바람 같았다. 가무잡잡한 이마에서 천둥이 울리고 눈에서 번개가 번쩍이는 그를 순박한 사람들은 급작스러운 공포에 휩싸인 채 쳐다봤다.

그러다가 말없이 성경책을 넘길 때는 표정에 평온함이 어렸고, 잠시 눈을 감은 채 가만히 서 있을 때는 신과 교감을 나누는 것 같았다.

하지만 그는 다시 한 번 사람들을 향해 몸을 내밀고 머리를 숙인 채, 너무나 겸손하면서도 더없이 남자다운 태도로 이렇게 말했다.

「선원 동료 여러분, 하느님께서는 여러분에게 한 손만을 얹으셨지만 내게는 두 손을 얹어 누르고 계십니다. 오늘 흐릿하나마 제 빛을 비추어, 여러분께 요나가 모든 죄인에게 가르쳐 주는 교훈을 읽어 드렸습니다. 그건 여러분을 위한다기보다 나 자신을 위한 것인데, 나는 여러분보다 더 큰 죄인이기 때문입니다. 제가 이 돛대 마루에서 내려가 여러분이 있는 그 갑판에 앉아, 여러분 중 누군가가 살아 있는 신의 길잡이로서 요나가 내게 가르쳐 주는 또 하나의 더 두려운 교훈을 읽어 줄 때 여러분처럼 그 얘기에 귀를 기울일 수 있다면 얼마나 좋을까요. 요나는 하느님에게서 길잡이 예언자 또는 진실을 말하는 자가 되어 간교한 니네베 사람들에게 달갑잖은 진실을 전하라는 사명을 받았지만 자신이 불러일으킬 적대감에 지레 겁을 먹은 나머지 사명을 내팽개쳤고, 의무와 하느님을 저버린 채 요빠로 가는 배에 올라탔습니다. 하지만 신은 어디에나 계시고, 그는 결코 다르싯에 도달하지 못했습니다. 살펴봤듯이 하느님은 고래의 모습으로 그의 앞에 나타나 그를 살아 있는 파멸의 심연으로 삼켜 버렸습니다. 순식간에 〈바닷속 깊이〉 그를 끌어 내리신 겁니다. 소용돌이치는 심연이 그를 만 길 물속으로 빨아들였고 〈머리는 갈대에 휘감겨〉 들었으며 고뇌의 바다가 그를 짓눌렀습니다. 측량할 수조차 없는 그곳 〈지옥의 배 속〉에서조차, 고래가 바다의 가장 깊은 등뼈에 닿은 곳, 심지어 그곳에서도 하느님은 고래에게 삼켜진 예언자가 회개하는 외침을 들으셨습니다. 하느님이 고래에게 말씀하시자 고래는 몸서리치게 춥고 어두운 심연을 벗어나 밝고 따뜻한 태양을 향해, 공기와 땅의 기쁨을 향해 올라가 〈요나를 마른 땅에 뱉어 냈습니다〉. 그때 두 번째로 하느님의 말씀이 들렸고, 멍들고 지친 요나는 여전히 드넓은 바다가 우르릉거리며 울리는 소리를 듣던 두 개의 바닷조개 같은 귀로 전능하신 하느님의 명령을 받들었습니다. 그 명령은 무엇이었을까요, 여러분? 〈거짓〉에 맞서 〈진실〉을 설파하라는 것! 바로 그것이었습니다.

이것이 또 하나의 교훈입니다, 여러분. 살아 있는 신의 길잡이로서 그것을 가벼이 여기는 자에게 화 있을지니. 세속의 유혹에 빠져 전도의 의무를 저버리는 자에게 화 있을지니! 하느님이 폭풍을 일으킨 바다에 기름을 부으려는 자에게 화 있을지니! 놀라움을 자아내기보다 비위를 맞추려 애쓰는 자에게 화 있을지니! 선행보다 평판을 중시하는 자에게 화 있을지니! 이 세상에서 굴욕을 자초하지 않는 자에게 화 있을지니! 거짓됨이 구원일지라도 진실되고자 하지 않는 자에게 화 있을지니! 위대한 수로 안내인 바울의 말씀처럼, 정작 자신은 탕자이면서 다른 사람에게 설교하는 자에게 화 있을지니!」

그는 고개를 숙이고 잠시 망연히 서 있었다. 그러다 얼굴을 들어 다시 사람들을 바라봤을 때 심원한 기쁨에 반짝이는 눈으로 더없이 감격스럽게 외쳤다. 「하지만 오, 선원 동료 여러분! 모든 고통의 우현에는 확실한 기쁨이 있고, 고통의 밑바닥이 아무리 깊다 한들 기쁨의 꼭대기는 더 높습니다. 용골이 낮다지만 중앙 돛대 목관이 더 높지 않습니까? 의기양양한 신들과 지상의 선장들에 맞서 굽히지 않는 자아를 내세우는 자에게 기쁨, 높고 깊은 내면의 기쁨 있을지니. 이 비루하고 위험한 세상의 배가 발밑에서 가라앉을 때 강인한 팔로 자신을 지탱할 수 있는 자에게 기쁨 있을지니. 진실에서는 인정사정 보지 않고 의원과 판사의 예복 속에서라도 죄란 죄는 모두 끌어내어 죽이고 태우고 파괴하는 자에게 기쁨 있을지니. 우리 주 하느님 외에는 어떤 법이나 주인도 인정하지 않고 오로지 천국에만 충실한 자에게 기쁨, 최고의 기쁨이 있을지니. 소란스러운 폭도가 사나운 파도처럼 밀려들어도 이 확고부동한 만세의 용골에서 흔들어 떨어뜨릴 수 없는 자에게 기쁨 있을지니. 그리고 이 세상 눈 감는 날 마지막 숨을 내쉬며 이렇게 말할 수 있는 자에게 영원한 기쁨과 즐거움이 있을지니. 하느님 아버지! 제게 늘 채찍이 되신 분이시여, 영생을 얻을지 못 얻을지 알 수 없으나 저 이제 죽나이다. 세속의 인간이기보다, 저 자신이기보다, 당신이 되고자 노력했나이다. 하지만 이는 아무것도 아니니, 제 영생을 당신께 맡깁니다. 사람이 무엇이기에, 신처럼 영원히 살겠습니까?」

목사는 더는 아무 말 없이 천천히 손을 흔들어 축복을 내리고 두 손으로 얼굴을 감쌌다. 그러고는 사람들이 모두 떠나 홀로 남을 때까지 무릎을 꿇은 채 앉아 있었다.

10
소중한 친구

예배당에서 물기둥 여인숙으로 돌아왔더니 퀴퀘그가 덩그러니 혼자 있었다. 그는 목사가 축복을 빌기 얼마 전에 예배당에서 나갔다. 난로 옆 벤치에 앉아 발을 화덕에 올려놓은 그는 작은 검둥이 우상을 얼굴에 바짝 댄 채 자세히 들여다보며 주머니칼로 조심스럽게 코를 깎아 내면서 이교도 같은 가락을 혼자 흥얼거렸다.

그런데 내가 들어서자 우상을 치우더니, 재빨리 탁자로 가서 거기 있던 커다란 책을 집어 들고는 무릎에 펼쳐 놓고 의식적으로 일정하게 페이지를 세기 시작했다. 내 생각에는 쉰 페이지마다 한 번씩 멈추고 별 의미 없이 주변을 돌아본 후 놀랍다는 듯 목울대를 울리며 길게 휘파람을 부는 것 같았다. 그러고는 다시 쉰 페이지를 세기 시작했다. 쉰 이상은 세지 못하는지 번번이 1부터 다시 시작하는 듯했는데, 쉰이라는 엄청난 숫자가 되풀이되는 걸 보고서야 책의 쪽수가 많다는 사실에 놀라는 눈치였다.

나는 자리를 잡고 그를 대단히 흥미롭게 지켜봤다. 야만인인 데다 얼굴도 흉하게 일그러졌지만, 아무튼 내 눈에는 그렇게 보였지만, 그런데도 그의 인상에는 결코 불쾌하다고 말할 수 없는 뭔가가 있었다. 영혼은 감출 수 없는 법. 섬뜩한 문신 속에서도 순박하고 정직한 마음의 기운이 엿보였고, 크고 깊으며 타는 듯이 검고 대담한 눈에는 수많은 악귀를 능히 물리칠 기상이 어렸다. 그런 데다가 이 이교도는 어딘가 고결한 분위기를 풍겼는데, 난폭하고 사나운 행동마저도 그 느낌을 훼손하지는 못했다. 그는 단 한 번도 누군가에게 굽실거리거나 빚에 쪼들려 본 적이 없는 사람처럼 보였다. 머리를 밀었기 때문에 이마가 더 시원하고 밝게 드러나고 더 넓어 보이는 건지는 단언할 수 없지만, 그의 머리가 골상학적으로 탁월한 것만은 틀림없었다. 어처구니없게 들릴지 몰라도, 그의 머리는 여러 곳에 있는 흉상에서 익히 본 워싱턴 장군의 머리를 떠올리게 했다. 눈썹 위에서 이마가 일정하게 물러나면서 길고 비스듬한 각도를 이루는 것이며 나무가 무성한 곳처럼 툭 불거진 두 개의 긴 눈썹도 비슷했다. 조지 워싱턴이 식인종으로 성장했다면 퀴퀘그가 됐을 것이다.

내가 창밖의 폭풍을 보는 척하며 그를 주도면밀하게 관찰하는 동안에도 그는 내가 거기 있다는 사실에 전혀 신경을 쓰지 않았고, 심지어 눈길 한 번 주지 않았다. 오로지 그 놀라운 책의 쪽수를 세는 데에만 완전히 몰두한 것처럼 보였다. 간밤에 우리가 얼마나 정겹게 동침했으며, 더구나 아침에 눈을 떴을 때 그의 팔이 나를 얼마나 다정하게 끌어안고 있었는지 생각하면 그의 무심한 태도는 너무나 이상했다. 하지만 야만인들이란 원래 이상한 족속이어서, 이따금 어떻게 받아들여야 할지 모를 수도 있다. 처음에는 지나치게 압도적이지만, 차분하고 침착한 그들의 순박함은 흡사 소크라테스의 지혜 같다. 나는 퀴퀘그가 여인숙의 다른 선원들과 전혀, 또는 거의 어울리지 않는다는 사실도 알았다. 그는 다른 사람에게 결코 먼저 다가가는 법이 없었고, 인맥을 넓히려는 욕심도 없는 것 같았다. 이런 것들이 내게는 몹시 이상하게 느껴졌다. 하지만 다시 생각해 보면 거의 숭고한 느낌이 들었다. 그는 혼 곳으로 가기 위해(고향으로 돌아가려면 그곳을 지나야 하니까) 고향에서 3만 6천 킬로미터쯤 떨어진 곳에 와 있었고, 목성에 와 있는 것만큼이나 이상한 사람들 속에 내던져졌다. 그런데도 그는 더없이 침착해 보였고 완전한 평온을 유지했으며, 자신을 벗 삼는 것에 만족하고 언제나 평정심을 잃지 않았다. 수준 높은 철학이 뒷받침되지 않고서는 나올 수 없는 태도였다. 물론 그가 철학이라는 말조차 들어본 적이 없다는 건 의심할 나위가 없었다. 하지만 진정한 철학자가 되기 위해서는 철학적으로 살거나 살려고 애쓰는 것에 대해 의식하지 말아야 하는 건지도 모른다. 그래서 나는 아무개가 철학자를 자처한다는 얘기를 들으면 소화 불량에 걸린 노파처럼 〈위장이 망가진〉 게 틀림없다고 결론짓는다.

　나는 적막해진 그 방에 앉아 있었다. 처음에는 맹렬히 타올라 방 안 공기를 데워 주던 불길도 낮게 잦아들어 바라보기 적당할 정도로만 이글거렸다. 저녁 어스름과 환영들이 창가에 모여, 말도 없이 우두커니 앉은 우리 두 사람을 물끄러미 들여다봤다. 밖에서는 눈보라가 거세게 일어나 웅웅거렸다. 묘한 감정이 느껴지기 시작했다. 안에서 뭔가 녹아내리는 느낌이었다. 산산이 갈라진 가슴과 성난 손이 더는 늑대같은 세상에 저항하지 않았다. 마음을 차분하게 달래 주는 저 야만인이 세상을 다시 회복시켜 주었다. 너무나 무심하게 앉은 그의 모습에서는 문명의 위선이나 허울 좋은 기만 따위가 도사리지 않은 천성이 드러났다. 거친 야성을 드러낼 때는 가관도 그런 가관이 없지만, 그런데도 그에게 마음이 끌리니 알다가도 모를 일이었다. 사람들 대부분이 불쾌하게 여길 바로 그런 특징들이 나를 끌어당기는 자석이 됐다. 기독교적인 다정함이란 그저 공허한 예의에 불과하다는 게 입증됐으니, 이제 이교도 친구를 사귀어 보자고 생각했다. 나는 벤치를 끌어다 가까이 붙이고, 우호적인 손동작으로 암시를 하며 그와 얘기를 나누기 위해 노력했다. 처음에는 이런 구애의 동작에 아랑곳하지 않더니, 이윽고 그가 간밤에 보여 준 호의를 언급하자 오늘도 같이 자는 거냐고 물었다. 나는 그렇다고 대답했다. 그랬더니 기쁜 눈치였고, 어쩌면 조금 우쭐해하는 것 같기도 했다.

그러다가 우리는 책장을 함께 넘겼고, 나는 그에게 인쇄의 목적이며 책에 수록된 그림의 의미를 열심히 설명해 주었다. 그랬더니 금세 그의 흥미를 사로잡을 수 있었고, 그때부터는 이 유명한 도시에서 볼 수 있는 다양한 구경거리에 대해 함께 신나게 떠들어 댔다. 내가 친선 담배를 제안하자 자신의 쌈지와 도끼 파이프를 꺼내 한 모금 피우라며 말없이 내밀었다. 우리는 그 고약한 파이프를 주거니 받거니, 규칙적으로 번갈아 가며 담배를 피웠다.

이 이교도의 가슴에 나에 대한 한 조각 무관심의 얼음이 남아 있었더라도 이렇게 즐겁고 유쾌한 흡연으로 순식간에 녹아 버렸고, 그렇게 우리는 벗이 되었다. 내가 그런 것처럼 그도 자연스럽게 저절로 우러나온 마음으로 나를 받아들이는 것 같았다. 흡연이 끝나자 그는 이마를 맞대고 내 허리를 끌어안은 채 이제부터 우리는 혼인한 거라고 말했다. 퀴퀘그의 고향에서는 그게 소중한 친구라는 뜻이었다. 필요하다면 기꺼이 나를 위해 목숨을 바치겠다고 했다. 우리라면 이렇게 급격히 타오르는 우정을 지나치게 성급하다고 여기며 미덥잖아 할 테지만, 이 순박한 야만인에게 그런 식의 진부한 공식은 성립하지 않았다.

저녁을 먹고, 다시 한 번 친선의 잡담과 담배를 나눈 후 우리는 함께 방으로 올라갔다. 그는 향유를 바른 두개골을 내게 선물로 주었고, 커다란 담배쌈지를 꺼내더니 담배 밑을 더듬어 30달러 상당의 은화를 꺼내 탁자에 펼쳐 놓고 기계적으로 둘로 나눈 후 한쪽에 쌓인 것을 내 쪽으로 밀며 그건 내 몫이라고 했다. 반박해 보려 했지만 그는 아예 그걸 내 바지 주머니에 쏟아부으며 내 입을 막아 버렸다. 하는 수 없었다. 퀴퀘그는 이어서 저녁 기도를 올리기 위해 자신의 우상을 꺼내고 종이로 만든 난로 가림판을 치웠다. 몸짓이며 분위기로 봐서 그는 내가 함께 하길 간절히 원하는 눈치였지만, 이제부터 어떤 일이 벌어질지 잘 아는 터라 그가 청할 경우 응할지 말지를 놓고 잠시 고민에 잠겼다.

나는 엄격한 장로교회의 품에서 나고 자란 독실한 기독교인이다. 그런 내가 어찌 이 야만적인 우상 숭배자와 함께 나무토막을 섬길 수 있겠는가? 하지만 섬긴다는 건 뭘까, 나는 생각했다. 이슈마엘, 너는 지금 하늘과 땅, 이교도까지 포함한 모든 것을 주관하시는 관대한 하느님이 한낱 시커먼 나무토막을 질투하실 거라고 생각하는 게냐? 어림도 없는 소리! 하지만 섬긴다는 건 무엇인가? 신의 뜻대로 하는 것, 그것이 섬김이지. 그리고 신의 뜻이란 무엇인가? 이웃이 내게 해주길 바라는 대로 이웃에게 행하는 것, 그것이 신의 뜻이다. 그런데 퀴퀘그는 내 이웃이다. 그리고 나는 퀴퀘그가 내게 무엇을 해주길 바라는가? 그야, 나와 함께 내가 믿는 장로교의 방식대로 예배를 드리는 것이다. 따라서 나도 그의 예배에 동참해야 한다. 그러므로 우상 숭배자가 되어야 한다. 그래서 나는 대팻밥에 불을 붙였고 무해하고 조그만 우상을 함께 세웠으며, 퀴퀘그와 함께 그에게 태운 건빵을 바쳤다. 두 번인가 세 번쯤 절을 하고 코에 입을 맞췄다. 예배를 마친 후에는 양심이나 세상에 거리낄 것 없는 편안한 마음으로 옷을 벗고 침대에 들어갔다. 그래도 약간 잡담을 나눈 후에야 잠이 들었다.

왜 그런지는 모르지만, 친구끼리 흉금을 털어놓기에 침대만 한 곳은 없다. 부부는 침대에서 서로에게 영혼의 밑바닥까지 보여 주고, 나이 든 부부는 동이 트도록 침대에 누워 옛날얘기를 나누기도 한다고 들었다. 그래서 나와 퀴퀘그도 그렇게 편하고 사랑스러운 한 쌍이 되어 마음의 밀월을 즐겼다.

11
잠옷

우리는 그렇게 침대에 누운 채 떠들다가 또 깜빡 잠들기를 반복했고, 퀴퀘그는 문신투성이 갈색 다리를 한 번씩 내 몸에 올렸다가 다시 거두곤 했다. 우리는 더없이 친근했으며 자유롭고 편안했다. 그러다 끝내는 담소로 말미암아 얼마 안 되던 졸음기마저 완전히 가서 버렸고, 동이 트려면 아직 멀었는데도 다시 일어나고 싶어졌다.

아닌 게 아니라 완전히 잠이 깬 우리는 드러누운 자세에 싫증이 날 지경이었고, 그러다 보니 슬금슬금 몸을 일으켜 앉게 됐다. 이불로 몸을 꽁꽁 감싼 채 침대 머리 판에 등을 기대고 무릎을 바짝 당겨 종지뼈가 탕파라도 되는 것처럼 코를 들이댔다. 무척이나 편안하고 아늑한 느낌이었고, 문 밖이 워낙 쌀쌀했기 때문에 더 그랬다. 방에 불기라곤 없었으니 사실은 이불 밖 사정도 마찬가지였다. 〈더 그랬다〉고 말한 건, 몸의 온기를 제대로 만끽하려면 어느 한 부분은 차가워야 하는데, 이 세상의 모든 특징은 단지 비교에 의해서만 드러나기 때문이다. 단독으로 존재하는 건 아무것도 없다. 모든 면에서 안락하고 예전부터 그랬노라고 으스대는 사람은 조금이라도 〈더〉 편안하다고는 말할 수 없다. 하지만 침대 속의 퀴퀘그와 나처럼 코끝이나 정수리가 조금 춥다면, 그때야말로 전반적인 의식 속에서 가장 기껍고 확실한 따뜻함을 느끼게 되는 것이다. 이런 이유 때문에 침실에는 절대로 난로를 두어서는 안 된다. 그건 부자들의 사치스러운 불편에 불과하다. 이런 즐거움의 절정을 만끽하려면 담요만으로 바깥의 차가운 공기를 막고 몸의 아늑함을 느껴야 한다. 그렇게 하면 북극의 얼음 덩어리 안에서도 따뜻한 불꽃처럼 누워 있을 수 있다.

이렇게 웅크린 자세로 한참을 앉아 있으려니, 문득 눈을 뜨고 싶다는 생각이 들었다. 나는 이불을 덮고 있을 때면, 낮이건 밤이건 잠이 들었을 때나 깨어 있을 때에도, 침대의 아늑함에 더 집중하기 위해 늘 눈을 감는 버릇이 있었다. 눈을 감지 않고서는 누구라도 자기 자신을 제대로 느낄 수 없기 때문이다. 흙으로 빚은 우리 몸에는 빛이 더 적합하지만, 우리의 본질을 이루는 진정한 요소는 어둠인 것 같다. 그런데 눈을 뜨고 내가 스스로 만들어 낸 기분 좋은 어둠을 벗어나 불 꺼진 밤 12시의 거칠고 강압적인 외부의 어둠으로 들어서자 불유쾌한 혐오감이 느껴졌다. 기왕에 잠도 완전히 깼으니 불을 켜는 게 좋지 않겠냐는 퀴퀘그의 제안에도 전혀 반대하지 않았다. 그는 손도끼 파이프로 느긋하게 담배 몇 모금 피우고 싶은 마음이 간절했다. 간밤에 그가 침대에서 담배를 피우는 것에 질색한 걸 생각하면, 아무리 완고한 편견이라도 사랑으로 구부리자고 들면 얼마나 부드러운지 모를 일이었다. 이제는 비록 침대 위라고 해도 퀴퀘그가 내 옆에서 담배를 피우는 것보다 더 좋은 건 없었는데, 그의 모습에 평온한 가정의 기쁨이 충만해 보였기 때문이다. 주인의 보험 약관에는 더 이상 지나친 신경을 쓰지 않았다. 진정한 친구와 파이프와 담요를 공유하는, 진하고 내밀한 편안함만을 만끽할 뿐이었다. 어깨에 털 재킷을 두른 채 손도끼 파이프를 주고받다 보니 어느새 우리 위에는 방금 켠 등잔의 불빛을 받아 시퍼런 기운이 어린 담배 연기가 자욱했다.

굽이치는 연기가 야만인의 마음을 어느 먼 고장으로 데리고 간 건지 나로서는 알 수 없었지만, 아무튼 그는 어느새 고향 얘기를 하고 있었다. 나는 그의 지난 이야기를 듣고 싶은 마음에 자꾸 부추기며 재촉했고, 그는 기꺼이 응했다. 비록 당시에는 그의 말을 제대로 이해하지 못했지만, 서툰 그의 표현에 익숙해졌을 때 뒤이어 드러난 내용들 덕분에 윤곽이나마 전체적인 이야기를 온전히 전할 수 있게 되었다.

12
간략한 생애

퀴퀘그는 서남쪽으로 아득히 멀리 떨어진 코코보코라는 섬에서 태어났다. 그 섬은 어떤 지도에도 표시되어 있지 않은데, 진실한 고장들이란 원래 그런 법이다.

갓 태어난 야만인이 풀로 엮은 옷을 걸치고 고향의 숲 속을 제멋대로 뛰어다니면, 염소들은 그 풀이 새싹인 줄 알고 따라다녔다. 어린 나이에도 어쩌다 한두 척씩 지나가는 포경선에 만족하지 못한 퀴퀘그의 야심 찬 영혼에는 기독교 세계를 더 많이 보고 싶다는 강한 열망이 도사렸다. 그의 아버지는 일종의 왕과 같은 대추장이었고 삼촌은 대사제였다. 외가쪽으로는 무적의 전사와 결혼한 이모들이 있었다. 그의 몸속에는 탁월한 피, 왕족의 피가 흘렀지만, 선천적으로 장려된 식인 성향으로 인해 무참히 오염됐을지는 모를 일이었다.

새그 항[25]에서 출발한 배 한 척이 그의 아버지가 다스리는 만에 들어왔을 때, 퀴퀘그는 기독교의 땅으로 넘어갈 방법을 모색했다. 하지만 선원을 보충할 필요가 없던 배는 그의 요청을 거절했다. 아버지 왕의 입김도 통하지 않았다. 그러나

25 포경업으로 유명한 롱아일랜드의 항구.

퀴퀘그의 다짐은 결연했다. 그는 혼자 카누를 저어 먼 해협으로 나갔다. 섬을 떠나는 배는 반드시 그곳을 지난다는 사실을 알았다. 해협 한쪽은 산호초고, 다른 쪽으로는 혀처럼 길게 뻗은 나직한 땅에, 물에 잠겨 자라는 맹그로브 숲이 울창했다. 무성한 수풀 사이에 몸을 숨긴 퀴퀘그는 카누의 뱃머리를 바다로 향하고 노를 손에 쥔 채 고물에 앉아 때를 기다렸다. 마침내 배가 지나가자 번개처럼 돌진해서 뱃전을 붙들고 뒷발질 한 번에 카누를 뒤집어 가라앉혔다. 그러고는 사슬을 잡고 배에 기어 올라가서 갑판에 박힌 고리를 움켜쥐고 대자로 누워 난도질을 치더라도 절대로 놓지 않겠다고 외쳤다.

선장은 바다에 던져 버리겠다고 위협도 하고 빤히 드러난 손목 위에 단도를 매달아도 봤지만 소용없었다. 퀴퀘그는 왕의 아들답게 눈도 깜짝하지 않았다. 물불을 가리지 않는 대담함과 기독교 세계에 가보고 싶다는 별난 소망에 마음이 움직인 선장은 마침내 뜻을 굽혔고, 퀴퀘그에게 배에서 편히 지내라고 말했다. 하지만 훌륭한 야만인 청년, 아니 바다의 웨일스 공은 선장의 선실을 끝내 구경하지 못했다. 그는 선원들과 지내면서 고래잡이가 됐다. 그러나 타국의 조선소에서 기꺼이 노동을 했던 표트르 대제처럼 퀴퀘그 역시 못 배운 동포들을 계몽할 힘을 얻을 수만 있다면 눈에 보이는 치욕 따위 아랑곳하지 않았다. 그를 움직인 심원한 동기는 기독교인들과 생활하면서 제 동족을 지금보다 더 행복하게, 아니 그것을 넘어, 지금보다 더 월등하게 만들어 줄 기술을 배우겠다는 깊은 열망이었다고, 그는 내게 말했다. 하지만 아뿔싸! 고래잡이 일을 하고 보니 기독교인들도 불행하고 사악할 수 있으며 아버지가 다스리는 미개인들 못지않고 오히려 능가할 수 있다는 사실을 곧 깨달았다. 마침내 새그 항에 도착해서 선원들이 하는 짓을 보고, 뒤이어 낸터컷에서는 선원들이 〈그런〉 곳에 가서 급료를 어떻게 쓰는지 봤을 때, 가여운 퀴퀘그는 모든 걸 단념해 버렸다. 어딜 가나 전부 사악한 세상이라고, 이교도로 살다 죽겠노라고 그는 생각했다.

그런 탓에 마음은 예전 그대로 우상 숭배자면서 몸은 기독교인들 속에서 살며 그들의 옷을 입고 뜻 모를 그들의 말을 흉내 내려 했다. 고향 떠나온 지도 꽤 지났건만 그의 행동거지가 별난 건 그런 까닭이었다.

마지막으로 뵀을 때 늙고 쇠약하셨으니 지금쯤이면 아버지가 돌아가셨을지 모른다기에, 이제는 돌아가 왕위를 물려받을 생각이 없냐고 슬쩍 물어봤더니 아직은 아니라고 대답했다. 그러고는 기독교, 아니 기독교인들과 접촉한 탓에 서른 명에 달하는 선왕들의 뒤를 이어 순수하고 순결한 왕위에 오를 자격을 잃은 게 아닐까 두렵다고 덧붙였다. 그래도 얼마 안 있어 돌아갈 거라고, 다시 깨끗해졌다는 느낌이 들면 곧 돌아갈 거라고 했다. 하지만 당분간은 배를 타고 사대양을 두루 다니며 젊은 혈기를 맘껏 즐겨 보겠다고 했다. 작살잡이가 됐으니, 지금은 그 갈고리가 제왕의 홀을 대신하는 셈이었다.

장래의 계획이 그렇다면 당장 앞으로의 목표는 뭐냐고 물어봤다. 그는 다시 바다로 나가서 하던 일을 하는 거라고 대답했다. 그래서 나도 고래잡이에 나설 생각이며, 모험을 즐기는 고래잡이들이 출항하기에 가장 적당한 항구인 낸터컷에서 배를 탈 생각이라고 말했다. 그랬더니 그는 당장 나를 따라 그 섬으로 가서 같은 배에 올라 같이 불침번을 서고 같은 보트를 타고 같은 밥을 먹겠다고, 간단히 말해서 나와 운명을 같이하겠다고 말했다. 내 두 손을 부여잡고 두 세계가 차려 낼 운에 몸을 맡기겠다는 것이다. 나는 그의 모든 말에 기쁜 마음으로 동의했다. 내가 퀘퀘그에게 느끼는 애정과는 별도로 그는 노련한 작살잡이였고, 그렇기 때문에 바다 생활이야 익숙하지만 상선만 타봐서 고래잡이에 전혀 문외한인 나 같은 사람에게 큰 도움이 될 게 분명했기 때문이다.

마지막 담배 연기를 내뿜는 것으로 이야기를 마친 퀘퀘그는 나를 끌어안고 이마를 비볐다. 불을 끈 우리는 이쪽과 저쪽으로 서로 등을 돌리고 누워 곧 잠이 들었다.

13
외바퀴 수레

월요일인 다음 날 아침에 향유 바른 머리를 이발사에게 가발 걸이로 팔아 버린 후, 따지고 보면 친구의 돈이었지만 아무튼 그 돈으로 나와 내 친구의 숙박비를 계산했다. 히죽 거리는 주인과 다른 투숙객들은 나와 퀴퀘그 사이에 갑자기 싹튼 우정이 신기하고 우스운 눈치였다. 피터 코핀이 떠들어 대는 허튼 소리에 그렇게 겁을 먹더니 바로 그 사람과 어울 리는 내 모습이 그럴 만도 했다.

우리는 외바퀴 수레를 빌려서 내 허름한 짐 가방과 퀴퀘그 의 범포 자루며 그물 침대까지 우리 물건을 모두 실은 후 모 스호로 갔다. 선창에 정박해 있는 조그만 낸터컷 정기선이었 다. 우리가 지나가자 사람들의 눈이 휘둥그레진 건 꼭 퀴퀘 그 때문만은 아니었는데, 사람들도 이제는 거리에서 식인종 을 보는 데 익숙해졌으니 그 이유라기보다 그와 내가 무척 스스럼없어 보였기 때문이었다. 하지만 우리는 그런 시선에 신경 쓰지 않은 채 수레를 번갈아 밀며 갈 길을 갔고, 퀴퀘그 는 이따금 멈춰 서서 작살 갈고리의 칼집을 매만졌다. 그렇 게 거추장스러운 걸 뭍에서 왜 가지고 다니느냐, 포경선마다 작살이 다 있지 않느냐고 물었다. 그러자 골자만 간추리자면 이런 뜻의 대답을 했다. 네 말도 옳다만 나는 이 작살에 특별한 애정을 가지고 있는데, 목숨이 걸린 수많은 싸움에서 제 몫을 다하며 고래의 심장을 깊이 찔렀던 믿음직한 물건이기 때문이다. 간단히 말해서 농작물을 거두고 풀을 베는 육지의 일꾼들이 남의 밭에 일을 하러 갈 때 꼭 그래야 하는 게 아닌데도 제 낫을 챙겨 가는 것처럼, 퀴퀘그도 개인적인 이유로 자신의 작살을 선호한다는 얘기였다.

그는 내가 밀던 수레를 넘겨받으며 외바퀴 수레를 난생 처음 봤을 때의 재미난 이야기를 들려주었다. 새그 항에서 일어난 일이었다. 그가 탄 배의 선주들이 묵직한 궤짝을 하숙집으로 옮기는 데 쓰라며 수레를 빌려 줬던 모양인데, 실제로는 어떻게 쓰는지 전혀 모르면서도 그런 티를 내지 않으려고 궤짝을 실은 후 끈으로 단단히 묶고 수레를 어깨에 짊어지고 선창을 성큼성큼 걸어갔다는 것이다. 「아이고, 퀴퀘그. 그 정도는 알았을 거라고 생각했는데. 사람들이 웃지 않던가?」

그러자 그는 또 다른 일화를 들려주었다. 그의 고향인 코코보코 섬 사람들은 결혼 잔치를 벌일 때 싱싱하고 향긋한 코코넛 물을 펀치 볼처럼 커다란 채색 호리병박에 담는데, 이 펀치 볼은 항상 잔치가 열리는 멍석 한복판에서 장식 역할을 하는 모양이었다. 그런데 한번은 웅장한 상선이 코코보코에 들렀고, 어느 모로 보나 당당하고 예의 바른(선장치고는) 선장이 퀴퀘그 여동생의 결혼 잔치에 초대됐다. 여동생은 이제 막 열 살이 된 어여쁘고 어린 공주였다. 아무튼 하객이 모두 신부의 대나무 집에 모였을 때 이 선장이 성큼성

119

큼 들어와 지정된 귀빈석에 앉았는데, 그의 자리는 대사제와 퀘퀘그의 부친인 왕 사이의 펀치 볼 맞은편이었다. 감사 기도, 그러니까 그곳 사람들도 우리처럼 감사 기도를 올리지만, 퀘퀘그의 말을 듣자니 기도를 할 때 고개를 숙여 접시를 내려다보는 우리와 달리 풍성한 향연을 베풀어 주신 위대한 신을 향해 흡사 오리처럼 위를 쳐다본다고 했다. 아무튼 감사 기도를 마친 대사제가 섬에서 대대로 치러온 의식을 집전함으로써 연회를 시작했는데, 그건 다름이 아니라 신성한 자신의 손가락을 펀치 볼에 담가 음료를 신성하게 만든 후 그 은혜로운 음료를 돌려 가며 마시는 것이었다. 의식을 지켜보던 선장은 자신이 사제 옆자리인 것으로 미루어 자신이 배를 이끄는 선장인 데다 왕의 집에 초대도 받았으니 한낱 섬의 왕보다 우위인 모양이라고 제멋대로 생각하곤 펀치 볼에 태연히 손을 씻었다. 그걸 커다란 핑거볼로 착각한 것이다. 「어떻게 생각해? 우리 섬 사람들도 웃지 않았을까?」 퀘퀘그가 말했다.

마침내 뱃삯을 치르고 짐도 무사히 실은 우리는 정기선에 올랐다. 돛을 펼친 배는 어커시넷 강을 미끄러져 내려갔다. 한쪽으로는 뉴베드퍼드의 길들이 계단을 이루고, 얼음에 뒤덮인 나무들이 차고 청명한 공기 속에서 반짝였다. 수많은 나무통이 엄청난 언덕과 산처럼 쌓인 부두에는 세계를 떠돌던 포경선들이 나란히 정박한 채 마침내 안전한 그곳에서 묵묵히 누워 있었다. 그런가 하면 목수와 통장이가 작업하는 소리, 역청을 녹이는 불과 풀무의 소음이 뒤섞여 들리며 새로운 항해가 시작되고 있음을 알렸다. 원양을 누비던 길고 위험한 항해가 끝나면 두 번째가 시작되고, 두 번째가 끝나면 세 번째가 시작되며, 그렇게 한없이 계속되는 법. 아무렴, 세상의 노고란 모두 그렇게 끝이 없고 고달픈 것이다.

좀 더 넓은 바다로 나오자 상쾌한 바람이 불어왔고, 조그만 모스호는 콧김을 부는 망아지처럼 뱃머리에서 세찬 물보라를 일으켰다. 그 사나운 공기를 나는 얼마나 한껏 들이마셨던가! 노예의 발꿈치와 말굽에 잔뜩 파인 흔해 빠진 도로를, 길로 뒤덮인 땅을 얼마나 경멸했던가! 그 모습을 보면서 나는 어떤 흔적도 용납하지 않는 바다의 도량을 찬미했다.

똑같은 거품의 샘을 들이켠 퀴퀘그도 나처럼 취해 비틀거리는 것 같았다. 시커먼 콧구멍을 벌렁거리며 가지런하고 날카로운 이를 드러냈다. 그렇게 날듯이 질주하던 모스호는 앞바다에 이르자 술탄 앞의 노예처럼 돌풍에 경배하며 몸을 낮추고 뱃머리를 수그렸다. 배는 옆으로 기울어진 채 비스듬히 질주했다. 밧줄이 쇠줄처럼 윙윙 울리고, 높은 돛대 두 개는 회오리바람에 휩쓸린 물의 대나무처럼 휘어졌다. 물속으로 고꾸라진 뱃머리에 선 우리는 눈앞에서 펼쳐지는 광경에 홀린 나머지 한참 동안 다른 승객들이 비웃는 눈초리를 알아차리지 못했다. 되통스럽게 모여 선 그들은 백인이 회칠을 한 검둥이보다 더 고상한 존재이기라도 한 것처럼 우리 둘이 그렇게 사이좋게 어우러진 모습을 신기한 듯 쳐다봤다. 그 중에는 얼뜨기와 촌뜨기가 섞여 있었는데, 풋내가 풀풀 풍기는 걸로 보아 어디 두메산골 깊숙한 곳에서 온 모양이었다. 그런 풋내기 하나가 뒤에서 퀴퀘그 흉내를 내다가 들키고 말았다. 나는 저 촌뜨기가 이제 다 살았구나, 생각했다. 근육질의 야만인은 작살을 내려놓고 촌뜨기를 와락 끌어안더니 거의 신기에 가까운 힘과 민첩성으로 하늘 높이 던져 버렸다.

그리고 촌뜨기의 몸이 허공에서 반쯤 돌았을 때 엉덩이를 살짝 걷어찼고, 촌뜨기는 허파가 터질 지경이 되어서야 갑판에 내려섰다. 그동안 퀴퀘그는 촌뜨기에게 등을 돌린 채 손도끼 파이프에 불을 붙여 한 모금 피우라며 내게 건네줬다.

「선장! 선장!」촌뜨기는 선장을 찾아 달려가며 소리쳤다. 「선장, 선장, 여기 악마가 있소.」

「아니, 이보슈.」비쩍 마른 선장이 퀴퀘그를 향해 성큼성큼 다가오며 소리쳤다. 「대체 뭐 하는 짓이야? 하마터면 이 친구를 죽일 뻔했잖나?」

「저 남자 무슨 말하나?」퀴퀘그가 나를 향해 가볍게 몸을 돌리며 말했다.

「자네가 저기 저 남자를 죽일 뻔했대.」나는 그때까지도 몸을 벌벌 떠는 풋내기를 가리켰다.

「죽인다?」퀴퀘그는 문신으로 뒤덮인 얼굴을 경멸에 겨운 표정으로 잔뜩 일그러뜨리며 외쳤다. 「허! 저 남자 아주 작은 고기. 퀴퀘그는 작은 고기 안 죽인다. 퀴퀘그는 큰 고래 죽인다.」

「이봐, 이 배에서 또 한 번만 허튼짓을 했다간 식인종 네놈을 내 손으로 죽여 버릴 테다. 그러니 조심해.」선장이 으르렁거렸다.

그런데 그때 마침 선장이야말로 조심해야 할 상황이 벌어졌다. 과도한 힘을 견디다 못해 큰 돛대의 아딧줄이 끊어졌고, 커다란 활대가 뒤쪽 갑판 전체를 거의 쓸다시피 이쪽에서 저쪽으로 날아다녔다. 퀴퀘그가 거칠게 손을 봐준 불쌍한 친구가 그 활대에 쓸려 뱃전 너머로 떨어졌다. 선원들은 모두 공포에 질렸고, 그 상황에서 활대를 붙잡아 고정하겠다는 건 정신 나간 짓이었다. 시계가 한 번 째깍거릴 때마다 오른쪽에서 왼쪽으로 날아갔다 되돌아오는 활대는 당장이라도 쪼개져 산산조각이 날 것 같았다. 속수무책인 상황이었고, 도무지 손쓸 방법이 없어 보였다. 갑판에 있던 사람들은 우르르 뱃머리로 몰려갔고, 활대가 성난 고래의 아래턱이라도 되는 것처럼 지켜보며 서 있었다. 이렇게 황망한 와중에 퀴퀘그가 재빨리 무릎을 꿇더니 활대가 오가는 경로 밑으로 기어 들어가 밧줄 하나를 낚아채서 한쪽 끝을 뱃전에 붙들어 맸다. 그러고는 밧줄의 다른 쪽 끝을 올가미처럼 던져 머리 위를 스칠 듯 지나는 활대에 걸었고, 그 밧줄을 힘껏 당겨서 활대를 꼼짝 못하게 옭아맸다. 그렇게 해서 모든 사태가 무사히 수습되었다. 배는 바람을 정면으로 받으며 나아갔고, 선원들이 고물의 보트를 내리는 동안 퀴퀘그는 웃통을 벗어부치고 뱃전에서 긴 포물선을 그리며 바다로 뛰어들었다. 그는 긴 팔을 앞으로 쭉쭉 뻗어 근육질 어깨를 번갈아 드러내며 얼음처럼 차가운 물거품 속에서 3분 정도 개처럼 헤엄을 쳤다. 그런데 그렇게 당당하고 멋진 사내만 보일 뿐 정작 구해야 할 사람이 보이지 않았다. 풋내기는 깊이 가라앉은 모양이었다. 물 위로 곧장 솟구쳐 오른 퀴퀘그는 잠시 주변을 살피는가 싶더니, 상황을 파악했는지 물속으로 잠수해서 사라졌다. 다시 몇 분 뒤에 모습을 드러냈을 땐, 한 팔은 여전히 힘차게 물살을 갈랐고 다른 팔로는 축 늘어진 사내를 끌어안고 있었다. 보트에 있던 선원들이 얼른 두 사람을 끌어 올렸다. 불쌍한 촌뜨기는 의식을 되찾았다. 다들 퀴퀘그를 위대한 영웅으로 인정했고 선장은 용서를 구했다. 그때부터 나는 따개비처럼 퀴퀘그에게 찰싹 달라붙었다. 그러니까 가여운 퀴퀘그가 마지막으로 바다에 뛰어들 때까지.

어쩜 그리 무심하던지. 자신이 인류 박애 협회의 훈장을 받아 마땅한 행동을 했다고는 꿈에도 생각하지 않는 눈치였다. 그저 소금기를 씻어 낼 수 있도록 담수를 달라고 했을 뿐이고, 그런 다음에는 마른 옷을 입고 파이프에 불을 붙인 다음 뱃전에 기댄 채 주변에 모여 선 사람들을 가만히 쳐다봤다. 속으로 이런 생각을 하는 것 같았다. 〈세상은 공동 자본으로 세운 주식회사 같은 거야. 어딜 가나 마찬가지야. 우리 식인종은 이 기독교도들을 도와줘야 해.〉

14
낸터컷

그 후로 배에서는 이렇다 할 일이 일어나지 않았다. 그래서 한참 달린 끝에 우리는 무사히 낸터컷에 도착했다.

낸터컷! 지도를 꺼내서 찾아보라. 그곳이 이 세상에서 얼마나 외진 모퉁이에 자리 잡고 있는지. 해안에서 한참 떨어져 에디스톤 등대[26]보다 더 외롭게 선 그곳의 위치를 확인해보라. 그곳을 보라. 휑한 언덕배기, 팔꿈치처럼 뻗은 모래밭, 뒤로 펼쳐진 풍경도 없이 모래사장 천지다. 압지 대신 사용한다면 20년을 쓰고도 남을 만큼 모래가 많다. 사람들은 잡초도 일부러 심어야 여기서는 그것조차 저절로 자라지 않는다고 너스레를 떨 것이다. 캐나다에서 엉겅퀴라도 수입해야겠다고. 기름통 구멍 마개 하나를 구하려고 해도 바다를 건너가야 하니까, 낸터컷에서는 나무토막 하나도 로마의 진짜 십자가처럼 귀하게 모신다고. 거기 사람들은 여름에 그늘을 드리우도록 집 앞에 독버섯을 심는다고. 풀잎 하나만 돋아나도 오아시스고 하루 종일 걸어서 풀 이파리 세 개를 보

---

26 영국 잉글랜드의 폴리머스 서남부, 영국 해협에 있는 에디스톤 암초에 세운 등대.

면 초원이라도 만난 것 같다고. 모래에 빨려 들어가지 않게 라플란드의 눈 신발 같은 모래 신발을 신는다고. 그렇게 바다에 갇히고 둘러싸이고 포위된 외딴 섬이다 보니 거북이 등에 달라붙는 작은 조개들이 의자와 탁자에까지 붙곤 한다고. 하지만 이런 허풍들은 낸터컷이 일리노이가 아니라는 사실을 알려 줄 뿐이다.

그렇다면 어쩌다 이 섬에 인디언들이 정착하게 됐는지 말해 주는 놀라운 전설을 들여다보자. 전설에 따르면 이렇다. 옛날에 독수리 한 마리가 뉴잉글랜드 해변으로 내려와 인디언 아이를 발톱으로 채갔다. 아이가 드넓은 바다 저편으로 사라지는 걸 본 부모는 슬피 울며 통곡했다. 부모는 독수리가 날아간 방향으로 뒤쫓아 가기로 했다. 카누를 타고 위험한 항해를 한 끝에 섬을 발견했고 그곳에서 텅 빈 상아 상자를 찾아냈는데, 그건 바로 가여운 인디언 아이의 해골이었다.

그러니 해변에서 태어난 낸터컷 사람들이 생계를 꾸리기 위해 바다로 나가야 한다는 게 뭐가 놀라운가! 처음에는 해변에서 게와 조개 따위를 잡았다. 조금 더 대담해졌을 때는 그물을 가지고 나가서 고등어를 잡았다. 경험이 쌓이자 보트를 타고 나가 대구를 잡았다. 그러다 급기야 대형 선단을 이끌고 바다로 나가 대양을 탐험했다. 배들이 끊이지 않는 띠를 이루며 세상을 주유했다. 베링 해협을 들여다보고 모든 계절의 모든 대양에서 대홍수를 견디고 살아남은 가장 힘센 생물, 가장 기괴하고 가장 커다란 생물과 끝나지 않는 전쟁을 벌였다! 흡사 히말라야 산맥 같은 바다의 마스토돈,[27] 막

---

27 마이오세(2천4백만~520만 년 전) 초기에 출현하여 홍적세(25만~1만 년 전)까지 다양한 형태로 생존한, 코끼리와 유사한 포유동물.

강하고 비정한 힘을 지녔으며 대담하고 흉포한 공격을 받을 때보다 그것이 일으키는 공포에 질렸을 때가 더 두렵다는 그 괴물과!

그래서 무방비인 낸터컷 사람들, 이 바다의 은둔자들은 바닷가의 개밋둑에서 끝없이 밀려 나와 저마다 제각각 알렉산더 대왕이라도 된 것처럼 바다를 침략해서 정복했고, 해적 같은 세 열강[28]이 폴란드를 차지한 것처럼 대서양과 태평양과 인도양을 나눠 가졌다. 미국이 텍사스에 멕시코를 보태고 캐나다 위에 쿠바를 얹건 말건, 영국이 인도로 몰려가 불타는 깃발을 태양에 매달건 말건, 육지와 물로 이루어진 이 지구의 3분의 2는 낸터컷 사람들의 것이다. 바다가 그들의 것이기 때문이다. 황제가 제국을 소유하듯 그들은 바다를 소유한다. 다른 뱃사람들에겐 그곳을 지나갈 권리밖에 없다. 상선은 다리의 연장이고 군함은 떠 있는 요새며, 노상강도처럼 바다를 누비는 해적과 사략선(私掠船)[29]도 똑같이 육지의 파편에 불과한 다른 배를 약탈할 뿐 가늠할 수 없이 깊은 바다에서 생을 끌어 올리려 하지는 않는다. 낸터컷 사람들만이 바다에 살고 바다에서 흥청거린다. 성경의 표현을 빌리자면 그들만이 바다에 배를 띄우고 바다를 자신만의 특별한 경작지로 여겨 쟁기질을 하듯 그곳을 오간다. 그곳이 그들의 집이며, 그곳에 삶의 터전이 있고, 노아의 대홍수가 일어나 몇백만 중국인을 삼켜 버린다고 해도 그들의 일을 방해하지는 못할 것이다. 들꿩이 초원에 살듯 그들은 바다에 산다. 그들은 파도에 몸을 숨기고 영양 사냥꾼이 알프스에 오르듯 파도를 탄

28 러시아, 오스트리아, 프러시아를 말한다.
29 전시에 적의 상선을 나포할 수 있는 허가를 받은 민간 무장선.

다. 몇 년이고 육지를 모르고 지내다가 어느 날 뭍에 오르면, 달나라에 간 지구인보다 더 이상하고 딴 세상에 온 것만 같다. 육지에 내려앉지 않는 갈매기들이 해가 지면 날개를 접고 파도 사이에서 흔들리며 잠을 자듯, 먼바다에 저녁이 내리면 낸터컷 사람들은 돛을 말아 올리고 베개 밑으로 바다 코끼리와 고래가 떼 지어 지나는 곳에 누워 잠을 청한다.

15
차우더

조그만 모스호가 안전하게 닻을 내리고 퀴퀘그와 내가 뭍을 밟았을 때는 밤이 상당히 깊었다. 그래서 그날은 일을 하나도 보지 못했다. 아무튼 할 수 있는 일이라곤 저녁을 먹고 자는 것뿐이었다. 물기둥 여인숙의 주인은 사촌인 호지아 허시가 한다는 〈정유 솥〉 여인숙을 추천하면서, 낸터컷에서 제일 좋은 숙소이며 사촌인 호지아의 차우더[30] 요리가 유명하다고 호언장담했다. 말인즉슨, 정유 솥에서 주는 대로 요기를 하는 게 상책이라고 노골적으로 옆구리를 찌른 셈이었다. 그런데 그는 우리에게 노란 창고를 우현에 끼고 가다가 좌현에 하얀 교회가 나오면 그걸 좌현에 둔 상태에서 우현 3포인트 지점의 모퉁이를 돈 다음 제일 처음 만난 사람에게 물어보라고 알려 주었다. 이렇게 어지러운 방향 지시 때문에 처음에는 무척 혼란스러웠는데, 더 그럴 수밖에 없었던 건 길을 찾아 나서기 시작했을 때 퀴퀘그는 우리의 첫 출발점인 노란 창고가 좌현에 있어야 한다고 주장한 반면 나는 피터 코핀이 그게 우현에 있다고 말한 것으로 기억했기 때문이었

30 조개나 생선에 채소를 넣고 끓인 스프.

다. 하지만 어둠 속에서 조금 헤매고 편안히 쉬는 주민들의 문을 두드려 길을 물은 끝에, 마침내 오해의 여지없이 정확한 곳에 도착했다.

낡은 현관 앞에 박아 놓은 낡은 중간 돛대의 활대에는 당나귀 귀처럼 생긴 손잡이에 검은 칠을 한 커다란 나무 냄비 두 개가 매달려 흔들렸다. 활대 양쪽으로 뿔처럼 튀어나온 부분을 잘라 버려서 이 낡은 돛대는 영락없이 교수대처럼 보였다. 순간적인 느낌에 과민한 반응을 보인 것일 수도 있지만, 교수대를 보니 막연한 불안감을 떨칠 수 없었다. 남은 뿔 두 개를 올려다보는데 목에 경련 비슷한 것이 일어났다. 그래, 두 개로군. 하나는 퀴퀘그, 또 하나엔 나. 불길해. 처음 포경항에 내려서 들어갔던 여인숙의 주인 이름은 〈관〉이고 고래잡이 예배당에는 정면에 묘비가 있더니, 이번엔 교수대란 말인가! 게다가 커다란 검정 냄비 두 개까지! 이 마지막 징조는 은연중에 도벳을 암시하는 게 아닐까?

나는 이런 생각에 빠져 있다가, 노란 머리에 노란 옷을 입고 여인숙 현관에 서서 자주색 모직 셔츠 차림의 사내를 괄괄하게 몰아붙이는 주근깨 여인 때문에 다시 정신을 차렸다. 여자의 머리 위에서는 눈병이라도 걸린 것처럼 탁한 붉은 등불이 흔들렸다.

「당장 꺼져! 안 그랬다간 가만두지 않을 거야!」 여자가 남자에게 말했다.

「가자, 퀴퀘크. 괜찮아. 허시 부인이겠지.」 나는 말했다.

과연 그랬다. 호지아 허시 씨는 출타 중이었지만 허시 부인이 남편 대신 야무지게 일을 처리했다. 저녁과 잠자리를 달라고 하자 허시 부인은 야단치던 걸 잠시 미루고는 우리를 작은 방으로 안내했고, 방금 끝낸 식사의 흔적이 널린 탁자 앞에 앉게 한 다음 돌아보며 물었다. 「조개, 아니면 대구?」

「대구라면, 어떤 건가요?」 아주 공손하게 내가 물었다.

「조개, 아니면 대구?」 부인은 같은 말을 되풀이했다.

「저녁 식사에 조개라. 차가운 조개, 그걸 말씀하시는 건가요, 허시 부인? 하지만 이 겨울에 먹기엔 조금 차고 축축하지 않을까요, 허시 부인?」

입구에서 기다리는 자주색 셔츠 차림 남자를 다시 야단칠 생각에 마음이 급하고 〈조개〉 외의 말은 들을 생각이 없어 보이는 허시 부인은 열린 부엌문으로 서둘러 걸어가며 〈조개 2인분〉을 외치고는 사라져 버렸다.

「퀘퀘그, 조개탕 하나로 우리 둘이 저녁을 때울 수 있을까?」 내가 물었다.

그런데 부엌에서 풍기는 따뜻하고 맛있는 냄새는 우리의 암울한 전망이 잘못이었음을 말해 주었다. 그리고 김이 모락모락 나는 조개 차우더가 나오자 모든 수수께끼가 기분 좋게 풀렸다. 아, 다정한 벗들이여! 내 말에 귀 기울이시라. 그건 거의 개암만 하고 탱글탱글한 조개에 건빵 가루와 소금에 절여 작게 다진 돼지고기를 섞은 후, 버터를 넣어 풍미를 한껏 높이고 후추와 소금을 듬뿍 뿌려 간을 한 요리였다. 쌀쌀한 날씨에 배를 타고 온 우리는 왕성한 식욕을 발휘했다. 더구나 퀘퀘그가 제일 좋아하는 해산물 요리였고 조개 차우더의 맛이 워낙 훌륭했기 때문에, 우리는 엄청난 속도로 뚝딱 해치웠다. 잠시 등을 기댄 채 허시 부인이 조개냐 대구냐 묻던 걸 떠올리고는 그것도 먹어 봐야겠다는 생각이 들었다. 부엌문으로 다가가 〈대구〉라고 힘주어 말한 후 자리로 돌아와 앉았다. 얼마 지나지 않아 또 한 번 맛있는 냄새가 풍겼지만, 아까와는 다른 풍미였다. 이윽고 훌륭한 대구 차우더가 우리 앞에 놓였다.

우리는 다시 한 번 당면한 일에 몰두했고, 나는 숟가락을 부지런히 놀리며 속으로 이런 생각을 했다. 이게 혹시 머리에 무슨 영향을 미치는 걸까? 멍청이를 〈차우더 대가리〉라고 놀리는 이유는 뭐지? 「그런데 말이야, 퀴퀘그. 자네 그릇에 있는 그 장어 살아 있는 거 아니야? 자네, 작살은 어디에 뒀나?」

비린내가 심하기로는 정유 솥 여인숙을 능가할 곳이 없었다. 여긴 정말이지 이름값을 톡톡히 했는데, 냄비에서 항상 차우더가 끓었기 때문이다. 아침에도 차우더, 점심에도 차우더, 저녁에도 차우더, 이러다 생선 가시가 옷을 뚫고 나오지 않을까 걱정이 될 지경이었다. 집 앞은 아예 조개껍데기로 뒤덮였다. 허시 부인은 대구 등뼈를 깎아 만든 목걸이를 걸었다. 그리고 호지아 허시는 회계 장부를 최고급 상어 가죽으로 감쌌다. 그렇다고 우유에서까지 생선 맛이 나는 건 도저히 영문을 모르겠더니, 어느 날 아침 우연히 해변의 낚싯배들 사이를 거닐다가 호지아의 얼룩빼기 암소가 생선 찌꺼기를 먹고 잘라 내버린 대구 머리를 밟으며 건들건들 돌아다니는 걸 보고서야 의문이 풀렸는데, 대구 대가리에 발굽을 박고 선 모습이 마치 헐거운 슬리퍼를 신은 것 같았다.

저녁 식사를 끝내자 허시 부인이 등잔을 주며 방에 가서 누울 지름길을 일러 주었다. 그런데 퀴퀘그가 나를 앞질러 계단을 오르려 할 때 안주인이 팔을 내밀며 작살을 내놓으라고 했다. 이 집에서는 작살을 방에 가지고 들어갈 수 없다

는 거였다. 「왜 안 된다는 거죠?」 내가 물었다. 「진정한 고래
잡이라면 누구나 작살을 옆에 두고 자는데, 왜 안 된다는 거
예요?」「그야 위험하니까. 전에 스티그스라는 청년이 있었는
데, 글쎄 4년 반이나 배를 탔건만 고작 고래기름 세 통밖에
챙기지 못한 거야. 근데 이 사람이 우리 집 1층 뒷방에서 죽
은 채 발견된 거지. 옆구리에 작살이 박힌 채로. 그 후론 투
숙객이 밤중에 저렇게 위험한 무기를 가지고 방에 들지 못하
게 한다우. 그러니까 퀴퀘그 양반.」 부인은 어느 틈에 그의
이름을 알고 있었다. 「그 쇠붙이는 내가 아침까지 보관해 드
릴게. 그나저나 차우더 말인데, 내일 아침에는 어떤 걸로 드
실 거요? 조개, 아니면 대구?」

　「둘 다요. 조금 단조로우니까 훈제 청어도 두 마리쯤 같이
주세요.」 내가 대답했다.

16
배

우리는 침대에서 다음 날 계획을 짰다. 그런데 퀴퀘그가 이런 말을 해서 나는 놀라고 적잖이 걱정이 됐다. 그가 요조 (그의 작은 검둥이 신의 이름)에게 열심히 물어봤더니 요조가 두세 번쯤 응답하며 강력하게 주장하길, 둘이 함께 항구의 포경선을 돌아다니면서 어느 배에 탈지 의논해서 결정하지 말라고 했다는 것이다. 그 대신, 요조가 우리를 돌봐 줄 테니 배를 결정하는 건 전적으로 내게 맡기라고 진지하게 지시했다고 했다. 그리고 이미 배를 점찍어 뒀으니, 나 이슈마엘에게 일임하면 마치 우연히 그렇게 된 것처럼 틀림없이 그 배를 발견할 테고, 나는 당분간 퀴퀘그에 상관없이 당장 그 배에 타게 될 거라고 했다는 이야기였다.

앞에서 말하는 걸 깜빡 잊었는데, 퀴퀘그는 많은 일에서 요조의 탁월한 판단력과 놀라운 예지력을 대단히 신뢰했다. 그리고 요조의 자비로운 의도가 번번이 성공을 거두는 건 아니지만, 전체적으로 선의를 가진 착한 신으로 여겨 상당히 존경하고 신봉했다.

아무튼 우리가 탈 배의 선택과 관련된 퀴퀘그, 엄밀히 말하자면 요조의 계획이 나는 영 마뜩찮았다. 나는 우리의 운명을 가장 안전하게 지켜 줄 포경선을 고르는 문제와 관련해서 퀴퀘그의 분별력에 적잖이 의존하던 터였다. 하지만 내가 아무리 반박해 봐야 퀴퀘그는 꿈쩍도 하지 않았기 때문에 잠자코 따르는 수밖에 없었다. 그래서 그런 사소한 일은 재빨리 해결해야 한다는 생각으로, 단호하게 기운을 내서 일에 착수할 준비를 했다. 다음 날 아침에 나는 우리가 묵은 작은 방에 퀴퀘그와 요조만 남겨둔 채 일찌감치 밖으로 나왔다. 퀴퀘그와 요조에게 그날은 일종의 사순절이거나, 라마단처럼 금식을 하며 참회하고 기도하는 날인 것 같았다. 하지만 그날을 어떤 식으로 섬기는지는 끝내 알아내지 못했는데, 몇 번이나 시도해 봤음에도 퀴퀘그의 기도서와 39개항[31]은 도무지 숙지할 수 없었기 때문이다. 퀴퀘그는 손도끼 파이프를 피우며 금식을 하고 요조는 대팻밥을 피워 올리는 불길에 몸을 쬐라고 내버려 둔 채, 나 혼자 선창가로 나갔다. 한참을 돌아다니며 되는대로 여기저기 물어본 끝에 3년 예정으로 출항할 배가 〈데블댐〉, 〈티트비트〉, 〈피쿼드〉 이렇게 세 척이라는 걸 알게 됐다. 〈데블댐〉이라는 이름의 유래는 모르겠다. 〈티트비트〉는 빤하고,[32] 〈피쿼드〉는 다들 기억하다시피 고대 메디아 제국처럼 절멸한 매사추세츠의 유명한 인디언 부족 이름이다. 나는 데블댐을 살펴보며 염탐한 후에 티트비트로 넘어갔고, 마지막으로 피쿼드호에 올라 잠시 살펴보고는 바로 이게 우리가 탈 배라고 결정했다.

잘은 모르지만 다들 살면서 별난 배들을 많이 봤을 것이

---

31 영국 성공회의 신앙 교리.
32 고래를 한 입 거리 정도로 삼겠다는 호기를 담은 이름.

다. 바닥이 네모진 돛배, 산처럼 커다란 일본 범선, 버터 상자 같은 갤리선 등등. 하지만 단언컨대 피쿼드호처럼 진귀한 배는 본 적이 없을 터다. 배는 구식이고 작은 편이었으며, 어딘가 갈고리 발이 달린 오래된 가구 같은 분위기를 풍겼다. 오랜 세월 사대양의 태풍과 잔잔함을 두루 거치며 풍상을 겪은 낡은 선체의 빛깔은 흡사 이집트와 시베리아의 전투에 모두 참전한 프랑스 척탄병처럼 검게 그을었다. 고풍스러운 뱃머리는 턱수염이 난 것 같았다. 원래 있던 돛대가 강풍에 꺾여 바닷속으로 사라지는 바람에 일본 해안 어딘가에서 베어다 세웠다는 돛대들은 쾰른 삼성왕(三聖王)[33]의 등뼈처럼 꼿꼿했다. 낡은 갑판은 베케트[34]가 피를 흘린 자리에서 순례자들이 경배를 올리는 캔터베리 대성당의 포석만큼이나 닳고 주름이 졌다. 그리고 이 모든 고색창연함 위에 반세기 넘도록 이 배가 종사해 온 거친 작업과 관련된 놀라운 특징들이 새로 더해졌다. 늙은 펠레그 선장은 오랫동안 이 배의 일등 항해사를 지내다가 자기 소유의 다른 배를 지휘했고, 현역에서 은퇴한 지금은 피쿼드호의 공동 선주였다. 펠레그 영감이 일등 항해사 시절에 재료도 도안도 괴상한 장식을 도처에 박아 그렇잖아도 별스러운 배를 더 별스럽게 만들었는데, 그 기괴함에 견줄 만한 것은 토르킬 하케[35]의 둥근 방패나 침대 조각 정도였다. 피쿼드호가 단장한 모습은 번쩍거리는 상아 펜던트를 주렁주렁 매단 에티오피아의 미개한 황제 같았다.

33 아기 예수를 찾아 경배했다는 동방 박사 세 사람을 일컬으며, 12세기 경부터 삼성왕의 유골을 쾰른에 모셔 섬기고 있다고 한다.

34 헨리 2세의 정책에 반대했다가 살해당한 캔터베리 대주교.

35 11세기에 영국을 침략한 아이슬란드의 영웅 전사이며, 전장의 공훈을 침대에 새긴 것으로 유명하다.

그건 일종의 전승 기념비였으며, 적들의 뼈로 몸을 장식하는 식인종 같은 배였다. 전체적으로 판자를 대지 않고 그대로 드러난 뱃전은 향유고래의 길고 날카로운 이빨을 가져다가 하나로 이어진 턱처럼 장식했고, 거기에 박힌 이빨은 배의 근육과 힘줄 격인 낡은 삼줄을 동여매는 말뚝으로 사용했다. 이 근육들은 육지의 나무로 투박하게 만든 덩어리가 아닌, 바다의 상아로 만든 도르래를 날렵하게 통과했다. 거룩한 조타 장치에 회전식 타륜을 쓰는 것은 수치라는 듯이 그 자리에 키 손잡이를 달았는데, 한 덩어리로 된 손잡이도 철천지원수의 길고 좁은 아래턱을 그럴듯하게 깎아서 만들었다. 폭풍우 속에서 그걸 조종하는 키잡이는 사나운 말의 턱을 움켜쥐고 제압하는 타타르 사람이 된 것 같은 느낌을 받았다. 고결하면서도 어쩐지 더할 나위 없이 우울한 배! 고결한 것들에는 전부 그런 기운이 감도는 법이다.

항해에 합류하고 싶다는 뜻을 밝히려고 뒤쪽 갑판을 둘러보며 관계자를 찾았지만, 처음에는 아무도 보이지 않았다. 그런데 큰 돛대 조금 뒤에 쳐놓은 어딘가 이상한 천막, 아니 차라리 아메리카 원주민의 원형 오두막이라고 해야 할 것이 기어이 눈에 들어왔다. 항구에 정박해 있는 동안 사용하려고 임시로 세운 것 같았다. 3미터 남짓한 원뿔형 천막은 참고래 턱의 가운데와 제일 높은 부분에서 떼어 낸 날렵한 검은 뼈를 길쭉하고 커다랗게 잘라서 세웠다. 넓적한 끝을 갑판에 대고 끈으로 연결한 다음 비스듬히 서로 기대게 한 후 끝 부분을 묶어서 뾰족한 다발 모양으로 만들었다. 풀어헤친 머리카락 같은 섬유질은 포토와토미족[36] 늙은 추장의 상투머

36 북아메리카 인디언 부족.

리처럼 앞뒤로 흔들렸다. 안에서 앞을 훤히 내다볼 수 있도록 뱃머리를 향해 세모꼴 입구도 냈다.

그리고 마침내 이 묘한 오두막에 몸을 반쯤 숨긴 사람을 발견했는데, 풍모를 보아하니 책임자 같았다. 뱃일을 쉬는 한낮인 터라 무거운 책임을 잠시 내려놓고 휴식을 즐기는 중이었다. 그가 앉은 구식 참나무 의자는 꿈틀거리는 듯한 묘한 조각으로 뒤덮였고, 앉는 부분은 오두막을 세운 것과 똑같이 탄성이 좋은 재질로 엮어서 튼튼하게 만들었다.

내가 본 노인의 외모에서는 딱히 특별한 점을 찾을 수 없었다. 대부분의 늙은 뱃사람처럼 갈색으로 그을린 살갗에 근육질이었고, 퀘이커교풍으로 재단한 푸른색 선원용 외투로 몸을 완전히 감쌌다. 다만 눈가에 거의 보이지 않을 정도로 미세한 잔주름이 자글거렸는데, 필시 세찬 돌풍을 맞으며 늘 바람 부는 쪽을 살펴야 하는 오랜 항해의 잔재였을 것이다. 그러다 보면 눈가의 근육이 오므라들기 때문이다. 그리고 눈가의 이런 주름은 얼굴을 험악하게 찌푸릴 때 매우 효과적이다.

「피쿼드호의 선장님이십니까?」 나는 천막 입구로 다가서며 물었다.

「피쿼드호의 선장이면, 용건이 뭔가?」 그가 되물었다.

「배에 탈까 해서요.」

「그렇단 말이지. 자네를 척 보니 낸터킷 출신은 아니로군. 구멍 난 보트에 타본 적 있나?」

「아니요, 없습니다만.」

「고래잡이에 대해서는 아무것도 모르겠군, 그렇지?」

「네, 맞습니다. 하지만 틀림없이 금세 배울 수 있을 겁니다. 상선은 여러 번 타봤으니까요. 제 생각에 그 정도면……」

「상선 따위 집어치워. 그런 허튼 소리는 하지도 말라고. 그 다리나 조심하게. 한 번만 더 내 앞에서 상선 얘기를 꺼냈다간 엉덩이에 붙은 다리를 뽑아 버릴 테니. 상선이라고? 그 따위 상선에 타본 게 무척이나 자랑스러운 모양인데, 그렇다면 왜 이제 와서 고래잡이를 하려는 건가, 응? 이거 좀 수상한걸, 안 그래? 해적질이라도 한 거야? 지난번 배에서 선장의 물건을 훔쳤나? 바다에 나가서 간부 선원들을 죽일 생각은 아니겠지?」

나는 그런 일은 한 적이 없다며 결백을 주장했다. 농담 섞인 빈정거림을 한 꺼풀 벗겨 내고 보면, 낸터킷 출신인 데다 퀘이커교도라는 고립된 세계에 사는 이 늙은 뱃사람은 섬사람 특유의 편견이 가득했고, 코드 곶이나 비니어드 섬 출신을 제외한 외지인은 전부 의심하는 듯했다.

「그런데 왜 고래를 잡으러 가겠다는 건가? 자네를 배에 태울지 말지 생각하기 전에 그것부터 알고 싶군.」

「그건, 고래잡이가 어떤 건지 알고 싶습니다. 세상을 두루 돌아다니고 싶어요.」

「고래잡이가 어떤 건지 알고 싶다고? 에이해브[37] 선장은 본 적이 있나?」

「에이해브 선장이 누군데요?」

「허허, 내 그럴 줄 알았지. 에이해브 선장이 이 배의 선장이야.」

「그럼 제가 잘못 알았군요. 지금까지 저는 선장님과 얘기

---

37 구약 성서 「열왕기」에 나오는 이스라엘의 왕 아합을 가리키는 이름. 왕후 이세벨과 함께 바알을 숭배하고 야훼의 예언자를 박해했으며, 폭정을 일삼았다.

하는 줄 알았는데.」

「지금 자네는 펠레그 선장과 얘기를 하는 걸세. 자네가 지금 얘기를 하는 사람이 그 사람이란 말일세, 젊은이. 피쿼드호의 항해를 준비하고 선원을 포함해서 필요한 것들을 갖추는 건 나와 빌대드[38] 선장이 맡지. 우리는 선주이자 대리인이야. 하지만 아까 얘기하려던 대로, 자네 말마따나 고래잡이가 어떤 건지 알고 싶다면 발을 뺄 수 없는 상황이 되기 전에 그게 뭔지 알게 해줄 수 있지. 에이해브 선장을 보게나, 젊은이. 그러면 그가 외다리라는 걸 알게 될 테니.」

「그게 무슨 말씀이시죠? 다른 쪽은 고래에게 잃은 건가요?」

「고래에게 잃었지! 젊은이, 이리 가까이 오게. 이제껏 포경 보트를 으스러뜨린 것들 중에서도 가장 괴물 같은 향유고래가 덥석 물고 씹고 으스러뜨렸다네! 아, 아아!」

나는 그의 격앙된 기세에 흠칫 놀랐고 마지막 탄식에 담긴 절절한 슬픔에는 조금 감동하기도 했지만, 최대한 차분하게 말했다. 「선장님 말씀이 틀림없는 사실이겠으나, 바로 그 고래가 유독 사납다는 걸 어떻게 알 수 있나요? 물론 사고가 일어났다는 명백한 사실에서 그렇다고 유추해 볼 수는 있겠습니다만.」

「이보게, 젊은이. 자네는 폐가 조금 약한 모양이야. 말소리가 전혀 또랑또랑하지 않군. 정말로 바다에 나가 본 적이 있긴 한 건가? 틀림없어?」

「선장님, 이미 말씀드렸다시피 저는 네 차례 상선을……」

「집어치우라니까! 상선에 대해 내가 한 말 잊었나? 내 심

---

38 구약 성서에서, 어려움을 겪고 있는 욥을 책망한 세 친구 중 한 사람의 이름이다.

기를 건드리지 말게. 그런 꼴은 못 봐주니까. 그래도 이것만은 분명히 해두세. 고래잡이가 뭔지에 대해 자네한테 실마리 하나를 준 거야. 그런데도 하고 싶은가?」

「네, 그렇습니다.」

「좋았어. 그렇다면 자네는 펄펄 뛰는 고래의 목에 작살을 꽂고 그걸 잡기 위해 바다에 뛰어들 수 있나? 대답해, 얼른!」

「네. 반드시 그래야만 한다면요. 그러니까 쫓겨나지 않으려면 말이죠. 그럴 일은 없겠습니다만.」

「그래, 좋아. 그런데 자네는 고래잡이가 어떤 건지 직접 경험하고 싶을 뿐만 아니라 세상을 보고 싶어 고래잡이를 나가고 싶다고 했지? 그렇게 말하지 않았나? 그런 것 같은데. 그렇다면, 거기서 한 걸음 앞으로 걸어가서 뱃머리 너머를 본 다음에 돌아와 뭘 봤는지 말해 보게.」

나는 선장의 이상한 요구에 조금 어리둥절한 채 잠시 그대로 서 있었다. 이걸 웃어넘겨야 하는지, 아니면 진지하게 받아들여야 하는지 갈피가 잡히지 않았다. 하지만 펠레그 선장은 까마귀 발 같은 눈가 주름을 잔뜩 찌푸려 험상궂은 표정을 지으며, 얼른 시키는 대로 하라고 다그쳤다.

앞으로 가서 뱃머리 너머를 굽어봤더니, 배는 밀물에 닻까지 흔들리면서 너른 바다를 비스듬히 가리키고 있었다. 전망은 막힘이 없었지만 대단히 단조롭고 불길했다. 다채로운 구석이라고는 전혀 찾아볼 수 없었다.

「어디 한 번 들어 볼까?」 내가 돌아오자 펠레그가 말했다. 「뭐가 보이던가?」

「별것 없던데요. 물뿐이었습니다. 그래도 수평선이 넓더군요. 그리고 돌풍이 다가오는 것 같습니다.」

「그렇다면 세상 구경에 대해서는 어떻게 생각하나? 혼 곳을 돌아 더 넓은 세상을 보고 싶나, 응? 지금 선 자리에서는 세상을 볼 수 없어?」

나는 조금 당황했지만 고래잡이를 나가야만 했고, 가고 싶었다. 그리고 피쿼드호는 어느 배 못지않게, 아니 내 생각에는 최고로 훌륭했다. 이런 생각들을 펠레그에게 고스란히 옮겨 전했다. 내 결심이 단호한 것을 본 그는 나를 배에 태우겠다는 뜻을 밝혔다.

「그렇다면 서류에 당장 서명하는 게 좋겠군. 따라오게.」 그는 이렇게 말하면서 갑판 아래 선실로 앞장서서 들어갔다.

선미판에는 내가 그때까지 본 가장 특이하고 놀라운 사람이 앉아 있었다. 펠레그 선장과 함께 이 배의 지분을 가장 많이 소유한 빌대드 선장이었다. 나머지 지분은 연로한 연금 생활자, 과부, 아버지 없는 아이들, 그리고 법원의 감독을 받는 피후견인 등이 나눠 가졌는데, 이런 항구에서는 드물지 않은 일이었다. 이들은 각각 배의 늑재 상단이나 판자 한 치, 못 한두 개 정도에 해당되는 지분을 보유했다. 사람들이 두둑한 수익을 안겨 줄 확실한 국채에 투자하듯 낸터컷 사람들은 포경선에 돈을 투자한다.

빌대드도 펠레그처럼, 그리고 실제로 수많은 낸터컷 사람들과 마찬가지로 퀘이커교도였다. 이 섬에는 애초에 그 종파 사람들이 들어와 정착했기 때문에 대체로 오늘날까지도 퀘이커교의 특징을 유난히 많이 유지하고 있다. 하지만 외지의 이질적인 것들이 유입되면서 다채롭고 기이하게 변하기도 했다. 바로 이 퀘이커교도들이 뱃사람이나 고래잡이 중에서도 피비린내 진동하게 살벌하니 말이다. 이들은 싸우는 퀘이커교도, 복수심에 불타는 퀘이커교도다.

그래서 여기 남자들 중에는 성경에서 따온 이름을 가진 사람이 많고(섬의 독특한 관습이다), 어려서부터 퀘이커교도 특유의 그대니 자네니 하는 엄숙하고 연극적인 말투가 자연스럽게 입에 뱄다가 나중에 모험이 끊일 날 없는 대담한 생활을 하다 보면 미처 버리지 못한 예전의 습성이 묘하게 뒤섞이면서, 스칸디나비아의 해적왕이나 서사시에 등장하는 로마 이교도 못지않게 흥미진진한 갖가지 인물이 만들어진다. 그리고 이런 자질이 위대하고 탁월한 재능의 소유자, 망망대해에서 많은 밤을 불침번으로 지새우며 고독과 고요를 경험하고, 여기서는 볼 수 없는 북해의 별자리 밑에서 관습을 벗어나 독자적으로 사고하는 힘을 키우며, 자연이 자발적으로 은밀히 내맡긴 순결한 가슴에서 갓 나온 달콤하거나 야만적인 인상을 모두 흡수했을 뿐만 아니라 우연한 모험을 거치면서 대담하고 힘차며 고상한 언어를 배운 사람의 내면에서, 세계만큼이나 넓은 두뇌, 그리고 육중하고 단단한 가슴과 결합한다면, 그는 온 나라를 통틀어 하나뿐인 숭고한 비극에 어울리는 대단히 화려한 인물이 된다. 연극의 관점에서 봤을 때 태생이나 다른 어떤 환경적인 요인으로 인해 천성의 밑바닥에 반쯤은 의도적으로 보이는 과도한 우울함을 지녔더라도, 이 인물의 가치는 전혀 훼손되지 않는다. 비극에 적합한 위대한 인물은 어느 정도 병적인 우울함을 통해 만들어지기 때문이다. 야망에 부푼 젊은이들이여, 명심하라. 인간의 위대함이란 질병에 불과하다는 것을. 하지만 우리가 상대해야 할 자는 그런 사람이 아닌 전혀 다른 사람이다. 확실히 독특하기는 하지만 이번에도 퀘이커교도의 또 다른 측면이 개인적인 환경 속에서 변형된 결과일 뿐이다.

펠레그 선장처럼 빌대드 선장도 생활이 넉넉한 퇴역 고래잡이였다. 하지만 진지하다고 치부되는 것들을 거들떠보지도 않고 심지어 그런 진지한 것들을 지극히 하찮게 여긴 펠레그 선장과 달리, 빌대드 선장은 어렸을 때 낸터킷 퀘이커교 중에서도 가장 엄격한 교단의 교육을 받았을 뿐만 아니라, 나중에 바다에서 생활하는 내내 혼 곶 일대의 섬에서 사랑스러운 벌거숭이들을 수없이 보면서도 타고난 퀘이커교도답게 전혀 흔들리지 않았고, 조끼의 옷매무시 한 번 흐트러뜨린 적 없었다. 그런데 이런 불굴의 정신을 지닌 고귀한 빌대드 선장이건만, 그에게는 흔한 일관성이 조금 결여되었다. 양심의 가책으로 인해 뭍의 침략자에 맞서 무기를 드는 것을 거부하면서도 정작 본인은 대서양과 태평양을 무수히 침략했다. 인간의 살육에는 결단코 반대했지만 날렵한 선장복 차림을 하고 바다 괴물의 피는 수없이 흘려보냈다. 이제 인생을 반추하게 되는 황혼 녘에 이르러 독실한 빌대드가 이런 것들과 어떻게 화해했는지는 나도 모른다. 하지만 그는 별로 고민하는 것 같지 않았는데, 오래전에 인간의 종교와 현실 세계는 전혀 별개라는 현명하고 합리적인 결론에 도달했을 공산이 컸다. 그리고 그 세계는 배당금을 지불한다. 우중충한 짧은 옷을 입는 선실 사환에서 시작하여 폭이 넓고 배가 불룩한 조끼 차림의 작살잡이가 됐고, 거기서 보트장과 일등 항해사를 거쳐 선장이 되고 끝내 선주가 됐다. 앞에서 잠깐 언급했듯이 빌대드는 예순이라는 적당한 나이에 현역에서 물러나 모험으로 가득한 생활을 마무리했고, 두둑한 수입을 받으며 여생을 조용히 보내고 있었다.

이런 말을 하기는 미안하지만, 빌대드는 구제 불능의 고약한 늙은이라는 평판이 자자했고 바다에 나가던 시절에는 모질고 혹독한 상관이었다고 한다. 희한한 얘기처럼 들릴 텐데, 빌대드가 낡은 포경선을 몰고 카테가트[39]에 갔다 돌아왔을 때 선원 대부분이 완전히 탈진해서 병원에 실려 갔다고 한다. 신앙심이 깊은 사람, 더구나 퀘이커교도치고는 다른 건 몰라도 냉혹한 사람인 것만큼은 틀림없었다. 부하들에게 욕설을 한 적은 한 번도 없지만 무지막지하게 혹사시키며 말할 수 없이 부려 먹었다고 한다. 빌대드가 일등 항해사였을 무렵엔 그의 강렬한 갈색 눈초리를 접한 사람은 신경이 바짝 곤두서서 망치든 쇠막대든 하여간 뭐라도 움켜쥐고 닥치는 대로 미친 듯이 일을 안 하고는 배길 수가 없었다고 한다. 그가 나타나면 게으름과 나태는 자취를 감췄다. 체구에서도 실용적인 성격이 고스란히 드러났다. 길쭉하고 깡마른 몸매에서 군살이라고는 찾아볼 수 없으며, 수염조차 넘침이 없어서 챙 넓은 모자의 닳아 빠진 보풀마냥 그의 턱에도 보풀 같은 수염만 부드럽고 알뜰하게 돋았다.

펠레그 선장을 따라 선실로 들어갔을 때 선미판에 앉아 있던 사람이 바로 그 사람이었다. 위쪽 갑판과 아래 갑판 사이의 공간은 좁았다. 그리고 거기에 빌대드 영감이 꼿꼿하게 앉아 있었다. 그는 언제나 그렇게 앉았고 어디에 기대는 법이 없었는데, 그래야 상의 뒷자락이 구겨지지 않았기 때문이다. 챙이 넓은 모자는 옆에 내려놓고 다리는 뻣뻣하게 포갰으며 담갈색 옷은 턱까지 단추를 채웠다. 콧잔등에 안경을 걸친 걸 보니 묵직한 책을 열심히 읽고 있던 모양이었다.

39 덴마크와 스웨덴 사이의 해협.

「빌대드.」펠레그 선장이 불렀다. 「그걸 또 들여다보나, 응? 내가 알기로 자네는 지난 30년 동안 성경을 연구해 왔는데, 어디까지 진척이 됐나, 빌대드?」

오랜 항해 동료의 이런 불경스러운 말에는 진작에 이골이 났는지, 거기에 담긴 신성 모독에 아랑곳없이 조용히 고개를 들던 빌대드가 나를 보고는 누구냐고 묻는 듯한 눈길을 펠레그에게 다시 돌렸다.

「우리 배에 타고 싶다는군, 빌대드. 뱃일을 하고 싶대.」펠레그가 말했다.

「그러한가?」빌대드가 나를 바라보며 허허로운 목소리로 물었다.

「그러합니다.」워낙 독실한 퀘이커교도 앞이라서 그랬는지 나도 모르게 이런 대답이 나왔다.

「자네 생각은 어때, 빌대드?」펠레그가 물었다.

「쓸 만하겠군.」빌대드는 나를 쳐다보며 이렇게 말하고는 다 알아들을 수 있을 만한 목소리로 성경을 웅얼거리기 시작했다.

친구이자 오랜 항해 동료인 펠레그가 그렇게 호통을 쳐서 그런지, 빌대드는 내가 그때까지 본 퀘이커교도 중에 가장 별난 것 같았다. 하지만 나는 아무 말도 하지 않은 채 그저 주변만 유심히 살펴봤다. 펠레그는 서랍을 열어서 서류를 꺼내더니 펜과 잉크를 가져다 놓고 작은 탁자 앞에 자리를 잡았다. 어떤 조건으로 항해에 임할지 나도 얼른 마음을 정해야 할 때라는 생각이 들기 시작했다. 포경업계에서는 임금을 지불하지 않고 선장을 포함한 전원이 〈배당〉이라는 명목으로 수입의 일정한 몫을 받으며, 배당은 각자 맡은 일의 중요도에 따라 나뉜다는 건 나도 이미 알았다. 고래잡이에서는 풋내기니까 내 배당이 크지 않으리라는 것도 짐작하는 바였다. 그래도 바다에 익숙하고 배를 몰 줄도 알며 밧줄을 이을 줄 안다는 점 등을 고려하면, 지금까지 주워들은 것들로 미루어 보건대 최소한 275분(分) 배당은 받아야 했다. 그러니까 항해로 얼마를 벌게 될지는 몰라도 순이익의 275분의 1이 내 몫이 된다는 얘기였다. 275분 배당은 〈긴 배당〉이라고들 하지만, 그래도 없는 것보다는 나았다. 그리고 항해에 운이 따른다면 입고 나간 옷값 정도는 벌 수 있을 테고, 3년 동안 고기 먹고 잠자는 비용을 한 푼도 내지 않는다는 건 두말할 필요가 없다.

그래서야 어디 한재산 모을 수 있겠냐고 생각할 수도 있을 테고, 실제로도 대단히 요원하다. 하지만 나는 원래 한재산 모으는 데에는 관심이 없고, 천둥 구름이라는 음산한 간판이 걸린 곳에서 묵더라도 숙식만 제공해 준다면 더 바랄 게 없었다. 전체적으로 봤을 때 275분 배당이면 그럭저럭 적당하겠지만, 어깨가 딱 바라진 체격을 감안하면 2백분을 준다고 해도 놀랄 일은 아니라고 생각했다.

그럼에도 불구하고 넉넉한 몫을 나눠 받을 가능성에 적잖은 의구심을 가진 데에는 한 가지 이유가 있었다. 뭍에서 펠레그 선장과 그의 정체 모를 오랜 친구인 빌대드에 대해 떠도는 이야기를 들었는데, 이들이 피쿼드호의 대주주이기 때문에 소소하고 작은 몫의 다른 주주들이 배와 관련된 업무를 두 사람에게 거의 다 일임한다는 것이다. 그런 데다가 피쿼드호의 선실이 마치 제집 난롯가인 양 성경을 읽는 모습을 보니, 저 인색한 빌대드 영감이 선원의 고용에 대체 얼마나 강력한 발언권을 가졌는지 모를 일이었다. 펠레그가 주머니 칼로 펜을 깎겠다고 부질없이 노력하는 동안 빌대드 영감은 우리에게 아무 관심도 두지 않은 채 성경 구절만 읊었는데, 이번 일에 깊이 관여한 사람이라는 걸 감안하면 어지간히 놀라운 일이었다. 「재물을 땅에 쌓아 두지 마라. 땅에서는 좀먹거나…….」

「이봐, 빌대드 선장.」 펠레그가 그의 말을 끊었다. 「이 젊은이한테 배당을 어떻게 줄까?」

「그거야 자네가 제일 잘 알겠지.」 음산한 목소리가 대답했다. 「777분이면 너무 지나치지 않겠지? 땅에서는 좀먹거나 녹이 슬어 못 쓰게 되며…….」

쌓아 둘 것도 없겠군. 나는 생각했다. 그런 배당을 받아서야 어디! 777분이라고! 빌대드 영감, 좀먹고 녹스는 여기 이 땅에 배당을 많이 쌓아 두지 못하게 하려고 아주 작정을 하셨구먼. 이건 지나치게 긴 배당인걸. 엄청난 숫자 때문에 처음에는 풋내기 선원을 속일 수 있을지도 모르지만, 잠깐만 생각해 봐도 777이 큰 숫자인 만큼 거기에 〈분의 1〉을 붙이면 청동화의 777분의 1이 더블룬[40] 777개보다 아주 한참 적다는 걸 알 수 있을 거라고, 나는 그때 생각했다.

「아니, 눈은 어디다 달고 다니는 건가, 빌대드.」 펠레그가 호통을 쳤다. 「자네 이 젊은이를 속이려는 건 아니겠지! 그것보다는 더 줘야지.」

「777분.」 빌대드는 고개도 들지 않은 채 같은 얘기를 되풀이하고는 또 웅얼웅얼 성경 구절을 읊었다. 「너희의 재물이 있는 곳에 너희의 마음도 있다.」

40 옛 스페인의 금화 이름.

「나는 3백분의 1 정도를 줄까 하는데. 내 얘기 듣고 있나, 빌대드? 3백분 배당이라고.」

빌대드는 성경책을 내려놓고 엄숙하게 그를 쳐다보며 말했다. 「펠레그 선장, 자네는 마음도 넓군. 하지만 다른 주주들에 대한 의무도 생각해야지. 과부와 고아, 그 많은 사람들. 우리가 이 젊은이의 노동에 지나치게 후한 보상을 한다면 그 과부들과 고아들에게서 빵을 빼앗게 될지도 몰라. 777분 배당으로 하게, 펠레그 선장.」

「이봐, 빌대드!」 펠레그는 고함을 지르더니 자리에서 벌떡 일어나 쿵쾅거리며 선실을 돌아다녔다. 「집어치우게, 빌대드 선장. 이런 문제에서 자네의 조언을 따랐다면 나는 지금쯤 혼 곶을 지난 제일 커다란 배도 침몰시킬 만큼 무거워진 양심을 질질 끌고 다녔을 걸세.」

「펠레그 선장.」 빌대드의 목소리는 차분했다. 「자네의 양심이 한 길 물속에 있는지 열 길 물속에 있는지는 모르겠네만, 아직도 그렇게 고집불통이니 그 양심에 물이 새지나 않는지, 그래서 언젠가는 지옥의 불구덩이에 침몰하지나 않을지 심히 걱정되는군, 펠레그 선장.」

「지옥의 불구덩이라고! 지옥의 불구덩이! 나를 모욕하는군. 더는 못 참겠네. 나를 모욕하다니. 사람에게 지옥에 떨어질 거라고 말하는 건 지독한 능욕이야. 이런 젠장! 빌대드, 나한테 한 번만 더 그 말을 해서 내 울화통을 터트린다면 나는, 나는, 그래 살아 있는 염소를 털도 벗기지 않고 뿔까지 그냥 달린 채로 집어삼켜 버릴 테니 그리 알아. 선실에서 나가게, 이 위선적인 주제에 우중충한 나무총 같은 놈. 당장 꺼지지 못해!」

펠레그는 고성을 내지르며 빌대드에게 달려들었지만, 빌대드는 놀라운 민첩성으로 몸을 기울여 무사히 빠져나갔다.

배를 책임진 대주주 두 사람의 험악한 싸움이 놀랍기도 하고, 소유도 미심쩍은 데다 선장도 확실하지 않은 배에 타는 걸 아예 포기하자는 마음이 슬금슬금 들던 나는 빌대드에게 길을 터주려고 문가에서 비켜났다. 불같이 화를 내는 펠레그를 피해 밖으로 나가려 할 게 틀림없다고 생각했기 때문이다. 그런데 놀랍게도 그는 아주 조용히 선미판에 다시 앉았고, 자리를 피할 생각은 조금도 없는 듯했다. 고집불통 펠레그와 그 태도에 상당히 익숙한 것처럼 보였다. 그런가 하면 펠레그도 그렇게 분통을 터뜨리고 나니 속이 후련한지, 아직도 흥분이 가시지 않은 것처럼 몸을 조금 움찔대긴 했어도 순한 양 같이 자리에 앉았다. 「휘유!」 그는 급기야 휘파람을 불었다. 「돌풍이 바람 불어 가는 쪽으로 가버렸군. 빌대드, 자네는 창 깎는 솜씨가 좋았으니 저 펜 좀 깎아 주게. 이 주머니칼은 숫돌에 갈아야 할까 봐. 이제 됐군. 고맙네, 빌대드. 자, 그러면 젊은이. 이름이 이슈마엘이라고 했나. 3백분 배당으로 정하세, 이슈마엘.」

「펠레그 선장님, 제 친구도 배를 타고 싶어 하는데 내일 데리고 와도 될까요?」

「물론이지. 데려오게, 한번 보자고.」 펠레그가 말했다.

「그 친구는 배당을 얼마나 원하지?」 빌대드는 다시 고개를 박고 있던 성경책에서 눈을 들며 탄식하듯 말했다.

「아, 자네는 신경 쓰지 말게, 빌대드.」 펠레그는 이렇게 말하고는 내게 물었다. 「고래잡이는 해본 적이 있는 친구인가?」

「고래를 셀 수 없이 많이 죽였답니다, 펠레그 선장님.」

「그렇다면 데려오게나.」

나는 서류에 서명을 하고 그곳을 나섰다. 아침 일이 잘 처리됐으며 피쿼드호야말로 요조가 퀴퀘그와 나를 혼 곳 너머로 데려가기 위해 마련해 놓은 바로 그 배라는 걸 조금도 의심하지 않았다.

그런데 얼마 가지 않아 함께 항해할 선장을 아직 보지 못했다는 생각이 들기 시작했다. 하긴 포경선은 출항 준비를 완전히 마치고 선원이 모두 승선한 다음에야 선장이 나타나서 지휘를 맡는 경우가 많기는 했다. 항해는 길고 집에 돌아와서 보내는 기간은 너무 짧기 때문에 선장에게 가족이 있거나 그런 식으로 마음을 쓸 일이 있는 경우라면, 항구에 정박한 배는 별로 걱정하지 않고 항해 준비가 모두 끝날 때까지 선주에게 맡겨 둔다. 하지만 그 손에 돌이킬 수 없이 운명을 맡기기 전에 선장을 미리 봐두는 것은 결코 나쁘지 않았다. 그래서 되돌아가 펠레그 선장에게 어디로 가야 에이해브 선장을 만날 수 있는지 물었다.

「에이해브 선장은 뭣 때문에? 걱정할 것 없네. 자네는 배에 타기로 됐으니까.」

「압니다. 하지만 그를 보고 싶습니다.」

「지금 당장은 그럴 수 없을 것 같은데. 정확하게 뭐가 문제인지는 모르겠네만 집에 틀어박혀 있거든. 어떻게 보면 아픈 거지. 그래도 겉으로는 그렇게 보이지 않는다네. 실제로는 아픈 게 아니니까. 하지만 건강한 것도 아니야. 어쨌거나, 젊은이. 나도 만나려 들지 않는데 자넬 만나 줄 리가 없을 것 같네. 에이해브 선장이 별나다고 생각하는 사람들도 있지만, 선장은 좋은 사람이야. 암, 자네도 그를 무척 좋아하게 될걸. 겁낼 것 없네, 겁내지 말라고. 에이해브 선장은 오만하고 불경하다 못해 신 같은 사람이지. 말은 많지 않아. 하지만 그가 말을 할 때는 귀담아듣는 게 좋아. 명심하게, 미리 경고했네. 에이해브는 평범한 사람이 아니야. 대학물도 먹고 식인종 사이에서 지내기도 했어. 파도보다 더 심원한 경이로움에 익숙하지. 고래보다 더 커다랗고 생소한 적에게도 불같은 창을 꽂았어. 그의 창이란! 우리 섬에서 제일 날카롭고 확실해! 아무렴, 그는 빌대드 선장이 아니니까. 천만에, 펠레그 선장도 아니야. 그는 에이해브일세. 자네도 알겠지만 에이해브라고, 옛날에 그런 왕도 있었지 않나!」

「아주 지독한 왕이었죠. 그 사악한 왕이 칼에 쓰러졌을 때 개들이 그의 피를 핥지 않았나요?」

「이리 오게. 가까이, 가까이 와.」 이렇게 말하는 펠레그의 눈빛이 어찌나 심상치 않던지 흠칫 놀랄 뻔했다. 「이보게, 젊은 친구. 피쿼드호에서는 행여 그런 말일랑 하지 말게. 아니, 어디 가서도 하지 마. 에이해브 선장이 자기 이름을 지은 게 아니잖나. 남편을 잃고 미쳐 버린 어머니가 어리석고 무지해서 아무렇게나 붙인 이름이지. 어머니도 그를 낳고 열두 달 만에 돌아가셨어. 그런데 게이 곶[41]에 사는 티스티그라는 인디언 노파가 그 이름이 운명을 좌우할 거라고 말했다더군. 뭐, 그 할망구뿐만 아니라 다른 바보들도 자네한테 똑같은 얘기를 해줄지도 모르지. 하지만 분명히 말하는데, 다 거짓말이야. 나는 에이해브 선장을 잘 알아. 오래전에 함께 배를 탔지. 그래서 그가 어떤 사람인지 안다네. 좋은 사람이야. 빌대드처럼 신앙심이 깊지는 않아도 좋은 사람이야. 욕을 남

41 매사추세츠 비니어드 섬 서쪽 끝의 곶.

발하면서도 좋은 사람인 건 나하고 비슷하지. 다만 그에게
는 훨씬 많은 짐들이 있어. 그래, 그래. 그가 아주 유쾌한 모
습을 보여 준 적이 한 번도 없다는 건 나도 알아. 귀항길에
한동안 정신이 나갔다는 것도 알아. 하지만 그건 잘린 다리
에서 피가 나고 통증이 극심했기 때문이었어. 누가 봐도 알
수 있는 일이지. 그리고 마지막 항해에서 그 빌어먹을 고래
에게 다리를 잃은 후로 침울해한다는 것도 알아. 가끔은 지
독하게 침울하고 포악을 떨기도 하지만 시간이 지나면 다 해
결될 걸세. 그리고 분명히 말하는데, 잘 웃지만 무능한 선장
보다 침울하지만 능력 있는 선장과 항해하는 게 더 낫다네.
이제 가보게. 그리고 본의 아니게 사악한 이름을 가졌다고
해서 에이해브 선장을 나쁘게 생각하지는 말아. 게다가 그에
겐 부인이 있어. 결혼한 후에 배를 타고 나간 건 세 번도 안
돼. 다정하고 얌전한 여자라네. 생각해 보게, 그렇게 다정한
여자에게서 그 늙은이가 자식을 얻었단 말이야. 그런데도 에
이해브가 구제 불능의 극단적인 해악을 품었다고 말할 수
있겠나? 아니, 아니지. 고통받고 망가졌을지언정 에이해브
에게도 나름 인간적인 면모가 있다네!」

　나는 생각에 잠긴 채 길을 걸었다. 에이해브 선장에 대해
우연히 알게 된 것들로 인해 그를 향한 막연한 슬픔이 마음
속에 휘몰아쳤다. 아무튼 그때는 그가 안쓰럽고 애처로웠는
데, 다리 하나를 무참히 잃었다는 것 말고는 왜 그런 감정을
느꼈는지 알 수 없었다. 그리고 묘한 경외감도 느껴졌다. 하
지만 도저히 묘사할 수 없는 그런 경외감은 엄밀한 의미의
경외감이 아니었다. 그게 무엇이었는지는 나도 모른다. 아무
튼 그걸 느꼈고, 그것 때문에 그에게 거부감이 들지는 않았

다. 다만 그때는 그를 완전히 알지 못했기에 수수께끼라고
여겨지는 것들에 안달이 났다. 그러다 마침내 생각이 다른
곳으로 방향을 틀었고, 어두운 에이해브의 존재는 한동안 내
마음에서 자취를 감췄다.

17
라마단

퀴퀘그의 라마단, 그러니까 금식과 참회의 고행은 하루 종일 계속될 예정이었기 때문에 밤이 될 때까지 그를 방해하지 않기로 했다. 나는 모든 사람의 종교적 의무를 최대한 존중하기 때문이다. 아무리 우스꽝스럽더라도 개의치 않고, 심지어 독버섯을 경배하는 개미의 회합이거나, 이 지구상 어디에선가 다른 별에서는 전례를 찾아볼 수 없는 노예 근성에 사로잡혀, 단지 광활한 땅의 소유자이며 그의 이름으로 땅이 임대된다는 이유만으로 죽은 지주의 흉상에 절을 하는 사람일지라도 하찮게 여기지 않는다.

우리 선량한 장로파 기독교도는 이런 일에 자비심을 가져야 하며, 이교도든 아니든 누군가 이런 문제에 반미치광이처럼 빠져 있다고 해서 우리가 그들보다 월등히 우월하다고 여겨서는 안 된다. 퀴퀘그가 요조와 라마단에 대해 지닌 생각이 어처구니없는 건 분명하지만, 그게 어떻단 말인가? 퀴퀘그는 자신이 뭘 하는지 안다고 생각한다. 스스로 만족스러워하는 것 같으니 그냥 놔두는 수밖에. 그와 언쟁을 해봐야 소용없을 것이다. 그러니 그냥 내버려 두자. 하늘이여, 장로

155

파와 이교도를 가리지 말고 우리 모두에게 자비를 베푸소서. 우리는 모두 어떤 식으로든 머리가 끔찍하게 망가져 간절히 수선을 원하니.

저녁이 가까워지고 퀴퀘그의 모든 예배와 의식이 끝났을 거라는 생각이 들었을 때, 방으로 올라가 문을 두드렸다. 하지만 아무 대답이 없었다. 문고리를 돌려 봤지만 안에서 잠겨 있었다. 「퀴퀘그.」 열쇠 구멍으로 나직하게 이름을 불러 봐도 여전히 조용했다. 「이봐, 퀴퀘그! 왜 대답이 없어? 나야, 이슈마엘.」 하지만 여전히 잠잠하기만 했다. 슬슬 걱정이 되기 시작했다. 너무 오래 혼자 둔 건 아닌가. 어쩌면 뇌졸중으로 쓰러졌을지도 모른다는 생각이 들었다. 열쇠 구멍으로 들여다봤지만 문이 한쪽 구석에 치우친 탓에 뒤틀려 보이는 광경뿐이다. 침대 발판 한쪽과 벽의 줄무늬 말고는 아무것도 보이지 않았다. 그런데 벽에 퀴퀘그의 작살이 서 있는 걸 보고 깜짝 놀랐다. 분명히 지난밤 방에 올라가기 전에 여인숙 안주인이 챙겨 갔기 때문이다. 이상한 노릇이었다. 그래도 아무튼 작살이 거기 있다면, 퀴퀘그가 그것 없이 외출하는 일은 거의 없으므로 지금 안에 있는 게 틀림없었다. 의문의 여지가 없었다.

「퀴퀘그! 퀴퀘그!」 쥐 죽은 듯 조용했다. 무슨 일이 있는 게 분명했다. 뇌졸중! 몸을 던져서 문을 열어 보려 했지만 문은 완강했다. 계단을 달려 내려가 처음 눈에 띈 여인숙 하녀에게 내 의구심을 재빨리 전달했다. 「어머, 어머! 저도 무슨 문제가 있는 게 틀림없다고 생각했어요. 아침 식사를 끝내고 방 정리를 하러 올라갔더니 문이 잠겼더라고요. 쥐새끼 한 마리 움직이는 소리가 들리지 않더라니까요. 그 후로도 계속 그렇게 조용했어요. 하지만 저는 두 분이 외출하면서 짐을 안전하게 간수하려고 문을 잠가 놓은 줄만 알았죠. 어머, 어머! 마님! 마님! 사람이 죽었어요! 허시 부인! 뇌졸중이래요!」 하녀는 이렇게 외치며 부엌으로 달려갔고, 나도 뒤를 따랐다.

한 손에 겨자 단지를 들고 다른 손에 식초병을 든 허시 부인이 곧 나타났는데, 양념 통을 정리하면서 흑인 사환을 야단치던 모양이었다.

「헛간! 헛간이 어디 있습니까? 제발 부탁이니 얼른 가서 문을 부술 것을 가져오세요. 도끼! 도끼요! 사람이 쓰러졌어요. 틀림없다고요.」 내가 이렇게 말하면서 빈손으로 다시 허둥지둥 계단을 오르려는데, 겨자 단지와 식초병을 든 허시 부인이 양념 병 같은 표정으로 길을 막고 섰다.

「대체 무슨 일이에요, 젊은 양반?」

「도끼를 가져와요! 이럴 틈이 없어요. 내가 문을 부숴 볼 테니 그 사이에 아무 의사라도 좀 데려와요.」

「이봐요.」 안주인은 한 손을 자유롭게 쓰기 위해 얼른 식초병을 내려놨다. 「아니, 지금 내 집 문을 부순다는 얘기야?」 그러고는 그 손으로 내 팔을 움켜잡았다. 「대체 무슨 일이야? 이게 다 무슨 일이냐고, 선원 양반?」

차분히, 하지만 최대한 신속하게 자초지종을 얘기했다. 안주인은 저도 모르게 식초병을 들어 그걸로 콧잔등을 두드리며 잠시 생각에 잠기는가 싶더니 이렇게 외쳤다. 「아니야! 그걸 저기에 넣어 둔 뒤로는 본 적이 없는데.」 안주인은 층계참 아래 작은 벽장으로 달려가서 안을 들여다보고는 다시 돌아와 퀴퀘그의 작살이 사라졌다고 말했다. 「자살했구먼.」 안주인이 소리쳤다. 「불행한 스티그스의 악몽이 반복된 거야. 또 이불 한 장 버렸네. 어머니는 얼마나 마음이 아플까, 아이고 하느님! 우리 집은 이제 망했네. 그 불쌍한 인간한테 누이가 있나? 어디 살아? 얘, 베티. 칠장이 스날스한테 가서 간판 하나 그려 달라고 해라. 〈자살 금지, 휴게실 금연〉이라고. 이러면 일석이조잖아. 죽다니! 주여, 그의 영혼을 굽어살피소서! 이건 또 무슨 소리람? 이봐, 젊은이. 그만두지 못해!」

안주인은 나를 따라 달려 올라오더니 다시 한 번 어떻게든 문을 열어 보려고 애쓰는 나를 붙들었다.

「이러면 안 돼. 내 집 기물을 망가뜨리게 놔둘 순 없어. 열쇠장이를 불러올게. 한달음에 다녀올 수 있어. 아니, 잠깐만!」 안주인이 주머니에 손을 집어넣었다. 「여기 이 열쇠가 맞을 거야. 어디 보자.」 그러더니 열쇠 구멍에 꽂고 돌렸다. 하지만 아뿔싸! 퀴퀘그가 채워 놓은 보조 빗장이 안에서 꿈쩍하지 않았다.

「부수는 수밖에 없겠어요.」 내가 이렇게 말하고 도움닫기를 위해 조금 물러서려는데 안주인이 나를 붙들고는 또다시 자기 집 기물을 파손할 수는 없다고 토를 달았다. 하지만 나는 그녀의 손을 뿌리치고 냅다 달려가서 문에 힘껏 몸을 내던졌다.

엄청난 소리와 함께 문이 열리면서, 손잡이가 벽에 부딪혀 횟가루가 천장까지 튀었다. 그런데 이럴 수가! 퀴퀘그가 방에 앉아 있었다! 그것도 너무나 태연하고 차분한 모습으로 방 한복판에 엉덩이를 깔고 앉았는데, 정수리에는 요조를 얹어 놓았다. 좌우로 눈길 한 번 주지 않고, 살아 있는 기색이라곤 전혀 찾아볼 수 없는 조각상처럼 앉아 있었다.

「퀴퀘그.」 내가 그에게 다가가며 말을 걸었다. 「퀴퀘그, 어떻게 된 거야?」

「설마 하루 종일 저렇게 앉아 있었던 건 아니겠지?」 안주인이 말했다.

하지만 우리가 무슨 말을 해도 그는 입 한 번 뻥긋하지 않았다. 그를 떠밀어서라도 자세를 바꿔 주고 싶은 심정이었다. 너무나 고통스럽고 부자연스럽고 억지스러워 보이는 자세를 도저히 참을 수 없었다. 더구나 그는 끼니조차 거른 채 여덟에서 열 시간 가까이 저렇게 앉아 있었을 터였다.

「허시 부인, 어쨌거나 살아 있네요. 죄송하지만 이게 다 어찌 된 영문인지 알아볼 수 있도록 자리 좀 피해 주시겠어요.」

안주인을 내보내고 문을 닫은 후, 퀴퀘그를 설득해서 의자에 앉히려 했지만 허사였다. 그는 그대로 앉아 미동도 하지 않았다. 아무리 다정하게 굴며 감언이설로 설득해도 그는 꿈쩍하지 않았고, 말은커녕 나를 쳐다보지도 않았으며 내가 거기 있다는 것조차 어떤 식으로든 전혀 의식하지 않았다.

이것도 라마단 의식의 일부일까. 그의 고향 사람들도 저렇게 엉덩이를 붙이고 앉아 금식을 할까? 그럴 것 같았다. 그래, 이것도 교리인 모양이라고 나는 짐작했다. 그렇다면 그냥 내버려 두자. 조만간 일어나겠지. 틀림없이 그럴 거야. 평생 저러고 있을 수는 없으니까. 라마단은 다행히 1년에 한 번뿐이고, 날짜가 딱 정해진 것도 아닌 듯했다.

나는 저녁을 먹으러 내려갔다. 자두 푸딩이라고 부르는 항해(스쿠너나 쌍돛대 범선을 타고 적도 북쪽의 대서양에서만 고래잡이를 하는 단기간의 포경 항해)에서 막 돌아온 선원들의 장황한 이야기를 들으며 한참 앉았다 보니 어느 틈에 11시무렵이었다. 이제는 퀴퀘그의 라마단이 끝났을 거라고 확신하며 잠자리에 들기 위해 올라갔지만, 웬걸. 아까의 그 자세에서 한 치도 움직이지 않고 그대로 앉아 있었다. 슬그머니 짜증이 나기 시작했다. 찬 바닥에 엉덩이를 붙이고 나무토막을 머리에 얹은 채 하루 온종일도 모자라 밤이 깊도록 앉아 있는 건 너무나 분별없고 정신 나간 짓처럼 보였다.

「제발 부탁이야, 퀴퀘그. 일어나서 몸 좀 움직여. 일어나서 저녁을 먹으라고. 굶어 죽을 생각이야? 이러다간 죽고 말 거야, 퀴퀘그.」하지만 그는 일언반구 대꾸가 없었다.

그래서 그만 단념하고 누워서 자기로 했다. 머잖아 그도 나를 따라서 자러 올 거라고 믿었다. 그래도 침대에 눕기 전에 묵직한 곰 가죽 재킷을 벗어 그에게 걸쳐 주었다. 몹시 추운 밤이 될 기색이었는데 그는 평소에 입는 짧은 재킷만 입고 있었다. 아무리 애를 써도 한참 동안 잠을 이룰 수 없었다. 촛불을 불어서 껐지만, 불과 1미터 남짓한 곳에서 추위와 어둠 속에 불편한 자세로 혼자 앉은 퀴퀘그를 생각하니 견딜 수 없이 괴로웠다. 생각해 보라. 따분하고 이해할 수 없는 라마단을 지킨다며 엉덩이를 붙인 채 밤을 새는 이교도와 한 방에서 잠을 자는 걸!

하지만 어찌어찌 잠이 들었고 동이 틀 때까지 세상모르고 잤다. 그러다 눈을 뜨고 침대 옆을 보니 바닥에 나사로 고정해 놓기라도 한 것처럼 퀴퀘그가 쪼그리고 앉아 있었다. 하지만 새벽 첫 햇살이 창문으로 들이치자마자 몸을 일으켰고, 관절은 뻣뻣하고 삐걱거려도 명랑한 표정으로 절뚝거리며 다가와 누워 있는 내게 이마를 비비며 라마단이 끝났다고 말했다.

앞에서도 말했듯이, 같은 종교를 믿지 않는다는 이유로 다른 사람을 해치거나 모욕하지 않는 한 나는 누가 어떤 종교를 믿건 전혀 이의가 없다. 하지만 종교가 광기로 변해서 당사자에게 고통을 안겨 준다면, 요컨대 우리가 사는 이 지구를 지내기 불편한 여인숙으로 만들어 버린다면, 그때는 당사자를 불러다 앉혀 놓고 문제를 따져 봐야 한다고 생각한다.

그래서 퀴퀘그와 그렇게 했다. 「퀴퀘그, 침대에 누워서 내 말을 들어 봐.」 그러고는 원시 종교의 발생과 발달부터 시작해서 오늘날의 다양한 종교에 이르기까지 이야기하며 퀴퀘그에게 사순절과 라마단, 춥고 우울한 방에서 그 오랜 시간을 쪼그리고 앉아 있는 게 얼마나 어처구니없는 짓인지 납득시키려고 노력했다. 건강을 해치고 영혼에도 무익하며, 간단히 말해서 명백하게 건강과 상식의 법칙에 어긋나는 짓이라고 말했다. 다른 면에서는 그렇게 분별 있고 현명한 야만인이면서 이렇게 우스꽝스러운 라마단에 관해서는 한탄스러울 정도로 어리석은 모습을 보니 마음이 아프다고, 마음이 몹시 아파서 견딜 수가 없다는 얘기도 했다. 그뿐 아니라 금식은 몸을 해치고 그러면 영혼도 상하며, 금식 중에 하는 생각 역시 반쯤 굶주린 생각일 수밖에 없다는 논리를 펼쳤다. 소화 불량에 걸린 광신도들이 내세에 대해 그렇게 암울한 생각을 갖는 건 다 그런 이유 때문이라고도 했다. 본론에서 조금 벗어난 것 같지만 이런 말도 했다. 말하자면 지옥은 제대로 소화되지 못한 사과 푸딩에서 처음 생겨나 라마단으로 인해 대대로 소화 불량에 걸린 사람들이 고착시킨 관념이라고.

그러고는 퀴퀘그에게 소화 불량 때문에 고생한 적이 없냐고 물어봤다. 그가 이해할 수 있도록 그게 어떤 건지 아주 간단하게 표현해 주었더니, 그는 없다면서 그런 기억은 딱 한 번뿐이라고 했다. 아버지 왕이 대규모 전투에서 승리해서 큰 잔치를 베풀었을 때였는데, 오후 2시경까지 적을 쉰 명이나 죽였고 그날 저녁에 전부 요리해서 먹어 치웠다는 것이다.

「그만해, 퀴퀘그. 더는 얘기하지 않아도 돼.」 나는 진저리를 치며 말했다. 더 듣지 않아도 미루어 짐작할 수 있었다. 그 섬에 가봤다는 뱃사람을 한 명 만난 적 있는데, 거기서는 전투에서 큰 승리를 거둘 경우 승자의 마당이나 정원에서 죽은 적들을 전부 통구이 해 먹는 게 관습이라는 얘기를 들었다. 그걸 하나씩 커다란 목판에 담아 빵나무 열매와 코코넛을 주변에 두르고 입에 파슬리를 넣어서 필래프[42]처럼 장식한 후 크리스마스에 먹는 칠면조처럼 승자의 인사말을 덧붙여 친구들에게 선물로 준다고도 했다.

아무튼 종교에 대한 내 소견은 퀴퀘그에게 큰 인상을 준 것 같지 않았다. 우선은 자신의 관점에서 생각하지 않는 이상 그 중요한 문제에 귀를 기울이지 않는 것 같았고, 둘째로는 최대한 단순하게 표현했건만 내 말을 3분의 1도 이해하지 못했다. 그리고 마지막으로 진정한 종교에 대해 자신이 나보다 훨씬 많이 안다고 생각하는 눈치였다. 마치 이렇게 분별 있는 젊은이가 이단적인 복음 신앙에 빠져 헤어 나오지 못하는 게 몹시 안타깝다는 걱정과 연민의 눈초리로 나를 내려다보는 듯했기 때문이다.

결국 우리는 일어나서 옷을 입었다. 그리고 안주인이 퀴퀘그의 라마단으로 인해 수입을 많이 올리지 못한 걸 감안하여 온갖 종류의 차우더를 잔뜩 시켜 푸짐하게 아침을 먹은

42 쌀에 고기와 채소를 섞어 볶은 요리.

다음, 넙치 가시로 이를 쑤시며 어슬렁어슬렁 피쿼드호로 향했다.

18
그의 표시

작살을 든 퀴퀘그와 함께 부둣가 끝에 있는 배를 향해 걸어가는데, 펠레그 선장이 갑판의 천막에서 걸걸한 목소리로 우리를 소리쳐 불렀다. 그는 내가 데려온다던 친구가 식인종일 줄은 몰랐다면서, 심지어 미리 서류를 제출하지 않으면 자신의 배에는 어떤 식인종도 태울 수 없다고 단언했다.

「그게 무슨 말씀이시죠, 펠레그 선장님?」 나는 퀴퀘그를 부두에 세워 놓은 채 훌쩍 뱃전으로 뛰어 오르며 물었다.

「저치가 서류를 제출해야 한다는 뜻이지.」 선장이 대답했다.

「그래.」 빌대드 선장이 펠레그 뒤에서 천막 밖으로 고개를 내밀며 그 헛헛한 목소리로 거들었다. 「개종했다는 증거를 보여 줘야 해.」 그러더니 퀴퀘그를 보며 덧붙였다. 「어둠의 자식아, 지금 어느 기독교회에 속해 있느냐?」

「저어, 그는 제일 회중 교회 교인입니다.」 말이 나왔으니 말인데, 낸터컷에서 배를 타는 문신투성이 야만인들은 대부분 결국 기독교로 개종하게 된다.

「뭐, 제일 회중 교회라고?」 빌대드가 소리를 질렀다. 「저게 듀터로노미 콜먼 집사의 예배당에서 예배를 본단 말이야?」

그러면서 안경을 꺼내 큼직한 노란색 손수건으로 문질러 닦고는, 조심스럽게 안경을 쓰고 천막에서 나와 뱃전 밖으로 뻣뻣한 몸을 기울여 퀴퀘그를 한참 동안 뜯어봤다.

「언제부터 교인이 됐지?」 그가 나를 돌아보며 물었다. 「보아하니 그리 오래된 것 같지는 않은데, 젊은이.」

「맞아.」 펠레그가 말했다. 「게다가 정식 세례도 받지 않았어. 그랬다면 얼굴에서 악마의 푸른빛이 어느 정도 씻겨 나갔을 테니까.」

「말해 보게.」 빌대드가 다그쳤다. 「저 무지렁이가 듀터로노미 집사의 예배당에 정기적으로 나가는 교인이란 말인가? 내가 주일마다 그 앞을 지나가는데, 거기서 저자를 본 적이 한 번도 없어.」

「저는 듀터로노미 집사나 그의 예배당에 대해서는 아는 바 없습니다. 제가 아는 거라곤 저기 있는 퀴퀘그가 제일 회중 교회의 교인이라는 것뿐입니다. 퀴퀘그도 집사예요.」

「젊은이.」 빌대드의 목소리는 단호했다. 「자네 지금 나를 놀리는 건가? 설명해 보게, 젊은 이단자여. 대체 어떤 교회를 말하는 거야? 대답해 보라니까.」

심한 추궁에 나는 이렇게 대답했다. 「제 말은 선장님과 저, 그리고 저기 계시는 펠레그 선장님과 여기 퀴퀘그, 그리고 우리 모두, 모든 어머니의 아들과 우리의 영혼이 속한 유서 깊은 전(全) 그리스도 교회를 의미하는 것입니다. 신을 경배하는 이 세계의 위대하고 영원한 제일 회중 교회 말입니다. 우리는 모두 거기 속해 있죠. 다만 우리 가운데 일부가 조금 별난 생각을 품고 있으나 숭고한 믿음만은 전혀 훼손되지 않고, 그런 점에서 우리 모두는 손을 맞잡은 것입니다.」

「밧줄을 꼬아 잇듯이 그렇게 손을 맞잡았다는 뜻이겠지.」 펠레그가 가까이 다가오며 말했다. 「젊은이, 자네는 선원보다 목사로 배에 타는 게 좋겠군. 이렇게 훌륭한 설교는 들어본 적이 없어. 듀터로노미 집사, 아니 매플 목사라도 이보다 잘하지는 못할 거야. 그도 대단하다고 인정받는 사람인데 말이지. 어서 배에 오르게, 어서 올라와. 서류 따윈 신경 쓰지말고. 저기 저 친구 이름이 퀴호그라고 했던가? 퀴호그한테도 올라오라고 하게. 아니 이런, 대단한 작살을 가지고 있군 그래! 아주 그럴싸해 보이는걸. 게다가 다루는 모습도 아주 제대로야. 어이 퀴호그인가 뭔가, 자네 포경 보트의 뱃머리에 서본 적이 있나? 고래한테 작살을 먹인 적이 있느냐고.」

퀴퀘그는 한마디도 하지 않은 채 특유의 거친 몸짓으로 뱃전에 뛰어오르더니 거기서 다시 옆에 매달린 포경 보트의 뱃머리로 훌쩍 뛰어내렸다. 그러고는 왼쪽 무릎으로 몸을 지탱한 채 작살을 겨누면서 이렇게 소리쳤다.

「선장, 저기 물 위에 조그만 타르 덩어리 봐? 저거 봐? 저게 고래의 한쪽 눈알이면, 자, 간다!」 그는 정확한 조준에 이어 작살을 던졌다. 작살은 빌대드 영감의 챙 넓은 모자 바로 위를 날아 갑판을 날렵하게 가로질러 반짝이는 타르 덩어리를 맞혔고, 덩어리는 시야에서 사라졌다.

「어때.」 퀴퀘그는 조용히 작살 줄을 당기며 말했다. 「저게 고래 눈알이면, 저 고래 죽었다.」

「서둘러, 빌대드.」 펠레그는 스치듯 날아가는 작살에 기겁해서 선실 통로 쪽으로 몸을 피한 동료에게 말했다. 「어이 빌대드, 어서 서류를 가져오라니까. 이 헤지호그, 아니 퀴호그를 우리 배에 반드시 태워야 해. 이보게 퀴호그, 자네한테는

90분 배당을 줌세. 낸터컷 출신의 작살잡이 중에 이렇게 높은 배당을 받은 사람은 이제껏 없었어.」

우리는 모두 선실로 내려갔고, 내가 이미 합류한 배의 선원 명단에 퀴퀘그의 이름이 올라가는 걸 보니 무척 기뻤다.

모든 절차가 끝나고 서명할 준비를 마쳤을 때 펠레그는 나를 보며 말했다. 「저 퀴호그라는 친구는 글을 쓸 줄 모르지? 이봐 퀴호그, 서명을 할 텐가, 아니면 표시를 할 텐가?」

하지만 비슷한 형식을 이미 두세 번 거친 경험이 있는 퀴퀘그는 이런 질문에 전혀 당혹스러운 기색을 보이지 않았으며, 펜을 받아 들고는 팔에 새긴 문신과 정확히 일치하는 묘하게 둥근 그림을 서류의 지정된 자리에 그려 넣었다. 그래서 그의 서명은 펠레그 선장이 줄기차게 잘못 부른 호칭과 더불어 이런 모양이 되고 말았다.

퀴호그
그의 ✖ 표시

그러는 동안 빌대드 선장은 진지한 표정으로 가만히 앉아 퀴퀘그를 쳐다보더니, 이윽고 근엄하게 일어나 옷자락이 넓은 황갈색 코트의 커다란 주머니 속에서 책자 한 뭉치를 꺼내고는 그중에서 〈심판의 날이 다가온다 — 꾸물거릴 시간이 없다〉라는 제목이 붙은 걸 골라 퀴퀘그의 손에 쥐여 주고, 그 손을 부여잡은 채 눈을 똑바로 응시하며 이렇게 말했다. 「어둠의 자식아, 나는 너에 대한 의무를 다해야 한다. 나는 이 배의 공동 소유자로서 모든 선원의 영혼을 염려한다. 네가 아직도 사교에 집착하는 것으로 심히 우려되는 바, 끝까지 악마의 종으로 남지 않기를 간곡히 바란다. 우상 바알과 사악한 용을 물리치고 다가오는 신의 노여움을 피하라. 너의 눈을 주의하라. 오! 은총에 힘입어 지옥의 불구덩이를 피하라.」

성경 구절과 일상의 표현이 제각각 뒤섞인 빌대드 영감의 말에서는 여전히 짠 바닷물의 맛이 얼마간 느껴졌다.

「그만둬, 그만두라고, 빌대드. 우리 작살잡이를 망쳐 놓지 말게.」 펠레그가 외쳤다. 「경건한 작살잡이는 항해에 전혀 도움이 되지 않아. 상어 같은 기질을 다 없애 버리거든. 상어의 기질을 지니지 않은 작살잡이는 지푸라기만도 못하다니까. 옛날에 냇 스웨인이라는 젊은이가 있었지. 낸터컷과 비니어드를 통틀어 가장 용맹한 작살잡이로 보트의 뱃머리를 지켰건만, 교회에 다니더니 영 쓸모가 없어졌어. 염병할 영혼을 너무 걱정한 나머지 잔뜩 움츠러들었고, 보트에 구멍이 뚫려 바다귀신이 됐을 경우의 뒤탈이 두려워 고래를 피하게 된 거야.」

「펠레그, 펠레그!」 빌대드가 눈을 치켜뜨며 손을 쳐들었다. 「자네도 나처럼 위험한 꼴을 숱하게 겪었지. 펠레그 자네도 죽음의 두려움이 어떤 건지 모를 리 없을 거야. 그런데 어째서 당치도 않은 수작을 부리는 건가. 자네는 지금 자신의 마음을 속이고 있어, 펠레그. 말해 보게, 이 피쿼드호가 일본에서 태풍을 만나 돛대 세 개가 전부 바다에 빠졌을 때, 자네가 에이해브 선장과 함께 항해한 그때도 죽음과 심판을 생각하지 않았단 말인가?」

「아니, 이 친구 말하는 것 좀 들어 보라지.」 펠레그가 주머니에 손을 깊이 찔러 넣은 채 선실을 성큼성큼 가로지르며 큰 소리로 외쳤다. 「이거 참 어이가 없군. 뭘 생각해? 당장 배가 가라앉을 것 같은 판에! 그런 상황에서 죽음과 심판? 뭐라고? 돛대 세 개가 뱃전에 부딪혀 천둥소리를 내고 앞뒤 좌우 사방에서 파도가 몰아치는데, 그 와중에 죽음과 심판을 생각해? 어림도 없지. 그럴 때는 죽음을 생각할 시간이 없어. 에이해브 선장과 나는 오로지 살아날 궁리만 했네. 어떻게 하면 선원들을 한 명도 잃지 않고, 어떻게 하면 임시 돛대를 세우고, 어떻게 하면 가까운 항구로 갈 수 있을지, 이런 생각만 했단 말일세.」

빌대드는 더는 아무 대꾸도 없이 코트의 단추를 채우고는 성큼성큼 갑판으로 나갔고, 우리도 그 뒤를 따랐다. 그는 그곳에 선 채 상갑판 중앙에서 위쪽 돛대의 돛을 깁는 수선공을 물끄러미 바라봤다. 그러다 이따금 허리를 굽혀서 자칫 그냥 버려질지 모르는 헝겊 조각이나 타르를 칠한 노끈 조각을 집어 들었다.

19
예언자

「자네들, 저 배에서 나오는 길인가?」

퀴퀘그와 내가 피쿼드호에서 내려와 잠시 각자의 생각에
잠긴 채 바다를 등지고 걸어가는데, 웬 낯선 사람이 우리 앞
에서 걸음을 멈추더니 굵직한 검지로 자신이 의미하는 배를
겨누며 물었다. 물 빠진 재킷에 누덕누덕 기운 바지를 입은
차림새가 허름했고 목에는 넝마 같은 검은 손수건을 둘렀다.
얼굴에는 곰보 자국이 사방으로 퍼져 세찬 물살이 지나간 후
에 말라붙은 강바닥처럼 어지러운 물줄기를 그렸다.

「저 배에서 나오는 길이냐니까?」 그가 다시 한 번 물었다.

「피쿼드호를 말씀하시는 건가요.」 나는 그의 얼굴을 찬찬
히 쳐다볼 시간을 벌 요량으로 되물었다.

「그래, 피쿼드. 저기 저 배.」 그러면서 팔을 통째로 뒤로 젖
혔다가 앞으로 힘껏 쭉 뻗으며 손가락이 총검의 칼끝이라도
되는 것처럼 목표물을 정조준 했다.

「네, 방금 서류에 서명을 하고 나오는 길입니다만.」

「영혼에 대한 언급은 없던가?」

「뭐라고요?」

「하긴 자네들에겐 애당초 그런 게 없을지도 모르지.」그는 재빨리 말했다. 「하지만 상관없어. 그런 자들을 나는 많이 알거든. 본인들에겐 행운이야. 없는 편이 훨씬 나으니까. 영혼이란 마차의 다섯 번째 바퀴 같은 것이거든.」

「무슨 소리를 지껄이는 거요, 형씨?」내가 말했다.

「하지만 그자에겐 있어. 다른 놈들에게 없는 걸 채우고도 남을 만큼 가지고 있지.」낯선 사내는 〈그자〉라는 말을 신경질적으로 강조하며 불쑥 내뱉었다.

「퀴퀘그, 가자. 어디 시설에서 탈출한 모양이야. 우리는 알지도 못하는 것과 모르는 사람에 대해 지껄이고 있네.」

「멈춰!」낯선 사내가 소리쳤다. 「맞는 말이야. 자네들은 아직 벼락 영감을 못 봤으니까. 맞지?」

「벼락 영감이 누구요?」나는 그의 태도에서 풍기는 진지한 광기에 또다시 빨려 들어갔다.

「에이해브 선장.」

「뭐라고요! 우리가 탈 피쿼드호의 선장?」

「그래, 우리 늙은 뱃놈들 사이에선 그렇게 통한다네. 아직 못 만났나?」

「그래요, 못 만났어요. 아프다더군요. 하지만 차차 나아진다면서 머잖아 완쾌할 거랍디다.」

「머잖아 완쾌할 거라고!」낯선 사내는 근엄하면서도 비웃는 듯한 묘한 웃음을 껄껄 웃었다. 「이봐, 에이해브 선장이 완쾌하면 내 왼팔도 완쾌할 거야. 그 전엔 어림도 없지.」

「그에 대해 뭘 알고 계신가요?」

「저기서는 그에 대해 뭐라고 하던가? 말해 봐!」

「별말 없었어요. 제가 들은 거라곤 고래 사냥의 명수라는 것, 선원들을 잘 다루는 훌륭한 선장이라는 것뿐이에요.」

「그건 사실이야. 사실이지. 아무렴, 두 가지 모두 틀림없는 사실이고말고. 하지만 그가 명령을 하면 재깍 움직여야 해. 나와서 고함치고, 고함치곤 사라진다. 이 정도가 에이해브 선장에 대해 하는 얘기들이지. 하지만 오래전에 혼 곶 근처에서 그가 사흘 밤낮을 죽은 듯이 누워 있었을 때 일어난 일이나 산타[43]의 교회 제단에서 스페인 사람과 죽기 살기로 난 투극을 벌인 이야기에 대해서는 못 들었겠지? 못 들었을 거야. 은으로 만든 호리병박에 침을 뱉은 얘기는? 예언대로 지난 항해에서 다리 한쪽을 잃은 것에 대해서도 못 들었어? 이런 일들에 대해서는 들어 본 적이 없군그래. 당연히 그렇겠지. 어디서 들었겠어. 누가 이런 얘기를 안다고. 낸터컷 사람이라고 다 아는 건 아닐 테니까. 그래도 다리에 대해, 그걸 잃게 된 사연에 대해서는 들었을 거야. 그 얘기만큼은 틀림없이 들었을 거야. 아무렴, 그건 다들 아니까. 그가 외다리고, 없어진 다리를 향유고래가 앗아 갔다는 것 말이야.」

「이봐요. 보아하니 머리가 조금 어떻게 된 양반 같은데, 대체 무슨 얘기를 지껄이는 건지 통 모르겠고, 관심도 없소이다. 하지만 에이해브 선장과 저기 저 배 피쿼드호에 대한 얘기라면, 분명히 말하는데 나도 그가 다리를 잃은 것에 대해서는 다 알아요.」

「다 안다고? 확실해? 전부 다?」

「대체로 확실하오.」

거지 행색인 낯선 사내는 손가락으로 피쿼드를 가리키고 눈으로도 쏘아보면서 무슨 어지러운 꿈에라도 빠진 것처럼

43 포경업이 성한 페루의 항구.

잠시 서 있더니, 흠칫 진저리를 치며 돌아서서 말했다. 「저 배에서 나왔다고 했지? 서류에 서명을 하고? 하는 수 없지. 계약은 계약이고, 일어나게 될 일은 일어날 거야. 하지만 누가 알아, 끝내 안 일어날지. 아무튼 모든 건 정해졌고 이미 예정되었어. 그리고 어떤 선원인가는 그와 함께 가야 하지 않겠어? 이 사람이 가든 저 사람이 가든 마찬가지지. 신이시여, 모두를 굽어살피소서! 그럼 잘 가게. 그대들에게 무궁한 천국의 축복이 있기를. 시간을 뺏어서 미안하네.」

「이봐요, 형씨. 우리에게 해줄 중요한 얘기가 있다면 털어놔요. 하지만 우리를 속여 넘기려는 수작이라면 상대를 잘못 골랐소. 그것만 말해 두리다.」

「말 한번 잘하는군. 나는 그렇게 당당하게 말하는 사람을 좋아하지. 자네라면 그의 상대가 되겠군. 자네 같은 부류. 그럼 잘 가게, 친구들. 가봐! 아, 저 배에 타거들랑 나는 함께 가지 않기로 했다고 전해 주게.」

「아니, 이보시오. 그런 식으로 해서야 어디 사람을 속여 먹겠소? 우리는 그런 수에 안 넘어가. 무슨 큰 비밀이라도 있는 것처럼 구는 건 너무 쉽잖아.」

「그럼 몸조심하게나, 친구들. 잘 가시오.」

「그러시지. 가자, 퀴퀘그. 이런 미치광이한테 신경 쓰지 말고. 그런데 잠깐, 이름이나 압시다.」

「일라이저.」[44]

일라이저라고! 우리는 그를 등지고 걸어가면서 각자의 방식으로 누더기 행색의 늙은 뱃사람에 대해 얘기했다. 그리고

---

44 아합 왕의 폭거를 꾸짖고 파멸을 예언한 이스라엘의 예언자 엘리야를 말한다.

그가 우리를 겁주려는 사기꾼에 불과하다는 데 의견을 모았다. 하지만 1백 미터도 가지 않아 모퉁이를 돌 때 무심코 뒤를 돌아보니, 조금 떨어지긴 했어도 일라이저가 우리 뒤를 따라오는 게 아닌가. 왜 그랬는지 그의 모습이 섬뜩해서 퀴퀘그에게는 그가 뒤따라온다는 말을 하지 않았으나, 계속 걸어가면서도 과연 그 낯선 사내가 우리를 따라 모퉁이를 돌지 확인하고 싶었다. 사내도 모퉁이를 돌았다. 그러자 아무래도 우리를 따라오는 것 같았지만, 도대체 무슨 속셈인지는 도무지 짐작이 가지 않았다. 그런 상황에서 암시와 폭로가 뒤엉킨 그의 모호한 이야기를 떠올리자 막연한 의심과 어렴풋한 불안이 뭉게뭉게 피어났는데, 전부 피쿼드호와 에이해브 선장, 그리고 잃어버린 그의 다리, 혼 곶에서 일으켰다는 발작, 은으로 만든 호리병박, 그리고 전날 배를 떠날 때 펠레그 선장이 그에 대해 한 말, 인디언 노파 티스티그가 했다는 예언, 우리가 떠나기로 한 항해, 그밖에 무수히 많은 수상적은 것들과 관련되었다.

나는 이 거지 행색의 일라이저가 실제로 우리를 미행하는 건지 알아볼 요량으로 퀴퀘그를 데리고 길을 건너, 왔던 길을 되돌아갔다. 그런데 일라이저는 우리를 알아보는 기미도 없이 계속 걸어갔다. 그러자 마음이 놓였다. 그리고 다시 한 번, 그때 생각하기에는 아마도 마지막으로, 역시 사기꾼이었다고 속으로 단정했다.

20
출항 준비

하루나 이틀쯤 지나 피쿼드호는 정신없이 분주해졌다. 낡은 돛은 수리하고 새 돛을 갑판에 올리고, 범포 두루마리와 삭구 꾸러미를 실었다. 간단히 말해서 출항 준비를 마무리하려고 서두르는 분위기가 완연했다. 펠레그 선장은 뭍에는 거의 내려오지 않은 채 천막에 앉아 선원들을 감독했고, 빌대드는 필요한 물자를 구입하고 조달하는 일을 도맡았다. 배 밑의 화물창이나 삭구와 관련된 작업은 밤이 깊도록 이어졌다.

퀴퀘그가 서류에 서명한 다음 날, 선원들이 묵는 여인숙마다 배가 언제 출항할지 모르니 밤이 오기 전에 짐을 실으라는 전갈이 왔다. 그래서 퀴퀘그와 나도 짐을 배에 실었지만, 그래도 마지막 날까지 잠은 뭍에서 자기로 했다. 그런데 이런 경우에는 으레 시간 여유를 많이 남겨 놓고 통보하는 모양인지, 며칠이 지나도 배는 떠나지 않았다. 하지만 그것도 무리가 아니었다. 피쿼드호의 출항 준비를 완벽하게 갖추려면 해야 할 일이 워낙 많고 신경 써야 할 것도 한두 가지가 아니었기 때문이다.

집안 살림을 꾸리려고 해도 침대, 냄비, 포크와 나이프, 삽과 부젓가락, 이불보, 호두까기, 기타 등등의 온갖 잡다한 물건이 필요하다는 건 누구나 안다. 잡화상과 과일 행상, 병원과 빵집, 은행을 찾아볼 수 없는 망망대해에서 3년 동안 살림을 살아야 하는 고래잡이배도 마찬가지다. 이건 상선의 경우에도 다를 바 없지만, 규모 면에서 고래잡이배와는 비교가 되지 않는다. 포경선은 항해 기간이 훨씬 길뿐더러, 고래를 잡기 위해서는 특수한 장비가 많이 필요한데 통상적으로 기항하는 외딴 항구에서는 장비를 교체하는 게 불가능하다. 게다가 모든 배 중에서 온갖 사고에 가장 많이 노출된 것이 포경선이며, 더구나 항해의 성패가 달린 물건이 파괴되거나 분실되는 경우도 많다. 그렇기 때문에 보트 여분과 돛대용 목재 여분, 밧줄과 작살 여분, 선장과 선체를 제외한 거의 모든 것의 여분을 준비한다고 볼 수 있을 정도다.

우리가 섬에 도착했을 때는 피쿼드호에 쇠고기와 빵, 물, 연료, 쇠테와 통널처럼 무게가 제일 많이 나가는 짐은 거의 선적이 완료된 상태였다. 하지만 앞에서도 잠깐 언급했듯이 한동안은 크고 작은 온갖 물건들을 가져다 싣는 일이 계속되었다.

이렇게 물품을 조달하고 반입하는 작업은 빌대드 선장의 누이동생이라는 노부인이 맡아서 했는데, 홀쭉한 체구에 결단력과 강단을 지녔으면서도 인정이 넘쳐서, 가능하면 피쿼드호가 출항했을 때 무엇 하나 부족하지 않도록 하겠다고 굳게 결심한 것 같았다. 노부인은 주방 찬장에 가져다 놓을 피클 단지를 가지고 배에 오르기도 하고, 일등 항해사가 항해 일지를 쓰는 책상에 깃펜을 한 다발 가져다 놓기도 했으며, 신경통으로 허리가 쑤실 때 사용하라고 찜질용 플란넬 뭉치도 하나 챙겨 놓았다. 이름값을 이렇게 톡톡히 하는 여자도 없을 텐데, 노부인의 이름은 바로 자선이라는 뜻의 채러티였고, 다들 그녀를 채러티 아주머니라고 불렀다. 그리고 자비심이 넘치는 채러티 아주머니는 마치 자선 단체 회원처럼, 사랑하는 오라비 빌대드가 관리하며 본인도 힘겹게 모은 몇십 달러를 투자한 배의 모든 선원에게 안전과 안락과 위안을 약속해 줄 수 있다면 몸과 마음을 기꺼이 바치겠다는 각오로 이리저리 부산하게 돌아다녔다.

하지만 마지막 날 이렇게 마음씨 좋은 퀘이커교도 부인이 한 손에는 길쭉한 기름 국자를, 그리고 또 한 손에는 그보다 훨씬 긴 고래잡이용 작살을 들고 나타났을 땐 정말 볼만했다. 빌대드와 펠레그 선장도 뒷짐만 지고 있지는 않았다. 빌대드는 필요한 물품을 잔뜩 적은 목록을 가지고 다니면서 새로운 물건이 들어올 때마다 품목 앞에 표시를 했다. 펠레그는 이따금씩 자신의 고래 뼈 천막에서 절뚝거리며 나와 승강구에 있는 사람들과 돛대 꼭대기에서 정비를 하는 사람들에게 한바탕 고함을 친 후, 천막 안으로 들어가며 고함을 치는 것으로 일을 마무리했다.

준비가 진행되는 동안 퀴퀘그와 나는 배에 자주 갔고, 그때마다 에이해브 선장에 대해 건강 상태는 어떤지, 그리고 배에는 언제 올 건지 물었다. 그러면 꾸준히 차도가 있다, 언제라도 배에 오를 수 있다, 그 전까지는 펠레그와 빌대드 선장이 항해에 필요한 모든 일을 처리할 거라는 대답이 돌아왔다. 내가 나 자신에게 완벽하게 솔직했다면, 배가 드넓은 바다에 나가자마자 항해의 전권을 쥐게 될 독재자를 한번 미리

보지도 않은 채 이렇게 긴 항해에 합류하기로 덜컥 결정해 버린 게 얼마나 무모한 짓인지 분명히 알았을 터다. 하지만 사람들은 뭔가 잘못됐다는 의구심이 들어도 이미 그 일에 너무 깊이 발을 담근 나머지 은연중에 의구심을 스스로 은폐하려고 노력할 때가 많다. 내가 바로 그런 경우였다. 나는 아무 말도 하지 않았으며, 아무 생각도 하지 않으려고 노력했다.

마침내 다음 날 중으로 출항한다는 통보가 왔고, 이튿날 아침 퀴퀘그와 나는 일찌감치 길을 나섰다.

21

승선

우리가 부두 인근에 도착했을 땐, 거의 6시에 가까웠지만 날은 채 밝지 않았고 회색빛 운무만 자욱했다.

「내가 제대로 봤는지 모르겠는데, 저기 앞쪽에 선원 몇 명이 달려가고 있어. 설마 유령은 아니겠지. 동이 트면 떠나려나 봐. 서두르자!」 나는 퀴퀘그에게 말했다.

「잠깐!」 그때 누군가 외쳤고, 목소리의 주인공이 뒤에서 다가오더니 우리 어깨에 한 손씩 얹고 가운데로 끼어들면서 몸을 앞으로 살짝 굽혔다. 어슴푸레한 새벽빛 속에서 야릇한 시선으로 퀴퀘그와 나를 번갈아 쳐다보는 사람은 일라이 저였다.

「배에 타려는 거야?」

「손 좀 치우시죠.」 내가 말했다.

「이봐, 썩 꺼져.」 퀴퀘그가 몸을 흔들며 말했다.

「그럼 배를 타지 않을 건가?」

「아니, 탈 거요. 그게 대체 당신이랑 무슨 상관이라고 이러는 겁니까. 이봐요, 일라이저 씨. 오지랖이 좀 지나친 것 같지 않아요?」

「아니, 아니, 아니야. 그건 내가 몰랐군.」일라이저는 뭐라 설명할 수 없는 의아한 눈빛으로 나와 퀴퀘그를 천천히 번갈 아 쳐다봤다.

「일라이저, 내 친구와 나에게서 물러서 주시겠어요. 우리 는 인도양과 태평양으로 떠날 사람들이라 시간을 지체하고 싶지 않습니다.」

「그런가, 그래? 아침 식사 전까지는 돌아오는 거야?」

「정말 미쳤군. 퀴퀘그, 어서 가자.」

「어허이!」우리가 몇 걸음쯤 옮겼을 때 그 자리에 그대로 선 일라이저가 우리를 소리쳐 불렀다.

「신경 쓰지 마. 퀴퀘그, 얼른 가자.」내가 말했다.

하지만 그는 어느 틈엔가 우리에게 다가와서는 느닷없이 내 어깨를 탁 치며 말했다. 「조금 전에 사람처럼 보이는 뭔가 가 저 배로 가는 걸 보지 못했나?」

빤하고 평범한 질문에 허를 찔린 내가 대답했다. 「봤어요. 네댓 명쯤 되는 것 같던데. 하지만 너무 흐릿해서 확실치는 않아요.」

「너무 흐릿했다, 너무 흐릿했다 이거지. 그럼 잘 가게.」일 라이저가 말했다.

우리는 다시 한 번 그를 놔둔 채 걸어갔지만, 그는 또다시 슬그머니 우리를 따라잡았고, 이번에도 내 어깨를 짚으며 말 했다. 「지금도 그들이 보이나? 응?」

「누가 보인단 말이오?」

「잘 가게! 잘 가!」그는 또다시 멀어져 가며 대답했다. 「아 참! 주의를 주려던 참이었지. 하지만 개의치 말게, 신경 쓰지 마. 이러나저러나 마찬가지, 다 거기서 거기니까. 이거 참, 살이 에이게 추운 아침이로군. 잘들 가게. 당분간은 볼 수 없겠군그래. 심판의 날이 오기 전까지는.」 이런 미치광이 같은 말만을 남긴 채 그는 결국 떠나갔고, 나는 두서없고 주제넘은 그의 말에 어리둥절한 채 잠시 서 있었다.

마침내 피쿼드호에 올랐지만 움직이는 사람 하나 없이 모든 게 조용하기만 했다. 선실 입구는 안에서 잠겼고, 승강구는 전부 뚜껑을 덮은 데다 밧줄 뭉치를 얹어 놓았다. 앞 갑판으로 가보니 승강구 뚜껑이 열려 있었다. 불빛이 새어 나오기에 아래로 내려가니 누더기 같은 모직 코트로 몸을 감싼 노인뿐이었다. 그는 궤짝 두 개를 붙여 놓고 그 위에 길게 엎드린 채, 포갠 팔에 얼굴을 묻고는 깊은 잠에 빠져 있었다.

「우리가 본 그 선원들 말이야, 퀴퀘그. 그 사람들은 대체 어디로 간 걸까?」 나는 자는 사람을 미심쩍게 바라보며 물었다. 하지만 퀴퀘그는 아까 부둣가에서 내가 얘기한 그 사람들을 전혀 보지 못한 것 같았다. 그래서 일라이저의 뜬금없는 질문이 없었다면 내가 잘못 본 모양이라고 생각하고 말았을 것이다. 하지만 그 문제는 잠시 미뤄 두기로 하고, 잠든 선원을 다시 바라보며 퀴퀘그에게 송장 옆에서 밤을 새야 할 것 같으니 적당한 곳에 자리를 잡으라고 가벼운 농담을 던졌다. 그는 부드러운지 확인하려는 것처럼, 누운 노인네의 엉덩이에 손을 얹더니 천연덕스럽게 그 위에 가만히 앉았다.

「아니! 퀴퀘그, 거기 앉으면 안 돼!」 내가 말했다.

「오! 아주 좋은 자리. 우리 나라 방식. 얼굴 상하지 않아.」

「얼굴이라고! 그걸 얼굴이라고 불러? 그렇다면 표정 한번 자애롭군. 하지만 숨을 못 쉬고 버둥거리잖아. 내려와, 퀴퀘그. 네 몸무게를 생각해야지. 그 불쌍한 사람의 얼굴을 으깨고 있잖아. 얼른, 퀴퀘그! 이제 몸을 버둥거려서 앉아 있지도 못할 거야. 그래도 깰 것 같지는 않네.」

퀴퀘그는 자는 사람의 머리말으로 옮겨 앉더니 손도끼 파이프에 불을 붙였다. 나는 발치에 앉았다. 우리는 자는 사람 위로 파이프를 주거니 받거니 했다. 그러는 동안 퀴퀘그는 내 질문에 짧은 영어로 자기 나라에는 의자나 소파 같은 게 전혀 없기 때문에 왕과 추장을 비롯한 높은 사람들은 으레 신분이 낮은 사람을 의자 대용으로 쓰기 위해 살을 찌우는 풍습이 있다고 설명했다. 집을 안락하게 꾸밀 용도로 게으름뱅이를 여덟에서 열 명쯤 사다가 창과 창 사이의 벽이나 반침 같은 곳에 눕혀 놓는 것도 같은 맥락이었다. 그뿐 아니라 나들이를 갈 때도 대단히 편리하다고 했다. 접어서 지팡이로 사용할 수 있는 야외 의자보다 훨씬 좋았다. 추장은 나무 그늘이나 축축한 늪지를 지날 때 이따금씩 수행원에게 간이 의자가 되라고 명령만 내리면 그만이었다.

이런 얘기들을 하는 동안 퀴퀘그는 내게서 손도끼를 받아 들 때마다 자는 사람의 머리 위에서 도끼날을 휘둘렀다.

「왜 그러는 거야, 퀴퀘그?」

「아주 쉬워. 죽이는 거. 오, 아주 쉬워!」

그러더니 적의 머리통을 박살 내고 자신의 영혼을 달래는 두 가지 용도를 지닌 것 같은 손도끼 파이프에 얽힌 무시무시한 추억을 더듬었는데, 그때 잠자던 선원이 우리의 눈길을 끌었다. 비좁은 방 안은 어느새 독한 연기로 가득 찼고, 그게 그에게 영향을 미치기 시작한 탓이었다. 그는 누가 입을 틀어막기라도 한 것처럼 힘겹게 숨을 쉬더니 이번엔 코가 불편한 것 같았고, 한두 번 몸을 뒤척이다 일어나 앉아 눈을 비볐다.

「하이고!」 그가 간신히 숨을 내쉬었다. 「누군데 여기서 담배를 피우는 거야?」

「선원으로 일할 사람들입니다.」 내가 대답했다. 「배는 언제 떠나나요?」

「아하 그렇군, 이 배를 탈 거란 말이지? 배는 오늘 떠나네. 선장이 어젯밤에 승선했거든.」

「어떤 선장이오? 에이해브 말인가요?」

「그럼 또 누가 있는데?」

그에게 에이해브에 대해 조금 더 물어보려는데 갑판에서 소리가 들렸다.

「하이고! 스타벅이 일어났군.」 삭구를 준비하던 노인이 말했다. 「그는 활기찬 일등 항해사라네. 좋은 사람이지. 신심도 깊고. 아무튼 이제 모두 일어났으니 나도 나가 봐야겠군.」 그렇게 말하고는 갑판으로 올라갔고, 우리도 그의 뒤를 따랐다.

어느덧 날이 환하게 밝았다. 이윽고 선원들이 두세 명씩 배에 올랐다. 삭구 정비공들이 작업을 시작하고 항해사들도 부지런히 돌아다녔다. 뭍에서는 몇몇 사람이 이런저런 물건들의 막바지 선적에 분주했다. 그러는 동안에도 에이해브 선장은 자기 방에 틀어박힌 채 모습을 보이지 않았다.

22
메리 크리스마스

마침내 정오 무렵에 삭구를 정비하던 인부들이 배에서 내려가고 피쿼드호가 뱃머리를 부두에서 바다 쪽으로 돌린 후, 늘 사려 깊던 채러티 아주머니가 마지막 선물로 시동생이자 이등 항해사인 스터브에게 취침용 모자를 주고 사환장에게는 여분의 성경책을 전한 뒤에 포경 보트를 타고 떠났을 때, 이 모든 것이 마무리된 후에야 펠레그와 빌대드 두 선장이 선실에서 나왔다. 펠레그가 일등 항해사를 보며 말했다.

「자, 스타벅. 모든 채비를 확실하게 마쳤나? 에이해브 선장은 준비가 다 됐다네. 방금 얘기를 나누고 오는 참이야. 뭍에서 올릴 물건은 더 없겠지? 그렇다면 전원 소집하게. 모두 여기 고물에 집합! 이 빌어먹을 놈들아!」

「아무리 급하더라도 불경한 언사는 삼가게, 펠레그.」 빌대드가 말했다. 「아무튼 스타벅, 자네는 어서 우리가 시킨 대로 하게.」

이건 또 뭐람! 이제 곧 항해를 시작하려는 마당에, 펠레그 선장과 빌대드 선장은 정박 중에 온갖 행세를 한 것처럼 아직까지도 마치 공동 사령관인 양 뒤쪽 갑판에서 호령을 했다. 그런 데다가 에이해브 선장은 코빼기도 보이지 않은 채 선실에 있다는 말뿐이었다. 하지만 한편으로 생각하면 출항해서 먼 바다로 나갈 때까지는 그가 꼭 나와 있을 필요가 없었다. 실제로 그건 선장의 역할이 아니라 수로 안내인, 즉 도선사의 일이었다. 게다가 아직 완쾌되지도 않았다고 하니, 에이해브 선장이 갑판에 올라오지 않는 이유는 그래서일 것이다. 이런 상황들은 아주 자연스러워 보였다. 특히 상선의 경우 선장은 닻을 올린 후에도, 육지 친구들이 도선사와 함께 완전히 떠날 때까지 선실 탁자에 함께 둘러앉아 흥겹게 작별 인사를 주고받는다.

어쨌거나 펠레그 선장이 워낙 활기찬 탓에 그 문제에 대해서는 생각할 기회가 많지 않았다. 펠레그 선장은 빌대드를 내버려 두고 말과 지휘를 도맡아 하는 것 같았다.

「후미로 집합, 이 후레자식들아.」 선원들이 주 돛대 언저리에서 얼쩡거리자 그가 소리를 쳤다. 「스타벅, 녀석들을 뒤로 보내게.」

「거기 천막을 걷어라!」 이게 다음 명령이었다. 앞에서도 잠깐 언급했듯이, 고래 뼈 천막은 배가 정박해 있을 때에만 친다. 그리고 피쿼드호에서는 지난 30년 동안 닻을 올리라는 명령이 들리면 그다음은 천막을 걷으라는 명령이라는 걸 누구나 알았다.

「캡스턴[45]을 감아라! 이런 빌어먹을! 뛰어!」 이게 다음 명령이었고, 선원들이 캡스턴의 지렛대로 달려들었다.

출항할 때 도선사가 차지하는 자리는 으레 뱃머리다. 그리고 여기서 밝히지만, 빌대드는 여러 임무를 수행하는 것

45 닻 따위를 감아올리는 장치. 양묘기라고도 한다.

외에도 펠레그와 함께 항구의 정식 도선사 자격을 가지고 있다. 그러면서도 다른 배의 도선사 역할을 맡은 적은 없기 때문에, 자신이 관계된 배가 낸터컷 항에 출입할 때 도선 비용을 절약하려고 도선사 자격증을 땄다는 의심을 받기도 한다. 이제 빌대드는 뱃전 너머로 서서히 올라오는 닻을 열심히 응시하며 이따금 울적한 찬송가 가락 같은 걸 불렀다. 딴엔 양묘기를 돌리는 선원들의 사기를 돋우기 위해서였지만, 정작 선원들은 홍등가 뒷골목 여자들에 대한 노래를 합창이라도 하듯 우렁차게 불러 댔다. 빌대드가 피쿼드호에서는 불경한 노래를 부르면 안 되며, 특히 출항할 때는 더 말할 나위가 없다고 말한 게 불과 사흘 전이었다. 그의 누이인 채러티 아주머니도 선원들의 침상마다 조그만 와츠[46] 찬송가집을 한 권씩 가져다 놓았다.

그러는 동안 배의 다른 부분을 감독하던 펠레그 선장은 고물 쪽에서 무섭게 호통을 치며 욕을 해댔다. 저러다 닻을 올리기도 전에 배가 가라앉지 않을까 걱정이 될 정도였다. 나는 무심결에 지렛대 잡은 손을 놓았고, 퀴퀘그에게도 그렇게 하라고 말했다. 저런 악마를 도선사 삼아 항해에 나선다고 생각하니 앞으로 우리에게 어떤 화가 닥칠까 싶었다. 그래도 비록 777분의 1 배당을 고집했을지언정 신심 깊은 빌대드의 존재가 우리에게 구원이 될 수 있을 거라고 나 자신을 위로했다. 그때 갑자기 누가 엉덩이를 쿡 찔러서 돌아섰다가, 펠레그 선장이 바로 뒤에서 발을 거두는 모습을 보고는 유령이라도 본 것처럼 소스라치게 놀랐다. 그건 내가 당한 첫 번째 발길질이었다.

46 영국의 목사로, 다수의 찬송가와 성가를 작곡했다.

「상선에서는 그런 식으로 닻을 감아올리나?」 그가 으르렁 댔다. 「움직여, 이 멍청아. 등뼈가 으스러지도록 움직이란 말이다! 왜 안 움직이는 거야, 너희 모두. 움직이라고! 쿼호그! 움직여! 빨간 수염! 거기 챙 없는 모자 쓴 놈, 너도 움직여! 녹색 바지, 움직이라고! 다들 움직여. 눈알이 튀어나오도록 움직여!」 그러면서 양묘기 근처를 이리저리 돌아다니며 거침없이 발길질을 했고, 그 와중에도 침착한 빌대드는 계속 찬송가를 선창했다. 아무래도 펠레그 선장은 오늘 한잔 걸친 모양이라고, 나는 생각했다.

마침내 닻이 올라왔고, 돛을 펼쳤고, 배가 항구를 빠져나 갔다. 해가 짧고 추운 크리스마스였다. 북반구의 짧은 낮이 밤으로 저물어 갈 무렵에 우리는 어느덧 넓은 겨울 바다로 나갔고, 얼어붙을 것처럼 차가운 물보라에 온몸이 얼음으로 뒤덮여 마치 광택이 나게 잘 닦은 갑옷을 입은 것 같았다. 뱃전에 길게 줄지어 달린 고래 이빨이 달빛에 반짝였다. 뱃머리에는 크게 휘어진 고드름이 커다란 코끼리의 하얀 엄니처럼 매달렸다.

여윈 빌대드가 도선사 자격으로 첫날 당직을 지휘했고, 어쩌다 한 번씩 낡은 배가 초록빛 바닷물에 휩싸이며 오싹한 서리를 뒤집어쓰고 바람이 휘몰아쳐 밧줄이 윙윙 울어도, 그의 노랫소리는 흐트러짐이 없었다.

굽이치는 물결 너머 아름다운 들녘이
초록빛 옷 차려 입고 기다린다네.
도도히 흐르는 요단강 너머
그리운 가나안 땅 펼쳐졌듯이.

감미로운 그 구절이 그때만큼 감미롭게 들린 적도 없었다. 희망과 결실이 가득했다. 사나운 대서양에서 혹독한 겨울밤을 보내고 있지만, 발은 젖고 옷은 더 흠뻑 젖었지만, 그래도 수많은 아름다운 안식처가 나를 위해 예비되었을 것 같았다. 들판과 골짜기는 영원토록 푸르고, 봄에 돋아난 풀이 짓밟히지 않고 시들지도 않은 채 한여름까지 싱그러울 것 같았다.

이제 앞바다까지 멀리 나왔기 때문에 두 도선사는 더 이상할 일이 없었다. 우리를 따라온 듬직한 돛단배가 배에 나란히 다가오기 시작했다.

그 순간 펠레그와 빌대드, 그중에서도 특히 빌대드 선장은 감정이 북받치는 것 같았는데, 그 모습이 신기하면서도 보기 싫지 않았다. 폭풍우 몰아치는 혼 곶과 희망봉 너머에서 오랫동안 위험한 항해를 하게 될 배, 어렵게 모은 몇천 달러를 투자한 배, 나이도 비슷한 오랜 항해 동료가 선장을 맡아 다시 한 번 그 무자비한 아가리의 공포에 맞서기 위해 떠나는 배에서 완전히 내려가는 게 싫고, 모든 면에서 흥미진진한 것들에 작별 인사를 고하기가 싫어서, 불쌍한 빌대드 영감은 한참을 서성이며 걱정스러운 발걸음으로 갑판을 거닐다가 한달음에 선실로 내려가 거기서 작별 인사를 하고 다시 갑판으로 올라와 바람이 불어오는 쪽을 바라보았다. 보이지 않는 머나먼 동쪽 대륙에 닿은 망망대해를 바라보고, 뭍을 돌아보고, 하늘을 올려다보고, 좌우를 살펴보고, 그렇게 모든 곳을 바라보면서도 실은 아무 데도 바라보지 않았다. 그러다 마침내 밧줄을 기계적으로 말뚝에 감으면서 건장한 펠레그의 손을 와락 움켜쥐고는 등불을 들어 그의 얼굴을 비장하게 쳐다보며 잠시 서 있었는데, 그 모습이 마치 이런 얘기

를 하는 듯했다. 〈그럼에도 친구 펠레그여, 나는 견딜 수 있다네. 아무렴, 그럴 수 있고말고.〉

그런가 하면 펠레그는 좀 더 철학자다운 태도로 상황을 받아들였다. 하지만 아무리 철학자연해도 등불을 가까이 대자 눈에 맺힌 눈물방울이 반짝였다. 그리고 그 역시 아래로 내려가 몇 마디 나누고 일등 항해사인 스타벅과 또 몇 마디를 나누며, 선실과 갑판을 적잖이 오르내렸다.

하지만 끝내는 마지막이라는 듯이 주위를 살펴보고 친구를 향해 몸을 돌렸다. 「빌대드 선장, 내 오랜 동료여. 이제 우리는 가야 하네. 거기, 큰 돛대 밑에 활대를 뒤로 보내! 어이 보트! 가까이 댈 준비를 해라, 지금! 조심, 조심! 가세, 빌대드. 마지막 작별 인사를 해. 행운을 비네, 스타벅. 행운을 비네, 스터브. 행운을 비네, 플래스크. 잘 다녀오게. 모두 행운을 기원하겠네. 3년 후 오늘 여러분을 위해 김이 모락모락 나는 뜨거운 저녁상을 낸터컷에 차려 놓겠네. 만세, 잘 가게!」

「신의 은총과 가호가 여러분과 함께하길.」 빌대드 영감은 거의 횡설수설하듯 웅얼거렸다. 「날씨가 화창하면 좋겠군. 그래야 에이해브 선장이 얼른 나와서 돌아다닐 테니까. 그에겐 기분 좋은 햇살만 있으면 되거든. 그런데 여러분이 항해할 열대 지방에는 햇살이 넘치니까. 고래를 사냥할 땐 조심하게나. 작살잡이들은 쓸데없이 보트에 구멍을 내지 말고. 품질 좋은 삼나무 판자 값이 올해 들어 3퍼센트나 올랐거든. 기도하는 것도 잊지 말게. 스타벅, 목수가 예비 통널을 낭비하는 일이 없도록 신경 쓰라고. 아참, 돛 바늘은 녹색 벽장에 있네! 주일에는 고래를 너무 많이 잡지 않도록 해. 그렇다고 절호의 기회를 놓쳐서는 안 되지. 그건 하늘이 주신 좋은 선물을 거절하는 거니까. 스터브, 당밀 통을 잘 살펴보게. 조금 새는 것 같더군. 플래스크, 섬에 기항할 때는 간음을 경계하게. 잘 가게, 잘 가! 스타벅, 치즈는 저 아래 화물창에 너무 오래 보관하지 말아야 해. 상하니까. 버터도 잘 간수하고. 1파운드에 20센트나 한다네. 알겠나? 그러지 않으면…….」

「어허, 빌대드 선장. 그만 떠들고 가자니까.」 그러면서 펠레그는 빌대드를 서둘러 뱃전으로 밀어냈고, 두 사람 모두 보트로 내려갔다.

배와 보트가 멀어지고 그 사이로 차갑고 축축한 밤바람이 불었다. 갈매기 한 마리가 끼룩거리며 머리 위로 날아갔다. 배와 보트가 사납게 요동쳤다. 우리는 무거운 마음으로 만세 삼창을 했고, 드넓은 대서양에 운명처럼 무작정 몸을 던졌다.

23
바람이 닿는 해안

　몇 장 앞에서 벌킹턴이라는 사람 얘기를 한 적이 있다. 뉴베드퍼드의 여인숙에서 우연히 만난, 막 뭍에 내린 키다리 선원 말이다.

　몸이 덜덜 떨리게 춥던 그 겨울밤, 피쿼드호가 냉혹하고 심술궂은 파도 속으로 원한에 찬 뱃머리를 찔러 넣었을 때, 키를 잡고 선 사람을 보니 이게 누구야, 바로 벌킹턴이었다! 4년에 걸쳐 위험한 항해를 마치고, 한겨울에 육지에 내려서자마자 숨 돌릴 틈도 없이 폭풍우가 휘몰아치는 항해에 다시 나설 수 있다니, 존경스러운 한편으로 두려운 마음이 들었다. 땅을 디디면 발이 설설 끓기라도 하는 모양이었다. 더없이 경이로운 것들은 언제나 말로 표현할 수 없고, 가슴 깊은 곳의 추억에는 묘비도 세울 수 없는 법이니, 이 짧은 장(章)은 벌킹턴의 비석 없는 무덤인 셈이다. 폭풍우에 뒤집혀 바람이 불어 가는 해안을 따라 하릴없이 떠밀리는 배처럼 그에겐 그게 어울린다고만 해두자. 항구는 기꺼이 도움의 손길을 내민다. 항구는 자비롭다. 항구에는 안전과 안락, 난로, 저녁 식사, 따뜻한 담요, 친구, 우리 인간에게 다정한 모든 것이 있다. 하지만 그런 돌풍 속에서는 항구가, 육지가, 배에게 가장 긴박한 위험이 된다. 배는 모든 환대를 피해 달아나야 한다. 조금이라도 뭍에 닿았다간, 용골을 살짝 스치기만 해도 충격에 몸서리칠 것이다. 그리하여 배는 돛을 모두 펼치고 온 힘을 다해 해안에서 멀어지려 한다. 그러면서 배는 고향으로 불어 가려는 바람에 맞서 싸우고, 파도가 휘몰아치는 망망대해로 나갈 방법을 모색한다. 피난처를 찾겠다며 필사적으로 위험에 몸을 던지는 것이다. 유일한 친구가 가장 가혹한 원수라니!

이제 알겠는가, 벌킹턴? 깊고 진지한 생각이란 모두 바다의 광활한 독립성을 지키려는 영혼의 용맹한 노력에 다름 아니며, 하늘과 땅의 거친 바람이 서로 힘을 합쳐 위험하고 비열한 해안으로 배를 내동댕이치려 한다는 것을, 도저히 감내하기 힘든 그 진실을 어렴풋이나마 알아차릴 수 있겠는가?

하지만 가장 숭고한 진리, 신처럼 가없고 무한한 진리는 망망대해에만 존재한다. 그러니 바람이 아우성치는 무한한 바다에서 죽어 없어지는 편이 바람이 불어 가는 해안에 수치스럽게 내던져지는 것보다 낫다. 설사 그곳이 안전하다 할지라도 누가 벌레처럼 뭍으로 기어가겠는가? 끔찍한 그 공포! 이 모든 고통이 다 부질없단 말인가? 굳세어라, 벌킹턴, 굳세어라! 불굴의 의지로 버텨라, 영웅이여! 그대가 죽어 묻힐 바다의 물보라, 그곳에서 그대는 신이 되어 솟아오르리!

24
변론

이제 퀴퀘그와 내가 포경선에 완전히 합류했고, 무슨 까닭인지 뭍사람들 사이에서는 포경업이 그다지 낭만적이지 않고 존경받지 못하는 직업으로 여겨지니, 육지 사람들이 우리 고래 사냥꾼들에게 가지고 있는 생각이 부당하다는 걸 꼭 확인시켜 주고 싶다.

일단, 일반 대중 사이에서 포경업이 이른바 고상한 직업과 동등한 수준으로 간주되지 않는다는 사실은 언급하는 게 입이 아플 지경이다. 각계각층이 모인 대도시의 지역사회에 웬 낯선 사람이 등장해서 작살잡이라고 소개된다면 대체로 그의 전반적인 평판은 그다지 높아지지 않을 것이다. 그리고 해군 장교를 본떠 S. W. F.(향유고래 사업)라고 머리글자를 박은 명함을 가지고 다녀 본들 더없이 주제넘고 우스꽝스러운 짓으로 여겨질 것이다.

세상이 우리 고래잡이들을 존경하길 거부하는 가장 큰 이유는 두말할 나위도 없이, 우리의 직업이 기껏해야 백정질이며 그 일에 종사하는 우리는 온갖 종류의 오물에 싸여 있다고 생각하기 때문이다. 우리가 백정인 건 사실이다. 하지만 백정 중에서도 가장 피비린내 나는 훈장은 군대의 지휘관들이 달고 있건만, 세상은 기꺼이 그들을 찬양한다. 그리고 우리가 하는 일이 불결하다는 주장과 관련해서도 지금까지 널리 알려지지 않은 분명한 사실을 곧 접하게 될 텐데, 그러면 향유고래 포경선은 이 깔끔한 지구에서 가장 깨끗한 축에 당당히 포함될 것이다. 하지만 설사 그런 비난이 사실이라 치더라도, 너저분하고 미끈거리는 포경선의 갑판을 시체가 썩어 가는 전쟁터의 참상에 비할 수 있을까? 그런데도 전쟁터에서 돌아온 병사들은 여자들의 찬사 속에 축배를 든다. 위험하다는 이유 때문에 세상 사람들이 군인이라는 직업을 그렇게 높이 평가하는 것이라면, 대포를 향해 돌진하던 역전의 용사들도 향유고래의 엄청나게 큰 꼬리가 머리 위로 불쑥 솟구치며 소용돌이를 일으킬 때 대부분 혼비백산할 거라고 장담할 수 있다. 서로 뒤얽힌 신의 공포와 경이에 비하면 인간이 이해할 수 있는 공포는 아무것도 아니기 때문이다!

그런데 세상 사람들은 우리 고래 사냥꾼들을 비웃으면서도 사실은 저도 모르는 새에 우리에게 더없는 경의를 표한다. 정말이다. 그것도 어마어마한 경배를! 온 세상에서 타오르는 거의 모든 심지와 등불과 촛불이 그만큼의 신전을 세운 것처럼 우리를 찬미하며 타오르기 때문이다!

하지만 다른 관점에서 이 문제를 생각해 보자. 온갖 종류의 저울에 전부 달아 보자. 우리 고래잡이가 어떤 존재며, 어떤 존재였는지를 살펴보자.

데 위트[47] 시대의 네덜란드에서는 왜 포경 선단에 제독을 두었을까? 프랑스의 루이 16세는 왜 사비를 털어서까지 됭

47 17세기 네덜란드 정치가.

케르크[48]에서 출항하는 포경선에 장비를 갖추고 우리 낸터 컷 섬의 30~40가구에게 그 마을로 이주하라고 정중히 요청했을까? 1750년부터 1788년 사이에 영국은 왜 자국 고래잡이들에게 1백만 파운드가 넘는 장려금을 지불했을까? 그리고 마지막으로 현재 우리 미국 고래잡이 수가 전 세계 고래잡이를 합친 것보다 더 많아진 이유는 뭘까? 7백 척에 달하는 미국 함대가 바다를 항해하고, 종사자의 수는 1만 8천 명에 달하며, 해마다 4백만 달러를 소비하고, 항해 중인 배들의 가치는 2천만 달러며, 해마다 7백만 달러의 풍성한 수확을 항구로 실어 나르는데, 포경업에 뭔가 강력한 힘이 있지 않다면, 어떻게 이런 일들이 일어날 수 있을까?

그러나 아직 반도 얘기하지 못했다. 더 살펴보자.

감히 주장하지만, 세계주의를 표방하는 철학자가 평생을 바친다 한들, 지난 60년 동안 세계 전역에 미친 단일한 평화적 영향력 중에 우리의 고상하고 막강한 포경업보다 더 큰 영향력을 발휘한 것을 꼽을 수는 없을 터다. 어찌 됐건 포경업은 대단히 주목할 만한 사건들을 양산하고 지속적으로 중요성을 유지해 왔기 때문에, 태아가 자궁에서 저절로 수태되어 태어났다는 이집트의 어머니[49]라고 여겨도 될 정도다. 이런 일들을 일일이 열거하자면 한이 없고 끝이 없다. 그러니 몇 가지 사례로 만족하자. 오랜 세월 동안 포경선은 지구에서 가장 먼 미지의 지역을 찾아내는 개척자 역할을 해왔다. 쿡이나 밴쿠버[50]도 가본 적 없고 지도에도 표시되지 않은 바

48 북해에 면한 프랑스의 항구 도시.
49 이집트 신화에 등장하는 창공의 여신으로, 이시스, 오시리스, 세트 등을 낳은 누트를 말한다.

다와 섬들을 탐험했다. 미국과 유럽의 군함이 한때 미개하던 항구를 평화롭게 드나든다면, 애초에 그들에게 길을 알려 주고 맨 처음 그들과 미개인의 의사소통을 도와준 포경선의 명예와 영광을 기리는 예포라도 쏴야 마땅하다. 탐험대의 영웅들, 저마다의 쿡과 크루젠슈테른[51]을 찬양할 수도 있지만, 나는 낸터컷에서 출항한 이름 없는 선장들 몇십 명도 쿡과 크루젠슈테른 못지않았다고, 아니 그들보다 더 위대했다고 말하고 싶다. 도와주는 사람 하나 없이 맨주먹으로 상어가 들끓는 이교도의 바다에서, 창이 날아오는 미지의 해안에서, 해병대와 총포를 갖춘 쿡 선장조차 차마 상대하려 하지 않았을 전대미문의 경이와 공포에 맞서 싸웠기 때문이다. 남양 항해기를 화려하게 장식한 일화들도 우리의 낸터컷 영웅들에게는 평생 겪은 일상에 불과했다. 밴쿠버가 세 장이나 할애한 모험담 중에도 이들이라면 평범한 항해 일지에조차 기록할 가치가 없다고 여겼을 것들이 많다. 아, 세상이라니. 오, 세상이라니!

포경선들이 혼 곶을 에워싸기 전까지, 태평양 연안에 길게 이어진 부유한 스페인 영토와 유럽 사이를 오가는 교역선은 전부 식민 세력의 소유였다. 그 식민지들과 관련된 스페인 왕의 탐욕스러운 정책을 처음으로 깨뜨린 게 바로 고래잡이들이었다. 지면이 허락된다면, 이 고래잡이들이 어떻게 페루와 칠레, 볼리비아를 에스파냐 제국의 멍에에서 해방시키고 그 지역에 영구적인 민주주의를 수립했는지 또렷하게 보여 줄 수 있을 것이다.

50 쿡과 밴쿠버는 영국의 항해가다.
51 북태평양을 탐험한 러시아의 항해가.

남반구의 아메리카 대륙이라고 할 수 있는 오스트레일리아가 문명사회에 알려지게 된 계기도 고래잡이들이었다. 처음에 네덜란드 사람이 우연히 발견한 뒤에도 다른 배들은 그곳을 미개한 질병의 온상으로 여겨 오래도록 멀리했지만, 포경선만은 그곳에 다가갔다. 지금의 막강한 식민지를 낳은 진정한 어머니는 포경선인 것이다. 게다가 식민 정책을 추진하던 초창기에, 기아에 시달리는 정착민들이 천우신조로 인근에 닻을 내린 포경선에서 호의로 나눠 준 건빵 덕분에 위기를 모면한 적도 여러 번이었다. 폴리네시아의 무수한 섬들의 경우도 다르지 않기 때문에, 그들은 선교사와 상인들에게 길을 터주고 더 나아가 초창기 선교사들을 첫 목적지까지 태워다 준 포경선에 경의를 표한다. 이중으로 문을 걸어 잠근 일본이 이방인을 환대하는 날이 온다면, 그 공로는 전적으로 포경선에 돌아가야 할 것이다. 포경선이 바야흐로 그 문지방에 올라서 있기 때문이다.

하지만 이런 얘기를 듣고서도 여전히 포경업에서 심미적으로 고상한 것이 연상되지 않는다고 고집한다면, 나는 창쉰 개를 던져 그때마다 당신의 투구를 꿰뚫어 말에서 떨어뜨릴 용의가 있다.

고래는 저명한 작가의 작품에 등장한 적이 없고 포경업을 다룬 저명한 역사가도 없다고, 당신은 말할 것이다.

고래가 저명한 작품에 등장하지 않고, 포경업을 다룬 저명한 역사가가 없다고? 우리의 바다 괴물 이야기를 처음으로 쓴 사람이 누구였더라? 바로 저 위대한 욥 아니던가! 그리고 포경 항해에 대한 첫 기록을 남긴 사람은? 그건 다름 아닌 앨프레드대왕으로, 그는 직접 펜을 들어 당시 노르웨이의 고래잡이였던 오테르가 한 말을 받아 적었다! 그리고 의사당에서 찬란한 헌사로 우리의 공을 기린 사람은 누구였지? 바로 에드먼드 버크[52] 아닌가!

다 맞는 말이지만, 정작 고래잡이들은 전부 불쌍한 비렁뱅이들이야. 혈통도 안 좋고.

혈통이 안 좋아? 그들의 혈관에는 왕족의 피보다 월등한 피가 흐른다. 벤저민 프랭클린의 할머니인 매리 모렐은 결혼하면서 매리 폴저가 됐고, 초창기 낸터킷 정착민이었던 폴저 가문은 대대로 작살잡이를 배출했다. 전부 위대한 벤저민의 일가친척이었다. 그들은 지금도 세상 이쪽에서 저쪽으로 작살을 던지고 있다.

잘도 빠져나가는군. 하지만 어쨌거나 다들 고래잡이가 고상하지 않다고 말하잖아.

고래잡이가 고상하지 않아? 고래잡이는 장엄하지! 옛 영국 법률은 고래를 〈왕족어〉로 분류했다. (여기에 대해서는 나중에 더 자세히 설명하겠다.)

하, 그거야 단순한 명칭일 뿐! 고래 자체는 단 한 번도 장엄하게 묘사된 적이 없어.

고래가 단 한 번도 장엄하게 묘사된 적이 없다고? 어느 로마의 장군이 세계의 수도로 당당히 개선할 때, 심벌즈 소리 드높은 행렬에서 가장 눈에 띄는 것이 시리아 해안에서부터 그먼 길을 실어 나른 고래 뼈였다. (이에 대한 설명도 뒤에 나온다.)

그렇다고 하니 인정하지. 하지만 당신이 무슨 말을 하건 고래잡이엔 진정한 위엄이 없어.

52 영국의 정치가이자 사상가. 휘그당의 영수로 활약했다.

고래잡이에 위엄이 없다니? 우리의 직업이 지닌 위엄은 하늘이 증명한다. 남쪽 하늘에 고래자리라는 별자리가 있거든! 더 무슨 말이 필요한가! 러시아 황제 앞에서는 모자를 눌러쓰더라도 퀴퀘그 앞에서는 벗어야 한다! 더 무슨 말이 필요한가! 나는 한평생 고래 350마리를 잡은 사람을 아는데, 그만큼의 성채를 함락시켰다고 뽐내는 고대의 위대한 장군보다 더 고귀하다고 생각한다.

그리고 만에 하나, 아직 발견되지 않은 장점이 내게 있다면, 그래서 야심을 품는 것이 그렇게 지나치지만은 않을 작고 조용한 어떤 세계에서 명성을 누릴 자격이 된다면, 대체로 그냥 방치하는 것보다 팔을 걷어붙이는 것이 나은 일을 한다면, 내가 숨을 거두는 순간에 유언 집행인들이, 더 정확하게는 채무자들이 내 책상에서 귀한 원고를 찾아낸다면, 모든 명예와 영광을 포경에 바친다고 여기서 미리 밝혀 두겠다. 포경선은 나의 예일 대학이자 하버드였으므로.

25
덧붙여서

포경업의 존엄성을 옹호하기 위해 나는 다만 입증된 사실만을 제시하려고 노력한다. 그러나 사실만을 역설한 후 자신의 주장을 웅변해 줄지 모를 합리적 추론을 완전히 배제한다면, 그런 변호인은 비난받아 마땅하지 않을까?

심지어 근대에 들어온 후에도 왕이나 여왕의 대관식에서 직무 수행을 위해 양념을 뿌리는 희한한 과정이 진행된다는 건 잘 알려져 있다. 이른바 국가의 소금 그릇이 있다면 국가의 양념 통도 있을지 모른다. 그 소금을 구체적으로 어떻게 사용하는지야 누가 알겠는가? 하지만 대관식에서 머리에 근엄하게, 심지어 양배추 머리처럼, 기름을 바른다는 건 확실히 안다. 혹시 기계에 기름을 치듯 머릿속이 잘 돌아가라고 그렇게 기름을 붓는 걸까? 이렇게 장엄한 절차에 깃든 본질적인 위엄을 여기서 깊이 반추해 볼 수도 있는데, 일상생활에서는 머리에 기름을 바르고 냄새를 풍기는 사람을 업신여기며 경멸하지 않는가 말이다. 실제로 치료 이외의 목적으로 머릿기름을 사용하는 성인 남자라면, 아마도 몸 어딘가가 부실할 것이다. 대체로 그런 사람은 제구실을 하지 못한다.

하지만 여기서 따져 봐야 할 건 단 하나, 대관식에 어떤 기름을 사용하느냐다. 올리브기름일 리는 없다. 마카사르기름, 피마자기름, 곰의 기름, 그냥 고래기름이거나 대구 간유일 리도 없다. 그렇다면 가공되지 않고 오염되지 않은, 모든 기름 중에 가장 향기로운 향유고래의 기름이 아니고 무엇이겠는가?

충성스러운 영국인들이여, 생각해 보라! 당신네 왕과 여왕이 대관식에 사용할 기름을 공급하는 게 바로 우리 고래잡이들이라는 사실을!

26
기사와 종자 I

피쿼드호의 일등 항해사인 스타벅은 낸터컷 토박이고 대
대로 퀘이커교도 집안이었다. 키가 크고 성실하며, 얼음처럼
차가운 해안에서 태어났지만 살집은 두 번 구운 비스킷처럼
단단하기 때문에, 열대 지방을 견디는 데에도 적합해 보였
다. 인도양에 옮겨다 놓더라도 생생한 그의 피는 병에 든 맥
주처럼 상하는 일이 없을 터다. 그는 가뭄과 기근이 널리 퍼
진 시대에 태어났거나, 뉴잉글랜드의 유명한 금식일에 태어
난 게 분명했다. 건조한 여름을 고작 서른 해 겪었을 뿐인데,
그 여름이 그의 군살을 바짝 말려 버렸다. 하지만 그의 앙상
함은 이를테면 몸의 병인(病因)이라거나 체력을 소모시키는
불안과 걱정의 징후로는 보이지 않았다. 그건 단지 사람이
응축된 것이었다. 그리고 어느 모로 보나 못생기지도 않았
다. 오히려 그 반대였다. 깨끗하고 탱탱한 피부는 나무랄 데
없고, 그 피부로 바짝 감싼 몸은 부활한 이집트의 미라처럼
내면의 건강과 힘으로 방부 처리된 것 같았다. 스타벅이라는
사람은 앞으로도 오랜 세월을 언제나 지금처럼 견뎌 낼 만반
의 준비를 갖춘 것처럼 보였다. 북극의 눈이건 작열하는 태

양이건, 어떤 기후에서도 특허받은 크로노그래프처럼 내면의 활력이 제 역할을 할 거라고 보장할 수 있었다. 그의 눈을 들여다보면 그가 지금껏 침착하게 맞섰던 수많은 위기의 잔상이 아직도 어른거리는 것 같다. 인생 대부분을, 말로 채운 무기력한 책이 아니라 몸으로 이야기하는 팬터마임으로 살아온, 착실하고 충실한 남자였다. 하지만 그렇게 옹골진 냉철함과 불굴의 정신에도 불구하고 가끔은 다른 특징들에 영향을 미치고, 몇몇 경우에는 그 특징들을 전부 뒤엎어 버리는 것 같은 어떤 자질을 지녔다. 그는 뱃사람치고는 드물게 양심적이고 자연에 대한 깊은 경외심을 가진 탓에, 거친 바다 위에서 고독한 생활을 하다가 미신에 심하게 경도된 것이다. 하지만 그런 종류의 미신은, 어떤 사회의 경우 어찌된 까닭인지 무지가 아니라 오히려 지성에서 샘솟는 것처럼 보인다. 그는 외부의 징후와 내면의 예감을 느꼈다. 하지만 어쩌다 그런 것들로 인해 강철 같은 그의 영혼이 무릎을 꿇는 일이 있더라도, 훨씬 더 큰 영향력을 발휘하는 건 멀리 곳에 두고 온 젊은 아내와 아이의 단란한 추억이었는데, 무뚝뚝한 천성을 떨치고 정직한 사람에게 잠재된 영향력을 발휘하며, 포경업을 하다 보면 처하게 되는 위험한 상황에서도 다른 사람들과 달리 무모하게 물불 안 가리고 뛰어드는 걸 자제할 수 있는 것도 그 추억 때문이었다. 〈고래를 두려워하지 않는 자는 내 보트에 태우지 않는다.〉 스타벅의 이 말은 가장 분명하고 유용한 용기란 직면한 위험에 대한 정확한 판단에서 나오며, 두려움을 전혀 모르는 사람은 겁쟁이보다 훨씬 더 위험한 동료라는 뜻인 것 같았다.

「그럼, 그럼. 포경업계를 다 뒤져 봐도 저기 저 스타벅처럼 신중한 사람은 없을 거야.」 이등 항해사인 스터브는 말했다. 하지만 스터브 같은 사람, 아니 거의 모든 고래 사냥꾼이 쓰는 〈신중하다〉는 말이 구체적으로 무슨 뜻인지는 머잖아 알게 될 것이다.

스타벅은 위험을 찾아다니는 십자군은 아니었다. 그에게 용기란 기질이 아니라 다만 자신에게 유용한 것, 생사가 좌우되는 현실적인 상황에 쓸 수 있도록 항상 지니고 다니는 도구였다. 그뿐 아니라, 포경업에서 용기란 쇠고기와 빵처럼 반드시 배에 갖추되 경솔하게 낭비하면 안 되는 물품일지도 모른다고 그는 생각했다. 그렇기 때문에 해가 진 다음에 고래를 추격하려고 보트를 내린다거나, 완강하게 저항하는 고래를 잡겠다고 고집을 피우지 않았다. 이 위험천만한 바다에서 고래를 잡는 건 내가 먹고 살기 위해서지, 놈들이 먹고 살도록 내 목숨을 바치려는 게 아니라고 스타벅은 생각했다. 그렇게 죽은 사람이 몇백 명도 넘는다는 걸 스타벅은 잘 알았다. 그의 아버지는 어떤 죽음을 맞았던가? 깊이를 알 수 없는 심해의 어디에서 형의 찢긴 팔다리를 찾을 수 있을까?

이런 기억을 갖고 있는 데다가 앞서 말한 것처럼 미신을 어느 정도 신봉하는 스타벅이 모든 걸 무릅쓰고 발휘할 수 있는 용기라면 가히 대단했을 게 틀림없다. 하지만 그런 기질을 갖고 그렇게 끔찍한 경험과 기억을 품고 있는 사람에게 합리적인 본성은 아니었다. 그런 경험과 기억은 일정한 요소를 만들고, 상황이 무르익으면 본색을 드러내어 용기를 모두 불살라 버리지 않을 수 없는 게 이치였다. 그리고 그가 용감했을지는 몰라도, 주로 대담한 사람에게서 나타나는 용맹함이어서 바다와 폭풍, 또는 고래, 이른바 통상의 비이성적인 공포와 맞설 때는 굳건히 버티지만, 정신을 공략하기 때문에 더 무시무시한 공포, 이를테면 분노한 권력자의 찌푸린 이마에서 느껴지는 공포는 이겨 내지 못한다.

하지만 앞으로 이어질 이야기가 어떤 경우에라도 가여운 스타벅의 강인함을 완전히 실추시킨다면, 나야말로 그것에 대해 쓸 용기가 나지 않을 것이다. 용맹함을 상실한 영혼을 폭로하는 것은 더없이 슬픈, 아니 충격적인 일이기 때문이다. 사람이란 주식회사나 국가처럼 혐오스러워 보일 수도 있다. 그중에는 악당도 있고, 바보와 살인자도 있을 것이다. 비열하고 비루한 얼굴을 지녔을지도 모른다. 하지만 이상적인 사람은 너무나 고귀하고 찬란하며 더없이 당당하게 빛나는 존재이기 때문에, 그에게 수치스러운 결함이 있다면 동료들은 제일 값비싼 옷이라도 들고 달려가 덮어 주어야 마땅하다. 우리는 완전무결한 남자다움이 내면 깊숙한 곳에 있기 때문에 겉으로 드러난 특징이 전부 사라진 것처럼 보이더라도 그것만은 고스란히 남아 있다고 느낀다. 용맹함이 무너진 사람의 적나라한 모습을 보면 애끓는 비통함에 피를 토하는 심정이 된다. 그렇게 수치스러운 광경 앞에서는 제아무리 독실한 신자라도 그걸 허락한 운명에 대한 원망을 완전히 억누를 수 없다. 그러나 지금 내가 말하는 당당한 위엄이란 왕과 예복의 위엄이 아니라, 예복 같은 걸 걸치지 않고도 도처에 존재하는 위엄이다. 곡괭이를 휘두르거나 못을 박는 팔뚝에서도 그것은 빛난다. 신에게서 끝없이 발산되어 모두에게 고루 퍼지는 민주적인 위엄. 그것은 바로 그분, 절대자인 위대한 신! 모든 민주주의의 중심이자 주변인 분! 모든 곳에 두루 임하시는 신이야말로 우리의 신성한 평등일지니!

그렇다면 앞으로 가장 저열한 뱃사람과 배교자와 부랑아에게서 비록 어두울지언정 고매한 자질을 찾아내어 비극적인 우아함으로 그들을 감싸더라도, 그중에 가장 비통한 자, 어쩌면 가장 비천한 자가 어쩌다 높은 산에 오르더라도, 내가 그 노동자의 팔에 천상의 빛을 드리우고 불길하게 저무는 그의 태양 위로 무지개를 펼쳐 놓더라도, 나와 같은 사람에게 인간애라는 고귀한 망토를 덮어 준 그대 의로운 평등의 정신이여, 쏟아지는 사람들의 비난에서 나를 지켜 주소서! 그대 위대한 민중의 신이여, 부디 그것을 견뎌 낼 힘을 내게 주소서! 그대는 검게 그을린 죄인인 버니언[53]에게 시의 하얀 진주를 거부하지 않으셨고, 늙은 세르반테스의 뭉뚝하고 빈곤한 팔에 두 번 두드려 편 최고급 금박을 입혀 주셨으며, 앤드루 잭슨[54]을 자갈밭에서 건져 군마에 태우시고 끝내는 왕좌보다 높은 자리에 앉히셨도다! 지상을 행진하며 기적을 일으키시고 당당한 서민들 속에서 가장 뛰어난 전사를 가려 내시는 이여, 저를 지켜 주소서. 오, 신이여!

---

53 『천로 역정』을 쓴 존 버니언은 영국의 침례교 목회자였는데, 영국 국교회에 비판적인 예배를 집행한 혐의로 기소당했다.

54 유복자로 태어난 잭슨은 열네 살 때 어머니마저 여의었지만, 고학으로 군인이 된 후 미국의 7대 대통령을 지냈다.

27
기사와 종자 II

    스터브는 이등 항해사였다. 코드 곶 출신이어서 흔히 〈코드 곶 사나이〉라고 불렸다. 그는 낙천가였고, 겁쟁이는 아니지만 용맹하지도 않았으며, 대수롭지 않다는 듯이 위험을 감수했고, 고래를 추격하는 급박한 위기 상황에서는 최선을 다하면서도 1년치 삯을 미리 받아 놓은 날품팔이 소목장처럼 차분하고 침착했다. 싹싹하고 느긋하며 태평한 그가 포경 보트를 지휘하는 모습을 보면 위기일발의 대치 상황도 그저 저녁 만찬일 뿐이며, 보트에 탄 선원들은 그 자리에 초대받아 온 손님 같았다. 그는 역마차를 모는 늙은 마부가 자신의 자리를 안락하게 꾸미는 것처럼 보트에서 자신이 앉는 자리를 편하게 꾸미는 일에 까다로웠다. 고래에 가까이 접근해서 목숨을 건 사투를 벌일 때도, 그는 휘파람을 불며 망치질을 하는 땜장이마냥 무자비한 창을 침착하고 냉담하게 휘둘렀다. 격분해서 날뛰는 괴물과 옆구리를 맞댔을 때에도, 즐겨 부르는 경쾌한 곡조를 흥얼거리곤 했다. 오랜 세월 익숙해진 탓에 죽음의 아가리가 스터브에게는 안락의자가 되어 버렸다. 그가 죽음을 어떻게 생각했는지는 알 길이 없다. 죽음이라는 걸 생각해 본 적이나 있는지도 의문이다. 하지만 즐거운 저녁 식사를 마친 후에 그 문제에 마음을 쏟을 기회가 있었더라도, 그는 뛰어난 뱃사람답게 망을 보러 위로 올라가고 부지런히 몸을 움직이라는 명령 정도로 받아들였을 게 틀림없는데, 물론 거기 올라가서 무슨 일을 할지는 지시가 내려오면 알 일이고 그 전까지는 신경 쓸 필요가 없었다.

아마도 스터브가 짐의 무게 때문에 허리를 잔뜩 굽힌 채 돌아다니는 침통한 행상들로 가득한 이 세상에서, 삶의 무게를 짊어지고도 이렇게 천하태평이고 두려움을 모르는 사람이 되어 그토록 쾌활하게 다닐 수 있었던 힘, 거의 불경스러운 유쾌함을 발휘하게 만든 그 힘은 다른 무엇보다 파이프에서 나온 게 틀림없었다. 짧고 검고 작은 그의 파이프는 코만큼이나 얼굴의 한 부분을 이루는 요소였다. 그가 파이프를 물지 않은 채 침상에서 내려올 거라고 생각하는 건 코가 떨어진 채 내려오길 기대하는 것과 다르지 않았다. 그는 언제라도 피울 수 있도록 파이프에 담배를 채워서 선반의 손이 닿는 위치에 줄지어 늘어놨고, 잠자리에 들 때마다 그걸 전부 연달아 피웠다. 하나를 다 피우면 거기서 다음 파이프로 불을 옮겨 붙였고, 그것들을 다 피운 다음에는 다시 담배를 채워 새로 준비해 두었다. 스터브는 옷을 입을 때도 바지에 다리부터 집어넣는 게 아니라 파이프를 먼저 입에 물었다.

그러니까 이런 줄담배가 그의 독특한 성격에 최소한 일조를 했을 게 틀림없다. 모두가 알듯이, 지상의 공기는 뭍이건 바다건 숨을 내뿜다 죽어 간 수많은 인간들의 알려지지 않은 불행들로 심하게 오염되어 있기 때문이다. 어떤 사람들은 콜레라가 유행하던 시절처럼 장뇌로 처리한 손수건을 입에 대고 다니는데, 그런 것처럼 스터브의 담배 연기도 죽음에 이르는 모든 시련에 맞선 일종의 소독약으로 작용했을지 모른다.

삼등 항해사 플래스크는 마서즈비니어드 섬 티스베리 출신이었다. 작고 다부지고 혈색 좋은 이 젊은 친구는 고래에 대해 몹시 호전적이어서, 어쩐지 그 커다란 바다 괴물을 개인적으로 악감정이 있는 조상의 원수쯤으로 생각하는 것 같았다. 그래서 그로서는 고래를 보는 족족 해치우는 게 명예가 걸린 문제였다. 그러다 보니 고래의 엄청난 체구나 신비로운 행동이 자아내는 무수한 경이에 대한 존경심은 전혀 찾아볼 수 없었고, 놈들과 맞서는 데 따른 위험에 대해서도 우려한다거나 하는 마음이 전혀 없었다. 그의 얕은 소견에 따르면 경이로운 고래가 그저 크게 부풀린 생쥐, 기껏해야 물쥐 정도에 불과했고, 약간의 계략을 꾸민 후 시간과 노력을 조금만 기울이면 죽여서 기름을 낼 수 있는 상대였다. 무지와 무의식에서 기인한 이런 대담함으로 인해, 고래에 관한 한 그는 무척 익살스러운 사람이었다. 이 물고기를 쫓아다니는 게 그에게는 재미있는 일이었고, 혼 곳을 돌아 항해한 3년이라는 시간도 그에게는 그만큼 즐거운 장난에 불과했다. 목수가 사용하는 못에도 불에 달궈 만든 못과 쇠를 잘라 만든 못이 있듯이, 인간도 그런 식으로 분류할 수 있을지 모르겠다. 꼬마 플래스크는 불에 달궈서 만들어, 단단히 고정되고 오래가는 못이었다. 사람들은 그를 피쿼드호의 왕대공이라고 불렀다. 북극해의 포경선에서 왕대공이라고 부르는 짧고 네모난 목재와 체구가 비슷하기 때문이었다. 그리고 이 목재는 받침목 여러 개를 부채꼴로 끼워 넣어서 배가 험준한 바다의 얼음 충격에 견딜 수 있게 해준다.

이 세 항해사, 스타벅과 스터브, 플래스크는 중요한 사람들이었다. 통상 규정에 따라 피쿼드호의 보트를 지휘하는 것은 이들이었다. 에이해브 선장이 고래를 공격할 병력을 집합시키고 전투 명령을 내리면, 항해사 셋이 각각의 중대를 이끌었다. 어쩌면 길고 날카로운 고래잡이 창으로 무장했으니 최정예 창기병 셋이라고 할 수도 있었고, 그러면 작살잡이는 투창병이 되는 셈이었다.

이 고매한 포경업계에서는 항해사나 보트장이 옛날 중세 기사처럼 보트의 키잡이나 작살잡이를 항상 데리고 다녔고, 이들은 고래를 공격하던 항해사의 창이 심하게 뒤틀리거나 부러지는 위급한 순간에 새 창을 건네주었다. 거기서 그치지 않고 이 둘 사이에는 일반적으로 친밀한 우정이 존재했다. 그러니 이쯤 해서 피쿼드호의 작살잡이가 누구며 각각 어떤 보트장의 수하였는지 기록해 두는 게 적절한 일일 터다.

우선 퀴퀘그는 일등 항해사인 스타벅이 자신의 종자로 선택했다. 하지만 퀴퀘그에 대해서는 이미 알고 있다.

그다음 타슈테고는 순수 혈통 인디언인데, 그의 고향 마서즈비니어드 서쪽 끝 게이 곶에 가면 대대로 인접한 낸터컷 섬에 가장 용감한 작살잡이를 공급해 준 인디언 마을이 아직까지도 명맥을 이어 가고 있다. 포경업계에서 이들은 흔히 게이 곶 사나이로 통한다. 타슈테고의 길고 가는 검은 머리, 높이 솟은 광대뼈, 그리고 인디언치고는 큰 편이라 동양적이면서도 반짝이는 눈빛 때문에 남극 사람처럼 보이는, 동그랗고 검은 눈 등은 하나같이 그가 손에 활을 든 채 대륙의 원시림을 누비며 뉴잉글랜드 큰사슴을 노리던 용맹스러운 전사 사냥꾼의 혈통을 이어받았다는 걸 말해 주기에 부족함이 없었다. 하지만 타슈테고는 이제 숲 속에서 야생 동물 흔적을 찾아 냄새를 맡는 대신 바다에서 커다란 고래를 추격하고 사냥했다. 백발백중 정확하기로는 그 아버지의 화살에 그 아들의 작살이었다. 뱀처럼 유연한 팔다리의 황갈색 근육을 보면 일부 초기 청교도들의 미신처럼, 이 야생의 인디언이 하늘에서 내려 보낸 왕자의 아들이 아닐까 반신반의하게 될 것이다. 타슈테고는 이등 항해사 스터브의 종자였다.

작살잡이 가운데 세 번째는 다구, 몸집이 엄청나고 살이 석탄만큼이나 까만 검둥이 야만인이었다. 사자 같은 걸음걸이는 아하수에로스[55]를 보는 듯했다. 귀에는 황금 귀고리 두 개를 달았는데, 어찌나 큰지 선원들은 그걸 〈고리 볼트〉라고 부르면서 위쪽 돛대의 마룻줄을 묶어도 되겠다고 말하곤 했다. 다구는 젊었을 때 고향 바다의 한적한 만에 정박한 포경선에 자청해서 올라탔다. 그 후로 그가 다닌 곳이라곤 오로지 아프리카와 낸터킷, 그리고 고래잡이들이 빈번하게 들락거리는 이교도의 항구뿐이었다. 선원들의 태도에 유별나게 신경을 쓰는 선주의 배를 타고 거친 포경업 생활을 오래 했건만, 다구는 야만인의 특징을 조금도 잃지 않은 채 신발을 벗고도 195센티미터에 달하는 위풍당당한 몸을 기린처럼 꼿꼿이 세우고 갑판을 돌아다녔다. 그를 올려다보면 육체적으로 위축됐고, 그 앞에 선 백인은 휴전을 간청하는 요새의 흰 깃발 같았다. 희한하게도 이 당당한 흑인 아하수에로스 다구는 꼬마 플래스크의 종자였는데, 다구 옆에 서면 플래스

55 구약 성서에 나오는 페르시아 바사 제국의 성군이며, 역사상으로는 크세르크세스 왕에 해당한다.

크는 체스의 말처럼 보였다. 피쿼드호의 나머지 선원들에 대해서는, 현재 미국 포경업계에 평선원으로 고용되는 몇천 명 중에 미국에서 태어난 사람은 둘에 하나도 채 안 되지만 간부 선원은 거의 대부분 미국 태생이라는 얘기 정도면 족할 것이다. 이 점에서는 미국의 육군과 해군과 상선, 미국의 운하와 철도 건설 현장에서 일하는 토목 엔지니어들도 미국 포경업계와 마찬가지였다. 그 까닭은, 모든 경우에서 미국 토박이는 두뇌를 아낌없이 제공하고 다른 나라 출신은 근육을 넉넉하게 공급하기 때문인 것 같다. 적잖은 고래잡이 선원들이 아조레스[56] 출신인데, 낸터컷에서 출항하는 포경선들은 바위투성이 해안에서 밭을 일구는 억센 소작농들 중에서 선원을 보충하려고 그곳에 자주 들른다. 헐[57]이나 런던을 출발해서 그린란드로 향하는 포경선들이 셰틀랜드 제도[58]에 들러 선원을 충원하는 것도 마찬가지 맥락이다. 그러고는 항해를 끝내고 돌아오는 길에 다시 그곳에 내려 준다. 어떤 연유인지는 알 길이 없지만, 섬사람들은 최고의 고래잡이가 되는 것 같다. 피쿼드호의 경우에도 최고의 고래잡이는 거의 다 섬 출신이었으며, 또한 외톨이였다. 그들을 이렇게 부르는 까닭은 인류라는 공통의 대륙을 인지하지 못한 채 저마다 자기만의 외딴 대륙에 살았기 때문이다. 그런 외톨이들이 같은 배에서 함께 힘을 합쳤으니 얼마나 놀라운가! 바다 위의 모든 섬, 육지의 모든 구석에서 온 아나카르시스 클로츠[59] 대표단

---

56 북대서양에 있는 포르투갈령 화산 군도. 섬 아홉 개로 구성되었다.
57 영국 북쪽 해안의 항구 도시.
58 스코틀랜드 북동쪽에 있는 군도.
59 독일 귀족으로, 프랑스 혁명에 참여했던 인도주의자.

이 피쿼드호를 타고 에이해브 영감과 함께 별로 많은 사람이 돌아오지 못한 법정에 나가 세상의 불만을 토로하려 한다. 검둥이 꼬마 핍은 그 앞으로 갔으나, 오호 통재라! 끝내 돌아오지 못했다. 가여운 앨라배마 아이! 머잖아 음산한 피쿼드호의 앞 갑판에서 탬버린을 치는 그를 보게 될 것이다. 영원한 시간의 서막처럼, 천상의 대갑판으로 오라는 하늘의 부름을 받았을 때 그는 천사들과 연주하라는 명을 받고 환희에 넘쳐 탬버린을 두드렸다. 여기서는 겁쟁이라고 불렸으나 저곳에서는 영웅으로 칭송받는구나!

28
에이해브

낸터컷을 떠나고 며칠이 지나도록 갑판에서는 에이해브 선장을 전혀 볼 수 없었다. 항해사들이 규칙적으로 당직을 교대했고, 그들을 배의 유일한 지휘관이라고 보지 않을 수가 없었다. 다만 어쩌다 선실에 들어갔다 나와서 갑작스럽고 절대적인 명령을 전하곤 했으니, 그들이 대리로 배를 지휘한다는 것 역시 분명했다. 그렇다. 신성한 은신처가 된 선실에 출입이 허용되지 않은 자들의 눈에는 지금껏 보이지 않았지만, 그들의 절대적인 수령이자 독재자는 틀림없이 그곳에 있었다.

나는 아래에서 당직을 마치고 갑판에 올라갈 때마다 낯선 얼굴이 보일까 싶어, 올라가는 즉시 고물 쪽을 쳐다보곤 했다. 처음에는 정체를 알 수 없는 선장이 막연하게 거리끼는 정도였는데, 고립된 먼 바다에 나오고 보니 마음이 요동치는 지경이 되었다. 누더기 일라이저의 두서없는 악담이 뜬금없이, 전에는 상상도 못한 난감한 힘을 발휘하며 되살아날 때면 그런 마음이 유난히 고조되었다. 다른 때 같으면 부두에서 만난 기이한 선지자의 근엄한 기행을 그저 웃어넘겼을 텐데, 이번만큼은 도저히 감당이 되지 않았다. 하지만 내가 느낀 것이 불안이었든, 아니면 그저 불편이라고 불러야 하든, 배에서 주변을 돌아볼 때면 그런 감정을 품을 근거가 전혀 없는 것 같았다. 선원들 대다수와 마찬가지로 작살잡이들도 예전에 배를 탈 때 만난 얌전한 상선의 동료들보다 훨씬 야만적이고 이교도에 가까우며 출신도 다양하지만, 그건 내가 자포자기의 마음으로 뛰어든 거친 고래잡이라는 직업의 특징 자체가 워낙 독특한 탓이라고 여겼고, 실제로도 그랬다. 하지만 이런 근거 없는 걱정을 진정시키고 항해의 모든 면에 자신감과 쾌활함을 자아내는 데 가장 강력하게 작용한 건 무엇보다 배의 간부 선원 세 명, 즉 항해사들의 태도였다. 이들은 저마다 방식은 달랐지만 간부 선원이라는 면에서나 인간적인 차원에서도 더 뛰어난 적임자를 찾기 힘들었고, 한 사람은 낸터컷, 또 한 사람은 비니어드, 마지막은 코드 곳 남자로 모두 미국 출신이었다. 배는 크리스마스 때 항구를 떠났고, 북극을 등진 채 계속 남쪽으로 달아났는데도 한동안은 살을 에는 북극의 날씨가 이어졌다. 그러다 위도가 낮아지면서 무자비한 겨울과 참기 힘든 날씨를 조금씩 벗어났다. 그러던 어느 날이었다. 하늘은 덜 찌푸렸지만 그래도 여전히 회색빛으로 음산했다. 순풍을 받은 배가 원한에 사무치기라도 한 것처럼 튀어 올랐다가는 침울한 속도로 물을 가르며 돌진할 때, 오전 당직을 서려고 갑판에 오르던 나는 고물 난간 쪽으로 눈을 돌렸다가 불길한 예감에 몸서리를 쳤다. 현실이 불안을 앞질렀으니, 에이해브 선장이 뒤쪽 갑판에 서 있었던 것이다.

그의 몸에서는 이렇다 할 병의 징후를 찾아볼 수 없었고, 회복의 조짐 역시 마찬가지였다. 그는 화형대에 묶여 불길이 팔다리를 휘감았지만 몸이 타버리지도 않고 여러 해 동안 사지에 다져 넣은 강건함도 전혀 잃지 않은 채 줄을 끊고 도망친 사람 같았다. 크고 다부진 체구는 첼리니[60]가 만든 페르세우스 동상처럼 불변의 거푸집에 넣어 틀을 잡은 청동상 같았다. 회색 머리에서부터 황갈색으로 그을린 얼굴을 거쳐 목덜미를 따라 옷 속으로 사라지는 가느다란 막대 같은 흉터가 보였는데, 희끄무레한 납빛 흉터는 윗부분에 떨어진 벼락이 맹렬하게 아래로 관통하면서도 나뭇가지 하나 떨어뜨리지 않은 채 우듬지부터 밑동까지 나무껍질을 벗겨 홈을 새기며 땅으로 흘러 들어가, 나무는 여전히 푸르게 살아 있지만 벼락의 낙인이 찍힌, 그런 아름드리나무의 곧고 고결한 줄기에 새겨지곤 하는 수직 솔기와 비슷했다. 흉터가 태어날 때부터 있었는지, 아니면 치명적인 부상의 흔적인지는 아무도 확실하게 말하지 못했다. 모종의 묵계에 따라 항해 중에는 흉터에 대한 언급을 거의, 또는 전혀 하지 않았고, 항해사들은 더 말할 나위가 없었다. 하지만 한번은 타슈테고의 선임자였던 게이 곶 출신 늙은 인디언 선원이 미신처럼 주장하길, 에이해브가 만으로 마흔이 되기 전까지는 그런 흉터가 없었다가 마흔 살에 생겨났는데, 인간들의 소동에 휘말렸기 때문이 아니라 바다에서 폭풍우와 맞서면서 생겼다고 했다. 하지만 이런 엉뚱한 암시는 맨 섬[61]의 백발 노인네, 이전까지 낸터킷 밖으로 배를 타고 나가 본 적도 없고 사나운 에이해브를 본 적도 없는 음산한 늙다리 노인네가 제멋대로 떠벌린 소리로 치부된 모양이었다. 그렇기는 해도 예로부터 귀가 얇

60 르네상스 시대의 이탈리아 조각가, 금속 공예가.
61 잉글랜드와 아일랜드 사이에 있는, 영국 왕실령의 작은 섬.

은 게 뱃사람들의 기질인지라, 모두들 늙은 맨 섬 노인이 초자연적인 통찰력을 지녔다고 여겼다. 그래서 그가 그런 일은 만무할 거라고 중얼거리면서도, 에이해브 선장이 평온한 죽음을 맞는다면 망자를 마지막으로 관에 넣는 사람은 정수리부터 발꿈치까지 이어진 모반(母斑)을 보게 될 거라고 말했을 때 정색을 하고 반박한 백인 선원은 아무도 없었다.

에이해브의 섬뜩한 모습과 거기에 그어진 납빛 낙인이 너무 충격적인 탓에 처음 얼마 동안은 이 압도적인 섬뜩함이 거의 전적으로 그가 몸의 한 부분을 의지하는 거칠고 하얀 다리 때문이라는 걸 미처 알아차리지 못했다. 이 상앗빛 다리를 항해 중에 향유고래 턱뼈를 다듬어 만들었다는 건 이미 들어서 알았다. 「그게 말이지, 그는 일본 앞바다에서 돛대를 잃었단 말이거든.」 언젠가 늙은 게이 곶 인디언이 말했다. 「하지만 돛대를 잃은 그의 배처럼, 그도 항구로 돌아오는 대신 다른 돛대를 단 거야. 그런 건 잔뜩 가지고 있었으니까.」

그가 서 있는 독특한 자세도 놀라웠다. 피쿼드호의 뒤쪽 갑판 양쪽에는 뒤 돛대 밧줄 근처의 널빤지에 1센티미터 남짓한 송곳 구멍이 있었다. 에이해브 선장은 고래 뼈로 만든 다리를 그 구멍에 꽂고, 한 팔을 들어 밧줄을 움켜쥔 채 똑바로 서서 끊임없이 들썩이는 뱃머리 너머를 정면으로 바라봤다. 뚫어지게 앞만 응시하는, 두려움 없는 그 시선에는 한없이 강인한 의연함, 굽힐 줄 모르는 단호한 의지가 담겨 있었다. 말은 한마디도 하지 않았다. 간부 선원들도 그에게 말을 건네지 않았다. 하지만 심란한 선장의 눈길을 받는 것이 고통까지는 아니어도 불편하다는 기색이 그들의 사소한 몸동작과 표정 하나하나에서 역력히 드러났다. 그뿐 아니라 기분이 저조한 에이해브는 십자가에 못 박힌 듯한 표정으로 서 있었는데, 태산 같은 비통함에 뭐라 형용할 수 없이 당당하고 압도적인 위엄이 어렸다.

출항하고 처음 바깥 공기를 쐬러 나온 그는 얼마 지나지 않아 다시 선실로 들어갔다. 하지만 그날 아침 이후로는 매일 선원들 앞에 모습을 드러냈다. 회전축 역할을 하는 구멍에 다리를 끼우고 서 있거나 그가 애용하는 고래 뼈 의자에 앉아 있지 않을 때면 쿵쾅거리며 갑판을 걸어 다녔다. 찌무룩하던 날씨가 조금씩 풀리다가 급기야 온화해지기 시작하자, 그가 선실에만 틀어박혀 있는 시간도 점점 줄었다. 배가 항구를 벗어난 직후에는 순전히 겨울 바다의 황량함 때문에 바깥출입을 하지 않은 모양이었다. 그렇게 나와 지내는 시간이 차츰 길어지더니 거의 계속해서 밖에 나와 있었지만, 햇살이 비치는 갑판에서 그가 무슨 말을 하고 어떤 행동을 하건 그는 여분의 돛대처럼 불필요해 보였다. 그러나 피쿼드 호는 지금 바다를 항해할 뿐 본격적으로 고래를 추격하는 건 아니었다. 고래잡이를 앞두고 감독해야 할 사전 작업은 항해사들이 충분히 처리할 수 있었기 때문에, 에이해브를 귀찮게 하면서까지 그의 힘을 빌리거나 자극할 만한 일은 거의, 또는 전혀 없었다. 그렇기 때문에 그 기간에는 모든 구름이 가장 높은 봉우리에 모이듯 그의 이마에 겹겹이 쌓인 구름을 쫓아 보낼 기회도 없었다.

그러다 이윽고 휴일처럼 유쾌한 날씨가 펼쳐졌고, 따뜻한 기운이 지저귀는 새처럼 마음을 끌어당겨 그의 우울함을 조금씩 풀어 주는 듯했다. 4월과 5월이 발그레한 볼을 하고 춤추는 소녀처럼 춥고 염세적인 숲에 찾아오면 제아무리 헐벗고 거칠고 벼락에 갈라진 늙은 참나무일지라도 이 유쾌한 손님을 맞이하기 위해 푸른 싹을 최소한 몇 개는 틔울 것이기 때문이다. 그래서 에이해브도 마침내 소녀 같은 공기의 쾌활한 유혹에 약간은 반응을 보였다. 다른 사람이었으면 미소의 꽃이 활짝 피었을 테지만, 희미하나마 꽃봉오리 같은 표정을 지은 적도 여러 번 있었다.

29
에이해브, 뒤이어 스터브 등장

　며칠이 지나, 어느새 얼음과 빙산을 모두 뒤로 한 채 피쿼드호는 이제 날마다 8월인 열대의 문턱을 영원히 지배하는, 밝은 키토[62]의 봄날을 가르며 나아갔다. 따뜻하고 상쾌하고 청명하며 낭랑하고 향기롭고 충만하고 풍족한 그곳의 한낮은 장미 물을 뿌린 눈으로 만든 페르시아 빙과를 수정 그릇에 듬뿍 담아 놓은 것 같았다. 별이 총총히 빛나는 장엄한 밤은 보석을 장식한 벨벳 옷을 입고 집에서 홀로 고독하게 자존심을 지키며, 정복을 위해 떠난 백작들의 빈자리와 황금 투구를 쓴 태양의 나날을 추억하는 도도한 귀부인이었다! 잠은 자야 하건만 이토록 쾌활한 낮과 유혹하는 밤, 이 둘 중에서 선택을 하기가 쉽지 않았다. 그러나 시들지 않는 날씨의 모든 마력은 바깥세상에 새로운 마법을 부리며 신비한 힘을 부여하는 데 그치지 않고 내면의 영혼에도 작용했는데, 특히 저물녘의 고요한 시간이면 추억의 수정 구슬이 어스름에 슬그머니 맺히는 얼음처럼 투명해졌다. 그리고 이런 은근

　62 에콰도르의 수도. 적도 바로 아래에 위치하지만 해발 고도가 높아 늘 봄 같은 쾌적한 환경을 유지한다.

한 힘들은 에이해브의 심신에 점점 더 영향을 미쳤다.

나이가 들면 으레 잠이 없어진다. 마치 삶과 연루된 시간이 길어질수록 죽음을 닮은 것과 얽힐 일이 줄어드는 것 같다. 바다의 지휘관 중에서 자다 말고 일어나 밤의 장막에 덮인 갑판을 가장 자주 찾는 것은 수염이 성성한 노인들일 터다. 에이해브도 다르지 않았다. 다만 최근 들어서는 아예 밖에서 살다시피 했기 때문에 선실에서 갑판으로 나온다기보다 선실에 잠깐 들른다고 하는 편이 더 정확했다. 「무덤으로 들어가는 기분이야.」 그는 혼잣말로 중얼거리곤 했다. 「나처럼 늙은 선장이 이렇게 좁은 승강구를 내려가 묘혈 같은 침상으로 가려니.」

그래서 거의 매일 그날의 야간 당직으로 지정되어 갑판에 나온 선원들이 밑에서 자는 동료들을 위해 보초를 설 때, 어쩌다 앞 갑판에서 밧줄을 던져야 할 일이 있어도 낮과는 달리 거칠게 내던지지 않고 행여 동료들의 잠을 방해할까 두려워 조심스레 내려놓을 때, 이런 한결같은 고요함이 계속 이어지는 가운데 과묵한 키잡이가 선실로 내려가는 승강구를 보고 있노라면, 머잖아 노인네가 쇠 난간을 잡고 다리를 절며 나타나곤 했다. 그에게도 어느 정도는 인간적인 배려심이 없지 않아서, 이런 시각에는 보통 뒤쪽 갑판 순찰을 삼갔다. 그의 고래 뼈 뒤꿈치와 불과 한 뼘 거리에서 쉬는 고달픈 항해사들이 딱딱거리며 밤의 대기를 울리는 소음을 듣는다면, 상어가 이빨을 갈아 대는 꿈을 꿀지도 모르기 때문이었다. 하지만 한번은 평소처럼 선원들을 배려하기엔 기분이 너무 언짢은 나머지 무거운 통나무를 내리찍는 것 같은 걸음으로 고물 갑판의 난간에서 주 돛대까지 걸어갔는데, 괴짜 이등 항해사 스터브가 아래서 올라오더니 조금 주저하며 농반진반의 힐난조로, 에이해브 선장이 갑판을 걷고 싶어 한다면 누가 말리겠냐만 소음을 줄이는 방법은 있지 않느냐면서, 잠시 우물쭈물 머뭇거리다 삼실을 뭉쳐 고래 뼈 발꿈치를 감싸면 어떻겠는지 넌지시 제안했다. 아, 스터브여! 그때만 해도 에이해브가 어떤 사람인지 몰랐구나.

「내가 대포알인가, 스터브. 나를 대포알처럼 뭉치겠다는 수작이야? 가서 네 일이나 봐. 안 들은 걸로 할 테니. 밤의 무덤 속으로 내려가란 말이다. 가서 수의를 둘둘 말고서 잠이나 자라고. 언젠간 그렇게 될 테니. 개집으로 내려가, 이 개자식아!」

노인네가 막판에 갑자기 욕설을 하며 느닷없이 소리를 지르자 스터브는 잠시 말문이 막혔다. 그러다가 격앙된 목소리로 말했다. 「저는 누가 제게 이런 식으로 얘기하는 것에 익숙하지 않습니다. 그런 말을 전혀 좋아하지 않습니다, 선장님.」

「닥쳐!」에이해브는 치밀어 오르는 화를 가라앉히려는 듯이 이를 부득부득 갈며 격한 몸짓으로 휙 돌아섰다.

「아니요, 아직 할 말이 남았습니다.」스터브는 대담하게 맞섰다. 「또다시 개자식이라는 말을 듣는다면 잠자코 있지 않겠습니다.」

「그러면 당나귀, 노새, 나귀 자식이라고 열 번이라도 불러주마. 썩 꺼지지 못해. 안 그러면 네놈을 없애 버릴 테다!」

에이해브가 이렇게 말하며 너무나 위압적으로 다가왔기 때문에 스터브는 저도 모르게 그 자리를 떠났다.

「저런 말을 듣고도 주먹을 날리지 않은 적은 없었는데.」정신을 차리고 보니 승강구를 내려가고 있던 스터브가 중얼거렸다. 「거참 희한한 노릇일세. 잠깐, 스터브. 돌아가서 저 인간을 한 대 치는 게 좋을지 아니면, 아니면 뭐? 무릎을 꿇고 그를 위해 기도를 드려야 할지 모르겠어? 아닌 게 아니라, 갑자기 그런 생각이 드네. 그렇다면 그건 내 평생 처음 해보는 기도가 되겠군. 희한해. 정말 희한해. 그도 희한한 인간이지. 아니, 앞에서 보나 뒤에서 보나, 그는 이 스터브가 함께 항해해 본 가장 희한한 노인네라고 해도 지나치지 않아. 나한테 호통을 치던 모습이라니! 화약통 같던 그 눈! 미친 걸까? 아무튼 갑판이 삐걱거리면 거기 뭔가 있기 때문인 것처럼 그의 마음속에도 뭔가 걱정거리가 있는 모양이야. 요즘은 하루 24시간 중에 세 시간도 누워 있질 않고, 누워서도 잠을 자지 않잖아. 왜 그 찐빵, 그러니까 사환이 언젠가 저 노인네의 잠옷이 온통 구겨졌고 침대보는 발치에 떨어진 데다 이불은 묶어서 매듭을 지어 놓고 베개는 달군 벽돌이라도 올려놨던 것처럼 몸서리치게 뜨겁더라고 말했잖아? 뜨거운 영감탱이라! 그는 뭇사람들이 양심이라고 부르는 걸 가지고 있는 모양인데, 그건 치통보다 더 심하다는 안면 경련 같은 거야. 뭐 아무튼. 그게 뭔지는 모르겠지만 신의 보살핌으로 나는 멀쩡하니까. 그는 수수께끼 같은 사람이야. 찐빵 말로는 밤마다 뒤쪽 선창에 들어가는 것 같다던데, 뭣 때문에 그러는지 참 궁금하단 말이지. 대체 선창에서 누구랑 약속이 있는 걸까? 희한한 노릇 아니냐고. 하지만 알 수 없는 게 인생 아니겠어. 잠이나 자자. 젠장, 곧바로 잠이 든다면 세상에 태어난 보람이 있지. 생각해 보니 아기들이 제일 먼저 하는 일도 그건데, 희한한 노릇이야. 젠장, 하지만 생각해 보면 세상에 희한하지 않은 일이 있나. 그리고 그건 내 원칙에 위배

되는 짓이야. 생각하지 마라, 이게 내 열한 번째 계명이고, 잘수 있을 때 자라, 이게 열두 번째거든. 그러니 잠이나 자자. 하지만, 뭐? 나더러 개자식이라고? 빌어먹을! 당나귀 열 번에, 그것도 모자라 온갖 욕설까지! 차라리 걷어차고 말 일이지. 어쩌면 걷어찼는데 노인네의 이마에 넋이 나간 나머지 내가 알아차리지 못했을지도 몰라. 무슨 표백한 뼈다귀처럼 번쩍거렸잖아. 아니, 내가 대체 왜 이 모양이지? 제대로 서 있질 못하겠네. 노인네랑 싸웠더니 탈이 난 모양이야. 이런 세상에. 이건 꿈일 거야. 어떻게, 어떻게, 이런 일이? 하지만 잊어버리는 수밖에. 그러니 잠이나 자자. 그리고 아침이 되면 성가시게 빙빙 돌아가는 이 생각들이 밝은 빛 속에서는 어떻게 보일지 알게 되겠지.」

30
파이프

스터브가 자리를 뜨자 에이해브는 잠시 뱃전에 기대섰다
가 최근 들어 늘 그런 것처럼 당직 선원을 불러 자신의 고래
뼈 걸상과 파이프를 가져오게 했다. 나침반 함의 등불로 파
이프에 불을 붙이고 바람이 불어오는 쪽 갑판에 걸상을 놓
은 후 거기 앉아 파이프 담배를 피웠다.

북유럽 사람들이 바다를 호령하던 옛날에, 바다를 사랑한
덴마크 왕들은 외뿔고래의 엄니로 옥좌를 만들었다고 한다.
그러니 고래 뼈로 만든 삼발이 의자에 앉은 에이해브를 본
사람이라면 그것이 상징하는 왕위를 생각하지 않을 도리가
있겠는가? 갑판의 지도자, 바다의 왕, 바다 괴물의 위대한 지
배자가 바로 에이해브였으니.

몇 분 동안 빠르고 꾸준하게 뻐끔댄 파이프의 짙은 연기가
그의 입에서 나왔다가 맞바람에 다시 그의 얼굴을 때렸다.
「어찌된 영문인가.」 그는 이윽고 입에서 파이프를 떼며 혼잣
말을 중얼거렸다. 「파이프를 피워도 더는 위로가 되지 않으
니. 아, 파이프여! 너의 힘이 사라진다면 내 일상이 힘겨울
텐데! 지금도 나는 즐겁기는커녕 부지불식중에 안간힘을 쓰

고 있었구나. 이거 참, 어리석게도 여태껏 바람이 불어오는 쪽으로 연기를 뿜었잖아. 그렇게 신경질적으로 뿜어 댔으니, 숨이 끊어지는 고래처럼 내 마지막 파이프도 더없이 격렬하고 고통으로 가득 찼던 거야. 이 파이프가 나한테 무슨 소용일까. 이건 마음의 평온을 주고, 나처럼 흐트러진 청회색 갈기가 아닌 단정한 백발 사이로 부드러운 흰 연기를 뿜어 올려야 제격이지. 이제 더는 담배를 피우지 않겠어⋯⋯.」

그는 불이 붙은 파이프를 그대로 바다에 던졌다. 파도에 닿은 담뱃불이 치이익 소리를 내며 꺼졌다. 그 순간, 파이프가 가라앉으면서 일어난 거품을 배가 헤치며 앞으로 나아갔다. 에이해브는 모자를 푹 눌러쓴 채 갑판 위를 비틀거리며 걸어갔다.

31
꿈의 요정

다음 날 아침, 스터브가 플래스크에게 말을 걸었다.

「어이 왕대공, 살다 살다 이렇게 희한한 꿈은 처음이야. 영감의 고래 뼈 다리 있잖아, 글쎄 꿈에서 영감이 그걸로 나를 걷어찼지 뭔가. 그래서 나도 되받아 차려는데, 글쎄 이보게, 다리가 쑥 빠져 버리는 거야! 그런 데다가 허허 참! 에이해브는 피라미드처럼 버티고 섰는데, 나는 열이 바짝 오른 바보처럼 계속 발길질을 하더란 말이지. 하지만 더 희한한 건 말이야, 플래스크. 꿈이라는 게 원래 다 희한하지만, 그렇게 화가 나서 펄펄 뛰면서도 속으로는 이런 생각을 하는 것 같았어. 그러니까, 에이해브한테 걷어차인 게 그리 대단한 모욕도 아니지 않느냐고 말이야. 〈뭐가 대수람? 저건 진짜 다리도 아니고 의족일 뿐인데.〉이렇게 생각했단 말이야. 산 다리에 차이는 것과 죽은 다리에 차이는 건 엄청나게 다르니까. 손으로 때리는 게 지팡이로 때리는 것보다 쉰 배는 더 야만스러운 이유도 그 때문이지. 살아 있는 팔다리, 바로 그게 살아 있는 모욕이 되니까. 그리고 얼간이 같은 발가락으로 그 저주받은 피라미드를 차는 동안에도 나는 줄곧 속으로 생각했다네. 당황스러울 정도로 상반되는 생각이지만, 아무튼 내내 속으로 이런 생각을 했다니까. 〈저 다리는 지팡이일 뿐이야. 그래, 고래 뼈로 만든 지팡이. 그러니 장난하듯 몽둥이로 때린 것뿐이야. 실제로 고래 뼈로 때렸을 뿐 비열하게 걷어찬 것도 아니잖아. 게다가 저것 좀 봐. 아니, 끄트머리의 발 부분. 얼마나 작으냔 말이야. 발이 넓적한 농부가 나를 찼다면 그건 너무나 심한 모욕이겠지. 그런데 지금 이 모욕이라는 건 뾰족하게 다듬어 낸 끝일 뿐이잖아.〉 이 꿈의 진짜 재미있는 부분은 이제부터야, 플래스크. 피라미드를 두드려 대는데, 오소리 털 같은 머리를 한 웬 늙은 곱사등이 도깨비가 내 어깨를 움켜잡아 돌려세우고는 뭐하는 짓이냐고 묻는 거야. 어이쿠! 어찌나 놀랐는지. 그 얼굴이라니! 하지만 어찌 어찌해서 그다음 순간 겁이 나는 마음을 바로 이겨 냈어. 〈뭘 하냐고?〉 나는 마침내 입을 열고 말했어. 〈그게 당신이랑 무슨 상관인데 그러쇼, 곱사등이 양반? 댁도 한번 걷어차 줄까?〉 그런데 이게 웬일인가, 플래스크. 이 말을 하자마자 도깨비가 뒤꽁무니를 내게 돌리고 몸을 수그리더니 누더기처럼 두른 해초를 걷어 올려 벗는 거야. 뭐가 보였을 것 같아? 마른하늘에 날벼락도 유분수지. 뒤꽁무니엔 밧줄 송곳이 잔뜩 꽂힌 게 아니겠나. 뾰족한 쪽이 바깥을 향하도록 거꾸로 꽂혀 있더란 말이야. 그래서 이렇게 말했지. 〈다시 생각해 보니 안 차는 게 좋을 것 같군, 노인장.〉 그랬더니 그가 이러는 거야. 〈현명한 스터브, 현명한 스터브.〉 굴뚝 마녀처럼 제 잇몸을 짓씹으며 그렇게 계속 중얼거리지 뭔가. 〈현명한 스터브, 현명한 스터브.〉 그가 이 말을 멈출 기미가 보이지 않아서, 나는 다시 피라미드를 걷어차는 게 좋겠다고 생각했어. 하지만 그냥 발을 들기만 했을 뿐인데 그가 우렁찬 목소리로 외치는 거야. 〈그 발길질을 멈춰!〉 그러기에 〈거참, 이번엔 또 무슨 상관이쇼, 노인장?〉이라고 했더니 〈이봐, 모욕 얘기를 좀 해보세. 에이해브 선장이 자네를 걷어차지 않았나?〉 그래서 〈그랬소. 바로 여기요〉 하고 대답하자 〈그랬군, 고래 뼈 다리로 찼을 테지?〉 하고 묻기에 〈그렇다니까〉 했더니 〈그렇다면 현명한 스터브, 뭐가 불만인가? 그는 좋은 뜻으로 찬 게 아닐까? 흔해 빠진 소나무 다리로 찬 것도 아니잖아, 스터브. 천만에, 위대한 사람에게서 그것도 아름다운 고래 뼈 다리에 걷어차였으니 차라리 영광이지. 나라면 영광으로 생각할 거야. 잘 듣게, 현명한 스터브. 옛날 영국에서는 위대한 영주들도 여왕에게서 뺨을 맞고 가터 훈장을 받은 기사가 되는 걸 대단한 영광으로 여겼다네. 그런데 자네는 에이해브 영감한테 걷어차여 현명한 사람이 되었으니 자랑스럽게 생각해야지. 내 말을 명심하게. 그에게 걷어차이면 그걸 영광으로 알고, 어떤 경우에도 되받아 차면 안 돼. 그래 봐야 소용없으니까, 현명한 스터브. 자네 눈엔 저 피라미드가 보이지 않나?〉 그러고는 갑자기 희한한 방식으로 하늘을 헤엄치는 것처럼 사라져 버렸다네. 코를 골며 뒤척이다 보니 내가 그물 침대에 누워 있지 않겠나! 이봐 플래스크, 이게 무슨 꿈일까?」

「모르겠는데요. 하지만 어쩐지 개꿈 같네요.」

「그럴지도 모르지, 그럴지도 몰라. 하지만 덕분에 나는 현명한 사람이 되었네, 플래스크. 저기 서 있는 에이해브 보이지. 고물 쪽을 곁눈질하고 있지 않나? 플래스크, 저 노인네는 그냥 내버려 두는 게 상책이야. 그가 뭐라고 하든 대꾸도

하지 말고. 이런! 선장이 뭐라고 소리치는 거지? 들어 봐!」

「거기, 돛대 꼭대기! 제대로 잘 봐, 너희들 전부! 근처에 고래가 있다! 흰 고래가 보이거든 허파가 터지도록 소리를 질러라!」

「저건 어떻게 생각하나, 플래스크? 좀 이상한 것 같지 않아? 흰 고래라고 하는 소리 들었어? 조심해. 아무래도 낌새가 이상해. 마음 단단히 먹게, 플래스크. 에이해브가 피비린내 나는 생각을 하는 모양이니. 하지만 쉿! 그가 이쪽으로 와.」

32
고래학

우리는 이미 과감하게 대양 한가운데 나왔다. 조만간 해안도 보이지 않고 항구도 없는 망망대해에 휩쓸리게 될 터였다. 그러기에 앞서 해초로 뒤덮인 피쿼드호의 선체가 조개껍데기 덕지덕지 들러붙은 바다 괴물의 몸뚱이와 나란히 달리기 전에, 우선 그 특별한 바다 괴물의 실체와 그에 대한 온갖 문헌을 철저하고도 올바르게 이해하기 위해 거의 필수적이라 할 문제를 짚고 넘어가는 게 좋을 것 같다.

이제부터 나는 고래를 광범위한 속(屬)으로 정리한 체계적인 학설을 제시하려 한다. 이건 결코 쉬운 일이 아니다. 여기서 시도하는 것은 혼돈의 구성 요소를 분류하는 것과 다르지 않다. 근래의 최고 권위자들이 정리한 말부터 들어 보자.

〈동물학의 어떤 분야도 고래학이라고 이름 붙인 것만큼 복잡한 것은 없다.〉서기 1820년에 스코스비 선장이 한 말이다.

〈설사 여력이 있더라도 나는 고래목을 종과 속으로 분류하는 방법에 대한 연구에 착수할 의향이 없다……. 이 동물(향유고래)에 관해서는 역사가들 사이에도 극심한 혼선이 존재한다.〉1839년에 의사인 빌[63]은 말했다.

〈깊이를 측량할 수 없는 바다에서 탐구를 계속하는 것은 적절하지 않다.〉〈꿰뚫어 볼 수 없는 장막이 고래에 대한 우리의 지식을 가리고 있다.〉〈가시로 점철된 분야.〉〈이 모든 불완전한 학설은 우리 박물학자들을 괴롭힐 뿐이다.〉

위대한 퀴비에, 존 헌터, 레송 같은 동물학과 해부학의 권위자들이 고래에 대해 한 말들이다. 그렇지만 실질적인 지식은 거의 없어도 문헌은 풍부하다. 그리고 고래학, 그러니까 고래에 관한 학문에도 문헌이 어느 정도는 존재한다. 지위의 고하, 나이의 노소, 뭍사람과 바닷사람을 가리지 않고 많은 사람들이 다소라도 고래에 대한 글을 남겼다. 그중 일부만 간추려 보더라도 성서의 저자들, 아리스토텔레스, 플리니우스, 알드로반디, 토머스 브라운 경, 게스너, 레이, 린네, 론델레티우스, 윌로비, 그린, 아르테디, 시벌드, 브리송, 마튼, 라세페드, 본느테르, 데마레, 퀴비에 남작, 프레데릭 퀴비에, 존 헌터, 오언, 스코스비, 빌, 베네트, J. 로스 브라운,『미리엄 코핀』의 저자, 옴스테드, 그리고 T. 치버 목사 등등이 있다. 하지만 이 사람들이 쓴 글의 궁극적이고 일반적인 목적에 대해서는 위에 인용한 발췌문들이 말해 줄 것이다.

고래에 대한 문헌을 남긴 위의 저자 목록에서 살아 있는 고래를 본 건 오언 다음으로 언급된 사람들뿐이고, 작살잡이를 직업으로 삼았던 포경업자는 스코스비 선장 하나다. 그린란드고래, 다른 말로 참고래라고 부르는 것만을 따로 치면 그는 현존하는 최고의 권위자다. 하지만 그런 스코스비조차 커다란 향유고래에 대해서는 아무것도 몰랐고, 그래서 아무 말도 하지 않는다. 향유고래에 비하면 그린란드고래

---

63 스코틀랜드의 박물학자이며『향유고래의 역사』를 쓴 토머스 빌.

따위는 언급할 가치도 없다. 그리고 여기서 말하고 싶은 건, 그린란드고래가 바다의 권좌를 찬탈하고 있다는 점이다. 그 린란드고래는 어느 모로 보나 가장 큰 고래도 아니다. 그런 데도 오래전부터 제왕 자리를 선점한 데다 향유고래가 전설 속에만 존재하거나 거의 알려지지 않았던 70여 년 전까지도 사람들이 워낙 이 분야에 대해 무지했고, 과학자들의 몇몇 성역이나 포경 항구를 제외하고는 지금까지도 무지가 대세 를 이루기 때문에 그린란드고래의 왕위 찬탈은 모든 면에서 완벽했다. 과거 위대한 시인들이 바다 괴물을 언급한 걸 보 면 거의 대부분 그린란드고래를 경쟁의 여지가 없는 바다의 제왕으로 여겼다는 사실을 알 수 있을 것이다. 하지만 마침 내 새로운 왕을 선포할 때가 도래했다. 바로 이 책이 채링크 로스[64]니, 만백성은 들어라! 그린란드고래가 물러나고 이제 위대한 향유고래가 즉위하였도다!

살아 있는 향유고래를 사람들에게 보여 주려는 시늉이라 도 하고, 또한 그 시도에서 조금이나마 성공을 거둔 책은 단 두 권뿐이다. 바로 빌과 베네트의 책인데, 모두 영국의 남양 포경선을 탔던 의사였으며 둘 다 정확하고 믿을 만한 사람 이었다. 이들의 책에서 향유고래에 대한 독창적인 내용은 아 무래도 적을 수밖에 없고 그나마도 대부분 과학적인 설명에 국한됐지만 글의 수준은 탁월하다. 그러나 과학적인 설명과 시적인 묘사를 막론한 어떤 문헌에서도 향유고래는 아직까 지 완전한 실체를 드러내지 못했다. 지금까지 포획된 다른 모든 고래와 달리 향유고래의 생애는 집필되지 않았다.

지금 당장은 간단히 윤곽만 잡아 놓고 후세의 연구가들이

64 전통적으로 새로운 왕의 즉위를 선포하던 옛 런던의 중심가.

남은 항목을 채우더라도, 이제 고래의 다양한 종(種)을 정리할 대중적이고 포괄적인 분류법이 필요하다. 더 뛰어난 누군가가 이 일을 맡겠다고 나서지 않으니 부족하나마 내가 시도해 보려 한다. 완벽을 장담할 수는 없다. 인간의 일에서 완벽을 추구한다면, 바로 그 탓으로 인해 오류에 빠질 수밖에 없기 때문이다. 그러므로 나는 다양한 종의 세밀한 해부학적 묘사, 아니 어떤 묘사도 (아무튼 여기서는) 장황하게 시도하지 않을 생각이다. 지금 이 글의 목적은 단지 체계적인 고래학의 밑그림을 제시하는 것이다. 나는 설계를 할 뿐, 건물을 짓는 사람은 아니다.

하지만 그것만으로도 방대한 작업이다. 우체국에서 편지를 분류하는 평범한 직원에 비할 바가 아니다. 고래를 따라 바다 밑바닥을 더듬고, 필설로 다할 수 없는 그 세계의 토대와 뼈대와 골반 속으로 손을 집어넣는 일이기 때문이다. 실로 두려운 일이다. 내가 뭐라고 이 바다 괴물의 코를 갈고리에 꿰려 드는가![65] 「욥기」의 준엄한 꾸짖음에 몸서리칠 만한 일이다. 〈(바다 괴물이) 너와 계약을 맺고 종신토록 너의 종이 될 듯싶으냐? 그 앞에서는 아무도 그를 이길 가망이 없어 보기만 해도 뒤로 넘어진다!〉 하지만 나는 도서관을 헤엄치고 바다를 항해했다. 눈앞에 보이는 이 손으로 고래를 다뤄 봤다. 나는 진지하며 최선을 다할 것이다. 먼저 정리하고 넘어가야 할 몇 가지 전제가 있다.

첫째. 고래학이라는 학문이 불확실하고 불안정한 상태라는 건 고래가 물고기인가를 따지는 것이 아직도 일각에서 논

65 「욥기」 40장 24절에 〈누가 저 베헤못을 눈으로 흘기며 저 코에 낚시를 걸 수 있느냐〉는 구절이 나온다.

의의 초점이 되고 있다는 사실만 보더라도 현관에서부터 증명
된다. 린네는 서기 1776년에 쓴『자연의 체계』라는 책에서 〈이
로써 나는 고래를 물고기에서 제외한다〉고 단언했다. 하지만
내가 알기로는 린네의 단호한 선언에도 불구하고 1850년까
지 상어와 청어는 여전히 바다 괴물과 동일한 바다의 지분을
나눠 가졌다.

고래를 바다에서 추방하려 한 근거를, 린네는 다음과 같
이 기술했다. 〈두 심실을 가진 온혈 심장, 허파, 움직이는 눈
꺼풀, 구멍이 뚫린 귀, 젖꼭지로 젖을 먹이는 암컷의 몸에 삽
입되는 수컷의 생식기〉, 그리고 마지막으로 〈올바르고 틀림
없는 자연 법칙*ex lege naturae jure meritoque*〉에 따라 고래
는 물고기가 아니라는 것이다. 낸터컷 출신으로 나와 항해를
함께 한 친구 시미언 메이시와 찰리 코핀에게 이런 얘기를
했더니, 린네가 제시한 이유가 불충분하다고 입을 모았다.
불경스럽게도 찰리는 그것들이 전부 엉터리라고까지 주장
했다.

하지만 분명히 밝히건대, 모든 논쟁을 보류한 채 나는 고
래가 물고기라는 오래된 입장을 받아들이며 성스러운 요나
에게 나를 보살펴 달라고 부탁하겠다. 이 근본적인 문제가
정리되면, 그다음은 고래가 다른 물고기와 어떻게 다른지 내
면을 들여다볼 차례. 위에서 린네가 나열한 것들이 바로
그것인데, 간단히 말하자면 다른 물고기는 전부 허파가 없고
피가 차가운 반면, 고래는 허파가 있으며 온혈 동물이다.

그다음. 앞으로 계속해서 겉모습을 규정할 수 있도록 고
래가 지닌 명백한 외형적 특징을 정의한다면 어떤 게 있을
까? 간단히 말하면, 고래는 수평 꼬리를 지니고 물을 내뿜는

물고기다. 그러면 고래가 된다. 너무 압축하긴 했지만 이건 광범위한 고찰에 따른 정의다. 바다코끼리도 고래처럼 물을 뿜지만 바다코끼리는 물과 뭍에서 모두 살기 때문에 물고기가 아니다. 그러나 이 정의의 뒤 항목은 앞의 것과 결합되었을 때 훨씬 더 설득력을 지닌다. 뭍사람들에게 익숙한 물고기는 모두 꼬리가 수평이 아닌 수직이거나 수직에 가깝다는 걸 모르는 사람은 거의 없을 것이다. 반면에 물을 뿜는 이 물고기의 꼬리는 모양은 다른 물고기와 비슷할지 몰라도 예외 없이 수평으로 놓였다.

이런 식으로 고래가 무엇인가에 대한 정의를 내려 봤는데, 고래에 대해서는 가장 해박한 낸터컷 사람들이 지금까지 고래로 분류해 온 바다 생물들을 바다 괴물 무리에서 배제하는 건 결코 아니며, 반면에 지금까지 권위자들이 별개로 분류한 물고기들을 고래와 결부시키는 것도 아니다.[66] 그러므로 작더라도 물을 뿜으며 수평 꼬리를 가진 물고기라면 전부 고래학의 범주에 포함해야 한다. 그러면 이제 고래 전체를 크게 분류해 보자.

첫째. 크기에 따라 고래를 기본적으로 세 권으로 나눈 다음 그걸 다시 장으로 세분하면 크고 작은 모든 고래를 망라하게 될 것이다.

---

66 현재에 이르기까지 많은 박물학자들이 바다소와 듀공이라는 물고기(낸터컷의 코핀 성을 가진 사람들이 돼지물고기와 암퇘지물고기라고 부르는)를 고래에 포함시켰다는 건 나도 안다. 하지만 이 돼지물고기들은 시끄럽고 하찮은 부류인 데다 주로 강 하구에 몸을 숨긴 채 젖은 목초를 먹으며, 더구나 물을 뿜지 않기 때문에 이에 나는 고래의 신분증명서 발급을 거부하며 고래학 왕국을 떠날 수 있도록 통행증을 발행하는 바이다 — 원주.

I. 2절판 고래   II. 8절판 고래   III. 12절판 고래

2절판 고래의 전형은 향유고래, 8절판 고래는 솔잎돌고래, 그리고 12절판 고래는 돌고래가 대표적이다.

2절판. 여기에는 다음과 같은 장이 포함된다. 1) 향유고래, 2) 참고래, 3) 긴수염고래, 4) 혹등고래, 5) 보리고래, 6) 대왕고래.

1권(2절판), 1장(향유고래) — 옛날 영국에서 트럼파고래, 피제터고래, 모루머리고래 등의 이름으로 막연히 알려졌던 이 고래를 오늘날 프랑스에서는 카샬로, 독일에서는 포트피슈라고 부르며, 거창한 학명으로는 마크로케팔루스다. 향유고래가 지구상에 거주하는 가장 큰 생명체이며, 우리가 마주치는 고래들 중에 가장 위압적이고 위풍당당한 풍채를 자랑하고, 상품 가치도 가장 뛰어나다는 데에는 의문의 여지가 없다. 그 귀한 경뇌유를 얻을 수 있는 동물은 오직 향유고래뿐이다. 향유고래의 여러 특징에 대해서는 앞으로 다른 곳에서 자세히 다룰 테니 여기서는 주로 이름만 언급하기로 하자. 언어학적으로 따지면 어처구니없는 이름이다. 몇 세기 전만 하더라도 향유고래는 실체가 거의 알려지지 않았고 경뇌유도 어쩌다 해변으로 밀려온 고래에게서 우연히 얻곤 했는데, 당시에는 경뇌유가 영국에서 그린란드고래, 또는 참고래로 알려진 고래에게서 나온다는 생각이 일반적이었다. 그뿐 아니라 경뇌유를 뜻하는 영어 단어 *spermaceti*의 첫 음절 — *sperm* — 탓에 그린란드고래가 흥분했을 때 분비하는 체액이라고 생각하기도 했다. 또한 그 시절에는 경뇌유가 대단히 귀했기 때문에, 불을 밝히는 용도로는 사용하지 않고 연고나 의약품으로만 썼다. 요즘 사람들이 대황(大黃)

을 사듯 약방에서만 구할 수 있었다. 생각해 보니, 세월이 흘러 경뇌유의 실체가 알려진 후에도 상인들이 원래의 이름을 고수한 이유는 아무래도 경뇌유가 희귀하다는 걸 교묘하게 암시하는 그 이름을 이용하여 가치를 높이려는 속셈이었던 것 같다. 그러고는 실제로 경뇌유를 얻어 내는 고래에게 마침내 그 이름을 붙여 주었을 것이다.

1권(2절판), 2장(참고래) ── 어떤 면에서는 모든 바다 괴물 중에서 가장 유서가 깊다고 볼 수 있는데, 인간이 본격적으로 사냥한 최초의 고래이기 때문이다. 흔히 고래 뼈, 다른 말로는 고래수염이라고 알려진 것을 얻어 내고, 따로 〈고래기름〉이라고 부르는 질 낮은 기름도 뽑아낸다. 어부들은 고래, 그린란드고래, 흑고래, 큰고래, 진짜고래, 참고래 등등 온갖 이름으로 제멋대로 부른다. 이렇게 다양한 이름이 붙은 종의 정체는 상당히 모호하다. 그렇다면 내가 2절판의 두 번째 종에 포함시킨 고래는 어떤 고래인가? 영국 박물학자들은 이걸 그레이트 미스티세투스라고 부르며, 영국 포경업자들은 그린란드고래, 프랑스 포경업자들은 발렌 오르디네르, 스웨덴에서는 그뢴란즈 왈피시라고 부른다. 지난 두 세기 동안 네덜란드와 영국 포경선이 북극해에서 사냥하고, 미국 포경선은 인도양과 브라질 앞바다, 북서 해안과 세상 도처의 참고래 유역이라고 불리는 곳에서 추격해 온 고래다.

일부에서는 영국 그린란드고래와 미국 참고래가 다르다고 주장한다. 하지만 그들의 중요한 특징들은 정확하게 일치하며, 극단적인 차이의 근거가 될 만한 결정적인 사실은 지금껏 단 한 건도 제시된 바 없다. 박물학의 일부 분야가 범접하기 어려울 만큼 복잡한 이유는 결정적이지도 않은 사소한 차이를 근거로 한없는 세분화를 시도하기 때문이다. 참고래에 대해서는 나중에 다른 곳에서 향유고래를 설명할 때 더 자세히 다루도록 하겠다.

1권(2절판), 3장(긴수염고래) — 이 항목에서는 긴수염, 높은물기둥, 키다리 등의 다양한 이름으로 알려졌으며, 거의 모든 바다에서 목격되고 뉴욕 항로로 대서양을 횡단하는 승객들이 멀리서 물을 뿜는 고래를 봤다고 흔히 언급하는 바로 그 바다 괴물을 다루려 한다. 몸길이나 수염은 참고래와 비슷하지만, 몸통 둘레가 참고래보다 작고 올리브색에 가까운 몸 색깔도 더 밝다. 커다란 입술은 서로 비틀리고 비스듬히 겹친 굵은 주름으로 이루어져서, 그 형상이 흡사 굵은 밧줄 같다. 가장 두드러진 특징이자 그런 이름[67]을 갖게 된 이유이기도 한 지느러미는 제일 먼저 눈에 띌 때가 많다. 이 지느러미는 길이가 1미터 안팎이고, 등 뒤쪽에서 비스듬히 위로 자라나며 끝이 매우 뾰족하다. 가끔 다른 부분은 전혀 보이지 않을 때에도 수면 위로 돌출한 지느러미를 볼 수 있다. 바다가 제법 잔잔해서 둥근 잔물결이 수면을 장식할 때 해시계 바늘 같은 이 지느러미가 우뚝 솟아 주름진 표면에 그림자를 드리우면, 그걸 둘러싼 둥근 수면이 바늘과 파도치는 시간을 새겨 넣은 해시계의 문자반처럼 보인다. 이 아하스[68] 해시계에서는 그림자 눈금이 뒤로 움직일 때도 많다. 긴수염고래는 무리 지어 살지 않는다. 사람을 싫어하는 사람이 있는 것처럼 이 고래도 고래를 싫어하는 것 같다. 수줍음이 많고 늘 홀로 다니며, 더없이 외지고 음침한 바다에서 느닷없이

67 영어로는 등지느러미고래Fin-Back Whale다.
68 기원전 8세기에 살았던 유대 민족의 왕으로, 해시계를 만들었다.

수면으로 솟구쳐 사람을 피해 황량한 벌판에 돋아난 길쭉한 풀처럼 한 가닥의 물기둥을 곧게 뿜어 올린다. 놀라운 힘과 속도로 헤엄치는 능력을 타고난 까닭에 인간의 추격을 허용하지 않는 이 바다 괴물은 추방당했지만 정복할 수 없는 고래 종족의 카인이어서, 그 표식을 등에 달고 다니는 것 같기도 하다. 입안에 긴 수염이 있어서 이따금 참고래와 함께 이론상 고래수염고래라는 종으로 분류되기도 한다. 이른바 고래수염고래 중에는 여러 변종이 있는 것 같지만, 대부분은 거의 알려져 있지 않다. 넓적코고래와 주둥이고래, 꼬치머리고래, 융기고래, 아래턱고래, 돌기고래 등이 몇몇 종류에게 어부들이 붙여 준 이름들이다.

〈고래수염고래〉라는 명칭과 관련하여 중요하게 언급해야할 것이 있는데, 아무리 이런 이름들이 일부 고래를 언급할 때 편리하더라도 수염이나 혹, 아니면 지느러미나 이빨 따위를 근거로 바다 괴물을 명확하게 분류하겠다는 시도는, 두드러진 그런 부분이나 특징이 어떤 면에서는 고래의 다른 어떤 신체적 특징보다 본격적인 고래학 체계의 토대를 제공하는 데 더 적합하다는 사실이 매우 명백함에도 불구하고, 헛수고에 지나지 않는다는 것이다. 왜 그럴까? 수염이나 혹, 등지느러미와 이빨, 이런 것들은 좀 더 본질적인 다른 특징에서 나타나는 구조적인 성질과 상관없이 모든 종류의 고래에 무분별하게 분포된 특징이기 때문이다. 일례로 향유고래와 혹등고래는 모두 혹을 가졌지만, 둘의 닮은 점은 거기서 끝이다. 그런가 하면 혹등고래와 그린란드고래도 똑같이 수염이 있지만, 이번에도 둘의 닮은 점은 그것뿐이다. 위에서 언급한 다른 부위도 모두 마찬가지다. 그런 특징들은 다양한 종류의 고래에서 불규칙적으로 조합되어 나타나거나, 어떤 경우에는 한 가지만 동떨어진 채 불규칙적으로 도드라진다. 이런 현상이 워낙 심하기 때문에 그걸 근거로 시도하는 일반적인 체계화는 전혀 용납되지 않는다. 고래를 연구하는 박물학자들은 모두 이 암초에 부딪혀 난파했다.

하지만 고래의 몸속, 그러니까 고래의 해부학에서는 최소한 올바른 분류법을 찾을 수 있을 거라고 생각할지 모른다. 그렇지 않다. 예컨대, 그린란드고래를 해부한다고 해서 수염보다 더 특이한 게 뭐가 나오겠는가? 하지만 수염으로 그린란드고래를 정확하게 분류할 수 없다는 건 앞에서 이미 확인했다. 그리고 다양한 바다 괴물의 내장을 들여다본들, 이미 열거한 외적 특징의 50분의 1만큼도 체계화에 도움이 될 만한 특징을 찾을 수 없을 터다. 그렇다면 남은 게 뭘까? 고래의 몸, 그 커다란 덩치를 통째로 가져다가 과감하게 크기에 따라 분류하는 수밖에 없다. 서지학 체계를 여기 도입한 것도 그런 까닭이다. 실행할 수 있는 방법이 이것뿐이기 때문에 성공의 가능성을 지닌 유일한 방법이기도 하다. 계속해보자.

1권(2절판), 4장(혹등고래) ― 이 고래는 북아메리카 해안에서 자주 포착된다. 혹등고래는 거기서 빈번하게 잡혀 항구로 끌려온다. 보부상처럼 커다란 짐을 진 이 고래는 코끼리고래나 성채고래라고 불러도 될 것 같다. 아무튼 널리 알려진 이름은 이 고래를 차별화하기에 부족한데, 향유고래 역시 작으나마 혹이 있기 때문이다. 혹등고래의 기름은 그다지 값이 나가지 않는다. 수염도 있다. 고래들 중에 제일 장난스럽고 명랑하기 때문에 일반적으로 다른 어떤 고래보다 쾌활한 거품과 흰 물보라를 많이 일으킨다.

1권(2절판), 5장(보리고래) — 이 고래와 관련해서는 이름 외에 알려진 게 거의 없다. 나는 혼 곶 앞바다에서 이 고래가 저 멀리 지나가는 걸 본 적이 있다. 수줍음이 많은 천성이라 사냥꾼과 학자를 모두 피해 다닌다. 겁쟁이는 아니지만 길고 날카로운 산등성을 그리는 등을 제외하고는 몸의 어떤 부분도 보여 준 적이 없다. 이 녀석은 이쯤에서 정리하자. 보리고래에 대해서 더는 아는 바가 없고, 그건 누구라도 마찬가지다.

1권(2절판), 6장(대왕고래) — 이번에도 은둔 자적하는 신사의 유형인데, 배가 유황색인 건 더 깊이 잠수하다가 타타루스의 타일 바닥에 긁혔기 때문일 것이다.[69] 이 고래는 좀처럼 눈에 띄지 않는다. 아무튼 내 경우에는 외딴 남양을 제외하고는 이 고래를 한 번도 본 적이 없고, 자세히 살펴보기엔 번번이 거리가 너무 멀었다. 추격을 당하는 일도 없다. 밧줄을 단 채 내빼기 때문이다. 대왕고래에 대해서는 놀라운 이야기가 많이 전해진다. 대왕고래여, 안녕히! 너에 대해서 더는 진실을 전할 게 없고, 그건 낸터컷의 최고령 노인이라도 마찬가지일 것이다.

이것으로 1권(2절판)을 끝내고 이제 2권(8절판)을 시작해 보자.

8절판.[70] 여기서는 중간 크기의 고래들을 다루며, 지금은

---

69 영어 이름으로는 유황색 배를 가진 고래Sulphur Bottom Whale라는 뜻이다. 타타루스는 그리스 신화에서 지옥을 의미하는데, 바다 밑바닥을 지옥의 지붕이라 여겨, 이 고래의 배가 그곳을 스치고 다녀 유황색이 되었을 것이라는 이야기다.

일단 몇 종류만 거론하기로 하자. 1) 솔잎돌고래, 2) 흑고래,
3) 외뿔고래, 4) 범고래, 5) 회초리고래.

2권(8절판), 1장(솔잎돌고래) ― 숨소리인지, 아니면 물을
뿜는 소리인지 모를 요란한 울림 때문에 뭍사람들에게도 유
명한 이 고래는 심해에 거주하는 것으로 널리 알려졌지만,
보통은 고래로 분류되지 않는다. 그래도 바다 괴물의 두드러
진 특징은 전부 지녀서, 박물학자들 대부분은 고래로 인정해
왔다. 8절판에 맞는 체격으로, 길이는 4.5미터에서 7.5미터
까지 다양하고 몸통의 둘레도 그에 상응한다. 솔잎돌고래는
무리 지어 다닌다. 기름이 많고 등잔불에 사용하기에도 상
당히 좋지만 작정하고 사냥에 나서지는 않는다. 일부 고래
잡이들은 이 고래가 보이면 커다란 향유고래가 나타날 조짐
으로 여긴다.

2권(8절판), 2장(흑고래) ― 나는 모든 고래를 포경업계
에서 통칭하는 이름으로 거론하는데, 일반적으로 그 이름이
가장 낫기 때문이다. 모호하거나 어울리지 않는 이름일 때는
그렇다고 밝히고 다른 이름을 제시하겠다. 이 흑고래가 바
로 그런 경우인데, 고래치고 검지 않은 경우는 거의 없기 때
문이다. 그러므로 이 고래를 하이에나고래라고 부르면 어떨
까 싶다. 이 고래는 게걸스럽기로 유명한 데다, 입술 안쪽이
위로 말려 올라가서 얼굴에 항상 메피스토펠레스 같은 미소
를 짓고 있다. 몸길이는 평균 4.8미터에서 5.4미터 정도고,

70 2권에 4절판이라는 명칭을 붙이지 않은 이유는 대단히 명백하다. 이
등급에 속한 고래들은 앞선 등급에 비해 체구가 작지만 외형적인 면에서는
비율을 축소해 놓은 것처럼 흡사하다. 그런데 제책업자들의 4절판은 크기를
줄였을 때 2절판의 모양을 유지하지 못하는 반면, 8절판은 유지하기 때문이
다 ― 원주.

거의 모든 위도에서 발견된다. 헤엄을 칠 때면 어딘가 매부리코처럼 생긴 등지느러미를 드러내는 게 특징이다. 향유고래를 잡으러 나간 포경업자들이 벌이가 신통치 않을 때면 가정용 싸구려 기름을 확보할 양으로 간혹 하이에나고래를 잡기도 한다. 검소한 주부들은 찾아온 손님 없이 가족끼리만 있을 경우 향기로운 왁스 대신 냄새가 좋지 않은 수지를 태우기 때문이다. 이 고래의 지방층은 매우 얇지만, 일부 고래에서는 기름이 30갤런 이상 나오기도 한다.

2권(8절판), 3장(외뿔고래), 다른 말로 콧구멍고래 — 이번에도 희한한 이름이 붙은 경우인데, 아무래도 처음에 이고래의 독특한 뿔을 뾰족하게 솟은 코로 오인했기 때문인 것같다. 4.8미터 남짓한 몸길이에 뿔의 길이가 평균 1.5미터이며, 간혹 3미터가 넘거나 심지어 4.5미터에 달하는 경우도있다. 정확하게 말하면 이 뿔은 송곳니가 턱 바깥쪽으로 길게 자란 것이며, 수평에서 조금 아래로 기울어졌다. 그런데왼쪽에서만 자라기 때문에 서투른 왼손잡이를 연상시키면서 좋지 않은 인상을 준다. 뿔인지 창인지 모호한, 상아 같은이것의 구체적인 목적이 뭔지는 답하기 어렵다. 외뿔고래가먹이를 잡기 위해 그걸 갈퀴처럼 이용해서 바다 밑바닥을 긁는다고 말하는 선원들도 있지만, 황새치나 돛새치의 칼날처럼 사용되는 것 같지는 않다. 찰리 코핀은 얼음을 뚫는 데 그걸 사용한다고 말했다. 외뿔고래가 북극해 수면으로 올라오다가 얼음이 덮여 있으면 뿔을 밀어 올려서 얼음을 깬다는얘기였다. 하지만 이런 추측들이 옳은지는 입증할 수 없다. 외뿔고래가 한쪽에만 달린 이 뿔을 실제로 사용하는지, 사용한다면 어떻게 사용하는지 알 수 없지만, 내 생각으로는 소책자를 읽을 때 종이끼우개로 쓰면 매우 유용할 것 같다. 듣자니 외뿔고래는 송곳니고래, 뿔고래, 일각수고래라고도 불린다. 이 고래가 동물계의 거의 모든 왕국에서 찾아볼 수 있는 유니콘 숭배의 흥미로운 사례인 건 틀림없다. 은둔 생활을 하는 늙은 학자들의 말에 따르면, 옛날에는 이 바다 유니콘의 뿔을 탁월한 해독제라고 생각해서 그것으로 만든 약이 엄청난 가격에 거래됐다고 한다. 그런가 하면 뿔을 증류해서 만든 휘발성 방향염은 부인들이 기절했을 때 사용했다. 제조 방법은 수사슴의 뿔로 녹각정[71]을 만드는 것과 동일했다. 그리고 처음에는 뿔 자체도 대단히 진귀한 물건으로 취급되었다. 중세의 문헌은 템스 강을 따라 내려가는 용맹한 배를 향해 엘리자베스 여왕이 그리니치 궁의 창문에서 보석으로 장식한 손을 우아하게 흔들며 배웅한 항해에서 마틴 프로비셔 경[72]이 돌아왔을 때의 상황을 이렇게 전했다. 〈항해에서 돌아온 마틴 경은 무릎을 꿇고 여왕께 외뿔고래의 놀랍도록 긴 뿔을 바쳤으며, 그 후로 뿔은 오랫동안 윈저 성에 걸려 있었다.〉 아일랜드의 어느 저자는 레스터 백작[73]도 무릎을 꿇고 여왕께 또 다른 뿔, 즉 유니콘과 동일한 특징을 가진 육지 동물의 뿔을 바쳤다고 주장했다.

외뿔고래는 보기에 대단히 근사한데, 우윳빛 바탕에 원형, 또는 타원형 검은 점이 찍힌 모습이 마치 표범 같다. 맑고 순수한 기름의 품질도 매우 월등하지만 양이 적고, 잡히는 경

[71] 사슴뿔을 증류해서 만든 탄산 암모니아 수용액. 각성 성분이 있다.
[72] 영국 엘리자베스 여왕 시대에 해군 제독을 지낸 탐험가.
[73] 엘리자베스 1세의 총신. 여왕에게 접근하기 위해 아내를 죽였다는 의혹을 사기도 했다.

우가 드물다. 주로 극지 부근 바다에서 발견된다.

2권(8절판), 4장(범고래) — 이 고래에 대해서는 낸터컷 사람들도 자세히 아는 바가 없고, 전문가인 박물학자들은 아예 모른다. 내가 멀리서 본 걸 바탕으로 얘기하자면 크기는 솔잎돌고래와 비슷했다. 성질이 대단히 사나워서, 일종의 식인 고래라고 할 수 있다. 이따금 2절판 고래의 입을 깨물어서 그 강인한 짐승이 시달리다 죽을 때까지 거머리처럼 들러붙어 떨어지지 않는다. 범고래는 잡힌 적이 없다. 기름의 종류에 대해서도 들어 본 바 없다. 이 고래의 특징을 제대로 포착하지 못한 이름에 이의를 제기해야 할지도 모른다. 나폴레옹과 상어를 포함하여 수륙을 가리지 않고, 우리는 모두 살육을 일삼기 때문이다.[74]

2권(8절판), 5장(회초리고래) — 이 신사는 적을 공격할 때 회초리처럼 사용하는 꼬리 때문에 유명하다. 2절판 고래 등에 올라타고는 꼬리로 매질을 하며 이동한다. 일부 선생들이 이 세상을 살아가는 방법과 유사하다. 회초리고래에 대해서는 범고래보다 알려진 바가 더 적다. 둘 다 무법천지인 바다에서조차 무법자로 통한다.

이것으로 2권(8절판)을 마무리하고 이제 3권(12절판)을 시작하자.

12절판. 여기에는 몸집이 작은 고래가 포함된다. 1) 만세 돌고래, 2) 알제리돌고래, 3) 흰주둥이돌고래.

이 주제를 특별히 연구할 기회가 없던 사람에게는 몸길이가 1.2미터에서 1.5미터도 넘지 못하는 물고기를 고래에 포함시키는 게 이상하게 보일지도 모르겠다. 고래라는 말에는

74 범고래는 흔히 킬러고래라고도 한다.

엄청나게 크다는 뜻이 담겼다고 생각하는 게 보통이기 때문이다. 하지만 내가 정의한 고래의 의미, 즉 수평 꼬리를 달고 물을 뿜는 물고기라는 뜻을 적용할 경우 12절판에 포함된 동물들도 고래가 틀림없다.

3권(12절판), 1장(만세돌고래) — 지구 전역에서 볼 수 있는 흔한 돌고래다. 이 이름은 내가 지었다. 돌고래의 종류는 많고 그것들을 구분하려면 뭔가 수를 써야 하기 때문이다. 이런 이름을 붙인 이유는 항상 유쾌하게 떼를 지어 헤엄을 치다가 넓은 바다를 만나면 독립 기념일에 사람들이 모자를 날리듯이 허공으로 솟구쳐 오르기 때문이다. 이 녀석들이 나타나면 선원들도 으레 기뻐서 환호성을 지른다. 늘 기운이 넘치고 바람이 불어오는 쪽에서 큰 파도를 일으키며 나타난다. 바람 앞에서 팔팔해지는 청년 같은 돌고래들을 선원들은 좋은 징조로 여긴다. 이 유쾌한 물고기를 보고도 만세 삼창을 하지 않는다면 참 딱한 사람이다. 유쾌한 장난기라곤 찾아볼 수 없는 사람이니 말이다. 잘 먹어 포동포동 살이 오른 만세돌고래라면 질 좋은 기름을 꽉 차게 1갤런 정도 얻을 수 있다. 하지만 정말 귀한 건 턱에서 짜내는 순수하고 정제된 액체다. 보석상과 시계공이 탐을 내고, 선원들은 그걸 숫돌에 바른다. 알다시피 돌고래 고기는 맛이 좋다. 돌고래가 물을 뿜는다는 생각은 해본 적이 없을지도 모르겠다. 실제로 이 돌고래의 물기둥은 너무 작아서 쉽게 알아볼 수 없다. 그래도 다음에 기회가 된다면 유심히 지켜보라. 엄청나게 커다란 향유고래의 축소판이라는 사실을 알게 될 것이다.

3권(12절판), 2장(알제리돌고래) — 해적. 대단히 사납다. 내 생각엔 태평양에서만 발견된다. 만세돌고래보다는 큰 편이지만 전반적인 생김새는 비슷하다. 약을 올리면 상어한테도 덤벼들 것이다. 보트를 내리고 이 녀석을 여러 번 추격했지만, 잡힌 모습은 아직까지 한 번도 본 적이 없다.

3권(12절판), 3장(흰주둥이돌고래) ― 돌고래 중에서는 가장 큰 종류고, 지금껏 알려진 바로는 태평양에서만 발견된다. 여태까지 이 녀석에게 붙은 유일한 영어 이름은 뱃사람들이 붙여 준 참고래돌고래인데, 2절판인 참고래 주변에서 주로 발견되기 때문이다. 생김새는 만세돌고래와 사뭇 달라서, 통통하지도 않고 술꾼 같은 몸통도 아니다. 실제로 상당히 깔끔하고 신사 같은 풍모를 지녔다. 등에 지느러미가 없고(다른 돌고래는 대부분 등지느러미가 있다), 사랑스러운 꼬리와 다정한 인디언 같은 개암나무 색 눈을 지녔다. 그런데 흰 주둥이가 말썽이다. 옆구리의 지느러미까지 등 전체는 짙은 검은색인데 반해, 〈밝은 허리〉라고 부르며 선체의 옆구리 표시처럼 도드라진 경계선이 위는 검은색, 아래는 흰색으로 갈라놓았다. 머리 일부와 주둥이 전체가 하얗기 때문에 포대에 주둥이를 들이밀고 밀가루를 훔쳐 먹다 막 도망쳐 온 것처럼 보인다. 얼룩덜룩해서 아주 초라한 인상이다! 기름은 평범한 돌고래 기름과 크게 다르지 않다.

이 분류는 12절판에서 끝난다. 따라서 돌고래가 고래 중에 가장 작은 고래인 셈이다. 이로써 중요한 바다 괴물은 전부 망라했다. 하지만 정체가 확실치 않고 요리조리 눈을 피해 다니며 반쯤 전설이 되어 버린 이런저런 고래들도 있는데, 미국인 고래잡이인 나도 소문으로만 들었지 직접 보지는 못한 것들이다. 그 고래들을 갑판에서 부르는 이름으로 열거해 보겠다. 이 명단은 내가 여기서 시작만 해놓은 것을 마무리할 장래의 연구자들에게 귀중한 자료가 될 수도 있다. 이제부터 열거하는 고래가 나중에 잡혀서 연구된다면 2절판과 8절판, 또는 12절판 크기에 따라 이 분류 체계에 금세 집어넣을 수 있을 것이다. 병코고래, 덩어리고래, 푸딩머리고래, 케이프고래, 앞잡이고래, 대포고래, 북대서양수염고래, 구릿빛고래, 코끼리고래, 빙산고래, 대합고래, 파란고래 등등. 아이슬란드와 네덜란드, 그리고 옛 영국 문헌을 인용해서 다듬어지지 않은 온갖 별난 이름을 부여받은 불분명한 고래들의 또 다른 목록을 작성해 볼 수도 있다. 하지만 그건 전혀 쓸모없다고 여겨서 제외했다. 바다 괴물에 대한 숭배로 가득한 말에 불과할 뿐, 실체가 없다는 의심을 거둘 수 없기 때문이다.

마지막으로, 시작하면서 말했듯이 이 분류 체계가 여기서 당장 완벽해지지는 않을 것이다. 그래도 내가 약속을 지켰다는 건 분명하다. 하지만 쾰른 대성당이 완성되지 않은 탑 꼭대기에 아직도 기중기를 세워 놓은 것처럼, 나의 고래학 분류 체계도 지금은 미완성으로 남겨 둘 작정이다. 작은 건물들은 애초에 시작한 건축가가 완성할지 모르지만, 웅장하고 참된 건물은 후대에게 최후의 마무리를 넘기는 법이다. 내 손으로 뭔가를 마무리 짓는 건 신이 금하는 바, 이 책은 전체가 초고, 아니 초고의 초고에 지나지 않는다. 아 시간이여, 힘이여, 돈이여, 그리고 인내심이여!

33
작살잡이장

포경선의 간부 선원들과 관련한 배의 독특한 내부 사정에 대해 잠시 언급하기엔 지금이 적당할 것 같은데, 그 사정은 포경선을 제외한 다른 배에서는 당연히 찾아볼 수 없는 작살잡이라는 간부 선원 계급에서 기인한다.

작살잡이라는 직책에 부여된 엄청난 의미는 2백여 년 전에 네덜란드 포경업계에서 고래잡이배의 지휘권을 오늘날 선장이라고 부르는 인물에게 일임하지 않고 선장과 〈스펙신더〉라는 간부 선원이 나눠 갖게 한 사실로도 입증된다. 원래 〈비계 자르는 사람〉을 의미하던 스펙신더*specksynder*라는 말은 세월이 흐르면서 작살잡이장(長)이라는 뜻을 지니게 되었다. 그 당시 선장의 권한은 배의 항해와 일반적인 관리에 국한되었다. 반면에 고래 사냥과 그에 관련된 모든 일에서는 〈비계 자르는 사람〉, 즉 작살잡이장이 전권을 행사했다. 영국의 그린란드 포경업계에서는 〈작살잡이 두목〉쯤으로 호칭이 와전된 채 옛 네덜란드의 직책이 유지되고 있지만, 안타깝게도 권한은 예전에 비해 많이 축소되었다. 지금은 그냥 선임 작살잡이 정도의 지위를 가질 뿐이다. 게다가 선장 아랫사람에 불과하다. 그래도 고래잡이 항해의 성패는 작살잡이가 얼마나 일을 잘하느냐에 크게 좌우되고, 미국 포경업계에서 작살잡이는 단지 보트에서만 중요한 간부 선원인 데 그치지 않고 일정한 상황(예를 들어 고래 어장의 야간 당직)에서는 갑판의 작업도 지휘한다. 그러므로 바다의 중요한 정치적 원칙이 요구하는 대로라면 작살잡이는 명목상 평선원과 따로 생활해야 하며 어떤 면에서는 그들의 상급자로 취급되어야 하지만, 선원들은 언제나 그들을 친근한 동료로 대한다.

뭐, 간부 선원과 평선원의 중요한 차이란 다름이 아니라 전자는 고물에서 지내고 후자는 이물에서 지낸다는 것이다. 그래서 포경선과 상선 가릴 것 없이 항해사는 선장과 같은 쪽에 선실이 있고, 대부분의 미국 포경선에서도 작살잡이들의 숙소는 배 뒷부분에 있다. 즉, 선장 선실에서 식사를 하고, 벽을 통해 얘기를 주고받을 수 있는 곳에서 잠을 잔다.

남양 포경 항해는 장시간의 원정(지금껏 인간이 해온 가장 긴 항해)이며 특수한 위험이 수반되지만, 지위 고하를 막론하고 모두의 공통된 최대 관심사는 수익이다. 임금이 정해진 게 아니라, 공동의 행운, 공동의 불침번과 용맹함과 성실함에 따라 수입이 좌우되기 때문이다. 이런 특징들로 인해 때로는 상선만큼 규율이 엄격하지 않은 경향도 있지만, 고래잡이 선원들이 옛날 메소포타미아의 가족들처럼 원시적인 환경에서 뒤엉켜 살지언정 그래도 최소한 뒤쪽 갑판에서만큼은 엄격한 규율이 눈에 띄게 느슨해지는 일이 거의 없으며, 어떤 경우에도 완전히 사라지지 않는다. 실제로 낸터컷의 배에서는 선장이 해군 제독조차 따라올 수 없을 정도로

위풍당당하게, 아니 누추한 선원용 외투 대신 황제의 자줏빛
옷을 걸치기라도 한 것처럼 선원들의 존경을 받으며 뒤쪽 갑
판을 거니는 모습을 자주 볼 수 있을 것이다.

그런데 피쿼드호의 우울한 선장만큼은 이런 얄팍한 허세
를 멀리 했으니, 그가 요구하는 존경이란 절대적이고 즉각적
인 복종뿐이었다. 뒤쪽 갑판에 올라서기 전에 신발을 벗으
라고 요구하지도 않고, 나중에 자세히 언급할 사건들과 관
련된 특수한 상황으로 인해 평소와는 다르게 생색을 내거나
협박을 하거나 그밖에 다른 식으로 선원들을 다룰 때는 있
었어도, 그런 에이해브 선장조차 바다의 중요한 관례와 격식
을 저버리는 일은 결코 없었다.

그런 관례와 격식 뒤에서 그가 때때로 가면을 썼다는 사실
은 결국 밝혀지지 않을 수 없을 터다. 어쩌다 정당한 용도가
아닌 좀 더 사적인 다른 목적에 이용하기도 했을 것이다. 그
의 머릿속에 엄존하는 폭군 기질이 평소에는 제법 잘 은폐되
어 있지만, 그런 관례를 통해 바로 그 폭군 기질이 억누를 수
없는 독재성으로 표출되었다. 한 사람의 지성이 아무리 탁월
하다고 한들, 다소 하찮고 천박하더라도 겉으로 드러나는
모종의 기교와 은폐의 도움을 빌지 않고서는 결코 다른 사
람들에게 실질적이고 유효한 지배력을 발휘할 수 없다. 신의
왕국의 진정한 왕자들이 지상의 법정에 서는 일이 없고, 대
중의 저급한 수준보다 의심할 나위 없이 탁월해서가 아니라
〈무위한 신성〉을 지니는 소수의 숨은 선민에 비해 한없이 열
등하기 때문에 유명해진 자들에게 지상 최고의 명예가 돌아
가는 것도 그 때문이다. 극단적인 정치적 미신에 휩싸이면
이런 작은 것에 엄청난 가치가 부여되기 때문에, 몇몇 왕실

에서는 심지어 우매한 백치에게 권력을 넘겨주기도 했다. 하지만 니콜라이 1세[75]처럼 지리적 제국의 왕관이 황제의 머리를 감싸면 평민들은 그 막강한 권력 앞에 머리를 조아리게 된다. 굽힐 줄 모르는 인간의 정신을 극한까지 정공법으로 다루려는 비극 작가는 지금 넌지시 내비친 것 같은 암시, 우연히 중요한 의미를 갖게 될 그런 암시를 작품에 활용하는 걸 결코 잊지 않을 터다.

하지만 우리의 선장 에이해브는 여전히 낸터컷 특유의 험상궂고 헝클어진 모습으로 내 앞을 거닌다. 그리고 황제와 제왕을 언급하기는 했어도 여기서 다루는 인물이 단지 에이해브 같은 늙고 불쌍한 고래잡이라는 걸 잊어서는 안 된다. 그러므로 겉으로 드러나는 장엄한 치장이나 덮개 따위와는 아무 상관이 없다. 오, 에이해브여! 당신을 위대하게 해줄 것들은 하늘에서 따고 깊은 바다에서 건져 올리고 형체 없는 허공에 그려 내야 하리!

---

75 러시아 황제(1825~1855 재위). 〈몽둥이 차르〉라는 별명이 붙을 만큼 무자비한 공포 정치로 30년 동안 러시아를 얼어붙게 만들었던 전형적인 전제 정치의 상징. 프랑스 혁명에 대한 반동으로 유럽의 헌병 역할을 자임했으며, 15만 대군을 파견하여 폴란드 혁명을 진압한 후 폴란드 국왕까지 겸했다.

34
선실의 식탁

　정오다. 사환인 찐빵이 선실 창문에서 빵 덩어리같이 희멀
건 얼굴을 내밀고 주인님께 식사가 준비되었음을 알린다. 그
는 바람을 피해 뒤쪽 갑판의 보트에 앉아 태양 관측을 마친
후 위도 계산에 쓰는 메달 모양의 매끄러운 서판을 고래 뼈
다리 윗부분에 올려놓은 채 묵묵히 위도를 계산하는 중이다.
식사가 준비됐다는 소리에 아무런 반응도 보이지 않는 걸 보
면 울적한 에이해브가 하인의 전갈을 듣지 못한 듯하다. 하
지만 이내 뒤쪽 돛대 밧줄을 움켜쥐고 갑판으로 내려서더니
여전히 낮게 가라앉은 목소리로 〈식사하세, 스타벅〉이라고
말하고 선실로 들어간다.
　군주의 발소리가 마지막 울림까지 가라앉았고, 이제는 식탁
앞에 앉았을 거라고 믿을 만한 근거가 충분해졌을 때쯤에야
제1토후인 스타벅이 정적을 떨치고 일어나 갑판을 몇 바퀴
돌고는 진지한 표정으로 나침반을 들여다본 후, 유쾌함이
약간 감도는 목소리로 〈식사하세, 스터브〉라고 말하고 승강
구를 내려간다. 제2토후는 삭구 근처에서 잠시 어슬렁거리
다가 큰 돛대의 밧줄을 가볍게 흔들며 그 중요한 밧줄에 이

상이 없는지 확인하고는 역시 유구한 임무에 충실하기 위해 서둘러 〈식사하세, 플래스크〉라고 말한 후에 선임자들을 따라간다.

하지만 뒤쪽 갑판에 혼자 남았다는 걸 알게 된 제3토후는 묘한 속박에서 해방된 기분인지, 사방팔방으로 자신의 심정을 알아 달라는 듯한 눈짓을 보내더니 급기야 신발을 벗어 던지고 군주의 머리 바로 위에서 격렬하지만 조용하게 뿔피리 춤을 춘다. 그러고는 능숙한 손놀림으로 모자를 벗어 뒤쪽 돛대 꼭대기에 걸고는, 계속 그렇게 까불거리며 아래로 내려간다. 아무튼 갑판에서 보이는 데까지는 그렇다. 악대가 후미를 맡았으니 보통 행렬과는 정반대인 셈이다. 하지만 자유분방하고 유쾌한 꼬마 플래스크는 아래 선실 입구에 접어들기 전에 잠시 걸음을 멈춘 다음 전혀 다른 표정을 뒤집어쓰고서, 천민이나 노예의 배역을 맡은 것처럼 에이해브 왕을 알현하러 들어간다.

공개된 갑판에서 간부 선원들이 흥분을 가누지 못하고 선장한테 대담하게 대들다가, 바로 다음 순간 선장의 선실로 식사를 하러 내려가면 상석에 앉은 선장한테 비굴하게 변명까지는 않더라도 십중팔구 금세 온순한 표정을 짓는 것은 과도하게 인위적인 해상 생활의 산물로 전혀 이상할 건 없지만, 그래도 경탄스럽다 못해 가끔은 더없이 우스꽝스러운 게 사실이다. 왜 이렇게 돌변하는 걸까? 문제 아니냐고? 그렇지는 않을 것이다. 바빌론의 왕 벨사살[76]을 생각해 보자.

---

76 바빌로니아 왕국의 마지막 왕으로, 「다니엘서」를 보면 〈벨사살 왕이 잔치를 베풀고 만조백관들을 불러 함께 술을 마신 일이 있었다〉라는 구절이 나온다.

오만한 벨사살이 아니라 정중한 벨사살이었더라도 틀림없이 세속적인 위엄을 드러냈을 것이다. 하지만 초대받은 손님들이 둘러앉은 만찬 석상에서 당당하고 지적인 모습으로 분위기를 주도하는 사람, 그 자리에서 그런 사람이 발휘하는 영향력이 지닌 절대적인 힘과 장악력, 그런 사람의 위엄은 벨사살을 능가하는데, 벨사살은 가장 위대한 왕이 아니었기 때문이다. 친구들을 위해 만찬을 베풀면서 한번쯤 황제가 된 기분을 만끽해 보지 않은 자가 어디 있으랴. 사교적인 황제 역할에는 차마 거부할 수 없는 마력이 있다. 자, 이런 관점에 선장이라는 직위의 우월함을 덧붙여 생각한다면, 위에서 언급한 해상 생활의 특수성이 어디서 비롯되는지 짐작할 수 있을 것이다.

고래 뼈를 상감한 식탁의 상석에 앉은 에이해브는 호전적이기는 해도 아직 온순한 새끼들에 둘러싸여 백산호 해변에서 묵묵히 갈기를 휘날리는 바다의 사자 같았다. 간부 선원들은 자기 음식이 나올 차례를 기다렸다. 에이해브 앞에서 그들은 한낱 어린애들 같았지만, 에이해브에게서는 티끌만한 오만함도 찾아볼 수 없었다. 그들은 큰 접시의 고기를 저미는 영감의 나이프에 한마음으로 시선을 고정했다. 하늘이 무너진다 해도 그들이 사소한 화제, 심지어 날씨처럼 가벼운 화제라도 입에 올림으로써 그 순간을 더럽히는 일은 없었을 것이다. 천만의 말씀! 그리고 에이해브가 고기 조각을 사이에 끼운 나이프와 포크를 내미는 것으로 스타벅에게 접시를 대라는 눈치를 줬을 때, 일등 항해사는 마치 동냥아치처럼 고기를 받아 조심스레 썰었다. 만에 하나 나이프가 접시를 긁기라도 하면 흠칫 놀랐고, 소리가 안 나도록 조용히 씹다가 신중하게 삼켰다. 아닌 게 아니라, 프랑크푸르트의 대관식 축하연에서 독일 황제가 선거후(選擧候) 일곱 명과 식사를 하는 것처럼 이 선실의 식사도 어딘가 근엄하고 엄숙한 침묵 속에 이루어졌다. 하지만 에이해브가 식탁에서 대화를 금지한 건 아니었다. 그저 본인이 입을 다물었을 뿐이다. 아래의 선창에서 쥐 때문에 느닷없는 소동이 벌어졌을 때 숨이 막힐 지경이던 스터브는 얼마나 한시름 놓았을까. 그리고 불쌍한 꼬마 플래스크, 그는 이 진저리 나는 가족 파티의 막내아들이었다. 그가 받은 것은 소금에 절인 쇠고기 정강이뼈였다. 그는 닭다리를 먹을 수도 있었다. 그러나 플래스크가 멋대로 먹을 걸 집었다면, 그에게 그건 일급 절도죄에 버금가는 것처럼 여겨졌을 테고 이 정직한 세상에서 두 번 다시 고개를 들고 다닐 수 없을 터였다. 그럼에도 불구하고, 이상한 노릇이지만, 에이해브가 그러지 못하게 그를 막은 건 아니었다. 그리고 플래스크가 그렇게 했더라도 에이해브는 알아차리지 못했을 공산이 컸다. 그런데 플래스크는 버터에조차 손을 대려 하지 않았다. 맑고 밝은 안색을 웅어리지게 만든다는 이유로 선주들이 그걸 주지 않았을 거라고 생각한 건지, 아니면 시장에 갈 수 없는 긴 항해에서 버터는 귀중품이므로 자신이 넘봐서는 안 된다고 생각한 건지, 이유야 어찌 됐든 오호라! 플래스크는 버터를 입에 대지 않는 남자였다!

또 한 가지. 플래스크는 제일 나중에야 식탁에 앉았다가 제일 먼저 일어났다. 생각해 보라! 그러니 플래스크는 시간을 다투며 허겁지겁 음식을 밀어 넣어야 했다. 스타벅과 스터브는 모두 그보다 앞서 식사를 시작했다. 그리고 식사를 마친 다음에도 노닥거리는 특권을 누렸다. 플래스크보다 고작 한 단계 높을 뿐인 스터브가 입맛이 없어서 식사를 일찍 마칠 조짐을 보이면 플래스크는 더 분발해야 한다. 그러지 않았다간 그런 날은 세 조각도 입에 넣지 못할 텐데, 스터브가 플래스크보다 먼저 갑판에 올라가는 것은 신성한 관습에 어긋나기 때문이다. 그런 까닭에 한번은 플래스크가 은밀히 털어놓기를, 간부 선원이라는 명예를 갖게 된 이후로는 조금이라도 배가 고프지 않은 적이 없었다는 것이다. 그가 먹은 것은 허기를 달래 주기보다 오히려 영원히 존속시켰다. 평화와 만족은 영원히 내 배 속을 떠났다고, 플래스크는 생각했다. 나는 간부 선원이지만 차라리 평선원일 때처럼 앞 갑판에서, 오래된 쇠고기일지언정 배불리 먹을 수 있다면 얼마나 좋을까. 이런 게 승진의 과실이란 말인가. 영광은 부질없고 인생은 어리석구나! 그뿐 아니라 플래스크가 권한을 행사한 걸 놓고 앙심을 품은 피쿼드호의 평선원이 있다면 식사 시간에 고물 쪽 선실 천창을 통해 엄숙한 에이해브 앞에서 입 한 번 뻥긋하지 못한 채 바보처럼 앉아 있는 플래스크를 엿보는 것만으로도 충분한 보복이 되고 남았다.

피쿼드호의 선장실에 둘러앉은 에이해브와 세 항해사는 일등 식탁을 형성한다고 할 수 있었다. 그들이 도착할 때의 역순으로 선실을 떠나면 창백한 사환이 식탁을 치웠다. 아니 그보다는 서둘러 다시 차린다는 게 옳았다. 그러고 나면 세 작살잡이가 연회에 초대받아 왔으니, 그들은 남은 유산의 상속자였다. 그들은 고귀하고 위대한 선실을 잠시 일종의 머슴방으로 만들어 버렸다.

미천한 작살잡이들의 거리낌 없는 방종과 느긋함, 거의 광란에 가까울 정도로 분방한 모습은 선장의 식탁에 감돌던

참을 수 없는 압박이나 눈에 보이지 않는 극심한 억압과 묘한 대조를 이루었다. 그들의 상관인 항해사들은 남의 것도 아닌 제 턱을 움직이는 소리조차 두려워하는 것 같았지만, 작살잡이들은 쩝쩝 소리를 내며 맛있게 먹었다. 그들은 주인처럼 식사를 했고, 온종일 향신료를 선적하는 인도의 선박처럼 배를 채웠다. 퀴퀘그와 타슈테고의 식욕은 어찌나 왕성한지, 지난번 식사에서 다 못 채운 배를 채우려면 창백한 찐빵 사환이 소금에 절인 큼지막한 허릿살을 소 한 마리 분량은 될 만큼 부지런히 가져다 날라야 했다. 사환이 삼단뛰기라도 하는 것처럼 민첩하게 움직이지 않으면 타슈테고는 고래에게 작살 던지듯 그 등에 포크를 꽂는 비신사적인 방법으로 걸음을 재촉했다. 그리고 한번은 다구가 갑자기 무슨 변덕이 났는지 사환이 할 일을 제대로 기억하지 못한다면서 그를 번쩍 들어 아무것도 없는 커다란 나무 쟁반에 거꾸로 박았고, 타슈테고는 손에 나이프를 든 채 머리 가죽을 벗기기 위한 사전 작업처럼 머리에 동그라미를 그리기 시작했다. 파산한 빵 가게 주인과 병원 간호사의 아들인 사환은 빵 같은 얼굴에 천성이 소심해서 조그만 몸을 부들부들 떨곤 했다. 그런 데다가 어둡고 무시무시한 에이해브가 앞에 버티어 섰고 세 야만인이 주기적으로 난리를 피우는 바람에, 찐빵 사환은 입술을 바들바들 떨지 않는 날이 없었다. 작살잡이들이 원하는 걸 모두 차려 줬다 싶으면 그는 으레 그들의 손아귀를 벗어나 옆에 붙은 자신만의 공간인 작은 식기실로 달아났고, 모든 게 끝날 때까지 두려움에 떨며 문의 차양을 통해 그들을 엿보곤 했다.

　퀴퀘그가 타슈테고 맞은편에 앉아 줄로 간 이빨을 인디언의 이빨과 마주 드러낸 모습은 볼만했다. 그 옆으로는 다구가 바닥에 앉았는데, 벤치에 앉을 경우 영구차 장식용 깃털을 꽂은 머리가 낮은 대들보에 닿기 때문이었다. 그가 큼직한 팔다리를 움직일 때마다 아프리카 코끼리가 배에 올라타기라도 한 것처럼 낮은 선실의 골조가 흔들렸다. 그러나 이거구의 검둥이는 고상하다고까지는 할 수 없더라도 놀랄 만큼 자제력이 강했다. 비교적 적은, 그 정도의 식사로 그렇게 늠름하고 당당하고 의젓한 체구에서 꾸준히 생기를 발산한다는 건 거의 불가능해 보였다. 하지만 고상한 야만인은 공기 중에 충만한 정기를 실컷 먹고 깊이 마시며, 벌름거리는 콧구멍으로 세상의 숭고한 생명력을 들이쉬는 게 틀림없었다. 이런 거인들의 몸은 고기나 빵으로 만들어지지 않으며, 그런 것으로 살을 찌우는 것도 아니다. 하지만 퀴퀘그는 먹으면서 어찌나 미개인처럼 쩝쩝거리는지 정말 거슬리는 소리를 냈고, 그 소리가 얼마나 심했으면 찐빵 사환이 몸을 부들부들 떨며 제 야윈 팔에 이빨 자국이 나지 않았나 살펴볼 지경이었다. 그리고 타슈테고가 당장 달려오지 않으면 뼈를 뽑아 버리겠다고 고함을 쳤을 때, 이 숙맥 같은 사환은 갑자기 온몸이 마비되어 식기실에 걸린 그릇들을 전부 박살 낼 뻔했다. 작살잡이들은 창이나 다른 무기를 갈기 위해 주머니에 가지고 다니는 숫돌을 보란 듯이 식탁에 꺼내 놓고 나이프를 갈곤 했는데, 귀에 거슬리는 그 소리도 불쌍한 찐빵 사환의 마음을 진정시켜 주지 않은 건 물론이었다. 퀴퀘그가 섬에서 살던 시절에 살육을 즐기는 만행을 저질렀을 게 틀림없다는 사실을 그가 어찌 잊을 수 있었으랴. 불쌍한 찐빵 사환이여! 식인종의 수발을 드는 백인 사환의 가혹한 운명이라니. 그는 팔에 냅킨을 두를 게 아니라 조그만 방패를 들고 다닐 일이었다. 하지만 시간이 흐르면 고맙게도 바다의 세 전사가 자리에서 일어나 그곳을 떠날 것이다. 남의 말을 쉽 게 믿고 객쩍은 이야기에 솔깃해지는 그의 귀에는 작살잡이 들이 걸음을 옮길 때마다 호전적인 그들의 뼈가 칼집에 든 무어인의 언월도처럼 짤랑거리는 것 같은 소리가 들렸다.

하지만 이 미개인들은 선실에서 식사를 하고 명목상 그곳 에서 생활을 하면서도 진득하게 앉아서 지내는 데는 습관이 들지 않은 탓에 식사 때를 제외하곤 좀처럼 선실에 들어가는 법이 없었고, 잠자기 직전에야 그곳을 지나 자신들만의 괴상 한 잠자리로 갔다.

이 한 가지에서만큼은 에이해브도 대다수 미국 포경선의 선장과 다르지 않은 것 같았는데, 그들은 하나같이 배의 선 실은 당연히 선장의 소유라고 생각하며, 다른 사람을 그곳에 들이는 것은 자신의 호의에 의해서만 가능하다고 여겼다. 그 렇기 때문에 실제로 피쿼드호의 항해사와 작살잡이들은 선 실 안에서 지냈다기보다 밖에서 지냈다고 말하는 게 더 정확 할지도 모른다. 그들이 선실에 들어가는 건 길가의 현관문이 안으로 열리는 것과 비슷했다. 문은 잠시 집 안으로 들어가 지만 밖으로 되돌아 나온다. 그리고 늘 바깥의 공기를 접하 며 지낸다. 그렇다고 해서 그들이 크게 손해 볼 일은 없었다. 선실에서는 동료 간의 정을 찾아볼 수 없었다. 에이해브는 사교적으로 가까이할 수 없는 사람이었다. 명목상으로는 기 독교 세계의 구성원에 포함되지만, 여전히 그곳의 이방인이 었다. 그는 마치 마지막 회색 곰이 미주리에 정착해서 살듯 이 이 세상을 살았다. 봄과 여름이 지나면 숲 속의 용맹한 로

간[77]은 나무 구멍 속에 들어가 제 손바닥을 핥으며 그곳에서 겨울을 났다. 그렇게 바람이 휘몰아치는 황량한 노년에 이른 에이해브의 영혼도 육신이라는 나무줄기에 자신을 가두고 거기서 어둠이라는 음침한 손바닥을 핥으며 살았다!

77 18세기 밍고족 인디언 추장.

35
돛대 꼭대기

　선원들은 정해진 순서에 따라 돌아가며 돛대 꼭대기에서 망을 보는데, 내가 처음으로 돛대에 오른 날은 날씨가 한결 화창해졌을 때였다.

　고래 어장에 닿으려면 2만 4천 킬로미터가 넘는 거리를 항해해야 하는 경우에도, 미국 포경선은 대부분 항구를 벗어나자마자 돛대 꼭대기에 당번을 세운다. 그리고 3년이나 4년, 또는 5년간의 항해를 마치고 귀항을 앞뒀을 때에도 배 안에 뭔가, 하다못해 유리병 하나라도 빈 게 있으면, 마지막까지 돛대 꼭대기에 망꾼을 세우고 위쪽 돛이 항구의 뾰족한 탑들 사이로 들어서기 전까지 고래를 한 마리라도 더 잡으려는 희망을 거두지 않는다.

　어쨌거나 뭍에서든 물에서든 망루에 서는 건 매우 오래되고 흥미로운 일이므로, 이번 기회에 자세히 설명하고 넘어가도록 하자. 내가 알기로 제일 먼저 돛대 꼭대기에 올라간 건 고대 이집트 사람들이었다. 아무리 뒤져 봐도 그보다 앞선 예를 찾을 수 없기 때문이다. 그 이전에 바벨탑을 세운 사람들은 탑 옆에 아시아나 아프리카 전역에서 가장 높은 돛대를 세울 생각이었을 게 틀림없지만, (깃대 꼭대기에 마지막 돛대 목관을 놓기 전에) 엄청나게 커다란 그들의 돌 돛대는 신의 노여움이라는 무시무시한 돌풍에 뱃전 너머로 사라져 버린 셈이다. 그러므로 바벨탑을 세운 이 사람들을 이집트인보다 앞에 놓을 수는 없다. 그리고 이집트가 돛대 꼭대기 망꾼들의 민족이라는 건 최초의 피라미드가 천체 관측 목적으로 세워졌다는 고고학자들의 일반적인 믿음에 근거한 주장인데, 이 장대한 건축물 네 면이 전부 독특한 계단식 구조라는 사실이 홀로 이 가설을 뒷받침한다. 고대의 천문학자들은 다리를 번쩍번쩍 들어 가며 피라미드 꼭대기로 올라가 새로운 별을 발견해서 외쳤다. 오늘날 배에서 망을 보는 선원들이 다른 배의 돛이나 고래가 시야에 들어오면 소리를 치는 것과 다르지 않다. 말년에 사막에 높은 돌기둥을 세우고 그 꼭대기에서 살며 음식을 도르래로 끌어 올렸던 고대의 유명한 기독교 은둔자 성 스틸리테스[78]는 용맹한 망꾼의 훌륭한 예다. 안개가 끼고 서리가 내리거나 비와 우박, 진눈깨비가 흩날려도 자리를 지켰고 마지막까지 모든 것에 용감하게 맞선 그는 그야말로 보초를 서다가 숨을 거뒀다. 요즘의 망꾼은 돌과 쇠와 구리로 이루어진 무생물들이다. 거센 돌풍엔 너끈히 맞서지만, 뭔가 수상한 것을 발견하자마자 고함쳐 알리는 데는 영 소질이 없다. 지상에서 45미터 높이인 방돔 광장 기둥 꼭대기에 팔짱을 끼고 서 있는 나폴레옹이 바로 그렇다.[79] 아래

78 성 시메온 스틸리테스. 5세기 시리아의 은둔자. 〈스틸리테스〉는 주상 고행자라는 의미인데, 기둥 위에서 고행을 했다는 뜻에서 붙은 이름이다.
79 방돔 광장에는, 나폴레옹 1세가 오스테를리츠 전승을 기념하여, 적에게서 탈취한 대포 1천250문을 녹여 만들었다는 탑이 서 있다.

갑판을 누가 지휘하는지, 루이 필리프인지 루이 블랑인지 아니면 〈루이 악마〉인지 관심이 없다.[80] 조지 워싱턴도 하늘을 찌를 듯이 높은 볼티모어의 돛대에 서 있는데, 그가 서 있는 원기둥은 마치 헤라클레스의 기둥처럼 웬만한 사람은 오를 수 없는 인간의 위대함을 상징한다. 청동 캡스턴 위의 넬슨 제독도 트라팔가 광장의 돛대 꼭대기에 서 있다. 런던의 안개에 가려 전혀 보이지 않을 때조차 그건 거기에 영웅이 숨어 있다는 신호인데, 연기(안개)가 나는 곳엔 반드시 불이 있기 때문이다. 그러나 워싱턴이나 나폴레옹, 그리고 넬슨의 정신이 앞길의 짙은 안개를 뚫고 피해야 할 여울이나 암초를 알려 줄 거라고 추측할 수는 있을지 몰라도, 그들이 굽어보는 어지러운 갑판을 어떻게 다스릴지 알려 달라고 아무리 간청한들 그들은 대답하지 않을 것이다.

물의 망꾼을 어떤 식으로든 바다의 망꾼과 연결 짓는 건 부당해 보일지도 모른다. 하지만 실제로는 그렇지가 않은데, 낸터컷의 유일한 역사가 오비드 메이시의 설명으로도 명백하게 입증된다. 훌륭한 오비드가 말하길, 배를 타고 정기적으로 고래 사냥에 나서기 전인 포경업 초창기에는 섬사람들이 해변을 따라 높은 기둥을 세우고 닭장에서 닭들이 위로 올라갈 때처럼 박아 놓은 쐐기를 딛고 올라가서 망을 봤다고 한다. 얼마 전까지도 뉴질랜드 고래잡이들은 이 방법을 이용했고, 멀리 고래가 보이면 해안 근처에 대기 중인 보트들에게 알려 주었다. 하지만 이 풍습은 이제 자취를 감추었다. 그러므로 본래의 돛대 꼭대기, 바다를 항해하는 포경선

80 루이 필리프는 프랑스 혁명기의 왕, 루이 블랑은 당시의 급진적 사회주의자, 루이 악마는 나폴레옹 3세를 일컫는다.

돛대로 돌아가 보자. 돛대 세 개의 꼭대기에는 해가 뜰 때부터 질 때까지 당번이 배치된다. 선원들은 정해진 순서에 따라 (교대로 키를 잡듯이) 망루에 오르고 두 시간마다 교대한다. 열대의 잔잔한 날씨에는 돛대 꼭대기에 오르는 게 무척 유쾌하다. 아련한 공상과 사색을 좋아하는 사람에겐 더없이 즐거운 시간이다. 조용한 갑판 위로 30미터 높이에 서서 돛대가 거인의 죽마라도 되는 것처럼 깊은 바다를 성큼성큼 걸어가면, 그 옛날 로도스 섬에 있던 유명한 거상[81]의 가랑이 사이로 배가 지나던 것처럼 저 아래 내 다리 사이로 바다의 커다란 괴물들이 헤엄쳐 지나는 것 같다. 파도가 일으키는 잔물결뿐인 망망대해를 넋 놓고 바라보고 서 있으면, 배도 꿈을 꾸듯 나른하게 흔들리고 잔잔한 무역풍에 졸음이 밀려온다. 모든 것이 사람을 무기력하게 만든다. 열대의 포경선 생활은 대체로 아무 일도 일어나지 않는 지극히 태평 무사한 시간이다. 뉴스도 듣지 않고 신문도 읽지 않으며, 대수롭지 않은 일에 호들갑을 떠는 호외에 현혹되어 쓸데없이 흥분하는 일도 없다. 국내의 사건 사고, 증권 회사의 파산, 주가 폭락 소식도 듣지 못한다. 저녁으로 뭘 먹을까 고민할 일도 없다. 3년 넘게 먹을 음식이 통에 차곡차곡 담겼고, 메뉴는 변경할 수 없다.

으레 3~4년씩 걸리는 남양 포경선을 탈 경우, 돛대 꼭대기에서 보내는 길고 짧은 시간을 모두 합치면 몇 개월에 달할 것이다. 그리고 인생에서 그렇게 많은 시간을 할애하는 장소가 거주하기에 전혀 아늑하지 않고, 침대나 그물 침대, 영구차, 보초막, 설교단, 역마차, 뭐가 됐든 잠깐 동안 자신

81 헬레니즘 시대에 로도스 섬에 세운, 청동으로 된 아폴론상을 말한다.

을 격리하는 작고 아늑한 시설들이 자아내는 편안한 느낌과 거리가 멀다는 사실은 한탄할 노릇이 아닐 수 없다. 으레 자리를 잡는 곳은 갤런트 돛대[82] 꼭대기이며, 위 돛대 활대라고 부르는 가느다란 수평 막대 두 개(거의 포경선에만 볼 수 있는 특징이다)에 서서 파도에 흔들릴 때 초보 선원이 느끼는 아늑함이란 황소 뿔 위에 서 있는 수준에 비할 수 있다. 물론 날이 추울 때는 당직 외투라는 형태의 집을 가지고 올라가기도 하지만, 엄밀히 말하자면 제일 두껍다는 당직 외투를 입더라도 집은커녕 알몸으로 선 것 같다. 영혼은 육체의 집 안에 달라붙어 있고 그 안에서 자유롭게 돌아다닐 수 없으며, 죽음을 무릅쓰지 않고서는(한겨울에 눈 덮인 알프스를 넘어가는 분별없는 순례자들처럼) 심지어 그곳을 벗어날 수도 없기 때문에, 당직 코트는 집이라기보다 한낱 덮개, 그저 피부를 한 겹 더 두른 수준에 불과하다. 몸속에 선반이나 서랍장을 넣을 수 없는 것처럼 당직 외투로 편안한 방을 꾸밀 수는 없는 일이다.

이런 점을 감안할 때, 그린란드 포경선의 망루에는 얼어붙은 바다의 혹한을 견디도록 까마귀 둥지라는 작은 텐트나 난간이 있는데 남양 포경선의 돛대 꼭대기엔 그 부러운 시설이 갖춰지지 않았으니 개탄할 노릇이다. 진눈깨비 선장[83]의 노변담(爐邊談)을 정리한 『빙해에서 ― 그린란드고래를 찾아, 그리고 옛 그린란드의 잃어버린 아이슬란드 식민지 재발견을 위해』라는 탁월한 책을 보면 진눈깨비 선장의 근사한 글

82 큰 돛대는 짧은 돛대 여러 개를 이어 만드는데, 아래에서부터 *lower, top, gallant, royal*이라고 한다.
83 영국 탐험가인 윌리엄 스코스비 2세를 멜빌이 장난스럽게 지칭한 것.

레이셔호에서 돛대 꼭대기에 오르는 당번들이 그즈음에 고 안된 까마귀 둥지에 대해 흥미롭고 자세한 설명을 듣는 대목 이 나온다. 선장은 본인의 명예를 드높이기 위해 그걸 진눈깨 비의 까마귀 둥지라고 불렀다. 최초 발명가이자 특허 소유자 였으니 터무니없다거나 엉터리로 가져다 붙인 이름이라고 는 할 수 없는데, 우리도 자식에게 우리 이름을 물려준다는 걸 생각하면(아버지로서 우리는 최초의 발명가이자 특허권 자이므로) 자신이 만든 새로운 장치에 자신의 이름을 붙이 는 건 당연한 노릇이다. 진눈깨비의 까마귀 둥지는 커다란 통이나 파이프 모양이었다. 하지만 위가 뚫렸고 강풍이 불 때 머리를 피할 수 있도록 이동식 칸막이를 설치했다. 돛대 위에 고정되었기 때문에 바닥에 뚫린 작은 뚜껑 문을 통해 올라간다. 뒤쪽, 그러니까 배의 고물 쪽에 편안한 좌석이 있 고, 그 밑은 우산과 털목도리, 코트 등을 넣어 두는 사물함이 다. 앞쪽에는 가죽 선반이 있어서 확성기와 파이프, 망원경 을 비롯하여 항해에 도움이 되는 용품을 보관했다. 자신이 고안한 까마귀 둥지에 몸소 올라갈 때면 진눈깨비 선장은 늘 소총(이것도 선반에 준비해 놨다)과 작은 화약통과 탄환을 휴대했는데, 혼자 떨어진 외뿔고래, 일대에서 어슬렁거리는 바다의 유니콘을 쏘기 위해서였다고 한다. 갑판에서는 물의 저항 때문에 총을 쏴도 맞히기 힘들지만 위에서 쏘는 것은 전혀 다르다. 자신이 만든 까마귀 둥지의 편리함을 시시콜콜 한 부분까지 전부 묘사한 것은 진눈깨비 선장이 내켜서 한 일이 분명하다. 그는 많은 특징을 지나치게 자세히 설명하고 모든 나침반 함의 자석에 작용하는 〈국지적 인력〉으로 인한 오차를 상쇄할 목적으로 상비해 둔 작은 나침반을 가지고 자신의 까마귀 둥지에서 한 실험에 대해서도 대단히 과학적인 설명을 늘어놓았다. 이 오차는 나침반 함 부근에 나란히 놓인 쇠붙이 때문에 일어났는데, 글레이셔호의 경우에는 선원 중에 대장장이 출신이 워낙 많았던 탓으로 보인다. 아무튼 선장이 매우 신중하고 과학적이며 〈나침반 함의 편차〉니 〈방위 나침 관측〉이니 〈근사 오차〉 같은 유식한 용어를 사용하며 해박한 지식을 보여 주긴 했어도, 심오한 나침반 자석의 탐구보다는 까마귀 둥지 한쪽으로 손이 닿기 쉬운 곳에 잘 보관해 둔 술병에 더 마음을 빼앗겼던 건 진눈깨비 선장 자신도 잘 알았다. 대체로 나는 이 용감하고 솔직하고 똑똑한 선장을 무척 존경하며, 더 나아가 사랑하지만, 손에는 벙어리장갑을 끼고 머리에는 방한모를 덮어쓴 채 북극이 멀지 않은 그 높은 새 둥지에서 수학을 탐구하는 동안 충실한 친구이자 위로가 됐을 게 분명한 술병에 대한 언급을 철저히 배제한 건 매우 온당치 못했다고 생각한다.

비록 남양에서 고래를 잡는 우리가 진눈깨비 선장과 그의 그린란드 선원들처럼 높은 곳에 아늑한 집을 마련하지는 못했어도, 북극해와 대조를 이루는 매혹적이고 잔잔한 바다는 우리가 처한 불리함을 크게 상쇄해 주었다. 아무튼 내 경우에는 아주 느긋하게 삭구를 오르면서 퀴퀘그나 주변에서 쉬는 동료들과 한담을 나누고, 그런 다음에 조금 더 높이 올라가 위쪽 돛대 활대에 한쪽 다리를 걸치고 푸른 초원 같은 바다를 한 번 바라본 후에야 비로소 최종 목적지로 올라갔다.

여기서 모든 걸 털어놓고 솔직히 고백하자면, 나는 한심한 보초였다. 내면에서 우주적인 차원의 문제가 빙빙 돌고, 더구나 상념을 자아내는 그런 높이에서 완전히 혼자가 된 마당에 〈경계를 철저히 하고 뭐가 보이면 즉시 보고하라〉는 포경선의 일반 복무규정을 무시하지 않을 도리가 없었다.

그리고 이 자리를 빌려 낸터컷 선주들에게 진심 어린 충고를 하겠다! 방심이 금물인 포경업계에 이마가 좁고 눈이 푹 꺼진 젊은이를 고용하지 않도록 주의하라. 그런 젊은이는 시도 때도 없이 상념에 빠지며 머릿속에 보디치[84] 대신 『파이돈』[85]을 담고 배에 오르기 때문이다. 분명히 말하지만 이런 자들을 조심해야 한다. 고래를 잡으려면 우선 발견하는 것이 순서인데, 이렇게 눈이 퀭한 젊은 플라톤주의자는 세상을 열 바퀴 돌더라도 당신들의 재산에 고래기름 한 통 보태 주지 않을 것이다. 이 경고는 결코 흘려들어서는 안 된다. 요즘 들어 포경업계는 지상의 고달픈 근심 걱정이 지겨워진 나머지 배와 고래 지방에서 정취를 찾는, 감상적이고 침울하며 얼빠진 젊은이들의 피난처가 되고 있기 때문이다. 차일드 해럴드[86]도 불운과 실의에 빠진 채 포경선의 돛대 꼭대기에서 우울한 넋두리를 외치기 일쑤다.

쉬지 말고 굽이쳐라 그대 깊고 검푸른 바다여, 굽이쳐라!
수많은 고래잡이배가 헛되이 그대를 가르며 지나가누나.

이런 배의 선장들은 그렇게 얼빠진 젊은 철학자를 꾸짖으면서 항해에 충분한 〈관심〉을 기울이지 않는다며 야단치고,

84 미국의 수학자, 천문학자, 항해가. 『새로운 미국 실습 항해자』를 저술했다.
85 〈영혼에 대하여〉라는 부제가 붙은 플라톤의 저서.
86 바이런의 『차일드 해럴드의 편력』에 나오는 인물. 아래 문장도 그 책에서 인용한 것이지만 원문에서는 고래잡이배가 아니라 〈함대〉다.

명예에 대한 야심을 모두 저버린 마당에 속으로는 차라리 고래가 보이지 않기를 바라는 것 아니냐며 마음을 떠보기도 한다. 하지만 다 부질없는 짓이다. 이 젊은 플라톤주의자들은 시력이 약해서 먼 곳을 볼 수 없다고 생각한다. 그러니 눈을 혹사하는 게 무슨 소용이란 말인가? 오페라 안경을 집에 두고 온 꼴인데.

「어이, 거기 원숭이.」 한 작살잡이는 그런 젊은이에게 말했다. 「벌써 3년째 힘들게 항해를 해왔는데, 네놈은 고래를 한 마리도 발견하지 못했어. 네놈만 저기 올라가면 고래가 암탉 이빨만큼이나 희귀해지는 모양이지.」 어쩌면 실제로 그럴지도 모른다. 그게 아니라면 저 멀리 수평선에 고래가 떼 지어 지났는데, 파도와 상념이 뒤섞인 가락으로 인해 무의식의 몽상이 일으키는 아편 같은 무기력에 빠진 넋 나간 젊은이가 급기야 자신의 본분을 잊고, 발밑의 신비로운 바다를 인류와 자연에 충만한, 한없이 깊고 푸른 영혼의 상징적 이미지로 인식했는지도 모른다. 보일 듯 말 듯 야릇하고 아름다운 것들이 그의 눈에는 하나도 들어오지 않고, 형체를 알 수 없는 것이 물 위로 내민 희미한 지느러미는 끊임없이 스쳐 가며 영혼을 어지럽히는 덧없는 생각의 화신으로만 여겨졌는지도 모른다. 이렇게 넋을 놓고 있으면 영혼은 애초에 왔던 곳으로 썰물처럼 빠져나가 시공 속에 널리 퍼진다. 범신론자 크랜머[87]의 유해가 온 세상에 흩어져 결국에는 모든 해변에 이르렀듯이.

지금 그대가 지닌 목숨은 가볍게 굽이치는 배가 흔들림을 나눠 주는 그 목숨뿐이다. 배는 그것을 바다에서 빌려 오고,

87 영국의 종교 개혁가. 영국 국교회의 기초를 닦았다.

바다는 그것을 측량할 길 없는 신의 조류에서 빌려 왔다. 하지만 이 꿈을 계속 꾸는 동안 발이나 손을 슬쩍 움직여 보라. 슬그머니 손을 놔보면 기겁하며 자신의 존재를 다시 깨달을 것이다. 그대는 데카르트가 말한 소용돌이 위에 맴돌고 있다. 그리고 어쩌면 한낮에, 더없이 청명한 날씨에, 비명조차 제대로 지르지 못한 채 그 투명한 공기를 가르며 여름 바다에 떨어져 다시는 떠오르지 못할지도 모른다. 그러니 부디 유념하라, 그대 범신론자들이여!

36
뒤쪽 갑판

(에이해브 등장. 이어서, 전원 등장)

파이프 사건이 있고 얼마 지나지 않은 어느 날, 에이해브는 아침 식사를 마치자마자 늘 하던 대로 선실 승강구를 통해 갑판으로 올라갔다. 시골 유지들이 아침을 먹은 후에 정원을 몇 바퀴 돌듯, 선장들 대부분은 그 시간이면 으레 갑판을 거닌다.

이윽고 늘 도는 방향을 따라 고래 뼈 다리 소리가 규칙적으로 들려왔고, 그의 발에 빈번히 닿은 널빤지들은 무슨 지질학적인 암석처럼 독특한 발자국으로 팬 자국 천지였다. 그런 데다가 밭고랑처럼 주름진 이마를 눈여겨봤다면 거기에서는 더 이상한 발자국, 잠들지 못한 채 쉼 없이 거니는 상념의 발자국을 찾아볼 수 있었을 것이다.

그런데 문제의 그날 아침에는 그의 신경질적인 걸음이 더 깊은 자국을 남겼고, 움푹 팬 그의 주름도 더 깊어 보였다. 에이해브가 어찌나 생각에 몰두했는지 주 돛대와 나침반 함에서 일정하게 방향을 틀 때마다 그의 생각도 머릿속에서 방향을 틀고, 그가 걸을 때면 생각도 머릿속에서 걸어가는 것처럼 보일 지경이었다. 아닌 게 아니라 생각은 그를 완전히 사로잡아서 겉으로 드러나는 모든 행동을 찍어 내는 내면의 거푸집처럼 보였다.

「선장 봤나, 플래스크?」 스터브가 속삭였다. 「머릿속의 병아리가 껍데기를 쪼고 있군. 머잖아 튀어나올 거야.」

몇 시간이 지나갔다. 에이해브는 선실에 틀어박혔지만 얼마 지나지 않아 여전히 결의에 찬 외골수 같은 표정으로 또다시 갑판을 거닐었다.

어느새 날이 저물 무렵이었다. 그는 뱃전 옆에서 불현듯 걸음을 멈추더니 고래 뼈 다리를 그곳의 송곳 구멍에 꽂고 한 손으로 돛대 밧줄을 움켜쥔 채 스타벅에게 전원을 고물에 집합시키라고 지시했다.

「선장님!」 항해사는 이례적인 상황이 아니면 항해 중에 거의, 아니 결코 접할 수 없는 명령에 흠칫 놀라 외쳤다.

「전원 고물에 집합시켜.」 에이해브가 다시 말했다. 「거기 돛대 꼭대기! 내려와!」

한자리에 모인 선원들은 궁금하기도 하고 걱정스럽기도 한 표정으로 선장을 바라봤다. 그가 폭풍 직전의 날씨와 다를 바 없어 보였기 때문이었다. 에이해브는 뱃전을 한번 훑더니 선원들을 바라보다가 다시 걷기 시작했다. 마치 주변에 아무도 없는 것처럼 묵직한 걸음으로 갑판을 거닐었다. 고개를 숙이고 모자까지 반쯤 눌러 쓴 채, 의아한 마음에 수군대는 선원들의 소리에는 아랑곳하지 않고 계속 걷기만 했다. 보다 못한 스터브는 플래스크에게 선장이 멋진 걸음걸이를 뽐내고 싶어서 전원을 집합시킨 모양이라고 슬그머니 속삭였다. 하지만 그 상황은 오래가지 않았다. 에이해브는 격정적으로 걸음을 멈추고 이렇게 외쳤다. 「고래를 보면 어떻게 하나, 제군?」

「소리쳐 외칩니다!」 스무 명 정도가 즉각적으로 대답했다.

「좋다.」 자신의 느닷없는 질문이 자석처럼 열렬한 반응을 이끌어 내자 에이해브의 목소리에서 절제되지 않은 흡족함이 느껴졌다.

「그다음에는 어떻게 하나?」

「보트를 내리고 쫓아갑니다!」

「그리고 어떤 구령에 맞춰 노를 젓지?」

「고래를 잡든가, 뒤집어지든가!」

선원들이 외칠 때마다 영감의 얼굴에는 점점 더 야릇하고 격정적인 기쁨과 흡족함이 어렸다. 그리고 영문을 알 수 없는 선장의 질문에 자신들이 그렇게 흥분하는 게 더 놀라운 선원들은 의아한 표정으로 서로를 쳐다보기 시작했다.

하지만 에이해브가 회전축을 중심으로 몸을 반쯤 돌리면서 한 손을 높이 뻗어 돛대 밧줄을 거의 충동적으로 꽉 움켜쥐고 일장 연설을 시작하자 그들은 다시 흥분에 휩싸였다.

「지금까지 돛대 꼭대기에 올라갔던 망꾼들은 전부 흰 고래에 대해 내가 명령한 것을 들어서 안다. 자! 이 스페인 금화가 보이나?」 에이해브는 반짝이는 커다란 금화를 태양을 향해 들어 올렸다. 「16달러짜리다. 다들 보이나? 스타벅, 거기 큰 망치 좀 주게.」

항해사가 망치를 가지러 간 사이, 에이해브는 아무 말 없이 광을 내려는 듯 금화를 옷자락으로 천천히 문질렀고, 말은 하지 않으면서도 나지막하게 콧노래를 흥얼거렸는데, 뭔가를 틀어막은 것처럼 알아들을 수 없는 그 묘한 소리는 에이해브 내면에 있는 생명의 바퀴가 돌아가며 내는 기계음 같았다.

스타벅에게서 망치를 건네받은 그는 한 손으로 그걸 치켜들고 다른 손으로는 금화를 내보이며 주 돛대 쪽으로 걸어갔다. 그러면서 큰 소리로 외쳤다. 「누구든 이마에 주름이 지고 아가리가 비뚤어진 흰머리 고래를 발견하면, 누구든 오른쪽 꼬리에 구멍 세 개가 뚫린 흰머리 고래를 발견해서 내게 알린다면, 그에게 이 금화를 주겠다!」

「만세! 만세!」 선원들은 방수모를 벗어 흔들며 돛대에 금화를 박는 선장을 향해 환호성을 질렀다.

「분명히 말하지만, 흰 고래다!」 에이해브는 망치를 내던지며 다시 말을 이었다. 「흰 고래. 눈을 부릅뜨고 잘 봐라. 하얗게 일어나는 파도를 빈틈없이 살피란 말이다. 흰 거품이라도 보이면 소리를 쳐라.」

이러는 동안 타슈테고와 다구, 그리고 퀴퀘그는 다른 선원들보다 더 강렬한 관심과 놀라움에 찬 표정으로 선장을 쳐다봤고, 주름진 이마와 비뚤어진 아가리라는 선장의 말에 저마다 어떤 구체적인 기억을 떠올린 것처럼 몸을 부르르 떨었다.

「에이해브 선장님.」 타슈테고가 입을 열었다. 「그 흰 고래는 모비 딕이라고 불리는 고래와 같은 놈인 게 틀림없습니다.」

「모비 딕이라고?」 에이해브가 소리를 질렀다. 「그렇다면 타슈테고 자네는 흰 고래를 아는 건가?」

「물속으로 들어가기 전에 꼬리를 조금 이상하게 흔들지 않나요?」 게이 곶 출신의 작살잡이가 조심스럽게 물었다.

「그리고 물도 조금 묘하게 뿜죠.」 이렇게 말한 건 다구였다. 「향유고래 치고도 몹시 크고 대단히 민첩하지 않나요, 에이해브 선장님?」

「그리고 하나, 둘, 셋, 음 거죽에 쇠가 아주 많아. 선장.」 퀴퀘그가 두서없이 외쳤다. 「전부 삐뚤, 아니 비뚤어졌다, 이렇게, 이렇게……」 퀴퀘그는 적당한 말을 찾아 더듬거리며 코르크 마개라도 뽑는 것처럼 손을 빙빙 돌렸다. 「이렇게, 이렇게……」

「마개뽑이처럼!」 에이해브가 외쳤다. 「그래, 퀴퀘그. 녀석 몸에 꽂힌 작살은 전부 뒤틀리고 비틀렸다. 그래, 다구. 물보라가 짚단 더미처럼 크고 해마다 깎아서 잔뜩 쌓아 놓는 낸터컷의 그 양털처럼 하얗다. 그래, 타슈테고. 녀석은 돌풍에 찢어진 삼각돛처럼 꼬리를 흔든다. 귀신이 곡할 노릇이군. 자네들이 본 게 바로 모비 딕이야. 모비 딕, 모비 딕!」

「에이해브 선장님.」 여태껏 스터브, 플래스크와 함께 선장을 바라보기만 하던 스타벅의 얼굴에는 갈수록 놀라움의 기색이 더해졌는데, 마침내 이 모든 의문을 해소해 줄 한 가지 생각이 뇌리를 스친 듯했다. 「선장님, 저도 모비 딕에 대해서 들은 적이 있습니다만. 선장님의 다리를 앗아간 게 모비 딕 아니었나요?」

「누가 그러던가?」 에이해브가 버럭 소리를 지르더니, 잠시 쉬었다가 말을 이었다. 「맞다, 스타벅. 맞아. 전부 잘 들어라. 내 돛대를 부순 건 바로 모비 딕이었다. 내가 지금 딛고 선 이 죽은 다리를 선사한 것도 모비 딕이었다. 그래, 맞다.」 그는 마치 심장을 찔린 사슴마냥 큰 소리로 짐승처럼 소름 끼치게 울부짖었다. 「그래, 맞아! 나를 파괴하고, 나를 죽는 날까지 의족에 의존해야 하는 불쌍하고 한심한 놈으로 만든 게 바로 그 빌어먹을 흰 고래다!」그러고는 두 팔을 번쩍 쳐 들고 한없는 저주를 담아 외쳤다.「그래, 맞다! 그리고 나는 희망봉을 돌고, 혼 곶을 돌고, 노르웨이 앞바다의 큰 소용돌이를 돌고, 지옥의 불구덩이를 돌아서라도 녀석을 잡고야 말겠다. 그리고 자네들이 이 배에 탄 이유도 그것 때문이다! 대륙의 양쪽에서, 지구 구석구석에서, 그놈이 먹피를 뿜으며 지느러미가 다 빠지게 몸부림칠 때까지 추격하기 위해서다. 어떤가, 나와 힘을 합칠 텐가? 모두 용감해 보이는데.」

「맞습니다, 맞습니다!」작살잡이와 선원들이 달려들어 격정에 찬 영감을 에워쌌다.「눈을 부릅뜨고 흰 고래를 찾아내자. 날카로운 창으로 모비 딕을 해치우자!」

「신의 가호가 있길.」그는 반은 흐느끼는 것 같고 반은 소리를 지르는 것 같은 목소리로 말했다.「자네들 모두에게 신의 가호가 있길. 사환! 가서 술을 내와라. 잔뜩 내와. 아니, 자네는 어째서 그렇게 우울한 표정을 짓고 있나, 스타벅? 자네는 흰 고래를 쫓지 않을 건가? 모비 딕에 맞설 담력이 없는 거야?」

「저는 녀석의 굽은 아가리쯤은, 아니 죽음의 아가리라도 겁나지 않습니다, 에이해브 선장. 그게 우리의 정당한 용무라면 말이죠. 하지만 우리는 고래를 잡으러 여기 왔지, 선장님의 복수를 위해서 온 게 아닙니다. 그래서 복수에 성공하더라도 기름을 몇 통이나 얻을 수 있단 말입니까? 그걸 잡아 봐야 낸터컷 시장에서 큰 벌이가 되지 않을 거란 말입니다.」

「낸터컷 시장이라고! 흥! 하지만 이리 가까이 와보게, 스타벅. 자네한테는 좀 더 깊은 설명이 필요하겠군. 돈이 척도라면, 그래, 회계사들이 이 지구를 커다란 계산대로 삼아서 1센티미터마다 하나씩 기니 금화를 빙 두르더라도, 분명히 말하지만 내 복수가 훨씬 더 값질 걸세!」

「가슴을 내리치는구나.」 스터브가 소곤거렸다. 「그런데 뭐지? 찌렁찌렁 울리기는 하는데 어딘가 공허해.」

「말 못하는 짐승을 상대로 복수라뇨!」 스타벅이 소리쳤다. 「고래는 단지 맹목적인 본능에 따라 공격했을 뿐이라고요! 에이해브 선장님, 그런 짐승에게 원한을 품는 건 신성 모독이나 다름없어요.」

「다시 말할 테니 잘 듣게. 조금 더 깊이 들어가 보자고. 눈에 보이는 건 전부 종이로 만든 가면에 불과해. 하지만 어떤 행동이든, 살아가는 행위라는 의심할 나위 없는 그런 행동일 경우에도, 알 순 없지만 그래도 이성적인 뭔가가 허무맹랑한 가면 뒤에서 이목구비를 내미는 법이거든. 일격을 가하려면 가면을 뚫어야 해! 죄수가 벽을 뚫지 않고 밖으로 나갈 수 있나? 나한테는 이 흰 고래가 나를 바싹 에워싸는 벽이라네. 가끔은 그 너머에 아무것도 없다는 생각이 들기도 해. 하지만 그것만으로 충분해. 놈은 나를 제 손아귀에 넣고 못살게 굴어. 나는 놈에게서 포악한 힘을, 그 속에 불끈거리는 불가사의한 악의를 느낀다네. 내가 증오하는 건 무엇보다 불가사의한 그것이야. 흰 고래가 앞잡이든 주범이든, 나는 놈을 상대로 내 원한을 풀 거야. 나한테 신성 모독이라는 말은 하지 말게. 날 욕보인다면 난 태양한테라도 덤벼들 수 있어. 태양이 그렇게 나온다면 나도 당한 대로 갚아 줄 수 있다고. 만물을 지배하는 질투, 여기에 일종의 정당한 대결이 잠재해 있지. 하지만 그 정정당당한 대결도 나의 주인은 아닐세. 그럼 나를 조종하는 건 뭘까? 진리에 한계란 없어. 그런 눈으로 보지 마! 이글거리는 악마의 눈초리보다 더 참을 수 없는 건 바보 같은 시선이야! 아니, 이런. 붉으락푸르락한걸. 내 흥분이 자네를 녹여 분노로 달아오르게 만들었군. 하지만 이봐, 스타벅. 홧김에 한 말은 저절로 취소되는 거야. 불쾌한 말을 해도 그다지 모욕처럼 들리지 않는 사람도 있지 않나. 자네를 화나게 할 생각은 없었으니 그냥 넘어가세나. 저걸 봐! 저기 터키 녀석들의 얼룩덜룩한 황갈색 뺨을 보란 말이야. 태양이 그린, 살아 숨 쉬는 그림이 아닌가. 이교도 표범들, 분별도 없고 믿음도 없이 그저 숨만 쉬고 살아갈 뿐 메마른 삶 속에서 의미를 찾지도 않고 거기에 의미를 부여하지도 않지! 선원들, 글쎄 선원들이 말이야! 고래와 관련해서는 모두 에이해브와 한마음이라는 것 아닌가? 스터브를 봐! 소리 내어 웃는군! 저기 있는 칠레 녀석을 보게! 콧김을 씩씩거리잖아. 폭풍이 휩쓰는 와중에 어린 묘목 혼자 버틸 수는 없는 법이네, 스타벅! 뭐가 문제야? 생각해 보라고. 지느러미 하나 찌르는 걸 도와 달라는 것뿐인데. 스타벅에게는 대단한 일도 아니잖아! 뭐가 더 있나? 앞 갑판의 선원들까지 숫돌을 꺼내 든 마당에 설마 낸터컷 최고의 작살잡이가 별것도 아닌 사냥에서 주춤거리지는 않겠지? 아하, 꼼짝없이 걸려들었군! 큰 파도에 휩쓸린 꼴이야! 말해, 말하라니까! 그래, 그래! 자네의 침묵, 그게 자네의 대답이군. (방백으로) 벌름거리는 내 콧구멍에서 뭔가 튀어 나갔는데, 저 녀석이 그걸 허파 깊숙이 들이마셨어. 이제 스타벅도 내 편이야. 이젠 반란을 일으키지 않고서는 내게 반기를 들 수 없게 됐어.」

「신이여, 저를 지켜 주소서! 저희 모두를 지켜 주소서!」 스타벅이 나직이 중얼거렸다.

하지만 항해사에게서 무언의 승낙을 얻어 낸 기쁨에 취한 에이해브는 그의 불길한 기도를 듣지 못했다. 선창에서 들리는 나지막한 웃음소리도, 삭구를 흔들어 대는 불길한 바람 소리도, 돛들이 문득 낙심한 것처럼 돛대에 부딪혀 힘없이 펄럭이는 소리도 듣지 못했다. 풀 죽었던 스타벅의 눈빛이 불굴의 생명력으로 다시 한 번 반짝였다. 땅 밑에서 들려오는 것 같던 웃음소리는 사라졌고, 바람은 계속 불었으며, 돛은 바람에 부풀어 올랐다. 배는 전처럼 출렁이며 나아갔다. 아, 훈계와 경고여! 어째서 너희들은 오는가 하면 가버리는 것인가? 그러나 그림자여, 너희는 경고라기보다 차라리 예언인 것을! 그것도 외부에서 전해 주는 예언이 아니라 앞질러 달려가는 내면의 확인인 것을. 외부에서 제약하는 것이 거의 없을 때 존재의 가장 깊숙한 곳에 도사린 내면의 요구가 우리를 몰아가기 때문이다.

「술! 술을 마시자!」에이해브가 외쳤다.

술이 넘쳐흐르는 백랍 잔을 받아 든 그는 작살잡이들을 향해 몸을 돌리며 무기를 꺼내 들라고 지시했다. 그들은 작살을 들고 캡스턴 근처에 있는 선장 앞에 도열했고, 세 항해사는 창을 들고 선장 옆에 섰으며, 나머지 선원들이 주변에 빙 둘러섰다. 그는 잠시 그대로 선 채 날카로운 눈초리로 모든 선원을 훑어봤다. 그러나 선원들도 그의 이글거리는 눈동자를 피하지 않았는데, 그 모습은 핏발 선 눈동자로 선두에서 들소 사냥을 이끌 우두머리를 바라보는 초원의 늑대들 같았다. 하지만 오호 통재라! 인디언들이 쳐놓은 덫에 걸리고 말 것을.

「마시고, 잔을 돌려라!」 그는 무거운 술잔을 제일 가까이에 있는 선원에게 건넸다. 「지금은 선원들만 마신다. 돌려라, 계속 돌려! 단숨에 마시고 오래 삼켜라. 술잔이 악마의 발굽처럼 뜨겁다. 그래, 그렇게. 잘도 돌아가는구나. 빙빙 돌고 있어. 뱀이 눈을 껌뻑이듯 넘기란 말이다. 잘했다. 거의 다 비웠군. 저쪽으로 넘겼는데 이쪽에서 돌아왔어. 이리 다오. 술잔이 비었구나. 아, 세월을 보는 것 같다. 철철 넘치는 생기도 그렇게 마시다 보면 사라지거늘. 사환! 잔을 다시 채워라!

용사들이여, 이제 내 말을 잘 들어라. 모든 선원이 여기 캡스턴에 집합해 있다. 항해사들은 창을 들고 내 양옆에 서고, 작살잡이들도 무기를 들어라. 그리고 너희 늠름한 선원들은 나를 에워싸라. 어부였던 내 조상들의 고귀한 풍습을 한번 되살려 보자꾸나. 너희들은 이제부터, 아니, 사환! 벌써 돌아온 게냐? 보기 싫은 놈은 빨리 만나는 법이라더니. 이리 다오. 아니, 또 술이 넘쳐서 흐르는구나. 네놈은 무도병에라도 걸린 게냐. 썩 꺼져라, 이 학질 같은 놈!

항해사들은 앞으로 나와라! 창을 내 앞으로 서로 엇갈리게 교차해라. 그렇지! 그 축을 내가 만져 보겠다.」 에이해브는 그렇게 말하면서 팔을 쭉 내밀더니 수평으로 교차하며 방사형으로 뻗은 창 세 개의 중심을 움켜쥐었다. 그러고는 느닷없이 격렬하게 창들을 휙 잡아당겼고, 스타벅에게서 스터브에게, 스터브에게서 다시 플래스크에게로 강력한 시선을 옮겼다. 그들에게 충격을 줘서 자력처럼 삶의 라이덴 병[88]

88 주석 박으로 싼 유리병을 절연 마개로 막고 금속 막대를 꽂은 것으로, 정전기를 띤 마찰 기구를 금속 막대에 접촉하면 전기가 모여 축전지 역할을 한다.

을 채우는 맹렬한 감정을 똑같이 전해 주려는 어떤 내면의 의지가 작용한 행동 같았다. 세 항해사는 강하고 지속적이고 불가사의한 선장의 모습에 움찔했다. 스터브와 플래스크는 시선을 옆으로 돌렸고, 스타벅은 정직한 눈을 아래로 향했다.

「소용없군!」 에이해브가 외쳤다. 「하지만 어쩌면 그러는 게 나을지도 모르지. 자네들 셋이 한꺼번에 최고 출력의 충격을 흡수했다면 내 안의 전기가 다 소진되어 버렸을 테니까. 그리고 아마 자네들은 그 자리에 쓰러져 죽었을 거야. 아무래도 그럴 필요는 없겠지. 창을 내려라! 이제 너희 항해사들을 저기 세 이교도 혈통, 가장 명예로운 신사이자 귀족인 나의 용맹한 작살잡이들에게 술잔을 따라 올리는 자들로 임명하겠다. 소임이 못마땅한가? 그렇다면 위대한 교황이 삼중관을 물 단지 삼아 거지들의 발을 씻어 주는 건 뭐란 말인가? 아, 나의 사랑스러운 추기경들이여! 스스로 몸을 낮추면 저절로 하게 될 것이다. 명령하지 않을 터이니 자발적으로 하라. 작살잡이들은 작살 밧줄을 끊고 작살 자루를 뽑아라!」

조용히 지시에 따른 세 작살잡이가 작살에서 1미터쯤 되는 쇠붙이 부분만을 떼어 미늘이 위를 향하도록 들고 선장 앞에 섰다.

「그 날카로운 쇠로 나를 찌르지는 마라! 기울여, 아래로 기울이란 말이다! 술잔이 어느 쪽인지도 모르는 게냐? 자루 구멍이 위를 향하도록 들어라! 그래, 그렇지. 이제 술을 올리는 자들은 앞으로 나와라. 작살! 그걸 받아. 내가 술을 붓는 동안 들고 있어라!」 그러고는 천천히 차례차례 작살 구멍에 백랍 잔의 뜨거운 술을 넘치게 따랐다.

「이제 셋셋씩 마주 보고 서서 필살의 성배를 건네주어라. 잔을 주는 것으로 이제 너희는 끊어질 수 없는 짝이 되었다! 하하, 스타벅! 하지만 이제 다 끝났다! 저기 하늘의 태양이 낱낱이 지켜보고 있다. 마셔라, 작살잡이들아. 마시고 맹세해라. 죽음을 무릅쓴 포경 보트 뱃머리에 선 자들이여. 모비 딕에게 죽음을! 우리가 모비 딕을 끝까지 추격해 죽이지 못한다면 신이 우리를 가만두지 않을 것이다!」 작살잡이들은 길쭉한 작살 술잔을 높이 들고 흰 고래에게 저주와 악담을 퍼부으며 단숨에 술을 마셨다. 스타벅은 창백한 얼굴을 옆으로 돌리고 몸서리를 쳤다. 한 번 더 마지막으로, 광란의 선원들 사이로 가득 채운 백랍 잔이 돌았다. 그러다 선장이 잔을 들지 않은 손을 흔들자 모두 흩어졌고, 에이해브도 선실로 물러갔다.

37
저물녘

(선실. 고물 쪽 창가. 에이해브 혼자 앉아 밖을 내다보고 있다.)

나는 희고 어지러운 자국을 남긴다. 어디를 향해하든 창백한 물, 더 창백한 얼굴. 시샘하는 파도가 비스듬히 일어나 내가 지나온 자국을 삼켜 버린다. 파도가 그러는 걸 어찌하리. 하지만 내가 먼저 지나간다.

저기, 영원히 흘러넘치는 술잔의 가장자리 옆으로 따뜻한 파도가 포도주처럼 얼굴을 붉힌다. 황금빛 이마가 푸른 바다의 깊이를 잰다. 정오부터 서서히 내려온 잠수부 태양이 저물고, 나의 영혼은 하늘로 오른다! 한없는 오르막이 나를 지치게 한다. 혹시 내가 쓴 왕관이 너무 무거운 걸까? 이 롬바르디아 무쇠관[89]이? 그래도 수많은 보석으로 반짝인다. 멀리까지 비치는 섬광이 왕관을 쓴 내게는 보이지 않지만, 눈부시게 현란한 것을 쓰고 있다는 건 어렴풋이 느낀다. 이것이 무쇠이며 황금이 아니라는 사실을 나는 안다. 이것이 또한 쪼개졌다는 것을 느낀다. 톱니 같은 가장자리가 살을 긁

89 신성 로마 제국 황제의 대관식에 쓰인 관.

어 댄다. 머리를 강철에 대고 두드리는 것 같다. 그래, 내 두 개골은 강철이다. 그렇기에 머리를 난타하는 싸움에서도 투구를 쓸 필요가 없을 정도다!

이마에 느껴지는 이 메마른 열기는 뭐지? 아! 떠오르는 해가 고귀하게 나를 자극하고 지는 해는 마음을 달래 주던 때도 있었건만. 이제는 다 지난 얘기다. 이 사랑스러운 빛은 나를 밝히지 못하고 사랑스러움이 내겐 다만 고통일 뿐이니, 나는 즐거움을 누릴 수 없는 인간이기 때문이다. 예민한 지각을 타고났으되 즐거움을 누리는 하찮은 능력은 지니지 못했다. 더없이 교묘하고 더없이 사악한 저주! 낙원 한복판의 저주! 안녕. 잘 자라.

(손을 흔들며 창가에서 물러난다.)

그리 힘들지는 않았다. 고집스러운 놈이 최소한 하나는 있을 거라고 생각했는데, 내 톱니를 모두의 다양한 바퀴에 꼭 맞추니 잘도 돌아가더군. 그게 아니라면, 내 앞에 선 녀석들은 마치 화약 더미와 같고 나는 거기에 불을 붙이는 성냥이었다고 말할 수도 있다. 아, 어렵구나! 누군가에게 불을 붙이려면 성냥 자체는 쓰고 버려져야 하는 법! 나는 과감한 생각을 의지로 결단했고, 의지로 결단한 것을 실행에 옮길 터다! 저들은 내가 실성했다고 생각하지. 스타벅이 그렇게 생각해. 하지만 나는 악마의 광기, 미쳐 버린 광기다! 자신을 들여다볼 때만 잠잠해지는 사나운 광기! 나는 팔다리가 잘릴 거라는 예언을 들었다. 그리고 그래! 한쪽 다리를 잃었다. 나는 이제 내 다리를 자른 놈을 잘라 버리겠노라고 예언하겠다. 이로써 나는 예언자이자 예언의 집행자가 된다. 이건 당신들, 지금까지의 위대한 신들을 능가하는 것이지. 나는 당신들을 비웃고 야유한다. 당신들은 크리켓 선수, 귀머거리 버크나 앞 못 보는 벤디고[90] 같은 권투 선수일 뿐! 학교에 다니는 아이들이 불량배에게 말하듯, 나를 두드려 패지 말고 비슷한 덩치를 골라 싸우라고는 말하지 않겠다! 아니, 당신들은 나를 이미 때려눕혔고, 나는 다시 일어났다. 하지만 당신들은 달아나 숨어 버렸다. 자루 뒤에서 썩 나오란 말이다! 당신들을 쏠 수 있을 만큼 긴 총이 내게는 없다. 어서, 밖으로 나와 에이해브의 치하를 받아라. 나와서 내가 가는 방향을 틀 수 있는지 해보란 말이다. 내 방향을 틀겠다고? 그럴수는 없을걸. 그랬다간 당신들의 방향이 틀어지고 말 테니! 그 점에서는 인간이 당신들보다 낫다. 내 방향을 바꾼다고? 정해진 목표를 향해 나아가는 내 길에는 철로가 놓여 있고, 내 영혼은 그 철로의 궤도를 달린다. 위태로운 골짜기를 넘고 첩첩산중을 관통하고 급류가 흐르는 강바닥 밑을 지나 나는 확실하게 돌진한다! 철길을 막아설 수 있는 건 아무것도 없으며, 구부러진 모퉁이도 없다.

90 둘 다 멜빌과 같은 시대에 활동한 권투 챔피언이다.

38
황혼

(주 돛대 옆, 스타벅이 돛대에 기대어 서 있다.)

내 영혼은 버거운 상대를 만나 속절없이 당하고 말았다. 그것도 미치광이한테! 이런 싸움에서 제정신을 가진 자가 무기를 내려놓아야 한다는 건 참기 힘든 상처다. 하지만 상대는 내 마음속 깊은 곳까지 뚫고 들어와서 내가 가진 이성을 모두 몰아내 버렸다! 그의 불경한 목적이 빤히 보이지만, 그런데도 왠지 도와야만 할 것 같다. 좋든 싫든, 말로 표현할 수 없는 어떤 힘이 나를 그에게 붙들어 맸고, 밧줄에 묶어서 끌고 가는데 그걸 자를 칼이 나에겐 없다. 무서운 노인네! 누가 자신을 조종하느냐고 그는 외친다. 맞다. 그는 위의 존재들을 상대할 땐 민주주의자인데, 아랫사람에게는 군주처럼 군림한다! 아, 내 초라한 처지가 눈에 선하구나. 속으로는 반항하면서 겉으로 복종하고, 더 심한 건 일말의 동정심을 품은 채 증오한다는 것! 그의 눈동자에서 보이는 섬뜩한 비애, 내가 그런 비애를 지녔다면 말라 죽었을 것이다. 하지만 희망은 있다. 세월과 물은 널리 흐르는 법. 조그만 금붕어의 세상은 어항이 전부지만 그가 증오하는 고래는 온 세상 바다를 제집처럼 헤엄쳐 다닌다. 하늘을 모욕하는 그의 목표를 신께서 밀어내실지도 모른다. 마음이 납처럼 무겁지만 않다면 기운을 낼 텐데. 하지만 내 시계는 태엽이 풀렸고, 모든 것을 조종하는 추와 같은 마음을 다시 감아올릴 열쇠가 내게는 없다.

(앞 갑판에서 흥청망청 떠들썩한 소리.)

오, 맙소사! 인간의 몸에서 태어났다고 생각할 수도 없는 저런 이교도 놈들과 한 배를 타다니! 상어가 우글거리는 바닷가 어딘가에서 태어난 저놈들에겐 흰 고래가 마왕이라도 되는 모양이군. 저 소리 좀 들어 보라지! 꼭 지옥에서 벌어진 술판 같지 않은가! 앞에서는 흥청거리는데, 뒤쪽은 완전한 적막이군! 인생의 실상을 보여 주는 것 같구나. 파도가 출렁이는 바다를 맨 앞에서 뚫고 나가는 뱃머리는 전투 준비를 갖추고 들떠서 까불어 대는데, 그 뒤로 배가 지나가며 일으킨 파도가 늑대 같은 물소리를 내며 달려드는 고물의 선실 안에는 깊은 생각에 잠긴 에이해브가 있다. 길게 울어 대는 그 소리가 온몸을 전율하게 만든다! 그만 멈춰라! 흥청거리는 자들아. 그리고 보초를 세워라! 아, 인생이여! 이럴 때면 영혼은 지쳐 쓰러지고 지식에 매달린다. 교양 없고 못 배운 자들이 먹을 것을 탐하듯이 매달리게 된다. 아, 인생이여! 이럴 때면 그대 안에 도사린 공포를 느끼게 된다! 하지만 이건 내가 아니다! 이제 공포는 털어 냈다! 나는 내면에 숨 쉬는 부드럽고 인간적인 감정으로 너, 냉혹하고 실체 없는 미래와

싸울 것이다! 오 은혜로운 기운들이여, 부디 저를 저버리지
마시고 흔들리지 않도록 지켜 주소서!

39
첫 번째 야간 당번

(앞 돛대 망루. 스티브 혼자 아딧줄을 수선하고 있다.)

하, 하, 하, 하! 에헴! 헛기침이나 하자! 그 후로 줄곧 생각
해 봤는데 결국 하, 하로 귀결되더군. 왜냐고? 요상한 것들에
대한 가장 현명하고 가장 손쉬운 대답은 언제나 웃음이거든.
그리고 나중에 무슨 일이 일어나더라도 언제나 한 가지 위안
거리는 남는데, 그 확실한 위안이란 모든 것이 미리 예정된
운명이라는 거야. 선장이 스타벅과 나눈 얘기를 전부 듣지는
못했지만, 보아하니 그때 스타벅은 저번 날 저녁의 나와 비
슷한 심정인 것 같더군. 늙은 군주가 그도 꼼짝 못하게 만든
모양이야. 틀림없어. 척 보면 알거든. 내게 그런 재주가 있었
더라면 진작 이걸 예언했을지도 몰라. 그의 머리통을 보는 순
간 알아차렸으니까. 아닌 게 아니라 스티브, 현명한 스티브.
이게 나잖아. 저기 스티브, 이게 어떻게 된 거지 스티브? 이건
고래의 시체야. 무슨 일이 일어날지 다 알지는 못하지만, 무
슨 일이 일어나더라도 나는 웃으며 견뎌 낼 거야. 모든 끔찍
함 속에는 익살스러운 추파가 숨어 있으니까! 재미있는걸.

룰루 룰랄라! 신난다, 즐겁다! 고향 집의 어여쁜 우리 토끼는 지금 뭘 할까? 눈이 퉁퉁 붓게 울고 있을까? 군함의 삼각기처럼 신이 나서, 방금 도착한 작살잡이들한테 잔치를 열어주고 있을 테지? 나도 신나는데 뭐, 룰루, 룰랄라, 즐거워라! 아…….

> 우리 오늘 밤엔 가벼운 마음으로 술을 마시자
> 술잔에 넘쳐흐르다가
> 입술이 닿으면 부서지는
> 거품처럼 흥겹고 덧없는 사랑을 위해.

씩씩한 노래군. 누가 나를 부르나? 스타벅? 네네, 갑니다. (방백으로) 그는 나의 상관이고, 내가 잘못 안 게 아니라면 그에게도 상관이 있지. 당연한 소리. 네네, 다 끝났어요. 지금 갑니다.

40
한밤중, 앞 갑판

작살잡이들과 선원들

(앞 돛이 올라가면 당직들이 보이고, 서 있는 사람, 어슬렁거리는 사람, 기대서거나 다양한 자세로 누운 사람들이 합창을 한다.)

안녕, 잘 있어요, 스페인 아가씨들!
안녕, 잘 있어요, 스페인 아가씨들!
선장님의 지시가 떨어졌어요.

낸터킷 선원 1

이봐, 친구들. 울적해하지 말라고. 소화에 안 좋아! 신나는 노래를 부르세. 날 따라 해봐! (그가 노래를 부르자 모두 따라 부른다.)

우리 선장님 망원경 손에 들고
갑판에 서서
여기저기 물을 뿜는
늠름한 고래들 보고 계시네.

모두, 밧줄 통 보트에 싣고
아딧줄 옆에 붙어 서라
저 멋진 고래 한 마리 잡으러 가자,
노를 저어라, 열심히 노를 저어라!
그러니 기운을 내게 친구들이여, 낙담은 아니 될 말,
용감한 작살잡이가 고래를 겨누고 있는 동안엔!

뒤쪽 갑판에서 항해사의 목소리

앞에, 팔점 종[91]을 쳐라!

낸터컷 선원 2

노래를 멈춰! 팔점 종을 쳐라! 안 들리냐, 종지기? 종을 여덟 번 치란 말이다. 핍! 이 검둥이 자식! 당직은 내가 불러 주지. 나는 입이 함지박만 해서 그런 일엔 제격이거든. 자, 자. (머리를 승강구에 들이밀고) 우현 — 으 — 로, 어 — 서! 아래, 팔점 종이다! 서둘러 올라와라!

네덜란드 선원

오늘 밤엔 다들 졸고 있네. 하긴 그럴 만도 하지, 영감의 술을 마셔 댔으니. 어떤 사람들은 술을 마시면 기운이 나는데 또 어떤 사람들은 곯아떨어지거든. 우리는 노래를 부르는데 저들은 잠을 잔단 말이지. 아니, 저기는 밑창의 통처럼 뻗어 버렸군. 놈들을 깨워라! 자, 이 구리 통 펌프에 입을 대고 힘껏 소리쳐 봐. 아가씨들 꿈은 그만 꾸라고 해. 이게 부활이라고 말해 줘. 마지막으로 입을 맞추고 심판을 받으러 가야

91 선박에서 4시, 8시, 12시에 치는 종.

한다고. 그래, 그렇게. 옳지 잘한다. 자네는 암스테르담 버터를 먹지 않아서 목청이 좋군그래.

프랑스 선원

모두 조용히 해봐! 블랭킷 만에 닻을 내리기 전에 춤이나 좀 추자. 어때? 저기 다른 당직이 오는군. 모두 일어나! 핍! 꼬마야! 탬버린을 가져다가 흥을 돋워 보렴!

핍

(졸린 듯 뚱하게)
어디 있는지 몰라요.

프랑스 선원

그럼 네 녀석의 배를 두드리고 귀라도 흔들어 보든지. 다들, 춤을 추잔 말이야. 즐겁게, 신나게! 젠장, 안 출 거야? 얼른 한 줄로 서서 이렇게 발을 들었다가 두 번씩 끄는 거야. 어서 흔들어 보라고! 다리, 다리!

아이슬란드 선원

이봐, 바닥이 마음에 안 들어. 내 취향에 비해 너무 통통 튀거든. 나는 얼음 바닥에 익숙한데 말이야. 분위기에 찬물을 끼얹어서 미안하지만, 이만 실례하겠네.

몰타 선원

나도 마찬가지야. 여자는 대체 어디 있어? 바보가 아닌 다음에야 누가 오른손으로 제 왼손을 잡고 처음 뵙겠습니다,

이렇게 인사를 하냔 말이야? 파트너! 파트너가 있어야지!

시칠리아 선원

그래, 여자와 초원! 그것만 있으면 신 나게 출 텐데. 아무렴, 메뚜기처럼 펄쩍펄쩍 뛰겠지!

롱아일랜드 선원

아니, 이봐. 그렇게 울상 짓지 말게. 사람은 얼마든지 있어. 쇠뿔도 단 김에 빼야지. 이제 다들 뽑으러 갈 거야. 아, 저기 음악이 들리는군. 자, 어서 추자고.

아조레스 선원

(승강구를 올라오며 탬버린을 던진다.)

여기 있다, 핍! 양묘기 손잡이도 있고. 자, 다들 올라와!

(반은 탬버린에 맞춰 춤을 추고 일부는 아래로 내려간다. 그런가 하면 감아 놓은 밧줄들 사이에서 잠을 자거나 누워 있는 선원들도 있다. 여기저기서 욕설이 난무한다.)

아조레스 선원

(춤을 추며)

얼른 핍! 탬버린을 두드려, 어이 종지기! 쿵, 짝, 쿵쿵, 짜작. 종을 쳐봐. 박자를 맞추라고. 딸랑이가 떨어지게 두드려 보란 말이야!

핍

딸랑이 말씀하셨나요? 저기 또 하나 떨어졌네요. 너무 세게 두드렸나 봐요.

중국 선원

그럼 이라도 딱딱 부딪쳐. 네놈을 종탑으로 만들란 말이다.

프랑스 선원

미쳐 보자고! 탬버린을 높이 들어 봐, 핍. 내가 그 사이로 뛰어넘을 때까지! 삼각돛을 찢어 버려, 미친 듯이 놀아 보자!

타슈테고

(조용히 담배를 피우며)

백인 녀석이란. 저런 게 뭐가 재미있다고. 흥! 저런 쓸데없는 짓에 땀을 흘리다니.

맨 섬의 늙은 선원

저렇게 신이 나서 놀고 있지만 춤을 추는 발밑에 뭐가 있는지 생각이나 할까. 네 무덤에서 춤을 추겠다, 이건 모퉁이에서 맞바람을 맞으며 선 밤의 여인들이 던지는 가장 신랄한 위협이지. 오, 주여! 저 풋내기 선원들, 머리통도 여물지 않은 저 뱃놈들을 굽어살피소서! 하기야, 뭐. 식자들 말마따나 온 세상이 무도회장인 셈이고, 그렇다면 여기서 춤판을 벌이는 게 뭐가 잘못이겠어. 춰라, 춰. 젊었을 때 춰야지. 나도 한때 그랬단다.

낸터컷 선원 3

오 이런! 휴우! 바람 잔 날 고래를 쫓는 것보다 더 힘들군. 담배 한 대 주게, 타슈.

(춤을 멈추고 삼삼오오 모여 앉는다. 그러는 사이 하늘이 어두워지고 바람이 불기 시작한다.)

라스카[92] 선원

브라만이시여! 이봐, 얼른 돛을 내려야 해. 하늘에서 태어나 홍수를 일으키는 갠지스 강이 바람으로 변했나 봐. 시바신이 검은 이마를 드러내고 있어!

몰타 선원

(드러누워 모자를 흔들며)

파도, 하얗게 일어난 파도가 춤을 추기 시작하는군. 이제 머잖아 장식 술을 흔들겠지. 이 파도가 전부 여자라면 당장 물로 뛰어들어 언제까지라도 함께 춤을 출 텐데! 잘 익어 탱탱한 포도알들을 나뭇가지 같은 팔로 가렸지만 춤을 추며 격정적으로 흔들어 대는 그 따뜻한 가슴을 슬쩍슬쩍 쳐다보는 것보다 더 신나는 일이 또 있을까! 천국도 비교가 안 될걸!

시칠리아 선원

(드러누워서)

말해 뭐하겠어! 들어 봐, 이 친구야. 팔다리가 뒤엉킨 채 낭창낭창 흔들어 대고, 수줍게 교태를 부리고 말이야. 입술!

92 인도 중부의 마을.

가슴! 엉덩이! 애간장을 녹이며 닿을 듯 말 듯, 끊임없이 닿았다 떼었다! 맛보지는 말고 그냥 보기만 해야 돼. 안 그러면 금세 물릴 테니까. 알았나, 이교도? (쿡 찌르며)

타히티 선원

(돗자리에 누워서)

만세, 춤추는 여자들의 거룩한 알몸! 히바, 히바! 구름은 낮게 드리우고 야자수 높이 솟은 타히티! 나는 지금도 이 돗자리에 누워 있는데 부드러운 흙은 사라지고 없구나! 숲에서 이 돗자리를 짜는 것도 봤건만! 거기서 가져온 첫날엔 싱싱한 초록색이었거늘 지금은 이렇게 시들고 해졌다니. 아, 나는 어떤가! 너도 나도 변화를 감당할 수 없구나! 저 하늘로 날아가면 어떨까. 높이 솟은 피로히티 봉우리에서 흘러내리는 개울물 소리가 들리는 것 같아. 울퉁불퉁한 바위에서 쏟아져 마을을 물바다로 만들던 그 소리. 돌풍이다! 돌풍이 분다! 일어나 똑바로 서서 돌풍에 맞서라! (벌떡 일어난다.)

포르투갈 선원

파도가 밀려와 뱃전을 두드린다! 돛을 줄일 준비를 해라! 바람이 사방에서 불어온다. 이제 머잖아 칼을 휘두르며 돌진해 올 것이다.

덴마크 선원

우지직, 우지직, 낡은 배야! 우지직거리면서도 버텨 내는구나! 잘했다! 저기 항해사가 너를 단단히 붙들고 있다. 그는 폭풍에 시달리고 바닷소금이 더덕더덕 달라붙은 대포로 발틱 함대의 대포에 맞서던 카테가트 해협에 있는 섬의 요새[93]보다 용맹하구나!

낸터컷 선원 4

그도 명령대로 하는 거야. 그걸 명심해야 해. 에이해브 영감이 그에게 말하는 걸 들었는데, 권총으로 용오름을 폭파하듯이 돌풍도 항상 그렇게 죽여야 한다더군. 배를 그 속으로 발사하는 거지!

영국 선원

염병할! 하지만 저 영감은 정말 대단한 노인네야! 우리는 고래를 사냥하러 가는 영감의 몰이꾼이지!

모두

맞아! 맞아!

맨 섬의 늙은 선원

소나무 돛대 세 개가 흔들리는 것 좀 봐! 소나무는 어떤 토양에 옮겨 심어도 잘 정착하는 제일 튼튼한 나무인데, 여기 있는 흙이라곤 선원들의 저주받은 진흙뿐이니. 키잡이, 항로를 그대로 유지해라! 그대로! 용감한 자들이 해변에 좌초되고 용골이 있는 배도 바다에 나가 반쪽이 나는 그런 날씨야. 우리 선장에겐 모반이 있는데, 저길 보라고. 하늘에도 점이 있어. 다른 곳은 칠흑처럼 검은데 저기만 빛이 번득이

---

93 덴마크 유틀란드 반도와 스웨덴 서해안 사이의 해협으로, 발트해의 진입로로서 정치, 군사적으로 중요한 의미를 지닌다.

는 것 같군.

다구

그게 어떻다는 거야? 검은 게 두렵다는 놈들은 나도 두렵겠네! 나도 새까만 곳에서 나왔으니!

스페인 선원

(방백) 뻐기고 싶은 게로군, 흠. 사무친 앙심에는 발끈하게 되는걸. (앞으로 나서며) 어이, 작살잡이. 너희 종족이 인류의 어두운 면인 건 부정할 수 없는 사실이잖아. 그것도 사악할 정도로 까맣지. 기분 나쁘게 듣지는 마.

다구

(굳은 표정으로)
천만에.

생자고 섬 선원

저 스페인 친구는 미친 게 아니라면 술에 취했군. 하지만 그럴 리가 없지. 그랬다면 영감의 독주가 저 친구한테만 유독 오래 효력을 발휘한다는 건가.

낸터컷 선원 5

방금 본 게 뭐지? 번개인가? 그래 맞아.

스페인 선원

아니, 다구가 이빨을 드러낸 거야.

다구

(벌떡 일어나며)

닥치지 못해, 이 난쟁이 같은 놈! 살이 하얗고 간도 하얀 이 겁쟁이!

스페인 선원

(응수하며)

네놈을 칼로 쑤셔 주겠다! 덩치만 컸지 속은 옹졸한 놈아!

모두

싸움이다! 싸움! 싸움이 벌어졌다!

타슈테고

(담배 연기를 내뿜으며)

아래도 싸움, 위에도 싸움. 신이나 인간이나 모두 싸움꾼들이로군! 쳇!

벨파스트 선원

싸워라, 싸워! 성모님께 기도를 하고, 싸워라! 다들 덤벼들어!

영국 선원

정정당당하게 싸워야지! 스페인 녀석의 칼을 빼앗아! 원을 만들어. 그 안에서 싸우게 하라고.

맨 섬의 늙은 선원

그거야 이미 만들어졌지. 저기! 원 모양의 수평선. 그 원 안에서 카인이 아벨을 죽였지. 재미있는 이야기, 훌륭한 이야기야! 아니라고? 그렇다면 신은 왜 그 원을 만든 거지?

뒤쪽 갑판에서 항해사의 목소리

앞 돛대 밧줄을 잡아라! 중간 돛을 접어라!

모두

돌풍이다! 돌풍이 분다! 서둘러라! 이거 큰일이로구나! (사방으로 흩어진다.)

핍

(양묘기 밑에서 몸을 웅크린 채)

큰일이라고? 신이시여, 이 큰일을 굽어살피소서! 여기서 우지끈, 저기서 뚝딱! 저기 삼각돛 밧줄이 날아간다! 휘이잉 쾅! 이런 세상에, 몸을 더 낮춰, 핍. 이번엔 주 돛대의 활대야! 섣달그믐날 바람 휘몰아치는 숲 속에 있는 것보다 더 심하네. 지금 같아서야 누가 밤을 따러 올라가겠어? 그래도 저들은 가는군. 욕을 해대면서. 하지만 난 못해. 저들은 앞날이 밝아. 천국으로 가는 길에 올라섰으니. 꽉 잡아, 제기랄. 무슨 돌풍이 이렇게 거세담? 하지만 저들은 더 거칠어. 저들, 저 사람들이 흰 돌풍이야. 흰 돌풍? 흰 고래. 후들후들하다! 후들후들해! 하지만 들은 적이 있어! 바로 오늘 저녁이었어. 생각만 해도 온몸이 탬버린처럼 덜덜 떨리네. 그 아나콘다 같은 영감이 모두를 그걸 잡는 일에 동참하게 만들었지! 아,

이 어둠 속 어딘가에 계시는 크고 하얀 신이시여, 여기 밑에 있는 작은 검둥이 소년을 가엽게 여기소서. 두려움을 느낄 창자가 없는 모든 인간에게서 그를 지켜 주소서!

41
모비 딕

나 이슈마엘도 그 선원들 가운데 한 명이었다. 나의 외침도 다른 선원들의 목소리와 함께 높아졌고, 나의 맹세도 모두의 맹세와 뒤섞였다. 더 큰 소리로 외치고 맹세를 더 힘껏 망치질해서 더 단단히 다지고 조인 건 영혼의 두려움 때문이었다. 내면에서 정체를 알 수 없는 격렬한 공감이 느껴졌다. 억누를 수 없는 에이해브의 원한이 고스란히 내 것이 되었다. 다른 선원들과 함께 격렬한 복수를 맹세한 흉악한 괴물의 내력을 알기 위해 나는 귀를 쫑긋 세웠다.

꽤 오래전부터 무리를 벗어나 혼자 다니는 흰 고래가 향유고래를 목표로 하는 고래잡이들이 주로 항해하는 외딴 해역에 간간이 출몰하곤 했다. 그렇다고 모두가 이 흰 고래의 존재를 아는 건 아니었다. 비교적 소수의 고래잡이만이 그 고래의 실체를 봤고, 실제로 맞서 싸운 건 극소수에 불과했다. 고래잡이 선박의 수가 워낙 많고 넓은 바다 전체에 무질서하게 흩어져 있으며, 그중 많은 수가 외딴 해역에서 무모한 추격을 하느라 꼬박 1년이 넘도록 새 소식을 전해 들을 다른 선박을 만나지 못하는 경우도 허다했기 때문이다. 지나치게 긴 항해 기간과 불규칙한 출항 시기도 한몫을 했다. 이런 이유들과 더불어 직간접적인 여러 사정이 어우러지면서 모비 딕과 관련된 특별하고 개별적인 소식이 전 세계 포경업계에 오랫동안 퍼지지 못한 것이다. 물론 이런저런 시기에 이런저런 해상에서 이례적으로 크고 포악한 향유고래가 나타나 선원들에게 큰 화를 입힌 후 자취를 감췄다는 보고가 없지 않았고, 몇몇 사람이 문제의 고래가 바로 모비 딕이었을 거라고 생각한 것도 무리한 추측은 아니었다. 하지만 최근 들어 향유고래 포경업계에는 대단히 사납고 교활하며 고약한 괴물의 공격을 받은 다양한 사례가 적지 않았기 때문에, 어쩌다 아무것도 모르는 상태에서 모비 딕을 상대로 싸움을 벌인 사람들은 아마도 대부분 모비 딕이 불러일으킨 이례적인 공포를 개별적인 원인이 아닌 향유고래 포경업 전반에 내포된 위험 탓으로 돌렸을 것이다. 에이해브와 그 고래 사이의 참담한 대결도 지금껏 대체로 그렇게 이해되어 왔다.

그리고 전에 흰 고래 얘기를 들었고 우연히 보기도 한 사람들 역시 처음에는 하나같이 대담하게 보트를 내려 여느 향유고래를 쫓듯이 이 고래를 추격했다. 그러나 그런 공격은 결국 재앙을 일으키고 마는데, 손목이나 발목을 접질리고 팔다리가 부러지거나 고래에 물려 잘려 나가는 정도를 넘어 사망이라는 최악의 참사까지도 일어났다. 그렇게 참담하게 패퇴하는 경우가 반복되다 보니 모비 딕에 대한 공포는 점점 쌓이고 부풀려졌으며, 급기야 용맹한 고래잡이들의 귀에까지 흰 고래 이야기가 전해지면서 이들의 용기마저 뒤흔들기에 이르렀다.

온갖 종류의 터무니없는 소문이 과장되었고, 고래와 사투를 벌인 실화는 더 끔찍하게 각색됐다. 본디 근거 없는 소문이란 부러진 나무에서 버섯이 자라듯 놀랍도록 끔찍한 사건에서 저절로 자라나는 법인 데다가, 해상 생활에서는 사실의 건더기가 조금이라도 들었을 경우 허황한 소문이 육지에서보다 더 무성하기 때문이었다. 그리고 이 점에서 바다가 육지를 능가했다면, 돌아다니는 소문의 놀라움과 무서움에서는 포경업이 다른 모든 해상 생활을 넘어섰다. 그 이유는 뱃사람의 핏속에 흐르는 무지와 미신이 고래잡이들이라고 해서 그냥 피해 가지 않는 데다가, 모든 뱃사람 가운데 바다에서 소름 끼치게 놀라운 것을 직접 만날 가능성이 가장 높은 사람들이 이들이었기 때문이다. 이들은 바다의 가장 경이로운 놀라움을 직접 접하는 것도 모자라 맨손으로 턱을 벌리며 맞서 싸운다. 먼 거리를 항해하고 수많은 해변을 지나도 조각으로 장식한 벽난로나 태양 아래의 따뜻한 환대를 접할 수 없는 외딴 바다에 외로이 떠 있을 때, 그런 망망한 바다에서 고래잡이로 살다 보면 온갖 영향에 휩쓸리고 머릿속의 공상에서 터무니없는 소문들이 무수히 만들어지는 것이다.

그러니 드넓은 바다를 이리저리 흘러 다니며 몸집을 키우고 한껏 부풀려진 흰 고래의 소문이 급기야 온갖 섬뜩한 암시와 결합하여 초현실적인 요소를 잉태하고, 결국 모비 딕에게 겉으로 드러나는 것과 전혀 상관없는 새로운 공포감을 덮어씌우기에 이른 것은 전혀 놀랄 일이 아닐 터다. 그래서 놈이 마침내 바로 그런 공포를 실제로 일으킨 많은 경우에, 최소한 소문으로나마 흰 고래에 대해 들어 본 고래잡이들 중에는 그 아가리에 도사린 위험을 감수하려는 사람이 거의 없었다.

하지만 이보다 더 중요하고 실질적으로 작용하는 또 다른 영향력이 있었다. 향유고래가 예전부터 지녀온 위상, 다른 모든 종류의 바다 괴물들은 비교가 되지 않을 만큼 두려운 존재라는 그 위상은 오늘날까지도 고래잡이들의 마음에서 사라지지 않았다. 현재 그린란드고래나 참고래라면 주저 없이 덤벼들 만큼 영리하고 용감한 사람들 중에도, 연륜이 부족하거나 능력이 모자라거나 혹은 소심함 때문에 향유고래와는 실력을 겨루길 주저하는 자들이 있다. 아무튼 많은 포경선, 특히 미국 국적이 아닌 포경선의 선원들 중에는 향유고래와 대적해 본 적이 한 번도 없고 이 바다 괴물에 대해 아는 거라곤 북해에서 주로 출몰하는 고약한 괴물이라는 게 전부인 사람들이 많은데, 이들은 승강구 뚜껑에 앉아 마치 옛날 얘기를 듣는 화롯가의 아이들처럼 흥미롭고 두려운 마음으로 남양 고래잡이의 기이한 이야기를 들을 것이다. 이 엄청나게 커다란 향유고래의 엄청나고 무시무시한 이야기는 역시 그 고래와 맞섰던 뱃머리 갑판에 앉아서 들어야 가장 실감나게 이해되는 법이다.

그리고 지금은 현실로 확인됐지만 위력이 전설로만 전해지던 시절에는 실체에 짙은 그림자가 드리웠는데, 올라센과 포벨손[94] 같은 몇몇 박물학자는 향유고래가 바다의 모든 생물에게 공포의 대상이 될 뿐만 아니라 말할 수 없이 사나워서 인간의 피에 늘 굶주려 있다고 기술하기도 했다. 퀴비에 시절에도 이런 생각이나 이와 비슷한 인상은 지워지지 않았다. 그는 『박물지』에서 향유고래가 나타나면 모든 물고기가 (심지어 상어까지도) 〈더없이 생생한 공포에 사로잡히고〉, 〈급하게 도망치다가 바위에 세게 부딪혀 그 자리에서 죽는

94 1805년에 『아이슬란드 기행』을 쓴 학자들.

경우도 많다)고 주장했다. 포경업계의 일반적인 경험이 이런 기록을 바로잡을 수도 있었겠지만, 거기에 담긴 극명한 공포, 심지어 피에 굶주렸다는 포벨슨의 주장과 미신적인 믿음은 포경업이 부침을 거듭하는 동안 고래잡이들의 마음속에 되살아났다.

그렇게 소문과 불길한 전조에 위축된 사람들은 모비 딕을 언급하면서 향유고래잡이 초창기, 오랫동안 참고래를 잡아 온 노련한 고래잡이들을 이 새롭고 대담한 전쟁에 끌어들이기가 좀처럼 쉽지 않던 그때를 회상하곤 했다. 그 당시 고래잡이들은 다른 바다 괴물이라면 기꺼이 쫓아가겠지만 향유고래 같은 귀신을 추격하고 창을 겨누는 건 목숨이 하나뿐인 인간이 할 짓이 못 된다고 주장했다. 그랬다간 필시 갈기갈기 찢겨 저세상으로 갈 게 틀림없다는 얘기였다. 이 점에 대해서는 참고할 만한 뛰어난 문헌들이 적지 않다.

그러나 이런 상황에도 불구하고 모비 딕을 추격할 각오가 된 사람들이 있었고, 우연히 막연하고 어렴풋한 얘기만 들었을 뿐 구체적인 재난에 대해 자세히 듣지 못하고 거기 따라붙는 미신을 모를 경우, 대결에 직면했을 때 달아나지 않을 사람의 수는 훨씬 더 많았다.

미신에 솔깃한 사람들의 마음속에서 결국에 흰 고래와 결부되는 터무니없는 억측 가운데 하나는, 모비 딕이 동에 번쩍 서에 번쩍 하며 실제로 정반대의 위도에서 같은 시간에 목격됐다는 어이없는 망상이었다.

워낙 귀가 얇은 사람들이기도 했겠지만, 미신이나마 이런 망상에도 희미한 개연성이 전혀 없었던 건 아니다. 누구보다 박식하다는 학자들의 연구에도 불구하고 해류의 비밀은 아직 밝혀지지 않았고, 수면 위로 드러나지 않은 향유고래들의 이동 경로는 대체로 추격자들에게 알려져 있지 않다. 그러다 보니 이따금 그들과 관련해서, 특히 심해로 잠수한 후에 엄청난 속도로 대단히 먼 곳까지 이동하는 신비로운 행태에 대해 대단히 신기하고 상반되는 추론이 제기되었다.

태평양의 북쪽 끝에서 고래를 잡았더니 언젠가 그린란드 바다에서 던진 작살 미늘이 발견됐다는 건 미국과 영국의 포경업계에 익히 알려진 사실이며, 오래전에 스코스비의 권위 있는 기록에도 언급된 바 있다. 몇몇 경우에는 두 지역에서 벌어진 공격 사이에 불과 며칠의 시간 차밖에 없었다는 것 역시 부정할 수 없는 사실이다. 그래서 일부 고래잡이들은 오랜 세월 인간들에게 문제를 안겨 준 북서 항로[95]가 고래들에게는 전혀 문제가 되지 않는 모양이라고 믿기도 했다. 살아 있는 인간의 생생한 경험을 예로 든다면, 포르투갈 내륙의 스트렐라 산 일대에 전해 내려오는 기이한 옛날이야기(정상 부근에 호수가 있었는데, 난파선의 잔해가 수면에 떠올랐다는), 시라쿠사 근처의 아레투사 샘[96]에 얽힌 더 놀라운 이야기(이 샘물이 지하 수로를 통해 성지에서 흘러왔다고 믿었다) 같은 황당한 얘기 정도가 고래잡이들에겐 거의 실제로 겪는 현실이었다.

그렇다면 이런 기이한 상황에 익숙해질 수밖에 없는 데다,

95 유럽에서 북아메리카 대륙의 북쪽 바다를 지나 아시아에 이르는 항로로, 몇 세기 동안 수많은 희생을 치른 후 20세기 초에야 항해에 성공했다.
96 시라쿠사는 그리스 신화에 나오는 도시 국가이자 기원전 4세기경에 실존한 도시로 시칠리아 섬에 유적이 남아 있고, 아레투사는 그리스 신화에 나오는 요정인데, 강의 신 알페우스에게서 도망치는 그녀를 아르테미스가 샘물로 변하게 했다고 한다.

흰 고래가 대담한 공격을 받고도 번번이 살아서 도망쳤다는 걸 알게 된 고래잡이들이 미신에 더 깊숙이 빠져든 것은 놀랄 일이 아니다. 이를테면 모비 딕이 동에 번쩍 서에 번쩍 공간을 초월하는 것도 모자라 불멸의 존재라 주장하고(불멸이란 시간을 초월하는 것이므로) 등에 꽂힌 창이 숲을 이룰 지경인데도 아무렇지 않게 헤엄쳐 사라질 수 있다거나, 실제로 피를 콸콸 쏟더라도 그 모습은 환영에 불과하여, 몇 킬로미터 떨어진 큰 파도 속에서 핏물이라고는 전혀 섞이지 않은 맑은 물을 뿜는 모비 딕을 다시 볼 수 있다고 믿는 식이었다.

하지만 이런 초자연적인 추측을 제외하더라도, 괴물이 지닌 세속의 생김새와 의심할 여지없이 명백한 특징은 이례적인 힘으로 상상력을 자극했다. 모비 딕을 다른 향유고래와 구분하는 것은 비범한 덩치라기보다, 앞서도 언급했듯이 눈처럼 희고 주름이 잡힌 독특한 이마와 피라미드처럼 높이 솟은 하얀 혹이었다. 이게 모비 딕의 가장 두드러진 특징이었다. 이 표식으로 모비 딕은 미지의 망망대해에서도 존재를 드러냈고, 모비 딕을 아는 사람들은 멀리서도 놈을 알아봤다.

몸의 다른 부분도 같은 색 줄무늬와 점, 그리고 대리석 무늬로 뒤덮여서 결국에는 흰 고래라는 독특한 이름을 얻게 되었다. 실제로 한낮의 짙푸른 바다를 가르며 황금 가루를 뿌린 은하수 같은 물거품을 일으키는 모습을 보면 정말 딱 맞는 이름이라는 생각이 든다.

이 고래가 자연스럽게 공포의 대상이 된 건 드물게 커다란 체구나 인상적인 몸의 색깔, 또는 기형적인 아래턱 때문이 아니라 유례없이 교활하고 사악했기 때문인데, 공격할 때 그런 특징을 거듭해서 드러냈다는 구체적인 기록도 남아 있다.

특히 기만적으로 후퇴하는 모습은 경악을 자아냈다. 의기양양한 추격자들 앞에서 허둥대며 당황한 기색으로 헤엄을 치다가 갑자기 방향을 돌리고는 추격자들을 덮쳐 보트를 산산조각 내거나 황망하게 본선으로 도망치게 만든 게 한두 번이 아니었기 때문이다.

모비 딕을 쫓다가 사망한 사람도 이미 여럿이었다. 그와 비슷한 재난은 뭍에야 별로 알려지지 않았어도 포경업계에서는 결코 드문 일이 아니었다. 그렇기는 해도 재난 대부분이 이 흰 고래의 고의적이고 악의적인 잔인함 탓으로 보였기 때문에, 흰 고래로 인해 팔다리가 잘리거나 목숨을 잃은 것이 그저 지능이 없는 상대의 짓이라고는 도저히 믿어지지 않았다.

그렇다면 부서진 보트 조각과 동료들의 몸뚱이에서 떨어져 나온 팔다리가 물에 가라앉는 와중에 고래의 끔찍한 분노가 일으킨 흰 거품을 피해 마치 아기의 탄생이나 결혼이라도 축하하는 것처럼 환한 햇살이 미소 짓는 잔잔한 바다로 헤엄쳐 나왔을 때, 필사적으로 고래를 쫓던 자들의 가슴이 얼마나 미칠 듯한 분노에 휩싸였을지 생각해 보라.

어떤 선장은 보트 세 척이 모두 부서지고 노와 부하들이 소용돌이에 휘말려 빙빙 돌아가는 상황에서, 아칸소의 결투사가 상대에게 달려들듯 부서진 뱃머리에서 단검을 움켜쥔 채 고래에게 돌진했다. 15센티미터 칼날로 한 길 깊이인 고래의 목숨을 끊겠다고 덤빈 것인데, 그 선장이 에이해브였다. 낫처럼 구부러진 아래턱이 그의 발밑을 훑는가 싶더니 초원의 풀을 베듯 에이해브의 다리를 싹둑 잘라 버린 것도 바로 그때였다. 터번을 두른 터키인, 베네치아나 말레이의 용병이라도 그보다 더 잔인하게 그를 공격할 수는 없었을 것이다. 그러니 거의 목숨을 잃을 뻔한 대결 이후 에이해브가 그 고래에게 억누를 수 없는 적의를 품어 왔다는 데에는 의심의 여지가 없었다. 더 심한 건 병적인 광기에 빠져든 나머지 급기야 자신의 육체적인 고통뿐만 아니라 지적이고 정신적인 분노까지 모두 흰 고래와 결부하기에 이르렀다는 것이다. 흰 고래는 온갖 사악한 저주의 화신이 되어 그의 눈앞에서 헤엄쳤다. 감수성이 예민한 사람들이 인간의 몸을 좀먹어 들어가 반만 남은 심장과 허파로 살아가게 만든다고 느끼는 그런 저주의 존재였다. 불가해한 이 마성은 태초부터 존재했고, 근대의 기독교도들마저도 세상의 반을 지배한다고 인정했으며, 고대 동방에서 뱀을 섬기던 자들은 악마상을 만들어 숭배했다. 에이해브는 그들처럼 무릎을 꿇고 그것을 숭배하지 않았고, 가증스러운 흰 고래에게 악의 근원을 씌우고는 미쳐 날뛰며 불구의 몸으로 그것에 덤벼들었다. 사람을 가장 미치게 만들고 괴롭히는 것, 모든 비참함을 자극하는 것, 악의를 내포한 진실, 근육을 못 쓰게 하고 뇌를 굳게 만드는 것, 삶과 생각을 물들이는 교묘한 악마성, 미쳐 버린 에이해브에게는 이 모든 악이 모비 딕이라는 형태로 가시화했고 그리하여 실제로 공격할 수 있는 대상이 되었다. 그는 그 고래의 하얀 혹 위에 아담 이래 인류가 느낀 모든 분노와 증오를 전부 쌓아 올렸고, 그런 다음에는 마치 자신의 가슴이 대포라도 되는 것처럼 뜨거운 가슴의 포탄을 퍼부었다.

다리가 잘려 나간 순간에 그의 이런 편집증이 즉시 생겨났을 리는 없다. 그렇다면 칼을 쥐고 괴물에게 달려들었을 땐 불현듯 일어난 뜨겁고 구체적인 적의를 분출했을 뿐이었고,

고래의 공격을 받았을 때에도 몸이 잘려 나가는 극심한 고통을 느꼈을 테지만 그 이상은 아니었을 터다. 그러다가 이 충돌로 인해 뱃머리를 고향으로 돌려야 했을 때, 음산하고 황량한 한겨울의 파타고니아 곶을 돌아 항해하던 몇 달 동안 에이해브는 하루도 빠짐없이 고통과 함께 그물 침대에 누워 뒹굴었고, 잘려 나간 몸과 상처 입은 영혼이 뿜어내는 피가 한데 섞이고 스며들면서 그를 미치게 만들었다. 그리고 맞대결을 한 후 귀항할 때에야 편집증이 마침내 그를 사로잡았다는 설명은, 고향으로 돌아가는 길에 그가 이따금 미쳐 날뛰었다는 사실로 미루어 거의 확실하다고 여겨진다. 그리고 비록 한 다리를 잃었지만 그의 이집트 같은 가슴에는 여전히 엄청난 생명력이 용솟음친 데다 광기로 인해 더 격렬해졌기 때문에 동료들은 그를 단단히 묶어 놓을 수밖에 없었으나, 그렇게 묶인 채로 항해를 하면서도 그는 여전히 그물 침대에서 사납게 날뛰었다. 그는 온몸이 묶인 상태에서 미친 듯이 배를 두드려 대는 돌풍에 흔들렸다. 그러다가 좀 더 순탄한 위도로 접어들어 중간 돛을 펴고 잔잔한 열대의 바다를 가로지를 때는 어느 모로 보나 노인네의 발작이 혼 곶의 파도와 함께 사라진 것처럼 보였고, 그는 어두컴컴한 동굴을 벗어나 축복 같은 빛과 공기 속으로 나왔다. 창백하기는 했어도 침착하고 차분한 표정으로 예전처럼 냉철한 지시를 내리는 그를 본 항해사들이 끔찍한 광기가 이제 사라졌다며 신에게 감사하던 그때, 그때조차 에이해브의 숨은 자아는 여전히 미쳐 날뛰었다. 인간의 광기는 대단히 교활하고 음흉할 때가 많다. 겉으로 보기에는 전부 사라진 것 같지만 더 교묘한 형태로 모습을 바꾼 것에 불과할 수도 있다. 에이해브의

광증은 가라앉은 게 아니라 더 깊어지고 심화했다. 허드슨
강의 고고한 북쪽 물줄기가 고원의 골짜기를 지날 때, 폭은
좁아 들지언정 가늠할 수 없는 깊이로 흐르며 수량이 줄지
않는 것과 마찬가지였다. 하지만 편집증의 물줄기가 좁게 흐
를 때에도 에이해브의 넓은 광기가 전혀 줄어들지 않은 것처
럼, 타고난 그의 지성 역시 전에는 살아 있는 주체였던 것이
이제는 살아 있는 도구가 되었을 뿐 그 넓은 광기 속에서 단
한 톨도 사라지지 않았다. 과격하게 비유하자면, 그의 특별
한 광기는 멀쩡하던 그의 온 정신을 급습해서 사로잡은 후,
그 중심에 놓인 모든 화포의 방향을 제가 노리는 미친 표적
을 향해 돌려놓은 것이다. 그리하여 에이해브는 기력을 잃기
는커녕, 온전한 정신으로 합리적인 목표를 노릴 때보다 천배
는 강한 잠재력을 그 한 가지 목표에 집중하게 되었다.

　이것만으로도 대단하지만, 에이해브의 더 넓고 어둡고 깊
은 내면은 여전히 낌새조차 알 수 없다. 그러나 심원한 사상
을 대중화하려는 노력은 부질없고, 모든 진리는 심원한 법이
다. 고귀하고 슬픈 영혼들이여, 지금은 이 높은 클뤼니 미술
관[97] 한복판에서 서 있지만, 아무리 웅장하고 아름답더라도
여기를 뒤로 한 채 로마의 넓은 공중목욕탕으로 내려가라.
지상의 환상적인 탑에서 한참 아래쪽에 있는 위대함의 뿌리
에는 인간의 무시무시한 본질이 잔털 무성한 채 묻혀 있다.
고대 유적 밑에서, 몸통뿐인 조각들을 옥좌 삼아 묻혀 있는
골동품! 그렇게 깨진 옥좌를 가지고 위대한 신들은 유폐된
왕을 비웃고, 왕은 카리아티드[98]인 양 묵묵히 앉아 얼어붙은

97 파리에 있는 미술관으로, 원래는 로마 시대의 목욕탕이 있었다.
98 고대 그리스 신전 건축에서 여인을 새긴 기둥.

이마로 세월의 기둥을 떠받친다. 그러니 당당하고 슬픈 영혼들이여, 그곳으로 내려가라! 내려가서 그 당당하고 슬픈 왕에게 물어보라! 우리가 일족처럼 닮지 않았느냐고! 그래, 그가 너희, 추방당한 어린 왕족을 낳았다. 그리고 너희들의 냉혹한 폐하만이 해묵은 국가의 비밀을 말해 줄 것이다.

이제 에이해브는 이걸 가슴으로 어렴풋이 알아차렸다. 그러니까 내 수단은 모두 멀쩡하지만 동기와 목적은 미쳤다는 걸. 그래도 그 사실을 없애거나 바꾸거나 회피할 힘은 없다. 그리고 자신이 오래전부터 사람들에게 실체를 감춰 왔으며, 어떤 면에서는 지금도 그렇다는 것을 알았다. 하지만 그렇게 감추고 있는 그것은 다만 자각의 대상일 뿐, 의지로 결정할 수 있는 건 아니었다. 그럼에도 불구하고 그가 워낙 잘 감췄기 때문에, 그가 고래 뼈 다리로 마침내 뭍에 올랐을 때 낸터컷 사람들은 그렇게 끔찍한 사고를 당했으니 골수에 사무치도록 비통해하는 게 당연하다고만 여겼다.

바다에서 틀림없이 정신 착란을 일으켰다는 얘기를 듣고서도 사람들은 비슷한 원인으로 탓을 돌렸다. 피쿼드호가 이번 항해를 위해 출항하는 날까지 그의 이마에 어두운 그림자를 드리우던 우울함 역시 마찬가지였다. 빈틈없고 계산이 빠른 섬사람들이 우울증이 있으니 다시 고래잡이를 나가기엔 적합하지 않다고 불신하기는커녕, 오히려 바로 그 이유 때문에 피비린내 나는 고래 사냥처럼 격정적이고 난폭한 추격을 하기에 그가 제격이며 강점을 발휘할 거라고 믿었을 가능성도 없지 않다. 절망적인 집념의 무자비한 송곳니에 물려 속은 좀먹고 겉은 타들어 간 사람, 그런 사람을 찾을 수만 있다면 잔인한 맹수 중에서도 가장 섬뜩한 짐승을 향해 작살을 던지고 창을 쳐들 적임자로 여겨질 것이다. 어떤 이유로든 그런 일을 하기에 신체적으로 부적당하다면, 부하들을 부추기고 닦달하며 공격을 지휘하기에는 탁월한 능력의 소지자로 볼 수 있었다. 하지만 아무리 그렇다고 한들, 에이해브가 조금도 약화되지 않은 분노라는 미친 비밀에 빗장을 채워 마음속에 감춘 채 흰 고래를 잡겠다는 유일무이한 목적을 가지고 의도적으로 이번 항해에 나섰다는 건 확실했다. 뭍에서 그를 오래 알고 지낸 사람이 그의 내면에 무엇이 도사리고 있는지 반만이라도 눈치챘더라면 마땅히 경악하여 이 악마 같은 사람에게서 당장 배를 빼앗았을 것이다! 그런데 그들은 항해의 이익, 조폐국에서 찍어 낸 달러로 계산되는 이익에만 집중했다. 그리고 그는 무엇으로도 누그러뜨릴 수 없는 대담하고 초자연적인 복수에 몰두했다.

그리하여 지금 백발의 불경한 노인은 저주를 퍼부으며 욥의 고래를 찾아 세상을 돌아다니고, 스타벅은 미덕과 곧은 마음을 가졌으나 동조해 주는 사람이 없어 영향력이 없고, 스터브는 언제나 명랑하지만 매사에 무관심하고 무모하며, 플래스크는 평범하기 짝이 없다 보니, 오사리잡놈의 배교자와 추방자와 식인종이 대부분인 선원들을 도덕적으로 이끌 만한 인물이 없었다. 이런 항해사들의 지휘를 받는 선원들은 애초에 에이해브의 편집증적인 복수를 돕기 위해 악마 같은 운명이 특별히 골라 뽑은 것처럼 보였다. 그렇지 않다면 노인의 분노에 어떻게 그토록 열광적으로 반응했을까. 어떤 사악한 마력이 영혼을 사로잡았기에 그의 증오가 고스란히 그들의 것이 되어 하나같이 흰 고래를 자신의 철천지원수로 여기는 것처럼 보였을까. 어떻게 이 모든 일이 벌어졌을까. 흰 고래는 그들에게 어떤 의미였을까? 어떤 모호하고 느닷없는 방법으로 인해 이 고래가 삶의 바다를 헤엄치는 엄청나게 큰 악마 같다는 생각이 그들의 무의식적인 인식 속에 뿌리내리게 됐을까? 이 모든 것을 설명하려면 이슈마엘이 내려갈 수 있는 곳보다 더 깊이 내려가야 할 것이다. 우리의 내면을 파고 들어가는 지하 광부가 있더라도, 끊임없이 방향을 바꾸는 희미한 곡괭이질 소리로는 그가 어디로 향하고 있는지 알길이 없다. 누군들 거부할 수 없는 힘에 끌려가는 느낌을 받지 않을까? 74문 군함이 끌어당기는데 어떤 범선이 버틸 수 있을까? 나는 황량한 시간과 장소에 나를 내던졌지만, 고래를 찾기 위해 돌진하는 동안에는 그 짐승에게서 더없이 지독한 악밖에 볼 수 없었다.

42
고래의 흰색

휜 고래가 에이해브에게 어떤 의미였는지에 대해서는 얼추 얘기했지만 내게 그것이 때때로 어떤 의미였는지에 대해서는 아직 말하지 않았다.

이따금 영혼의 공포를 깨워 일으키는 좀 더 명백한 특징을 제외하더라도 모비 딕에게는 뭐가 형언할 수 없는 모호한 공포가 존재했는데, 그 맹렬함은 때때로 다른 모든 특징을 완전히 압도할 정도면서도 너무나 신비로운 데다 말로 표현한다는 게 거의 불가능에 가까워서 남이 이해할 수 있도록 기록하려는 노력을 거의 단념하고 싶을 지경이다. 무엇보다 나를 섬뜩하게 만드는 건 고래의 흰색이었다. 그 심정을 여기서 과연 설명할 수 있을까. 하지만 되는대로 모호하게나마 설명하지 않는다면 이 책 전체의 의미가 퇴색할지도 모른다.

자연의 많은 물건들을 보면 흰색은 대리석이나 동백나무, 또는 진주처럼 내재된 독특한 가치를 나눠 주는 것으로 그 아름다움을 더욱 섬세하게 고조한다. 또한 여러 민족이 이런 저런 방식으로 이 색의 고결한 탁월함을 인정했으며, 페구[99] 같은 미개한 나라의 왕들마저 통치를 수식하는 온갖 수식어

중에 〈흰 코끼리의 왕〉을 최고로 쳤고, 근대 시암[100]의 왕들은 눈처럼 흰 코끼리를 왕실의 깃발에 그려 넣었다. 하노버 왕가의 깃발에는 눈처럼 하얀 군마가 있었고, 로마 제국의 뒤를 이은 오스트리아 제국도 이 고결한 색으로 황제를 상징했다. 이런 탁월함이 인류 자체에도 적용되어 백인이 다른 유색 인종을 지배하기에 이상적인 인간이라는 위상을 지니게 되었다. 그 밖에도 흰색은 기쁨을 상징하게 되어 로마인들은 즐거운 날을 흰 돌로 표시했으며, 그 외의 여타 감정이나 기호에서도 흰색은 감동적이고 고결한 것, 이를테면 신부의 순결함과 노인의 인자함을 상징하는 데 사용되었다. 북아메리카 원주민들 사이에서는 흰 조가비를 엮어 만든 허리띠를 주는 것이 가장 명예로운 서약이었고, 많은 나라의 법관들이 담비 모피를 입음으로써 흰색으로 정의의 위엄을 상징하고, 왕과 왕비는 백마가 끄는 마차를 타는 것으로 일상의 위엄을 유지했다. 더없이 엄숙한 종교에서도 흰색은 천상의 완벽함과 권위의 상징이 되었다. 페르시아의 배화교도들은 제단 위에서 이글거리는 흰색 불꽃을 가장 신성시했고, 그리스 신화에서는 다른 누구도 아닌 최고의 신 제우스가 하얀 황소로 변신한다. 그리고 고귀한 이로쿼이족 인디언에게는 한겨울에 신성한 흰 개를 바치는 것이 신을 모시는 가장 성스러운 축제였고, 해마다 이 흠결 없이 충직한 짐승을 더없이 순결한 칙사로 삼아 위대한 정령에게 신심을 전달했다.

99 미얀마 타톤 왕국의 공주 두 명이 서기 573년에 세웠다는 전설이 남아 있는 몬 왕국은 9~11세기, 13~16세기에 번창했고, 18세기 중반에도 잠시 세력을 떨쳤다. 페구는 이 왕국의 수도였다.

100 타이 왕국의 옛 이름.

또한 모든 기독교 성직자가 검은 사제복 안에 입는 앨브(장백의), 또는 튜닉이라는 옷의 명칭도 흰색을 뜻하는 라틴어에서 유래했다. 그리고 신성한 장식들을 즐겨 사용하는 가톨릭에서도 예수 수난을 기릴 때는 특별히 흰색을 사용하며, 성 요한의 환상 속에서 흰옷은 구원받은 자에게 주어지고 흰옷을 입은 장로 스물네 명이 커다란 흰색 옥좌 앞에 서며 거기 앉은 그리스도는 양털처럼 하얗다. 이렇듯 감미롭고 명예롭고 숭고한 것들이 전부 거듭해서 흰색과 관련되는 데도 불구하고 이 색의 가장 깊은 관념 속에는 파악하기 어려운 뭔가가 도사려서, 두려움을 자아내는 피의 붉은색보다 더 많은 공포를 영혼에 안겨 준다.

흔쾌한 쪽의 연상과 단절되어 본질적으로 끔찍한 사물과 결부됐을 때, 흰색을 생각하는 것만으로도 공포가 극한으로 치닫는 이유는 바로 파악하기 어려운 이 특징 때문이다. 극지방의 흰곰과 열대의 백상아리를 보라. 눈송이처럼 매끈한 흰색 말고 이것들을 유별난 공포의 대상으로 만드는 게 뭘까? 말없이 흡족하게 바라볼 만한 그들의 특징을 무미건조해서 진저리가 나게 만들고, 무섭다기보다 혐오스럽게 만드는 건 바로 송장처럼 창백한 흰색이다. 그러므로 무늬가 독특하고 송곳니가 날카로운 호랑이보다 흰옷을 입은 곰이나 상어가 우리의 용기를 더 꺾어 놓는 것이다.[101]

101 북극곰과 관련하여, 이 문제를 더 깊이 탐구하려는 사람이라면 이 짐승을 견딜 수 없이 무시무시하게 만드는 이유로 흰색만을 따로 떼어 생각할 수는 없다고 주장할지 모르겠다. 따지고 보면 그렇게 고조된 무서움은 이 짐승의 무분별한 흉포함이 천상의 순수와 사랑을 상징하는 흰 털옷에 싸인 데서 나온다고 말할 수 있기 때문이다. 북극곰은 그렇게 우리 마음속에서 두 가지 상반된 감정을 불러일으키고, 그 부자연스러운 대비가 우리를 두렵게 만

신천옹을 생각해 보라. 하얀 유령처럼 우리의 상상 속을 헤엄쳐 다니는 탈속적인 경이와 창백한 공포의 구름은 어디서 나오는 걸까? 그 마법을 처음 부린 건 콜리지가 아니라 과장할 줄 모르는 조물주의 위대한 계관 시인, 자연이었다.[102]

든다는 것이다. 하지만 이 모든 게 진실이라 하더라도, 흰색이 아니었다면 그렇게까지 강렬한 공포를 느끼지는 않을 것이다.

그리고 백상아리의 경우, 평소에 유유히 물속을 미끄러져 가는 유령 같은 흰색은 북극곰의 특징과 묘하게 일치한다. 프랑스에서 이 물고기를 부르는 이름에도 특징이 아주 생생하게 담겼다. 가톨릭의 추도 미사는 레퀴엠 에테르남(영원한 안식)으로 시작하고, 그로 인해 레퀴엠은 아예 추도 미사나 그 밖의 장례 음악을 가리키게 되었다. 그런데 이 상어의 희고 고요한 죽음 같은 정적과 치명적인 습성을 빗대어 프랑스에서는 이 물고기를 르캥Requin이라고 부른다 — 원주.

102 처음으로 신천옹을 본 때가 기억난다. 돌풍이 좀처럼 잦아들지 않고 파도가 거세던 남극해였다. 오전 당직을 마치고 구름이 잔뜩 낀 갑판으로 올라갔더니, 티 없이 하얗고 근사한 부리가 매부리코처럼 휘어진 당당한 새가 중앙의 승강구 뚜껑을 들이박았다. 새는 무슨 성궤라도 끌어안으려는 듯이 대천사의 날개만큼 커다란 날개를 한 번씩 펼쳤다. 새는 경이롭고 강렬한 날갯짓을 하며 몸을 떨었다. 다친 곳은 없었지만 초자연적인 번뇌에 사로잡힌 왕의 유령처럼 울부짖었다. 뭐라 표현할 수 없이 묘한 새의 눈을 통해 신을 사로잡고 있는 비밀을 엿본 것만 같았다. 나는 천사들 앞의 아브라함처럼 머리를 수그렸다. 흰색은 너무나 희고 날개는 너무나 넓었으며, 영원한 유배지 같은 망망대해에서 나는 비참하게 비틀린 전통과 도시의 기억을 상실했다. 그 경이로운 새를 한참 동안 바라봤다. 그때 내 마음속을 관통한 게 뭐였는지는 말할 수 없다. 그저 짐작만 해볼 수 있을 뿐이다. 하지만 마침내 정신을 차렸고, 돌아서서 이게 무슨 새냐고 어떤 선원에게 물었더니 고니goney라고 했다. 고니! 이제껏 한 번도 들어 본 적이 없는 이름이었다. 이렇게 찬란한 새가 뭍에는 전혀 알려지지 않았다니! 전혀! 그런데 얼마 후에 일부 뱃사람들이 고니라는 이 새를 신천옹이라고 부른다는 사실을 알게 됐다. 그러므로 내가 갑판에서 이 새를 봤을 때 느낀 신비로운 인상이 콜리지의 격정적인 시(「늙은 선원의 노래」)와 어떤 식으로든 관계가 있을 가능성은 전혀 없다. 그때는 내가 그의 시를 읽지도 않았거니와 그 새가 신천옹인지도 몰랐기 때문이다. 그래도 이렇게 말함으로써 간접적으로나마 그 시와 시인의 고귀한 가치를 더

미국의 서부 개척사와 인디언의 전설에서 가장 유명한 건 대초원의 백마 이야기인데, 커다란 눈망울에 머리는 작고 가슴이 떡 벌어진 당당한 우윳빛 말의 고고하고 오만한 자태에서는 군주 1천 명을 합쳐 놓은 듯한 위엄이 느껴졌다고 한다. 이 말은 로키 산맥과 앨러게니 고원을 울타리 삼아 초원을 내달리던 수많은 야생마 중에서 뽑힌 크세르크세스였다. 샛별이 저녁마다 수많은 빛을 이끌듯 이 말은 무리의 선두에서 서쪽으로 달려갔다. 폭포수처럼 번쩍이는 갈기와 혜성처럼 늘어진 꼬리는 어느 금은 세공사가 달아 주는 치장보다 화려했다. 덫을 놓고 총을 쏘던 늙은 사냥꾼들이 보기에, 타락하지 않은 서부에서 너무나 장엄하고 천사 같던 그 환영은 아담이 신처럼 당당하게, 그리고 이 강인한 종마만큼이나 거들먹대며 두려움 없이 걷던 태고의 영광이 부활한 것만 같았다. 오하이오 강처럼 끝없이 초원을 흐르는 수많은 무리의 선두에서 부관과 장군들 사이에 섞여 행군할 때나 사방으로 흩어져 풀을 뜯는 부하들 사이를 힘차게 뛰어다니며 서늘한 유백색 중에서 따뜻한 콧구멍만을 붉게 물들일 때에도,

반짝이게 하는 셈이다.

그렇기 때문에 나는 그 마법의 비밀이 무엇보다 이 새의 경이로운 흰색에 있다고 단언한다. 잘못된 용법으로 인해 회색 신천옹이라고 불리는 새가 있다는 사실은 이게 진실이라는 걸 더욱 확실하게 증명한다. 그리고 그것들을 종종 봤지만 남극에서 본 새만큼의 감흥은 느끼지 못했다.

그런데 이 신비로운 영물이 어쩌다 붙잡혔을까? 소문을 내지 않겠다면 말해 주겠다. 바다에 떠 있는 새를 고약한 낚싯바늘과 줄로 잡아챈 것이다. 나중에 선장은 그 새를 우편배달부로 만들었는데, 목에 배의 위치와 날짜를 적은 가죽 표찰을 묶어서 풀어 주었다. 하지만 나는 인간더러 보라고 묶은 그 가죽 표찰이 천국으로 배달되었음을 의심하지 않는다. 그 하얀 새는 날개를 접고 기도를 드리는 사랑스러운 아기 천사들이 있는 천국으로 갔다! — 원주.

어떤 면모를 드러내건 백마는 가장 용맹한 인디언마저 전율을 금치 못하는 존경과 두려움의 대상이었다. 이 고귀한 말의 전설적인 기록을 보더라도 말에게 신성함을 부여한 힘이 바로 초자연적인 하얀색이었다는 데에는 의문의 여지가 없다. 그리고 이 신성함은 숭배의 대상인 동시에 이루 말할 수 없는 공포를 자아냈다.

그런데 흰색이 이렇게 백마와 신천옹에게 부여하는 부수적이고 신비로운 영광을 전부 상실하는 경우도 있다.

백색증에 걸린 사람이 유난히 혐오스럽고 보기에 충격적이어서 일가친척마저 경원하는 경우가 있는 건 무슨 까닭인가! 백색증이라는 이름에서 알 수 있듯이 몸을 휩싸고 있는 흰색 때문이다. 백색증이어도 몸은 다른 사람들과 다를 바 없고 사실상 기형도 아닌데, 단지 온몸이 하얗다는 이유만으로 가장 추한 기형보다 더 섬뜩한 건 이상한 노릇이다. 대체 왜 그런 걸까?

전혀 다른 측면에서, 자연은 거의 드러나지 않지만 그렇다고 해서 더 사악하다고 할 수는 없는 어떤 작용을 통해 끔찍한 존재들이 지닌 최고의 속성을 자신의 세력으로 차출하는 걸 잊지 않는다. 긴 장갑을 낀 것 같은 남양의 유령은 눈처럼 하얗다는 이유로 화이트 스콜이라는 이름을 얻었다. 몇몇 역사적 사례에서 알 수 있듯이, 절묘하게 악의를 표출하는 인간들 역시 이렇게 막강한 보조 수단을 간과하지 않았다. 겐트[103]의 흰복면단 일원이 자신들의 상징인 흰색 복면으로 얼굴을 가린 채 시장에서 집행관을 살해한 사건을 기록한 프루아사르[104]의 글에서도 흰색은 그 사건의 효과를 얼마나 고

103 벨기에 서북부의 도시.

조시켰던가!

그런가 하면 인류가 대대로 반복하는 공통된 경험에서도 이 색깔의 초자연적인 면모를 목격할 수 있다. 죽은 사람을 볼 때 가장 소스라치게 되는 시각적 특징이 시체에 감도는 대리석 같은 창백함이라는 데에는 이견이 있을 수 없다. 그 창백함은 이승에서 혼비백산할 만큼 공포를 자아내는 것처럼 저승에서도 섬뜩함의 상징인 모양이다. 망자를 감싸는 수의의 상징적인 색도 죽은 사람의 창백함에서 빌려 왔다. 미신에서도 우리는 유령한테 새하얀 망토를 입히는 걸 잊지 않았고 모든 유령은 유백색 안개 속에서 모습을 드러낸다. 공포에 사로잡힌 김에 덧붙이자면, 복음을 전하는 사람들이 형상화한 공포의 왕마저도 핏기 없는 말을 타고 온다.[105]

그러므로 다른 상황에서는 흰색으로 고귀하거나 우아한 것을 상징하지만 가장 심오한 관념적 의미에서는 흰색이 특유의 환영을 영혼에 불러낸다는 사실은 아무도 부인할 수 없다.

하지만 이런 주장을 이의 없이 확정 짓더라도, 한낱 인간이 그것을 어떻게 설명할까? 그것을 분석하기는 불가능해 보인다. 그렇다면 이런 흰색이 뭔가 두려움을 자아내는 것과 결부된 직접적인 연상을 전부, 혹은 대부분 제거했음에도 조금 완화됐을지언정 여전히 똑같은 마력을 발휘하는 몇몇 사례를 인용해 본다면 수수께끼의 숨은 원인으로 우리를 안내

104 프랑스의 연대기 작가이자 시인. 백 년 전쟁 당시의 유럽사를 기록한 『연대기』를 썼다.

105 「계시록」에 등장하는 네 번째 기사를 의미한다. 〈그리고 보니 푸르스름한 말 한 필이 있고 그 위에 탄 사람은 죽음이라는 이름을 가진 사람이었습니다……〉(「요한 계시록」 6장 8절).

해 줄 우연한 실마리를 발견할 수 있지 않을까?

한번 해보자. 하지만 이렇게 미묘한 문제는 그만큼 미묘하게 접근해야 하며, 상상력 없이 그저 남을 따라 이곳에 발을 들일 수는 없다. 그리고 이제 얘기하려는 상상의 작용에 따른 인상에서 최소한 일부분은 대다수 사람이 공유할 게 분명하지만, 그 순간에 그것을 완전히 인식한 사람은 아마도 거의 없을 테고, 그렇기 때문에 지금은 상기하지 못할지도 모른다.

정규 교육을 받은 일 없이 그날의 독특한 성격을 어쩌다 대강 알게 된 사람이 백일절Whitsuntide[106]이라는 말만 듣고도 갓 내린 눈을 맞으며 두건을 뒤집어쓴 채 고개를 숙이고 말없이 천천히 걸어가는 길고 황량한 순례 행렬을 떠올리는 이유는 무엇일까? 또는 무지하고 순박한 미국 중부의 신교도에게 지나는 말처럼 〈백의의 수사〉나 〈백의의 수녀〉를 언급했을 때 그들이 눈 없는 동상을 마음속에 떠올리는 이유는 뭘까?

또는 감옥에 유폐된 전사나 왕들의 이야기를 논외로 한다면(그것만으로는 완전히 설명할 수 없을 테니까), 그곳에 가본 적도 없는 미국인의 상상 속에서 런던탑 가운데 가장 오래된 화이트 탑이 인근에 있는 바이워드 탑이나 심지어 블러디 탑처럼 수많은 전설이 깃든 건물보다 더 강한 인상을 남기는 이유는 뭘까? 그리고 더 장엄한 자연의 탑인 뉴햄프셔의 화이트 산맥은 어째서 (특별히 기분이 이상할 때에는) 그 이름만 들어도 커다란 유령처럼 영혼을 압도하는 반면에, 버

---

106 그리스도교에서 부활절 후 50일째 되는 날, 성령 강림절이라는 말이 더 일반적이다. 말 그대로 성령이 세상에 내려온 것을 기념하는 날이다.

지니아의 블루리지 산맥을 떠올리면 부드럽고 상쾌하며 아련한 꿈결 같은 풍경이 마음 가득 펼쳐지는 걸까? 그런가 하면 위도와 경도에 상관없이 백해(白海)라는 이름은 상상력에 유령 같은 힘을 발휘하는데, 황해는 파도치는 수면에 드리운 길고 평온한 오후가 화려하면서도 나른한 낙조로 이어지는 것 같은 생각으로 마음을 달래 주는 이유는 뭘까? 완전히 비현실적이고 순수하게 상상력만을 자극하는 예를 들자면, 중부 유럽의 옛날이야기에서 변함없이 창백한 모습으로 푸른 숲 속을 미끄러지듯 쉬지 않고 돌아다니는 하르츠 숲의 〈창백한 키다리〉가 브로켄[107]에서 소란을 피우는 요괴들을 전부 합친 것보다 더 무시무시한 이유는 뭘까?

성당이 무너진 지진의 기억도, 들끓는 바다에 몰아치는 파도도, 비 한 방울 뿌리지 않는 비정하고 메마른 하늘도, 기울어진 첨탑이나 뒤틀린 갓돌, 축 늘어진(닻을 내린 배의 기울어진 활대처럼) 십자가들로 어지러운 벌판의 풍경도, 흐트러진 카드처럼 허물어져 서로 포개지고 겹쳐진 교외 주택의 벽들도 아니다. 황량한 리마[108]를 세상에서 가장 이상하고 슬픈 도시로 만드는 원인은 이런 것들이 아니다. 그건 리마가 하얀 베일을 쓰고 있기 때문이다. 리마의 비애를 말해 주는 흰색에는 한 단계 높은 공포가 도사리고 있다. 피사로[109]만큼이나 오래된 도시건만 흰색은 리마의 폐허를 늘 새것처럼 보존하며, 완전한 붕괴를 의미하는 명랑한 녹색을 인정하지 않

107 하르츠 산맥에서 가장 높은 봉우리로, 브로켄의 요괴라고도 부르는 빛무리 그림자 현상으로 유명하다.
108 페루의 수도. 태평양 연안 고원에 자리잡고 있으며, 1535년 피사로에 의해 건설되었고, 오래된 건축물이 많다.
109 잉카 제국을 정복해 스페인의 식민지로 만든 스페인의 군인, 탐험가.

은 채 부서진 성벽 위로 뇌졸중의 딱딱한 창백함을 흩뿌려 왜곡된 상황을 고착하는 것이다.

일반적인 견해로는 이런 백색 현상이 그렇지 않아도 무서운 대상의 공포를 증폭시키는 가장 큰 요인이라고는 인정할 수 없으며, 어떤 사람들은 단지 그것만으로도 공포를 느끼고 특히 침묵이나 보편성에 가까운 형태로 드러나면 공포가 더욱 극심해지는 반면에 상상력이 결여된 사람의 입장에서는 전혀 공포를 불러일으키지 않는다는 걸 나도 잘 안다. 이 두 가지 주장은 다음 사례들로 각각 설명해 볼 수 있을 것 같다.

첫째, 뱃사람은 밤에 낯선 해안에 다가갈 때면 해안에 부딪혀 부서지는 파도의 노호를 들으며 주위를 경계하기 시작하고 온 신경을 곤두세울 만큼 불안을 느끼지만, 이와 비슷한 상황에서 그물 침대에 누워 있다가 한밤중에 갑판에 올라가 배가 유백색 바다(마치 주변을 에워싼 곳에서 백곰이 무리 지어 헤엄쳐 오는 것처럼)를 항해하는 모습을 보게 될 경우 고요하고 미신적인 두려움에 사로잡히고 수의를 뒤집어쓴 것 같은 흰 바다의 환영이 정말로 유령이기라도 한 듯 전율할 것이다. 측연(測鉛)이 미치지 않을 만큼 깊은 바다에 있다는 걸 확인해 봐야 아무 소용이 없다. 그는 심장과 머리가 모두 좌초된 꼴이어서, 다시 푸른 바다로 나올 때까지 마음을 놓지 못한다. 하지만 이 상황에서 〈내가 불안에 휩싸였던 건 암초에 부딪힐지 모른다는 것보다 소름 끼치는 흰색에 대한 두려움 때문이었다〉라고 말할 뱃사람이 과연 있을까?

둘째, 페루 원주민들은 눈 덮인 안데스 산을 1년 내내 바라봐도 전혀 두려움을 느끼지 않으며, 단지 저렇게 높은 곳은 영원히 얼어붙어 황량할 테고 그러니 저렇게 인적 없는 쓸쓸한 곳에서 길을 잃으면 무섭겠다고 생각하는 정도다. 서부 변경에 사는 사람들도 비슷해서, 흰색의 최면을 깨뜨릴 나무 한 그루는커녕 나뭇가지 그림자조차 없는 광활한 평원에 눈발이 흩날리는 풍경을 비교적 무심하게 바라본다. 남극해의 광경을 접한 뱃사람은 그렇지 못하다. 그곳에서는 이따금 눈서리와 찬 공기가 작용해 고약한 눈속임을 일으켜, 반쯤 난파한 배의 선원이 몸을 덜덜 떨며 보게 되는 건 그런 비참한 상황에 희망과 위안의 말을 들려줄 무지개가 아니라 가느다란 얼음 기둥과 쪼개진 십자가가 늘어선 드넓은 교회 묘지가 조롱하듯 흰 이를 드러낸 풍경이다.

하지만 당신은 말할 것이다. 흰색에 대한 흰 가루분 같은 이번 장(章)은 겁에 질린 영혼이 내단 투항의 흰 깃발에 지나지 않는다고. 이슈마엘, 자네는 우울증에 굴복한 모양이라고.

그렇다면 말해 보라. 사나운 맹수라고는 구경도 할 수 없는 버몬트의 평화로운 골짜기에서 어느 화창한 날에 태어난 원기 왕성한 어린 망아지가 있는데, 사나운 짐승을 보여 주는 것도 아니고 다만 냄새만 맡도록 방금 벗겨 낸 물소 가죽을 뒤에서 들고 흔들었을 때, 이 망아지가 흠칫 놀라 콧김을 뿜고 눈을 휘둥그레 뜬 채 극심한 공포에 휩싸여 발을 구르는 건 무슨 연유인가? 북부의 푸른 초원에서 자란 망아지는 야수의 뿔에 받힌 기억이 없으므로 이상한 사향 냄새에서 무섭던 과거의 경험을 떠올릴 연관 고리는 존재하지 않는다. 뉴잉글랜드의 어린 망아지가 머나먼 오리건의 검은 들소에 대해 뭘 알겠는가?

맞다. 하지만 우리는 여기서 아무리 말 못하는 짐승이라도 세상의 마성을 알아차리는 본능이 있다는 걸 확인할 수 있다. 오리건에서 몇천 킬로미터 떨어졌지만, 야생의 사향 냄새를 맡자 지금 이 순간 들소 무리가 흙먼지를 일으키며 달려오는 초원에 홀로 버려진 야생의 망아지만큼이나 살을 찢고 뿔로 들이받는 들소 무리를 생생하게 느끼는 것이다.

그러므로 유백색 바다의 조용한 파도 소리, 눈꽃이 피어난 산이 침울하게 버스럭거리는 소리, 황량한 초원에서 바람에 이리저리 눈이 쓸려 가는 소리, 이 모든 것이 이슈마엘의 입장에서는 망아지를 겁에 질리게 하는 들소 가죽 흔들기나 다름없다.

신비로운 상징이 암시하는, 이름 모를 것들이 어디 있는지는 아무도 모르지만, 그래도 내게는 망아지의 경우처럼, 그것들이 어딘가에 틀림없이 존재한다. 눈에 보이는 이 세계는 여러 면에서 사랑으로 이루어진 것처럼 보이지만, 보이지 않는 부분은 두려움으로 만들어진다.

하지만 우리는 아직 흰색의 마법을 풀지 못했고, 그것이 영혼에 그토록 막강한 힘을 발휘하는 이유도 알아내지 못했다. 게다가 더 기이하고 더 놀라운 건, 지금까지 살펴봤듯이, 어찌하여 흰색은 영적인 것의 가장 의미심장한 상징, 아니 기독교 신의 베일 자체이면서 그와 동시에 인류에게 가장 섬뜩한 것의 속성을 강화하는 요소가 되었냐는 점이다.

은하수의 하얀 심연을 볼 때 우주의 무심한 공허와 광막함을 어렴풋이 보여 주면서 절멸에 대한 생각으로 우리의 등을 찌르는 건 그 색의 무한함일까? 아니면, 흰색은 본질적으로 색이라기보다 가시적인 색의 부재인 동시에 모든 색이 응집된 상태는 아닐까? 광활한 설경이 무심하게 텅 비었으면서도 의미로 가득 찬 건 이런 이유 때문일까? 색이 없으면서 모든 색이 함축된 무신론처럼 우리를 위축되게 하는 걸까? 그리고 자연 철학자들의 여타 이론들을 살펴보면 지상의 다른 모든 색, 장엄하거나 사랑스러운 광채를 발하는 모든 색, 이를테면 하늘과 숲을 달콤하게 물들이는 저녁놀이나 금박을 입힌 벨벳 같은 나비의 날개, 젊은 처녀들의 나비 같은 뺨, 이 모든 것이 전부 교묘한 속임수이며 실제로 물질에 내재된 게 아니라 외부에서 겉에 드리우는 것에 불과하다고 한다. 그렇기 때문에 신격화한 자연은 창부처럼 완벽하게 화장을 했더라도 매혹적인 겉 포장은 내면의 납골당을 가렸을 뿐이다. 여기서 한 걸음 더 나아가 자연의 모든 색채를 만들어 내는 신비로운 화장품을 따져 봤을 때, 빛의 근본 원리는 본질적으로 영원히 흰색, 또는 무색이어서 매개물 없이 직접 물질에 작용할 경우 모든 사물을, 심지어 튤립과 장미마저도 원래의 공허한 색조로 물들인다. 이런 것들을 생각하면 몸이 마비된 우주는 나병 환자처럼 우리 앞에 누워 있고, 유럽 북단의 라플란드를 지나면서도 색안경을 쓰지 않으려는 고집불통의 여행자처럼 저주받은 이단아는 주변의 모든 풍경을 감싼 광대한 흰색 수의를 보다가 눈이 멀어 버린다. 그리고 백색증 고래는 이 모든 것의 상징이었다. 그러니 격렬한 추격을 어찌 의아하게 생각할 것인가?

43

쉿!

「쉿! 방금 그 소리 들었어, 카바코?」

한밤중 당직 시간, 달이 밝은 가운데 선원들은 중간 갑판의 담수 통에서부터 뒤쪽 갑판 난간 근처의 음료수 통까지 늘어섰다. 이런 대열로 서서 양동이를 차례로 전달하며 음료수 통을 채웠다. 대부분이 신성한 뒤쪽 갑판에 서 있었기 때문에 입을 열거나 발을 구르는 일이 없도록 조심했다. 이따금 돛이 펄럭이거나 전진 중인 용골이 꾸준하게 윙윙거리는 소리뿐, 양동이는 무거운 침묵 속에서 손에서 손으로 전해졌다.

이런 정적이 흐르는 가운데 뒤쪽 승강구 근처에서 대열을 이룬 아치가 옆에 있는 촐로[110]에게 속삭였다.

「쉿! 방금 그 소리 들었냐고, 카바코?」

「양동이나 받아, 아치. 무슨 소리가 들렸다는 거야?」

「또 들리잖아. 승강구 아래쪽에서. 못 들었어? 기침, 그래 맞아. 기침 소리 같았어.」

「기침은, 빌어먹을! 양동이나 받아서 넘겨.」

110 아메리카 원주민과 스페인계 사람 사이에서 태어난 혼혈 남성.

「또 들린다. 저기 들리잖아! 서너 명이 자면서 뒤척이는 것 같아. 지금도!」

「어허! 그만 안 해? 저녁때 먹은 건빵 세 개가 배 속에서 뒤척이나 보지. 그것밖에 더 있어? 양동이나 잘 봐!」

「누가 뭐라건, 내 귀는 틀림없어.」

「어련하겠어. 낸터컷에서 80킬로미터 떨어진 바다에서도 퀘이커 할망구가 뜨개질하는 소리를 들었다는 게 자네잖아. 대단하셔.」

「비웃을 테면 비웃어. 곧 알게 될 테니. 잘 들어, 카바코. 갑판에 모습을 드러내지 않은 누군가가 저기 뒤쪽 선창에 있어. 선장 영감도 뭔가 아는 것 같아. 언젠가 아침 당직 때 들었는데, 스터브가 플래스크한테 비슷한 얘기를 하더라니까.」

「거참! 양동이!」

44
해도

에이해브 선장이 자신의 목적을 선원들에게 말하고 열렬한 동의를 이끌어 낸 날 밤에는 돌풍이 휘몰아쳤다. 그때 에이해브 선장을 따라 선실에 들어갔다면, 그가 고물보의 벽장으로 가서 잔금이 가고 누르스름한 커다란 해도(海圖) 두루마리를 꺼내, 바닥에 나사못으로 고정한 탁자 위에 펼치는 모습을 봤을 것이다. 그런 다음 그 앞에 앉아 지도의 다양한 선과 색을 유심히 살펴보고는 느릿하지만 흔들림 없는 손놀림으로 빈 여백에 연필 선을 긋는 모습도 봤을 것이다. 그러면서 이따금 옆에 놓인 오래된 항해 일지를 뒤적이기도 했는데, 거기에는 여러 선박이 항해 중에 향유고래를 잡았거나 목격한 때와 장소가 기록되어 있었다.

한창 몰두한 그의 머리 위에서는 쇠사슬에 매달린 무거운 백랍 등불이 배가 움직이는 대로 따라 흔들리며 주름진 이마 위로 빛과 그림자를 번갈아 드리웠고, 그러다 보니 그가 구겨진 해도에 선을 긋고 해로를 표시하는 동안 이마에 깊이 새겨진 지도에도 보이지 않는 또 다른 연필이 선을 긋고 항로를 그리는 것 같았다.

하지만 에이해브가 이렇게 선실에 홀로 앉아 해도를 펼쳐 놓고 생각에 잠긴 건 비단 이날 밤만의 일은 아니었다. 그는 거의 매일 밤 해도를 꺼내 놓고 거의 매일 밤 연필 자국을 지우거나 새로 그려 넣었다. 사대양의 해도를 전부 펼쳐 놓은 에이해브는 편집증에 사로잡힌 영혼의 의도를 좀 더 확실히 달성하기 위해 해류와 소용돌이의 미로를 더듬어 나아갔다.

바다 괴물의 습성을 제대로 모르는 사람에게는 망망대해에서 그런 식으로 단 한 마리의 생명체를 찾아 나선다는 게 터무니없을 정도로 무모해 보일지 모른다. 하지만 에이해브는 그렇게 생각하지 않았다. 그는 모든 조류와 해류의 패턴을 알았고, 그걸 근거로 향유고래의 먹이가 지나는 길을 파악했으며, 더 나아가 특정한 위도에서 향유고래를 잡을 수 있는 시기가 언제인지 기억했다가 언제 이런저런 해역에 도착해야 노리는 사냥감을 찾을 수 있을지에 대해 합리적인 추측을 넘어 거의 확실한 판단을 내릴 수 있었다.

실제로 향유고래가 특정한 해역에 주기적으로 나타난다는 건 너무나 확실한 사실이기 때문에 세계적으로 이 고래를 면밀히 관찰하고 연구할 수만 있다면, 그리고 전체 포경 선단의 항해 일지를 꼼꼼하게 대조할 수만 있다면, 향유고래의 이동 경로가 청어나 제비의 이동에 버금갈 만큼 일정하다는 것이 밝혀지리라고 믿는 포경업자들이 많았다. 그리고 이걸 근거 삼아 향유고래의 정교한 이동 경로를 지도로 표시하려는 시도들이 존재했다.[111]

111 위의 글을 쓴 후 워싱턴 소재 국립 천문대의 모리 중위가 1851년 4월 16일에 제출한 공무 보고서에 의해 이것이 사실로 입증된 것을 기쁘게 생각한다. 그 보고서는 현재 바로 그런 해도가 작성되고 있음을 밝혔고, 그중 일

게다가 향유고래는 먹이를 찾아 한곳에서 다른 곳으로 이동할 때 정확한 본능, 말하자면 신에게서 부여받은 신비스러운 지능에 의해, 대체로 맥(脈)을 따라 헤엄치는 게 일반적이다. 어떤 배가 어떤 해도에 따라 항해하더라도 정확성에서 향유고래의 10분의 1에도 못 미칠 만큼, 한 치의 오차도 없이 정해진 바닷길을 따라가는 것이다. 이런 경우 고래가 선택하는 방향은 측량 기사가 그은 평행선처럼 곧고, 고래가 전진하며 그리는 선도 당연히 직선이지만, 고래가 따라서 헤엄친다는 그 자의적인 〈맥〉은 대체로 폭이 몇 킬로미터에 이른다(다소의 차이는 있지만 맥은 늘어나거나 수축하는 것으로 추정된다). 그래도 이 마법의 뱃길을 신중하게 항해하는 포경선의 돛대 꼭대기에서 볼 수 있는 시야의 폭을 결코 넘지 않는다. 정리하자면, 특정한 시기에 그 경로를 따라가며 정해진 폭에서 벗어나지 않을 경우 이동하는 고래를 발견할 것은 거의 확실하다.

그래서 에이해브는 입증된 시기에 널리 알려진 특정한 먹이터에서 자신의 목표물을 만나게 될 것이라고 희망하는 데 그치지 않고, 그런 먹이터 사이의 넓은 바다를 건너가는 동안에도 고래를 만날 가능성이 전혀 없지 않도록 장소와 시간을 계산할 수 있었다.

얼핏 보기에는 광적이면서도 상당히 체계적인 그의 계획을 복잡하게 만드는 것 같은 상황이었지만, 실제로는 그렇지

부를 보고서에 싣기도 했다. 〈본 해도는 대양을 위도 5도와 경도 5도의 수역으로 분할했으며, 그렇게 분할된 각 수역에 수직으로 선을 그어 열두 달에 해당되는 칸열두 개로 나누고 수평으로도 각 수역마다 선을 셋씩 그었다. 하나에는 매달 각 수역에서 보낸 날의 수를 표시하고, 나머지 두 칸은 향유고래와 참고래가 포착된 날의 수를 기록하기 위한 것이다〉 — 원주.

않았을 것이다. 무리를 지어 다니는 향유고래들이 특정한 수역을 정기적으로 찾기는 해도, 일반적으로는 이러저러한 위도나 경도에서 먹이를 잡아먹는 고래 떼가 앞선 해에 그곳에서 포착된 무리와 동일하다고 단정할 수는 없다. 비록 동일하다는 것이 사실로 입증된 구체적이고 의심할 수 없는 사례들이 있긴 하지만, 일반적으로 성숙하고 나이 든 향유고래 중에서도 홀로 다니는 은둔자에게만 제한적으로 적용된다. 그러므로 예를 들어 모비 딕이 작년에 인도양의 세이셸 어장이나 일본 근해의 화산만에서 목격됐다고 해서 이듬해 같은 시기에 그 지역을 찾아간 피쿼드호가 거기서 반드시 모비 딕을 만나게 된다는 얘기는 아니다. 모비 딕이 여러 차례 모습을 드러낸 다른 먹이터들 역시 마찬가지다. 이런 곳들은 모비 딕이 이따금 들르는 곳, 말하자면 바다의 여인숙일 뿐이지 오래 머무는 곳은 아닌 것 같다. 지금까지 에이해브가 목적을 달성할 확률을 언급할 때면 부차적이고 추상적이며 특수한 전망만을 에둘러 언급했다. 그런데 구체적인 시기와 구체적인 장소가 확보된다면 모든 가능성이 개연성이 되고 개연성은 거의 확실해진다고 에이해브는 즐겨 생각했다. 구체적인 시간과 장소는 전문 용어로 적도 시기(赤道時期)와 관련이 있었다. 여러 해 동안 계속해서 바로 그 시기에 그 장소에서 모비 딕이 정기적으로 발견되었고, 1년 주기로 회전하는 태양이 황도 12궁의 가운데 자리에 일정 기간 머무르듯, 모비 딕도 그 무렵 그 수역에서 한동안 머무르곤 했다. 흰 고래와의 사투도 대부분 그곳에서 벌어졌기 때문에 그 일대에는 모비 딕에 관한 수많은 전설이 깃들었으며, 편집광 노인네가 복수를 하겠다는 치열한 동기를 갖게 된 비극적인 장소이기도 했다. 하지만 에이해브는 꼼꼼한 지식으로 빈틈없는 주의를 기울이며 단호한 추격에 침울한 영혼을 집어던졌고, 그 희망이 아무리 그럴듯하더라도 앞에서 언급한 궁극적인 사실 하나에 모든 희망을 걸지는 않았지만, 뜬눈으로 밤을 새며 복수를 다짐하는 동안 그 수역에 이르기까지 모든 추격을 연기할 만큼 초조한 심정을 가라앉힐 수도 없었다.

그런데 피쿼드호는 적도 시기가 막 시작될 무렵에 낸터컷을 출발했다. 그렇다면 남쪽으로 한참 내려가 혼 곶을 돈 다음 위도를 60도나 이동해야 하므로 아무리 노력한들 제때에 적도 선상의 태평양에 도착하는 건 불가능했다. 그러므로 다음 시기를 기다려야 했다. 하지만 피쿼드호의 이른 출항은 아마도 바로 이런 상황을 염두에 두고 에이해브가 은밀하게 정한 것일지도 모른다. 왜냐하면 그때까지 3백하고도 예순다섯 번의 낮과 밤이라는 여유가 있기 때문이다. 그동안에 육지에서 초조하게 시간을 보내느니 잡다한 종류의 고래라도 잡는 편이 나았고, 어쩌면 우연히 주기적으로 찾는 먹이터를 벗어나 외딴 바다에서 휴가를 즐기던 흰 고래가 페르시아 만이나 벵골 만, 중국해, 아니면 다른 고래가 출몰하는 이런저런 바다에서 주름진 이마를 드러낼지도 모르는 일이었다. 그러니까 인도양의 몬순 계절풍, 남아메리카의 팜파스풍, 아프리카의 하르마탄 건풍, 그리고 무역풍까지, 말하자면 지중해의 동풍과 아라비아의 열풍을 제외한 모든 바람이 세계를 주유하는 피쿼드호의 갈지자 행로로 모비 딕을 밀어보낼지도 모른다는 얘기다.

하지만 이런 점들을 전부 인정하더라도, 신중하고 냉철하게 따져 보면 도무지 정신 나간 생각이라고밖에는 여겨지지 않는다. 한없이 넓은 바다에서 외따로 떨어진 고래 한 마리를 설사 만난다 한들, 그게 바로 그 고래임을 알아본다는 건 붐비는 콘스탄티노플 대로에서 흰 수염의 율법학자를 알아보는 것과 같은 노릇이 아닐까? 아니다. 모비 딕 특유의 눈처럼 흰 이마, 눈처럼 흰 혹은 도저히 잘못 볼 수 없기 때문이다. 에이해브는 자정이 한참 지나도록 해도를 뚫어져라 살펴보다가 다시 공상에 잠기며 이렇게 중얼거리곤 했다. 그리고 내가 그 고래한테 표시를 해놓지 않았던가. 내가 표시를 해놨는데 어떻게 도망칠 거야? 녀석의 넓은 지느러미에는 구멍이 뚫렸고, 길 잃은 양의 귀처럼 푹 파였지! 여기까지 생각이 미치면 그의 미친 마음은 경주하듯 숨 가쁘게 내달리고, 골똘한 생각에 따른 피로와 현기증이 몰려왔다. 그러면 그는 기운을 차리기 위해 갑판으로 나가곤 했다. 오, 세상에! 이루지 못한 복수의 열망에 사로잡힌 저 사나이는 어떤 최면에 빠져 이 고통을 견디는 걸까. 그는 주먹을 움켜쥔 채 잠을 잤고, 일어나면 손톱이 손바닥을 파고들어 피가 흥건했다.

가끔은 견딜 수 없이 생생해서 탈진할 지경인 꿈을 밤새도록 꾸다가 그물 침대를 박차고 나오기도 했는데, 그 꿈이란 낮 동안 그를 짓누르던 치열한 생각의 반복이었고, 어지러운 상념이 불꽃을 일으키며 충돌하는 머릿속을 빙빙 돌면 숨을 쉬는 것 자체가 참기 힘든 고통이 되곤 했다. 그리고 이따금 이런 정신적인 고뇌가 존재의 뿌리를 뽑자고 들 때면, 그의 몸이 갈라지며 화염과 번갯불이 솟고, 저주받은 악마들이 그 구렁으로 뛰어내리라고 손짓했다. 내면에 도사린 이런 지옥이 입을 벌리면 거친 비명이 온 배에 울려 퍼지고, 에이해브는 불붙은 침대에서 도망친 사람처럼 눈을 희번덕이며 선실에서 뛰쳐나왔다. 하지만 이런 것들은 에이해브의 잠재된 약점이나 자신의 결심에 대한 억눌린 두려움이 저도 모르게 표출된 것이라기보다 오히려 그 치열함을 여실히 보여 주는 증거일 것이다. 왜냐하면 겁에 질려 그물 침대에서 뛰쳐나온 에이해브는 그 침대에 누웠던 미친 에이해브, 한 치의 흔들림도 없이 흰 고래를 향해 달려가는 교활한 사냥꾼이 아니라 그의 내면에 있는 영원한 생명의 원칙, 또는 영혼이었기 때문이다. 잠을 잘 때면 영혼은 평소에 그 광기를 외부의 동력이나 매개체로 사용하는 정신과 잠시 단절된 채, 신랄한 관계를 자발적으로 끊고 도망치려 하며 그때만큼은 완전체를 이루지 않는다. 하지만 영혼과 결부되지 않고서는 정신이 존재하지 않으므로 에이해브의 경우에는 모든 생각과 상념을 단하나의 궁극적인 목표에 바쳤고, 그 목표는 더없이 완고한 의지로써 신과 악마에 맞서며 스스로 일종의 독단적이고 독립적인 존재가 되었다. 아니, 그것에 결부된 평범한 생명력이 원치 않는 사생아의 탄생에 겁을 집어먹고 도망치는 동안에도 그의 목표는 완강히 살아남아 타오를 수 있었다. 그러므로 에이해브가 방에서 뛰쳐나온 것처럼 보였을 때 불거진 눈에서 희번덕거리던 고통에 겨운 정신은, 그 순간에는 알맹이 없는 껍데기, 무형의 몽유병 같은 존재였다. 물론 살아 있는 빛줄기인 건 확실했지만, 빛으로 물들일 대상이 없었기 때문에 그것만으로는 공허 자체였다. 노인이여, 신의 가호가 있기를. 그대의 생각이 그대의 존재 안에 한 생명체를 만들었구려. 치열한 생각으로 스스로 프로메테우스가 된 인간, 그의 심장을 영원히 쪼아 먹는 독수리. 그가 만들어 낸 생명체란 바로 그 독수리였다.

45
선서 진술서

이 책에서 하게 될 이야기와 관련하여, 사실 향유고래의 습성 가운데 대단히 흥미롭고 신기한 특징 한두 가지를 간접적으로 다뤘다는 점 때문에 앞 장 첫머리는 이 책의 어느 부분 못지않게 중요하다. 하지만 그 주제를 제대로 이해하고, 더 나아가 전반적인 주제에 대한 지식이 없을 경우 이 문제의 핵심 요점의 지당한 진실성에 품을 우려가 있는 의혹을 제거하기 위해, 주요 대목을 더 깊고 더 자세하게 다뤄 볼 필요가 있다.

나는 이 일을 체계적으로 진행할 생각은 없으며, 다만 고래잡이로서 실제로 접했거나 확실히 아는 몇 가지 사실들을 개별적으로 인용함으로써 소기의 효과를 이끌어 낼 수 있다면 그것으로 만족하겠다. 그런 인용을 통해 내가 의도하는 결론이 자연스럽게 도출되리라고 본다.

첫째, 작살을 맞은 고래가 사실상 완전히 도망쳤지만 일정한 시간(어떤 경우에는 3년)이 경과한 후 같은 사람에게 다시 잡혔고, 몸을 갈라 보니 똑같은 표시를 새긴 작살 두 개가 나온 경우를 나는 세 차례나 직접 목격했다. 작살 두 개를

3년 간격으로 맞은 경우는, 내가 보기엔 그보다 더 길었을지도 모른다고 생각하는데, 작살을 던진 사람은 그 사이에 상선을 타고 아프리카로 항해를 나갔고, 아프리카에 상륙한 후에는 탐험대에 합류하여 2년 가까이 내륙 깊숙한 곳을 돌아다니며 뱀과 미개인, 호랑이, 땅의 독기 등등, 미지의 지역에서도 심장부에서나 흔히 접하는 위험을 두루 경험했다. 그러는 동안 그의 작살을 맞은 고래도 여행을 계속한 모양이었다. 아프리카 해안을 옆구리로 스치며 지구를 세 바퀴쯤 돌았지만 다 소용없는 일이 됐다. 남자와 고래는 다시 만났고, 남자가 고래를 정복했다. 나는 이와 비슷한 경우를 세 차례 경험했는데, 두 번은 고래가 맞는 것을 봤고, 두 번째로 공격을 당해 죽은 고래에게서 저마다 표시가 새겨진 작살 두 개가 나온 걸 봤다. 3년 간격으로 작살을 맞은 경우에는 우연찮게도 두 번 모두 추격 보트에 타고 있었는데, 두 번째로 고래를 봤을 때 3년 전에 본 고래 눈 밑의 커다랗고 특이한 반점을 똑똑히 알아차렸다. 말은 3년이라고 했지만, 그보다 더 길었을 게 거의 확실하다. 어쨌든 개인적으로 세 번이나 진실을 목격했으며, 증언의 진실성에 이의를 제기할 여지가 전혀 없는 사람들에게서 전해 들은 사례도 수없이 많다.

둘째, 뭍사람들은 전혀 모르겠지만, 특정한 고래가 시간과 공간의 차이를 두고 여러 사람에게 목격된 역사적으로 유명한 사례가 몇 차례 있었다는 건 향유고래 포경업계에선 잘 알려진 사실이다. 그 고래들이 유난히 주목받게 된 이유는 단지 다른 고래와 구분되는 신체적인 특징 때문만은 아니었다. 왜냐하면 어떤 고래의 신체적 특징이 아무리 유별나더라도, 귀한 기름을 짜내기 위해 잡아 죽인 다음에는 특이한 점

이랄 게 다 없어져 버리기 때문이다. 그러므로 진짜 이유는
따로 있었다. 목숨을 담보로 하는 포경업계의 성격상, 그런
고래에게는 리날도 리날디니[112]만큼이나 위험천만하다는 끔
찍한 평판이 따라붙고, 고래잡이들 대부분은 그런 고래가 바
로 옆 바다에서 어슬렁거리는 걸 발견해도 더 가까이 다가가
친분을 쌓을 노력을 하는 대신 방수 모자를 살짝 건드리며
경의를 표하는 것으로 만족하기 때문이다. 어쩌다 성미가 고
약한 위인을 알게 된 어설픈 뭍사람들이 괜히 친한 척을 했
다간 주제넘다며 냅다 주먹이 날아올까 두려운 나머지 거리
에서 만나더라도 멀리서 공손히 인사만 하고 지나는 것과 마
찬가지라 하겠다.

하지만 이렇게 알려진 고래들은 저마다 엄청난 유명세, 그
야말로 대양 전역에 걸친 명성을 누렸을 뿐만 아니라, 살아
생전에 유명했던 것도 모자라 죽은 후에도 뱃사람들 사이에
서 불멸의 전설이 되고, 이름에 어울리는 온갖 권리와 특권
과 영광을 누렸다. 실제로 캄비세스[113]나 카이사르 못지않게
유명한 고래도 있었다. 그렇지 않은가, 티모르 톰이여! 같은
이름을 가진 동양의 해협에 오랫동안 몸을 숨긴 채 야자수
우거진 옴베이[114] 해변에서 물을 뿜는 모습이 종종 목격됐고
빙산처럼 온몸에 흉터가 있던 유명한 고래여! 그렇지 않았던
가, 오 뉴질랜드 잭이여! 문신 제도[115] 인근을 지나는 모든 선
박에게 공포의 대상이던 고래여! 그렇지 않았던가, 오 일본

112 독일의 소설가이자 극작가인 불피우스가 쓴 소설 『해적왕 리날도 리
날디니』의 악명 높은 주인공.
113 기원전 6세기 페르시아의 왕.
114 인도네시아 티모스 섬 인근에 위치한 섬.
115 폴리네시아 제도를 의미한다.

왕 모르콴이여! 높이 쏘아 올린 물기둥이 때때로 하늘에 그
린 백설처럼 흰 십자가에 비유되곤 하던 고래여! 그렇지 않
았던가, 오 돈 미겔이여! 늙은 거북이처럼 신비로운 상형 문
자를 등에 새긴 그대 칠레의 고래여! 간단히 말해서 이 네 마
리 고래는 고전학자들이 마리우스나 실라[116]를 아는 것만큼
이나 고래학도들 사이에 널리 알려져 있다.

하지만 이게 전부가 아니다. 뉴질랜드 톰과 돈 미겔은 다
양한 선박의 포경 보트들 사이에서 여러 번 소동을 일으킨
후 끝내 용감한 포경선 선장들의 체계적인 추격을 받아 죽
고 말았는데, 옛날 버틀러 대장이 내러갠싯 숲을 통과하면서
이미 인디언의 왕 필립 휘하의 일등 전사이자 흉악하고 잔인
하기로 악명 높던 애너원을 잡겠다는 목표를 세운 것처럼,[117]
선장들은 닻을 올리고 출항할 때부터 명확한 목표를 염두에
두고 있었다.

흰 고래 이야기의 전말, 그중에서도 특히 비참한 최후가
어느 모로 보나 합리적이라는 것을 인쇄의 형태로 분명히 인
식시키기 위해 중요하다고 여겨지는 한두 가지 이야기를 더
언급하기에 지금보다 적당한 기회는 없을 것 같다. 진실이면
서도 허구만큼이나 충분한 증거를 요구받는 건 맥 빠지는 일
인데, 이것도 그런 경우에 해당한다. 육지 사람들 대부분은
더없이 명백하고도 뚜렷한 세상의 경이에 대해 너무나 무지
하기 때문에, 포경업의 역사적인 사실과 그 밖의 명백한 사

---

116 둘 다 로마 시대의 군인이자 정치가.
117 윌리엄 버틀러 대령은 1778년에 또 다른 인디언 우두머리인 조셉 브
랜트를 잡으려다 실패했고, 1676년에 실제로 애너원을 잡은 사람은 벤저민
처치 대위인데, 멜빌이 혼동을 일으킨 것 같다.

실의 실마리를 제공하지 않으면 모비 딕을 한낱 괴물의 우화로 웃어넘기거나 심지어 징그럽고 소름 끼치는 비유담 정도로 생각할지 모른다.

첫째, 사람들 대부분이 포경업 전반의 일반적인 위험에 대해 막연하고 어렴풋하게 알기는 해도, 그 위험이 어떤 것이며 얼마나 자주 발생하는지에 대해서는 확실하고 선명한 인식이 없다. 그 이유는 아무래도 포경업계에서 실제로 일어나는 재난과 사망자 가운데 고국의 공식 문건에 기록되는 건 50분의 1에도 못 미치고, 설사 기록되는 경우에도 금세 지나가 순식간에 잊히기 때문일 것이다. 바로 지금 저기 저 불쌍한 친구가 뉴기니 근해에서 고래 작살줄에 몸이 감겨 커다란 바다괴물에 의해 바다 밑바닥으로 끌려 내려간다고 해도, 과연 당신이 내일 아침 식탁에서 읽을 신문의 부고 칸에 저 친구 이름이 실릴까? 아니. 이곳과 뉴기니 사이의 우편 배달은 매우 불규칙하기 때문이다. 아닌 게 아니라, 뉴기니에서 직접적으로든 간접적으로든 정기적인 소식이라고 부를 만한 걸 들어 본 적이 있는가? 언젠가 태평양을 항해하며 지나친 수많은 선박들 가운데 서른 척과 얘기를 나눠 봤는데, 다들 하나같이 고래 때문에 발생한 사상자가 있었다. 한 명 이상인 경우도 많았고, 보트에 탄 선원 전원이 사망한 배도 세 척이나 됐다. 그러니 부디 등불과 양초를 아껴 쓰시라! 여러분이 태우는 1갤런의 기름에는 그걸 얻기 위해 흘린 피가 적어도 한 방울 이상 섞여 있다.

둘째, 육지 사람들은 고래가 엄청난 힘을 지닌 엄청난 동물이라고 막연히 생각한다. 하지만 그 힘과 크기가 얼마나 엄청난지 구체적인 예를 들어 설명하려 들면 사람들은 참 익살스럽게 얘기를 잘한다며 칭찬했다. 영혼을 걸고 맹세하지만, 내 이야기는 모세가 기록한 이집트 재앙의 역사만큼이나 익살과 거리가 멀었다.

하지만 다행히도 내가 여기서 주장하는 특별한 요점은 나와 전혀 관련 없는 증거로 입증할 수 있는데, 그 요점이란 다음과 같다. 향유고래는 이따금 계획적으로 커다란 배에 구멍을 뚫고 완전히 파괴해서 침몰시키기에 충분한 힘과 지능과 교활함을 지녔으며, 무엇보다 향유고래가 실제로 그렇게 해왔다는 것이다.

첫 번째, 1820년에 폴러드 선장의 지휘하에 낸터컷을 떠난 에식스호는 태평양에서 순항 중이었다. 어느 날 고래의 물기둥을 보고 보트를 내려서 향유고래 떼를 추격했다. 얼마 지나지 않아 고래 몇 마리가 상처를 입었다. 그때 갑자기 보트를 피해 도망치던 대단히 커다란 고래가 무리에서 벗어나더니 이마로 선체를 냅다 들이받았다. 고래의 공격에 구멍이 뚫린 배는 〈10분〉도 지나지 않아 옆으로 가라앉으며 침몰했다. 그 후로 배는 널빤지 하나조차 발견되지 않았다. 필설로 다할 수 없는 고생 끝에 일부 선원이 보트를 타고 육지에 다다랐다. 폴러드도 천신만고 끝에 집에 돌아왔다가 다른 배의 선장을 맡아 태평양으로 향했지만, 신은 또다시 그의 배를 침몰시켰다. 이번에는 미지의 암초와 큰 파도를 만나 침몰했다. 두 번째로 배를 잃은 그는 즉시 바다와 인연을 끊고 두 번 다시 바다에 나가지 않았다. 폴러드 선장은 지금도 낸터컷에 산다. 나는 비극이 일어났을 당시에 일등 항해사로 에식스호에 탔던 오언 체이스를 만난 적이 있다. 그의 솔직하고 정확한 기록을 읽고 그의 아들과도 대화를 나눴는데,

전부 대참사가 벌어진 현장에서 몇 킬로미터 떨어지지 않은 곳에서였다.[118]

두 번째, 역시 낸터컷 배인 유니언호는 1807년에 아조레스 제도 앞바다에서 비슷한 공격을 받아 완전히 파괴됐는데, 그 재해를 자세히 다룬 공신력 있는 기록은 접할 기회가 없었지만 고래잡이들이 이따금 지나가는 말처럼 언급하는 걸 들었다.

세 번째, 18년인가 20년쯤 전에 미국 해군의 최신식 슬루프 전함[119]을 지휘한 J. 제독은 샌드위치 제도의 오아후 항에

---

118 다음은 체이스의 기록에서 발췌한 내용이다. 〈모든 사실이 고래가 그런 행동을 한 게 결코 우연이 아니었다는 결론을 뒷받침해 주는 것 같다. 고래는 짧은 간격을 두고 두 차례에 걸쳐 배에 파상 공격을 했는데, 두 번 모두 우리에게 최대의 피해를 가하도록 공격 방향을 계산했다. 두 물체의 속도가 결합해서 충격이 가해질 수 있도록 정면에서 공격을 했기 때문이다. 그런 효과를 위해서는 놈이 취한 바로 그런 전략이 필요했다. 고래의 모습은 이루 말할 수 없이 무시무시했고, 원한과 분노가 역력했다. 우리는 방금 전에 그 무리에서 세 마리를 사냥했는데, 놈은 동료들의 고통을 대신 갚아 주겠다는 복수심에 불타는 것처럼 무리를 박차고 달려 나왔다.〉 그리고 이런 내용도 있다. 〈어쨌거나 모든 상황을 종합했을 때, 그때 내 눈앞에서 일어난 일들을 보면서 고래가 단호하고 계획적인 공격을 가한다는 인상을 받았기 때문에(지금은 그때의 느낌을 많이 잊어버렸지만) 내 의견이 옳다고 확신한다.〉

배를 버리고 탈출한 후 상당한 시간이 흐르도록 보트를 탄 채 어두운 밤바다를 표류하면서 뭍에 닿을 희망을 거의 포기했을 때의 느낌은 이렇게 기록했다. 〈캄캄한 바다와 높은 파도는 아무것도 아니었다. 무서운 폭풍에 휩쓸리거나 암초처럼 평소에는 두렵게 여기던 것들에 부딪히는 것 정도는 일고의 여지도 없을 만큼 하찮게 여겨졌다. 처참해 보이는 난파선, 고래의 무시무시한 모습과 복수심, 날이 다시 밝을 때까지 내 머릿속에는 온통 이 생각뿐이었다.〉

그는 다른 부분(45페이지)에서도 이 짐승의 신비롭고 치명적인 공격에 대해 이야기했다 — 원주.

119 포(砲)를 장착한 소형 범선.

정박한 어느 낸터컷 선박에서 포경선 선장들과 식사를 함께 했다. 고래 얘기가 나왔을 때 제독은 업계 사람들이 묘사하는 고래의 놀라운 힘에 회의적인 반응을 보였다. 이를테면, 자신의 슬루프 전함을 공격해서 한 방울의 물이라도 새게 만들 정도의 고래가 존재한다는 주장을 단호히 부정했다. 의심이야 그의 자유였지만, 상황은 거기서 끝나지 않았다. 몇 주 후에 제독은 난공불락의 전함을 타고 발파라이소[120]로 떠났다. 그런데 도중에 풍채 좋은 향유고래가 길을 막고는 긴한 용건이 있으니 몇 분만 시간을 내달라고 요청했다. 고래의 긴한 용건이란 제독의 전함을 강타하는 것이었고, 제독은 펌프를 전부 가동해 물을 퍼내면서 제일 가까운 항구로 곧장 달려가 배를 수리했다. 나는 미신을 믿는 사람은 아니지만 제독과 그 고래의 면담이 신의 섭리였다고 생각한다. 다소의 사울[121]도 비슷한 공포를 겪은 후에 불신을 버리고 믿음을 갖게 되지 않았던가. 분명히 말하지만, 향유고래는 결코 만만히 볼 상대가 아니다.

이번에는 이 점과 관련해서 랑스도르프의 항해기,[122] 그중에서도 특히 내 흥미를 끄는 내용을 언급하고자 한다. 랑스도르프가 금세기 초에 러시아의 제독 크루젠슈테른의 유명한 탐험대와 동행했다는 건 다들 알리라 믿는다. 랑스도르프 선장이 쓴 항해기의 17장은 이렇게 시작한다.

〈우리 배는 5월 13일까지 출항 준비를 모두 마쳤고, 다음

120 칠레 중부의 항구 도시.
121 사도바울. 기독교도를 박해하던 사울은 부활한 예수를 직접 만난 후 기독교로 개종하고 이름을 바울이라고 고쳤다.
122 독일의 정치가이자 박물학자인 게오르그 하인리히 폰 랑스도르프가 쓴 『세계 각지로의 항해와 여행』이라는 책을 말한다

날 오호츠크 항을 향해 넓은 바다로 나갔다. 날씨는 매우 청명했지만 견딜 수 없는 추위에 모피 옷을 벗을 틈이 없었다. 며칠 동안은 바람이 거의 불지 않았다. 19일째 되는 날에야 북서쪽에서 상쾌한 바람이 불었다. 몸집이 배를 능가할 정도로 유난히 커다란 고래가 수면 가까이 누워 있었는데, 돛을 모두 올린 배가 고래에 충돌하기 직전까지 갑판에서 고래의 존재를 알아차린 사람은 아무도 없었다. 이 커다란 동물이 등을 세워서 배를 수면 위로 1미터 가까이 들어 올리는 바람에 우리는 급전직하의 위험에 빠졌다. 돛대가 흔들리고 돛은 완전히 떨어져 나갔다. 아래에 있다가 암초에 부딪힌 줄 알고 당장 갑판으로 달려 올라갔더니 눈에 들어온 건 암초가 아니라 너무나 진지하고 엄숙하게 헤엄쳐 사라지는 괴물이었다. 드볼프 선장은 충격으로 인해 배가 손상되었는지 점검하려고 즉시 펌프를 작동했는데, 아무 손상이 없는 것을 발견하고 다들 몹시 기뻐했다.〉

여기서 배의 사령관으로 언급된 드볼프 선장은 뉴잉글랜드 사람이며, 오랜 세월 선장으로서 놀라운 모험을 하며 지내다가 지금은 보스턴 인근 도체스터라는 마을에서 산다. 나는 그분의 조카인 것을 자랑스럽게 생각한다. 랑스도르프 항해기에 나오는 이 대목에 대해 여쭤 봤더니 전부 사실이라고 확인해 주셨다. 하지만 그 배는 전혀 크지 않았고, 시베리아 해안에서 건조한 러시아 배였으며, 고향에서 타고 나간 배를 팔고 대신 구입한 것이라고 했다.

진정한 경이로움으로 가득 찬 구식 모험담이 남자답고 파란만장한 책, 댐피어의 옛 친구인 라이오넬 웨이퍼[123]의 항해기에서도 방금 인용한 랑스도르프의 이야기와 대단히 흡사

한 사건을 발견했기 때문에, 필요할 경우에 대비하여 보충 사례로 여기 덧붙이고 싶은 마음을 억누를 수 없다.

라이오넬은 지금의 후안페르난데스 제도[124]를 현대식으로 〈존 페르디난도〉라고 부른 모양이다. 〈그곳으로 가던 새벽 4시경, 아메리카 본토와 약 30킬로미터쯤 떨어진 지점에서 배에 심한 충격이 느껴졌고, 선원들은 여기가 어디며 이게 다 어찌된 영문인지 갈피를 잡지 못할 만큼 당황했다. 그러면서 다들 죽음을 각오하기 시작했다. 실제로 충격이 너무나 갑작스럽고 격렬했기 때문에 암초에 걸린 게 틀림없다고 여겼다. 하지만 놀라움이 조금 진정되었을 때 측연을 내려 수심을 재보니 바닥에 닿지 않았다……. 갑작스러운 충격에 포가 대좌에서 떨어졌고, 몇몇 선원은 그물 침대에서 튕겨 나왔으며, 총을 베고 누워 있던 데이비스 선장은 선실에서 뛰쳐나왔다!〉 라이오넬은 충격이 지진 탓이라고 주장했고, 그 무렵에 어디선가 실제로 지진이 발생해서 스페인 식민지에 피해를 입혔다는 말로 자신의 주장을 뒷받침했다. 하지만 그날 새벽의 어둠 속에서 발생한 충격이 보이지 않는 고래가 밑에서 배를 수직으로 들이받아 생겼다고 해도 나는 별로 놀라지 않았을 것이다.

이런저런 경로를 통해 알게 된 향유고래의 놀라운 힘과 악의에 대해서는 여기서 몇 가지 사례를 더 열거할 수도 있다. 향유고래가 공격을 가하고 본선으로 돌아가는 보트를 뒤쫓았을 뿐만 아니라 본선까지 추격해, 갑판에서 비 오듯 날아

123 댐피어는 원래 해적이었는데 영국 정부의 위탁을 받아 탐험대를 이끌었고, 웨이퍼는 댐피어의 탐험에 동행한 의사였다.
124 칠레의 태평양 연안에 있다.

온 창을 맞으면서도 한참을 버틴 경우도 한두 번이 아니었다. 이건 영국의 〈퓨지 홀〉이라는 배가 증언할 수 있다. 그리고 향유고래의 힘으로 말하자면, 파도가 잔잔할 때 도망치는 향유고래의 몸에 박힌 밧줄을 본선으로 옮겨 고정했더니 고래가 마치 마차를 끄는 말처럼 그 큰 선체를 끌고 바다를 가르며 헤엄친 사례를 얼마든지 찾아볼 수 있다. 또한 작살에 맞은 향유고래가 기운을 회복할 시간을 벌게 되면 맹목적인 분노를 표출하기보다 추격자를 파멸시키겠다는 계획적이고 집요한 의도에 따라 행동하는 경우를 매우 자주 관찰할 수 있다. 공격을 받으면 종종 아가리를 벌리고 몇 분 동안 그렇게 무시무시한 상태를 계속 유지한다는 것도 이 고래의 성격을 잘 보여 주는 사례라고 할 수 있다. 이제 결정적인 예를 한 가지만 더 들고 마치겠다. 이 놀랍고 의미심장한 이야기를 듣는다면 이 책에서 언급하는 가장 놀라운 사건을 오늘날의 명백한 사실들이 뒷받침할 뿐만 아니라 이런 경이로운 일들이 (세상의 모든 놀라운 일과 마찬가지로) 예전부터 있었던 일의 단순한 반복에 불과하다는 사실을 깨닫게 될 것이다. 그리하여 솔로몬의 말에 백만 번이라도 아멘을 외치지 않을 도리가 없으니, 과연 태양 아래 새로운 것은 없다.

서기 6세기, 유스티니아누스가 황제고 벨리사리우스가 장군이던 그 시절에, 콘스탄티노플의 행정관인 프로코피우스라는 기독교 신자가 살았다. 많은 사람들이 알듯이 그는 당대의 역사를 기록했고, 모든 면에서 대단히 귀중한 가치를 인정받는 역작을 남겼다. 최고의 권위자들도 지금부터 언급할 문제와는 전혀 상관없는 한두 가지 항목만 제외하면 항상 믿을 만하며 과장하지 않는 역사가라고 그를 평가했다.

프로코피우스는 콘스탄티노플의 행정관으로 재임하던 중에 인근의 프로폰티스, 그러니까 마르모라 해에서 50여 년 동안 툭하면 선박을 파괴해 온 엄청나게 큰 바다 괴물이 잡혔다고 역사서에 적었다. 이렇게 중요한 역사서에 기록된 사실은 쉽게 부정할 수 없고, 부정해야 할 이유도 없다. 구체적으로 어떤 종류의 바다 괴물인지에 대해서는 언급이 없지만 배를 파괴했다는 것을 포함한 여러 정황으로 볼 때 고래가 틀림없으며, 그중에서도 향유고래라고 확신한다. 그 이유는 이렇다. 향유고래는 오랫동안 지중해나 그곳과 이어진 깊은 바다에는 전혀 알려지지 않았던 것 같다. 지금도 여러 상황으로 인해 그쪽 바다는 고래들이 정기적으로 모이는 곳이 아니며, 어쩌면 앞으로도 그럴 일이 없을 거라고 확신한다. 하지만 최근에 좀 더 자세한 조사가 이루어지면서, 근대에는 지중해에서 향유고래가 간간이 발견된 것이 입증되었다. 정통한 관계자들에게서 들은 바로는, 영국 해군의 데이비스 제독이 바버리[125] 연안에서 향유고래의 뼈를 발견했다고 한다. 군함이 다르다넬스 해협을 쉽게 통과한다면 향유고래도 같은 길을 따라 지중해에서 프로폰티스로 넘어갔을 수 있다.

내가 아는 한 프로폰티스에서는 참고래의 먹이인 청어나 정어리가 전혀 발견되지 않는다. 하지만 향유고래의 먹이인 오징어는 바다 밑에 숨어 있다고 믿을 이유가 충분한데, 아주 큰 건 아니더라도 여전히 상당히 큰 오징어가 해수면에서 발견된 바 있기 때문이다. 이런 진술들을 적절히 종합하고 추리를 약간 더한다면 프로코피우스가 말한 바다 괴물, 반세

125 북아프리카의 지중해 연안 지방의 모로코, 알제리, 튀니지, 리비아를 일컫는다.

기 동안 로마 황제의 배를 파괴했다는 그 괴물이 향유고래였을 가능성이 농후하다는 사실을 분명히 알 수 있을 것이다.

46
추측

    비록 불처럼 이글거리는 목적에 열중한 에이해브의 모든 생각과 행동이 기어이 모비 딕을 잡겠다는 일념에 맞춰졌고 그 한 가지 열정을 위해 세상 모든 이익을 희생할 각오가 된 것처럼 보였지만, 그럼에도 불구하고 격렬한 고래잡이 생활과 밀접하게 결합된 오랜 습관과 천성으로 인해 항해에 따른 부수적인 일들을 완전히 포기할 수는 없었을지도 모른다. 만에 하나 그렇지 않았더라도, 그에게 더욱 강한 영향을 미칠 다른 동기들은 결코 부족하지 않았다. 흰 고래를 향한 원한이 일정 부분 향유고래 전체로 확대되어, 바다 괴물을 한 마리라도 더 죽이면 자신이 쫓는 원수를 만날 확률이 높아진다고 생각했을지 모른다는 건 아무리 그의 편집증을 감안하더라도 지나친 과장이었을 터다. 하지만 이 가설을 실제로 반박할 수 있다고 해도 그 밖에 고려할 점들은 여전히 남는데, 비록 그를 지배하는 격한 열정과는 엄밀히 부합되지 않더라도 그를 흔들 가능성은 얼마든지 있었다.

    목적을 달성하기 위해 에이해브는 도구를 사용해야 했다. 그리고 하늘 아래 사용되는 모든 도구 가운데 제일 탈이 나기 쉬운 건 인간이었다. 일례로, 어떤 면에서는 스타벅에게 미치는 자신의 영향력이 아무리 자석처럼 강력한들, 그 영향력이 철저하게 영적인 인성에까지 미치지 않는다는 사실은 그도 잘 알았다. 그건 단순한 육체적 우월함이 지적인 지배를 수반하지 않는 것과 마찬가지였다. 순수하게 영적인 사람에게는 지성이 다만 일종의 육체적인 가치만을 지니기 때문이다. 에이해브가 스타벅의 머리에 자석을 대고 있는 동안에는 스타벅의 육체와 스타벅의 억압된 의지는 에이해브의 소유였다. 하지만 이런 점에도 불구하고, 일등 항해사가 영혼 깊숙한 곳에서 선장의 목표를 못마땅하게 여기며, 할 수만 있다면 기꺼이 발을 빼고 심지어 일을 그르치려 한다는 걸 에이해브는 알았다. 흰 고래를 발견하기까지 오랜 시간이 걸릴지도 몰랐다. 그 기간 동안 일상적이고 신중하며 부수적인 영향력을 행사하지 않았다간, 스타벅이 선장의 지도력에 공공연히 반기를 들 여지가 있었다. 그뿐 아니라 현재로서는, 모비 딕과 관련된 에이해브의 은근한 광기는 자연스레 생겨나는 묘하고 공상적인 불손함을 추격 과정에서 어떤 식으로든 제거해야 한다는 것, 이번 항해에 도사린 공포의 정체를 눈에 띄지 않는 배경에 감춰야 한다는 것(행동으로 표출하지 않은 채 오랫동안 머릿속에서만 일어나는 공포를 잠재울 만큼 용기 있는 사람은 거의 없으므로), 그리고 간부 선원이나 평선원이 오랫동안 야간 당직을 설 때는 모비 딕보다 더 당면한 문제를 생각하게 만들어야 한다는 것 등을 내다본 탁월한 감각과 영악함에서 가장 분명하게 드러났다. 그가 목표를 천명했을 때 야만적인 선원들이 아무리 열렬하고 격렬하게 환호했어도, 다소의 차이는 있을망정 뱃사람이란 원래 하나같이 변덕스럽고 못 믿을 종자이기 때문이다. 이들은 변화무상한 날씨 속에서 생활하며 그 변덕스러움을 들이마신다. 그러니 추격의 대상이 멀리 있고 모호하다면, 아무리 목숨을 걸고 열정을 약속했다 하더라도, 당장의 이익과 관심사를 통해 마지막 돌진의 순간까지 약속을 생생하게 유지하는 것이 무엇보다 절실했다.

에이해브는 또 다른 것도 염두에 두었다. 인간은 강렬한 감정에 휩싸였을 땐 하찮은 고민을 경멸하지만, 그 순간은 금세 지나간다. 인간이라는 피조물의 본질적인 천성은 바로 천박함이라고, 에이해브는 생각했다. 흰 고래가 야만적인 선원들의 마음에 불을 붙이고 야만성을 자극해서 의협심까지 넉넉하게 일으킨다 하더라도, 그리하여 오로지 좋아서 모비딕을 추격한다 하더라도, 좀 더 평범하고 일상적인 식욕을 만족시켜 줄 음식도 먹어야 했다. 옛날 숭고하고 기사도적이던 십자군들조차, 성전을 벌이기 위해 3천 킬로미터가 넘는 산천을 가로지르는 동안 강도질을 벌이고 남의 주머니를 털며 이런저런 부수입을 챙겼다. 그들을 궁극적이고 이상적인 목표에만 엄격하게 묶어 놓았다면, 바로 그 궁극적이고 이상적인 목표가 지긋지긋해져서 등을 돌린 사람들이 많았을 것이다. 이들에게서 돈의 희망을 빼앗으면 안 된다고, 에이해브는 생각했다. 아무렴, 돈이지. 지금이야 돈을 경멸할지 모르지만 몇 달만 지나 봐라. 돈을 벌 가망이 없을 경우 묵묵하던 그 돈이 당장 그들의 마음속에서 반란을 일으키고 바로 그 돈이 에이해브를 해치울 것이다.

에이해브로서는 좀 더 개인적인 차원에서 예방책을 마련하려는 동기도 없지 않았다. 어쩌면 충동적으로, 그리고 아마도 다소 성급하게 피쿼드호의 가장 중요한 (하지만 개인적인) 항해 목적을 공개했으니, 이제 배를 강탈했다는 비난을 받아도 반박할 수 없는 처지를 자초했다는 사실을 에이해브는 충분히 자각했다. 선원들이 마음만 먹으면, 그리고 목적을 달성할 능력만 있다면, 더는 그의 명령에 따르기를 거부할 수 있으며 심지어 무력을 사용해서 그의 지휘권을 빼앗더라도 도덕적으로나 법적으로 아무 문제가 없었다. 에이해브가 강탈이라는 은근한 암시, 쉬쉬하는 그런 의심이 확산됐을 때 초래할 수 있는 결과에서 자신을 보호하는 데 신경을 곤두세운 건 당연한 일이었다. 그러기 위해서는 오직 자신의 걸출한 두뇌와 심장, 그리고 손의 힘을 빌릴 수밖에 없었고, 선원들에게 영향을 미칠 가능성이 있는 상황에 항상 치밀하고 빈틈없는 주의를 기울이는 것으로 노력을 뒷받침해야 했다.

이 모든 이유들, 그리고 여기서 말로 늘어놓기에는 아무래도 지나치게 분석적인 다른 이유들 때문에 에이해브는 피쿼드호가 지닌 본연의 목적에 계속 충실하고 모든 관행을 지켜야 한다는 걸 분명히 깨달았다. 그뿐 아니라 선장의 일반적인 직무 수행에 지대한 관심이 있다는 것도 확실히 보여 줄 필요가 있었다.

이런 사정 때문인지, 이제 세 돛대 꼭대기를 향해 소리를 지르며 눈을 똑바로 뜨고 잘 지켜보면서 돌고래 한 마리도 놓쳐서는 안 된다고 격려하는 목소리가 종종 들려왔다. 그리고 이런 경계심은 머잖아 보상을 받게 되었다.

47
거적 짜기

구름이 드리운 후텁지근한 오후였다. 선원들은 갑판 위에서 할 일 없이 어슬렁거리거나 납빛으로 물든 바다를 멍하니 바라보았다. 퀴퀘그와 나도 여분의 끈으로 사용할 〈밧줄 거적〉이라고 하는 걸 느긋한 마음으로 짜고 있었다. 사방이 너무나 고요하고 차분하면서도 무슨 일인가 벌어질 것만 같았고, 대기 중에 몽상을 자아내는 주문이라도 들었는지 조용한 선원들은 저마다 내면의 자아 속으로 녹아든 것처럼 보였다.

나는 부지런히 거적을 짜면서 하인이나 시종처럼 퀴퀘그를 거들었다. 내가 손을 북 삼아 기다란 날실 사이로 씨실을 넣었다 빼기를 반복하는 동안 퀴퀘그는 비스듬하게 선 채 이따금씩 묵직한 떡갈나무 막대기를 실 사이로 찔러 넣으며 한가롭게 바다를 내다봤다. 그렇게 무심하게 바다를 굽어보며 아무 생각 없이 일을 했건만 실은 한 올도 제자리를 벗어나지 않았다. 배도 그렇고 바다 전체에까지 묘하게 꿈결 같은 느낌이 감돌고 어쩌다 막대기를 치는 둔탁한 소리만이 그 느낌을 깨뜨릴 뿐이었는데, 어찌나 묘한 느낌인지 이게 시간을 짜는 베틀이며 나는 마치 기계적으로 운명을 짜는 북이 된 것만 같았다. 고정된 날실이 있어서 그 사이로 영원히 되돌아오는 불변의 진자 운동이 이루어졌고, 그 운동은 다른 실과 엇갈리며 교차할 수 있는 정도만 허용했다. 날실은 필연이라 여겨졌고, 나는 여기서 내 북을 손으로 부지런히 움직이며 불변의 실 속에 내 운명을 짜 넣는다는 생각이 들었다. 한편 퀴퀘그의 무의식적이고 무심한 막대기는 가끔씩 비스듬하거나 삐뚜름하게, 또는 상황에 따라 강하거나 약하게 씨실을 때렸다. 그런데 거적을 결정하는 두드림의 이런 차이가 완성된 직물의 최종 상태에도 그에 상응하는 현저한 대비를 만들어 냈다. 최종적으로 날실과 씨실의 형태를 만드는 건 이 야만인의 막대기라고, 나는 생각했다. 이렇게 느긋하고 무심한 막대기는 우연일 게 틀림없어. 그래, 우연, 자유 의지, 그리고 필연. 이런 것들은 결코 양립할 수 없는 것이 아니고, 전부 하나로 짜여서 함께 작용한다. 궁극적인 진로에서 벗어나지 않는 필연의 곧은 날실, 모든 진자 운동은 사실 그것에 이바지할 뿐이다. 자유 의지는 주어진 실들 사이에서 북을 자유롭게 놀린다. 그리고 우연이 움직이는 범위는 필연의 직선 안쪽으로 제한되고 옆으로 움직이는 건 자유 의지의 지배를 받지만, 이렇게 필연과 자유 의지에 종속되어도 우연 역시 그 둘을 조종하며 사건에 결정적인 마지막 일격을 가한다.

그렇게 하염없이 거적을 짜는 도중에 무슨 소리가 들리기 시작했는데, 꼬리를 길게 잡아끄는 게 너무나 이상하고 어딘가 거칠어서 이 세상의 선율 같지 않은 그 소리에 나는 자유 의지의 공을 떨어뜨리고 자리에서 일어나 목소리가 날개처럼 내려오는 구름을 올려다봤다. 높은 돛대의 활대에는 게이

곳 출신의 미치광이 타슈테고가 올라가 있었다. 그는 몸을 한껏 내밀고 손은 지휘봉처럼 뻗은 채 짧은 간격을 두고 반복해서 고함을 질러 댔다. 바로 그 순간 바다 전역의 하늘 높이 솟은 포경선 망대 몇백 개에서 똑같은 소리가 울려 퍼졌을 테지만, 그렇게 익숙한 외침을 그렇게 놀라운 가락으로 뽑아낼 수 있는 허파를 가진 사람은 인디언 타슈테고 말고는 거의 없었다.

거의 허공에 매달린 상태로 서서 그렇게 격렬하고 열정적으로 수평선을 응시하는 그를 봤다면, 운명의 그림자를 감지하고 그렇게 격렬한 외침으로 그것이 다가온다고 알리는 예언자거나 점쟁이라고 생각했을 것이다.

「저기서 고래가 물을 뿜는다! 저기! 저기! 물을 뿜는다! 물을 뿜고 있다!」

「어느 쪽이냐?」

「바람이 불어 가는 쪽으로 약 3킬로미터 전방! 떼 지어 몰려 있다!」

그 즉시 갑판에서는 일대 소란이 벌어졌다.

향유고래는 시계의 똑딱 소리만큼이나 정확하고 규칙적으로 물을 뿜는다. 고래잡이들은 그걸 보고 향유고래를 다른 고래들과 구분한다.

「저기 꼬리가 가라앉는다!」 타슈테고가 다시 소리를 질렀고, 고래들이 사라졌다.

「사환! 얼른!」 에이해브가 소리쳤다. 「시간! 시간!」

찐빵이 급히 아래로 내려가 시계를 확인한 후 정확한 시간을 에이해브에게 보고했다.

배는 바람을 등지고 가볍게 흔들리며 나아가는 중이었다.

고래들이 바람 불어오는 방향으로 잠수했다는 타슈테고의 전갈에 우리는 배의 전방에서 고래 무리를 다시 볼 수 있을 거라고 확신했다. 향유고래는 가끔씩 별난 재주를 부리는데, 이쪽 방향으로 가라앉았다가 물속에 숨은 상태에서 방향을 틀어 정반대 쪽으로 재빨리 헤엄쳐 사라지기도 했다. 하지만 지금은 이런 속임수를 쓸 리가 없었다. 타슈테고가 목격한 고래들이 어떤 식으로든 겁을 먹었거나 가까이 있는 우리의 존재를 알아차렸을 거라고 짐작할 이유가 없었기 때문이다. 추격 보트에 오르지 않고 본선에 남기로 한 선원 가운데 한 명이 타슈테고와 교대해서 주 돛대에 올라갔다. 앞 돛대와 뒤쪽 돛대의 망꾼들도 모두 내려왔다. 밧줄 통을 제자리에 고정하고 기중기는 밖으로 밀었으며, 주 돛대의 활대를 바짝 당기고 보트 세 척은 높은 절벽의 회향풀 바구니처럼 바다 위에 매달렸다. 보트에 타고 싶어 안달이 난 선원들은 뱃전 밖으로 나가 한 손으로 난간을 움켜쥐고 흥분에 겨운 한쪽 발로만 뱃전을 디딘 채 균형을 잡았다. 몸을 던져 적함에 오르기 위해 길게 줄지어 선 해병들 같았다.

그런데 이 중대한 순간에 어디선가 갑작스러운 외침이 들려와 고래를 찾던 선원들이 모두 눈을 돌렸다. 그리고 놀란 선원들 앞에는 에이해브가 허공에서 막 형체가 생겨난 것처럼 보이는 거무스레한 다섯 유령에 둘러싸인 채 음산한 모습으로 서 있었다.

48
첫 번째 출격

유령들은, 아무튼 그때는 그렇게 보였으니까, 갑판 저쪽에서 날듯이 돌아다니며 소리도 없이 민첩하게 거기 매달린 보트의 도르래와 밧줄을 풀었다. 그 보트는 우현 후미에 매달렸기 때문에 명목상 선장용 보트라고 부르기는 하지만, 항상 보조 보트 정도로 여기던 것이었다. 그런데 지금 그 보트의 뱃머리에 키가 크고 거무튀튀하며 강철 같은 입술 사이로 하얀 뻐드렁니 하나가 섬뜩하게 튀어나온 사내가 서 있었다. 검은색 무명으로 만든, 잔뜩 구겨진 중국식 상의가 상복처럼 그의 몸을 감쌌고, 똑같이 검정색 천으로 지은 헐렁한 바지를 입었다. 하지만 이렇게 검은색 일색인데 머리에는 기이하게도 희게 번쩍이는 변발의 터번을 얹었다. 그 터번은 실제 머리카락을 땋아서 머리 위로 감아올린 것이었다. 사내의 동료들은 이만큼 까맣지는 않았고, 마닐라 원주민 특유의 호랑이처럼 누런 피부색이었다. 교활하고 사악하기로 악명 높은 종족이었고, 정직한 일부 백인 선원들은 이들이 어딘가에 본부를 둔 악마에게 고용되어 바다의 스파이와 비밀 정보원 노릇을 한다고 의심하기도 했다.

선원들이 느닷없이 나타난 낯선 무리를 의아하게 쳐다보는데, 에이해브가 그들의 우두머리인 흰 터번 늙은이에게 외쳤다. 「준비 다 됐나, 페달라?」

「됐습니다.」 반쯤 쉰 목소리가 대답했다.

「그럼 보트를 내려라, 어서.」 저쪽 갑판에서 에이해브가 소리쳤다. 「보트를 내리라지 않아!」

목소리가 어찌나 우레 같던지 화들짝 놀란 선원들이 난간을 뛰어넘었다. 도르래의 활차가 빙글빙글 돌아갔다. 보트 세 척이 바다에 떨어지며 소용돌이를 일으켰다. 선원들은 다른 직업에서는 찾아볼 수 없는 기민하고 대담한 동작으로 흔들리는 뱃전에서 방금 내던진 아래의 보트로 염소처럼 뛰어내렸다.

이들이 바람을 막는 본선을 벗어나기 무섭게 바람이 불어오는 쪽 고물을 돌아 네 번째 보트가 나타났고, 낯선 사내 다섯 명이 노를 젓는 그 보트의 후미에 꼿꼿이 선 에이해브는 스타벅과 스터브, 플래스크를 향해 간격을 벌리며 넓게 퍼지라고 외쳤다. 하지만 이번에도 시커먼 페달라와 그의 무리에게서 눈을 떼지 못하는 바람에 다른 보트의 선원들은 그의 명령을 즉시 이행하지 못했다.

「에이해브 선장님……」 스타벅이 말했다.

「간격을 벌리라니까.」 에이해브가 소리쳤다. 「힘껏 노를 저어라, 네 척 모두. 이봐 플래스크, 자네는 바람 부는 쪽으로 더 나가게!」

「네, 네, 알겠습니다.」 왕대공은 큼지막한 키잡이 노를 휘저으며 밝은 목소리로 대답하고는 휘하 선원들에게 말했다. 「힘껏 저어라! 저기! 저기! 저기 다시 나타났다! 바로 앞에서

물을 뿜는다! 다들 힘껏 저어라! 저기 있는 노랑이들은 신경
쓰지 마, 아치.」

「신경 안 씁니다. 전부터 알고 있었던걸요. 선창에서 소리
가 들렸지 않게요? 그래서 여기 있는 카바코한테도 말했더
랬죠. 그렇지, 카바코? 저들은 밀항자로군요, 항해사님.」

「저어라, 저어. 힘차게 노를 저어라. 내 새끼들, 저어라. 귀
여운 놈들아.」 아직도 불안한 기미를 보이는 몇몇 부하를 달
래듯이 스터브가 길게 한숨을 쉬었다. 「허리가 끊어지도록
노를 저으란 말이다. 뭘 쳐다보는 거야? 저쪽 보트에 있는
놈들? 쯧! 우리를 도와줄 일손이 다섯 명 더 늘어난 것뿐이
다. 어디서 왔건 무슨 상관인가. 많을수록 좋은 거지. 저어
라, 노를 저어. 지옥 불 따위 신경 쓸 것 없다. 악마들도 그리
나쁜 놈들은 아니야. 그래, 그렇지. 아주 좋구나. 천금을 줘
도 좋을 노 젓기로구나. 내기 돈을 휩쓸어 갈 솜씨야. 향유고
래 기름을 담은 금잔을 위해 만세를 부르자, 기특한 것들! 만
세 삼창이다! 모두 기운이 넘치는구나! 침착, 침착하게. 서
두르지 마라. 노를 끝까지 당기란 말이다, 이놈들아. 잡아먹
을 듯이 달려들어라, 이놈들! 그래, 그래, 그래, 그렇지. 부드
럽게, 부드럽게! 바로 그거야! 그렇게 하라니까! 길고 힘차
게! 거기 힘껏 당겨라, 힘껏 당겨! 악마가 물어 갈 놈들. 이
빌어먹을 건달 놈들. 전부 자빠져 자는 거냐. 아예 드르렁드
르렁 코를 고는구나, 이 잠꾸러기 놈들. 저어, 저으란 말이
다. 못 젓는 거냐, 안 젓는 거냐? 그렇게 처먹어 놓고 대체 왜
안 젓느냔 말이다. 어디 한 군데쯤 부서져 나가도록 저어라!
눈알이 튀어나올 때까지 저어라!」 그러더니 허리띠에서 날
카로운 단도를 쑥 꺼내 들었다. 「자, 다들 칼을 꺼내서 칼날

을 이로 물고 노를 저어라. 그렇지, 그렇게. 이제야 뭘 좀 제 대로 하는군. 제대로 하는 것 같아. 내 강철 조각들아, 노를 저어라, 저어. 은 숟가락들아, 그물바늘처럼 나아가자!」

부하들의 사기를 돋우는 스터브의 외침을 여기에 이렇게 장황하게 옮겨 적은 이유는 그가 선원들에게 말하는 방식이 대체로 독특하고, 특히 노 젓기 정신을 고취하는 데 일가견 이 있기 때문이다. 하지만 이런 설교를 읽고서 그가 신도들 을 혼내고 꾸짖는다고 생각하면 곤란하다. 천만의 말씀이 다. 그리고 바로 거기에 그의 가장 큰 특징이 있다. 그는 웃 음과 분노가 묘하게 뒤섞인 목소리로 선원들에게 무시무시 한 말들을 쏟아붓지만, 그 분노는 다만 웃음에 양념 역할만 을 하도록 철저하게 계산된 것처럼 보였기 때문에 어떤 노잡 이라도 그렇게 기이한 주문을 들으면 죽을힘을 다해 노를 젓게 됐고, 그러면서도 그렇게 노를 젓는 게 장난처럼 느껴 졌다. 그뿐 아니라 그러는 동안에 스터브는 너무나 느긋하 고 편안해 보였으며, 키잡이 노를 대단히 여유롭게 움직이는 데다 가끔씩 입을 잔뜩 벌리고 하품까지 했기 때문에, 다른 지휘관들과 너무나 대조적인 그런 모습이 선원들에게는 마 법으로 작용했다. 그리고 스터브는 유별난 익살꾼이어서, 가 끔 묘하게 모호한 농담을 하는 바람에 부하들이 진짜로 그 의 지시에 따라야 하는 건지 몰라 고민할 정도였다.

에이해브의 명령에 따라 스타벅은 스터브의 뱃머리를 비 스듬히 가로질렀고, 두 보트가 거의 닿을 듯 가까워진 찰나 에 스터브가 일등 항해사에게 큰 소리로 말했다.

「항해사님! 어이, 좌현 쪽 보트! 괜찮다면 잠깐 얘기 좀 나 눕시다!」

「좋지!」 스타벅은 이렇게 말하면서도 고개를 한 치도 돌리지 않은 채 여전히 진지하게 속삭이는 목소리로 부하들을 채근했다. 스터브와는 달리 돌처럼 굳은 표정이었다.

「저 노랑이들은 어떻게 된 걸까요?」

「어떤 식으로든 출항하기 전에 몰래 태운 거지. (힘껏 저어라, 힘껏 저어, 모두!) 스타벅은 속삭이듯이 부하들에게 말하고는 다시 큰 소리로 말을 이었다. 「유감스러운 일일세, 스터브! (물살을 일으켜야지, 물살을 일으키라고, 이 친구들아!) 하지만 신경 쓰지 말게, 스터브. 다 잘되겠지. 무슨 일이 벌어지든 부하들한테 힘껏 노를 저으라고 해. (당겨라, 모두, 당겨!) 저기 앞에 엄청난 향유고래 무리가 있잖나, 스터브. 자넨 그걸 잡으러 온 것이고. (저어라, 모두!) 향유고래, 향유고래에 판돈을 걸었지! 아무튼 이게 우리의 의무 아닌가. 의무와 이익이 한통속으로 손을 잡은 거야!」

「그래, 맞아. 나도 그렇게 생각했어.」 보트가 서로 멀어졌을 때 스터브는 혼잣말로 중얼거렸다. 「놈들을 보는 순간 그렇게 생각했다니까. 그래, 선장이 그렇게 자주 선창에 들어갔던 게 그 때문이었군. 찐빵 녀석이 일찌감치 의심을 할 정도로 들락거린 이유가. 놈들은 거기 숨어 있었던 거야. 이 모든 것의 밑바닥에는 흰 고래가 있고. 에라 모르겠다. 그러라지! 어쩔 수 없잖아! 좋아! 다들 힘껏 저어라! 오늘은 흰 고래가 아니다! 힘껏 저어라!」

갑판에서 보트를 내리는 중요한 순간에 이 기이한 이방인들이 등장했으니 몇몇 선원이 뭐에 홀리기라도 한 것처럼 놀란 것도 무리가 아니었다. 하지만 아치의 허황된 발견이 얼마 전부터 선원들 사이에 퍼졌기 때문에, 비록 그 말을 실제로 믿은 건 아니었더라도 어느 정도는 이런 사태에 마음의 준비가 되어 있었다. 덕분에 놀라움의 날카로운 모서리가 무뎌졌고, 스터브가 그들이 어떻게 출현했는지 자신만만하게 설명했기 때문에 한동안은 미신적인 추측을 털어 낼 수 있었다. 그래도 사악한 에이해브가 처음부터 이 사태와 관련해서 정확히 어떤 역할을 했는지에 대해서는 여전히 온갖 무모한 억측을 할 여지가 충분했다. 나는 낸터컷에서 어두침침한 새벽에 피쿼드호로 슬며시 스며들던 정체 모를 그림자들과 불가사의한 일라이저의 수수께끼 같은 암시를 조용히 떠올렸다.

그러는 사이에 에이해브는 항해사들의 소리가 들리지 않을 만한 거리에서 바람을 안고 달리며 다른 보트들을 한참 앞서 나갔다. 그의 선원들이 얼마나 유능한지 말해 주는 정황이었다. 호랑이처럼 누런 피부를 가진 그자들은 몸이 강철과 고래 뼈로 만들어지기라도 한 것 같았다. 그들은 마치 스프링 해머 다섯 개처럼 규칙적으로 오르내리며 힘차게 노를 저었고, 그 힘을 받은 보트는 마치 미시시피 강 증기선의 수평으로 터지는 보일러처럼 일정한 간격으로 쭉쭉 나아갔다. 페달라는 작살잡이 노를 젓는 것 같았는데 검은 윗도리를 벗어부쳐서 벌거벗은 가슴과 몸을 뱃전 위로 드러낸 모습이 파도치는 수평선을 배경으로 선명하게 도드라졌다. 그런가 하면 보트의 반대편 끝에 있는 에이해브는 비틀거리는 몸의 균형을 잡으려는 듯 검투사처럼 한 팔을 뒤로 반쯤 뻗었다. 에이해브는 흰 고래에게 당하기 전까지 몇천 번쯤 보트를 내려 추격을 하던 때처럼 안정된 모습으로 키잡이 노를 조종했다. 그가 갑자기 뒤로 뻗은 팔을 독특하게 움직이다 그대로 멈추자, 보트의 노 다섯 개가 동시에 곤추섰다. 보트와 선원들은 바다 위에서 꼼짝하지 않고 정지했다. 그러자 뒤에서 간격을 두고 따라오던 보트들도 일제히 멈췄다. 고래들이 제멋대로 푸른 바닷물 속에 몸을 담갔기 때문에 멀리서는 이렇다 할 움직임을 분간할 수 없었지만, 가장 가까이 있던 에이해브는 그걸 포착할 수 있었다.

「다들 노를 대기한 채 앞을 살펴라!」스타벅이 외쳤다. 「퀴퀘그, 일어서!」

뱃머리의 높은 삼각대 위로 날렵하게 올라간 이 야만인은 거기 꼿꼿이 선 채 눈동자를 빛내며 고래가 가장 마지막에 포착된 지점을 응시했다. 고물 끝에서 뱃전과 같은 높이의 삼각대에 올라간 스타벅은 침착해 보였으며, 파도에 마구 흔들리는 보트에서도 능숙하게 균형을 잡고 바다의 광대한 푸른 눈을 말없이 바라봤다.

플래스크의 보트도 그리 멀리 떨어지지 않은 곳에서 숨죽인 채 가만히 떠 있었다. 그 보트의 지휘관은 무모하게도 밧줄 걸이 기둥에 올라섰는데, 용골에 박힌 튼튼한 그 기둥은 고물 바닥에서 60센티미터 남짓 솟아 있으며, 작살 밧줄을 감는 데 사용한다. 기둥 윗부분의 면적이라고 해봐야 남자 손바닥 정도에 불과해서, 그 위에 올라선 플래스크는 거의 다 가라앉은 배의 돛대 꼭대기에 서 있는 것처럼 보였다. 그런데 꼬마 왕대공은 몸집이 조그맣고 키도 작지만 그러면서도 크고 높은 야심으로 가득 찬 사내였기 때문에 이렇게 밧줄 걸이 기둥에 올라서서 보는 것만으로는 결코 만족할 수 없었다.

「바로 앞도 보이지 않잖아! 거기 노를 가져다 대봐. 그 위에 올라서야겠다.」

그러자 다구가 얼른 두 손으로 뱃전을 번갈아 짚으며 몸을 지탱해 고물로 가더니 꼿꼿이 서서 자신의 높은 어깨에 올라서라고 말했다.

「어느 돛대 못지않을 겁니다. 올라서시죠.」

「그러지. 정말 고맙네. 자네 키가 15미터만 더 컸으면 좋으련만.」

그러자 거구의 검둥이는 두 발로 보트 양쪽 판자를 단단히 딛고 몸을 약간 구부리면서 넓적한 손바닥을 플래스크의 발 앞에 내밀었고, 깃털로 장식한 제 머리에 플래스크의 손을 얹은 후 위로 던질 테니 훌쩍 뛰어오르라고 말하고는 능숙한 솜씨로 작달막한 플래스크를 단번에 제 어깨에 무사히 올려 세웠다. 플래스크가 올라서자, 다구는 가슴걸이 삼아 붙잡고 몸을 지탱할 수 있도록 한쪽 팔을 들어 주었다.

몸에 밴 습관처럼 무의식적으로 기술을 발휘하며 사나운 바다가 요동치는 보트에서조차 꼿꼿한 자세를 유지하는 고래잡이들의 모습이 풋내기의 눈에는 늘 신기하고, 그런 상황에서 밧줄 걸이 기둥에까지 올라간 아찔한 모습은 더 기이했다. 하지만 조그만 플래스크가 거인 같은 다구 위에 올라 선 모습은 정말 별났다. 이 고귀한 검둥이는 아무렇지 않은 듯이 무심하고 느긋하게, 설마 미개인에게서 보게 될 줄은 몰랐던 당당한 태도로 균형을 잡으면서, 파도가 아무리 굽이쳐도 멋진 자세를 유지했다. 그의 넓은 등 위에서 담갈색 머리의 플래스크는 눈송이 하나처럼 보였다. 위에 올라탄 사람보다 아래에서 받치는 사람이 더 고귀해 보였다. 활기가 넘치다 못해 소란스럽고 허세가 심한 꼬마 플래스크가 한 번씩 초조하게 발을 굴렀지만, 기품 있는 검둥이의 가슴은 끄덕하지 않았다. 살아 있는 고결한 지구 위에서 열정과 허영이 아무리 발을 굴러도 지구가 그것 때문에 물살의 흐름과 계절의 순환을 바꾸는 일은 없는 법이었다.

한편 이등 항해사인 스터브는 그렇게 먼 곳을 응시하려는 욕심을 드러내지 않았다. 고래들이 겁을 먹고 일시적으로 물속으로 들어간 게 아니라 때가 되어 잠수를 했는지도 모를 일이었고, 그렇다면 스터브는 그런 상황에서 늘 하던 습관대로 파이프를 피우며 지루한 시간을 달래겠다고 마음먹은 것 같았다. 그는 모자 테두리에 깃털처럼 비스듬히 꽂고 다니는 파이프를 뽑아 담배를 채우고 엄지손가락으로 꾹꾹 눌렀다. 하지만 사포처럼 거친 손에 성냥을 긋자마자, 눈을 두 개의 붙박이별처럼 부릅뜨고 바람 불어오는 쪽을 응시하며 섰던 작살잡이 타슈테고가 갑자기 번개처럼 자리에 앉더니 다급한 목소리로 흥분해서 외쳤다. 「앉아, 모두 앉아서 노를 저어라! 저기 놈들이 있다!」

뭍에서 자란 사람의 눈에는 그 순간 고래는커녕 청어 한 마리도 보이지 않았을 것이다. 눈에 들어오는 것이라곤 에메랄드빛 감도는 흰 물살을 일으키며 요동치는 바다와, 그 위로 얇게 흩어져 퍼졌다가 하얗게 굽이치는 파도가 일으키는 어지러운 물보라처럼 바람이 불어 가는 쪽으로 흩어져 날아가는 수증기뿐이었다. 뜨겁게 달군 철판 위의 공기처럼, 주변의 대기가 불현듯 부르르 떨리며 진동했다. 이 대기의 파동과 소용돌이 밑에서, 그리고 얇은 물의 장막 아래에서 고래들이 헤엄치고 있었다. 다른 모든 징조보다 먼저 눈에 들어오는 고래들의 수증기는 이들의 선발대거나 별동대인 셈이었다.

　이제 보트 네 척이 물과 공기가 요동치는 한 점을 맹렬히 추격했다. 하지만 그건 보트보다 한참 앞서 갔다. 급류에 실려 언덕을 내려오는 커다란 물거품 덩어리처럼 쉬지 않고 흘러갔다.

　「저어라, 저어. 그래 잘한다.」 스타벅은 대단히 낮지만 지극히 집중된 목소리로 부하들에게 속삭였다. 그러면서 날카로운 시선은 뱃머리 너머의 정면에 고정했는데, 거의 정확한 두 나침반의 두 바늘에 비유할 만했다. 하지만 선원들에게는 별 말을 하지 않았고, 선원들 역시 그에게 말을 걸지 않았다. 때로는 엄격하게 명령을 내리고 또 어떨 때는 달래듯 부드럽게 속삭이는 그의 독특한 목소리만이 한 번씩 보트의 침묵을 흠칫 꿰뚫을 뿐이었다.

　시끄러운 꼬마 왕대공은 전혀 딴판이었다. 「목청껏 노래를 부르고 무슨 말이든 해라. 시끄럽게 노를 당겨라, 천둥 벽력들아! 저놈들의 검은 등짝에 나를 올려놔, 저 위에 나를 올려놓으라고. 그렇게만 해준다면 마서즈비니어드에 있는 우리 집 농장을 넘겨주지. 마누라랑 아이들까지 얹어서. 저 등짝에 나를 올려놔, 올려놓으라고! 주여, 오, 주여! 이거 돌겠군, 미쳐 버리겠어. 저걸 좀 봐! 저 흰 물보라를 보란 말이야!」 그렇게 소리를 치며 모자를 벗어 발로 짓밟고는 그걸 집어서 바다 멀리 내던졌다. 그러더니 급기야 초원의 미친 망아지처럼 엉덩방아를 찧고 보트의 고물에 고꾸라졌다.

　「저 녀석 좀 보라지.」 바짝 쫓아오던 스터브가 불도 붙이지 않은 짧은 파이프를 무의식적으로 입에 물고는 철학적인 투로 느릿하게 중얼거렸다. 「발작을 하는군, 저 플래스크

놈. 발작? 그래, 팔짝팔짝 발작하잖아. 그거 말이 되는군. 팔짝 뛰다 발작하게 만들까? 즐겁게, 즐겁게. 기운 넘치게. 저녁은 푸딩이다! 그러니까 즐겁게. 당겨라, 얘들아, 당겨라, 젖먹이들아, 당겨라, 모두. 하지만 대체 뭣 때문에 서두르는 거야? 부드럽게, 부드럽게, 그리고 일정하게. 당기고, 계속 당기고, 뭐가 더 있나. 등뼈가 으스러지고, 입에 문 칼이 두 동강이 나도록. 그렇게만 해. 침착하게. 침착하라니까 왜 말을 안 들어. 안 그랬다간 간이고 허파고 다 터져 버리고 말게다!」

하지만 불가사의한 에이해브가 호랑이처럼 누런 부하들에게 뭐라고 했는지, 그 말은 여기 옮기지 않는 게 좋을 것 같다. 복음이 전파된 땅의 축복받은 빛 속에서 사는 사람이 읽기에는 적합하지 않기 때문이다. 사나운 바다에 사는 이단아 상어들이라면 모를까, 험상궂은 이마와 살기로 충혈된 눈, 거품이 말라붙은 입술로 먹잇감을 향해 달려가며 에이해브가 하는 말에 귀를 기울일 사람은 없다.

그러는 동안에도 보트들은 맹렬하게 전진했다. 플래스크는 뭔가가 꼬리로 자신의 보트를 계속 괴롭힌다며 그 허구의 괴물에 대해 〈저놈의 고래가!〉라고 반복해서 구체적으로 언급했다. 그 말이 때때로 어찌나 생생하고 실감 났는지, 한두 명은 두려운 눈초리로 어깨 너머를 살폈을 정도였다. 하지만 그건 규칙에 어긋나는 행동이었다. 노잡이들은 눈을 감고 목구멍에 꼬챙이라도 꽂은 것처럼 꼿꼿한 자세를 유지해야 한다. 이렇게 중요한 순간에는 귀 말고 다른 기관은 없고, 몸에 달린 건 팔밖에 없는 것처럼 구는 게 규칙이었다.

경이와 공포로 가득한 광경이었다! 전능한 바다에서 일어난 엄청난 파도가 가없는 잔디밭에 구르는 커다란 나무 공처럼 여덟 군데 뱃전을 따라 굴러가며 일으키는 공허한 포효, 보트를 둘로 쪼개려는 듯한 날카로운 파도의 칼날 같은 물마루에 올라서면 아주 잠깐 유예되는 고통, 다음 순간 파도의 골짜기로 곤두박질치는 급강하, 다음 물마루로 올라서기 위한 가열한 박차와 자극, 다시 앞머리부터 썰매처럼 미끄러지는 보트. 그것들과 더불어 보트장과 작살잡이의 외침, 부들부들 떨리는 노잡이들의 호흡이 곁들여지고, 비명을 질러 대는 새끼들을 정신없이 뒤쫓는 암탉처럼 돛을 활짝 펼치고 보트들을 짓누를 듯 돌진하는 상아색 피쿼드호의 기이한 모습이 더해졌다. 그야말로 전율 자체였다. 아내의 품을 떠나 처음으로 전장의 열기를 향해 행군하는 신병도, 저승길에서 정체 모를 유령들과 처음으로 마주친 망자의 영혼도, 그 어느 것도 쫓기는 향유고래가 일으키는 마법의 파도 속으로 노를 젓는 풋내기 고래잡이의 심정보다 더 기이하고 맹렬할 수는 없었다.

바다에 드리운 암갈색 구름 그림자가 갈수록 짙어지면서 추격이 만들어 내는 춤추는 흰 파도는 점점 더 또렷해졌다. 솟구치는 수증기가 더는 뒤섞이지 않고 좌우로 퍼졌다. 고래들이 간격을 넓히는 모양이었다. 보트들도 사이를 더 벌렸다. 스타벅은 바람이 불어 가는 방향으로 곧게 달려가는 고래 세 마리를 쫓았다. 돛을 펼치고 있는 데다가 바람이 더 거세진 터라 우리도 힘껏 나아갔다. 보트가 미친 듯이 파도를 헤치고 나아갔기 때문에 바람 불어 가는 쪽 노는 조금이라도 속도를 늦췄다간 노받이에서 떨어져 나갈 지경이었다.

우리는 어느새 넓게 퍼져 베일처럼 드리운 안개 속을 달렸다. 본선도 다른 보트들도 보이지 않았다.

「힘을 내라.」 스타벅은 돛 줄을 후미로 바짝 당기며 낮은 목소리로 말했다. 「돌풍이 닥치기 전에 한 마리쯤 잡을 시간은 있다. 저기 또다시 흰 물보라가 인다! 바짝 붙여라! 돌진해!」

얼마 지나지 않아 우리 양쪽에서 연달아 터져 나온 소리를 듣자니 다른 보트들도 속도를 높인 모양이었다. 하지만 그 소리가 들리기 무섭게 스타벅이 번개처럼 맹렬하게 속삭였다. 「일어나!」 그러자 퀴퀘그가 손에 작살을 들고 벌떡 일어났다.

그때 노잡이들은 아무도 앞으로 바짝 다가온 생사의 위험을 직면하지 못했지만, 보트 고물에 선 항해사의 굳은 표정을 보고 급박한 순간이 닥쳤음을 알았다. 소리로도 들렸다. 그건 쉰 마리 코끼리가 자리에서 뒹구는 것 같은 소리였다. 그러는 동안에도 보트는 여전히 안개를 뚫고 질주했고, 파도는 고개를 쳐든 성난 뱀처럼 사방에서 몸을 세우고 쉭쉭거렸다.

「저기 혹이 있다! 저기, 저기, 한 방 날려라!」 스타벅의 나직한 목소리가 들렸다.

뭔가 보트에서 휙 날아가는 소리가 들렸다. 퀴퀘그가 던진 작살이었다. 그러자 모든 소동이 한데 합쳐진 혼란 속에서 보이지 않는 힘이 보트 뒤를 떠밀었고, 앞으로 밀리는 와중에 보트는 암초에 부딪힌 것 같았다. 돛이 쓰러지면서 산산조각이 났다. 근처에서 델 듯이 뜨거운 수증기가 확 솟구쳤다. 우리 밑에서 뭔가 지진처럼 몸부림치며 뒤척였다. 하얗게 굳은 크림 같은 질풍 속으로 와락 내동댕이쳐진 선원들은 숨도 못 쉴 지경이었다. 돌풍, 고래, 그리고 작살이 전부 한데 뒤섞였다. 그리고 작살을 빗맞은 고래는 그대로 달아났다.

물에 완전히 처박혔어도 보트는 거의 말짱했다. 우리는 주변을 헤엄치며 물에 뜬 노를 건져 뱃전에 묶은 다음 우당탕 퉁탕 제자리를 찾아 앉았다. 무릎까지 물이 찼고, 보트의 늑재와 판재도 전부 물에 잠겼기 때문에 아래를 내려다보니, 그렇게 물에 떠 있는 보트는 바다 밑바닥에서 우리가 있는 곳까지 자라난 산호초처럼 보였다.

점점 거세진 바람이 아우성을 쳤고, 파도는 방패를 맞부딪치는 것 같았다. 돌풍은 대초원의 하얀 들불처럼 사방에서 으르렁거리고 널름거리고 타닥타닥 소리를 냈으며, 그 속에서 우리는 타들어 가면서도 재가 되어 사라지지 않았다. 우리는 죽음의 아가리 속에 들어앉은 불사신이었다! 다른 보트를 소리쳐 불렀지만 소용없었다. 폭풍우 속에서 보트를 부르는 건 활활 타는 용광로 굴뚝에서 벌겋게 달아오른 저 아래쪽 석탄을 향해 소리를 지르는 것이나 다름없었다. 그러는 사이에 맹렬하게 질주하는 비구름과 조각구름과 안개는 밤의 그림자와 더불어 더 어두워졌고, 본선의 모습은 어디에도 보이지 않았다. 굽이치는 파도 때문에 물을 퍼내려는 시도는 부질없었고, 노는 배를 전진시키는 데 아무런 도움도 되지 못한 채 구명 판자 역할이나 할 뿐이었다. 그래서 스타벅은 성냥을 넣어 둔 방수 통의 끈을 자르고 몇 번의 실패 끝에 호롱의 심지에 간신히 불을 붙였다. 그런 다음 물에 떠다니던 막대에 묶어 퀴퀘그에게 넘겨주고는 그에게 처량한 희망의 기수 노릇을 맡겼다. 그래서 퀴퀘그는 가없는 절망의 한복판에서 가냘픈 초를 들고 있는 신세가 되었다. 그렇게, 신심이 없는 남자의 지표이자 상징인 퀴퀘그는 절망의 한복판에 앉아 절망적으로 희망을 쳐들었다.

뼛속까지 젖은 몸으로 추위에 덜덜 떨며 본선이나 보트 찾기를 단념했다가 새벽녘에 고개를 들었다. 바다에는 여전히 안개가 자욱했고, 빈 호롱은 찌그러진 채 보트 바닥에 놓여 있었다. 그때 퀴퀘그가 벌떡 일어나더니 손을 오므려 귀에 댔다. 희미하게 삐걱거리는 소리, 지금까지는 폭풍 때문에 들리지 않던 밧줄과 활대 소리가 모두의 귀에 들려왔다. 그 소리는 점점 가까이 다가왔다. 짙은 안개가 희미하게 갈라지더니 커다란 형체가 어슴푸레한 모습을 드러냈다. 그러다 본선이 완전히 시야에 들어왔을 때 우리는 모두 기겁을 하며 바다로 뛰어들었다. 선체 하나에도 못 미치는 간격을 두고 우리를 짓누를 듯 바짝 다가왔기 때문이다.

바다에 뜬 채 버려진 보트를 바라봤다. 보트는 폭포 아래쪽의 나무토막처럼 쳐들리는가 싶더니 본선의 뱃머리 밑으로 사라졌고, 엄청나게 큰 선체가 그 위로 지나가자 한참 보이지 않았다가 배 뒤쪽의 넘실대는 바다에 떠올랐다. 우리는 다시 한 번 보트를 향해 헤엄쳤고 파도에 휩쓸려 부딪히기도 했지만, 마침내 구조되어 무사히 갑판에 올랐다. 다른 보트들은 돌풍이 불기 전에 고래의 밧줄을 끊고 늦지 않게 본선으로 돌아갔다. 배에서는 우리를 포기했는데, 그래도 노나 작살 자루 같은 유품이라도 찾을까 싶어 계속 돌아다니던 중이었다고 했다.

49
하이에나

우리가 인생이라고 부르는 이 야릇하고 복잡한 현상에는 우주 전체를 엄청난 장난으로 여기게 되는 묘한 순간이나 상황이 있다. 하지만 거기에 담긴 의미를 제대로 이해하지 못한 채 다른 사람이 아닌 자신만 당하는 거라고 확신에 가까운 의심을 한다. 그렇지만 의기소침할 것도 없고 반박할 만한 가치도 없어 보인다. 그래서 모든 사건, 모든 신조, 모든 믿음, 그리고 신념, 눈에 보이거나 보이지 않는 모든 단단한 것을, 표면이 얼마나 껄끄럽든 개의치 않고 꿀꺽 삼켜 버린다. 마치 강력한 소화력을 지닌 타조가 총알이건 부싯돌이건 가리지 않고 집어삼키는 것과 마찬가지다. 사소한 고생과 걱정, 갑작스러운 재난의 징조, 목숨이나 팔다리를 잃을 위험이나 죽음마저도 단지 눈에 보이지 않는 정체 모를 익살꾼에게 느닷없이 장난삼아 얻어맞거나 옆구리를 보기 좋게 쥐어 박히는 정도로 여겨질 뿐이다. 내가 말하는 묘하게 변덕스러운 기분은 극도의 시련을 겪을 때만 다가온다. 아주 진지한 순간에만 찾아오기 때문에 불과 얼마 전까지 더없이 중요해 보였을지 모르는 것들이 이때는 평범한 농담의 일부

로밖에 여겨지지 않는다. 이런 종류의 자유롭고 느긋한 무법자 철학을 낳는 데는 고래잡이의 위험만 한 게 없다. 그리고 나는 이제 그런 태도로 피쿼드호의 항해 전체와 그것이 쫓는 커다란 흰 고래를 생각했다.

「퀴퀘그.」 마지막으로 갑판에 올려진 나는 재킷을 입은 채로 몸을 흔들어 물을 털며 말했다. 「퀴퀘그, 이런 일이 자주 일어나?」 퀴퀘그 역시 나처럼 흠뻑 젖었지만 이렇다 할 감정을 드러내지 않은 채 자주 일어난다는 식으로 대답했다.

「스터브 씨.」 이번에는 방수복 단추를 끝까지 채우고 빗속에서 태연히 파이프를 피우는 간부 선원에게 물었다. 「스터브 씨, 지금까지 만나 본 고래잡이들 중에서 우리 일등 항해사인 스타벅 씨만큼 신중하고 사려 깊은 사람을 못 봤다고 말씀하셨는데, 그렇다면 자욱한 안개와 돌풍 속에서 돛을 다 올린 채 달아나는 고래를 쫓는 것은 고래잡이로서 더없이 신중한 처사인가요?」

「물론이지. 나는 혼 곶 앞바다에서 강풍을 만나 배에 물이 새는 상황에서도 보트를 내려 고래를 추격한 적이 있거든.」

「플래스크 씨.」 이번에는 가까이 선 왕대공을 보며 말했다. 「이 방면에 경험이 풍부하시니까 그렇지 못한 제가 좀 여쭙겠습니다. 플래스크 씨, 노잡이가 등이 부러져라 노를 저으며 등부터 죽음의 아가리 속으로 들어가는 건 포경업계 불변의 법칙인가요?」

「왜, 좀 더 짜보지? 그래, 그게 법칙이야. 개인적으로는 선원들이 고래의 얼굴을 향하고 앉아 노를 젓는 걸 보고 싶지만 말이야. 하하! 고래도 똑같이 노려볼 걸 생각해 봐!」

이로써 나는 공정한 증인 세 명에게서 사건 전반에 대한 상세한 진술을 들었다. 그리하여 돌풍에 배가 뒤집히고 그로 인해 깊은 바다에서 노숙을 하는 일이 이쪽 계통에서는 일상 다반사라는 것, 고래에 접근하는 중차대한 순간에는 보트를 조종하는 사람의 손에 목숨을 맡겨야 하는데 바로 그 순간에 너무 흥분한 나머지 발을 구르다 보트에 구멍을 내는 사람도 많다는 것, 하필 우리가 탄 보트에 그런 재난이 닥친 건 스타벅이 돌풍을 무릅쓰고 고래에 돌진한 탓이지만 그럼에도 스타벅은 포경업계에서 신중하기로 이름이 높다는 것, 내가 이렇게 이례적으로 신중한 스타벅의 보트 소속이라는 것, 마지막으로 내가 흰 고래를 뒤쫓는 맹렬한 추격전에 휘말려 들었다는 것. 이 모든 걸 종합해 보니 당장 선실로 내려가서 유언장 초안을 써두는 게 좋을 것 같다는 생각이 들었다.

「퀴퀘그, 같이 가세. 자네가 나의 변호사이자 유언 집행인 겸 유산 상속인이 되어 주게.」

하고많은 사람들 중에 뱃사람이 마지막 유언이니 유서 운운하는 게 이상해 보일지도 모르겠지만, 뱃사람만큼 이 취미를 즐기는 사람도 세상에 없다. 선원 생활을 시작한 이래 내가 똑같은 일을 한 건 이번이 네 번째였다. 이번에도 의식을 끝마치자 마음이 한결 가벼웠고 가슴을 누르던 돌멩이를 내려놓은 기분이었다. 게다가 앞으로 내가 살 날들은 나사로가 부활한 후에 산 날들이나 마찬가지일 것이다. 몇 달일지 몇 주일지는 몰라도, 순전히 덤으로 얻은 날들인 셈이다. 나는 살아났다. 나의 죽음과 매장은 내 가슴 깊이 간직했다. 나는 아무런 양심의 가책 없이 아늑한 가족묘 안에 조용히 들어앉은 유령처럼 평온하고 느긋하게 주변을 둘러봤다.

그러고는 나도 모르게 작업복 소매를 걷으며 생각했다.

자, 이제 서슴지 말고 침착하게 죽음과 파멸의 구렁텅이로
뛰어드는 거야. 꾸물거리다간 악마한테 잡혀간다고.

50
에이해브의 보트와 선원들·페달라

「누가 그걸 생각했겠나, 플래스크!」스터브가 소리쳤다. 「내가 외다리였다면 의족 끝으로 구멍을 틀어막기 위해서라면 모를까, 절대로 보트에 타는 일이 없을 거야. 거참! 대단한 노인네야!」

「그게 그렇게 이상한 일이라고는 생각하지는 않는데요.」플래스크가 말했다. 「다리가 엉덩이에서 떨어져 나간다면 얘기가 다르겠죠. 그러면 불구가 될 테니까. 하지만 아직 한쪽 무릎이 멀쩡하고, 다른 쪽도 상당히 많이 남아 있잖아요.」

「글쎄 과연 그럴까? 나는 노인네가 무릎 꿇는 걸 한 번도 본 적이 없어서.」

포경업에 해박한 사람들 사이에서는, 자신의 목숨이 항해의 성공에 얼마나 중요한지 생각한다면 포경선 선장이 목숨이 위태로울 수도 있는 추격전에 직접 나서는 게 과연 옳은가를 놓고 종종 설전이 벌어졌다. 일찍이 티무르의 군사들도 황제의 귀한 목숨을 치열한 전투에 끌어들여야 하는지에 대해 눈물을 흘리며 논쟁을 벌이곤 했다.

하지만 에이해브의 경우에는 조금 다른 측면이 있었다. 두 다리가 멀쩡한 사람도 위험이 닥치면 비틀거리고, 고래를 뒤쫓는 일에는 언제나 엄청난 위험이 따르며 사실상 매 순간이 위기라고 할 수 있다. 이런 상황에서 불구인 자가 고래를 추격하는 보트에 타는 게 과연 현명할까? 원칙적으로 피쿼드호의 공동 선주들은 그렇게 생각하지 않을 게 틀림없었다.

추격의 위험이 비교적 크지 않을 때라면 고향 친구들도 에이해브가 현장 근처에서 직접 지시를 내리기 위해 보트에 타는 것을 대수롭지 않게 생각하겠지만, 에이해브 선장에게 보트를 한 척 할당하고 정식 보트장으로 추격에 참여하게 하는 것도 모자라 그 보트에 탈 다섯 선원을 추가로 지원한다는 너그러운 생각이 피쿼드호 선주들의 머리에 떠오를 리 만무하다는 건 에이해브도 잘 알았다. 그렇기 때문에 보트에 태울 선원들을 지원해 달라고 요청하지도 않았고, 이 문제와 관련해서는 어떤 식으로든 자신의 바람을 내비치지 않았다. 그러고는 비밀리에 독자적인 조처를 취했다. 카바코가 발견한 것을 발설할 때까지 선원들은 전혀 예상하지 못했다.[126] 비록 항구를 벗어나 얼마쯤 지난 후 모든 선원이 포경 보트에 필요한 것을 모두 갖췄을 때, 다시 얼마 후 예비라고 생각하던 보트의 노받이를 손수 만드는 에이해브 선장의 모습이 이따금 눈에 띄었을 때, 그리고 심지어 밧줄이 풀려 나가면 뱃머리의 홈에 꽂을 작은 나무 꼬챙이까지 열심히 깎았을 때, 이런 일련의 모습이 목격되었을 때, 그리고 특히 뾰족한 고래 뼈 다리의 압력을 잘 견디게 하려는 듯이 보트 바닥에

---

126 43장에서 아치가 뭔가 이상한 낌새를 차리고 카바고에게 이야기하는 내용이 나오는데, 멜빌은 두 사람을 혼동했다.

쇠판을 한 겹 더 입히려고 했을 때, 그리고 고래를 향해 작살을 던지거나 창을 찌를 경우 무릎을 고정하기 위한 넓적다리판, 또는 미끄럼 막이라고도 부르는 수평 판자를 뱃머리에 제대로 대려고 노심초사하는 모습을 보였을 때, 그리고 그 보트에 서서 하나뿐인 무릎을 미끄럼 막이의 반원형 홈에 고정한 채 목수의 끌로 여기를 조금 파내고 저기를 조금 다듬는 모습이 종종 목격됐을 때, 그럴 때마다 이런 모습들은 상당한 흥미와 호기심을 불러일으켰다. 하지만 대부분 에이해브가 유난히 준비에 신경 쓰는 이유를 언젠가는 모비 딕을 추격할 것을 염두에 뒀기 때문이라고 짐작했다. 이미 용서할 수 없는 괴물을 직접 추격하겠다는 뜻을 밝혔기 때문이다. 하지만 그런 짐작을 하면서도 그 보트에 할당된 선원들이 따로 있으리라고는 전혀 의심하지 못했다.

조무래기 유령들과 관련해서 남은 놀라움은 금세 사라졌다. 포경선에서는 놀라움이 금세 사라지기 때문이다. 게다가 바다 위를 떠다니는 무법자 같은 포경선에는 어디 붙었는지도 모를 세상의 구석이며 구멍에서 흘러나온 온갖 오사리잡놈이 올라타기도 했다. 그리고 널빤지나 난파선, 노와 포경 보트, 카누, 바람에 날려 온 일본 범선 등등에 의지한 채 망망대해를 표류하는 정체 모를 사람들을 건져 올릴 때도 많았다. 설령 악마가 뱃전을 기어 올라와서 선실로 내려가 선장과 얘기를 나눈다 해도 앞 갑판의 선원들이 흥분해서 소란을 떠는 일은 없을 것이다.

하지만 그렇기 때문인지 조무래기 유령들이 여전히 거리를 약간 유지하기는 했지만 선원들 사이에서 금세 자리를 잡은 반면, 머리카락 터번을 두른 페달라는 마지막까지 신비에 싸인 존재로 남았다. 대체 어디 있다가 이렇게 점잖은 세상으로 나온 걸까. 에이해브의 남다른 운명과는 대체 어떤 말못할 인연으로 얽힌 걸까. 아니, 어쩌다 거기에 모종의 영향력까지 행사하는 것처럼 보이게 된 걸까. 그걸 누가 알겠냐만, 어쩌면 그를 상대로 심지어 권력을 행사했을지도 몰랐다. 아무도 모르는 일이었지만, 그렇다고 페달라를 대수롭지 않게 여길 수는 없었다. 그는 온화한 기후권에 사는 개화한 문명인이라면 꿈에서나, 그것도 희미하게 볼 수 있는 인물이었고, 변화를 받아들이지 않는 동양권, 그중에서도 극동의 섬나라에서라면 이따금 섞여 돌아다닐 만한 그런 인물이었다. 태고의 모습을 고스란히 간직한 그런 격리된 나라들은 심지어 요즘 같은 현대에도 조상들의 유령 같은 원시성을 대부분 보존하며, 최초의 인간에 대한 기억이 또렷하게 남아 있고 모든 인간은 그의 후손이었다. 자신들이 어디서 왔는지 알지 못한 채 서로를 유령처럼 노려보고, 자신들이 어떤 목적으로 왜 만들어졌는지를 해와 달에게 물었다. 「창세기」에 따르면 그 시절에 천사들은 실제로 인간의 딸과 관계를 맺었고, 외경 주석자들은 악마들도 지상의 애욕에 탐닉했다고 덧붙였다.

51
유령의 물기둥

 몇 날이 지나고 몇 주가 흘렀다. 상앗빛 피쿼드호는 순풍
에 돛을 달고 해역 네 군데를 천천히 통과했다. 아조레스 군
도와 베르데스 곶, 라플라타 강 하구의 (이른바) 플레이트
수역, 그리고 세인트헬레나 섬 남쪽의 구획이 불분명한 캐럴
어장 등을 지났다.
 마지막 해역을 항해할 때였다. 어느 고요한 달밤, 파도는
은빛 두루마리처럼 너울거리고 부드럽게 퍼지는 소용돌이가
만들어 내는 건 고독이라기보다 은빛 침묵 같았다. 그렇게
고요하던 어느 날 밤, 뱃머리의 흰 물거품보다 한참 앞쪽에
서 은빛 물기둥이 보였다. 달빛을 받은 물기둥은 천상의 풍
경처럼 아름다웠고, 깃털로 눈부시게 장식한 신이 바다에서
승천하는 것 같았다. 이 물기둥을 제일 먼저 발견한 건 페달
라였다. 이런 달밤에 주 돛대에 올라가 대낮처럼 꼼꼼하게
망을 보는 게 그의 버릇이었다. 하지만 밤에 고래 떼를 발견
하더라도 그걸 잡겠다고 보트를 내릴 고래잡이는 백에 한 명
도 되지 않을 것이다. 그러니 이 늙은 동양인이 밤중에 망루
에 뻗치고 선 모습을 보는 선원들의 심정이 어땠을지는 짐작

이 갈 것이다. 그의 터번과 닮은 같은 하늘에 뜬 길동무였다. 하지만 여러 날을 계속해서 단 한 마디도 없이 일정한 시간을 그곳에서 보낸 끝에 마침내 긴 침묵이 깨졌고, 달빛을 받아 은색으로 빛나는 물기둥을 발견했다는 그의 섬뜩한 목소리가 들려오자 마치 날개 달린 정령이 밧줄에 내려앉아 선원들에게 손짓하기라도 한 것처럼 드러누웠던 선원들이 벌떡 일어나기 시작했다. 「저기 고래가 물을 뿜는다!」 심판의 나팔 소리가 들렸다 해도 그보다 더 바들거리며 떨 수는 없었을 것이다. 하지만 그러면서도 그들은 전혀 공포를 느끼지 않았다. 오히려 환희에 찼는데, 비록 매우 이례적인 시간이었지만 외치는 소리가 무척 인상적이었고 광란에 가까운 흥분을 담고 있었기 때문에 배에 탄 거의 모든 사람이 본능적으로 보트를 내리길 열망했다.

에이해브는 옆구리부터 내미는 빠른 걸음으로 갑판 위를 걸으며 앞 돛과 위쪽 돛, 보조 돛까지 전부 펼치라고 지시했다. 키는 가장 숙련된 선원이 잡아야 했다. 돛대마다 망꾼을 올려 보낸 후 모든 준비를 갖춘 배는 바람을 받으며 앞으로 나아갔다. 고물 난간 쪽에서 불어와 돛을 부풀리는 미풍은 배를 들어 올리는 묘한 경향이 있어서, 살짝 들린 갑판에 서 있으려니 마치 공기를 딛고 선 것 같았다. 그러는 중에도 배는 여전히 빠른 속도로 전진했는데, 마치 두 적대적인 힘, 즉 하늘로 곧게 솟구치려는 힘과 좌우로 흔들리면서 수평으로 나아가려는 힘이 배 안에서 암투를 벌이기라도 하는 것 같았다. 그리고 그날 밤에 에이해브의 얼굴을 봤다면, 그의 내면에서도 그렇게 상반된 두 힘이 전쟁을 벌인다고 생각했을 것이다. 멀쩡한 한쪽 다리는 갑판 위에서 활기찬 메아리를 만들어 내는 반면에, 죽은 다리로 걸음을 옮길 때는 관을 두드리는 소리가 났다. 이 늙은이는 삶과 죽음 위를 걷고 있었다. 하지만 배가 속도를 내고 모든 눈이 화살처럼 맹렬한 시선으로 사방을 관찰했는데도 그날 밤에는 은빛 물기둥이 더는 보이지 않았다. 선원들마다 한 번은 봤는데 두 번은 보지 못했다고 단언했다.

며칠이 지나 자정의 물기둥이 거의 잊혔을 무렵, 그때처럼 고요한 시간에 다시 한 번 외침이 들렸다. 이번에도 모두가 그걸 발견했다. 그런데 따라잡기 위해 돛을 펼치자 언제 그랬냐는 듯이 또 사라져 버렸다. 밤마다 그런 상황을 겪고 보니 끝내는 아무도 주의를 기울이지 않고, 다만 놀라워할 따름이었다. 밝은 달빛이나 별빛 아래에서 신비로운 물기둥을 쏘아 올리고 하루나 이틀, 아니면 사흘 정도 자취를 감췄다가 점점 거리를 벌리며 저 멀리 앞쪽에서 또렷하게 반복해 나타나는 이 외로운 물기둥은 우리를 끝없이 유혹하는 것 같았다.

뱃사람들의 오랜 미신, 그리고 여러 면에서 피쿼드호를 따라다니는 것 같은 초자연적인 분위기 때문에 언제 어디서 물기둥을 발견했든지, 물기둥을 발견한 시간이나 위도와 경도 사이의 간격이 아무리 멀더라도 도무지 다가갈 수 없는 그 물기둥이 늘 똑같은 고래가 내뿜는 것이라고 단언하는 선원들이 적지 않았다. 그 고래가 바로 모비 딕이라는 것이었다. 한동안 이 신출귀몰하는 유령의 오싹한 공포, 이 괴물이 가장 사납고 외딴 바다에서 방향을 바꿔 우리를 산산조각 내려는 음흉한 속셈으로 계속 유인하는 거라는 두려움이 배에 감돌았다.

일시적으로 선원들을 사로잡은 불안감은 대단히 모호하면서도 무시무시했고, 그와 대조적인 화창한 날씨로 인해 기이할 만큼 강력한 힘을 발휘했다. 몇몇 선원은 푸르고 온화한 수면 밑에 사악한 마력이 도사린다고 생각했고, 고요하다 못해 따분하고 외로운 바다를 며칠씩 항해하다 보면 복수심에 불타는 우리를 온 세상이 혐오한 나머지 유골 단지 같은 우리의 뱃머리 앞에서 생기를 말끔히 제거해 버린 것처럼 느껴졌다.

하지만 마침내 동쪽으로 뱃머리를 돌렸더니 희망봉의 바람이 배를 흔들어 대기 시작했고, 배는 그곳의 길고 험한 바다를 출렁이며 나아가게 됐다. 고래 뼈를 장식한 피쿼드호는 세찬 바람에 고개를 숙인 채 검은 파도 속에서 맹렬히 돌진했고, 뱃전을 넘어 날아 들어오는 물보라는 은빛 사금파리가 쏟아지는 것 같았다. 생기를 잃은 황량한 진공 상태는 사라지고, 전보다 더 처참한 광경이 그 자리에 펼쳐졌다.

뱃머리 근처의 물속에서는 이상한 형체들이 배 앞을 이리저리 가로질렀고, 뒤에서는 셀 수 없이 많은 바다 까마귀가 하늘을 뒤덮을 듯 날아다녔다. 아침이면 밧줄에 내려앉은 새들을 볼 수 있었는데, 아무리 소리쳐 쫓아도 한참을 고집스레 밧줄에 달라붙어 있었다. 마치 우리 배를 사람 없이 표류하는 선박으로 여기는 듯했다. 어차피 황폐해질 운명이니 둥지 없는 자기들이 보금자리로 삼기에 적당하다고 여긴 모양이었다. 검은 바다는 하염없이 굽이쳤고, 그 커다란 조류는 마치 양심이라도 되는 듯, 광대한 우주의 영혼이 해묵은 죄와 그로 인한 고통에 번민하며 후회하는 것 같았다.

이곳을 희망봉이라고 부른다던가? 차라리 옛날에 그런 것처럼 고난의 곳이라고 하는 게 더 나을 것을. 한동안 거짓 고요에 홀렸다가 들어선 번민에 찬 바다에서는 죄인들이 이런 저런 새와 물고기로 변해 쉴 곳도 없이 영원히 헤엄치거나 지평선도 보이지 않는 어두운 하늘에서 영원히 날갯짓하는 벌을 받는 것처럼 보였다. 하지만 변함없이 침착하고 눈처럼 흰 그것, 여전히 깃털 같은 분수를 하늘로 뿜고 여전히 저만치에서 우리를 손짓하는 그것, 그 외로운 물기둥은 가끔씩 포착되었다.

하늘과 바다가 온통 암흑에 휩싸인 동안 에이해브는 거의 쉬지 않고 물에 젖은 위험한 갑판에서 배를 지휘하면서도 혼자 침울한 모습을 보였고, 항해사들에게 말을 거는 일은 전보다도 더 드물었다. 이렇게 폭풍우가 칠 때는 갑판이며 돛대 위에 있는 것들을 전부 안전하게 단속하고 그저 돌풍이 지나가길 기다리는 것 외엔 달리 할 일이 없다. 그럴 때는 선장과 선원들이 모두 사실상 숙명론자가 된다. 그래서 고래뼈 다리를 익숙한 구멍에 끼우고 한 손으로 돛대의 줄을 단단히 움켜쥔 에이해브는 몇 시간이고 바람 부는 쪽을 응시하며 서 있곤 했는데, 어쩌다 진눈깨비가 몰아치고 눈이라도 내리면 눈썹이 거의 얼어붙었다. 한편 뱃머리에 부딪혀 산산이 깨어지는 사나운 파도에 쫓겨난 선원들은 중앙 갑판의 뱃전을 따라 일렬로 늘어섰다. 그리고 솟구쳐 오르는 파도에게서 안전을 도모하려는 마음에 다들 난간에 단단히 묶은 밧줄 안으로 몸을 들이밀고는 헐거운 벨트를 맨 것처럼 흔들거렸다. 말은 거의 오가지 않았다. 이목구비를 그려 넣은 밀랍인형을 선원으로 태운 것만큼이나 조용한 배는 그렇게 사악한 파도의 격렬한 광기와 기쁨을 모두 헤치며 하루하루 앞

으로 나아갔다. 밤이면 바다의 날카로운 비명 앞에서 인간
은 여전히 침묵했고, 선원들은 고요한 가운데 난간 밧줄에
몸을 맡긴 채 흔들렸다. 여전히 말이 없는 에이해브는 돌풍
에 맞선 자세를 풀지 않았다. 녹초가 된 몸이 휴식을 요구하
는 것처럼 보일 때조차 그는 침대에서 휴식을 구하지 않았
다. 어느 날 밤에 스타벅은 기압계를 확인하러 선실로 내려
갔다가 바닥에 나사로 고정한 의자에 눈을 감고 꼿꼿이 앉
은 선장을 봤는데, 그때 본 영감의 모습을 도저히 잊을 수 없
었다. 비에 섞여 내리는 진눈깨비를 한동안 맞고 들어와 아
직 벗지도 않은 모자와 코트에서는 그때까지도 물이 뚝뚝
떨어졌다. 테이블에는 언젠가 말한 해도가 펼쳐졌고 손에 움
켜쥔 호롱이 좌우로 흔들렸다. 몸은 꼿꼿했지만 고개는 조금
뒤로 젖혔고, 감은 눈은 천장의 대들보에 매달린 고자질쟁이
의 바늘을 향하고 있었다.[127]

　무서운 늙은이 같으니! 스타벅은 진저리를 치며 생각했
다. 이런 돌풍에 잠을 자면서도 여전히 요지부동으로 목표물
을 주시하다니.

---

127 선실 나침반을 타각 표시기, 또는 〈고자질쟁이〉라고도 부르는데, 키
에 달린 나침반을 보지 않고도 선장이 선실에서 배의 진로를 알 수 있기 때문
이다 — 원주.

52
앨버트로스

희망봉 남동쪽, 참고래 어장으로 알려진 크로제 제도 인근 바다에서 배 한 척이 모습을 드러냈는데, 〈앨버트로스〉, 즉 신천옹이라는 이름을 가진 배였다. 거리가 서서히 좁혀올 때 앞 돛대 높은 곳에 있던 나는 원양 포경선 신참에게는 놀라운 광경을 똑똑히 볼 수 있었다. 그건 다름이 아니라 오랫동안 고향을 떠나 바다를 항해하는 포경선의 모습이었다.

파도가 세탁업자라도 되는지, 이 배는 해변으로 밀려온 바다코끼리의 뼈처럼 하얗게 표백이 되어 있었다. 이런 유령 같은 모습의 양옆으로는 시뻘건 녹물이 흘러 죽죽 줄이 갔고, 돛대의 활대며 밧줄은 하나같이 서리에 덮인 굵은 나뭇가지 같았다. 돛은 아래쪽만 펼쳤다. 세 돛대에 올라가 있는 망꾼들의 모습도 수염이 덥수룩한 게 가관이었다. 짐승의 가죽으로 옷을 해 입은 모양이었는데, 4년 가까운 항해를 겪으면서 찢기고 기운 자국투성이였다. 돛대에 못을 박아 고정한 쇠고리 안에 선 그들은 깊이를 알 수 없는 바다 위에서 이리저리 흔들렸다. 그 배가 우리 고물 쪽으로 서서히 다가오자 공중에 뜬 양쪽의 여섯 명은 상대편 망루로 훌쩍 뛸 수 있을 만큼 가까워졌지만, 황폐해 보이는 그쪽 선원들은 지나치며 슬그머니 바라볼 뿐 우리 쪽 망꾼에게 한마디도 건네지 않았다. 그때 뒤쪽 갑판에서 외치는 소리가 들렸다.

「어이, 그쪽 배! 흰 고래를 봤소?」

하지만 그쪽 선장이 창백한 뱃전에서 몸을 내밀고 나팔을 입에 대려는 순간, 어찌된 일인지 나팔이 그의 손에서 떨어져 바다에 빠지고 말았다. 마침 바람이 다시 세차게 일어났기 때문에, 나팔이 없이는 아무리 소리를 쳐봐야 소용이 없었다. 그러는 사이에 배는 점점 멀어져 갔다. 흰 고래라는 말을 입에 올리자마자 일어난 이 불길한 사건에 대해 피쿼드호의 선원들이 저마다 말을 제외한 다양한 방식으로 반응을 보이는 동안, 에이해브는 잠시 머뭇거렸다. 위협적인 바람의 방해만 아니었다면 낯선 배에 올라타기 위해 보트라도 내릴 기세였다. 하지만 낯선 배의 선적이 낸터컷이며 조만간 귀향할 거라는 걸 알고는 바람이 불어 가는 쪽이라는 위치를 이용해서 다시 한 번 나팔을 들고 큰 소리로 외쳤다. 「어이, 거기! 여긴 피쿼드호, 세계를 일주하고 있소! 가거든 앞으로 모든 서신은 태평양으로 보내 달라고 전해 주시오! 그리고 이번에는 3년인데, 그때까지 귀향을 하지 않거든 그때는 편지를……」

바로 그때 두 배의 항로가 직각으로 교차했고, 며칠째 우리 배 옆에서 조용히 헤엄치던 작고 얌전한 물고기 떼가 독특한 습성에 따라 지느러미를 떠는 것처럼 보이는 몸짓을 하며 쏜살같이 헤엄쳐 낯선 배의 뱃전에 앞뒤로 정렬했다. 에이해브는 오랜 항해를 통해 비슷한 광경을 여러 번 봤을 테지만, 편집광적인 사람에게는 아주 사소한 일조차 변덕스러운 의미를 갖는 법이다.

「나한테서 도망치는 게냐, 너희들?」에이해브는 물속을 굽어보며 중얼거렸다. 별 뜻이 없는 말처럼 들렸지만, 그 말투에는 정신 나간 이 늙은이에게서 그때까지 본 어떤 모습보다 깊고 절망적인 슬픔이 더 많이 담겨 있었다. 그러더니 속도를 늦추기 위해 바람이 부는 쪽으로 뱃머리를 유지하던 키잡이를 향해 늙은 사자 같은 목소리로 외쳤다. 「키를 올려라! 세계 일주를 계속한다!」

세계 일주! 그 말은 자긍심을 일으키기에 충분했지만, 세계를 일주하는 항해의 목적은 무엇인가? 숱한 위험을 거쳐 그저 출발한 그곳, 우리가 안전하게 두고 떠난 사람들이 내내 우리 앞에 있던 바로 그곳으로 돌아가는 것뿐.

이 세계가 무한한 평면이어서 동쪽으로 항해를 하면 영원히 새로운 곳에 닿고 키클라데스나 솔로몬 제도보다 더 아름다운 별천지를 발견할 수 있다면야 항해의 희망이 있었다. 하지만 우리가 꿈꾸는 머나먼 신비를 찾거나 아니면 언젠가 한번쯤 모든 인간의 심장 앞에서 헤엄치는 사악한 환영을 괴롭게 뒤쫓거나, 그런 것들을 쫓아 이 둥근 지구를 한 바퀴 돈다고 해도, 우리는 황량한 미로에 빠지거나 그렇지 않으면 도중에 가라앉고 말 것이다.

53
상호방문

　에이해브가 앞에서 얘기한 포경선에 오르지 않은 표면적인 이유는 바람과 바다가 태풍의 징조를 보였기 때문이다. 하지만 꼭 그렇지 않았다고 해도 에이해브는 아마, 나중에 벌어진 비슷한 상황에서 그가 취한 행동으로 판단하건대, 결국 그 배를 방문하지 않았을 것이다. 그리고 그렇다면 소리를 치는 과정에서 자신의 질문에 부정적인 대답을 확보했다는 뜻이다. 왜냐하면 나중에 밝혀졌듯이, 그는 자신이 열광적으로 찾는 정보에 조금이나마 보탬이 될 수 있는 경우를 제외하고는 어떤 낯선 선장과도 단 5분조차 친분을 맺을 마음이 없었기 때문이다. 하지만 포경선들이 이국의 해역, 특히 공동 어장에서 마주쳤을 때의 독특한 습성을 여기서 잠깐 언급하지 않는다면 이 상황은 끝내 제대로 이해할 수 없을 것이다.

　두 나그네가 뉴욕 주의 파인 배런이나 그에 버금가게 황량한 잉글랜드의 솔즈베리 평원에서 스쳐 지난다면, 그렇게 거친 황야에서 우연히 마주친 두 사람은 아무래도 서로 인사하는 것을 피할 수 없을 것이다. 잠시 걸음을 멈추고 소식을 나누거나 어쩌면 잠시 함께 앉아서 쉬었다 갈 수도 있다. 그렇다면 바다라는 무한한 파인 배런과 솔즈베리 평원을 지나는 포경선 두 척이 지구의 외딴 구석(쓸쓸한 패닝 섬 앞바다건 킹스밀에서 한참 떨어진 곳이건)에서 서로를 발견했을 경우, 이 배들이 소리쳐 인사를 나눌 뿐만 아니라 좀 더 가까이 다가가 한결 우호적이고 화기애애한 만남의 시간을 갖는 것은 훨씬 자연스러울 터다. 더구나 같은 항구 소속이고 선장과 간부 선원, 그리고 적지 않은 선원들까지 개인적으로 서로 아는 사이여서 그리운 고향에 대해 이런저런 얘기를 나눌 수 있는 상황이라면 더 당연하게 여겨질 것이다.

넓은 해역을 향해 나아가던 배는 어쩌면 고향 떠난 지 오래된 배에게 전해 줄 편지를 갖고 있을지도 모른다. 어쨌거나 더럽고 손때 묻은 신문지 뭉치보다는 한두 해 뒤의 신문을 볼 수 있을 건 분명하다. 그리고 그런 친절의 답례로 해역으로 나아가던 배는 그들에게 가장 중요한 정보, 즉 앞으로 가게 될 어장의 최근 정보를 얻게 될 것이다. 그리고 정도의 차이는 있겠지만, 어장에서 스쳐 가는 포경선들이라면 똑같이 오래전에 출항한 경우라도 이 점은 마찬가지다. 지금은 멀리 떨어져 있는 제3의 배에서 편지를 전달받았는데, 그 속에 지금 만난 배의 선원을 수취인으로 하는 편지가 있을 수도 있다. 게다가 포경에 대한 소식을 주고받으며 기분 좋게 한담을 나눌 수도 있다. 이들은 뱃사람으로서 동질감을 느낄 뿐만 아니라, 같은 대상을 추적하면서 겪는 비슷한 고난과 위험에서 독특한 유대감을 형성하기 때문이다.

국적이 다르다는 건, 미국인과 영국인처럼 양쪽이 같은 말을 하는 경우라면 본질적인 차이가 되지 못한다. 하지만 영국 선적의 포경선은 많지 않기 때문에 그런 만남은 매우 드물고, 어쩌다 마주치더라도 서로 피하는 경향이 있다. 영국인은 다소 과묵하고, 양키들은 자기들만 그런 기질을 지녔다고 생각하기 때문이다. 게다가 영국 포경선은 이따금 미국 포경선을 상대로 일종의 큰물 출신이라는 우월감을 드러내며, 멀대 같고 야윈 데다 딱히 형언할 수 없이 촌스러운 낸터컷 출신을 바다의 시골뜨기쯤으로 취급한다. 하지만 양키 고래잡이들이 하루에 잡는 고래의 수가 영국 고래잡이들의 10년 어획량보다 많다는 걸 감안하면 영국인들의 이런 우월감이 어디에 근거를 두는지는 알 수 없다. 그렇지만 이건 영국 고래잡이들의 악의 없는 사소한 약점이고, 낸터컷 선원들도 크게 개의치 않는다. 아마 자신들도 적잖은 약점을 지녔다는 걸 알기 때문일 터다.

그렇기 때문에 외로이 바다를 항해하는 모든 선박 중에서 포경선이야말로 사교적이어야 할 이유가 충분하고, 실제로도 그렇다. 반면에 대서양 한복판에서 마주친 상선들은 인사 한마디 없이 브로드웨이의 멋쟁이들처럼 서로 모른 체 지나치기 일쑤다. 그러고는 서로 상대의 장비를 시시콜콜 헐뜯기에 여념이 없다. 그런가 하면 군함의 경우에는 바다에서 마주쳤을 때 우선 군함기를 올렸다 내렸다 하며 바보처럼 절을 하고 귀에 거슬리는 소리를 내기 때문에 진심 어린 호의나 우애는 별로 느껴지지 않는다. 노예선끼리 마주쳤을 때에는 뭐랄까, 어찌나 허둥대는지 되도록 빨리 도망치기 바쁘다. 그리고 해적선들의 경우 해골 깃발들끼리 우연히 스쳐 갈 때는 제일 먼저 〈몇 놈이나 해치웠냐〉고 소리쳐 묻는데, 이건 〈몇 통이나 채웠냐?〉고 묻는 포경선과 똑같다. 그리고 대답을 들은 해적들은 곧바로 뱃머리를 돌린다. 양쪽 모두 극악무도한 악당들이라 서로의 포악한 닮은꼴을 별로 보고 싶지 않기 때문이다.

하지만 신성하고 정직하고 겸손하고 다정하며 사교적이고 스스럼없는 포경선을 보라! 온화한 날씨에 서로 마주친 포경선들은 어떻게 할까? 이들은 〈상호방문〉이라는 걸 하는데, 다른 선박들은 전혀 모를 뿐 아니라 용어조차 들어 본 적이 없고 어쩌다 우연히 이 말을 듣는다고 해도 히죽거리며 〈물 뿜기〉라거나 〈정유 솥〉, 그리고 멋진 외침에 대한 말들을 장난스럽게 반복한다. 상선과 해적선, 군함, 노예선의 선원들은 어째서 포경선을 이렇게 얕잡아 보는 걸까? 이 질문에는 대답하기가 쉽지 않다. 왜냐하면, 해적선의 경우를 보더라도 그네들의 직업에 대체 무슨 특별한 명예가 있는지부터 알고 싶기 때문이다. 어쩌다 대단히 높은 곳에 오르기도 하지만, 그래 봐야 교수대에 불과하다. 그런 데다가 그렇게 희한한 방식으로 높은 곳에 올라가도 우월한 높이를 제대로 받쳐 주는 토대가 없다. 그러니 해적이 고래잡이보다 우월하다고 자랑한들 그걸 뒷받침할 확고한 근거가 전혀 없다는 결론을 내리지 않을 수 없다.

하지만 대체 〈상호방문〉이란 무엇인가? 검지가 닳도록 사전을 뒤져도 그 말은 나오지 않는다. 존슨 박사[128]도 그 정도로 박식하지는 않았고, 노아 웹스터의 방주에도 이 말은 수록되어 있지 않다. 그럼에도 이 표현은 지금까지 오랜 세월 동안 약 1만 5천 명의 진정한 양키들 사이에서 끊임없이 사용되어 왔다. 그렇다면 정의를 내려서 어휘 사전에 실어야 마땅

128 영국 최초의 사전 편찬자인 새뮤얼 존슨.

하다. 그 점을 염두에 두고 내가 정통한 정의를 내려 보겠다.

상호방문Gam 명사 둘, 또는 그 이상의 포경선이 나누는 사교적 교류, 일반적으로 어장에서 이루어진다. 큰 소리로 인사를 나눈 후 선원들이 상대편 배를 방문한다. 두 배의 선장들이 한동안 한쪽 배에 머물고, 일등 항해사 둘은 다른 쪽 배에 머문다.

상호방문과 관련해서 사소하지만 유념해야 할 게 또 한 가지 있다. 어떤 직업이든 나름대로 시시콜콜한 특색이 있게 마련이고, 포경업이라고 예외가 아니다. 해적선과 군함, 노예선을 보면 선장이 보트를 탈 경우 늘 고물 쪽으로, 으레 방석을 댄 편안한 좌석에 앉고, 숙녀용 모자 만드는 사람이 화려한 끈과 리본으로 장식한 작고 예쁜 키를 쥐고 직접 조종을 하기도 한다. 하지만 포경 보트의 고물에는 좌석도, 그런 종류의 소파나 키도 없다. 포경선 선장이 통풍에 걸려 특수 의자에 앉은 늙은 시의회 의원처럼 바퀴 달린 의자에 앉아 바다 위를 돌아다닌다면 정말 볼만할 것이다. 키의 손잡이만 하더라도 포경 보트에 그런 유약한 장식은 결코 허용되지 않는다. 따라서 상호방문을 할 때는 한 보트의 전원이 모두 배를 떠나야 하고, 거기에는 보트의 키잡이나 작살잡이도 포함되므로 이런 상황에서는 하급자가 키를 잡고, 선장은 앉을 자리도 없이 소나무처럼 꼿꼿이 선 채 방문길에 나서게 된다. 그리고 선장은 보이는 범위 안의 모든 시선 즉, 양쪽 배에서 자신에게 쏟아지는 눈길을 의식한 나머지 다리에 힘을 주고 위엄을 유지하는 게 중요하다는 걸 온몸으로 느낀

다. 이건 결코 쉬운 일이 아니다. 뒤쪽에 튀어나온 커다란 키
잡이 노가 가끔가다 한 번씩 그의 허리춤을 때리고, 앞쪽 노
도 질세라 그의 무릎을 때리기 때문이다. 이렇게 앞뒤로 옴
짝달싹 못하게 완전히 끼인 터라 선장은 두 다리를 옆으로
벌리는 수밖에 없다. 하지만 보트가 갑자기 격렬하게 요동
을 쳐서 넘어지는 일도 종종 발생하는데, 토대의 길이가 아
무리 길어 봐야 그에 상응하는 폭이 확보되지 않으면 아무
소용이 없기 때문이다. 단순히 장대 두 개의 각도를 벌린다
고 해서 그걸 세울 수 있는 건 아니다. 그렇지만 온 천지의
눈이 모두 쏠린 상황에서 다리를 벌리고 선 판국에, 행여 손
으로 뭔가를 잡아서 몸을 지탱하는 꼴을 보인다는 건 안 될
말이다. 그러기는커녕 몸을 온전히 가눈다는 표시로 두 손
을 바지 주머니에 찔러 넣는 게 보통인데, 대개는 대단히 크
고 묵직한 손을 바닥짐 삼아 주머니에 넣고 있을 것이다. 하
지만 믿을 만한 전언에 따르면 한두 번쯤 이례적으로 위험한
순간에, 이를테면 갑작스러운 돌풍이 불었을 때, 선장이 바
로 옆에 있던 노잡이의 머리를 움켜잡고 죽어라 매달린 적도
있었다고 한다.

54
타운-호 이야기

(황금 여인숙에서 얘기하던 투로)

희망봉과 그 일대의 해역은 넓은 간선 도로의 이름난 교차로와 흡사해서 다른 어느 곳보다 많은 나그네를 만나게 된다.

역시 귀향길에 오른 포경선인 타운-호[129]호를 만난 건 앨버트로스호와 이야기를 나누고 얼마 지나지 않았을 때였다. 그 배의 선원은 대부분 폴리네시아 출신이었다. 짧은 상호방문 중에 그들은 우리에게 모비 딕과 관련해서 확실한 소식을 전해 주었다. 타운-호호에서 들은 이야기로 인해 이제 흰 고래에 대한 전반적인 관심이 거세게 치솟았는데, 그들의 이야기는 가끔씩 불가사의하게 뒤집어진 재난의 형태로 인간들을 덮친다는 이른바 신의 심판과 그 고래를 은근히 결부해 놓은 것처럼 보였다. 신의 심판이라는 정황은 구체적인 설명과 함께 이제부터 전할 비극의 은밀한 부분을 이루지만, 에

129 Town-Ho. 옛날에 돛대에서 고래를 처음 발견했을 때 외치던 소리로, 지금도 고래잡이들은 유명한 갈라파고스 거북을 잡을 때 이렇게 외친다 ― 원주.

이해브 선장이나 항해사들의 귀에는 끝내 들어가지 않았다. 이야기의 은밀한 부분은 타운-호호의 선장조차 알지 못했다. 그건 그 배의 백인 선원 세 명으로 이루어진 비밀 결사의 사유 재산인 셈이었는데, 그중 한 명이 로마 교회의 비밀 지령을 전하듯 타슈테고에게 들려준 모양이었다. 그리고 바로 다음 날 밤에 타슈테고가 잠꼬대를 하며 대부분 누설했다가 동료들이 캐문자 전부 털어놓고 말았다. 하지만 이야기의 전말을 알게 된 피쿼드호의 선원들에게 미친 영향력이 너무나 강력한 나머지, 말하자면 기이한 미묘함에 짓눌린 나머지, 자기들끼리 아는 비밀로 간직했기 때문에 피쿼드호의 주 돛대 너머로는 끝내 새어 나가지 않았다. 이제 나는 배에서 공공연히 들은 이야기의 적재적소에 어두운 비밀의 실을 꿰어 가며 이 기이한 사건의 전말을 영원히 기록하고자 한다.

내 기분을 유지하기 위해, 언젠가 어느 성인의 축일 전야에 두껍게 도금한 타일이 깔린 리마의 황금 여인숙에서 담배를 피우며 한가로운 시간을 보내다 스페인 친구들에게 이 이야기를 들려줬을 때의 말투를 그대로 옮겨 보겠다. 말쑥한 멋쟁이들 가운데 젊은 신사인 페드로와 세바스찬은 나와 조금 더 가까운 사이였다. 그래서 그들은 간간이 질문을 했고, 나는 거기에 적절히 대답을 해주었다.

「내가 지금부터 들려주려는 사건의 이야기를 처음 전해 듣기 2년여 전에 타운-호호라는 낸터컷 선적의 포경선이 여기 이 태평양을 항해했다네. 이 멋진 황금 여인숙의 처마 끝에서 서쪽으로 배를 몰면 며칠 걸리지도 않을 지점이었지. 적도에서 북쪽으로 어디쯤이었을 거야. 어느 날 아침에도 일과대로 펌프질을 하는데 선창에 평소보다 물이 많이 고였

더래. 그래서 황새치가 구멍을 냈나 보다고 생각했다더군. 그런데 희한한 근거로 그 위도에서 보기 드문 행운이 자신을 기다린다고 믿은 선장은 그곳을 떠나길 꺼렸고, 굳은 날씨에 최대한 아래까지 내려가서 선체를 살폈는데도 구멍을 찾을 수 없었지만 당시에는 물이 새는 걸 전혀 위험하게 여기지 않았다네. 그래서 항해를 계속했고, 선원들은 어쩌다 생각날 때만 태평하게 펌프질을 할 뿐이었지. 그러나 행운은 나타나지 않았고, 며칠이 지났는데도 물이 새는 구멍은 발견되지 않은 채 물만 눈에 띄게 불어난 거야. 상황이 그렇다 보니 선장도 조금 걱정이 됐는지 돛을 모두 펼치고 가장 가까운 섬의 항구로 뱃머리를 돌렸다네. 거기 가서 선체를 끌어 올려 손을 볼 작정이었어.

가까운 거리는 아니었지만 평소만큼만 운이 따라 주면 도중에 배가 가라앉을 걱정은 없다고 선장은 생각했어. 펌프도 최상품이었고 선원 서른여섯 명이 돌아가며 물을 빼면 배가 잠길 리 없으니까 물이 갑절로 샌다고 해도 개의치 않았다네. 실제로 이번 항해 내내 거의 순풍이 불었던 터라 타운-호호는 아무런 불상사도 없이 무사히 항구에 도착할 게 거의 확실했어. 비니어드 출신인 라드니라는 항해사가 잔인한 횡포를 부리는 바람에 버팔로 출신 호수 사나이이자 불한당인 스틸킬트가 호되게 앙갚음을 하지만 않았다면 말이야.」

「호수 사나이? 버팔로? 대관절 호수 사나이는 다 뭐고, 버팔로는 어디 붙어 있는 거야?」 그네에 매단 흔들리는 멍석자리에서 몸을 일으키며 돈 세바스찬이 물었다.

「버팔로는 이리 호수 동쪽 연안에 있다네. 하지만 잠깐만 참아 주겠나. 이제 곧 모든 이야기를 자세히 듣게 될 터이니.

그래서 자네들의 카야오[130]에서부터 저 멀리 마닐라까지 항
해하는 배만큼이나 크고 튼튼한 사각 돛에 돛대가 세 개나
되는 배에 탄 이 호수 사나이는 우리 아메리카 대륙의 한복
판에서도 종종 드넓은 대양과 결부되는 약탈의 기질을 키우
며 자랐다네. 우리 나라의 광대한 담수 바다라고 할 수 있는
이리, 온타리오, 휴런, 슈피리어, 미시건 호수는 서로 연결되
어 있는데 그걸 모두 합치면 바다만큼 넓고 바다의 고귀한
특징들도 많이 지녔지. 그 주변에 다양한 인종이 살고 풍토
가 다채롭다는 것도 그런 특징들 가운데 하나야. 폴리네시
아의 바다처럼 낭만적인 섬들이 둥글게 군도를 이룬 곳도 있
다네. 크게 봤을 때 기슭에는 기질이 대조적인 두 강대 부족
이 살아. 마치 대서양처럼 말이야. 이 호수는 동쪽으로 기슭
에 점점이 자리 잡은 수많은 식민지와 바다를 이어 주는 긴
수로 역할을 하고, 염소처럼 생긴 험상궂은 매키노 포대[131]와
대포들이 여기저기서 인상을 찌푸리고 있지. 그들은 해전의
승리를 알리는 함대의 우레 같은 축포 소리를 들었고, 짐승
가죽 천막 틈새로 붉게 칠을 한 얼굴을 내비치는 사나운 야
만인들에게 물가를 내준 적도 있다네. 물가를 따라서는 사
람의 발길이 닿지 않은 태고의 숲이 한없이 이어졌고, 수척
한 소나무들이 고트족 왕의 계보만큼이나 빽빽하게 서 있다
네. 바로 그 숲에 아프리카의 맹수와 비단처럼 부드러운 털
을 가진 동물들이 사는데, 그 가죽은 타타르 황제의 옷감으
로 팔린다더군. 호수는 포장도로가 깔린 버팔로와 클리블랜

130 페루의 항구 도시.
131 매키노는 미시건 호와 휴런 호를 잇는 수로 중앙에 있는 섬의 요새를
일컫는다.

드 같은 도시뿐만 아니라 위네바고 같은 마을들을 거울처럼 비춘다네. 장비를 완전하게 갖춘 상선과 무장한 순양함이 다니는가 하면 증기선과 밤나무로 만든 카누도 함께 떠 있지. 북풍은 바다에서 파도를 일으키는 바람의 기세 못지않게 세차고, 돛대를 부러뜨릴 만한 돌풍도 불기 때문에 난파가 뭔지도 잘 알아. 내륙에 있다고는 해도 육지가 보이지 않기 때문에 한밤중에 선원들이 비명을 지르는 가운데 배가 침몰한 적도 아주 많거든. 그러니 스틸킬트는 내륙 사람인데도 바다에서 태어나 바다에서 자란 것만큼이나 거칠었다네. 여느 뱃사람 못지않게 대담했지. 라드니는 어렸을 땐 한적한 낸터컷 해변에 누워 바다의 젖을 먹고 자랐을지 몰라도, 커서는 우리의 거친 대서양과 자네들의 관조적인 태평양을 오랫동안 헤매고 다녔다더군. 그런데도 사슴뿔로 자루를 만들어 붙인 보위 나이프[132]를 쓰는 지방에서 방금 올라온 시골뜨기 뱃사람만큼이나 심술궂고, 시비가 붙는 일이 잦았다네. 물론 이 낸터컷 사람에게도 좋은 점이 없지는 않았어. 그리고 호수 사나이는 사실상 저돌적인 싸움꾼이었지만 그건 융통성 없이 단호한 기준을 적용했을 때의 얘기였고, 인간적인 대우라는 평범한 예의를 지키면 누그러졌다네. 미천한 노예도 그럴 자격은 있지 않나. 아무튼 그렇게 대해 줬더니 스틸킬트라는 친구는 오랫동안 문제를 일으키지 않고 얌전하게 지냈다네. 어쨌거나 그때까지는 그랬어. 그런데 라드니가 무슨 저주에 걸렸는지 미쳐 날뛰었고 스틸킬트는…… 하지만 여보게들, 이 얘기는 잠시 후에 하기로 하세.

섬의 항구로 뱃머리를 돌린 지 하루, 이틀이 채 지나지 않

132 19세기 초 텍사스의 제임스 보위 대령에 의해 유명해진 사냥용 단도.

앉을 때였어. 타운-호호에 새어 드는 물은 다시 늘어나는 것 같았지만 매일 한 시간 정도씩 펌프질을 하는 것으로 충분한 수준이었지. 알다시피 항로가 정해진 문명화한 바다, 예를 들어 우리의 대서양 같은 곳을 가로지를 때면 펌프 일과를 대수롭지 않게 생각하는 선장들도 있지만, 잠이 쏟아지는 고요한 밤에 갑판의 당직이 그 의무를 깜빡할 경우 그와 동료 선원들은 두 번 다시 그 일을 기억하지 못하게 된다네. 다 함께 조용히 바다 밑으로 가라앉을 테니까. 자네들이 있는 곳에서 서쪽으로 멀리 떨어진 고독하고 사나운 바다에서는 선박들이 상당히 긴 항해길에도 계속해서 펌프 손잡이를 붙들고 합창이라도 하듯 달그락거리는 게 전혀 이상할 게 없다네. 그러니까 그럭저럭 가볼 만한 거리에 해안이 있거나 적당한 피난처가 있다면 말이야. 선장이 조금 불안해지기 시작하는 건 그런 해역을 아주 멀리 벗어나 육지라곤 보이지 않는 망망대해에서 배에 물이 샐 때뿐이지.

그런데 타운-호호가 대략 그런 상황이었다네. 그래서 다시 한 번 물이 늘어나는 게 확인됐을 때에는 몇몇 선원이 약간 우려를 표명했고 항해사인 라드니가 특히 그랬다더군. 그는 고향에서 새로 천갈이를 해온 위쪽 돛을 완전히 올려서 바람을 가득 받게 하라고 지시했어. 그런데 라드니라는 자가 겁쟁이는 아니었을 테고, 일신의 안위 때문에 신경을 곤두세우고 걱정하는 경향은 없었을 것 같아. 뭍에서건 바다에서건 흔히 상상할 수 있는 겁 없고 앞뒤 가리지 않는 그런 사람이었던 거지. 그래서 그가 배의 안전에 대해 이런 걱정을 토로하자 몇몇 선원은 그가 배의 공동 선주이기 때문일 거라고 단정했어. 그리고 그날 저녁에 펌프로 물을 빼낼 때 잔물결이 이는 맑은 물이 계속해서 발을 적시는 중에도 얘기를 나누는 선원들의 말투엔 장난기와 익살이 가득했다네. 물은 산속의 샘물만큼이나 맑았어. 펌프에서 솟구친 물은 갑판을 적시고 바람이 불어 가는 방향의 배수구로 흘러갔지.

그런데 자네들도 잘 알다시피, 바다든 어디든 관습이 지배하는 세상에서는 통솔자의 위치에 있는 사람이 자기 휘하 중에서 일반적으로 자신보다 상당히 월등해 보이는 사람을 발견할 경우 즉시 주체 못할 반감과 앙심을 품게 되고, 기회가 생기면 아랫것의 탑을 무너뜨려 흙더미로 만들어 버리려 하는 게 드문 일은 아니지 않나. 내 상상일지도 모르지만, 어쨌거나 스틸킬트는 로마인 같은 머리에 기골이 장대하고 늘어진 황금빛 수염은 자네들의 지난번 총독이 탄 군마의 술 장식 같았다네. 그리고 머리와 가슴과 영혼은 그가 샤를마뉴 아버지의 아들로 태어났다면 스틸킬트 샤를마뉴가 될 수도 있을 정도였어. 그런데 항해사인 라드니는 노새처럼 못난 몰골에 그만큼이나 고약하고 고집 세고 심술궂었거든. 그는 스틸킬트를 좋아하지 않았고, 스틸킬트도 그걸 알았다네.

다른 선원들과 함께 열심히 펌프질을 할 때 항해사가 다가오는 걸 알아차렸지만 이 호수 사나이는 아는 체를 하지 않고 유쾌한 농담을 태연하게 늘어놨다네.

〈아니, 아니, 이 친구들아. 여기는 물이 아주 펑펑 새는걸. 누가 작은 양철통이라도 가져와 봐. 맛이라도 한번 보자고. 세상에. 이건 병에 담아 둘 만한걸! 이거 참, 라드니 영감의 투자가 이 꼴이 되다니! 선체에서 제 몫을 잘라 집으로 끌고 가는 게 좋겠군 그래. 사실 황새치는 이제 막 시작한 거야. 배목수 물고기, 톱상어, 줄톱 물고기 따위를 우르르 몰고 와서 지금 열심히 밑바닥을 켜고 자르느라 열심이거든. 일이 착착 진행되고 있을걸. 라드니 영감이 옆에 있다면, 뱃전에서 바다로 뛰어 들어가 놈들을 쫓아 버리라고 말해 줬을 텐데. 놈들이 그의 재산을 가지고 분탕질을 치는 거잖아. 하지만 순박한 양반이지. 생긴 건 또 얼마나 잘생겼게. 듣자니 남은 재산은 거울에 투자했다던데. 나 같은 불쌍한 놈한테 코의 모형을 내줄지 모르겠군.〉

〈이 바보 같은 놈들! 뭐 하느라 펌프질을 멈춘 거냐?〉 라드니는 선원들의 얘기를 못 들은 척 소리를 질렀어. 〈얼른 하지 못해!〉

〈네, 네, 알겠습니다.〉 스틸킬트는 귀뚜라미처럼 명랑하게 대답했어. 〈자, 다들 힘차게 하자고, 힘을 내! 어서!〉 그러자 펌프는 쉰 개의 소방펌프처럼 달그락거렸지. 선원들은 모자까지 벗어 던졌고, 머잖아 허파가 가쁘게 헐떡이는 소리가 들렸다네. 사력을 다할 때 나는 특유의 소리였어.

마침내 펌프질을 끝낸 호수 사나이는 다른 선원들과 함께 숨을 헐떡이며 양묘기에 주저앉았다네. 불이라도 난 것처럼 벌건 얼굴에 핏발이 선 눈으로 이마에서 비 오듯 쏟아지는 땀을 닦았어. 그런데 무슨 교활한 악마가 들러붙었기에 라드니가 그렇게 육체적으로 탈진한 사람한테 시비를 걸었는지 모르겠지만, 아무튼 그런 상황이 벌어진 거야. 화를 참지 못하고 갑판을 쿵쾅대며 걸어 다니던 항해사는 그에게 빗자루를 가져다가 갑판을 쓸어라, 삽을 가져다가 돼지를 풀어 놔서 생긴 오물도 치워라, 지시를 했어.

항해 중인 배의 갑판을 치우는 건 강풍이 불 때를 제외하면 저녁마다 정기적으로 해야 하는 일과고, 심지어 침몰하는 배에서도 게을리하지 않는다고들 하지. 바다의 관습은 그렇게 엄격하고 뱃사람들은 본능적으로 깨끗한 걸 좋아하거든. 물에 빠져 죽으면서도 얼굴부터 씻을 사람들까지 있다니까. 그래도 사환이 있는 배라면 갑판 빗자루질은 보통 사환의 소관이야. 그뿐 아니라 타운-호호에서는 힘센 선원들이 돌아가며 펌프질을 했거든. 그리고 그중 제일 체력이 좋은 스틸킬트는 으레 조장으로 뽑히곤 했지. 그러니까 항해와 관련이 없는 사소한 일에서는 면제를 받아야 마땅했어. 그의 동료들도 전부 그랬으니까. 이런 얘기를 시시콜콜 늘어놓는 이유는 이 사건이 두 사람 사이를 어떻게 갈라놨는지 제대로 이해할 필요가 있기 때문이라네.

하지만 그게 다가 아니었어. 삽 어쩌고 하며 시킨 일은 스틸킬트를 노골적으로 자극하고 모욕하려는 의도였지. 얼굴에 침을 뱉은 꼴이었다고. 포경선 선원 노릇을 해본 사람이라면 다들 이해할 거야. 어디 이 일뿐이었겠나. 틀림없이 더 많은 일들을 당했을 호수 사나이는 항해사가 그런 지시를 내렸을 때 속셈을 빤히 들여다봤다네. 하지만 한동안 잠자코 앉아 항해사의 악랄한 눈동자를 응시하고는 그의 내면에 화약통이 잔뜩 쌓여 있고 도화선이 천천히 타들어 간다는 걸 알아차린 거야. 이런 것들을 직관적으로 알았을 때, 묘한 인내심, 가뜩이나 약이 바짝 오른 사람의 감정을 더 건드리고 싶지 않은 거부감, 대체로 정말 용감한 사람이 모욕을 당했을 때에나 느끼는 그런 반감, 뭐라 형언하기 힘든 실체 없는 감정이 스틸킬트를 사로잡았다네.

그래서 일시적인 탈진 탓에 조금 숨이 가쁜 걸 제외하면 평상시와 다르지 않은 목소리로 갑판 청소는 자신의 소관이 아니니 하지 않겠다고 대답했고, 삽과 관련해서는 아예 언급도 하지 않은 채 통상적으로 빗자루질을 담당하는 선원 세 명을 가리켰어. 펌프질에 배치되지 않은 채 하루 종일 거의 아무 일도 하지 않은 친구들이었지. 그러자 라드니는 더없이 폭력적인 언사로 다짜고짜 욕설을 퍼부으며 막무가내로 똑같은 지시를 되풀이했고, 근처에 있던 상자에서 통장이의 망치를 낚아채듯 집어 들고는 그때까지도 그대로 앉아 있던 호수 사나이한테 다가간 거야.

격하게 펌프질을 하느라 열도 나고 귀찮아서 처음에는 설명하기 힘든 인내심을 느끼던 스틸킬트도 항해사의 이런 태도는 좀처럼 참기 힘들었어. 속으로 천불이 나서 부글부글 끓으면서도 아무튼 입을 다물고 끈질기게 자리를 지키고 앉아 있었지. 그런데 약이 바짝 오른 라드니가 얼굴에 닿을 듯이 망치를 휘두르며 시키는 대로 하라고 악을 바락바락 쓰는 거야.

스틸킬트가 자리에서 일어나 양묘기 옆으로 천천히 뒷걸음치자 항해사는 위협적으로 망치를 휘두르며 계속 쫓아왔고, 스틸킬트는 지시를 따를 생각이 없다는 말을 침착하게 반복했다네. 하지만 인내심을 발휘해 봐야 소용없다는 걸 깨닫고는 자신의 손을 비트는 것으로 지독한 무언의 신호를 보냈지. 하지만 어리석고 얼빠진 사내에게는 그런 경고가 아무 소용이 없었어. 그런 식으로 두 사람은 천천히 양묘기를 한 바퀴 돌았고, 이 정도면 참을 만큼 참았다고 생각한 호수 사나이가 더는 물러서지 않겠다고 결심하고는 승강구 뚜껑 위에서 걸음을 멈추고 항해사에게 말했다네.

〈라드니 씨. 나는 당신의 지시를 따르지 않겠소. 그 망치

를 치우지 않는다면 뒷일은 책임질 수 없소.〉하지만 운명이
정해진 항해사는 버티고 선 호수 사나이에게 더 가까이 다가
가며 이번엔 이에 스칠 만큼이나 가깝게 무거운 망치를 휘둘
렀다네. 그러면서 도저히 참고 들어 줄 수 없는 악담을 퍼부
었지. 한 치도 물러서지 않은 채 단검처럼 단호한 눈초리로
쏘아보던 스틸킬트는 등 뒤에서 움켜쥔 오른쪽 주먹을 서서
히 앞으로 내밀며 협박자를 향해 그 망치가 자신의 뺨을 스
치기만 해도 죽여 버리겠다고 말했어. 그러나 그 바보는 신
들의 저주를 받아 개죽음을 당할 운명이었던 거야. 그 말이
떨어지자마자 망치가 뺨에 닿았고, 눈 깜짝할 사이에 항해
사의 아래턱이 부서졌다네. 그는 고래처럼 피를 뿜으며 승강
구 뚜껑 위에 쓰러졌어.

비명 소리가 고물에 닿기도 전에 스틸킬트는 돛대의 밧줄
을 흔들며 돛대 꼭대기에 있는 두 동료에게 올라가고 있었
지. 두 사람은 모두 운하 사나이였다네.」

「운하 사나이라고?」 돈 페드로가 외쳤다. 「우리 항구에서
도 포경선을 많이 봤지만, 운하 사나이라는 말은 한 번도 들
어 본 적이 없네. 그들은 대체 누구고 어떤 자들인가?」

「운하 사나이란 우리 나라의 광활한 이리 운하에서 일하
는 뱃사공을 말한다네. 자네들도 들어 봤을 텐데.」

「웬걸. 이렇게 따분하고 온화하고 게으르기 짝이 없는 데
다 보수적인 나라에서는 자네의 활기찬 북쪽 나라 사정을
거의 모른다네.」

「그래? 그렇다면 한 잔 더 따라 주게. 이 치차[133]는 맛이 아
주 좋군. 이 얘기를 계속하기 전에 운하 사나이가 어떤 사람

133 옥수수나 사탕수수로 만든 발효주.

들인지부터 알려 줌세. 이걸 알아야 내 이야기를 이해하는 데 도움이 될 테니까.

이 운하는 5백하고도 80킬로미터, 그러니까 뉴욕 주를 완전히 가로지르고 수많은 번화한 도시와 활기찬 마을을 지나고 인적을 찾을 수 없는 길고 황량한 늪지대를 지나고 비옥하고 풍요로운 밭도 지나고 당구장과 술집과 신성한 기운이 어린 울창한 숲을 지나고 인디언 강에 놓인 로마식 아치 다리를 지나고 빛과 그늘, 그렇게 찬란한 마음과 그늘진 마음도 지나고, 고귀한 모호크 부족의 대조적인 풍경과 그중에서도 특히 첨탑을 이정표처럼 꽂고 줄지어 선 순백의 예배당들을 따라, 베네치아처럼 타락하고 때로는 무법적인 삶이 끊이지 않는 줄기를 이루며 흘러가는 거라네. 거기에는 진짜 아샨티족[134]이 있고 울부짖는 이교도들이 살지. 바로 옆집이거나 바람이 미치지 않는 아늑한 교회당의 길게 늘어진 그늘 아래에서도 그들을 볼 수 있어. 이 무슨 희한한 운명인지, 대도시에서는 도적들이 재판소 주위에서 진을 친다더니 죄인들은 신성한 교회 주변에 제일 많단 말이거든.」

「저기 지나가는 게 탁발 수사인가?」 돈 페드로가 사람들로 붐비는 광장을 내다보며 익살스럽게 말했다.

「우리의 북쪽 친구에겐 다행스럽게도 여기 리마에서는 이사벨 여왕의 종교 재판소가 세력이 기울었지.」 돈 세바스찬이 껄껄 웃었다. 「계속해 보게.」

「잠깐만!」 돈 페드로가 외쳤다. 「우리 리마 시민들을 대신해서 자네에게 꼭 하고 싶은 말이 있네. 이 뱃사람 친구야. 타락을 비유할 때 지금 이 리마 대신 멀리 있는 베네치아를

---

134 아프리카 서부에 거주하는 흉맹한 부족.

언급한 자네의 배려를 우리는 결코 간과하지 않았네. 뭘! 그렇게 절까지 하며 놀란 표정을 지을 건 없네. 자네도 이 해안 일대에서 회자되는 속담을 알 테지. 〈리마처럼 타락했다〉는 표현 말일세. 그건 자네의 말을 뒷받침하고도 남지 않나. 당구대보다도 많은 교회가 늘 열려 있는데, 〈리마처럼 타락했다〉니 말이야. 베네치아도 마찬가지지. 나도 거길 가본 적이 있다네. 신성한 복음사가인 성(聖) 마가의 도시! 성 도미니크여, 그곳의 죄를 씻어 주소서! 자, 잔을 내밀게. 내 한잔 따라 주지. 이제, 이야기를 다시 들려주게나.」

「그들의 직업을 가감 없이 묘사한다면 운하 사나이들은 아주 그럴듯한 연극 주인공이 될 거야. 사악하기가 그만큼이나 대단하고 그럴싸하기 때문이지. 마르쿠스 안토니우스마냥 몇 날 며칠씩 녹음이 푸르고 꽃이 만발한 저마다의 나일 강에 한가로이 배를 띄우고는 볼이 발그레한 저마다의 클레오파트라와 대놓고 농탕질을 하며 햇살 가득한 갑판에 살구빛 종아리를 드러내 놓고 그을리니 말일세. 하지만 뭍에 오르면 이런 유약함은 찾아볼 수 없다네. 보란 듯이 산적 흉내를 내거든. 화려한 리본 장식에 비스듬히 눌러 쓴 모자가 그들의 허황된 성격을 말해 주지. 배가 지나가는 온화하고 순박한 마을에서는 공포의 대상이고, 햇볕에 그을린 얼굴과 무례하게 거들먹거리는 태도에 도시 사람들도 슬슬 피한다네. 언젠가 운하에서 정처 없이 돌아다니다가 이런 운하 사나이한테 신세를 진 적이 있는데, 그건 진심으로 고맙게 생각해. 고마움을 모르는 사람은 되지 말아야 하니까. 하지만 부자를 약탈하면서 때때로 가난한 이방인에게 도움의 손길을 내미는 건 폭력적인 자들이 명예를 회복하려는 대표적인 꼼수일 경우가 많지. 아무튼 운하 생활이 얼마나 거친가를 분명하게 입증해 주는 특징은 다름이 아니라, 운하 생활을 하다가 우리네 거친 포경업계에 들어온 사람들이 많은데, 시드니 출신[135]들을 제외하면 포경선 선장들이 이 정도로 불신하는 족속을 찾기 힘들다는 점일세. 운하 일대의 시골에서 자란 소년과 청년 몇천 명에게 운하의 수습 시간이 기독교적인 옥수수 밭에서 조용한 추수를 하다가 한없이 미개한 바다에서 무모하게 경작을 하는 과정으로 넘어가기 전까지 유일한 수습 기간이라는 것도 이 문제의 기묘함을 줄이는 데는 전혀 도움이 되지 않지.」

「알겠다! 알겠네!」돈 페드로는 맹렬하게 소리를 지르다 은빛 주름 깃에 술까지 쏟았다.「여행 같은 건 할 필요가 없어! 세상은 하나의 커다란 리마야. 자네의 북반구에서는 대대로 모든 사람이 산처럼 차갑고 신성할 거라고 생각했는데……. 아무튼 얘기를 계속하게.」

「호수 사나이가 밧줄을 흔들었다는 것까지 얘기했지. 미처 다 올라가기도 전에 젊은 항해사 셋과 작살잡이 넷이 그를 에워싸고는 전부 달려들어 갑판으로 끌어내렸다네. 그런데 재앙을 불러오는 혜성처럼 밧줄을 타고 내려온 두 운하 사나이가 소동 속으로 뛰어들어 자신들의 친구를 앞 갑판으로 끌고 가려 했다네. 여기에 다른 선원들까지 돕겠다며 덤비면서 뒤죽박죽으로 뒤엉킨 난장판이 벌어졌지. 용감하신 선장은 저만치 안전한 곳에서 포경용 창을 들고 펄펄 뛰며 저 극악무도한 악당을 잡아다가 뒤쪽 갑판에서 혼쭐을 내주라고 간부 선원들에게 소리를 질렀다네. 그러다 한 번씩 소

135 호주에 정책적으로 정착시킨 전과자를 의미한다.

용돌이치는 현장 근처로 다가가 중심부를 흘끔거리며 원한의 대상을 창으로 찌르려고 했어. 하지만 선원들이 전부 달려들어도 스틸킬트와 그의 일당에겐 역부족이었다네. 앞 갑판을 점령하는 데 성공한 그들은 재빨리 커다란 통 서너 개를 굴려 양묘기와 나란히 늘어놨고, 바다의 파리 시민들은 그걸 바리케이드 삼아 뒤에 몸을 숨겼어.

〈당장 나오지 못해, 이 해적 같은 놈들!〉 선장은 어느 틈에 사환이 가져다준 권총을 손에 하나씩 들고 협박하며 으르렁거렸어. 〈나와라 이놈들, 이 흉악한 놈들!〉

스틸킬트는 바리케이드 위로 훌쩍 올라가 권총 따위로 일으킬 수 있는 최악의 상황쯤 무섭지 않다는 듯 그 위를 거닐었고, 자신(스틸킬트)이 죽을 경우 모든 선원이 죽고 죽이는 선상 반란의 신호탄이 된다는 걸 똑똑히 알아야 할 거라고 선장에게 말했어. 속으로 그 말이 행여 사실일까 겁이 난 선장은 조금 주춤하면서도 반란자들에게 당장 맡은 자리로 돌아가라고 지시했다네.

〈그렇게 한다면 우리에게 손을 대지 않는다고 약속하겠소?〉 반란의 우두머리가 따져 물었어.

〈제자리로 돌아가! 돌아가라고! 약속 따윈 없다. 이런 상황에서 이런 식으로 일손을 놓다니 배를 가라앉힐 작정이냐? 얼른 돌아가!〉 그러고는 다시 한 번 권총을 쳐들었어.

〈배를 가라앉혀?〉 스틸킬트가 소리를 질렀어. 〈그래, 가라앉게 해주지. 우리한테 손끝 하나 쳐들지 않겠다고 맹세하지 않으면 우리는 한 사람도 돌아가지 않겠다. 어떤가, 여보게들?〉 그가 동료들을 바라봤고, 그들은 우렁찬 환호성으로 대답을 대신했어.

호수 사나이는 선장에게서 눈을 떼지 않은 채 바리케이드를 따라 거닐며 이런 말을 툭툭 내뱉었다네. 〈이건 우리 잘못이 아니야. 우리는 이런 상황을 원치 않았어. 나는 그에게 망치를 치우라고, 그건 사환이 할 일이라고 했단 말이야. 이런 일을 벌이기 전에 내가 어떤 사람인지 알았을 텐데. 나는 그에게 들소를 자극하지 말라고 분명히 말했다고. 나도 그 빌어먹을 놈의 턱을 치다가 손가락 하나가 부러진 것 같단 말이야. 저기 앞 갑판에 저건 고기 칼이 아닌가? 여보게, 양묘기 막대를 조심하게. 이런, 선장, 조심 좀 해요. 어리석게 굴지 말고 약속하쇼. 다 잊어버린다면 우리는 제자리로 돌아갈 준비가 됐소. 어지간한 처벌을 약속한다면 시키는 대로 하리다. 하지만 매질은 받아들이지 않겠소.〉

〈돌아가! 약속 같은 건 하지 않는다. 돌아가라는 말 못 들었어?〉

〈이봐요.〉 호수 사나이가 선장을 향해 팔을 뻗으며 소리쳤어. 〈여기 있는 우리 중에는 바다 구경을 하고 싶은 마음에 배를 탄 사람도 적지 않아. 나도 그중 하나고. 그리고 아시겠지만 우리한테는 닻을 내리자마자 계약의 해지를 요구할 권리가 있거든. 그러니까 우리도 소동은 원치 않소. 그건 우리한테 이로울 게 없으니까. 우리는 평화로운 해결을 원하오. 일은 하겠지만 매질을 당하지는 않겠소.〉

〈돌아가!〉 선장은 으르렁거렸다네.

스틸킬트는 잠시 주변을 돌아보더니 이렇게 말했어. 〈여기서 분명히 말하겠는데, 선장, 저런 하찮은 놈 때문에 당신을 죽여서 교수형을 당하고 싶진 않아. 당신이 공격하지 않는다면 우리는 손가락도 까딱하지 않겠소. 하지만 당신이

매질을 하지 않겠다는 말을 하기 전까지는 어떤 일도 하지 않을 거요.〉

〈그렇다면 앞 갑판 아래 선실로 내려가라. 당장 내려가. 진저리가 날 때까지 그곳에 처박아 두지. 얼른 내려가.〉

〈그렇게 할까?〉 우두머리가 일당에게 물었다네. 대부분 반대했지만 결국 스틸킬트의 의견을 따랐고, 스틸킬트는 동료들을 앞세워 굴에 들어가는 곰처럼 으르렁거리며 어두운 소굴로 사라졌어.

모자를 쓰지 않은 호수 사나이의 머리가 갑판과 나란해졌을 때 선장 일당은 바리케이드를 넘어 재빨리 승강구 뚜껑을 닫은 다음 모두 합심해서 손으로 누르고는 사환에게 승강구 계단에 있는 묵직한 놋쇠 자물쇠를 가져오라고 큰 소리로 외쳤어. 그런 다음 선장은 뚜껑을 조금 열고 그 틈으로 무슨 말인가를 속삭인 후 다시 닫고는 선원 열 명을 그 안에 가둔 채 자물쇠를 채워 버렸어. 갑판에는 그때까지 중립을 지킨 스무 명 남짓한 선원이 있었지.

밤새 간부 선원들이 앞 갑판과 뒤쪽 갑판, 특히 앞 갑판의 승강구와 현창에서 불침번을 섰어. 반란자들이 아래의 격벽을 뚫고 나올까 봐 두려웠던 거지. 하지만 어두운 밤은 무사히 지나갔고, 맡은 소임을 계속하던 선원들이 열심히 펌프질을 하느라 덜컹거리고 딸깍거리는 소리만이 간간히 음산한 밤공기를 뚫고 온 배에 음울하게 울려 퍼졌다네.

해가 떴을 때 선장이 나가서 갑판을 두드리며 죄수들에게 일을 하라고 명령했지만 그들은 큰 소리로 거절했네. 그래서 선장은 물을 내려보내고 건빵 두 줌을 던져 준 다음 다시 자물쇠를 채우고 열쇠를 호주머니에 넣은 후 뒤쪽 갑판으로 돌아갔어. 사흘 동안 매일 두 번씩 똑같은 일이 반복됐지. 하지만 나흘째 아침에는 평소와 같은 요구를 했을 때 어수선한 말다툼에 이어 주먹다짐을 하는 소리가 들리더니 우당탕거리며 네 명이 뛰어나와 일을 하겠다고 말했다네. 밀폐된 곳의 악취, 굶어 죽을 것 같은 수준의 식사, 거기에 결국에는 벌을 받을 거라는 두려움이 합쳐지면서 견디지 못하고 무조건 투항해 버린 거야. 이 상황에 고무된 선장은 남은 일당을 향해 같은 요구를 반복했지만 스틸킬트는 그만 지껄이고 꺼지라는 식으로 소리를 쳤어. 다섯째 날 아침에는 남은 반란자 가운데 세 명이 다시 만류하는 동료들의 간절한 손을 뿌리치고 바깥 공기 속으로 뛰어 올라왔어. 이제 남은 건 세 명뿐이었지.

〈이제 맡은 자리로 돌아가는 게 좋을 텐데.〉 선장이 차갑게 조롱하며 말했어.

〈뚜껑이나 닫으시지!〉 스틸킬트가 소리쳤어.

〈암! 여부가 있나.〉 선장은 이렇게 말하면서 자물쇠를 채웠어.

스틸킬트는 동지들이 일곱 명이나 변절한 것에 화가 난 데다 비웃는 선장의 목소리가 가슴을 찌르고 절망의 창자처럼 어두컴컴한 곳에 그렇게 오래 갇혀 있으려니 미칠 것만 같았지. 바로 그때였어. 스틸킬트가 지금까지 그와 한마음이었던 운하 사나이 둘에게 다음에 저들이 또 오면 이 구렁텅이에서 뛰쳐나가서 날카로운 고기 칼(양쪽에 손잡이가 달린 초승달 모양의 길고 묵직한 칼)을 들고 제1기움 돛대부터 고물 난간까지 닥치는 대로 휘두르며 죽기 살기로 배를 탈취하자고 제안한 거야. 너희들이 가담하든 말든 자기는 할 거라면서, 그

렁다면 소굴에서 지내는 것도 마지막 밤이라고 말했어. 두
사람은 그의 계획에 전혀 반대하지 않고 기꺼이 하겠다고 다
짐했어. 항복만 아니라면 어떤 미친 짓이라도 마다하지 않겠
다고. 그뿐 아니라 갑판으로 달려 나갈 때 서로 앞장을 서겠
다고 고집을 피웠어. 하지만 우두머리는 그들의 말에 단호하
게 반대하면서 선두는 자신이 맡겠다고 했어. 두 동지가 이
문제에 대해 한 치의 양보도 하지 않으니 더더욱 그럴 수밖
에 없다면서. 사다리는 한 번에 한 명밖에 올라갈 수 없으니
둘이 함께 앞장을 설 수는 없지 않느냐고. 하지만 이 불한당
들은 여기서 흉계를 꾸민 거야.

　우두머리의 터무니없는 계획을 듣는 순간 저마다 머릿속
에 똑같은 배신의 계략이 퍼뜩 떠오른 게지. 열 명 중에 마지
막까지 항복을 안 하고 남긴 했지만, 그래도 셋 중에서는 첫
번째로 박차고 나가자. 그렇게라도 하면 용서의 기회를 조금
이나마 얻을 수 있겠지. 그런데 스틸킬트가 마지막까지 앞장
을 서겠다는 결심을 털어놨을 때, 악당끼리 미묘하게 통하는
마음으로 감춰 온 흉계를 하나로 합쳤다네. 대장이 꾸벅꾸
벅 졸기 시작하자 단 세 문장으로 속셈을 드러내고는 잠든
스틸킬트를 밧줄로 묶고 입에 재갈을 물린 다음 한밤중에
선장을 소리쳐 불렀어.

　살인이 났다고 생각한 선장은 무장한 항해사와 작살잡이
를 대동하고 어둠 속에서 피 냄새를 킁킁거리며 허둥지둥 앞
갑판으로 달려갔어. 당장 승강구 뚜껑이 열렸고, 손발이 묶
인 채 버둥거리는 우두머리를 밀어 올린 배신자들은 그 자리
에서 살인을 획책하던 자를 붙잡은 공로를 주장했어. 하지
만 그들의 목에도 밧줄이 걸렸고 죽은 소처럼 갑판을 질질

끌려 다니다가 고기 세 덩이처럼 위쪽 돛대 밧줄에 매달린 채 아침을 맞았다네. 〈빌어먹을 놈들.〉 선장은 그 앞을 오가며 소리쳤어. 〈독수리들도 네놈들은 거들떠보지 않을 게다. 이 불한당들아!〉

해가 떴을 때 선장은 전원을 소집한 후 반란에 가담한 자들과 가담하지 않은 자를 갈라놓고는 가담자들에게 네놈들을 전부 흠씬 매질해 줄 작정이다, 아무래도 그래야겠다, 그러지 않고는 기강이 서지 않는다, 하지만 이번만큼은 일찍 항복한 점을 감안해서 훈계로 넘어가겠다고 말하고는, 사투리로 일장 훈시를 늘어놨어.

〈하지만 네놈들, 이 썩은 고깃덩어리 같은 놈들.〉 선장은 밧줄에 매달린 세 명을 돌아보면서 말했어. 〈네놈들은 잘게 토막을 내서 정유 솥에 던져 버릴 테다.〉 그러고는 밧줄을 움켜쥐고 두 배신자의 등을 있는 힘껏 후려갈겼어. 십자가에 매달린 두 도둑은 더는 비명을 지를 힘도 없이 고개가 모로 축 늘어질 때까지 매질을 당했어.

〈네놈들 때문에 손목이 삐었잖아!〉 선장은 급기야 이렇게 호통을 쳤어. 〈하지만 네놈들을 혼내 줄 밧줄은 아직도 충분하다. 끝내 항복하지 않은 이 쌈닭 같은 놈. 저 녀석의 입에 물린 재갈을 풀어라. 무슨 변명을 지껄일지 한번 들어 보자.〉

탈진한 반란자는 잠시 경련이 난 것처럼 턱을 떨더니 머리를 힘겹게 비틀며 쉭쉭거리는 소리를 내뱉었어. 〈내가 할 말은 이거다. 잘 들어라. 나를 매질했다간 네놈을 죽여 버리겠다!〉

〈그래? 아이고 무서워라.〉 선장은 매질을 하기 위해 밧줄을 뒤로 넘겼어.

〈그만두는 게 좋을 거야.〉 호수 사나이가 쉰 목소리로 말했어.

〈하지만 난 해야겠는걸.〉 그러면서 또다시 때리기 위해 밧줄을 뒤로 넘겼겠지.

그러자 스틸킬트가 무슨 말을 내뱉었어. 아무도 듣지 못한 그 말을 오로지 선장만 들었는데, 그 말을 듣는 순간 선장이 뒤로 물러서더니 빠른 걸음으로 갑판을 두세 번 오락가락 거닐다가 밧줄을 냅다 내던지고는 이렇게 말해서 선원들은 모두 경악을 금치 못했어. 〈난 못하겠다. 저놈을 풀어 줘라. 밧줄을 끊으라고. 내 말 안 들려?〉

하지만 젊은 항해사들이 허둥지둥 지시를 따르려 할 때, 창백한 얼굴에 붕대를 감은 사내가 그들을 막아섰어. 일등 항해사인 라드니였지. 스틸킬트의 주먹에 나가떨어진 후 줄곧 침상을 지키다가 그날 아침에 갑판에서 벌어지는 소동 소리를 듣고는 슬그머니 빠져나와 지금까지 모든 걸 지켜본 거야. 그의 입은 말도 제대로 할 수 없는 상태였지만 선장이 못하겠다면 내가 기꺼이 하겠다, 나는 얼마든지 할 수 있다는 말을 웅얼대고는 밧줄을 낚아채서 꽁꽁 묶인 적수를 향해 다가갔어.

〈겁쟁이 같은 놈!〉 호수 사나이가 쉰 목소리로 말했어.

〈그래, 겁쟁이한테 어디 한번 맞아 봐라.〉 항해사가 밧줄을 휘두르려는 순간, 다시 한 번 쉰 목소리가 들리자 항해사는 팔을 쳐든 채 잠시 망설였어. 그러더니 더는 망설이지 않고, 스틸킬트가 뭐라고 했는지는 몰라도 그의 협박에 아랑곳없이 자신의 호언을 실행했다네. 그런 다음 세 사람은 풀려났고, 선원들은 전부 제자리로 돌아갔고, 우울한 선원들이 침울하게 작동하는 펌프도 전처럼 달그락거렸어.

그날 날이 저문 직후에 당직을 끝낸 선원이 아래로 내려갔더니 앞 갑판 밑 선원실에서 시끄러운 소리가 들렸다는 거야. 배신자 두 명이 벌벌 떨면서 선장실 문을 막아선 채 선원들과 함께 있을 수 없다고 말했다네. 좋은 말로 설득하고 주먹질에 발길질까지 했는데도 도무지 돌아가려 하지 않자, 결국 그들의 요구대로 배 밑바닥에 가둬서 구해 주기로 했어. 그때까지도 나머지 선원들 사이에서 다시 반란이 일어날 기미는 전혀 보이지 않았다네. 그러기는커녕 스틸킬트의 선동에 따라 다들 끽소리 없이 얌전하게 지내면서 마지막까지 명령에 복종하다 배가 항구에 닿으면 일제히 달아나기로 작당한 상태였거든. 하지만 항해를 최대한 신속히 마칠 수 있도록 또 한 가지에 모두가 합의했는데, 그건 다름이 아니라 고래가 보이더라도 신호를 하지 말자는 거였어. 왜냐하면 물이 새는 것뿐만 아니라, 그밖에 온갖 위험에도 불구하고 타운-호호는 여전히 망꾼을 세웠고, 선장은 그때까지도 어장에 처음 도착했을 때만큼이나 추격 보트를 내릴 용의가 있었으며, 항해사 라드니 역시 언제라도 침상에서 보트로 갈아탈 태세인 데다 붕대를 감은 입으로도 고래의 아가리에 죽음의 재갈을 물리려 했거든.

그런데 선원들에게 이런 식으로 순종하는 태도를 지니도록 유도하긴 했지만, 호수 사나이는 제 심장을 찌른 자에게 개인적으로 복수하겠다는 계획을 따로 품고 있었어. 아무튼 모든 일이 끝나기 전까지는 반드시 복수를 하리라고 마음먹었지. 그는 일등 항해사 라드니의 당직조였는데, 이 멍청한 자는 갑판에서 채찍질을 해놓고도 선장의 분명한 만류에도 아랑곳없이 야간 당직을 지휘하겠다고 고집을 피워서 화를 자초했어. 이 사실과 더불어 한두 가지 정황을 파악한 스틸 킬트는 체계적인 복수의 계획을 세웠지.

라드니는 밤이면 뱃사람답지 않게 뒤쪽 갑판 뱃전에 앉아 배의 옆구리에 조금 높이 매달린 보트에 팔을 걸쳐 놓는 버릇이 있었어. 그 자세로 가끔 졸기도 한다는 건 잘 알려진 사실이었지. 보트와 본선 사이에는 상당한 간격이 있었고, 그 아래는 바다였다네. 스틸킬트는 교대 시간을 따져 보고는 자신이 키를 잡게 될 때가 동료들에게 배신을 당한 날로부터 사흘째 되는 새벽 2시경이라는 걸 알게 됐지. 스틸킬트는 아래에서 당직을 설 때면 시간이 날 때마다 틈틈이 뭔가를 매우 공들여 짜곤 했다네.

〈거기서 뭘 만드는 건가?〉 한 동료가 물었다지.

〈뭐라고 생각하나? 뭣처럼 보여?〉

〈자루 주둥이를 조이는 죔줄 같군. 그것치고는 조금 묘해 보이지만.〉

〈그래, 좀 이상하지.〉 호수 사나이는 그걸 든 팔을 앞으로 쭉 뻗으며 말했어. 〈하지만 이 정도면 충분할 거야. 여보게, 삼실이 좀 모자라는데, 혹시 자네한테 있나?〉

하지만 앞 갑판 밑의 선실에는 삼실이 하나도 없었어.

〈그렇다면 라드니 영감한테서 조금 얻어야겠군.〉 그러고는 일어나서 고물 쪽으로 가는 거였어.

〈설마 그 인간한테 구걸하러 갈 작정은 아니겠지!〉 선원이 말했어.

〈안 될 건 뭐야? 결국 자신한테 도움이 된다면 나한테 친절을 베풀 거라고 생각하지 않나?〉 그렇게 말하고는 항해사에게 다가가 그를 물끄러미 바라보며 그물 침대를 수선할 삼실을 좀 달라고 부탁해서 받아 냈어. 그 후로는 삼실도 자루 쯤줄도 두 번 다시 보이지 않았지만 다음 날 밤에 호수 사나이가 둘둘 만 코트를 베개 삼아 그물 침대에 올려놓을 때 재킷 주머니에서 그물로 바짝 동여맨 쇠공이 반쯤 굴러 나왔지. 스물네·시간 후에 뱃사람을 위해 항상 파놓는 무덤에 걸터앉아 걸핏하면 조는 남자 근처에서 호젓하게 키를 잡으면, 운명의 시간이 오게 될 터였어. 그리고 상대의 운명을 정한 스틸킬트의 마음속에서 항해사는 이미 이마가 으깨진 채 뻣뻣하게 굳은 시체나 다름없었지.

하지만 웬 바보가 나타나서 살인 미수자가 손에 피를 묻히지 않게 도와줬다네. 물론 그는 직접 나서지 않고도 완전한 복수를 했지. 알 수 없는 운명의 장난으로 하늘이 직접 개입해서 그가 저질렀을 저주받은 행위를 그에게서 빼앗아 갔거든.

이틀째 아침에 해가 막 떠오를 무렵, 선원들이 갑판 청소를 하는데 닻사슬에서 물을 퍼내던 테네리페[136] 출신의 웬 멍청이가 느닷없이 소리를 치는 거였어. 〈고래다! 저기 고래가 있다!〉 맙소사, 그 고래의 모습이라니! 그건 바로 모비 딕이었어.」

「모비 딕이라고!」 돈 세바스찬이 큰 소리로 말했다. 「아니, 세상에! 하지만 고래한테도 이름이 있나? 어떤 고래를 모비 딕이라는 부르는 건데?」

「대단히 희고 아주 유명하고 너무나 치명적인 불사의 괴물이라네. 하지만 얘기하자면 너무 길어.」

「아니 왜? 어째서!」 젊은 스페인 친구들이 바짝 다가들며

136 대서양의 카나리아 제도 가운데 가장 큰 섬.

소리쳤다.

「글쎄. 여보게들, 진정하게. 안 돼, 안 된다고! 지금은 그 얘기를 할 수 없어. 이거 참, 숨도 제대로 못 쉬겠군.」

「술! 술을 가져와!」 돈 페드로가 소리쳤다. 「우리의 용사께서 지친 기색이니 빈 잔을 채워 드려라!」

「그럴 것 없어. 잠깐만 쉬었다 계속하겠네……. 자 그래서, 테네리페 출신 사내는 배에서 50미터도 떨어지지 않은 곳에서 느닷없이 나타난 눈처럼 하얀 고래를 보고는 너무 흥분한 나머지 무심결에 본능적으로 소리를 지른 거야. 하지만 실은 음산한 세 돛대 꼭대기에서도 얼마 전부터 고래의 모습을 똑똑히 보고 있었어. 배에서는 완전히 난리가 났지. 〈흰 고래다! 흰 고래야!〉 선장과 항해사, 작살잡이들은 소리를 지르면서 오싹한 소문 따위에 위축되지 않은 채 이렇게 유명하고 귀한 고래를 잡고 싶어 조바심을 냈지만, 완강한 선원들은 욕을 퍼부으며 광활한 수평선을 그리는 보석 같은 아침 햇살에 반짝이는 우윳빛 덩어리의 황홀한 아름다움을 흘끔거릴 뿐이었어. 서서히 솟아오르는 태양은 푸른 아침 바다에서 반짝이는 살아 있는 오팔 같았지. 이보게들, 이 사건에는 마치 세상의 지도가 만들어지기 전부터 이미 모든 게 계획된 것처럼 야릇한 운명이 개입했다네. 반란자는 일등 항해사의 보트장이었고, 고래를 추적할 때면 그의 옆에 앉아 라드니가 뱃머리에서 창을 들고 일어날 경우 지시에 따라 밧줄을 당기거나 늦추는 게 그의 임무였어. 게다가 추격 보트 네 척 중에서 라드니의 보트가 앞장을 섰어. 노를 저을 때 스틸킬트처럼 신명 나게 열심히 함성을 지른 사람은 없었다네. 고래에게 바짝 다가간 후 작살잡이가 날쌔게 공격을 하자

라드니가 창을 든 채 뱃머리로 달려갔어. 그는 보트에 타면 항상 사나워지는 것 같았지. 지금은 심지어 입에 붕대를 감고도 소리를 지르며 고래의 등 꼭대기에 자신을 올려놓으라고 외쳤어. 거리낄 게 없는 보트장은 바람이 부는 쪽으로 뱃머리를 돌렸고, 파도 거품이 일어나서 두 종류의 흰색을 겹쳐 놓은 것처럼 앞이 보이지 않는 물살을 헤치고 나아갔어. 그러다 갑자기 보트가 암초에 부딪힌 것처럼 기우뚱했고, 그 바람에 항해사는 밖으로 떨어지고 말았다네. 항해사가 고래의 미끄러운 등에 떨어진 바로 그 순간 보트는 기울었던 각도를 다시 세우며 크게 일어난 파도에 밀려났고, 라드니는 고래의 건너편 옆구리로 미끄러졌다가 바다로 내동댕이쳐졌어. 물보라를 뚫고 나온 그가 모비 딕의 시야에서 벗어나려고 안간힘을 쓰는 모습이 베일 같은 물보라 너머로 잠시 보이는가 싶었지만, 고래가 갑작스러운 소용돌이를 일으키며 방향을 돌리더니 허우적대는 사내를 삼키고는 높이 솟구쳤다가 곤두박질쳐서 바닷속으로 들어갔다네.

한편 보트 바닥이 처음 뭔가에 부딪혔을 때 호수 사나이는 밧줄을 늦추고 소용돌이에서 뒤로 물러났고, 상황을 차분히 지켜보면서 혼자만의 생각에 잠겼어. 그러다 갑자기 엄청난 힘이 보트를 아래로 당겼을 때 재빨리 칼을 꺼내 줄을 잘랐고, 그것으로 고래는 자유의 몸이 된 거야. 하지만 모비 딕은 라드니를 삼킨 이빨 사이에 누더기가 된 그의 빨간색 털 셔츠를 낀 채 저 멀리서 다시 솟구쳐 올랐지. 보트 네 척이 다시 쫓아갔지만 고래는 그들을 따돌리고 결국 완전히 자취를 감췄어.

타운-호호는 한참 만에 항구에 닿았어. 문명인은 한 명도 살지 않는 적막한 미개의 땅이었다더군. 거기서 호수 사나이의 주도로 앞 돛대를 지키는 대여섯 명을 제외한 선원 전원이 야자나무 사이로 유유히 달아났다네. 나중에 듣자니, 그들은 결국 미개인들의 전투용 이중 카누를 빼앗아 타고 다른 항구로 갔다고 하더군.

선원이 몇 명밖에 남지 않은 상황에서 선장은 섬 주민들에게 물이 새는 곳을 막기 위해 배를 뒤집는 일을 도와 달라고 부탁했다네. 하지만 이 위험한 일꾼들을 몇 안 되는 백인이 밤낮으로 불안해하며 감시해야 했고, 일도 너무 고된 나머지 다시 바다로 나갈 수 있게 됐을 때에는 다들 어찌나 쇠약해졌는지 선장은 차마 그 무거운 배에 그자들만 태우고 출항할 엄두가 나지 않았어. 간부 선원들과 상의한 끝에 선장은 최대한 해안에서 먼 곳에 배를 정박했어. 그런 다음 대포 두 문에 탄환을 장전해서 뱃머리에 설치하고 고물에는 소총을 늘어놓은 채 섬 주민들에게는 가까이 올 경우 무슨 일이 일어나도 책임지지 못한다고 경고하면서 섬사람 한 명을 인질로 잡아 가장 좋은 포경 보트에 돛을 펴고 순풍을 받으며 8백 킬로미터 떨어진 타히티로 곧장 떠났다네. 거기서 선원을 충원할 작정이었던 거야.

보트를 몰고 떠난 지 나흘째 되는 날 나지막한 산호섬에 닻을 내린 것 같은 커다란 카누가 보였다네. 선장은 뱃머리를 돌리려 했지만 난폭한 카누가 밀어닥쳤고 거기서 느닷없이 스틸킬트의 목소리가 들려온 거야. 스틸킬트는 멈추지 않으면 격침하겠다고 외쳤고, 선장은 권총을 꺼내 들었어. 이어 붙인 전투용 카누의 뱃머리 양쪽에 한 발씩 딛고 선 호수 사나이는 권총의 공이치기가 딸각거리는 날엔 물거품에 수장될 줄 알라며 비웃었어.

〈그래서 어쩌라는 건가?〉 선장이 외쳤어.

〈어딜 가는 거냐? 그리고 용건이 뭐지?〉 스틸킬트가 따져 물었어. 〈거짓말할 생각은 하지 않는 게 좋아.〉

〈타히티에 선원을 충원하러 가는 길이다.〉

〈그거 잘됐군. 내가 잠시 그 보트에 타야겠다. 나는 싸움은 원치 않아.〉 그러면서 카누에서 훌쩍 뛰어내려 보트로 헤엄을 쳤고, 뱃전으로 올라가 선장 앞에 버티고 섰어.

〈자, 팔짱을 끼시지. 머리는 뒤로 젖히고. 이제 내가 하는 말을 따라 한다. 스틸킬트가 떠나는 즉시 이 보트를 저기 저 섬에 대고 엿새 동안 머물겠다. 이 말을 어길 시 벼락을 맞을 것이다! 그래, 잘하는걸.〉 호수 사나이는 껄껄 웃으며 말을 이었어.

〈그럼 또 봅시다, 선장!〉 그러고는 바다로 뛰어들어 동료들에게로 헤엄쳐 돌아갔다네.

보트를 해변에 제대로 대고 코코넛나무까지 끌고 가는 걸 지켜본 후에야 스틸킬트는 다시 항해를 시작했고, 머잖아 타히티에 도착했어. 원래 그도 거기로 가던 길이었거든. 거기서 행운은 그의 편이었지. 프랑스로 떠나려던 배 두 척에서 공교롭게도 그가 이끄는 사람들만큼의 선원을 찾고 있었던 거야. 그들은 배에 올랐어. 예전 선장이 법적으로 보복을 하겠다고 작심을 했더라도 그렇게 선수를 친 셈이지.

프랑스 배들이 출항하고 열흘쯤 지나서야 포경 보트가 타히티에 도착했고, 선장은 그나마 조금 개화하고 바다에 어느 정도 익숙한 타히티 사람을 채용할 수밖에 없었어. 선장은 원주민의 작은 돛단배를 빌려 선원들을 태우고 본선으로 돌아왔고, 모든 게 무사한 걸 확인한 후 다시 항해에 올랐다네.

스틸킬트가 지금 어디 있는지는 아무도 몰라. 다만 낸터컷 섬에서는 라드니의 미망인이 아직도 망자를 돌려주지 않는 바다를 바라보고 남편을 죽인 끔찍한 흰 고래를 꿈에 본다 더군.」

「이야기가 끝난 건가?」 돈 세바스찬이 조용히 물었다.

「그렇다네, 돈.」

「그러면 자네가 믿는 바를 분명하게 말해 주게. 지금 한 이야기가 대체로 사실인가? 이건 너무 엄청나니 말이야! 믿을 만한 사람한테서 들은 건가? 내가 너무 다그치는 것 같아도 이해해 주게.」

「그렇다면 우리도 전부 이해해 주시오. 다들 돈 세바스찬과 같은 생각이니.」 모인 사람들이 흥미진진한 표정으로 외쳤다.

「황금 여인숙에 성경이 있나?」

「없다네.」 돈 세바스찬이 말했다. 「하지만 근처에 있는 훌륭한 신부님을 아는데, 부탁하면 바로 빌려 주실 거야. 내가 다녀오지. 그런데 충분히 생각한 일이겠지? 지나치게 심각해질지도 모르는데.」

「미안하지만 신부님도 함께 모시고 오겠나, 돈?」

「이제 종교 재판소도 사라진 리마에서 이 친구는 대주교와 맞서는 위험을 감수하려는 모양이군. 달빛에 머리가 이상해진 게 아닐까. 그럴 필요는 없을 것 같은데.」 모인 사람들 가운데 누군가가 다른 사람에게 말했다.

「독촉하는 것 같아 미안하네, 돈 세바스찬. 그런데 가능하면 제일 커다란 성경을 가져다줬으면 좋겠네.」

「이분이 신부님이시네. 성경책을 가져오셨어.」 키가 크고 인상이 근엄한 남자를 데리고 돌아온 돈 세바스찬이 진지한 목소리로 말했다.

「모자를 벗겠습니다. 존경하는 신부님, 밝은 데로 나오셔서 제가 손을 얹을 수 있도록 성경을 내밀어 주십시오.

하느님, 저를 굽어살피소서. 제 명예를 걸고 말하지만 지금까지 얘기한 것의 골자와 중요한 부분은 진실입니다. 그게 진실이라고 분명히 말할 수 있는 이유는 그 일이 이 지구에서 일어났고 제가 직접 그 배에 올랐으며 선원들도 알기 때문입니다. 라드니가 죽은 후에 스틸킬트를 만나 얘기도 나눴답니다.」

55
기괴한 고래 그림들

나는 바야흐로 고래의 엄청난 몸뚱이가 포경선 뱃전에 묶여 그 몸뚱이 위로 너끈히 올라갈 수도 있는 상태가 됐을 때 고래가 고래잡이의 눈에 실제로 어떻게 보이는지 그 사실적인 모습을, 캔버스가 없는 상태에서 최대한 그럴듯하게 그려볼 작정이다. 그렇다면 오늘날까지 뭍사람들의 믿음을 뻔뻔하게 뒤흔드는 괴상하고 터무니없는 고래의 초상화들부터 보고 넘어가는 것도 가치 있는 일이 될 터다. 이제는 그런 고래 그림들이 전부 잘못됐다는 걸 입증함으로써 이 문제를 바로잡아야 할 때가 됐다.

허황한 그림의 근본적인 뿌리는 인도와 이집트, 그리고 그리스의 옛 조각에서 찾을 수 있을 것 같다. 창의적이지만 거짓말이 예사이던 그 시절에는 사원을 둘러싼 대리석 장식과 조각상 받침대, 방패와 메달, 컵과 동전 등에 살라딘[137]의 쇠사슬 갑옷 같은 비늘에 덮이고 성 조지[138]처럼 투구를 쓴 돌고래가 새겨졌는데, 그 후로 대중적인 고래 그림뿐만 아니라

137 이집트 아이유브 왕조의 시조.
138 용을 퇴치한 전설로 유명한 영국의 순교자.

과학적인 묘사에서도 이런 식의 무책임한 태도가 만연했기 때문이다.

아무튼 고래를 그렸다는 그림들 가운데 지금까지 남아 있는 가장 오래된 그림은 인도 엘레판타 섬의 유명한 석굴 사원에서 찾아볼 수 있다. 브라만교는 주장하길, 태곳적부터 존재하던 그 사원에 끝없이 새겨진 조각에는 모든 일거리와 직업과 인간이 생각할 수 있는 온갖 취미들이 실제로 존재하기 훨씬 전부터 예시되었다고 한다. 그렇다면 우리의 고귀한 포경업이 어떤 식으로든 그곳에 암시되어 있는 건 전혀 놀랄 일이 아니다. 지금 얘기하는 힌두 고래는 벽의 한 부분을 따로 차지하며, 바다 괴물의 형태로 현신한 비슈누[139]를 묘사한 것인데 학자들 사이에서는 〈마체 아바타〉로 알려져 있다. 반은 인간이고 반은 고래인 반인반경의 조각이고 고래 부분은 꼬리만 나타나지만, 그 작은 부분이 완전히 잘못됐다. 진짜 고래의 넓적한 종려나무 잎처럼 웅대한 꼬리라기보다 갈수록 가늘어지는 아나콘다의 꼬리와 더 비슷해 보인다.

하지만 국립 미술관에 가서 위대한 기독교 화가가 이 물고기를 어떻게 그렸는지 보면 대홍수 이전의 힌두교도보다 하등 나을 게 없다. 그건 페르세우스가 바다 괴물인지 고래인지에게서 안드로메다를 구출하는 구이도[140]의 그림이다. 구이도는 어디서 이렇게 이상한 생명체를 보고 모델로 삼았을까? 호가스[141]도 「페르세우스의 강림」에서 같은 장면을 표현했지만 나아진 점이 전혀 없다. 호가스의 괴물은 엄청나게

139 힌두교의 3대 신으로, 악을 제거하고 정의를 회복하는 평화의 신.
140 르네상스 시대의 이탈리아 화가인 구이도 레니.
141 영국의 화가 윌리엄 호가스.

큰 몸뚱이가 수면에서 요동치는데 물은 2센티미터 남짓밖에 그리지 않았다. 등에는 코끼리 등에 얹은 가마 같은 게 있고, 잔뜩 벌린 틈으로 파도가 쏟아져 들어가는 입은 엄니가 난 모습이 흡사 템스 강의 물을 런던 탑으로 끌어들이는 〈반역자의 문〉 같다. 그런가 하면 저 옛날 스코틀랜드의 시발드[142]가 언급했던 선구적 고래들, 그리고 옛날 성경의 삽화와 기도서의 판화에 묘사된 요나의 고래도 있다. 이런 것들에 대해서는 무슨 말을 해야 할까? 고금을 막론하고 책등이나 표지에 금박으로 찍힌 출판업자들의 고래는 아래로 향한 닻을 덩굴손처럼 휘어 감은 모습이 매우 아름답기는 해도 완전히 허무맹랑한 생물일 뿐인데, 내 생각에는 옛날 화병에 새기던 형상을 모방한 것 같다. 일반적으로는 돌고래라 일컫지만, 나는 출판업자의 이 물고기가 고래를 의도한 것이라고 생각한다. 도안이 처음 도입됐을 때의 의도가 그랬기 때문이다. 이 도안은 15세기경 문예 부흥기에 이탈리아 출판업자가 도입했는데, 당시부터 비교적 최근까지도 돌고래를 바다 괴물의 일종으로 간주하는 것이 일반적이었다.

옛날 서적의 문양이나 각종 장식에서도 고래를 아주 희한하게 꾸며 놓은 그림을 가끔 보게 되는데, 분수와 분천, 온천과 냉천, 새러토가 온천과 바덴바덴 온천을 비롯한 온갖 종류의 물기둥이 고래의 화수분 같은 머리에서 부글부글 솟구친다. 『학문의 진보』라는 책의 초판 표지에서도 흥미로운 고래들을 찾아볼 수 있다.

하지만 비전문가의 시도들은 이쯤 정리하고, 아는 사람들이 진지하고 과학적으로 묘사했다는 바다 괴물의 그림들을

142 스코틀랜드의 의사이자 박물학자인 로버트 시발드.

살펴보자. 옛날 해리스가 편찬한 항해기 전집에는 1671년에 나온 『고래 속 요나호의 선장 프리슬란트의 페터 페테르손이 스피츠베르겐으로 떠난 포경 항해』라는 네덜란드 책에서 발췌한 고래 그림 몇 점이 수록되어 있다. 그중 하나를 보면 커다란 통나무 뗏목 같은 고래들이 얼음덩어리들 사이에 누웠고, 살아 있는 고래 등 위로 백곰이 뛰어다닌다. 또 다른 그림에서는 고래의 꼬리를 수직으로 묘사하는 엄청난 실수를 저질렀다.

그런가 하면 영국 해군 함장인 콜넷 대령이 저술한 〈향유고래 포경업 확대를 위해 혼 곶을 돌아 남양으로 떠난 항해〉라는 제목이 붙은 위압적인 4절판 책에는 「향유고래 그림: 1793년 8월 멕시코 해안에서 포획해 갑판으로 끌어 올린 고래의 축소도」가 실려 있다. 함장이 해병들을 위해 성실한 그림을 그렸으리라는 걸 의심하지 않지만, 한 가지만 지적하자면 눈을 축척 그대로 다 자란 향유고래에 적용할 경우 그 고래는 1.5미터의 튀어나온 창문 같은 눈을 갖게 될 것이다. 아, 친절한 함장이여, 그 눈으로 밖을 내다보는 요나는 어째서 안 그렸는가!

순수한 어린이들을 위해 가장 양심적으로 편찬하는 박물학 책들도 가증스러운 실수에서 자유롭지 못하다. 널리 읽히는 골드스미스의 『동물지』를 보라. 1807년에 런던에서 나온 요약본에는 〈고래〉와 〈일각고래〉라며 그림을 실었다. 무례한 사람이라는 인상을 주고 싶지는 않지만, 흉측한 그 고래는 다리를 잘라 낸 암퇘지 같고, 일각고래로 말할 것 같으면 얼핏 보기만 해도 아연실색할 지경이다. 이 19세기에 그런 히포그리프[143]가 실제로 존재한다고 영리한 학생들을 속일 수 있을까?

그리고 1825년에는 위대한 박물학자 라세페드 백작 베르나르 제르맹이 과학적인 체계를 갖춘 고래 서적을 펴냈는데, 거기에 여러 종류의 바다 괴물을 묘사한 그림이 실렸다. 그림들은 하나같이 부정확할 뿐만 아니라 그린란드고래(즉 참고래)의 그림은 그 종과 관련해서 다년간 경험을 한 스코스비마저 자연에는 그런 모습을 한 고래가 없다고 단언했을 정도다.

하지만 모든 실수 가운데 최고봉은 유명한 남작과 형제간인 과학자 프레데릭 퀴비에에게 돌아갔다. 그가 1836년에 펴낸 고래 박물지에 향유고래라고 명시된 그림이 실렸다. 그 그림을 낸터컷 사람에게 보여 주려면 그 전에 낸터컷을 즉시 떠날 준비부터 미리 해두는 게 좋을 것이다. 프레데릭 퀴비에의 향유고래는 한마디로 향유고래가 아니라 향유 곤죽이다. 그는 물론 포경 항해를 해본 적이 없다(이런 사람들은 포경 항해를 해본 경험이 거의 없다). 그렇다면 이런 그림이 어디서 튀어나왔는지 누가 알까. 어쩌면 같은 분야의 선배인 데마레[144]가 중국 회화에서 순수하게 기형적인 동물을 차용한 걸 따라 했을지도 모른다. 중국인들이 붓을 얼마나 활기차게 놀리는지는 무수히 많은 기기묘묘한 찻잔과 접시들이 잘 말해 준다.

길거리 기름집 간판의 고래 그림에 대해서는 뭐라고 말해야 할까? 대체로 그 고래들은 곱사등이 리처드 3세[145] 고래라고 할 수 있는데, 성질이 매우 사나우며 선원 서너 명으로 속

143 말의 몸뚱이에 독수리의 머리와 날개가 달린 상상의 동물.
144 프랑스 지질학자.

을 채운 파이, 즉 전원이 승선한 보트를 아침으로 먹고, 피와 푸른 물감이 뒤섞인 바다에서 몸부림치는 기형의 동물이다.

하지만 고래의 묘사에서 범하는 이런 무수한 오류도 따지고 보면 그다지 놀랄 일이 아니다. 생각해 보라! 과학 서적에 실린 그림 대부분은 해안에 떠밀려 온 고래를 보고 그린 것인데, 그건 용골이 부서진 난파선을 그려 놓고 웅장한 선체와 온전한 활대를 자랑하는 기품 있는 짐승을 제대로 묘사했다고 주장하는 셈이다. 코끼리는 전신을 드러내며 서 있지만 살아 있는 고래는 초상화를 그릴 수 있도록 물 위에 몸을 다 내놓고 떠 있는 법이 없다. 웅장한 위용을 온전히 보여 주는 살아 있는 고래는 깊이를 가늠할 수 없는 바닷속에서만 볼 수 있고, 물 위로 올라오더라도 몸의 대부분은 전함처럼 물에 잠겨 보이지 않는다. 바다에서 고래를 통째로 들어 올려 엄청난 부피와 굴곡을 고스란히 그림에 담는 건 일개 인간으로서는 영원히 불가능한 일이다. 그리고 젖먹이 고래와 이상적인 어른 바다 괴물의 윤곽에 상당한 차이가 있다는 건 더 말할 나위가 없다. 그런 젖먹이 고래를 배의 갑판으로 끌어 올린다고 해도 형체가 이상하고 뱀장어처럼 유연하며 다양하기 때문에 정확한 모습은 아마 악마라도 포착하지 못할 것이다.

그래도 해안에 떠밀려 온 고래의 골격을 보면 진정한 형체의 정확한 실마리를 얻을 수 있을 거라고 생각하는 사람도 있을 터다. 어림없는 소리다. 이 바다 괴물의 가장 기묘한 특징 가운데 하나가 바로 골격을 봐도 전체적인 형체를 짐작하

145 영국 튜더 왕조의 마지막 왕으로, 셰익스피어 등에 의해 몸이 불구이고 의심이 많은 음흉한 야심가로 묘사되었다.

기 어렵다는 것이기 때문이다. 제레미 벤덤[146]의 해골은 유언 집행자들의 서재에 촛대처럼 매달려 있지만, 그의 대표적인 신체적 특징과 함께 굵은 눈썹을 가진 공리주의 노신사의 면모를 정확하게 전해 준다. 그러나 바다 괴물의 관절 뼈를 가지고는 결코 이런 식의 추론을 할 수 없다. 실제로 위대한 헌터[147]가 말했듯이, 뼈만 남은 고래와 살을 온전히 입은 고래의 관계란 곤충과 그걸 둥글게 감싼 번데기의 관계에 비교할 수 있다. 나중에 이 책에서 다루겠지만, 이런 특징은 특히 머리에서 현저하게 확인되며 옆 지느러미에서도 상당히 묘하게 드러난다. 고래의 옆 지느러미 뼈는 엄지를 제외한 인간의 손뼈와 거의 일치한다. 이 지느러미에는 손가락 네 개, 즉 검지와 중지, 약지와 새끼손가락이 있다. 하지만 이 손가락들은 마치 장갑을 낀 사람의 손가락처럼 살에 완전히 덮여 있다. 「고래들이 어쩌다 우리를 향해 무모하게 덤벼들더라도 장갑까지 벗어던지고 우리를 손봐 줬다고는 말할 수 없을 거야.」 스터브는 언젠가 이렇게 익살스럽게 말하기도 했다.

이런 이유들을 종합했을 때, 고래를 어떤 식으로 보건 간에 이 커다란 바다 괴물은 세상에서 마지막까지 완벽하게 그릴 수 없는 유일한 동물이라는 결론을 내릴 수밖에 없다. 실제로 어떤 그림은 다른 그림에 비해 실체에 훨씬 근접할지도 모르지만, 상당한 수준의 정확성을 갖췄다고 말할 수 있는 그림은 하나도 없다. 따라서 고래가 실제로 어떻게 생겼는지 정확하게 알아낼 세속적인 방법은 존재하지 않는다. 그리고 살아 있는 고래의 윤곽을 웬만큼이라도 파악할 수 있는 유

146 영국의 공리주의 철학자로, 자신의 해골을 런던 대학에 기증했다.
147 스코틀랜드의 의학자인 윌리엄 헌터.

일한 방법은 직접 포경선을 타는 것뿐이다. 하지만 그럴 경우 녀석의 공격으로 구멍이 뚫려 영원히 물에 잠길 위험을 감수해야 한다. 그러므로 내 생각에는 이 바다 괴물에 대해서는 지나친 호기심을 고집하지 않는 게 제일 좋을 듯하다.

56
오류가 적은 고래 그림과
고래 포획도

기괴한 고래 그림과 관련해서 고금의 서적, 특히 플리니우스[148]와 퍼처스,[149] 해클루트, 해리스, 퀴비에 등의 저서에서 찾아볼 수 있는 더 기괴한 고래 이야기를 언급하고 싶은 마음이 간절하지만 그냥 넘어가기로 하자.

엄청난 크기의 향유고래를 개괄적으로 다룬 책으로 내가 아는 건 콜넷과 허긴스,[150] 프레데릭 퀴비에, 그리고 빌의 저서, 이렇게 네 권뿐이다. 콜넷과 퀴비에는 앞 장에서도 언급한 바 있다. 이 두 사람의 책에 비해서는 허긴스의 저서가 훨씬 뛰어나지만 단연 최고는 역시 빌의 책이다. 향유고래를 그린 빌의 그림은 2장 첫머리를 장식한 다양한 자세의 세 마리 고래 중에서 가운데 있는 것만 제외하면 전부 훌륭하다. 포경 보트가 향유고래를 공격하는 속표지 그림은 응접실에서만 세상을 논하는 사람들의 일반적인 회의론을 자극하려는 속셈인 게 틀림없지만, 전반적으로 감탄스러울 만큼 정확

148 로마의 장군·박물학자. 고대 과학의 집대성인 『박물학』을 썼다.
149 영국의 성직자이자 여행기 편찬자.
150 영국 해양화가.

하고 사실적이다. J. 로스 브라운[151]이 그린 향유고래는 윤곽
이 매우 정확한데 인쇄가 조잡하다. 그러나 그건 그의 잘못
은 아니다.

참고래를 제일 잘 묘사한 그림은 스코스비의 책에서 찾아
볼 수 있지만, 적절한 느낌을 전달하기엔 너무 작다. 그의 책
에 실린 고래잡이 그림이 한 점에 불과하다는 건 안타까운
노릇인데, 사람들은 오직 이런 그림들, 정확히 묘사된 이런
그림들을 통해서만 고래잡이가 목격하는 살아 있는 고래의
진정한 모습을 떠올릴 수 있기 때문이다.

하지만 전체적으로 봤을 때 비록 세부적인 몇몇 부분의 묘
사가 아주 정확하다고는 말할 수 없어도 고래와 포경을 가
장 잘 표현한 건 가르느레[152]라는 사람의 그림을 바탕으로
각각 향유고래와 참고래를 공격하는 장면을 훌륭하게 묘사
한 프랑스의 대형 판화 두 점이다. 첫 번째 판화는 심해에서
보트 바닥을 정확하게 뚫으면서 박살 난 널빤지 조각들을
등에 얹은 채 하늘 높이 솟구치는 장대한 향유고래의 모습
을 위풍당당하게 묘사했다. 보트의 뱃머리는 일부분이 부서
지지 않은 채로 괴물의 등에 걸쳐졌고, 측정이 불가능한 그
짧은 찰나에 뱃머리에 서 있는 노잡이는 고래가 뿜는 격렬한
물기둥에 반쯤 가려진 채 절벽에서 막 뛰어내리려는 것 같은
동작을 하고 있다. 그림의 전반적인 약동감이 놀랄 만큼 뛰
어나고 사실적이다. 하얗게 물거품이 이는 바다에 반쯤 빈
밧줄 통이 떠 있고, 쏟아진 작살의 나무 자루가 비스듬히 기
울어진 채 까딱거린다. 고래 주변에 흩어져서 헤엄치는 선원

151 미국 여행가이자 화가.
152 프랑스 해양화가.

들의 머리는 극명한 공포를 담아내고, 폭풍이 몰아치는 어둠을 배경으로 본선이 급히 다가온다. 고래의 해부학적 세부 묘사에서는 몇 가지 오류를 찾을 수도 있지만 그냥 넘어가기로 하자. 나는 아무리 노력해도 이만큼 훌륭한 그림을 그릴 수 없으니까.

두 번째 판화는 커다란 참고래가 파타고니아 절벽의 이끼 낀 바위 면처럼 해초에 덮인 검은 몸뚱이를 뒤척이며 질주하고, 조개삿갓이 덕지덕지 달라붙은 고래의 옆구리를 향해 보트가 다가가는 그림이다. 고래의 물기둥은 곧고 세차고 검댕처럼 새까맣다. 굴뚝 안에 연기가 그렇게 많으니 아래 창자에서 근사한 저녁 요리를 만드는 모양이라는 생각도 할 만하다. 바닷새들은 참고래가 치명적인 등에 때때로 싣고 다니는 작은 게와 조개 같은 바다의 사탕과 마카로니를 쪼아 먹고 있다. 그러는 동안에도 입술이 두툼한 바다 괴물은 깊은 바닷속을 질주하며 그 뒤로 엉겨 붙은 우유 같은 흰 거품이 엄청난 소용돌이를 일으키고, 작은 보트는 원양 증기선의 외륜 가까이 휘말린 통통배처럼 크게 일어난 파도에 춤을 춘다. 그렇게 그림의 전경에서는 격렬한 소동이 벌어지는 반면에, 뒷부분에는 유리처럼 잔잔한 바다가 펼쳐져 멋진 예술적 대조를 이룬다. 무기력한 배의 돛은 풀 없이 축 늘어졌고, 죽은 고래의 생기 없는 몸뚱이는 정복당한 요새라도 되는 듯 물구멍에 꽂은 막대기에 점령군의 깃발이 무심하게 매달려 있다.

가르느레라는 화가가 누구인지, 또는 누구였는지는 모른다. 하지만 단언하건대 그는 이 주제에 실질적으로 정통했거나 노련한 고래잡이에게서 뛰어난 가르침을 받은 게 틀림없다. 프랑스 화가들은 움직임의 묘사에 능하다. 유럽에 가서 그림들을 보라. 베르사유에 있는 승리의 방[153]처럼 살아 숨쉬는 생동감을 포착한 그림들로 가득한 화랑을 어디서 찾을까? 거기서 그림을 보노라면 프랑스의 잇단 대규모 전투를 온몸으로 헤쳐 나가는 기분이 든다. 칼마다 북극광이 번뜩이는 것 같고, 무장한 역대의 왕과 황제들은 왕관을 쓴 켄타우로스처럼 돌진한다. 가르느레가 그린 바다의 전투 그림도 이 화랑에 걸리기에 전혀 부적절하다고는 볼 수 없다.

사물의 아름다움을 포착하는 프랑스 사람들의 천부적인 재능은 특히 포경을 주제로 한 그림과 판화에서 잘 드러나는 것 같다. 포경업의 경력은 영국의 10분의 1, 미국의 1천 분의 1밖에 안 되면서도 고래 사냥의 진정한 정신을 전달할 수 있는 유일한 스케치를 완성하여 두 나라에 제공했다. 대체로 영국과 미국의 포경화가들은 생동감이라곤 찾아볼 수 없는 고래의 옆모습을 기계적으로 그리는 데 만족하는 듯하다. 회화적인 효과로 볼 때, 그건 피라미드의 측면을 스케치하는 것과 마찬가지다. 참고래 전문가로 응당한 명성을 누리는 스코스비마저 그린란드고래의 뻣뻣한 전신 그림, 그리고 일각고래와 돌고래의 세밀한 축소도 서너 점을 제시한 후 보트의 갈고리와 고기 칼, 쇠갈퀴 따위를 묘사한 고전적인 판화를 연이어 보여 주고, 뢰벤후크[154] 같은 섬세한 성실함으로 북극의 눈 결정을 확대한 모사화 96점을 살펴보라며 내밀어 세상을 놀라게 했다. 이 탁월한 항해가를 폄하할 의도는 전혀 없지만(오히려 백전노장인 그를 존경한다) 그렇게 중요

153 전쟁 관련 회화 작품들이 전시되어 있는 전쟁의 방을 의미한다.
154 네덜란드의 과학자로, 현미경을 발명했다.

한 사안이라면서 눈 결정마다 그린란드 치안 판사 앞에서 선서한 진술서를 첨부하지 않은 것은 확실히 경솔했다.

가르느레의 훌륭한 판화 외에 H. 뒤랑이라는 서명을 남긴 프랑스 화가의 판화 두 점도 주목할 만하다. 그중 하나는 지금 우리의 목적과 정확히 일치하지는 않지만 다른 점에서 언급할 가치가 있다. 태평양 섬들의 조용한 한낮 풍경을 묘사한 그 판화 속에서는 해안 가까이 정박한 프랑스 포경선 한 척이 한가롭게 물을 보급받는다. 배경으로는 느슨한 돛과 길쭉한 야자수 잎이 보이고, 둘 다 축 늘어진 모습에서 바람 한 점 없는 날씨를 짐작할 수 있다. 동양식으로 휴식을 취하는 건장한 고래잡이들을 묘사한 용도로는 효과가 대단히 탁월하다. 또 다른 판화는 전혀 딴판이다. 배는 망망대해에서 바다 괴물들 무리 속으로 나아가며, 옆에는 참고래 한 마리가 있다. 배는 (고래들의 틈을 파고들기 위해) 부두로 들어가는 것처럼 괴물을 향해 돌진하고, 이 상황에서 급히 벗어난 보트 한 척은 멀리 있는 고래를 추격하려 한다. 작살과 창을 수평으로 겨누고, 노잡이 셋은 돛대를 구멍에 막 끼우는 중이다. 작은 보트는 갑작스레 밀어닥친 파도에 뒷다리로 선 말처럼 거의 반쯤 수면 위로 일어난 상태다. 본선에서는 대장간 마을에 피어나는 연기처럼 고래를 끓이는 연기가 뭉게뭉게 치솟고, 바람이 불어오는 쪽에서는 돌풍과 비를 잔뜩 머금은 먹구름이 흥분한 선원들의 움직임을 재촉하는 듯하다.

57

그림과 이빨, 나무, 철판, 돌 조각,
산과 별자리에 나타난 고래들

런던 부두로 내려가다 보면 타워힐 근처에서 자신이 다리
를 잃게 된 비극적인 장면을 판지에 그려 들고 있는 웬 절름
발이 거지(선원들은 그를 작은 닻이라는 뜻의 〈케저〉라고
부른다)를 보게 될 것이다. 그림에는 고래 세 마리와 보트 세
척이 있는데, 맨 앞의 고래가 보트 한 척(잃어버린 다리가 송
두리째 들어 있다고 추정되는)을 덥석 물고 박살을 내는 중
이다. 듣자니 사내는 지난 10년 동안 그 그림을 들고 미심쩍
어하는 세상 사람들에게 다리가 잘려 나간 부분을 보여 주
었다고 한다. 하지만 이제는 그의 정당성이 인정받을 때가
왔다. 그의 고래 세 마리는 어느 모로 보나 와핑[155]에서 출판
된 어떤 고래 그림 못지않게 훌륭하고, 잘려 나간 다리의 그
루터기도 서부의 벌목지에서 볼 수 있는 어떤 그루터기만큼
이나 의심할 나위가 없다. 그런데 영원히 그루터기에 몸을
의탁한 처지면서도 이 불쌍한 고래잡이는 그루터기 같은 곳
에 올라서서 떠들어 대는 가두연설 따위는 하는 법이 없고,
시선을 내리깐 채 다리가 잘려 나간 순간을 서글프게 회상

155 런던탑 인근의 강변 지역.

443

하며 서 있을 뿐이다.

태평양 전역, 그리고 낸터컷과 뉴베드퍼드와 새그 항에서는 고래잡이들이 향유고래의 이빨, 또는 참고래 뼈로 만든 부인용 코르셋 살대, 그 밖에 고래잡이들이 바다에서 한가할 때면 이런저런 재료들을 가져다가 정교하게 조각한 잡다하고 독창적인 고래 뼈 세공품에 직접 새긴 고래의 모습과 포경 장면의 생생한 묘사를 볼 수 있다. 세공품 조각을 위해 치과용 기구처럼 생긴 특별한 도구를 만들어 작은 상자에 담아 가지고 다니는 고래잡이들도 있지만, 대부분은 잭나이프만으로 작업을 한다. 뱃사람들의 만능 도구인 그것만 있으면 선원의 상상력을 동원해 원하는 건 뭐든 만들어 낸다.

기독교 세계와 문명을 오랫동안 떠나 있다 보면 신이 인간을 만든 본래의 상태, 이른바 야만 상태로 돌아가지 않을 도리가 없다. 진정한 고래잡이는 이로쿼이 인디언만큼이나 야만인이다. 나는 식인종의 왕에게만 충성을 바치는 야만인이지만, 어느 때라도 왕에게 반기를 들 준비가 되어 있다.

그런데 야만인이 집에서 시간을 보낼 때의 특이한 점은 놀랍도록 묵묵하게 일을 한다는 것이다. 고대 하와이의 전투용 곤봉이나 작살 노에 새겨진 조각은 어쩌나 다채롭고 정교한지 라틴어 사전에 버금가는 인내심의 위대한 승리다. 고작 부서진 조개껍데기나 상어 이빨을 가지고 그물처럼 복잡하게 얽힌 경이롭고 섬세한 무늬를 나무에 새기려면 몇 년은 꾸준히 작업을 해야 하기 때문이다.

백인 선원 야만인도 하와이 야만인과 다르지 않다. 똑같이 놀라운 인내심에 상어 이빨과 별로 다를 바 없는 안쓰러운 잭나이프 하나만 가지고 만드는 그의 고래 뼈 조각이 그리스 야만인이었던 아킬레우스의 방패에 버금간다고는 할수 없어도 미로처럼 복잡한 문양으로 빼곡하다는 점에서는 다르지 않으며, 옛날 네덜란드의 뛰어난 야만인이었던 알브레히트 뒤러[156]의 판화만큼이나 야만적인 기질과 암시로 가득하다.

나무로 조각한 고래, 또는 남양의 고귀한 짙은 색 목재를 고래 모양으로 자른 것은 미국 포경선의 앞 갑판에서 심심찮게 볼 수 있고, 그중에는 상당히 정교한 것도 있다.

박공지붕이 있는 시골집들 중에는 길가로 난 현관문에 고리쇠 대신 황동으로 만든 고래를 거꾸로 매달아 놓은 곳들이 있다. 문지기가 졸 때는 모루 모양의 머리를 가진 고래가 최고일 것이다. 하지만 이렇게 문을 두드리기 위한 용도로 만든 고래에서는 정확성의 시도가 변변찮다. 일부 구식 교회의 첨탑에서는 닭 모양의 풍향계 대신 철판 고래를 보게 된다. 하지만 워낙 높은 곳에 있고 사실상 〈손대지 마시오!〉라는 꼬리표를 붙여 놓은 것이나 다름없으니, 가치를 판단할 수 있을 만큼 가까이 가볼 방법이 없다.

깎아지른 듯한 절벽 아래쪽으로 넓은 평원에 돌무더기들이 근사하게 쌓인, 앙상하고 메마른 지역에 가면 화석이 된 바다 괴물의 형상이 풀밭에 반쯤 묻혀 있는 걸 종종 발견하게 되는데, 바람이 부는 날에는 풀이 일으키는 푸른 물결이 그 형상에 닿아 부서진다.

---

156 독일의 화가·조각가. 종교적 주제를 주로 하고, 치밀한 구성과 날카로운 묘사로 많은 작품을 제작하여 독일 르네상스 회화의 정점을 이루었다. 예전에는 네덜란드를 뜻하는 〈Dutch〉라는 말이 일반인들 사이에서 독일이라는 의미로도 사용되었다.

또한 높이 솟은 봉우리들이 원형 극장처럼 주변을 에워싼 산악 지대에서는 이따금 전망 좋은 곳에 서면 굽이치는 산등성이가 그려 내는 고래의 형상이 얼핏 눈에 들어오기도 한다. 그러나 뼛속까지 철저한 고래잡이가 아니고서는 볼 수 없다. 그뿐 아니라 그 모습을 보고 싶어서 다시 돌아가려면 처음 본 자리의 정확한 위도와 경도를 알아야 한다. 그렇지 않으면 산등성이에서 고래를 보는 건 우연한 일이기 때문에 어지간히 애써 찾지 않고서는 처음의 위치로 정확하게 돌아갈 수 없다. 언젠가 높은 주름 장식 옷을 입은 멘다나[157]가 발을 디뎠고 늙은 피게이라[158]가 기록했으나 여전히 미지의 땅으로 남아 있는 솔로몬 제도와 마찬가지다.

고래라는 주제로 인해 정신이 고양되고 확장되면 오랜 세월 전쟁 생각으로 여념이 없던 동방의 민족들이 구름에서 전투를 벌이는 군대를 본 것처럼, 별이 총총한 하늘에서 커다란 고래와 그걸 뒤쫓는 보트들을 찾아내지 않을 도리가 없다. 그래서 나는 북극해에서 처음으로 고래의 형상을 보여 준 반짝이는 별자리의 순환과 함께 북극을 빙빙 돌며 바다 괴물을 뒤쫓았다. 그리고 눈부신 남극의 하늘 밑에서는 아르고내비스호에 올라 물뱀자리와 물고기자리를 훌쩍 넘어 반짝이는 고래자리 추격에 합류했다.

군함의 닻을 고삐 삼고 작살 다발을 박차 삼아 고래를 타고 하늘 끝까지 달려 올라가 무수한 천막이 늘어선 상상 속의 천국이 내 눈 닿는 곳까지 실제로 펼쳐진 모습을 볼 수 있다면 얼마나 좋을까!

157 스페인의 항해가.
158 포르투갈의 항해가.

58
요각류

크로제 제도에서 북동쪽으로 향하던 우리는 참고래가 즐겨 먹는, 작고 노란 먹잇감인 요각류[159]가 득실대는 광활한 목장에 들어섰다. 몇 킬로미터에 걸쳐 드넓게 넘실거리는 그 모습을 보니 마치 황금빛으로 여문, 끝없는 밀밭을 항해하는 기분이 들었다.

이튿날이 되니 수많은 참고래가 눈에 띄었고, 피쿼드를 비롯한 향유고래 포경선에서 공격을 받을 일 없는 녀석들은 입을 벌린 채 요각류 사이를 느긋하게 헤엄쳤다. 그러면 요각류는 그 입속의 커다란 채광 블라인드 같은 줄무늬 섬유질에 달라붙고 바닷물만 따로 입을 통해 빠져나온다.

나란히 서서 늪지대 목초지에 길게 자란 풀을 낫으로 베며 천천히 나아가는 인부들처럼, 이 괴물들도 풀을 베는 것 같은 이상한 소리를 내며 헤엄을 쳤고, 그 뒤로는 누런 바다에 낫을 휘두른 것 같은 푸른 자취가 한없이 이어졌다.[160]

하지만 풀베기를 연상시키는 건 참고래가 요각류 떼를 가

159 작은 게나 새우 등의 유생을 비롯해 절지 동물이며 갑각류에 속하는 동물성 플랑크톤을 일컫는다.

르고 지날 때 내는 소리뿐이었다. 돛대 꼭대기에서 보면, 특히 고래들이 움직이지 않고 멈춰 서 있을 때면, 커다란 검은 형체는 흡사 생명이 없는 바윗덩어리로밖에 보이지 않았다. 수렵 대국인 인도에서 평원을 지나던 나그네가 이따금 저 멀리 누운 코끼리의 실체를 모른 채 거무스름한 벌거숭이 언덕 정도로 생각하며 지날 때가 있듯이 바다에서 이 고래를 처음 본 사람들도 마찬가지일 때가 많다. 마침내 정체를 알았을 때조차 엄청난 덩치를 접하면 그토록 비대한 몸집에 개나 말과 같은 종류의 생명이 속속들이 들어 차 있으리라고는 도무지 믿기 힘들다.

실제로 그밖에 여러 면에서 심해의 생명체를 뭍에 사는 것들과 같은 감정으로 대하기란 쉽지 않다. 옛날의 몇몇 박물학자는 육지의 동물마다 그에 상응하는 바다 동물이 있다고 주장했고, 광범위하고 일반적인 시각에서 보면 그럴지도 모르지만, 세부적으로 따져 볼 경우, 예를 들어 바닷속 어디에 개처럼 총명하고 기질이 다정한 물고기가 있단 말인가? 일반적인 관점에서 개와 비교적 유사하다고 거론될 수 있는 것은 지긋지긋한 상어뿐이다.

일반적으로 육지 사람들이 바다에 서식하는 것들을 이루 말할 수 없는 편견과 혐오의 감정으로 대해 왔고, 바다는 영원한 미지의 땅이어서 콜럼버스는 무수한 미지의 세계를 항해하고서야 서쪽에서 일개 대륙을 발견했으며, 대참사 중에

---

160 고래잡이들 사이에서 〈브라질 모래톱〉으로 통하는 해역에 그런 이름이 붙은 건 뉴펀들랜드 모래톱처럼 수심이 얕아서가 아니라 이렇게 목초지를 연상시키는 인상적인 모습 때문이다. 그런 모습은 참고래가 빈번히 출몰하는 일대에 늘 떠다니는 엄청난 규모의 요각류 떼에 의해 나타난다 — 원주.

서도 가장 끔찍한 참사가 태곳적부터 바다로 나간 사람들에게 무차별적으로 일어난 게 틀림없고, 잠깐만 생각해 보더라도 갓난아기나 다름없는 인류가 제아무리 과학과 기술을 자랑하고 장밋빛으로 채색된 미래에 과학과 기술이 아무리 크게 발전한들 바다는 마지막 심판의 그날까지 영원히 인류를 모욕하고 살해하고 인간이 만들 수 있는 가장 웅장하고 견고한 군함까지 산산조각 내겠지만, 그럼에도 불구하고 이런 느낌이 끝없이 반복되다 보니 인간은 원래부터 가졌던 바다에 대한 온전한 공포심을 상실하고 말았다.

우리가 읽은 최초의 배, 그 최초의 배가 떴던 바다는 사납게 온 세상을 압도했고 과부 한 명 남겨 놓지 않았다. 그때의 그 바다가 지금도 굽이치고 있다. 바로 그 바다가 지난해에도 많은 배를 난파시켰다. 오, 어리석은 인간들이여! 노아의 홍수는 아직 가라앉지 않았다. 마른 땅의 3분의 2가 여전히 물에 덮여 있지 않은가.

바다와 육지는 어떤 차이가 있기에 한쪽에서는 기적인 것이 다른 쪽에서는 기적이 아닌 게 될까? 고라[161]와 그 무리의 발밑에서 땅이 갈라져 그들을 영원히 삼켜 버렸을 때, 헤브루 사람들은 초자연적인 공포에 사로잡혔다. 하지만 현대에 들어와서도 살아 있는 바다가 그처럼 입을 벌려 선박과 선원들을 집어삼키지 않고 지나가는 날은 단 하루도 없다.

바다는 바다에 익숙하지 않은 인간에게만 그토록 고약한 적수인 게 아니라 제 자손에게도 마성을 드러내고, 집에 찾아온 손님을 살해한 페르시아인보다도 더 사악해서 자신이 낳아 기른 생명체에게조차 자비를 베풀지 않는다. 밀림을 호

161 구약 성서의 등장인물로 모세와 아론에게 반항했다.

령하는 사나운 암호랑이가 제 새끼를 짓눌러 죽이듯, 바다는 가장 막강한 고래마저 바위에 내동댕이쳐 난파선의 잔해와 나란히 늘어놓는다. 바다를 다스리는 건 오로지 바다의 힘과 자비뿐이다. 주인 없는 바다는 기수를 잃은 미친 군마처럼 헐떡이고 씩씩대며 지구 위를 내달린다.

바다의 교활함을 생각해 보라. 바다에서 가장 두려운 존재들은 물밑으로 잠행하며 모습을 거의 드러내지 않은 채 더없이 아름다운 푸른빛 아래 음흉하게 숨어 있지 않은가. 그런가 하면 수많은 종류의 상어들이 날렵하고 멋스러운 자태를 지닌 것처럼, 가장 무자비한 종족이 악마 같은 광채와 아름다움을 지닌 걸 생각해 보라. 서로 먹고 먹히는 바다의 보편적인 습성을 다시 한 번 생각해 보라. 모든 생명체가 서로를 먹이로 삼으며 태초에 시작된 이 영원한 전쟁을 지금도 계속한다.

이 모든 것을 생각해 본 후에 푸르고 온화하고 더없이 순한 대지를 바라본 다음, 바다와 육지를 모두 생각해 보라. 자신의 내면에 있는 어떤 것과 묘하게 비슷하다는 기분이 들지 않은가? 섬뜩한 바다가 푸르른 육지를 감싸듯이 인간의 영혼에도 평화와 기쁨이 넘치는 외딴 섬 타히티가 있고, 우리가 절반밖에 모르는 삶이라는 공포가 그 섬 주위를 에워싸고 있다. 그대에게 신의 가호가 있기를! 그 섬에서 밀려나지 말지니, 그대 두 번 다시 돌아오지 못하리라!

59
오징어

요각류 목장을 천천히 가로지른 피쿼드호는 자바 섬을 향해 북동쪽으로 계속 나아갔다. 부드러운 바람이 용골을 밀고 사방이 잔잔한 가운데 점점 가늘어지는 높다란 돛대 세 개가 늘쩍지근한 바람에 부드럽게 흔들리는 모습은 마치 평원에 서 있는 종려나무 세 그루 같았다. 그리고 은빛 밤바다에서는 여전히 아주 한참 만에 한 번씩 매혹적인 물기둥이 보이곤 했다.

하지만 투명하게 푸른 어느 날 아침, 바람이 전혀 불지 않는 것도 아니건만 거의 초자연적인 고요함이 바다에 감돌고, 길게 내리꽂히는 눈부신 햇살이 수면에 가로놓인 황금빛 손가락처럼 비밀을 요구하는 것 같았을 때, 잔잔한 파도가 슬리퍼라도 신은 것처럼 조용히 내달리며 서로 속삭일 때, 눈에 보이는 모든 것이 이렇듯 깊은 적막에 휩싸여 있던 그때, 주 돛대 꼭대기에 올라가 있던 다구의 눈에 이상한 요괴 같은 것이 보였다.

저 멀리서 희고 커다란 덩어리가 느릿느릿 몸을 일으키더니 점점 더 높이 일어나다가 푸른 물 위로 솟구쳤고, 급기야 우리 뱃머리 앞에서 빛을 번뜩였는데, 마치 산비탈에서 막 쏟아져 내린 눈사태 같았다. 그렇게 잠시 번뜩이던 그것은 일어날 때처럼 천천히 물속으로 가라앉아 사라져 버렸다. 그랬다가 한 번 더 솟구쳐 조용히 번뜩였다. 고래 같지는 않았다. 그래도 다구는 이게 모비 딕일지 모른다고 생각했다. 그 유령이 다시 물속으로 들어갔다가 또 모습을 드러내자, 다구는 송곳처럼 날카로운 목소리로 소리를 질렀고 그 소리에 졸던 사람들이 전부 흠칫 놀라 깨어났다. 「저기! 저기 또 나타났다! 저기서 물 위로 뛰어오른다! 정면이다! 흰 고래, 흰 고래다!」

이 말에 선원들은 벌 떼가 나뭇가지로 몰리듯 일제히 활대 끝으로 달려갔다. 뜨거운 햇살에 맨머리를 그대로 드러낸 에이해브는 제1기움 돛대 위에 올라서서 당장이라도 키잡이에게 지시를 내릴 수 있도록 한 손을 뒤로 잔뜩 내민 채 저 높은 곳에서 다구의 쭉 뻗은 팔이 가리키는 방향을 뚫어져라 응시했다.

스치듯 보이는 고요하고 외로운 물기둥이 에이해브에게 서서히 영향을 미쳐 그렇게 찾아다니던 고래의 모습을 처음 보고도 부드럽고 평온한 태도를 유지할 수 있었던 걸까. 정말로 그랬는지, 아니면 간절함이 그렇게 드러난 건지, 어느 쪽인지는 몰라도 흰 덩어리를 또렷하게 감지하자마자 그는 즉시 보트를 내리라고 화급히 명령했다.

이윽고 보트 네 척이 물에 떴고, 에이해브의 보트가 선봉에 서서 사냥감을 향해 질주했다. 놈은 곧 물속으로 들어갔고, 우리가 노를 멈추고 다시 나타나길 기다렸더니 과연 가라앉았던 바로 그 자리에서 다시 한 번 서서히 솟아올랐다.

그 순간 우리는 모비 딕에 대한 생각은 거의 다 잊어버린 채 신비로운 바다가 이제껏 인류에게 드러낸 가장 놀라운 현상을 넋 놓고 바라봤다. 물 위에는 길이와 폭이 몇백 미터에 달하는, 크고 흐느적거리며 번뜩이는 크림색 덩어리가 떠 있었는데, 사정거리에 들어온 불운한 먹이들을 닥치는 대로 잡아채려는 듯이 중심부에서 무수히 뻗어 나간 기다란 팔을 비틀고 꼬아 대는 모습은 마치 아나콘다의 둥지 같았다. 얼굴이나 앞면 같은 건 찾아볼 수 없었고, 감각이나 본능을 지녔다고 생각할 만한 징후도 없었다. 큰 파도에 굽이치는 그것은 이 세상 것이 아닌 존재, 형체도 없이 어쩌다 생겨난 망령 같은 생명체였다.

놈이 나직하게 뭔가 빠는 것 같은 소리를 내며 또다시 서서히 사라졌을 때, 스타벅은 놈이 가라앉은 지점에서 일렁이는 파도를 물끄러미 바라보다 격한 목소리로 외쳤다. 「이 흰 유령아, 네놈을 보느니 모비 딕을 만나 싸우는 편이 낫겠다!」

「저건 뭐였죠?」 플래스크가 물었다.

「살아 있는 거대한 오징어인데, 저걸 만난 포경선치고 무사히 항구로 돌아가 일화를 늘어놓은 배는 거의 없다더군.」

하지만 에이해브는 아무 말도 하지 않았다. 그가 보트를 돌려 본선으로 돌아가자 나머지도 말없이 뒤를 따랐다.

향유고래잡이들이 이 오징어를 목격하는 것과 관련해서 일반적으로 어떤 미신을 가졌건, 얼핏 보는 것만으로도 너무 괴상해서 불길한 느낌을 주는 것만은 분명했다. 다들 바다를 휘젓고 다니는 생물 가운데 이 대왕 오징어가 가장 크다고 단언하지만, 모습을 드러내는 경우가 극히 드물기 때문에 특징이나 형태에 대해 막연하게라도 아는 사람은 거의 없다.

그러면서도 사람들은 그게 향유고래의 유일한 먹이라고 믿는다. 다른 종류의 고래들이 수면 위로 올라와서 먹이를 찾고 실제로 먹이를 잡아먹는 모습이 눈에 띄기도 하는 반면에, 향유고래는 수면 아래 미지의 공간에서만 먹이를 먹어서 구체적으로 뭘 먹는지에 대해서는 오로지 추측만 가능하기 때문이다. 가끔 바짝 따라붙었을 때 오징어 팔로 추정되는 것을 토해 내기도 하는데, 그중에는 6에서 9미터가 넘는 것도 있다. 사람들은 그런 팔을 가진 괴물은 으레 바다 밑바닥에 붙어 있고, 다른 고래들과 달리 향유고래에겐 그 괴물을 공격해서 떼어 낼 이빨이 있다고 상상한다.

폰토피단 주교가 말한 엄청나게 커다란 크라켄[162]이 결국 오징어로 탈바꿈했다는 상상에도 어느 정도는 일리가 있는 것 같다. 물 위로 솟구쳤다 가라앉기를 반복하는 걸 비롯해서 주교가 언급한 여러 특징들을 종합해 볼 때, 모든 점에서 이 둘은 일치한다. 그러나 주교가 말한 엄청난 크기는 상당히 줄여서 이해할 필요가 있다.

여기서 말한 이 신비로운 생물과 관련된 항간의 어렴풋한 소문을 들은 일부 박물학자들은 그걸 오징어로 분류했는데, 실제로 외형적인 면에서는 오징어에 속하는 것처럼 보이지만 그렇다면 오징어 중에서도 아나킴[163]이라고 해야 할 것이다.

---

162 노르웨이 앞바다에 나타난다는 전설의 괴물.
163 구약 성서의 「민수기」 13장에 나오는 거인족.

60
포경 밧줄

이제 곧 고래잡이 광경을 서술할 예정인 데다 다른 곳에서 언급한 유사한 장면들의 더 나은 이해를 돕기 위해 이쯤 해서 마술적이다 못해 때로 무섭기까지 한 포경 밧줄에 대해 말해야겠다.

원래 고래잡이에 쓰이는 밧줄은 최고의 삼으로 만들고, 타르를 흠뻑 먹이는 일반 밧줄과 달리 겉에만 살짝 입히는 정도에 그친다. 일반 밧줄처럼 타르를 사용하면 밧줄을 만들 때 삼을 다루기가 더 쉽고 그렇게 만든 밧줄이 일반 배에서 사용하기에는 더 편리하지만, 단단히 감아야 하는 포경용 밧줄의 경우 그렇게 타르를 먹였다간 지나치게 뻣뻣해진다. 그뿐 아니라 일반적으로 타르가 밧줄을 촘촘하고 윤기가 돌게 하는 반면에 내구성이나 강도를 높이는 데는 전혀 보탬이 되지 않는다는 사실을 뱃사람들 대부분이 이제야 알기 시작했다.

최근 들어 미국 포경업계에서는 밧줄의 재료를 대마에서 마닐라삼으로 거의 완전히 대체했는데, 대마만큼 내구성이 뛰어나지는 않지만 더 강하고 부드러우며 탄성도 훨씬 뛰어나기 때문이다. 거기에 한마디 덧붙이자면 (세상 모든 것에는 미학적인 측면이라는 게 있으므로) 대마에 비해 한결 근사하며 보트하고도 잘 어울린다. 대마가 인도 사람처럼 거무스름하고 가무잡잡하다면 마닐라삼은 금발의 코카서스 인종 같다.

포경용 밧줄의 두께는 16~17밀리미터에 불과하다. 얼핏 봐서는 그다지 강할 것 같은 생각이 들지 않을 것이다. 하지만 실험 결과 51가닥의 꼬임실이 하나당 54킬로그램의 무게를 지탱할 수 있다고 하니, 밧줄 전체로 치면 거의 3톤 무게를 감당할 수 있다는 얘기다. 보통 향유고래용 밧줄의 길이는 2백 길[164]이 넘는다. 밧줄은 나선형으로 감아서 고물 근처에 있는 통에 담아 놓는데, 증류기의 나선관 모양이 아니라 보릿단처럼 차곡차곡 쌓거나 나선형 동심원이 여러 겹 겹쳐진 하나의 둥근 치즈 덩어리 모양이지만, 그 중심축에는 빈 구멍 대신 미세한 수직 관 모양의 〈심〉이 형성되어 있다. 밧줄이 조금이라도 엉키거나 꼬이면 풀려 나갈 때 어김없이 누군가의 팔이나 다리, 또는 아예 몸통을 낚아채기 때문에 밧줄을 통에 담을 때는 극도로 주의해야 한다. 일부 작살잡이들은 아침 내내 이 일에 몰두하면서 조금이라도 꼬이거나 얽히는 일이 없도록 밧줄을 도르래로 높이 들어 올렸다가 다시 감아서 통에 담기도 한다.

영국 배에는 밧줄 통이 하나가 아니라 두 개다. 하나로 이어진 밧줄을 양쪽 통에 담는 것이다. 이렇게 하는 데에는 몇 가지 이점이 있다. 쌍둥이 통은 크기가 작기 때문에 보트에 싣기도 쉽고 하중의 부담도 적다. 반면에 지름이 거의 90센

164 한 길은 약 183센티미터.

티미터에 달하고 깊이도 그에 비례하는 미국의 통은 널빤지 두께가 1센티미터 남짓한 보트에서 부피만으로도 꽤 부담스럽다. 포경 보트의 밑바닥은 얇은 얼음처럼 표면적이 넓게 분산된 무게는 거뜬히 지탱하지만 무게가 한곳에 집중되면 잘 견디지 못하기 때문이다. 미국식 밧줄 통에 채색한 방수포를 덮어 놓으면 고래들에게 선물할 엄청나게 커다란 결혼 케이크를 보트에 싣고 가는 것 같다.

밧줄의 양쪽 끝은 밖으로 노출되어 있다. 바닥에서 통의 옆면을 따라 올라와 삭안(素眼), 즉 고리 모양의 매듭을 지은 아래쪽 끝은 통 가장자리로 넘겨 아무것도 닿지 않도록 널어놓는다. 아래쪽 끝을 이렇게 정돈하는 건 두 가지 이유에서 꼭 필요하다. 첫째, 작살을 맞은 고래가 너무 깊이 잠수해서 원래 작살에 매달린 밧줄을 다 끌고 내려갈 위험이 있을 때 옆 보트의 밧줄을 붙들어 매기가 쉽기 때문이다. 이럴 경우 고래는 당연히 술잔처럼 이 보트에서 저 보트로 넘어가지만, 첫 번째 보트도 동료를 돕기 위해 옆을 지킨다. 둘째, 일반적인 안전을 위해서도 이런 조처가 불가피하다. 밧줄의 아래쪽 끝이 어떤 식으로든 보트에 연결된 상황에서 고래가 종종 그러듯이 눈 깜짝할 새에 밧줄을 끌고 잠수할 경우 고래는 단지 잠수를 하는 데서 그치는 게 아니라 어김없이 그 불운한 보트까지 바닷속 심연으로 끌고 내려가기 때문이며, 그렇게 되면 그 보트는 누구도 두 번 다시 찾지 못할 것이다.

고래를 추격할 보트를 내리기 전에 밧줄의 위쪽 끝을 통에서 꺼내 고물의 밧줄 걸이 기둥에 한 번 감은 다음, 다시 반대쪽 끝인 뱃머리로 가져가 노의 자루나 손잡이 위에 비스듬히 걸쳐 놓는다. 그러면 노를 저을 때마다 밧줄이 손목에 걸린다. 밧줄은 좌우 뱃전에 엇갈려 앉은 선원들 사이를 지나, 뾰족한 뱃머리 끝에 납으로 만든 뿔 모양 밧줄 걸이나 홈까지 이어지는데, 그곳에 있는 일반 깃펜 크기만 한 나무 못이나 꼬챙이가 밧줄이 미끄러져 떨어지는 걸 막아 준다. 밧줄걸이에 걸린 밧줄은 뱃머리 너머로 가느다란 꽃줄 장식처럼 늘어졌다가 다시 보트 안으로 들어온다. 그걸 열에서 스무 길 정도 감아서 뱃머리의 상자 위에 올려놓은 다음(이렇게 감아 놓은 걸 〈상자 밧줄〉이라고 부른다) 뱃전을 따라 선미로 조금 더 끌고 가서 작살에 직접 달린 당김 밧줄에 연결한다. 당김 밧줄도 작살에 연결하기 전에 잡다하고 복잡한 과정을 거치지만 자세히 설명하기에는 너무 장황하다.

이렇듯 복잡하게 둘둘 말고 꼰 포경 밧줄은 사방으로 꿈틀거리며 보트 전체를 감싼다. 위험천만하게 뒤엉킨 이 밧줄에 모든 노잡이가 얽혀 있기 때문에, 뭍사람들의 겁먹은 눈에는 치명적인 독사를 꽃줄이라도 되는 듯 팔다리에 휘감은 인도 곡예사처럼 보인다. 사람으로 태어나 처음으로 이 복잡한 삼밧줄 틈바구니에 앉아 힘껏 노를 젓다 보면 어느 순간 작살이 발사되어 끔찍하게 얽힌 이 밧줄이 고리 모양 번개처럼 날아갈지 모른다는 생각이 들게 마련이고, 그러면 골수까지 흔들리다 못해 흐물거리는 젤리 꼴이 될 정도로 몸을 부들부들 떨지 않을 도리가 없다. 하지만 습관이란 묘하기도 하지! 습관이 해내지 못하는 게 뭐란 말인가? 그렇게 교수대의 올가미에 매달린 신세건만 제아무리 잘 차려진 식탁에서라도 두께가 1센티미터 남짓한 흰색 삼나무 목재로 만든 포경 보트에서보다 더 유쾌한 풍자와 즐거운 웃음, 근사한 농담과 재치가 번뜩이는 이야기를 들을 수는 없을 것이다. 여섯 명씩 한 조를 이룬 선원들은 에드워드 왕 앞에 나선 칼레의 여섯 시민[165]처럼 그렇게 밧줄을 목에 감고 죽음의 아가리를 향해 돌진한다.

그러니 조금만 생각을 해본다면 포경선의 반복되는 참사들(그 가운데 극히 일부만이 대수롭지 않게 기록되는), 밧줄에 걸려 보트 밖으로 떨어졌다가 실종되는 사건들의 이유를 이해할 수 있을 것이다. 밧줄이 쏜살같이 날아갈 때 보트에 앉아 있는 건 전속력으로 윙윙거리며 달리는 증기 기관 속에서 살을 쓸어 대는 플라잉빔[166]과 굴대와 톱니바퀴 사이에 앉은 것이나 마찬가지다. 아니 그보다 더 심하다. 보트는 요람처럼 흔들리기 때문에 이 위험천만한 상황의 한복판에서 가만히 앉아 있을 수 없고, 경고 한마디 없이 이쪽저쪽으로 몸이 내동댕이쳐지는 상황이기 때문이다. 어떻게 해서든 알아서 균형을 잡고 의지와 행동을 일치시켜야 마제파[167]의 운명을 피하고 모든 것을 굽어보는 태양조차 꿰뚫지 못할 곳으로 도망칠 수 있다.

그러나 폭풍이 오기 전에 그것을 예고하는 깊은 적막이 어쩌면 폭풍 자체보다 더 무서운데 실제로 적막은 폭풍을 감싼 포장지에 불과하지만 겉으로는 전혀 무해해 보이는 총이 치명적인 화약과 탄알과 폭발력을 담고 있듯 그 안에 폭풍을 싸안고 있기 때문이다. 실제로 사용되기 전까지 노잡이들 옆

165 백 년 전쟁 당시, 영국군에 점령된 프랑스 도시 칼레의 시민들이 학살당할 위기에 처하자 시민 대표 여섯 명이 죽음을 각오하고 스스로 목에 밧줄을 건 채 에드워드 3세 앞에 출두했다. 이들 덕분에 칼레 시는 위기에서 벗어났다.

166 기차 바퀴의 굴대에 증기 기관 피스톤의 움직임을 전달해 주는 들보.

167 러시아에 저항하다 패한 뒤 터키로 달아난 우크라이나 카자크의 대장.

에서 가만히 똬리를 튼 밧줄의 우아한 휴식. 그것이야말로
이 위험한 물건의 어떤 모습보다 순수한 공포를 한껏 자아
낸다. 하지만 더 말해 무엇하리? 인간이란 누구나 포경 밧줄
에 싸인 채 살아가는 것을. 모든 인간은 목에 올가미를 건 채
태어나는 것을. 그러나 조용하고 교묘하게 상존하는 삶의
위험을 깨닫는 건 느닷없이 갑작스레 죽음으로 방향을 틀었
을 때뿐이다. 당신이 철학자라면, 포경 보트에 앉아 있더라
도 작살이 아닌 부지깽이를 옆에 놓고 저녁의 난롯가에서 앉
아 있을 때보다 조금이라도 더 큰 공포를 느끼는 일은 없을
것이다.

〈하권에 계속〉

열린책들 세계문학 214 모 비 딕 상

옮긴이 강수정 연세대학교를 졸업한 뒤 출판사와 잡지사에서 근무했으며, 현재 전문 번역가로 활동하고 있다. 옮긴 책으로는 『새비지 가든』, 『신도 버린 사람들』, 『아버지가 없는 나라』, 『독서일기』, 『우리 시대의 화가』, 『앗 뜨거워』, 『토스카나의 태양 아래서』, 『반짝이는 박수 소리』, 『보르헤스에게 가는 길』, 『리버 타운』, 『노인들의 사회 그 불안한 미래』, 『카바레―새로운 예술 공간의 탄생』, 『여자라는 종족』, 『거꾸로 가는 나라들』, 『크리에이티브 마인드』 등이 있다.

지은이 허먼 멜빌 **옮긴이** 강수정 **발행인** 홍예빈·홍유진
발행처 주식회사 열린책들 **주소** 경기도 파주시 문발로 253 파주출판도시
전화 031-955-4000 **팩스** 031-955-4004 **홈페이지** www.openbooks.co.kr
Copyright (C) 주식회사 열린책들, 2013, *Printed in Korea.*
ISBN 978-89-329-1214-1 04840 **ISBN** 978-89-329-1499-2 (세트)
발행일 2013년 8월 15일 세계문학판 1쇄 2024년 1월 10일 세계문학판 15쇄

이 도서의 국립중앙도서관 출판예정도서목록(CIP)은 서지정보유통지원시스템 홈페이지(http://seoji.nl.go.kr)와 국가자료공동목록시스템(http://www.nl.go.kr/kolisnet)에서 이용하실 수 있습니다.(CIP제어번호:CIP2013013334)

Moby Dick

The Cruise Of The Pequod

North Atlantic Ocean

South Atlantic Ocean